MISTBORN: THE HERO OF
AGES © 2008 by Dragonsteel Entertainment, LLC
Published in agreement with JABberwocky Literary Agency,Inc.,
through The Grayhawk Agency
Simplified Chinese Translation Copyright © 2020 by Chongqing Publishing House Co.,Ltd.
All rights reserved.

版贸核渝字（2015）第109号

图书在版编目（CIP）数据

迷雾之子．卷三，永世英雄：珍藏版／（美）布兰登·桑德森著；段宗忱译．—重庆：重庆出版社，2020.9
书名原文：MISTBORN：The Hero of Ages
ISBN 978-7-229-15023-5

Ⅰ．①迷… Ⅱ．①布… ②段… Ⅲ．①长篇小说—美国—现代 Ⅳ．① I712.45

中国版本图书馆 CIP 数据核字（2020）第 068555 号

迷雾之子（卷三）：永世英雄（珍藏版）
MIWU ZHI ZI (JUAN SAN)：YONGSHI YINGXIONG（ZHENCANG BAN）
[美]布兰登·桑德森 著　段宗忱 译

责任编辑：邹　禾　陈　垦
装帧设计：谢颖设计工作室
封面插图：郭　建
责任校对：廖　颖

重庆出版集团
重庆出版社 出版

重庆市南岸区南滨路162号1幢　邮政编码：400061　http://www.cqph.com
重庆出版集团艺术设计有限公司 制版
重庆豪森印务有限公司 印刷
重庆出版集团图书发行有限责任公司 发行
E-mail:fxchu@cqph.com　邮购电话：023-61520646
全国新华书店经销

开本：880mm×1230mm　1/32　印张：21.75　字数：600千
2020年9月第1版　2020年9月第1次印刷
ISBN：978-7-229-15023-5

定价：100.00元

如有印装问题，请向本集团图书发行有限公司调换：023-61520678

版权所有　侵权必究

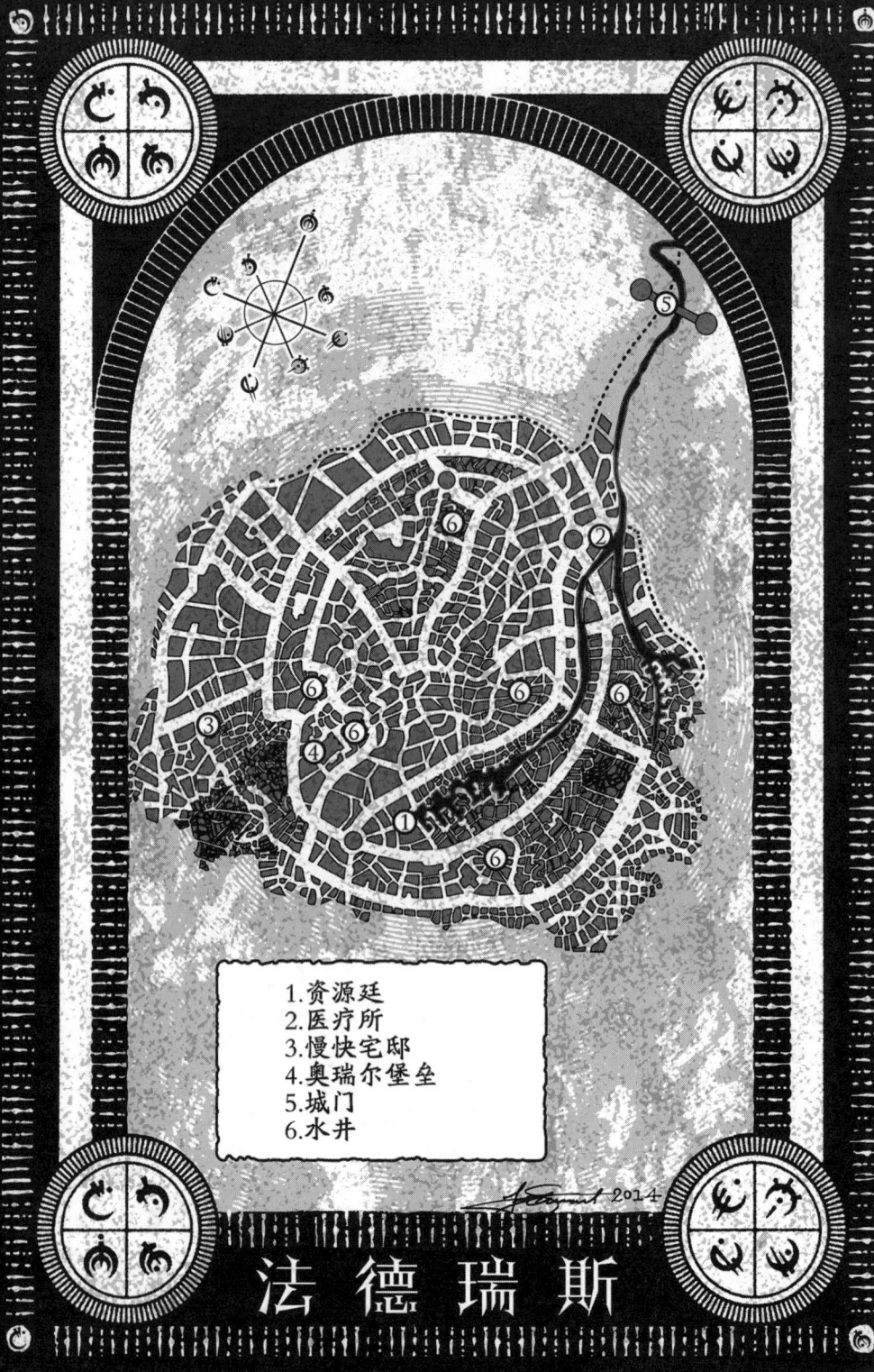

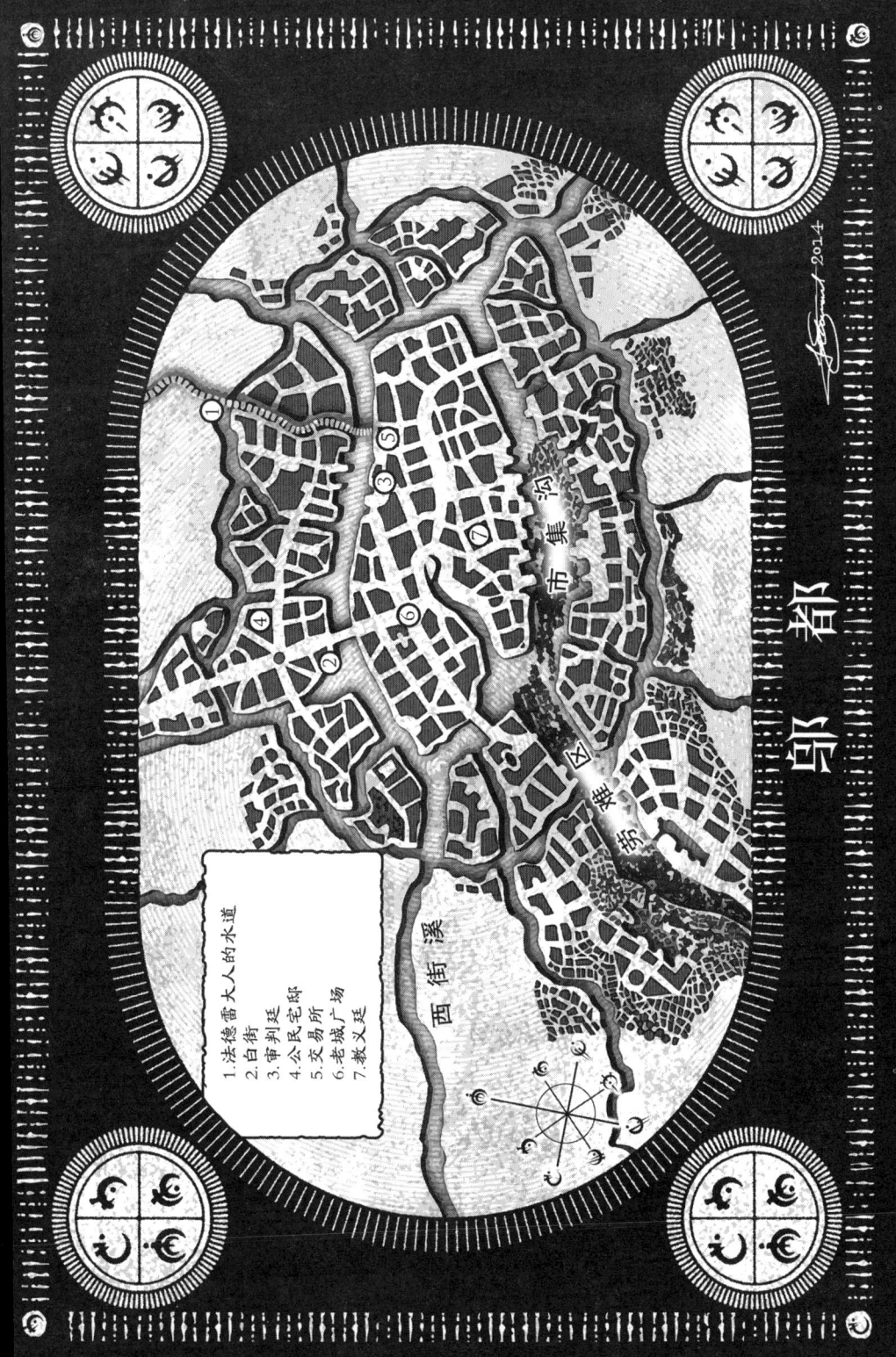

献给乔丹·桑德森
他知道有个花了大半人生
在做梦的兄弟是什么心情（谢谢你容忍我）。

致谢

今日能出版本书，我按惯例要感谢许多人。首先是我的编辑跟我的经纪人——Moshe Feder 以及 Joshua Bilmes，他们极为擅长协助一个作者发挥他所有的潜能。还有，我最棒的太太，埃米莉，她是我写作过程中最大的支持与助力。

感谢 Issac Steward（Nethermore.com）画出了精美地图、章节符号，还有镕金金属符号。同时，我也非常感谢 Jon Foster 的图稿，那是我在三本迷雾之子的封面（注①：此处指原英文版封面。）中，最喜欢的一张。感谢 Larry Yoder，因为他人实在太好了，还感谢 Tor 出版社的 Dot Lin 为我做的宣传。Denis Wang 与 Stacy Hague-Hill，感谢他们协助编辑，还有向来最棒的 Irene Gallo 所提供的艺术指导。

本书的初稿读者包括 Paris Elliott、Emily Sanderson、Krista Olsen、Ethan Skarstedt、Eric J. Ehlers、"自大狂" Eric James Stone、Jillena O' Brien、C. Lee Player、Bryce Cundick/Moore、Janci Patterson、Heather Kirby、Sally Taylor、Bradley Reneer、"不再是书店男"的 Steve Diamond、General Micah Demoux、"鬼影" Zachary J. Kaveney、Alan Layton、Janette Layton、Kaylynn ZoBell、Nate Hatfield、Matthew Chambers、Kristina Kugler、Daniel A. Wells、The Indivisible Peter Ahlstrom、Marianne Pease、Nicole Westenskow、Nathan Wood、John David Payne、Tom Gregory、Rebecca Dorff、Michelle Crowley、Emily Nelson、Natalia Judd、Chelise Fox、Nathan Crenshaw、Madison Van-DenBerghe、Rachel Dunn，以及Ben OleSoon。

除此之外，我要感谢乔丹·桑德森在架设网站上不遗余力的贡献，这本书谨献给他，还有Jeff Creer，感谢他为BrandonSanderson.com提供的精美绘图。欢迎各位来看看！

目 录
Contents

楔子 …………………………………… 001

第壹章　幸存者遗志 …………………… 005

第贰章　布与玻璃 ……………………… 115

第叁章　破碎的天空 …………………… 275

第肆章　美丽的毁灭者 ………………… 363

第伍章　嘱托 …………………………… 483

终曲 …………………………………… 655

镕金秘典 ………………………………… 663

镕金术名词解释 ………………………… 664

楔　子

迷雾之子
卷三·永世英雄 [珍藏版]

楔子

沼泽挣扎着要杀了自己。

他举起颤抖的手,鼓起勇气试图拔出脑后的尖刺,结束这丑恶的一生。如今,他已经不再奢望能逃脱自己的命运。三年了,他成为审判者已经三年,思绪被囚禁也达三年。这几年下来,事实证明了他无路可逃。即便是现在,他的神志仍然不甚清明。

突然,那东西钳制住他。周遭的世界一阵波动,突然间,他的眼前一片清朗。他为何要挣扎?为何要担忧?所有一切安然无恙。

他上前一步。眼睛虽然因为被刺入尖锥而失去了平凡人的视力,但他仍然能感知身边的环境。尖刺从他的后脑勺突出,只要他举手摸摸脑后便能碰触到。没有半滴血。

尖锥给他力量,细致的蓝色镕金术能量线勾勒出整个世界。房间不大,他身边有几名同伴,蓝色线条画出他们的身形,指向他们血液中的金属。每个人的双眼中都有尖锥。

除了被绑在他身前桌上的人。

沼泽微笑,从一旁的桌子拿起一柄尖锥,举高,他的囚犯没有被封口。听不到尖叫可就不好了。

MISTBORN: THE HERO OF AGES

"求求你。"囚犯颤抖着低语。面临如此惨绝的死亡威胁,就连泰瑞司侍从官也会崩溃。男子虚弱地挣扎,动作笨拙,他身下还绑着另外一个人。桌子的设计原本就是如此,桌面的凹槽可以在下方再容纳一个人。

"你到底想要什么?"泰瑞司人问,"我把所有我知道关于席诺德的事都告诉你了!"

沼泽摩挲着黄铜尖刺,碰触锐利的尖端。他的工作尚未完成,但他慢下动作,享受男子声音中透露的痛苦与惊恐,同时……

沼泽拉回自己的意识。房间的气味不再香甜,只剩死亡与血腥的臭气,他的喜悦变成惊恐。他的囚犯是泰瑞司守护者——一辈子为了服务众人而努力的好人。杀害他不只是罪行,更是悲剧。

沼泽试图掌控自己的身体,想举起手臂,握住背后那关键的、一拔就足以致死的尖锥。

可是,它太强大了。那是一股极大的力量,莫名地操纵着沼泽的一切。它需要他跟其他的审判者当它的双手。当它终于获得自由时,沼泽感受到它的狂喜,但它仍然无法直接影响这个世界。有某种反对的力量,如盾牌一般保护着这块大地。

它尚不完整,还需要更多,某种……某种被隐藏起来的东西。沼泽会找到它,献给主人。纹解放的主人。被囚禁于升华之井的存在。

它自称为"灭绝"。

沼泽笑着看向哭泣的囚犯,上前一步,举起手中的尖锥,抵上挣扎的男子的胸口。尖刺穿透男子的身体,进入心脏,透出,直没入被绑在下方的审判者身体里。血金术施用起来时,场面总是有些不堪入目。

这就是有趣之处。沼泽拾起木槌,开始敲击。

第 壹 章

幸存者遗志
Legacy of the Survivor

很不幸的，我，是永世英雄。

1

法特伦眯起眼睛，望着一如往常躲在深色薄暮后的红色太阳。黑色灰烬轻盈地在空中落下，最近落灰越发频繁。浓密的灰片直直落地，空气凝滞闷热，没有半丝微风来纾解法特伦的心情。他叹口气，靠着土墙，转头看着维泰敦——他的城镇。

"多久会到?"他问道。

德鲁菲抓抓鼻子，满脸都是灰烬，他最近没想过自己的清洁问题。这几个月来局势太紧绷，法特伦也很清楚自己看起来不怎么样。

"大概一个小时吧。"德鲁菲说道，往土墙旁啐了一口。

法特伦叹口气，抬头望着落灰："德鲁菲，你相信那些人说的吗?"

"相信什么?"德鲁菲问道，"世界末日要到了吗?"

法特伦点点头。

"不知道。"德鲁菲说道，"管他的。"

"你怎么能这样说?"

德鲁菲耸耸肩，抓抓身体："反正只要那些克罗司军队一到，我就会挂了，所以我的世界本来就离末日不远。"

法特伦一时接不上话，向来坚强的他不喜欢轻易将疑虑说出口。当贵族们离开这座其实不比北方庄园繁荣多少的农耕小区时，是他说服司卡们继续耕种，并且还劝退了盗匪。当大多数村庄与庄园的壮丁都被军队拉走时，只有维泰敦仍能保有农耕人力。虽然大部分的收成都花费在了贿赂上，但法特伦确实成功地保护了村镇的人民。

MISTBORN: THE HERO OF AGES

至少保住了大部分人。

"迷雾直到中午才散去,"法特伦轻声说道,"它们越待越久了。你也看到农作物的样子,德鲁。情况很不好,我猜是因为日光不够。今年冬天,我们没东西可吃了。"

"我们撑不到冬天,"德鲁菲说道,"连晚上都撑不到。"

最悲惨且真正让人灰心的是,原本德鲁菲是两人中比较乐观的那一个。法特伦已经好几个月没有听过他兄弟笑了,那原本是自己最喜欢的声音。

就连统御主的磨坊都无法将德鲁菲的笑容磨散,法特伦心想。可是这两年的生活却办到了。

"阿肥哥!"一个声音传来,"阿肥哥!"

法特伦抬起头,看到一个男孩从土墙的一边爬上来。这层防御工事其实是德鲁菲在完全自我放弃前的主意,因为城里共有七千人,人数并不少,他们花了不少工夫才将整个城镇包围在土墙之后。

法特伦两千个手下中职业军人不到一千名,他们能聚集的人太少,光是要招募这么小一支军队就困难万分,另外一千人不是年纪太小,就是太老,再不然根本不具有战斗技巧。他并不知道克罗司军队到底有多大,但绝对会大于两千人。这座土墙起不了多少作用。

名叫小赛的男孩终于气喘吁吁地跑到法特伦面前。"阿肥哥!"小赛说道,"有人来了!"

"这么快就来了?"法特伦问道,"德鲁菲说克罗司还有一段距离啊!"

"不是克罗司。"男孩说道,"是一个人。快来看!"

法特伦转身面对德鲁菲,后者摸摸鼻子,耸耸肩。他们跟着小赛绕出城墙,走向前门。灰烬与尘土在硬土地上飘扬。他们最近没有什么打扫的时间,妇女们必须在田间耕作,男人们则要接受训练,准备面对战事。

法特伦告诉自己他有两千名"士兵",但其实他只不过拥有一千名拿剑的司卡。他们的确受过两年的训练，却没有多少战斗经验。

　　一群人聚集在前门，站在土墙上或靠在旁边。也许我不该花那么多资源在训练士兵上头，法特伦心想。如果这一千人是去矿场工作，那我们就会有金属可以用来贿赂。

　　只不过，克罗司不收贿赂，只会杀人。法特伦颤抖着想到加斯伍城。那座城市比他的还大，最后却只剩不到一百人活着逃到维泰敦。那已经是三个月前的事了。他一厢情愿地期望克罗司军队摧毁那个城市后就会满足。

　　他早该知道，克罗司绝不会满足。

　　法特伦爬到土墙顶端，衣衫褴褛的士兵披着破烂的皮护甲为他开道。隔着散落的灰烬，眼前的大地宛若被深黑色的雪堆覆盖。

　　一名骑士孤身出现，身上穿着一件黑色披风，帽罩覆盖头顶。

　　"阿肥，你觉得呢？"一名士兵问道，"是克罗司的探子吗？"

　　法特伦哼了一声。"克罗司不派探子，尤其不会派人类探子。"

　　"他骑马。"德鲁菲沉声说道，"马，我们用得上。"城里只有五匹马，全都瘦骨嶙峋。

　　"商人。"一名士兵说道。

　　"没带货品。"法特伦说道，"这个人简直胆大包天，否则不会敢独自出现在这个区域。"

　　"我从来没看过有马骑的难民。"一人说道。他举起手中的弓，看着法特伦。

　　法特伦摇摇头。没人发动攻击，全部一起看着陌生人徐徐上前，在城门正前方勒住马缰。法特伦对他的城门相当自豪，这是真正的木门，嵌在土墙上。木头闸门跟石块都是从城中心的领主宅邸拿来的。

　　陌生人裹着一件厚重的黑披风，将灰烬阻挡在外，身影与容貌几乎完全隐匿其下。法特伦越过土墙顶端详陌生人，然后瞥向兄弟，耸耸肩。灰烬继续无声地落下。

陌生人从马背上跃起。

他直冲入空中,仿佛被大力推上,披风随着飞翔的身影滑落。在披风之下,他穿着一件簌新雪白的制服。

法特伦咒骂一声,往后跳跃,看着陌生人越过石墙,落在闸门顶端。那人是个镕金术师。是名贵族。法特伦原本希望那些人可以待在北边内江,让他的人民平静度日。

至少,平静送死。

不速之客转身。他留着一副短胡子,黑色的头发剪得很短。"好了,大伙儿。"他说道,以超越凡人的平衡感走在木闸门上,"我们时间不多了,快开工吧。"他从闸门跳下,落在土墙上。

德鲁菲立刻抽剑迎向陌生人,但他的剑被无形的力量夺走,射入空中。陌生人一把抓住即将从他头边飞过的剑,手腕一翻,检视起剑刃。"好剑。"他点头说道,"令人佩服。你有多少名士兵有这么好的配备?"他翻转手中的武器,将剑柄递给德鲁菲。

德鲁菲迷惘地望向法特伦。

"陌生人,你到底是谁?"法特伦鼓起所有勇气问道。他对镕金术认识不多,但蛮确定这人是迷雾之子。只要这个人动动念头,在场所有人都会立即死无葬身之地。

陌生人忽略他的问题,反而转身去观察城市。"这座土墙环绕整座城?"他转向其中一名士兵问道。

"呃……是的,大人。"那人说道。

"有几道门?"

"只有一道,大人。"

"开门,把我的马牵进来。"新来者说道,"你们应该有马厩吧?"

"是的,大人。"士兵说道。

这新来的还真会使唤人,法特伦不满地心想。他的士兵甚至连想都没想,就在完全没有取得许可的情况下擅自执行陌生人的命令。法特伦看得出其他士兵逐渐开始挺直身躯，放松警戒心。这位不速之客无论说话或举止，都散发着一股令人无法拒绝的气质，让士兵不由自主地回应，跟法特伦担任贵族仆人时所认识的贵族完全不同。这个人不一样。

陌生人继续检视城市。灰烬落在他美丽的白制服上，法特伦暗自觉得这件衣服被弄脏真是可惜。新来者自言自语地点点头，然后开始沿着土墙踱步。

"等等。"法特伦开口，让陌生人停下脚步，"你到底是谁？"

新来者转身，迎向法特伦的双眼："我的名字是依蓝德·泛图尔。我是你们的皇帝。"

说完，男子转身，继续沿着土墙前进。士兵为他让道，多数都尾随他而去。

法特伦望着他的兄弟。

"皇帝？"德鲁菲低声说道，然后啐了一口。

法特伦同意他的想法。但能怎么办？他从来没有跟镕金术师对战过，甚至不知道该从何开始，那人可是轻轻松松就夺走德鲁菲手中的武器。

"把城里的人组织起来。"依蓝德·泛图尔在前方说道，"克罗司会从北方来，它们会无视木闸门，直接翻土墙进城。我要老人跟小孩全部到城市最南边集合，尽量把他们都集中在几座建筑物里，建筑物的数量越少越好。"

"那有什么用？"法特伦问道。他紧跟在皇帝身后，看不出自己还有什么别的选择。

"克罗司一旦陷入嗜血的狂暴状态，就是最危险的时候。"泛图尔说道，继续前进，"如果被它们占领城市，那你就要让它们尽量浪费时间在找寻上头，时间拖得够久，它们的嗜血性便会退去，开始焦躁，转而劫掠财物。这时你的人民们就能趁机逃走，有可能躲过克罗司追杀。"

泛图尔停话，转身迎向法特伦的双眼，表情相当严肃："希望不大，但总是有希望。"说完,他继续缓步走在城市大街上。

法特伦可以看到他身后的士兵都在交头接耳。他们都听说过一名叫做依蓝德·泛图尔的人。两年前,统御主死后,就是他掌管了首都陆沙德。北方传来的消息稀少且破绽百出,但大多数都提到泛图尔。他击败了所有王位的竞争者,甚至杀了自己的父亲;他隐藏自己的迷雾之子身份,据说还娶了杀死统御主的女人为妻。法特伦怀疑这么重要的人——一个经历里传奇成分应该远多于事实的人——会来到南方统御区中如此偏远的城市,尤其身边还没有任何随从。这里如今就连矿场都没什么价值了,这个陌生人一定在说谎。

但是……很显然他的确是镕金术师……

法特伦快步跟上陌生人。自称为泛图尔的男子站在城市中央的一座巨大建筑物前,这里原本是钢铁教廷的办公大楼,后来法特伦下令要人把窗户跟门封起。

"你在里面找到了武器?"泛图尔问道,转身面对法特伦。

法特伦考虑片刻,最后摇摇头:"是从大人的宅邸拿出来的。"

"他留下了武器?"泛图尔讶异地问道。

"我们认为他是打算要回来取回武器,"法特伦说道,"但他留下的士兵最后全都叛逃,跟着一支路过的军队走了。他们把能带走的都带走了,我们只能捡剩下的。"

泛图尔点点头,深思地摩挲着下巴,望着过去的教廷大楼。它无人使用——可能正因为无人使用,所以更显得高大阴森。"你的人训练得很好,出乎我的意料。他们之中有人有战斗经验吗?"

德鲁菲轻哼一声,暗示他觉得陌生人未免也管得太多了。

"他们的战斗经验足以让他们成为一支危险的军队,陌生人。"法特伦说道,"有些土匪以为可以把城市从我们手中抢走,他们以为我们很软弱,一下子就会被吓倒。"

不知道陌生人是否认为他的话是一种威胁,但看上去并没有特别的反应,只是点点头:"你们跟克罗司对打过吗?"

法特伦跟德鲁菲交换一个眼神。"跟克罗司交过手的,没有一个能活着回来。"法特伦终于说道。

"如果真是如此,我早就死十几次了。"泛图尔说道,转过身面对集合的士兵跟市民,"我会教导你们该如何跟克罗司对战,但你们的时间不多。我要队长跟小队长十分钟后在城门前聚集,其他士兵在土墙边列队,我要教导队长们几个技巧,让他们传授给所有手下。"

几名士兵开始移动,但大多数人仍然没有动作,看来之前法特伦的训练没有白费。来人似乎并没有因为命令一时被拒绝而生气,只是静静地站在原地,低头看着武装着的人民。他的脸上毫无惧色,更无气恼或批判,神情只能以……尊贵来形容。

"大人。"一名士兵队长终于开口,"您……您有带军队同行吗?"

"其实我带来了两支军队,"泛图尔说道,"可是我们没有时间等他们赶到。"他迎向法特伦的双眼。"你写信要求我的协助,身为你的君主,我前来提供协助。如今你还有此项需要吗?"

法特伦皱眉。他从来没有向这个人或是任何贵族寻求过协助,他想开口反驳,却又止住了。他让我假装是我找他来的,法特伦心想。我可以假装这原本就是自己的计划,在看起来不像是失败者的情况下,将城市的统治权交出去。

我们会死,可是望着这个人的双眼,我几乎相信,我们还有机会。

"我……没想到您会单独前来,大人。"法特伦不由自主地说道,"所以一时有点反应不过来。"

泛图尔点点头:"可以理解。来吧,趁你的士兵集合时,我们来讨论战术。"

"没问题。"法特伦说道,他正要上前一步,却被德鲁菲一把拉住。

"你在干什么?"他的兄弟低声说道,"这个人是你找来的?我不相信。"

MISTBORN: THE HERO OF AGES

"召集士兵，德鲁菲。"法特伦说道。

德鲁菲站在原地片刻，低声咒骂两声后扬长而去。他看起来完全不打算召集士兵，所以法特伦挥手要两名队长去执行，之后他回到泛图尔的身边，两人一起走回大门。泛图尔命令几名士兵走在他们的面前，不让他人靠近，好让两人能私下交谈。灰烬继续从空中落下，将街道染黑，堆积在城市低矮的单层建筑物顶上。

"你是谁？"法特伦低声说道。

"我刚才已经说过了。"泛图尔说道。

"我不相信。"

"可是你信任我。"泛图尔说道。

"不对。我只是不想跟镕金术师费口舌。"法特伦说道。

"目前这样就够了。"泛图尔说道，"听我说，朋友，将有一万只克罗司来攻击你的城市。眼前无论是什么样的帮助，你们都该接受。"

一万？法特伦震惊万分地想。

"你是这个城市的负责人？"泛图尔问道。

法特伦此时才回过神。"是的。"他说道，"我叫法特伦。"

"好的，法特伦大人，我们……"

"我不是什么大人。"法特伦说道。

"你刚刚已经成为贵族了。"泛图尔说道，"姓氏之后再选吧。在继续谈话之前，你必须知道获得我协助的条件。"

"什么样的条件？"

"不容讨论的条件。"泛图尔说道，"如果我们获胜，你必须宣示对我效忠。"

法特伦皱眉，在马路中间停下脚步，灰烬在他身边落下。"就这样？你在战争前不请自来，自称是某个大贵族好顺便偷走我们的胜利？我为什么要对一个刚见面几分钟的人宣示效忠？"

"因为，我无论如何都会夺走指挥权。"泛图尔低声说完，继续前进。

014

法特伦站在原地片刻，接着冲上前拉住泛图尔："我可算明白了。就算我们打赢，也得接受你的统治？"

"是的。"泛图尔说道。

法特伦皱眉。他没想到这个人会这么直接。

泛图尔摇摇头，隔着坠落的灰烬望着城市："我原以为能有别的方法，也仍然相信有一天会找到那个方法。但现在，我没有选择。我需要你的士兵，也需要你的城市。"

"我的城市？"法特伦皱眉问道，"为什么？"

泛图尔举起手指。"我们必须先活下来。"他说道，"其余的事情，晚一点再谈。"

法特伦沉默，意外地发现自己的确信任这名陌生人。他说不出来为什么，只知道，这是一名领导者，是自己一直以来想要追随的领导者。

泛图尔没有等法特伦同意他的条件——那不是提议，而是最后通牒。法特伦再次快步跟上泛图尔的脚步，走入城镇大门前的小广场。士兵们在广场上忙乱着，没有人穿制服，唯一分辨身份的方法，就是靠队长手臂上绑的红布条。泛图尔没给他们多少集合的时间，但他们都知道城镇即将遭受攻击，早就集合在门口。

"时间不多了。"泛图尔又大声说了一次，"我只能教你们几件事情，但绝对会有帮助。

"克罗司从五尺高的小型到十二尺的巨大型都有，但就连最小的克罗司都比你们任何人强壮，这点你们必须有心理准备。幸好，这些怪物只会单打独斗，如果同伴有麻烦，它绝对不会过去帮忙。

"它们不懂迂回，只会直接攻击，光凭蛮力来攻打你们。不要让它们得逞！叫你的士兵们一组一组地包围单只克罗司，小的要两个人，大的要三到四个人。这样的阵线维持不了太久，但是这会让我们活得更久。

"不要担心这些怪物会绕过我们的防线进入城镇。我们让普通百姓躲在城镇的最后方，越过防线的克罗司可能会开始劫掠财物，留其他克罗司独自战斗，这就是我们想要的结果！不要追进城里。你们的家人不会有事。

"如果你要攻击大型的克罗司，先从腿开始，让它倒地以后再下杀手；如果克罗司体型较小，要特别注意剑或矛不要被它松垮的皮肤卡住。你们必须明白，克罗司并不笨，只是未经开化，所以行动容易预测。它们会以最简单的方式冲向你们，以最直接的方式攻击。

"最重要的，是你们必须知道，它们是可以被打败的，我们今天一定会成功！不要被它们唬住了！大家团结起来，同心作战，保持冷静，我跟你们保证，我们一定可以活下来。"

士兵队长们聚集在一起，抬头看着泛图尔。他的演说没有引起他们的欢呼，但他们似乎看起来更有自信了一点，一个个散去将泛图尔的指示告诉自己的下属。

法特伦静静走到泛图尔身边："如果你没算错，它们跟我们的人数比大概是五比一。"泛图尔点点头。

"它们体型比我们大，力气比我们壮，也受过比我们更好的战斗训练。"

泛图尔再次点点头。

"我们死定了。"

泛图尔终于皱着眉头转向法特伦，黑色灰烬沾脏了他的制服："你们不会的。你们有一样它们没有的——那是关键性的差别。"

"是什么？"

泛图尔迎向他的双眼："你们有我。"

"皇帝陛下！"土墙传来一个声音，"看到克罗司了！"

他已经成为他们第一个想到的人了，法特伦心想，心中五味杂陈，不知该佩服还是觉得倍受侮辱。

泛图尔立刻跳到土墙上，镕金术的力量让他在一跃间就横跨了遥远的距离。大多数士兵或弯身或躲在土墙后方，虽然敌人距离尚远，他们仍把自己隐蔽起来；身着白披风与制服的泛图尔则傲然站在城墙上，以手遮住阳光，眯眼端详远方。

"它们在扎营。"他微笑说道，"很好。法特伦大人，准备领军袭营！"

"袭营？"法特伦问道，四肢并用地从泛图尔身后爬到墙顶上。

皇帝点点头："克罗司行军一整天也累了，如今完全专注于扎营，现在不攻击它们，更待何时？"

"可是我们应该要守城啊！"

泛图尔摇摇头："再等下去，它们会陷入嗜血狂暴中，发出攻击。我们必须先发制人，而不是坐以待毙。"

"所以我们要放弃守城吗？"

"法特伦大人，你的防御工事确实完备，但那毫无用处。你没有足够的人来防守整面墙，克罗司也通常比人类更高，还站得更稳。它们会攻占土墙，占据制高点后，一步步朝城市推进。"

"可是——"

泛图尔低下头看着法特伦。他的眼神平静，目光却坚定，毫不动摇。他的意思很简单——现在我是统帅，不容他人置喙。

"是的，大人。"法特伦说道，叫来传令兵，将命令发布下去。

泛图尔站在一旁，看着传令兵跑来跑去。士兵之间一阵迷惘，没料到自己居然要出发去攻击克罗司，越来越多双眼睛转向高高站立于城墙顶的泛图尔。

他看起来真的很像皇帝，法特伦忍不住想。

命令层层传递。终于，整支军队都看着泛图尔。

泛图尔抽出剑，高举过头，指向满是灰烬的天空，然后以超人的速度从土墙上一跃而下，直奔克罗司的军队。

有那么一瞬间，只有他一个人奔跑着。接着，出乎自己意料之外，法特伦一咬牙，硬压下颤抖，也发足狂奔而去。

土墙上人影猛然爆发骚动，士兵齐声大吼，一同前冲，高举着武

MISTBORN: THE HERO OF AGES

器，奔向死亡。

掌握这份力量对我的意识有了奇特的影响。在一瞬间，我就熟悉了力量的特性、成因，还有使用它的方式。

可是这份知识与实际应用力量的能力完全无关。举例来说，我知道如何搬移空中的星球，却不知道该如何放置，才不会让它离太阳过近或过远。

2

一如往常，坦迅的一天从黑暗中开始。一部分原因是因为它没有眼睛。当然，它可以自己做一副，毕竟它属于第三代，在坎得拉中，也算是年长的。它消化的尸体数量足够让它在没有模板的情况下创造感觉器官。

可惜，眼睛对它没什么帮助。它没有头骨，大多数器官在缺乏完整身躯与骨架支撑时是无法良好运作的。只要移动时一个不小心，它本身的重量就会压扁眼球，因此有眼球也很难操控。

反正也没有什么好看的。坦迅微微移动在牢房里的身躯。它的身体不过是一堆透明的肌肉，像是很多大蜗牛或蛞蝓连结在一起，却比一般有壳动物的软肉还要更柔软；只要集中注意力，它就可以溶化任意一条肌肉，与另外一条肌肉融合或是创造新肌肉。可是没有合用的骨架，全部肌肉都无用武之地。

它再次在牢房中挪动身躯。它的皮肤本身就有感觉——类似味觉。如今，皮肤尝到自己黏在墙壁上的排泄物的味道，但它不敢关闭感官，

迷雾之子
卷三·永世英雄 [珍藏版]

这是它与周遭世界仅存的联系之一。

"牢房"不过就是一个被青苔覆满的石洞，几乎不足以容纳它的体积。囚禁它的人从上方投掷食物，定期倒水保持它的湿度，并将它的排泄物从下方的排水孔冲走。无论是排水洞或是铁栅门的间隙都不足以让它的身体通过——虽然坎得拉的身体相当有弹性，但肌肉能紧缩的程度仍然有限。

普通的坎得拉可能早就因为被囚禁这么久而发疯了。有多久了？几个月吗？可是坦迅有"存在的祝福"，不会这么轻易崩溃。

有时候它会诅咒祝福，这让自己无法陷入发狂的极乐救赎之中。

专心点，它告诉自己。它跟人类不一样，没有大脑，但仍能思考，就连自己都无法理解为什么。它不确定别的坎得拉是否也能办到这件事。也许初代的坎得拉对这件事会更了解，但即便它们知道，也选择了绝口不提。

它们不可能永远把你关在这里，它告诉自己。初约说过……

可是它对初约开始有质疑，或者该说，它开始怀疑，初代坎得拉到底有没有遵从初约。但这能怪它们吗？坦迅是毁约者。它承认，它违背了主人的意愿，帮助了另外一个人。这个背叛以主人的死亡画下句点。

可是，如此可耻的行为也只是它罪行中最轻微的一项而已。毁约者的惩罚是死，如果坦迅犯的罪仅止于此，其他人早就杀了它，了结整件事。很不幸的是，杀了它会有严重的后果。在二代的私密会议中，坦迅的证言披露了另一个更危险、更重要的疏漏。

坦迅泄漏了族人的秘密。

它们不能处决我，它心想，利用这个想法集中自己的注意力。至少他们会等到我说出告诉了谁。

那个秘密。至关重要的秘密。

它将招致我们的毁灭。我的一族，会再次成为奴隶。不，我们已经是奴隶。我们会变成……玩偶，意识受人控制，被逮捕、利用，身体不

019

MISTBORN: THE HERO OF AGES

再属于自己。

这就是它的行为可能带来的后果,它活该被监禁、被处死的原因。可是,它想活下来。它应该要鄙夷自己,但不知为何,它仍然觉得自己做得没错。

它再次动了动身体,一堆湿润的肌肉相互环绕,但动到一半时,它全身一僵。有震动。谁来了?

它摆好自己的身体,将肌肉尽量推往洞穴的墙边,在身体中央形成凹陷。它需要尽量接住食物,喂给它的食物原本就少。可是,并没有馊水透过铁栅门流下来。它继续等待,直到听见铁栅门被拉开的声音,粗糙的金属声落在上方的地面。

什么?

接下来,钩子出现。钩子嵌陷进它的身体,将它从石洞中提起,撕裂了部分肌肉。好痛。不只是因为钩子,更是因为身体突然获得自由。它铺散在牢房的地面上,被迫尝到泥巴与干掉馊水的味道,肌肉颤抖。出了牢笼后,它终于能自由伸展身体,感觉却反而变得陌生,它缓缓以近乎已忘记的方式扭动着身躯。

出现了。它从空气中尝到了那个味道。狱监提来镀有黄金内层的水桶,里面装着浓烈呛鼻的腐蚀酸液。它们真的打算杀了它。

不可能!它心想。初约,我们人民的律法,明明写着——

有东西落到它身上。不是酸液,是某种坚硬的东西。它热切地碰触它,一条接一条肌肉抚上硬物,品尝它、研究它、感觉它。它是圆形,有洞,还有几个奇特的锐利边缘……是头颅。

酸液的味道更呛了。它们在搅拌吗?坦迅飞快地用身体包住头颅,体内某个器官内早盛入了一些溶解的皮肉,此刻被吐出,包裹在头颅上,快速创造出了皮肤。不等眼睛,先从肺部开始,再形成一条舌头,暂时先略过嘴唇。酸液的气味越发浓烈,它急速的动作染上绝望气息,然后……

东西滴落身上。液体炙烧着它一部分身侧的肌肉，流过身躯，所到之处，皮肉均开始溶解。显然二代已经放弃从它身上套出秘密，但在杀死它之前，它们知道必须给它一个辩驳的机会。这是初约的规定，于是有头颅落在它身边，但狱卒得到的命令显然是在它真正能开口前就先杀了它。它们遵循法律中的字句，却完全忽略教义。

可是它们不知道坦迅形成身体的时间能有多快。鲜少有坎得拉像它这样花费如此多时间在履行契约上，所有的二代，甚至大部分的三代，早就已经退休了，在家乡里过着安乐的生活。死于安乐。

大多数坎得拉要花上好几个小时才能形成一具身体——有些年轻的更需要数天。可是坦迅只需要几秒就形成了可用的舌头。酸液在它身上流窜的同时，它硬逼自己长出一根气管，在一边肺里灌进空气，然后发出一句："审判！"

倾倒酸液的动作停下。它的身体继续炙烧。它强忍着痛楚，在头颅内长出了最基本的听觉器官。

一个声音在附近低语着："笨蛋。"

"审判！"坦迅再次说道。

"接受死亡。"那沙哑的声音低低说道，"不要再继续危害我们的族人了。初代给你这个机会，是顾念你这些年来超额服役！"

坦迅一时无言。审判会公开举行。到目前为止，只有少数几人知道它的背叛行为有多严重。它可以以毁约者的身份死去，却保有其余族人对它生涯成就的尊重。在某处，可能就是这个房间里的某个深坑，有些坎得拉被永久囚禁其中，就连拥有存在的祝福的坎得拉，早晚也会受不住折磨而精神崩溃。

它也想变成那样吗？如果在公开场合披露自己的行为，它会为自己赢得永远的痛楚。强迫它们举行审判简直是愚昧至极，因为它不可能被平反。它的证词，给自己判了死刑。

它这次开口，不是为了为自己辩护。而是为了完全不同的理由。

MISTBORN: THE HERO OF AGES

"审判。"它再度说道,音量几不可闻。

某种程度上,我觉得拥有这么大的力量其实令人不堪重负。这是需要花费数千年方能理解的力量。如果熟知其使用方法,重塑世界不过易如反掌。然而,我也明白我的无知将引来何种危机。就像突然拥有绝顶蛮力的孩童,万一我用力过猛,世界将成为我永远无法修补的残破玩具。

3

依蓝德・泛图尔,最后帝国第二位皇帝,不是打从出生起便是战士。他以贵族的身份诞生在统御主的时代,这代表他一生下来就注定成为交际名流,将青春岁月用来学习上族间的游戏,过着尊贵子弟的优渥生活。

他成为政治家并非意料之外的事。他向来对政治理论很有兴趣,虽然他比较偏向成为学者而非真正的政治家,却早就知道总有一天,整个家族会由他来领导。可是他一开始并不是个好的王。他并不了解,优秀的领导者需要的不只是良好的想法与诚实的心意。他差得远了。

我怀疑你能不能成为带军冲锋陷阵的领袖,依蓝德・泛图尔。这是廷朵说的话。她教导了他所有关于政治操盘的手腕。想起她的话,让目前正领军冲入克罗司营地的依蓝德泛起微笑。

依蓝德骤烧白镴。如今已熟悉的温暖感觉在胸口迸发,肌肉突然因额外的力气与能量而紧绷,他先前早早就将金属吞下,好能在此刻将力量用在战场上。他是名镕金术师。有时候,他仍然对这一点啧啧称奇。

迷雾之子
卷三·永世英雄 [珍藏版]

正如他所料,克罗司完全被杀得措手不及,一群克罗司震惊地站在原地呆愣着,就这么眼睁睁地看着依蓝德刚招募来的军队涌向它们。克罗司不太擅长应付突发事件,很难理解怎么会有一群软弱、人数又处于劣势的人类来攻击它们的营地,所以,它们得花好一段时间才适应得过来。

依蓝德的军队善用了这段时间。

依蓝德率先攻击,他骤烧白镴获得更多力量,一挥剑,砍倒了冲在最前头的克罗司。它的体型偏小,有着标准的人形外貌,不过下垂的蓝色皮肤看起来几乎是披挂在身体上的额外装饰。依蓝德将剑从它胸口抽出时,它的眼中仍带着难以置信,直到死去。

"快上!"他大喊,看到更多克罗司从营火边转身观看他们,"趁它们陷入狂暴之前,尽量杀!"

惊恐却坚定的士兵们围绕着他向前冲,越过最先的几团克罗司。"营地"也不过是一小片被克罗司踏平的空地,灰烬与植物混成一团,地上被挖出几个篝火坑。依蓝德可以看出来,他的士兵们因为突袭成功而更添信心,于是他以镕金术拉引他们的情绪,鼓励他们,让他们更勇敢。他使用这一系镕金术得心应手,情绪的操控之道他原本就了如指掌,但他还是没学到像纹那样用金属四处跳跃的诀窍。

法特伦——原本是城市领导者的彪形大汉,一直不离依蓝德身侧,带着士兵冲向一大群克罗司。依蓝德不时分神留心他的安危。法特伦是这个小城的领导者,如果他死了,会对士气造成莫大打击。他们一同冲向一小群讶异的克罗司,其中最大的一只超过十一尺高。一如所有大型的克罗司,那只怪物曾经松垮的皮肤如今已被过于壮硕的身体撑得紧绷。克罗司从不停止成长,但皮肤的尺寸却毕生不变,在体型小的怪物身上,它会松垮地垂挂,但在体型大的怪物上,则是绷紧到将近爆裂。

依蓝德燃烧钢,朝前方撒出一把钱币,猛力以全身重量钢推,撒向克罗司。那些怪物的身体太结实,不可能被简单的钱币攻击倒,但这些

MISTBORN: THE HERO OF AGES

金属片仍能伤害且打击它们。

依蓝德伴随飞撒而出的钱币冲向最大的克罗司。怪物从背后抽出一把巨大的剑，似乎相当期待即将来临的对战。

怪物先发制人，长剑的攻击范围相当惊人。依蓝德往后一跳，幸好有白镴让他更为敏捷。克罗司剑是巨大、粗糙的武器，钝到近乎于棍棒。攻击的力量撼动空气，就算有白镴帮助，依蓝德也不可能挡下这道攻击。除此之外，剑加上克罗司的重量大到依蓝德就算用镕金术也无法将剑钢推出怪物的手中。钢推的原理是作用力与反作用力，如果依蓝德钢推比自身还重的东西，反而会是他被往后抛。

因此，依蓝德必须仰赖白镴赋予的额外速度与灵敏。他用力往侧面闪躲，顺势斜冲，同时留神闪避敌人的反手挥砍。怪物沉默地转身，打量着依蓝德，却没有再度攻击。它还没进入狂暴的阶段。

依蓝德瞪着巨大的敌人。我怎么会站在这里？他已经不是第一次做此感想。我是学者，不是战士。他心里有一半根本认为自己没有领军的资格。

可他同时又认为自己想太多了。他一弯腰，冲上前去展开攻击。克罗司预料到他的行动，想要用武器从上而下劈砍依蓝德的头，但依蓝德拉引另外一只克罗司的剑，持剑的怪物重心猛然不稳，让他手下的两名士兵有机会杀死它，同时依蓝德顺势将自己拉到一旁，勉强避开敌人的攻击。他在空中一回旋，骤烧白镴，从侧面出手。

他将巨型怪物的一条腿从膝盖处砍断，让它倒在地上。纹总说依蓝德的镕金术力量出奇的强大，他本人则不太确定，毕竟他在镕金术上的经验有限，但这一下的力量确实大。他站立不稳，不过他很快就稳住重心，再一剑劈下怪物的头。

几名士兵正猛盯着他。他雪白的制服如今溅满克罗司比人类更加猩红的鲜血。这也不是第一次了。依蓝德深吸一口气，听到非人类的吼声划过营地。克罗司即将狂暴化。

"集合！"依蓝德大喊，"排好队形，注意不要散开，准备迎敌！"

士兵反应很慢。他们的纪律远不及依蓝德的军队，但的确很努力地服从他的指示。依蓝德看了一眼面前的空地，他们砍倒了几百只克罗司——相当惊人的成就。

可是，简单的战斗已然结束。

"站稳了！"依蓝德大喊，冲过最前排的士兵面前，"不要停止！我们需要以最快速度砍死最多只怪物！一切全靠你们了！让它们见识你们的愤怒！"

他燃烧黄铜，推挤他们的情绪，安抚他们的恐惧。镕金术师无法操控别人的意志，至少对人类意志莫可奈何，但他可以煽动一切情绪，同时压制其他情绪。纹说过，依蓝德的能力影响范围远超过一般镕金术师。依蓝德最近刚取得镕金术的能力，如今他怀疑自己取得力量的地方是镕金术的源头。

在安抚的影响下，他的士兵们站得笔直。依蓝德再次佩服起这些原本庸庸碌碌的司卡。他给了他们勇敢，拿走了他们的恐惧，但他们的坚毅却是发自内心的。这是一群很好的人。

如果运气好的话，他能保住其中一些人。

克罗司展开攻击。如他的预期一般，一大群怪物从营地冲出，直奔城市。有些士兵大喊出声，但他们忙于自保，无暇拦阻。每当战线开始有溃散倾向时，依蓝德便冲入弱点之处协助砍杀。他一面攻击，一面燃烧黄铜，尝试钢推附近克罗司的情绪。

什么都没发生。这些怪物对情绪镕金术的抵抗力很强，尤其是当它们已经受到别人的操纵的情况下——但如果他真的能突破界线，就可以完全掌控它们。这需要时间、运气，还有奋斗不懈的决心。

于是，依蓝德没有停手。他跟士兵们一起战斗，看着他们死去，看到外围的克罗司被杀死，他的军队战线开始内凹，变成一个半圆，以避免被包围，即便如此，战况仍然相当惨烈。随着越来越多克罗司发狂猛攻，局面急转直下，克罗司仍然在抵抗他的情绪攻势，但很靠近了……

"我们完了！"法特伦大叫。

依蓝德转身，有点讶异看到那壮硕的大汉还活着。士兵们继续战斗。狂暴的乱斗只开始了十五分钟，战线却已经崩溃。

空中出现一个小点。

"你带我们来送死！"法特伦大喊。他全身上下都是克罗司的鲜血，肩膀上的一块补丁看起来像是自己做的包扎。"为什么？"法特伦逼问。

依蓝德只是指着变得更大的黑点。

"那是什么？"法特伦的疑问越过战斗的嘈杂声传来。

依蓝德微笑："我跟你提过的援军先遣部队。"

纹伴随着满天的马蹄铁一同落下，直入克罗司军队的正中央。

她毫不迟疑地使用镕金术将一对马蹄铁钢推向一只正要转身的克罗司。一枚击中怪物的额头，让它往后飞去，另一枚越过它的头，击中另一只克罗司。纹转身，再射出一枚马蹄铁，越过一只特别大的怪物，撂倒了它身后体型较小的克罗司。

她骤烧铁，将马蹄铁收回，卡住高大克罗司的手腕。拉引立刻将她带到怪物的身边，却也让怪物失去了平衡，巨大的克罗司剑随着纹对怪物的当胸一击落到地上。她反推落剑，往后空翻，避开另一只克罗司的攻击。

她冲入空中十五尺高的地方，原本的克罗司剑劈完全落空，反而砍下了她身下另一只克罗司的头。挥剑的克罗司似乎完全不在乎自己刚杀死了一名同伴，只是抬头看着她，血红的眼睛充满恨意。

纹拉引落剑。剑沉重地朝她飞去，却也将她朝地面下拉。她一把抓住空中的剑柄，靠着骤烧的白镴，轻松地挥动几乎跟她一样高的剑，落地的瞬间，她砍掉了克罗司的手臂。

接着，她从膝盖处砍断它的双腿，旋即转身面对其他敌人，任凭它死去。一如往常，那些克罗司面对纹时充满着愤怒、不解，却又有一种目不转睛的着迷。它们认为大就是危险，因此难以想象这么娇小——看来才年方二十，身高勉强超过五尺——体型如柳条般纤细的人类女子，能带来多少威胁。但是，它们看到她杀戮的样子之后，忍不住朝她靠近。

正合纹的心意。

她一面攻击，一面尖声呼啸，为过度安静的战场增添一点声音。克罗司一旦陷入狂暴，反而会安静下来，全神贯注于屠杀。她抛出一把钱币，钢推向她身后的克罗司，然后拉引前方的一把剑，往前急跃。

她面前的一只克罗司脚下一歪。她落在它的背上，攻击身旁的怪物，待它倒下之后，又将剑插入她身下的那只克罗司背上。她将自己推向一旁，从附近的克罗司尸体上抽出剑，握住，反手劈倒第三只克罗司，然后把剑像飞箭一般，射向第四只怪物的胸口。再度使用钢推，她向后一跃，避开攻击。她从之前被她刺中的克罗司背后抽出剑，无视于濒死的巨大身躯，流畅地一回旋，往下直刺，贯穿第五只克罗司的锁骨跟胸膛。

她落地。周围躺满一群死去的克罗司。

纹没有愤怒，没有恐惧，她已经超越这些。她亲眼见过依蓝德死亡，将垂死的他抱在怀中，知道回天乏力。而她必须容许事情发生。

可是，他却活了下来。对他来说，每一次呼吸都是意外，甚至是不配得到的。曾经，她很害怕自己会无法守护住他，但一旦接受自己无法阻止他以身犯险这个事实后，反而获得了内心的平静。因为她终于了解，她并不想阻止他。

因此，她不再为了保护她所爱的男人而战，而是怀抱着这份理解而战。她是一把刀，依蓝德的刀，最后帝国的刀。她的战斗不是为了保护一个人，而是保护他所创造的生活方式，还有他如此努力要守护的人民。

平静给了她力量。

MISTBORN: THE HERO OF AGES

克罗司死在她身旁，比人类血液还鲜艳的色泽涂染了空气。这支军队中有一万只克罗司，远超过她能杀死的数量，但她不需要屠杀每一只。

她只需要让它们害怕即可。

因为她发现，克罗司的确会感觉到恐惧。她可以看到恐惧渐渐地在她身旁的怪物心中堆积，隐藏在焦躁与怒气之下。一只克罗司冲上前来攻击，她闪躲到一旁，仰赖白镴增强的速度，将剑刺入它的背部，转身，注意到一只巨大的怪物穿过军队，直朝她前来。

来得正好，她心想。它很大，也许是她见过最大的一只，绝对有十三尺高，半身皮肤都已经爆裂，一片一片地垂挂在身上，它早该因为心脏衰竭而死了。

它大吼一声，声音在出奇安静的战场上回荡。纹微笑，燃烧硬铝。体内原本就燃烧着的白镴猛然迸发，让她的战斗力瞬间提升。硬铝搭配其他金属使用时，能强化其作用，让它们在短时间内全部燃烧殆尽，同时提供爆发的力量。

纹燃烧钢，朝四面八方外推，经由硬铝增强的钢推如波涛般涌向朝她冲来的怪物们手中挥舞的巨剑，武器从克罗司们手中被扯落，怪物们往后飞起，巨大的身躯如灰烬般在血红色的太阳下散落。与此同时，硬铝增强的白镴保护住纹的身体，使她免于被反作用力挤压致死。

在一击之后，她的白镴跟钢同时消失。她掏出一小瓶装满金属碎屑的酒液，一口喝下，补充金属存量。然后，她燃烧白镴，越过一地横七竖八的克罗司，冲向她早先见到的巨硕怪物。一只较小的克罗司想要阻止她，但她一把抓住它的手腕，一扭一拉便扯断了它的关节。她抢了怪物的剑，弯腰避开另一只克罗司的攻击，快速回旋，一剑削断了三只克罗司的膝盖。

她转过身后，立刻将剑插入地面。如她所料，十三尺高的巨大怪物一秒后便展开攻击，手中的巨剑削砍力道大到让空气都发出咆哮。纹勉强将剑刺入地面，她知道即便用了白镴，也无法挡下怪物的武器，但此时它的武器砍上了刺入地面的剑。金属在她手下颤动，但她撑住了。

她的手指仍因如此猛烈的撞击而酸麻，纹放开剑，纵身一跳，无须钢推，便已落在剑柄上，她以此为立足点跃入空中。克罗司看到她曲起一条腿跃入十三尺高的空中，披风外套猎猎翻飞，脸上露出标准的克罗司讶异神色。

她直踢上它的太阳穴，发出头颅碎裂喀啦声。克罗司拥有超越人类的强壮身体，但她骤烧的白镴力量已然足够破坏它。怪物的小眼睛往内一翻，倒落在地。纹轻轻钢推剑，让自己维持在空中片刻，轻巧地落在克罗司的胸口。

她周遭的克罗司全部僵住。即便是在血腥狂暴中，它们对于亲眼见到她一踢便击倒一只如此巨大的克罗司仍然感到震惊。也许它们的脑子太迟钝，尚且无法处理刚才看到的景象，也可能除了恐惧之外，它们真的对方才一幕存有戒心。纹对它们的理解太少，不足以判断目前的情况是什么。但她了解的是，在一支正常的克罗司军队中，她方才的作为应该能为她赢得所有在场见证的克罗司的臣服。

可惜，这支克罗司军队受到外力控制。纹直起身体，可以看到远处依蓝德告急的渺小军队。在依蓝德的指挥下，他们目前仍然撑得住。战斗的人类对克罗司的影响与纹的神秘力量有着同等的效果——这些怪物无法理解这么小一支军队如何能抵挡它们，它们看不出依蓝德军队的惊慌或是他们的危急，只会看到一支弱小的军队在原处不停反击。

纹转身继续战斗。克罗司们带着更强烈的戒心靠近，却仍然不停上前。这就是克罗司的另一项怪异之处。它们从不后退。它们也会感觉到恐惧，虽然无法改变行为，却会因此而变弱。她从它们靠近她的方式以及脸上的表情看得出来，它们濒临崩溃边缘。

于是，她燃烧黄铜，钢推其中一只较小怪物的情绪。一开始，它试图抗拒。她更用力地推挤，终于，它的防线崩坏，成为她的。控制它的人距离太远，又同时将注意力集中于太多只克罗司，因此这只克罗司的意识在被狂暴的情绪占据,又被震惊、恐惧、焦躁等情感搅得一团混乱之后,终于完全屈服于纹的控制。

她立刻命令怪物攻击它的同伴。没多久,它就被砍倒,但在这段期间也杀了两只克罗司。纹一面战斗,一面逮住一只又一只的克罗司的意识,随机地出手,以剑令克罗司分神,同时挑选其中的几只克罗司,虏获它们的心智。要不了多久,她的身边便陷入一片混战,她自己也有一小支克罗司军队在为她而战。每倒下一只,她就用两只来递补。

她一面战斗,一面瞥向依蓝德的军队,看到一大群克罗司跟人类并肩作战,让她松了一口气。依蓝德本人则是在克罗司间穿梭移动,不再战斗,而是专注于将一只只克罗司虏获到他这一边。他只身前来城市是一个赌注,而且她不确定自己是否赞同他这么做。现在,她只是很高兴自己能赶上他。

她学依蓝德的做法,停止战斗,专心指挥她的克罗司军队,一只只地增加新成员。很快地,她便拥有将近百只克罗司。

要不了多久了,她心想。果不其然,她很快便看到空中出现一个黑点,穿过落灰,笔直朝她冲来。黑点化成穿着黑袍的身影,靠着钢推克罗司剑跃过军队。高大的人影没有半根毛发,在被灰烬熏染的正午天光下,纹可以看到刺穿眼眶的粗尖锥。这是一名她没见过的钢铁审判者。

审判者重重落地,以一对黑曜石的大斧砍倒一名被纹偷去的克罗司。他空洞的注视凝聚在纹身上,让她心中忍不住涌起一丝惊慌,脑海闪过一串清晰的记忆。深夜,雨夜,影夜。尖塔与高塔。腰际的痛楚。漫长的夜晚,被囚禁在统御主的皇宫之中。

卡西尔,海司辛幸存者,死于陆沙德的街道上。

纹燃烧电金,身边出现一群影像,全都是她在未来可以采取的行动。电金,镕金术上是金的配对金属。

依蓝德一开始称之为"穷人的天金",在战斗中的实际效用不大,但万一审判者使用天金,就能有点用处。

纹咬紧牙关，冲上前。与此同时，克罗司军队击败了仅剩的几只被她偷去的怪物。她跳起，轻轻钢推一柄地上的剑，让惯性带着她飞向审判者。鬼魅般的身影举高双斧挥砍，在千钧一发的瞬间，纹将自己往侧面拉引，将一只讶异的克罗司手中的剑打飞。剑在空中快速翻转，纹一把握住剑柄，同时将剑朝审判者的方向钢推。

他几乎没有抬眼就将巨大的武器钢推到一旁。卡西尔曾经打败过审判者，但耗费了相当多力气，他不久后也死去——被统御主亲手杀死。

别再想了！纹拼命告诉自己。先专注于眼前的事情。

她继续钢推地面的剑，在空中的身影开始打转，带起一阵灰烬飞花，落地时，纹踩上克罗司鲜血的脚步微微一滑，但这不妨碍她直冲向审判者。她刻意屠杀跟控制他的克罗司，就是要强迫他现身。如今，她得处理他。

她抽出一柄玻璃匕首——克罗司剑绝对会被审判者推开——骤烧白镴。能量、力气、稳定感充斥她的全身，只可惜，审判者也有白镴，两人势均力敌。

只除了一件事。审判者有弱点。纹弯腰闪过对方的挥砍，拉引一把克罗司剑让自己有足够的速度闪躲，然后再钢推同样一柄武器，让自己能飞冲上前，手戳向审判者的脖子。他一挥手便挡下她的匕首攻击，但此时她另一手正好抓住他的袍子。

她骤烧铁，同时拉引后方十几柄剑。突然的拉力让她整个人往后弹。钢推跟铁拉的力道相当猛烈，施用起来不细腻，却威力强大。纹一面骤烧白镴，一面抓住袍子，审判者显然是靠拉引前方的克罗司剑才保持住平衡。

袍子被撕裂，从侧面碎成两半，剩下纹手中的一大块布。审判者的背暴露无遗，她应该要能看到一根尖刺从怪物的背后突出，就和审判者眼里的那两根一样。可是，那尖刺被某个遮蔽审判者的背后、穿过他的腋下绕到胸前的金属护具所隐藏。它既像密实的护心甲能保护前胸，又

MISTBORN: THE HERO OF AGES

像线条流畅的龟壳能保护后背。

审判者转身，露出微笑，纹大声咒骂。那背后的尖刺——原本应该卡在每个审判者的肩胛骨正中央——正是他们的弱点，只要拔出来就能杀死怪物，显然这就是为何他们需要这块金属护甲——纹怀疑统御主应该不会允许。他想要他的仆人有弱点。

但纹没有太多时间思考，因为克罗司仍然持续在攻击。她在落地的同时抛开手中的碎布块，一只蓝色皮肤怪物也已经朝她挥砍过来。纹跳起，越过从她下方掠过的金属剑，同时反推一下，让自己弹得更高。

审判者追上她，展开攻势。灰烬在纹的身边盘绕，随她一同在战场上跃起。她正努力地思考对策。就她所知，剩下唯一一个能杀死审判者的方法，就是断头。但这件事想比做容易，毕竟那怪物的身躯会因为白镴而大大强化。

她最后落在战场外缘的一座荒凉山丘上。审判者在她身后重重落地。纹闪开一柄斧头，试图想靠近他挥划出伤口，但审判者立即挥下另一柄斧头，结果反而是纹在用匕首挡开武器时，手臂被拉了一道口子。

温暖的血滴在她的手腕上。红太阳一般的血色。她低声咆哮，面对她非人类的敌手。审判者的笑容向来让她不安。她往前冲，准备要再次攻击。

有东西闪过空中。

蓝色的线条，来得突兀，在镕金术中，这意味着附近有小块金属正快速移动。纹几乎来不及转身收回攻击，一把钱币便已经从后方打向审判者，他身上十几处伤口都深埋入钱币。

怪物尖叫，转身，洒出几滴血，看到依蓝德落在山头。他雪白的制服被灰烬跟鲜血沾污，但脸庞仍然干净，眼神明亮，一手握着决斗杖，另一手撑住地面，稳住他钢跃后的身形。他的镕金术技巧仍然需要再锻炼。

然而，他跟纹一样是迷雾之子。如今，审判者受伤了，克罗司正包围着城墙，攀抓着想要爬到顶端，可是纹跟依蓝德仍然有一些时间。她冲上前去，举高匕首，依蓝德同时发动攻击，审判者试图同时防守两人，脸上的笑容终于开始消失。他已准备要逃走。

依蓝德朝空中弹入一枚钱币，一块簇新闪亮的铜币从灰烬中冲来。审判者一笑，显然以为依蓝德又打算要钢推，而他认为自己的体重会透过钱币轻而易举地传到依蓝德身上。因为他也会同样展开钢推，两名身高体重几乎相当的镕金术师一旦相推，他们均会被往后抛开，审判者正巧可以攻击纹，依蓝德则会被抛向后方等待他的一团克罗司之中。

只不过，审判者没预料到依蓝德的镕金术力量这么强大。他怎么可能有机会知道？依蓝德的确脚下一踉跄，但审判者同时也突然被猛烈地后推。

他好强大！纹心想，看着讶异的审判者往后倒去。依蓝德不是普通的镕金术师，也许他尚未熟练，但当他骤烧金属钢推时，力道绝对不容小觑。

纹冲上前攻击，不给审判者恢复平衡的机会。她挥下匕首，却被他抓住手臂，强劲的握力让她原本已经受伤的手臂雪上加霜，她大叫一声，被他抛在一旁。

纹落下，就地一滚跃起。眼前的世界天旋地转，她看到依蓝德朝审判者挥下决斗杖。怪物以手臂挡住攻击，击碎木头，然后弯腰前冲，以手肘重击依蓝德的胸口，皇帝闷哼一声。

纹再次钢推几尺外的克罗司，让自己重新飞向审判者。她的匕首没了，他的斧头亦然。她可以看得出他正瞥向武器被抛落的方向，但她不给他取回的机会，打算用一记扫堂腿让他重新倒回地上，可惜审判者的身材远比她魁梧，强壮远胜于她。他将她抛在前方的地上，冲击力让她几乎窒息。

克罗司赶上前来展开攻击，但依蓝德抓起了一柄斧头，挥砍向审判者。

MISTBORN: THE HERO OF AGES

审判者突然加快速度，身影变成一团模糊，依蓝德最后只砍到空气。依蓝德转身，一脸震惊，看到审判者站起时，手上挥舞的不是斧头，居然是一柄尖刺，跟他体内的尖锥很类似，只是较长较细。怪物举高尖刺，以非人类的速度行动，其动作之迅速甚至超越任何镕金术师的想象。

这绝对不是白镴，纹心想。甚至不会是硬铝。她连忙站起，看着怪物奇特的速度开始减慢，但他所在的位置仍然足以将尖刺直直穿透依蓝德的背心。纹离得太远，帮不上忙。

可是克罗司不然。它们正爬上山，离依蓝德跟他的敌手只有几尺远。纹慌乱地骤烧黄铜，抓了最靠近审判者的克罗司意识。就在审判者要动手攻击依蓝德时，她的克罗司也同时转身，挥舞着如铁棍般的剑，直直命中审判者的脸。

这一击没有让审判者人头落地，只是将头颅完全打碎。光这样就足够了，审判者已无声无息地倒下，再无动静。

克罗司军队蹿过一阵战栗。

"依蓝德！" 纹说道，"现在！"

皇帝背向死去的审判者，她看见他眼中的专注。纹曾经看过统御主以他的情绪镕金术影响了整个城市广场的所有人。依蓝德比她更强，远胜过她，甚至胜过卡西尔。

她看不见依蓝德先燃烧硬铝，后燃烧黄铜，但她可以感觉得到。感觉到他压制她的情绪，散播出力量的讯息，同时安抚数千名克罗司。它们全都停止了战斗。

远处，纹可以看到依蓝德的农民军所剩无几，他们疲累地站成一个圈。灰烬继续落下。最近，灰烬鲜少停止坠落。

克罗司放下武器。依蓝德赢了。

我想，这才是真正发生在拉刹克身上的事。他太努力了。他试图以将星球搬近太阳的方式来驱逐迷雾，却搬得太近，让世界对于居住在其上的人而言，过于炎热。

灰山就是他的解决方法。他发现挪移星球需要的精确度实在太高，所以他转而让火山爆发，朝空中喷洒灰烬跟烟尘，较浓的大气层能让世界变凉，也把太阳变成了红色。

4

沙赛德，新帝国的首席大使，正在研读眼前的纸张，上面写着：卡西族的基本教义——论生死之美、死之重要，以及躯体为人与圣灵媒介之重要性。

这篇文章出自他的手，从他储存了数千本书的藏金术意识库里取出。在标题下，他以细小的字体在整张纸上密密麻麻地抄下了所有关于卡西族与其宗教的基本信条。

沙赛德靠回椅背，拾起纸张，重新再读了一遍自己的笔记。他一整天都花在这个宗教上，想要做出最后结论。在今天的研读之前，他已经对卡西教有相当的认识。他这辈子几乎都在研读卡西教以及其他升华时期前的宗教，那原本是他的兴趣之所在，也是所有研究的重点。

直到有一天，他发觉所有的研究都毫无意义。

最后，他下了结论，在纸张的一角如此写下：卡西教自我矛盾。它的论点为万物均为"唯一圣灵"的一部分，因此暗示每一具肉体都是决定要住在此世界的灵体所创造的艺术品。

可是，其中一项基本教义就是，邪恶之人的惩罚就是获得不完美的身体。沙赛德认为这个教条让人颇为厌恶。生下来便有肢体或心智残疾的人应当得到同情，或者怜悯，但绝对不是鄙夷，况且，这个宗教的两种理念哪个是真的？神灵们是按照自己的想法设计而选择了躯体，还是被他人赋予了身体,并因此得到惩罚?那血统对孩子的五官与脾性的影响又该如何解释?

他暗自点头,在纸张下方做了注解。逻辑不完整,显然是假的。

"你在做什么?"微风问道。

沙赛德抬起头。微风坐在旁边一张小桌边,啜着酒,吃着葡萄,穿着他惯常的贵族套装——黑色外套,赤红背心,还佩有一柄决斗杖,他每次说话时都喜欢拿决斗杖比画一番。他在陆沙德围城战与后续时期瘦下来的体重如今已完全恢复,达到随时都是"福态"的状态。

沙赛德低下头,小心翼翼地将纸张跟其他数百张纸一起放回他的活页夹,用布包好,绑好布条。"不是什么重要的东西,微风大人。"他说道。

微风静静地啜着酒。"不是什么重要的东西?你最近似乎总是在摆弄你的那些纸张。一有空就会抽一张出来。"

沙赛德将活页夹放在椅边。该怎么解释?厚厚的活页夹中,每一张都概括地描述了守护者所搜集的宗教,约有三百多种。每个宗教如今而言,可说是已经"死亡"了。在大约一千年前,统御主统治初期,便已将它们一一歼灭。

一年前,沙赛德心爱的女人死去。如今,他想知道……不,他必须知道……这世界上的宗教,有哪一个能回答他的问题。他决心要找出真相,否则他会删除所有。

微风仍然看着他。

"我不太想谈这件事,微风大人。"沙赛德说道。

"如你所愿。"微风举起酒杯,"也许你能使用你的藏金术力量听听隔壁的谈话内容。"

"我认为那不是礼貌的行为。"

微风微笑:"亲爱的泰瑞司人,只有你会在征服一个城市的时候,还担心对敌对的独裁者是否'礼貌'。"

沙赛德低下头，觉得有点不好意思。虽然他们两人并没有带军队入侵雷卡城，却的确是带着征服的意图而来，而且只打算用一张纸，兵不血刃地达成目的。

隔壁房间目前发生的事情正是关键。国王会不会签合约？微风跟沙赛德只能等待答案。他很想拿出活页夹继续看下一个宗教。他研究了卡西教一天，如今终于作出结论，他希望能继续研究下一个宗教。在过去一年中，他读完了其中三分之二，还剩下大概不到一百个，若把所有分支跟派别都算进去的话，那也应该还剩将近两百个。

快了。在未来几个月中，他能将剩余的宗教读完。他希望仔细且完整地审核每个宗教。在剩下的百来个宗教中，至少应该有一个会包含他要寻求的真实，至少应该有一个能告诉他，延朵的灵魂怎么了，而不是像其他宗教一样有五六处相互矛盾的地方。

可是要他继续在微风面前阅读实在有点不太自在，所以沙赛德强迫自己耐心地端坐等待。

这个房间相当华丽，符合旧时代贵族的风格。沙赛德已经无法习惯如此的奢华了。依蓝德将他大部分的豪华摆设都卖掉或烧掉了——在冬天时，他的人民需要食物跟温暖。显然雷卡王没有比照办理，也许是因为南方的冬天没有那么严酷。

沙赛德瞥向窗外。雷卡城没有真正的皇宫，直到两年前，这里才不过是一个乡村宅邸，不过主屋确实俯瞰着城镇，景色颇为优美。与其说这里是个城镇，倒不如称之为贫民窟。

可是这个贫民窟掌控着可能危及依蓝德防御战线的土地。他们需要与雷卡王结盟所带来的安定，因此，依蓝德派遣一队使节，包括他的首席大使沙赛德，来此取得雷卡王的忠诚，而后者正在隔壁跟幕僚商讨是否决定要接受这个和约，成为依蓝德·泛图尔的从属国。

新帝国的首席大使……

沙赛德不太喜欢这个头衔，因为它意味着他是帝国的国民之一。他的泰瑞司族人已发誓再也不侍奉任何人。过去一千年来，他们一直被压迫着，被当成动物一样地控制繁衍，最后变成完美、顺从的仆人。只有在最后帝国倾倒后，泰瑞司人才得到自由，达成自治。

目前为止，泰瑞司人在这方面的表现不算好。雪上加霜的是，钢铁审判者屠杀了整个泰瑞司统治议会席诺德，让沙赛德的族人失去了所有的指引或领导。

他不由得心想，这一切全都很虚伪。统御主其实是泰瑞司人，这些迫害都是出自于我们自己的族人。我们凭什么坚持不肯对外人称臣？摧毁我们的族人、文化和宗教的人，并不是外人。

于是，沙赛德成为了依蓝德·泛图尔的首席大使。依蓝德是个朋友，是少数几个沙赛德尊敬的人之一。在沙赛德心里，就连幸存者本人都没有依蓝德·泛图尔那样的风骨。皇帝虽然接纳了泰瑞司人进入他的领土，提供庇护，却从来没有试图统治他们。沙赛德不确定他的族人现在是否真的拥有自由，但他们欠依蓝德·泛图尔很多。

沙赛德很乐意担任他的大使。

即使沙赛德觉得他应该有更重要的事情该去做。例如领导他的族人。

不，沙赛德心想，瞥向他的活页夹。不。没有信仰的人不该领导他们。我必须找到属于自己的真实。如果真有这样的存在。

"他们讨论得也够久了。"微风说道，吃着葡萄，"我们费了这么多口舌，才谈到今天这个地步，他们早该知道要不要签字了。"

沙赛德望向房间另一边雕刻华丽的大门。雷卡王会怎么决定？他真的有选择吗？"微风大人，你觉得我们在这里做的事情是对的吗？"沙赛德发现自己问道。

微风哼了一声。"对或错不是重点。不是我们来找雷卡王，就会是别人。这一切都是战略上的需要，至少，我是这么认为的。也许我比别人爱算计吧。"

沙赛德打量这个富态的男子。微风是安抚者，而且是沙赛德所碰到过最明目张胆的安抚者。大多数安抚者都选择低调秘密地使用他们的力量，只在最妥当的时机点去影响别人的情绪，可是微风却玩弄所有人的情绪。沙赛德此时可以感觉到对方正在碰触自己的情绪，但这是因为他知道该怎么判别。

"微风大人，请原谅我的窥探。"沙赛德说道，"可是，你没有那么容易就骗过我。"

微风挑起一边眉毛。

"我知道你是个好人。"沙赛德说道，"你很努力要隐藏这点，总是装出冷漠自私的样子，但对于那些观察你的行为而非言谈的人来说，这是很明显的。"

微风皱眉。沙赛德因为让安抚者意外而感到一丝欣喜。他显然没预期到沙赛德会这么直白。

"好家伙，我对你真失望。"微风说道，啜着酒，"你不是才刚说要有礼貌吗？结果你把一个老悲观主义者藏在内心深处的黑暗秘密都挖出来了，这算哪门子的有礼貌！"

"黑暗秘密？"沙赛德问道，"你内心善良是这种秘密？"

"我一直想要舍弃这个特质。"微风轻松地说道，"很可惜，我这个人太软弱。现在，我们能不能换个话题？原来那个实在让我太不舒服了。我来回答你早先的问题。你问我们做的事情到底对不对，什么叫对的事？是指强迫雷卡成为依蓝德的附庸国？"

沙赛德点点头。

"好吧，我得说，我们做的事情是对的。"微风说道，"我们的协议会让雷卡能获得依蓝德军队的保护。"

"代价是自由统治的权力。"沙赛德接着说道。

"不。"微风挥手说道，"我们都知道依蓝德远比雷卡王擅长治理。雷卡的人民大多数都还住在摇摇欲坠的废屋里。"

"是的，但你也得承认，我们在强迫他。"

MISTBORN: THE HERO OF AGES

微风皱眉："政治就是这么一回事。沙赛德，这个人的侄子派了一军队的克罗司去摧毁陆沙德！依蓝德没将整座城市摧毁报复已经算他走运。我们有更强大的军队，更丰富的资源，更优秀的镕金术师。一旦雷卡签下和约，这些人民的日子会好过很多。好家伙，你怎么了？你前两天才在和谈桌上提出这几点来佐证。"

"我很抱歉，微风大人。"沙赛德说道，"我……最近经常觉得自己很矛盾。"

微风一开始没有回应。"还是会痛，对不对？"他问道。

这个人太擅长读取他人的情绪，沙赛德心想。"对。"他终于低声说道。

"会停止的。"微风说道，"总有一天。"

会吗？沙赛德心想，别过头去。已经过了一年了，却仍然觉得……一切不再完好。有时候，他不禁猜想，自己沉浸于宗教中，是否只是为了躲避心痛。

假如真是如此，那他选择的方法还真糟，因为心痛永远在等着他。他失败了。不，是他的信仰让他失望了。他已经一无所有。

一切都没了。

"你看。"微风说道，引起他的注意力，"坐在这里等雷卡下定决心显然让我们很焦虑。我们要不要转换一下话题？选个你记得的宗教跟我说说吧，你已经好几个月都没想要让我信教了！"

"我在几乎一年前就不再佩戴红铜意识库了，微风大人。"

"但你至少记得一些吧。"微风说道，"你何不试着说服我相信某个信仰？就当是回忆一下过去什么的。"

"我想还是不要了。"

这感觉像是背叛。身为守护者，泰瑞司藏金术师，他可以将记忆储存在红铜库中，之后再取出来使用。在最后帝国的时代里，沙赛德的族人历经千辛万苦才搜集到他们丰富的知识存量，而且不只限于宗教议题。他们搜集了所有能找到的关于统御主时期之前的知识，全部统一整理起来，传承给下一代，仰赖藏金术来确保内容的正确性。

可是他们从未找到他们最急切要知道的内容，也就是他们开始这场追寻的原因——泰瑞司人的宗教。那在统御主统治的第一个世纪中就被他消灭殆尽。有这么多人努力、流血、死去，好让沙赛德现在能拥有他继承的丰富知识，但是，他却把它从身上卸下来了。他将关于每个宗教的笔记写在纸上，塞入随身携带的活页夹里之后，把所有金属意识库都从身上取了下来，放到了别的地方。

一切似乎都……不再重要。有时候他会觉得，没什么重要的。他很努力不要一直去想，但这念头仍然根植于他心底，可怕却又无法驱逐。他觉得自己被玷污、不配拥有。就沙赛德所知，他是世上仅存的最后一名藏金术师。他们如今没有条件去搜寻遗留者，但在一年内，并没有守护者难民进入依蓝德的领土。只剩下沙赛德。如同所有泰瑞司侍从官，他从小就被阉割，藏金术这种继承性的力量，很可能会随他一同死去。泰瑞司人体内可能残存一丝星火，但考虑到统御主曾试图以育种的方式泯灭这个血统，再加上席诺德的毁灭……情势看来并不乐观。

金属意识库仍然被收好，被他随身携带，但从未被使用。他怀疑自己会有再运用它们的一天。

"怎么样？"微风问道，站起身，靠在沙赛德身边的窗户上，"你不打算挑个宗教解释给我听吗？是哪一个呢？我猜是要画地图的？还是崇拜植物的？你一定有一个会崇拜酒的。那个可能很适合我。"

"拜托你，微风大人。"沙赛德说道，望着城市。灰烬正在飘落。最近，每天如此。"我不想要谈这些事。"

"什么？"微风问道，"怎么可能？"

"如果有神，微风大人，你认为他会允许这么多人被统御主杀死吗？"沙赛德说道，"你认为他会允许世界变成这样吗？我不会教导你或世界上任何人，任何一个无法回答我问题的宗教了。永远。"

MISTBORN: THE HERO OF AGES

微风陷入沉默。

沙赛德伸手碰触腹部。微风的话让他心痛,令他想起一年前廷朵死去的痛苦日子。当沙赛德在升华之井跟沼泽战斗时,自己也差点被杀死;即使隔着衣服,他仍然可碰触到腹部上的疤痕,那时沼泽以金属戒指攻击他,金属刺穿了沙赛德的皮肤,几乎杀死他。

为了救自己的命,他使用了那些戒指里的藏金术力量,治愈身体,将戒指吞没入身体。不过很快地,他就储存到了足够的健康,于是安排了手术将戒指从腹部移除。虽然纹反对他这么做,因为在体内存有金属会是他的优势,但沙赛德担心金属在体内放久了不利于健康,况且,他真的不想要与它们共同生活。

微风转身望向窗外。"你一直是我们之中最高尚的,沙赛德。"他轻声说道,"因为你有信念。"

"对不起,微风大人。"沙赛德说道,"我无意让你们失望。"

"你没让我失望啊。"微风说道,"因为我不相信你刚才说的。你天生就不适合当无神论者,沙赛德。我有个感觉,完全不行,一点都不适合你。你早晚会想通的。"

沙赛德望向窗外。以泰瑞司人而言,他很叛逆,却也不想继续争论。

"我还没谢过你。"微风说道。

"什么,微风大人?"

"把我从自我沉沦中救出来。"微风说道,"一年前你强迫我站起来,继续前进。如果没有你帮忙,我不知道我是否能够克服……曾经发生的事情。"

沙赛德点点头。可是在内心,他却相当愤恨。亲爱的朋友,你确实见证了死亡跟毁灭,但你爱的女人还活着。如果我没有失去她,我也回得来。我也能像你这样恢复。

门打开。

沙赛德跟微风齐齐转头。一名幕僚走了进来,端着一张华丽的文件。雷卡王在协议下方签了名。他的签名很小，几乎可说是很卑微，只缩在页面的角落。他知道自己被打败了。

幕僚将盟约放在桌上，退下。

拉刹克每次试图要导正情况，都会越帮越忙。他必须改变世界上的植物好让它们能在崭新的严酷环境下生存，但这个改变让人类能获得的养分相对减少；落灰让人类容易生病，像是长期在地底下挖矿一般咳嗽连连。于是，拉刹克最后改变了人类，好让他们能够继续生存。

5

依蓝德跪在倒地的审判者身边，试图忽略仅剩模糊血肉的头颅。纹走上前来，他注意到她手臂上的伤口。她一如往常地对身上的伤浑然无所觉。

克罗司静静地站在他们身边的战场上。依蓝德不喜欢掌控这些怪物的感觉，光是跟它们有关系，就让他觉得自己被……玷污，可是，这是唯一的方法。

"有哪里不对劲，依蓝德。"纹说道。

他抬起头来："你觉得这附近不止一个？"

她摇摇头："不是。那个审判者在最后的速度太快了。无论是人还是镕金术师，我从来没看过谁能以这么快的速度移动。"

"他一定有硬铝。"依蓝德低头说道。有一段时间，他跟纹握有优势，因为他们掌控了一种审判者不知道的金属，如今最新的报告显示这个优势不复存在。

幸好他们还有电金。其实这都该感谢统御主。穷人的天金。一般来说，燃烧天金的镕金术师可说是所向无敌，只有燃烧同样金属的另一镕金术师才能与之抗衡。另一个例外就是使用电金。电金不像天金那样能让人稍微预测未来，但电金可让人不受天金的影响。

"依蓝德，那不是硬铝。"纹跪在地上说道，"那个审判者的速度快到超越硬铝。"

依蓝德皱眉。他只从眼角看到审判者的行动，但没有那么快吧。纹总是杞人忧天。

当然，她也经常是对的。

她伸出手，抓住尸体的袍子，用力一扯。依蓝德别过头："纹！对死者尊重点！"

"我对这东西毫无尊重，永远都不会。"她说道，"你看见了那东西想要用自己的尖刺杀你吗？"

"的确有点蹊跷。也许他觉得他来不及用斧头。"

"你看。"

依蓝德转过头。这个审判者有标准的尖刺，胸口两旁的肋骨上各钉了三支。可是……还多了一支。依蓝德从未在别的审判者尸体上看过这种景象，最后一支直刺过怪物的前胸。

统御主啊！依蓝德心想。这一支一定完全刺穿了他的心脏。他是怎么活下来的？当然，如果两支穿过眼睛的尖刺都杀不死他，多这样一支应该也不会。

纹伸出手，拔起尖刺。依蓝德不由得恶心地皱起眉头。她微微蹙着眉心，举起尖刺来端详。"白镴。"她说道。

"真的？"依蓝德问。

她点点头："这样就是十支了。两支穿过眼睛，一支穿过肩膀，都是钢。六支穿过肋骨：两支钢，四支青铜。现在又有一支白镴，更不要提它想用在你身上那支，似乎是钢。"

依蓝德研究她手中的尖刺。在镕金术跟藏金术中，不同的金属有不同的功效，他只能猜测对于审判者来说，尖刺使用不同的金属也有特殊的意义。"也许他们完全不用镕金术，而是某种……不同的力量。"

"或许吧。"纹抓着尖刺站起，"我们得切开他的肚子找找看天金。"

"也许这一个会有。"他们向来都会燃烧电金以防万一，但目前为止还没碰上哪个审判者真的拥有天金。

纹摇摇头，望着满是灰烬的战场："我们错过了某些线索，依蓝德，我们现在就像学父母玩的游戏，却不清楚规则的小孩一样，而且……这游戏还是对手创造的。"

依蓝德绕过尸体，来到她身边："纹，我们甚至不知道它在哪里。一年前我们在井里看到的东西……也许它不在了。也许它自由后就离开了，也许它只想要这样。"

纹看着他。他从她的眼神可以看出来，她并不相信这番话，也许纹同样能看出来，他也不信。

"它在，依蓝德。"她低声说道，"它正在指引审判者，清楚知道我们想做什么，所以克罗司攻击的城市每次都跟我们选择同样的城市。它拥有掌控世界的力量，可以改变写下的文字，制造误会跟混乱。它知道我们的计划。"

依蓝德按着她的肩膀："可是今天我们打败它了，它还送给我们一支好用的克罗司军队。"

"为了抓到这支军队，我们失去了多少同胞？"

依蓝德不需要回答。太多了。他们的人数正日渐减少。迷雾，或该说深黯，越来越强大，肆意地夺走人的性命，杀死农作物。外统御区全部都已经是荒地，只有最靠近首都陆沙德的城镇还能有足够的日光种植食物，而连这块足以让人生存的区域也逐渐在变小。

希望，依蓝德坚定地想。她需要我给她希望，这是她向来需要我给她的。他握紧她的肩膀，将她拉入自己的怀抱："我们会打败它的，纹。我们会找到方法。"

她没有反驳，很显然也并没有被说服，可是纹仍让他抱着自己，闭起眼睛，将头靠在他的胸口。他们站在失败的敌人面前，但就连依蓝德都必须承认，这感觉不像是一场胜利，因为世界正在他们周遭逐渐崩毁。

希望！她再次心想。我现在已经属于幸存者教会了。它只有一个主要教条。

活下来。

"给我一只克罗司。"纹终于说道，从他的怀抱里走出。

依蓝德释放其中一只中大型的怪物，让纹掌控，他还是不太了解自己是如何控制这些怪物，但一旦他掌控了一只，就能无限制地控制它，无论是醒是睡，或是否燃烧金属。镕金术有许多事是他不了解的。他使用自己的力量只有一年，而且还得因管理帝国以及人民的生存分心，更遑论大大小小的战争。他没什么练习的时间。

当然，纹在杀死统御主之前，练习的时间更短。可是纹是特殊案例。使用镕金术对她而言就像一般人呼吸那样容易，与其说是技巧，倒不如说这是本能的延伸。依蓝德也许真如她所坚持的那样力量较强大，但她才是这方面的大师。

纹的克罗司走过来抱起审判者，拿起尖刺，然后纹跟依蓝德一起走下山丘，纹的克罗司仆人跟在身后，走向人类军团。克罗司军队在依蓝德的命令下分成两边，为依蓝德开道。他在控制它们的同时，却也忍不住一阵战栗。

法特伦，这个脏兮兮的城市统治者，架起了一座野战治疗所，但依蓝德对司卡外科医生没什么信心。

"我答应你会有第二支军队，法特伦大人。"依蓝德说道，"这就是了。"

"克罗司？"他问道。

依蓝德点点头。

"但就是它们来攻击我们的。"

"现在属于我们这边了。"依蓝德说道,"你的手下做得很好。要让他们知道,胜利是属于他们的。我们必须强迫审判者现身,唯一的方法就是让他的军队自相残杀。克罗司看到小人物打败大东西时会心生恐惧。你的人非常英勇,因为他们,克罗司臣服于了我们。"

法特伦抓抓下巴。"所以……"他缓缓开口,"它们怕了我们,因此投诚?"

"有点类似。"依蓝德望着士兵说道。他命令几只克罗司上前。"这些怪物会听从这群士兵的命令。让它们帮你们把伤员带回城市里吧,可是记得,不能让你的人惩罚或攻击克罗司。它们现在是我们的仆人了,明白吗?"

法特伦点点头。

"走吧。"纹望着小城,听起来很热切。

"法特伦大人,你要跟我们一起来,还是监督你的士兵?"依蓝德问道。

法特伦眼睛眯起:"你们要做什么?"

"城里有我们需要的东西。"

法特伦想了想。"一起去吧。"他下了几道命令,纹不耐烦地在一旁等着。依蓝德对她投以微笑。终于,法特伦来到他们身边,三人走回维泰敦的城门。

依蓝德边走边开口:"法特伦大人,从今以后,你应该称呼我为'陛下'。"

原本正紧张地端详周围克罗司的法特伦抬起头来。

"明白吗?"依蓝德说道,迎向那人的双眼。

"呃……是的,陛下。"

依蓝德点点头,法特伦于是落在他与纹身后,不自觉地展现出敬畏。他看起来并不想要反抗，可能光因为还活着就感到欣喜万分。也许有一天他会因依蓝德强迫他献出城市而反感，但到那个时候，他也无能为力。届时，法特伦的子民早已经习惯隶属于帝国的安稳，而且依蓝德虏获克罗司的神迹，加上拯救了全城的故事，将牢牢地深植民心，确保法特伦再也无法重获统治权。

我这么轻易就习惯下令了，依蓝德心想。只不过两年前，我犯的错误比这个人还多，至少他在危机时保持了人民统一战线。我还丢了我的王位，直到纹帮我重新回到皇座。

"我担心你。"纹问道，"你需要在没有我的情况下就开战吗？"

依蓝德瞥向一旁。她的声音不带任何责难，只有关切。

"我不确定你什么时候到，甚至不知道你会不会到。"他说道，"机不可失。克罗司刚行军了一整天，在它们决定开打前，我们可能可以杀掉五百只。"

"审判者呢？"纹问道，"你真的认为能靠自己的力量打倒他吗？"

"你呢？"依蓝德问道，"在我能赶到前，你自己一个人已经跟他打了五分钟。"

纹没有以显而易见的论点回应他——她是比他杰出太多的迷雾之子。她只是静静地走在他身边。她仍然担心他，只是不再试图为他阻隔所有危险。她的担忧跟她愿意让他只身冒险的心意都代表了对他的爱，而他对此深怀感激。

他们两人很努力地想尽量花时间在一起，但不是每次都能办到，例如这次，依蓝德发现有一支克罗司军队正朝一个无法防守的城镇前进，但纹已经出发去派送命令给在陆沙德的潘洛德。依蓝德盼望她能及时赶回军营，然后前来帮忙，但他片刻都无法等待，毕竟有数千条人命命悬一线。

除了人命，更有别的重要东西会面临危险。

迷雾之子
卷三·永世英雄 [珍藏版]

他们终于来到门前。一群来不及赶去战场或害怕到不敢冲锋的士兵站在矮土墙上，震惊赞叹地望着下方。几千只克罗司突破了依蓝德的防线，前来攻击城市，如今却全部服从他无声的命令，动也不动地在土墙外等待。

士兵打开大门，让纹、依蓝德、法特伦，还有纹的克罗司仆人进入。大多数人对纹的克罗司都投以不信任的目光，这是应该的。她命令它把死去的审判者放下，然后要它跟她一起走在堆满灰烬的城市街道上。纹的理论是：越多人看到克罗司，越习惯它们的存在就越好。

这可以让人民不再那么惧怕这些怪物，因此如果有一天必须再度与克罗司战斗，他们将不再如此畏惧。

一行人很快便来到依蓝德刚进入城市时就检视过的教廷大楼。纹的克罗司上前去，开始拆掉挡门的木板。

"教廷的分部?"法特伦说道，"有什么用？我们已经搜索过了。"

依蓝德瞥了他一眼。

"陛下。"法特伦此时才反应过来。

"钢铁教廷与统御主有直接联系。"依蓝德说道，"教廷的圣务官是他在王国中的眼线，他透过圣务官控制贵族，照顾贸易往来，还有确保教义完整。"

克罗司将门拉开。走进去后，依蓝德燃烧锡增强视力，好在阴暗的光线下见物。纹显然也做了同样的事，轻而易举地便绕过四散在地面的破碎木板与家具，显然法特伦的人马不只是"搜索"过这里，他们已经把这里洗劫一空。

"是，我知道圣务官的事。"法特伦说道，"但这里没有他们了，陛下。他们已经跟贵族们一同离开。"

"圣务官们负责进行一些很重要的计划，法特伦。"依蓝德说道，"像是尝试发掘如何使用新的镕金术金属，或是搜寻纯正的泰瑞司血统等等，其中有一项计划特别引起我们的兴趣。"

MISTBORN: THE HERO OF AGES

"这里。"纹站在地上某个东西旁边喊道。一道暗门。

法特伦回望着阳光,暗自希望有多带几名士兵一起来。纹在暗门旁点起一盏不知从何取来的小油灯。在一片漆黑的地窖中,即使有锡力也无法增强视觉。纹打开暗门,三人鱼贯下了楼梯,最后来到酒窖。

依蓝德走到小酒窖中央,环顾四周,纹则开始检查墙壁。"找到了。"她没多久便说道,在石墙上的某一点轻敲。依蓝德上前跟她并肩。果不其然,石头上有一道小缝,几乎微不可见。依蓝德燃烧钢和铁,看到两条隐约的蓝线指向隐藏在石头后方的金属板。两条更强的线指着他身后,是墙上另外一面更大的金属板,以巨大的螺丝稳固地锁在石头上。

"准备好了吗?"纹问道。

依蓝德点点头,骤烧铁,两人一同拉引埋在石墙中的金属板,同时也拉引后墙的金属板来稳住自己。

教廷的远见不止一次地让依蓝德啧啧称奇。他们怎么会预知有一天,一群司卡会掌控这个城市?可是这扇门不只被隐藏,还被设计成只有会镕金术的人才能打开。依蓝德继续同时拉引两个方向,感觉身体好像在被两匹马向相反方向拉,幸好,他有白镴的力量增强肌肉,可免受撕裂之痛。纹在他身旁费劲地哼了一声,很快地,墙壁开始朝他们滑动。这扇石门不可能被撬开,光要凿透石门就不知道要花多久时间,但如果有镕金术,不多时便可开启。

终于,他们放手。纹疲累地叹口气,依蓝德看得出来,整个过程对她要比对自己而言更费力,有时候他觉得自己不该获得比她更多的力量,毕竟他当镕金术师的时间短多了。

纹拾起油灯,两人进入洞开的房间,跟依蓝德见过的另外两间一样,石洞极大,延伸到远方,油灯的光线在黑暗中仅仅照亮寸土之地。法特伦跟他们一起站在门口,赞叹地惊喘出声。房间里都是柜子。上百架柜子。上千架柜子。

"那是什么?"法特伦问道。

"食物。"依蓝德说,"还有基本补给品。医药、衣服、水。"

"好多。"法特伦说道,"一直都在这里。"

"去找更多人来。"依蓝德说道,"要士兵。我们需要他们来守住门口,阻止平民侵入,偷走里面的东西。"

法特伦的表情变得冷硬:"这里属于我的人民。"

"我的人民,法特伦。"依蓝德说道,看见纹带着灯火进入房间,"这个城市如今属于我,里面的东西也属于我。"

"你是来抢劫我们的,"法特伦指控,"就像去年想攻占城市的土匪一样。"

"不。"依蓝德说道,转身面对满身灰烬的男子,"我来征服你的。这中间有差别。"

"我看不出来。"

依蓝德咬紧牙关,阻止自己怒斥那人。领导一个似乎注定沦亡的帝国带来了长久持续的压力,让他经常精神紧绷。不。他告诉自己。法特伦这样的人需要的不是另一个暴君。他们需要可以景仰的对象。

依蓝德走上前,刻意不在法特伦身上使用情绪镕金术。安抚在许多情况下都有用,但效果退散得也快,不是建立长久盟友的方法。

"法特伦大人,我要你仔细想想你方才的论点。"依蓝德说道,"如果我真的离开你们,会发生什么事?这里有这么多食物,这么多财富。你能相信你的人不会入侵这里,你的士兵不会试图将这里的东西卖给附近的城市?当你有食物来源的秘密泄漏出去时,会发生什么?你会欢迎涌现的数千个难民吗?你能保护他们还有这座石穴,不受尾随而来的劫匪与盗贼攻击吗?"

法特伦沉默。

依蓝德按上男子的肩膀:"我之前说的是认真的,法特伦大人。你的人民奋勇抗敌,我非常佩服。他们今天能存活都是多亏了你,你的远见,你的训练。只不过几小时前,他们还认定自己会被克罗司屠杀,如今他们不只安全，更受到一支更大的军队的保护。

"不要抗拒我。你坚持了很久，做得很好，但该是有盟友的时候了。我不会对你说谎。我会把这个石穴的东西都带走，无论你是否反对。可是，我会给你军队的保护，稳定的食物供给，还有我的承诺，你可以在我的统治下继续领导你的人民。法特伦大人，我们需要合作，这是我们未来几年能活下来的唯一方法。"

法特伦抬起头。"……您说得一点也没错。"他说道，"我去找您要的人来，陛下。"

"谢谢。"依蓝德说道，"如果有会写字的人，也请一并将他们送来给我。我们需要登记这里的东西。"

法特伦点点头。

"以前，你做不到这种事。"纹站在不远处说道，声音回荡在石穴中。

"什么样的事？"

"强势地发号施令，"她说道，"夺走他的控制权。你原本会让人民投票选择他们要不要加入你的帝国。"

依蓝德转头去看门口，静静地站在原地片刻。他没有用情绪镕金术，却仍然认为自己欺负了法特伦。"纹，有时候，我觉得自己很失败。应该有更好的方法。"

"现在没有。"纹走上前来说道，一手摸着他的手臂，"依蓝德，他们需要你。你知道的。"

他点点头："我知道他们需要我。我只是觉得，一个更杰出的人应该能找到让人民的意志与统治并行的方法。"

"你找到了。"她说道，"你的内阁议会仍然统治陆沙德，你统治的王国也全都维护司卡的基本权益。"

"这是妥协。"依蓝德说道，"他们只能做我不反对的事情。"

"这就够了。你得实际点，依蓝德。"

"以前我的朋友们和我聚会时，总是我提出完美的梦想，伟大的目标。我是那个理想主义者。"

"理想对帝王而言太奢侈。"纹轻声说道。

依蓝德看着她，叹口气，转身走开。

纹站在原处，借着清冷的火光看着依蓝德。她不喜欢看到他如此遗憾，如此……对现实感到失望。就某方面而言，他现今的问题甚至比当初令他困扰不已的自我怀疑还要更严重。无论他成就了什么，似乎都觉得自己是个失败者。

可是，他没有容许自己沉浸在失败者的情绪里。他虽然怀抱遗憾，却仍继续前进。跟从前比起来，他坚毅了太多。这不是坏事。过去的依蓝德被太多人认为无足轻重，也许是个有许多好点子的智囊，却没有多少领导才能。可是，她仍然想念失去的那些，例如他单纯的理想。依蓝德仍然很乐观，仍然是个学者，但这两样特质似乎都被他不得不承受的重担压抑了。

她看着他顺着一片储存柜前进，手指划过灰烬，抬起来看了看，一弹指，灰烬散入空中。胡子让他显得更粗犷，更符合他如今战场指挥官的身份。一年来扎实的镕金术与剑技训练让他的躯体更为坚实，以至于他所有制服都得重新修改才能合身。他现在穿的这套仍然沾抹着战争的污渍。

"这地方很惊人，对不对？"依蓝德问道。

纹转身，瞥向阴暗的储藏窟："应该是吧。"

"他知道的，纹。统御主，他知道。"依蓝德说道，"他曾经怀疑会有这么一天到来，浓雾会返回，食物会变得匮乏，因此，他准备了这些库藏点。"

纹来到依蓝德身边，两人一起站在柜子前。从过去探索石穴的经验中，她知道这里面的食物仍然可以食用，它们多数都经由统御主的罐头工厂包装，可以储存多年。可惜纹跟依蓝德要担心的不仅仅是一个城市。

"你想想看这其中耗费的心力。"依蓝德说道，翻转着手中一罐炖牛肉，"他必须每几年就换一批新的，不停包装跟储存新的补给品，这么持续了好几个世纪，却没有人知道他在做这件事。"

纹耸耸肩："当你是个神兼皇帝，又有一批狂热信徒时，要办到这些并不困难。"

"是没错，但其中的心血……整个规划……"依蓝德突然停顿下来，看着纹。

"你知道这意味着什么吗？"

"什么？"

"统御主认为它是可以被打败的。我是说我们释放的那个东西，深黯。统御主认为他会赢。"

纹哼了一声："不一定是这样，依蓝德。"

"否则他为什么要这么大费周章？他一定知道，战斗不是毫无胜算。"

"依蓝德，人是会挣扎的。就连垂死的野兽都会挣扎着想要活下去。"

"可是你必须承认这些洞窟是个很好的征象。"依蓝德说道。

"好的征象？"纹低声问道，又上前了一步，"依蓝德，我知道你想要找寻希望，但我最近没有看到什么'好的征象'。你必须承认太阳越来越暗，越来越红，南方这边更严重。"

"其实，我不认为是太阳改变了。"依蓝德说道，"那是因为空气中的灰跟烟尘。"

"这是另外一个问题。"纹说道，"灰烬几乎随时都在飘落。连在街道上做扫除都有困难，它们遮蔽天光，让一切更阴暗。就算迷雾杀不死明年的作物，灰烬也会。前年冬天，当我们在陆沙德打克罗司时，那是我第一次在中央统御区看到下雪，去年冬天更严重。依蓝德，无论我们的军队有多大，这些都不是我们能抵挡的！"

"那你要我怎么做，纹？"依蓝德问道，将炖牛肉罐头重重往柜子上一放，"克罗司正聚集在外统御区。如果我们不建立起防御工事，人民根本撑不住。"

纹摇头。"军队是短期的答案，这个……"她挥手示意整个石穴，"这个也是暂时的。我们在这里做什么？"

"我们在活着。卡西尔说——"

"卡西尔死了，依蓝德！"纹怒斥，"难道只有我觉得整件事情很可笑？我们称呼他为幸存者，但他是唯一一个没有活下来的人！他让自己成为烈士。他自杀了。那算什么幸存？"

她站在原处，看着依蓝德，呼吸沉重。他回望她，显然不受她的暴怒影响。

我在干什么？纹心想。我刚刚才在想自己有多钦佩依蓝德总是满怀希望。现在为什么要跟他争论这些？

他们都绷到了极点。

"我没有答案可以告诉你，纹。"依蓝德在阴暗的石穴中说道，"我甚至无法了解要怎么样对抗迷雾，可是我可以对抗军队。至少，我正在学习。"

"对不起。"纹说道，别过头去，"我不是故意又跟你吵。我只是觉得很烦躁。"

"我们有进展了。"依蓝德说道，"我们会找到办法的。我们会活下来。"

"你真的相信我们办得到？"纹问道，转过身凝望他的双眼。

"对。"依蓝德说道。

于是，她相信了。他心怀希望，始终如一。这就是为什么她这么爱他的一个重要理由。

"来吧。"依蓝德一手按着她的肩膀，"我们去找此行的目的。"

两人一起走入石穴深处，纹让她的克罗司留在外面。外面传来更多脚步声。他们前来此处的原因不止一个。食物跟补给品很重要，柜子多得数不清。可是，不仅仅如此。

粗糙石穴的最后方镶嵌着一块大金属板。纹大声念出上面写的内容。

MISTBORN: THE HERO OF AGES

"'这是我要告诉你们的最后一种金属',"她读道,"'我并不清楚它的用途。可以说它能让你看到过去,别人原本的样子,还有如果他们做出不同选择,他们可能会成为的样子。很像金,但是施用在他人的身上。

"'时至今日,迷雾应该已经又回来了。多令人憎恨、污秽的东西。我鄙夷它。不要进入雾中。它想要摧毁我们所有人。如果有问题的话,就利用克罗司跟坎得拉,你可以靠让几个人同时推它们的情绪来控制它们。这是我设计的弱点,小心保守这个秘密'。"

下面列着一种镕金合金,是纹已经知道的。那是叫做脉天金的天金合金,卡西尔的第十一金属。所以统御主知道它,只是跟他们其他人一样,对它的效用无法完全理解。

这块金属板当然是统御主写的。或者该说,他命人照他的话制作出来的。每个储藏窟都有类似的一块板,上面写着讯息,例如邬都那一块就让她知道电金的用途。在东方的那块,他们找到关于铝的描述,不过他们已经知道那金属该如何使用。

"这边没有多少讯息。"依蓝德说道,听起来很失望,"我们已经知道脉天金跟控制克罗司的事情。可是我没想过可以让几个安抚者一起推它们的情绪,这可能很有用。"他们以前认为需要燃烧硬铝的迷雾之子才能控制克罗司。

"没关系。"纹说道,指着另外一边,"我们有那个。"

那是一张地图,刻在钢铁上,就像他们在另外三个储藏窟中找到的地图一样。上面画着最后帝国,根据统御区来区分。陆沙德是中央的方块。东方的"X"标明他们前来的主要目的:最后一个石穴的位置。

每张地图上都有两个数字,一个是五,还有一个较小的数字。陆沙德是一。这里是四。

"就在那里。"纹说道,手指摸着金属板上的文字,"在西方统御区,你猜对了。靠近查迪?"

"法德瑞斯城。"依蓝德说道。

"塞特的家?"

依蓝德点点头。他对地理的认识远超过她。

"就是那里。"纹说道,"它就藏在那里。"

依蓝德迎向她的双眼,她知道他明白她的意思。储藏窟的空间一个比一个大,内容物也是一个比一个更贵重,也各自具有不同的特点。第一个除了基本补给品之外,有许多武器,第二个则有很多木材,一个个看过来,他们对于在最后一个石穴会找到什么样的东西越发感到兴奋。一定是非常惊人的库藏。甚至可能是它——统御主的天金库。

那是最后帝国里最贵重的宝藏。虽然找了很多年,却从来没有人能找到。有人甚至说它不存在,可是纹觉得一定有。上千年来,统御主控制了唯一一个生产天金这种极为稀有矿物的矿场,但只允许非常少的天金进入市场。没有人知道这么多个世纪以来他留给自己的大部分天金都去了哪里。

"先别激动。"依蓝德说道,"我们没有任何证据显示在最后一个洞穴里会找到天金。"

"一定有。"纹说道,"这才合理。否则统御主要把天金存在哪里?"

"如果我知道,我们早就找到了。"

纹摇摇头:"他把它藏在某个安全、但总有一天会被发现的地方。他将这些地图留给他的后继者,以防有一天他被打败。另外他也不想要占据这个石穴的敌人一下子就把所有物资都找到。"

一连串的线索,指引到最后一个储藏窟,最重要的一个。这很合理。必须是如此。依蓝德看起来并不相信。他搓搓下巴的胡子,在灯光下研究面前的金属板。"就算找到,我不觉得有什么用。"他说道,"钱对我们来说有什么好处?"

"不只是钱。"她说,"它也是力量。一个我们可以用来战斗的武器。"

"跟迷雾吗?"

MISTBORN: THE HERO OF AGES

纹沉默片刻，终于说道："也许不行……但是可以用来打败克罗司跟其他军队。有了天金，你的帝国就会牢固……况且，天金也是谜团一部分，它唯一的价值来自于镕金术，但在升华之前，镕金术并不存在。"

"另一个无解的问题。"依蓝德说道，"我吃的那颗金属为什么会让我变成迷雾之子？它从哪里来的？为什么放在升华之井，是谁放的？为什么只剩下一颗，其他的呢？"

"也许占领法德瑞斯之后，我们就会找到答案。"纹说道。

依蓝德点点头。她看得出来，他认为找寻储藏窟最重要的原因是为了被藏在里面的讯息，第二就是补给品。对他而言，能不能找到天金并不重要。纹没有办法解释为什么她这么强烈地觉得这是不对的。天金是重要的。她的直觉就是知道。她先前的绝望因为眼前的地图而减轻不少，他们必须去法德瑞斯。她就是知道。

答案就在那里。

"占领法德瑞斯不容易。"依蓝德评估，"塞特的敌人牢固地守住了那里。我听说目前是一个前任教廷的圣务官在掌权。"

"天金值得如此。"纹说道。

"如果有的话。"依蓝德说道。

她瞪了他一眼。

他举起手："我只是照你先前说的去做，提出很实际的论点。可是我也同意，法德瑞斯值得我们去一趟，就算没有天金，我们也需要里面的补给品，需要知道统御主留了什么给我们。"

纹点点头。她已经没有了天金，一年半前，她把最后一点都用光了，而她一直都无法适应失去天金之后的毫不防范的感觉。电金有助于减低她的担忧，但效果并不够。

石穴另外一端传来声音，依蓝德转过身。"我应该去跟他们说说话。"他说道，"我们得尽速整理这里的东西。"

"你会跟他们说我们要把补给搬回陆沙德吗？"

依蓝德摇摇头。"他们不会高兴的。"他说道,"他们开始独立思考,这也是我一直以来所期望的。"

"必须如此,依蓝德。"纹说道,"这个城市远超出我们的防守范围,况且在这里白天顶多只有几个小时的时间能不受迷雾影响。他们的作物已经没救。"

依蓝德点点头,但是仍旧继续望着漆黑的角落。"我来到这里,控制他们的城市,夺走他们的宝藏,强迫他们舍弃自己的家园,接着还要去法德瑞斯,征服另一座城市。"

"依蓝德——"

他举起手:"纹,我明白。我必须如此。"他转身,留下油灯,走回门口,身影恢复原有的挺拔,表情转为刚毅。

纹转身面对金属板,读着统御主的文字。在另外一块很类似的板上,沙赛德找到关——一名死去已久的泰瑞司哲人——所刻下的文字。关声称他找到了永世英雄,因此改变了世界,他留下的金属板是自己的忏悔书,警告世人这世界上有某种力量在改变人类的历史与宗教,他担心这股力量正将泰瑞司宗教扭转,好创造一个"英雄"前去北方,解放怪物。

这就是纹做的事。她自称为英雄,心里想的是要为世界牺牲自己,却释放了敌人。

她抚过大金属板。

我们不能只是打仗!她突然对统御主感到愤怒。如果你知道这么多,为什么不多留一些讯息给我们?就几张分散在满是补给品大厅的地图?几段几乎没什么用的金属能力说明?当我们要喂饱一整个帝国时,几个装满食物的洞穴有什么用?

纹突然停了下来。她因为燃烧锡而增强夜视力的手指比平常还要敏感,因此摸到板上时,感觉到了某些凹槽。她跪下,靠得更近,发现金属板的最下方刻了一段文字,远比上方的要小很多。

MISTBORN: THE HERO OF AGES

上面写着：小心你说出口的话。它听得到。它读得到你写的字。只有你的思绪是安全的。

纹颤抖。

只有你的思绪是安全的。

统御主在升华的瞬间知道了什么？他在自己的思绪中藏匿了什么，永远不能写下来，怕被发现？他知道，并且一直相信，当它再度出现时，自己会掌握力量？他是否打算用这力量来打败纹释放的东西？

你们是自取灭亡……在纹将矛刺穿他的心脏前，统御主说出的遗言……他知道，就在迷雾尚未出现于白天，她尚未听到领她前去升华之井的奇特鼓动声之前，他已经在担忧了。

小心你说出口的话……只有你的思绪是安全的。

我得想办法。我得把我们知道的事情串连起来，找方法去打败，或骗过我解放的东西。

而且不能跟任何人说，否则它会知道我的计划。

※

拉刹克很快就发现如何在他所造成的改变中取得一个平衡点，幸好如此，因为他的力量很快便烧完了。虽然他自觉拥有极大的力量，但其实他只使用了极微小的一部分。

不过，他最后在自己的宗教中，的确是自命为"无尽大宇宙的一截碎片"。也许他了解的并不如我以为的那么少。

无论如何，今天的世界没有花，植物是咖啡色而非绿色，还有人类能在灰烬从天空掉落的世界中存活下来，都要感谢他。

6

我太弱了，沼泽心想。

他突然清醒过来。每当灭绝没有太仔细盯着他时，他就会如此，像是从噩梦中清醒过来，完全知道梦里发生了什么事情，却对行为背后的原因全然不解。

他继续穿过克罗司营地。灭绝一如往常地控制他，但当它没有很想进入沼泽的意识，亦即没有全神贯注他时，沼泽自己的意识偶尔会清醒。

我阻止不了它，他心想。它读不到他的心思，这点他很有自信，但沼泽却无法以任何方式抗拒或挣扎。只要一这么做，灭绝就会立刻夺回掌控，这件事已经被沼泽验证十几次。有时他能够自行晃动一根手指，或是暂停脚步瞬间，但也仅止于此。

真令人沮丧。

可是，沼泽向来觉得自己是很实际的人，因此他强迫自己承认事实——他永远无法掌控自己的身体久到足以自杀。

他穿过营地，灰烬持续落下。最近灰烬有停过吗？他几乎希望灭绝不要放开他的意志。当思绪属于自己时，沼泽只看到毁灭与痛楚；可是当灭绝控制他时，落灰是一幅美景，红太阳是极大的胜利，濒死的世界如此甜美。

发疯，沼泽心想，来到营地中央。我需要发疯，这样我就不需要面对这些了。

其他的审判者跟他一起来到营地中央，袍子轻声摩擦着。他们没有说话。

他们从来不说话。灭绝控制了所有人，所以交谈有何意义？沼泽的同伴有刺入脑子的一般尖刺，不过他也看到新的尖刺，从胸口跟背后突出。许多是沼泽杀死在北方被抓到或在陆地上被追到的泰瑞司人时所安置的。

沼泽自己也有一组新尖刺，有些在肋骨中间，有些穿过胸口。很美。他不了解为什么，但新的尖刺让他感到相当兴奋。尖刺来自于死亡，光这一点就足以令人感到愉悦，但不止于此。他知道审判者是不完整的，统御主限制了一些能力，让审判者更依赖他，确保他们不能威胁自己，但如今，统御主拒绝给予的东西，已经被补完。

多美丽的世界，沼泽心想，抬头看着落下的灰烬，感觉轻柔、安抚的薄片碰触在肌肤上。

我用"我们"来形容这些志同道合的人。一个群体。一同想要找出关于灭绝的真相，还有打败它的方法。也许我的意识如今已经被玷污，但回想起来时，仍觉得我们的行为应该是团结一致的，虽然我们参与的计划与行动各不相同。

我们是一体的。世界没有因为我们而逃离灭亡的结果，但这不一定是件坏事。

7

它们给了它骨头。

坦迅包围骨头，溶化肌肉，重新组成器官、筋骨、皮肤。它在骨架周围包覆了身体，利用数世纪以来食用与消化人类的技巧。当然它只吃尸体——它从来没有杀过人。初约禁止这种事。

在深坑监牢关了一年以后，它感觉自己已经忘记该如何使用身体。

以坚韧的肢体碰触世界而非只是用柔软的皮肉贴在石头上是什么样的感觉？靠舌头和鼻孔来尝味道与嗅气味，而不是仰赖一寸暴露在空气中的肌肤，又是怎么样？如果能……

看见。它睁开眼睛，惊喘一声，第一次将一整口气吸入重新塑造、大小完整的肺部。世界是一个充满神奇与……光明的地方。它在濒临发疯的几个月中已忘了这件事。它跪起，看着手臂，伸出手，尝试着摸了摸脸。

它的身体目前长得不像任何人，因为复制需要样本，于是，它只用基本肌肉跟皮肤尽量覆盖骨架，以它的年纪，已经知道该如何大略创造出人类的轮廓。它的五官不会英俊，甚至可能有点丑恶，但它已经相当满足。它觉得自己又是……真实的。

它四肢撑着地，抬头看狱卒。石穴的唯一光源是萤石——一块巨大多孔隙的石头，放在粗壮的石柱上。长在岩石上的蓝色菌类散发出足以见物的光芒，如果有特别培养出来的眼睛，在这种蓝光下会看得更清楚。

坦迅认得它的狱卒。它认得大多数的坎得拉，至少一路到六七代为止都认得。这名坎得拉的名字是法赛。在家乡，法赛没有使用动物或人类的身体，而是使用真体——一组假的人形骨头，由坎得拉匠师所制造。法赛的真体以水晶做成，它刻意让皮肤也是透明的，让水晶在荧光中微微闪烁。他端详着坦迅。

我创造了不透明的身体，坦迅此时意识过来。就像人类一样，以有色的肌肤来隐藏下方的肌肉。这对它为何如此自然？曾经的它憎恨必须在人类之中生活，使用人类的骨头而非真体。也许它自然而然地走回老路只是因为狱卒没有给它真体，而是人骨。这可以算是一种侮辱吧。

坦迅站起身。"怎么？"它回应法赛眼中的疑问。

"我只是从库藏里面随机挑了一组骨架。"法赛说道，"没想到居然是一副你先前提供的骨头，还真讽刺。"

坦迅皱眉。什么意思？

然后它恍然大悟。坦迅在这组骨架上创造出的身体一定很逼真，仿佛这具骨架原本就属于它所有。法赛以为坦迅能够创造如此拟真的副本是因为它原先吃过这人的尸体，因此知道该如何在骨架外创造正确的身体。

坦迅微笑：“我从来没有使用过这具骨架。”

法赛打量坦迅。它是五代，比坦迅年轻了两个世纪。的确，就算三代中也鲜少有坎得拉像坦迅那样熟悉外界。

"原来如此。"法赛终于说道。

坦迅转身，看着小房间。另外三名五代站在门边看着它。它们跟法赛一样都不太穿衣服，顶多只穿前开襟的袍子。坎得拉在家乡通常如此，这让它们更能展示它们的真体。

坦迅看到闪亮的金属棍埋在每个五代的透明肩膀肌肉中，三人都有"力量的祝福"。二代不敢冒让它逃掉的险。这当然又是另外一个侮辱。坦迅是自愿前来的。

"如何？"坦迅问道，转身看着法赛，"我们要去了吗？"

法赛看着它的一个同伴："我们以为你会花更多时间形成身体。"

坦迅哼了哼。"二代太缺乏练习了。它们以为自己需要好几个小时才能创造身体，所以我们其他人也是这样。"

"它们是你的长辈。"法赛说道，"你应该要对它们表示尊敬。"

"二代关在洞穴里好几个世纪了。"坦迅说道，"把我们其他人派去履行契约，它们却无所事事。我很久以前就超越它们的技巧了。"

法赛倒抽一口气，有一瞬间，坦迅以为这名年轻的坎得拉打算挥自己一巴掌。法赛勉强克制住了自己，让坦迅觉得相当好笑。毕竟，身为三代，坦迅本身就是法赛的长辈，一如二代是坦迅的长辈。

可是，三代是不一样的。一直以来都是。所以二代经常让它们出去履行契约，不让三代留在这里，破坏它们完美的坎得拉乌托邦。

"走吧。"法赛朝两名守卫点点头,要它们带路。另外一个来到法赛身边,走在坦迅后面。这三个跟法赛一样,真体都是石头做成的。五代当中很流行选用石头素材,因为它们有时间订制与使用奢华的真体。它们是二代最宠爱的小辈,比多数坎得拉都花更多时间待在家乡。

它们没有给坦迅衣服,所以它边走边让外部性器官消失,重新塑造一个光滑的下体,这是坎得拉的习惯。它试图带着骄傲与信心行进,但知道这具身体看起来没有什么气势,毕竟它在被监禁期间瘦了许多,后来又被酸液溶化不少,因此无法形成很壮硕的肌肉。

光滑的岩石通道可能曾经是天然形成,但几个世纪以来,年轻一代在婴儿期就被送来这里利用它们的消化汁液侵蚀岩石。坦迅没有看到其他坎得拉。法赛使用了备用通道,显然不想引起注意。

我离开好久了,坦迅心想。十一代应该已经被选出来了。我甚至不认得大多数八代,更遑论九或十代。

它开始怀疑,应该不会有十二代。即使有,情况也必须要有某种改变。父君已经死了。初约怎么办?它的族人花了十个世纪做人类的奴仆,履行契约以保证自己的安全。大部分坎得拉都因为这个原因而憎恨人类。直到不久前,坦迅也是其中之一。

真讽刺,坦迅心想。即便是真体,我们也选择人类的轮廓——双手、双腿,甚至以人类为原型的脸孔。

有时候它忍不住想,那些未生者,也就是人类称呼的雾魅,远比它们的坎得拉兄弟更诚实。雾魅随意地创造身体,以怪异的方式连接骨架,利用人类跟动物骨头创造出近乎艺术的设计;可是坎得拉只创造类似人类的躯体,却又同时诅咒人类对它们的奴役。

真是奇特的一族。可是,它们是它的族人。即使它背叛了它们。

如今,我必须说服初代,我的背叛是对的。不是为了我。是为了它们。为了我们一族。

它们穿过走廊与房间,最后来到坦迅较为熟悉的一区。它很快便发现，它们的目的地是信巢。它会在对它们一族而言最神圣的地方为自己辩护。它早该猜到的。

长达一年受尽折磨的囚禁让它赢得在初代面前受审的机会。它曾有一年的时间考虑要怎样辩护。如果它失败了，则会有永恒的时间来思考，自己做错了什么。

很多人会单纯把灭绝归类为毁灭的力量。其实应该将灭绝视为有智慧的腐败。不只是混乱，更是一股以理性且危险的方式，思考该如何将一切摧毁至最基本状态的力量。

灭绝懂得如何仔细策划，明白今天的建设是为了日后双倍的摧毁。世界之道便是当我们创造某样东西时，也经常在过程中摧毁了什么。

8

离开维泰敦的第一天，纹跟依蓝德杀死了一百名村民。至少，纹是这么觉得的。

她坐在营地中央的腐烂木桩上，看着太阳落在遥远的天际，知道会发生什么事。灰烬在她身边静静坠落，接着，迷雾出现。

曾经，也是不久以前，迷雾只会在夜晚出现。可是，在统御主死后的一年间，事情有了变化，仿佛被限制于黑暗的千年让迷雾不安于现状。

于是，它开始在白天出现。有时是大量涌入，毫无预兆，又同样快速地散去，但更常见的是它就像上千鬼魅一般出现在空中，扭曲、膨胀、纠结，像是长了藤蔓般的触手，缓缓爬过地平线。每天都比前一天更晚退散，每天傍晚又更早一点出现。很快地，也许不用到今年结束，迷雾将永远遮蔽大陆，而这会是一个问题——从纹自升华之井取得力量的那晚起，迷雾就开始杀人。

两年前，沙赛德便已带来过惊恐的村民口述关于迷雾杀人的可怕见闻，但当时依蓝德并不是很相信他们的故事。纹当时也以为沙赛德弄错了。看着无助的人民在士兵与克罗司的包围下在旷野中缩成一团，她心里的某个地方希望能够继续活在那样的自欺里。

迷雾一出现，便开始有人死亡。虽然迷雾放过了大部分人，却仍然随机选了一些对象，让他们开始颤抖。那些人倒在地上痉挛，亲朋好友只能惊恐地看着，束手无策。

纹对此感到憎恶。除此之外，还有烦躁。卡西尔向她保证过，迷雾是伙伴，会保护她，给她力量。她一直相信这点，直到她觉得迷雾开始变了，雾中藏匿着隐形的鬼魅与杀人的恶意。

"我恨你。"她低声说道，看着迷雾继续下手，就像是看着一个友好的亲戚在众人间挑选出受害者，接着一一割断他们的喉咙，而她无能为力。依蓝德的学者试过所有办法——戴头套避免迷雾被吸入，等迷雾先涌进、安定之后再走入雾中，一开始颤抖就把人带入室内等等。不知为何，动物不受影响，但每个人类都有可能丧命。只要是走入雾中就是拿性命开玩笑，无一例外。

一切又结束得很快。受到迷雾影响的人，六人中不到一个，而且发抖的人之中只有一小部分会死。只需要冒险接触迷雾一次，赌上一把，之后就不会再受影响。大部分倒地的人都会复原。可是，这无法安慰遭受亲友死亡的家庭。

她坐在木桩上，看着仍然被落日点亮的迷雾。讽刺的是，现在的能见度对她来说比夜晚还低。她不能燃烧锡，免得眼睛被落日的余晖刺伤，也因此看不穿迷雾。

现在她想起了当初为什么会害怕迷雾。她的视力范围剩下不到十尺，只能看到隐约的影子。模糊的身影来回奔跑、大喊。惊恐地或跪或站的身影。声音亦不可信，在看不见的物体间回荡，呼喊来自虚无。

纹坐在其中，灰烬如烧焦的眼泪一般落在身边，她低下了头。

"法特伦大人！"依蓝德喊了起来，纹闻声抬起头。曾经他的声音并不如此时这般威严。那仿佛是好久以前的事了。他出现在迷雾中，穿着他的第二套白制服，上面没有脏污，镇民的死亡冻结了他的表情。她可以感觉到他的镕金术正在碰触众人的情绪，他的安抚会让人们的痛楚不再那么鲜明，但他没有尽力去推。她跟他之前谈过这件事。依蓝德觉得，让他人完全不为所爱之人的辞世而伤心是不对的。

"陛下！"她听见法特伦回应，看见他走上前来，"这根本是场灾难！"

"看起来比实际上严重，法特伦大人。"依蓝德说道，"我解释过，大多数倒地的人会恢复。"

法特伦在纹的木桩边停下，转身望着迷雾，听着子民的哭泣，感受着他们的痛苦。"我不敢相信我们做了这种事。我不……我不敢相信自己听了您的话，让他们站在迷雾里。"

"防患于未然，法特伦。"依蓝德说道。

是没错。他们没有帐篷给所有的人民，所以只有两个选择。让他们留在垂死的城市，或强迫他们北上，同时强迫他们走入迷雾中，看谁会死去。的确可怕，的确残忍，却是早晚会发生的事。可是，即便她知道他们为何这么做，纹仍难以承受如此可怕的决定。

"我们变成什么样的恶魔了？"法特伦低声问道。

"别无选择的那种。"依蓝德说，"去统计一下人数。看看死了多少人，安抚活下来的人，告诉他们，无须再担心迷雾了。"

"是的……陛下。"法特伦说道，转身离开。

纹看着他离去。"我们杀了他们，依蓝德。"她低语，"我们跟他们说不会有事，强迫他们离开家园来这里送死。"

"会没事的。"依蓝德说道，一手按着她的肩膀，"总比慢慢地在城中等死要好。"

"我们可以给他们选择。"

依蓝德摇摇头:"没有选择。几个月内,城市会被笼罩在迷雾下,永远。他们将会留在家里饿死,要不然就只有进入迷雾。最好的方法还是被我带去中央统御区,那里至少有足够的日光可以种植作物。"

"这些道理并不会让现实更容易接受。"

依蓝德站在迷雾中,灰烬在他身边落下。"的确。"他说道,"并没有更容易接受。我去叫克罗司,让它们埋葬死者。"

"那伤者呢?"那些被迷雾攻击后的幸存者会不舒服,肌肉酸疼,时间长达数天,甚至更久。按照过往的比例,将有近千名人民成为病患。

"我们明天行进的时候让克罗司抱着。如果能带他们到运河,应该可以让他们都坐到驳船上。"

纹不喜欢暴露在外的感觉。童年时她都躲在角落里,少年时期则是在无声的黑夜中扮演杀手。因此,当跟着五千名疲累的人民沿着南方统御区最主要的干道一起前进时,她感觉自己彻头彻尾地暴露在外,毫无安全感。

她和人们保持了短短一段距离,没有骑马,试图转移自己的思绪,不去一直想着昨晚丧命的人民。可惜依蓝德正在跟法特伦与其他村庄领袖并骑,试图搞好两方的关系。因此,只剩她一个人。

以及她的那只克罗司。

巨大的怪物在她身边蹒跚地行走。她将它留在身边一部分是为了方便,这样人们不会朝她涌来。虽然她想要有事能让自己分神,但暂时不想处理那些感到被背叛、充满恐惧的眼神。现在不想。

没有人了解克罗司,起码纹不了解。她发现了该如何使用隐藏的镕金术开关来控制它们,但在统御主统治的上千年中,他将克罗司与人类分而治之,因此除了它们极强的战斗力与单纯如兽般的性情,大多数人

MISTBORN: THE HERO OF AGES

对它们一无所知。

即便现在,纹也可以感觉到她的克罗司在挣扎,想要获得自由。它不想被控制,想攻击她。幸好它做不到。她控制着它,这个联系无论她是醒是睡,是否燃烧金属都是如此,除非有东西把怪物从她手中偷走。

虽然一人一怪连结在一起,纹对这些东西仍然有许多不解之处。她抬起头,看到克罗司正以血红的眼神看着她。它脸上的皮肤紧绷,鼻子完全被拉平,右眼附近的皮肤撕裂,嘴角也被扯破,一片蓝色皮肤就如此挂在那里,露出下方的红色肌理与沾满鲜血的牙齿。

"不要看我。"怪物以模糊不清的声音说道,语音模糊的一部分原因是嘴唇也被拉扯着。

"什么?"纹问道。

"你不把我们当人类看。"克罗司说道,说得很慢,很仔细,一如其他曾经跟她交谈过的克罗司,好像它们每说一个字都要花力气去想。

"你们不是人类。"纹说道,"你们是另外一种生物。"

"我会成为人类。"克罗司说道,"我们会杀了你们,占领你们的城市,那我们就会是人类。"

纹打个寒战。这是克罗司共同的愿望。她听过别的克罗司这么说。它们讲述杀人时的冰冷、淡漠语气让人格外不寒而栗。

它们是统御主创造的,她心想。当然很扭曲,跟他一样扭曲。

"你叫什么名字?"她问克罗司。

它继续在她身边蹒跚地走着,良久后,它看着她:"人类。"

"我知道你想当人类。"纹说道,"你的名字是什么。"

"这是我的名字。人类。你得叫我人类。"

纹边走边皱眉头。这说法听起来几乎很……聪明。她从来没花时间跟克罗司说过话,总认为它们的心智能力是一样的,同样笨的怪物,个个如此。

"好吧,人类。"她好奇地说道,"你活了多久?"

它走了片刻，久到纹以为它忘记问题了。可是，最后它仍然开口："你没看到我的大吗？"

"你的大？你的体型吗？"

人类继续走着。

"所以你们都以同样速度成长？"

它没有回答。纹摇摇头，怀疑这问题对怪物而言太抽象。

"我比一些大。"人类说道，"比某些小，但没有太多只。意思是我老。"

另一个智慧的迹象，她心想，挑起一边眉毛。有别于纹对其他克罗司的观察，人类的逻辑性相当令人印象深刻。

"我恨你。"人类走了不久后又说道，"我想要杀你。但我不能杀你。"

"没错。"纹说道，"我不会让你杀我。"

"你外面小，里面大。很大。"

"对。"纹说道，"人类，女克罗司在哪里？"

怪物走了片刻。"女？"

"像我。"纹说道。

"我们不像你。"他说，"我们只有外面大。"

"不。"纹说道，"不是我的大小。"性别要怎么解释？除非脱衣服，否则她想不到别的方法，所以她换个策略。"有克罗司小孩吗？"

"小孩？"

"小的。"纹说道。

克罗司指着前进的克罗司军队。"小的。"他说道，指着一些五尺高的克罗司。

"更小的。"纹说道。

"没有更小。"

克罗司的繁殖是一个至今无人能知晓的秘密，即便跟这些怪物打斗了一年，她仍然不知道新的克罗司从何而来。依蓝德的克罗司只要变少，她就从别的审判者那里偷来。

可是克罗司不可能不繁殖。她看过没有镕金术师控制的克罗司军营，那些怪物以惊人的频率相互厮杀。在那样的速度下，它们几年内就会把彼此杀完。可是，克罗司却也如此存活了十个世纪。

这表示它们从孩童到成人长得很快，至少依蓝德跟沙赛德是这么认为。他们无法确认这个理论，而她知道这方面的无知让依蓝德相当焦躁，成为皇帝后的工作让他无暇进行他过去如此喜爱的研究。

"如果没有更小的，那新克罗司从哪里来？"纹问道。

"新克罗司来自我们。"人类终于说。

"你们？"纹皱眉，"我不懂。"

人类再没有说话，显然说话的兴致已过了。

来自我们，纹心想。难道是分裂？她听说过有些生物如果被切成两半就会各自变成一只新的，但不可能是这样，她看过满布在战场上的克罗司尸体，没有任何一块变成新的克罗司，但她也没见过母克罗司。虽然大部分克罗司穿了简陋的兜裆布，但就她所知，全都是公的。

她的猜想被前方堆积起来的人群打断。队伍的速度慢下来了。好奇之下，她抛下一枚钱币，留下人类在原处，自己纵跃过人群。迷雾在好几个小时前已经退去，虽然夜晚即将到来，目前仍然是明亮无雾的白天。

因此，在她穿透灰烬飞向前方时，很轻易地便看到了前方被不自然地切割在大地上的运河，远比任何河流更笔直。依蓝德猜想持续的落灰会让大多数运河停止作业，没有司卡劳工定期疏浚，运河会被灰烬淤泥堵塞，最后失去作用。

纹飞过空中，弧线的终点是运河边的一堆帐篷。数千簇篝火向午后的天空吞云吐雾，人们在附近训练、工作或准备。将近五万名士兵驻扎在此，利用运河作为连通陆沙德的补给路线。

纹再次抛下一枚钱币，重新跃起，很快赶上从依蓝德疲累的司卡人潮中突围而出的骑士们。她落地的同时，抛下一枚钱币，轻轻反推以减少落地的力量，也溅起一片灰烬。

依蓝德拉停马匹，微笑着看着营地。近来这个表情鲜少出现在他的唇边。纹发现自己也在微笑。前面一群人正等着他们，他们的探子应该老早就看到了伊蓝德的队伍。

"依蓝德陛下！"一个坐在军队前方的人说道，"您提早到了！"

"我想你应该也准备好了吧，将军。"依蓝德下马说道。

"您了解我的。"德穆说道，微笑着迎上前来。他穿着皮革跟金属制成的贴身甲衣，一边脸上有疤痕，头皮左边少了一大片头发，那是被克罗司剑砍掉的，差点让他连脑袋也掉了。向来礼数周全的虬髯大汉向依蓝德鞠躬，后者只是欣喜地往他肩上一拍。

纹的笑容仍在。我记得那个人当年不过是害怕地站在隧道里的一名新兵。德穆其实不比她大多少岁，虽然他晒黑的脸庞跟粗糙的双手给人一种沧桑的感觉。

"一切顺利，陛下。"德穆说道，看着法特伦跟他的兄弟下马，来到众人身边。

"没什么外敌，但让手下人操练演习也是好事。"

"做得好，德穆。"依蓝德说道，转身看着人民，"我们的任务很成功。"

"看得出来，陛下。"德穆微笑着说道，"您带来一群为数不少的克罗司，希望领导它们的审判者看到它们离开没有太难过。"

"他不可能太介意。"依蓝德说道，"反正他那时已死了。我们也找到了储藏窟。"

"赞美幸存者！"德穆说道。

纹皱眉。德穆脖子上挂着一条项链，露在衣服外面，链坠是一个小小的银矛——日渐受到欢迎的幸存者教会标志。用来杀死卡西尔的武器居然变成信众的象征，令她有点匪夷所思。

当然，她并不想去猜测另一个可能——那不是杀死卡西尔的矛，很有可能是代表她用来杀统御主的矛。她从来没问过德穆是哪一个。虽然教会在三年内茁壮了许多，但纹对于自己在教义中的定位从来都无法适应。

"的确得赞美幸存者。"依蓝德说道，看着军队的补给船队，"你的计划如何？"

"清理南方弯道吗？"德穆说道，"很顺利，幸好我们在等的时候没发生意外。现在驳船应该能通过了。"

"很好。"依蓝德说道，"组成两支五百人的队伍，派一组船队回维泰敦将我们留在石穴的补给品带走，放上驳船，送回陆沙德。"

"是的，陛下。"德穆说道。

"派第二支军队跟这些难民北上。"依蓝德朝法特伦点头，"这是法特伦大人，他负责指挥这些难民。只要命令合理，你的人得听从他的指示，另外还要引介他给潘洛德大人认识。"

要是在不久以前，法特伦可能会抱怨自己被交给另外一个人，但跟依蓝德相处的这段时间已将他大大改变。肮脏的领袖感激地点点头，表示对护送兵团的谢意："那……您不跟我们一起吗，陛下？"

依蓝德摇摇头："我有别的工作，你的人民则需要去陆沙德开始耕作。不过如果有你的人要加入我的军队的话，非常欢迎，我向来需要好士兵，而你确实克尽万难，成功地调教出了有用的军人。"

"陛下……为什么不直接命令他们加入？原谅我的直白，但到目前为止您都是如此做的。"

"我命令你的人是为了他们的安危，法特伦。"依蓝德说道，"有时溺水的人甚至会抗拒去救他的人，所以必须用强的，可是我的军队不同。不想打仗的人在战争中无法被仰赖，我不会允许这种人在我的军队里。你需要去陆沙德，你的人民需要你，但请让你的士兵知道，如果他们要加入，我们竭诚欢迎。"

法特伦点点头："好的，还有……谢谢您，陛下。"

"不客气。德穆将军,沙赛德跟微风回来了吗?"

"他们应该今晚会到,陛下。"德穆说道,"他们的手下已先行来通报了。"

"很好。"依蓝德说道,"我的营帐应该架好了吧?"

"是的,陛下。"德穆说道。

依蓝德点点头,纹觉得他看起来突然很累。

"陛下?"德穆热切地问,"您有没有找到……另外那样东西?最后一个库藏点?"

依蓝德点点头:"在法德瑞斯。"

"塞特的城市?"德穆笑问,"他可该高兴了。他已抱怨了一年多我们没去帮他征服城市。"

依蓝德浅浅地微笑:"我怀疑,一旦我们这么做,塞特跟他的士兵会认为他们不需要我们了。"

"他会留下的,陛下。"德穆说道,"纹贵女去年把他那么一吓……"

德穆瞥向纹,试图微笑,但她在他的眼中看到敬意。太多的敬意。他对她无法像对依蓝德那样说笑。她仍然不敢相信依蓝德加入了那个蠢宗教。虽然依蓝德是出于政治意图才加入司卡信仰,好为自己创造出跟人民之间的联系,但他的选择仍让她不自在。

可是,结婚一年来她明白了,有些事情需要装糊涂。她爱依蓝德想做对的事情的心意,即使她不同意他的做法。

"今晚开会,德穆。"依蓝德说道,"我们有很多要讨论的。沙赛德到达的时候,跟我报告。"

"我要告诉哈姆德大人跟其他人今晚会议的议程是什么呢,陛下?"

依蓝德想了想,抬头望着灰黑的天空。"征服世界,德穆。"他终于说道,"至少,是残存的世界。"

MISTBORN: THE HERO OF AGES

镕金术的确是与迷雾同时而生，或者该说，镕金术跟迷雾同时出现，当拉刹克取得升华之井的力量时，他意识到一些事情。

有些是灭绝跟他说的，有一些则是力量带来的直觉。

其中一项就是对三种金属技艺的理解。举例来说，他知道吃了升华之井旁的金属块，会让人成为迷雾之子，毕竟那是井的力量的一部分。

9

坦迅以前去过信巢，因为它是三代，生于七个世纪前。那时，坎得拉仍是新生的一族，不过初代已经将养育下一代的责任交给二代。

二代没有将坦迅这一代养得很好——至少二代自己是这么认为的。它们想要创造一个会严格遵守规矩，敬老尊贤，长幼有序的社会，打造一个生存目的就是为了服从契约的"完美"种族，当然，这其中也包括二代的成员。

直到它回来之前，坦迅一直被视为三代中较温和的一个。它以不在乎家乡政治闻名，愿意履行契约，愿意让自己离二代与它们的政治手腕越远越好。嘲讽的是，最后居然是坦迅来面对坎得拉法律中罪大恶极的罪行指控。

房间又大又圆，以钢铁为墙。平台是一个巨大的钢盘，嵌在石头地板上，大约离地只有一尺，算不上高，却有十尺宽。坦迅的脚一踩上光滑的表面便感觉到冰冷，立时又想起自己的赤裸。它们没有绑住它的手，即便是对它所犯下的罪而言，那样的侮辱仍是太过。即使是三代的坎得拉也会履行初约，它不会逃跑，也不会攻击自己的族人——它的品行不允许自己这么做。

房间以灯火点亮，而非萤石，但每盏灯都以蓝色玻璃罩着。油很难取得，二代理所当然不想仰赖人类社会的物资，本该如此。地面上的人，即便是父君大多数的仆人，都不知道坎得拉有一个中央政府。这样比较好。

在蓝色灯光下，坦迅很轻易地便可看到二代的成员，总共有二十位，站在它们的讲台后面，讲台层层排列在房间另一端。它们近到可以看到坦迅、研究它、跟它说话，但远到足以让坦迅觉得自己被孤立，独自站在平台中央。它的脚好冷。它低下头，注意到脚趾边的地面上有个小洞，被切割入平台的钢盘。

嘱托，它心想。它就在它的正下方。

"三代的坦迅。"一个声音说道。

坦迅抬起头。说话的当然是坎帕。

它是一个很高的坎得拉，或者说，它喜欢使用高挑的真体。一如所有的二代，它的骨骼是以最纯净无瑕的透明水晶所做成，它的还带有深深的红色。从许多方面来说，这都是一具华而不实的身体，这些骨头完全不耐用，但对一个家乡的管理者而言，以骨头的脆弱来换取晶亮的美丽显然是件可以被接受的事。

"我在这里。"坦迅说道。

"你强迫我们给你这个审判？"坎帕说道，刻意保持高傲的语调，强调浓重的口音。它远离人类，因此语言没有被影响。据说二代的口音与父君的非常相似。

"是的。"坦迅说道。

站在精致的讲台后，坎帕刻意叹气出声，终于，它对房间上方的身影低头行礼。初代正从上面往下看。它们坐在沿着上层弧形墙建造的一个个相邻的独立凹室里，看起来只是一团团人形的影子。它们不会说话，那是二代的工作。

坦迅身后的门打开，响起一阵窃窃私语和窸窸窣窣的脚步声。它转身，暗暗微笑，看着它们进来。是不同大小与年纪的坎得拉。最小的不被允许参加这么重要的聚会，但只要是成年人，包括直到九代的所有坎得拉，都有参加的权利。这是它的胜利，也许会是整个审判过程中，唯一的胜利。

如果等待它的命运是永远的囚禁，那它会希望自己的族人知道真相，更重要的是，它希望它们能听到这个审判，听到它的话。它说服不了二代，谁又知道静静坐在凹室里的初代有何想法？可是年轻几代的坎得拉……也许它们会听。也许坦迅不在以后，它们会有所行动。它看着它们鱼贯而入，在石头长凳上坐下。如今已有数百名坎得拉，年长的坎得拉——一代、二代、三代——数量不多，它们死在大多数在人类惧怕坎得拉的早年间，但接下来的几代人数不少，光是十代就有超过一百名。信巢的长凳在搭建时就已经考虑到要容纳整个坎得拉族，但今天只有刚巧不需工作或履行契约的坎得拉来参加。

它原本希望密兰不会是其中之一。不过，它几乎是第一个走入大门的。有一瞬间，它担心密兰会冲过大厅，踏上只有最受祝福或诅咒的坎得拉才可踏上的平台，但密兰僵在门口，其他人烦躁地挤过它身边，寻找座位。

它本不该认出密兰。密兰有个新的真体，还是非常奇特的一具，骨头是以木头组成，又细又长，呈现一种夸张、不自然的形态：木头颅有一个长而尖的下巴，眼睛太大，扭曲的布块在脑后突出，宛如头发。年轻的一代在身体的选择上经常都挑战传统尺度，让二代相当厌恶，曾经的坦迅也许会同意二代的想法，如今它仍然偏向传统，但在今天，密兰充满反叛精神的身体只让它想微笑。

这似乎让密兰感到安慰，于是它找了个靠近前面的椅子，跟一群其他的七代坐在一起。它们都有变形的真体——一个身体太像方块，另一个居然有四只手臂。

"三代的坦迅。"坎帕正式地开口，让列席的坎得拉全部安静下来，"你固执地要求在初代面前接受审判。根据初约，我们必须允许你在初代面前为自己辩护之后，才能判处你极刑。如果它们愿意暂缓对你的惩罚，你会获得自由。否则，你必须接受二代议会所决定的惩处。"

"我了解。"坦迅说道。

"很好。"坎帕说道，在讲台上弯下身，"那我们开始吧。"

它一点也不担忧，坦迅意识到这点。听起来居然像是觉得这会是件有趣的事情。

这应该是理所当然的吧？它不是花了好几个世纪，一直在强调三代是一群离经叛道的家伙？它们花了这么久时间来修正在我们身上的错误，例如给了我们太多自由，太多的自信。如果它能证明我，三代中最"温和"的一个，也是危险的话，坎帕将会赢得它几乎毕生都在奋斗的目标。

坦迅一直觉得不解，为什么二代如此视三代为威胁。三代之后它们立刻就修正了自己的错误，四代跟五代几乎一样忠诚，只有几个叛逆分子。

可是，这么多年轻的一代行为乖张，像是密兰跟它的朋友……好吧，也许二代的确有感觉到威胁的理由，而坦迅会是它们的代罪羔羊，它们重新恢复秩序与维护道统的方法。

今天，它们绝对会大吃一惊。

镕金术化成的纯粹金属块，是"存留"力量的化身。我不知道拉刹克为何将一块金属留在升华之井边，也许他没看到，或者他打算日后再将它交给一名幸运的仆人。

也许他害怕有一天会丧失自己的力量，因此需要金属块提供他镕金术。无论如何，我必须感激拉刹克的意外，因为没有了那块金属，

MISTBORN: THE HERO OF AGES

依蓝德那天就会死在井边。

10

　　拉司达教对沙赛德而言，很难判定。宗教本身似乎相当单纯。守护者对其了解甚深，因为一名四世纪的守护者找到过一整个库藏的祈祷文、经文、笔记和心得等等，通通都属于该教的一名高等神职人员。

　　可是，这宗教本身似乎……不太像宗教。它专注于艺术，不是一般人所认为的圣灵，而且教义的中心是要捐钱给僧侣好让他们能从事艺术创作。沙赛德无法从教义上找到任何矛盾点来驳斥它，因为它的教义真的没有丰富到足以相互矛盾。

　　他举高面前的纸张，摇摇头，重新又读了一次。它被卡在活页夹的最前面以避免被风吹落，绑在马鞍上的阳伞则避免灰烬弄脏他的纸页。他听纹抱怨过，不知道怎么有人能一边骑马一边阅读，但这实际上还蛮简单的。

　　不需要翻页，只需要一遍又一遍读过同样的文字，在脑中细想、解析，试图理解。这个是真实的吗？这是卡西尔的妻子，梅儿信奉的宗教。她是沙赛德所遇过的人中，少数几个选择相信他所提出的古老宗教的人之一。

　　拉司达教相信，人生的目标为追求神性。他读到。教义教导我们，艺术引领我们更进一步理解，神性是什么。因为不是所有人都能将时间花在艺术上，所以支持一群纯粹的艺术家创造伟大的作品对社会整体是有益的，借由他们的作品，观者也可获得性灵的提升。

　　沙赛德不觉得这样的论点不好，只是关于生死的讨论呢？灵魂的讨论呢？神性又是什么，如果神性真的存在，这个世界上怎么能发生如此可怕的事情？

　　"你知道吗？这其实还蛮惊人的。"微风坐在马背上说道。

这句话打断沙赛德的注意力。他叹口气，抬起头来。马匹继续带着他前进。"什么很惊人，微风大人？"

"灰烬。"微风说道，"你看。掩盖了一切，让大地看起来如此黑暗，陆地的样貌居然变得如此苍凉，真的很惊人。在统御主的统治时期中，一切都是褐色，大多数种在户外的植物看起来也像是快要死了一样，我以为那样就够令人忧郁了。但如今灰烬天天下，掩埋整片大地……"安抚者摇摇头，微笑。"我从没想过少了统御主，情况居然会更糟，但我们可真是搞砸了！毁灭世界啊——光想就不是件简单的事。不知道我们是不是该佩服自己。"

沙赛德皱眉。灰烬偶尔从空中落下，天空被惯常的黑雾所沾染。落灰虽然量不大，但也持续下了将近两个月，马匹一路南下，旁边跟着一百名依蓝德的士兵，他们每一步都需要踩进半尺深的灰。不知道再过多久，落灰就会厚到甚至不能旅行。有些地方的灰已经堆积到几尺高了。

一切都是黑的——山丘，道路，整片田园。树木的叶片与枝干被灰烬压得低低的，大多数地面上的植物看起来都像是已死去。带着两匹马去雷卡城很不容易，因为它们没有什么能吃的草，所以必须要求士兵帮忙带马的饲料。

"不过我得说，这灰有点缺乏想象力。"微风继续说道，一如往常地随意闲谈，他被绑在马鞍后的阳伞所保护，免受落灰影响。

"缺乏想象力？"

"是啊。"微风说道，"虽然我喜欢穿黑色套装，但我一直都觉得这不是个令人特别有想法的颜色。"

"那灰还该是什么颜色？"

微风耸耸肩："纹说这一切背后都有原因，不是吗？有某种邪恶的末日力量什么的。好吧，如果我是邪恶的末日力量，我才不会光是把世界变黑，实在不够华丽。红色。那才是有意思的颜色。想想看，如果灰烬是红色，河流就会像是血一样的颜色。黑色无趣到可以令人忘记，但红色的话，你就会想：'看，山是红的。想要摧毁我的邪恶末日力量还真有品味'。"

"我不觉得有什么'邪恶末日力量'，微风大人。"沙赛德说道。

"哦？"

沙赛德摇摇头："灰山向来都会喷吐灰烬。它们只不过是比以前更活跃，这应该不难想象吧？也许那只是自然的一部分。"

"那迷雾呢？"

"天气会变化，微风大人。"沙赛德说道，"也许之前白天太热，所以它们没出现，现在灰山吐出更多的灰烬，天气自然变凉，迷雾也就待得更久。"

"哦？老兄啊，如果真是这样，那冬天时为什么迷雾没有在白天出现？那时比夏天还冷，但只要一天亮，迷雾就会退散。"

沙赛德陷入沉默。微风说得有道理。可是，随着沙赛德删除名单上的宗教越来越多，他愈发怀疑，他们是不是刻意将纹感觉到的这股"力量"塑造成了敌人？他已经不知道答案了。他完全不认为她的故事是捏造的，可是如果宗教里都没有真实的话，世界会随时间流逝自然毁灭，也不是这么不可能的事吧？

"绿色。"微风终于说道。

沙赛德转身。

"这可是很有品味的颜色。"微风说道，"很不一样。看到绿色是不可能忘记的，跟黑色或褐色不一样。卡西尔不是总说植物曾经是绿色的吗？在统御主升华前，在深黯来到大地前？"

"历史是这样说的。"

微风深思地点点头。"真有品味。"他说道，"我想应该会很好看。"

"哦？"沙赛德真心讶异地问，"大多数跟我谈过的人都觉得绿色世界蛮怪的。"

"我以前也这样想，但天天看黑色之后……我想，有点变化也不错。"

绿色的田野……小点小点的多彩颜色……卡西尔说那是什么?"

"花。"沙赛德说道,拉司达教撰写了关于花的诗文。

"对。"微风说道,"如果那些能回来就太好了。"

"回来?"

微风耸耸肩:"幸存者教会的教义是纹有一天会清除空中的灰烬以及迷雾,既然她都要这么做了,我想也可以顺手把花跟植物一起带回来,感觉上是很女性化的事。"

沙赛德叹口气,摇摇头。"微风大人,我知道你想鼓励我。"他说道,"可是我真的很难相信,你会接受幸存者教会的教义。"

微风迟疑片刻后,露出微笑:"太夸张了,是吧?"

"有一点。"

"你很难捉摸啊,老兄。你对于我的情绪碰触很敏感,让我不能用太多镕金术,而且你最近太……不一样了。"微风的声音透露出一丝惆怅,"不过,如果真的能看到我们的卡西尔总挂在嘴边说的绿色植物,那也不错啊。下了六个月的灰……会让一个人想要去相信什么。也许对我这种老骗子而言,这样就够了。"

沙赛德心中的绝望想要斥骂,光有相信是不够的。希望跟相信并没有为他带来任何好事。不会改变植物正在死亡、世界正在结束的事实。

没什么值得努力的,因为一切都没有意义。

沙赛德强迫自己停止这样的思绪,但非常困难。他有时很担心自己的忧郁。很遗憾,大部分时候他甚至没有力气去关心自己的悲观倾向。

拉司达,他告诉自己。专心在那个宗教上。你需要下结论。

微风的话让沙赛德开始思考。拉司达相当专注于美,还有艺术的"神性"。如果神性跟艺术有任何关联,那神不可能跟这个世界上正在发生的事情有任何关系。灰烬,忧郁、沉闷的地面……这不只是微风说的"缺乏想象力",更是完全的枯燥。乏味。单调。

这个宗教不是真的,沙赛德在纸张上写。教义与观察到的现实不符。

MISTBORN: THE HERO OF AGES

他解开活页夹上的绳子，将纸张塞了回去，又离读完更近了一步。沙赛德可以看到微风正从眼角偷偷瞅他。这个安抚者最爱秘密。沙赛德认为如果微风真的发现了自己在做什么，大概也不会觉得有什么所谓。无论如何，沙赛德希望微风不要一直来干扰他进行这项研究。

我对他说话口气不该这么差，沙赛德心想。他知道安抚者其实是想用自己的方法帮助他。跟一开始认识时相比，微风变了。早期的微风很自私，是个冷酷的操弄者，偶尔流露一点同情心。可是如今的他，只把过去的特质当做伪装。沙赛德怀疑微风加入卡西尔集团不是因为想要帮助司卡，而是看中了这个计谋的挑战性，更不要提卡西尔承诺的丰厚报酬。

这个报酬本该是统御主的天金，虽然如今看来是个神话，但微风找到了其他的报酬。

沙赛德注意到前方有人正穿过灰烬。那个人黑色穿着，但在一片灰黑的世界中，只要有一丝肉色就很容易分辨出来，看起来是他们的探子之一。葛拉道队长让整个队伍停下来，然后派人上前去迎探子。沙赛德跟微风耐心地等着。

不久后，葛拉道队长来到沙赛德的马边："大使大人，探子回报皇帝的军队就在几个丘陵外，不到一小时的路程。"

"很好。"沙赛德说道，很高兴终于可以看点枯燥黑色山丘以外的东西。

"他们应该看到我们了，大使大人。"葛拉道说道，"骑士正在靠近，他们其实已经——"

"到了。"沙赛德说道，朝不远处点点头。一名骑士的身影出现在地平线上。这名骑士很显眼，不只行动的速度很快——那可怜的马被逼着全速奔跑——更因为那身影是粉红色的。

"惨了。"微风叹口气。

全速狂奔的身影逐渐清晰，是一名有着金发的年轻女性，穿着一件亮粉红色的洋装，令她看起来远比实际的二十几岁更年轻。奥瑞安妮喜欢蕾丝与花边，更常穿让自己引人注目的颜色。沙赛德原本以为她这样的人应该不擅长骑马，但奥瑞安妮的骑术相当高超，不过想要穿着这么花俏麻烦的衣服纵马奔驰，骑术不好一点也不行。

年轻女子在沙赛德的士兵面前勒马站立，快速旋转一圈，波浪花边与金发齐飞。原本正要下马的她，看着地面上半尺的灰烬迟疑了。

"奥瑞安妮？"微风在片刻沉默后问道。

"嘘。"她说，"我在考虑弄脏我的洋装跑过去抱你是否值得。"

"我们可以等到回营地——"

"我不能让你在你的士兵面前这样没面子。"

"亲爱的，理论上而言，他们不是我的士兵。他们是沙赛德的。"微风说道。

奥瑞安妮这才注意到沙赛德在旁边，于是她抬起头，对沙赛德露出可爱的笑容，在马背上屈身算是行礼。"大使大人。"她说道。沙赛德猛然感到一阵对奥瑞安妮完全不自然的喜爱。她正在煽动他。如果有人比微风更肆无忌惮地使用镕金术，那一定就是奥瑞安妮。

"公主。"沙赛德对她点点头。

终于，奥瑞安妮做出决定，滑下马背。她没有用跑的，但以非常不淑女的方式拉起了裙摆。要不是她在下面穿了好几层蕾丝衬裙，早就走光了。

最后是葛拉道队长来到她身边，扶着她上了微风的马，让她坐在他面前的马鞍上。这两人从未正式结婚，一部分是因为微风觉得跟这么年轻的女子交往实在有点尴尬，而每当被逼问时，微风只解释说他不希望自己死时留她当寡妇。他似乎认为这件事随时会发生，即使他才四十多岁。

照这样的情况发展下去，我们都来日无多。 沙赛德心想。

也许这就是为什么微风终于接受自己跟奥瑞安妮的关系。无论如

085

何，从他看着她的样子，从他极仔细，近乎崇敬地抱着她的方式，很轻易地可以看出来，他非常爱她。

我们的社会结构正在崩解，沙赛德心想。队伍重新开始前进。要是在过去，两人的交往绝对需要婚姻这种正式的认可，尤其女方有这么高的身份地位。

可是，谁能让事情"正式"呢？圣务官几乎绝迹了，依蓝德跟纹的政府处于战争时期——一个实务导向、以军事联盟为基础的城邦组织。整个世界都被某种不祥的阴影所笼罩着。

沙赛德摇摇头。过去，人们需要组织，需要信仰才能继续下去——而他应该就是那个传播信仰的人。幸存者教会仍在努力，但他们还太新，信徒对宗教也缺乏经验，他们已经开始对教义与崇拜方法有争议，新帝国中的每个城市都有自己的版本。

过去，沙赛德在教导宗教时并不觉得自己需要信仰任何一个，他接受每个宗教都有自己的独特之处，因此提供知识时，就像是侍者提供自己不吃的餐点一样。

如今，沙赛德觉得这么做实在太虚伪。如果这些人民需要信仰，那不该是由他来教导。他再也不愿意教导谎言。

沙赛德以脸盆里的冷水洗脸，享受愉悦的神经震撼。水沿着他的下巴跟脸颊滴下，带走灰烬的脏污。他拿了条干净的毛巾擦脸，然后取出剃刀跟镜子，仔细地剃头。

"你为什么要一直这么做？"一个出人意料的声音响起。

沙赛德转身。方才他在营地中的帐篷还是空无一人的，如今却有人站在他身后。沙赛德微笑。

"纹贵女。"

她交叠双臂，挑起一边眉毛。她的动作向来安静，如今更是出神入化，连他都会被吓一跳。她进门时，帐篷的布门并没掀动多少。她穿着一贯的男式衬衫跟长裤，不过近年来，短黑发已经长成女性化的及肩长发。过去纹走到哪里似乎都要弯腰蹲着，试图藏起来，不敢直视别人的眼睛。这一点也有改变。如今人们仍然一不留神就会错过她，她动作安静、身材细瘦、体型娇小。可是，现在的她必定与人四目相交。

这带来极大的改变。

"德穆将军说你在休息，纹贵女。"沙赛德想起来。

"德穆知道你到了，不能不把我叫醒。"

沙赛德暗自微笑，示意请她坐到附近的椅子上。

"你继续剃头没关系。"她说道。

"请坐。"他再次示意。

纹叹口气，坐下。"你没回答我的问题，阿沙。"她说道，"你为什么总是穿着侍从官的衣服？为什么仍按照泰瑞司仆人的方式剃头？为什么担心我在这里时剃头会显得不敬？你已经不是仆人了。"

他叹口气，动作小心地坐在纹对面的椅子上："我已经不确定我到底是什么了，纹贵女。"

帐篷的帆布帷幕在风中飘动，一点灰烬透过纹进来后没重新绑紧的帐门飘入。她因为他的话而皱眉："你是沙赛德。"

"泛图尔皇帝的首席大使。"

"不。"纹说道，"那也许是你正在做的事，但那不是你。"

"那我是谁？"

"沙赛德。"她又说了一次，"泰瑞司守护者。"

"一个不再使用红铜意识库的守护者？"

纹瞥向角落装放红铜意识库的箱子。他的藏金术红铜意识库，用来储藏逝去已久的人类宗教、历史、故事、传说的容器，全都躺在那里，等着被教导，等着被填充。"我恐怕已经变成非常自私的人了，纹贵女。"沙赛德低声说道。

"胡说。"纹说道，"你一辈子都在服务别人。我不认识比你更无私的人了。"

"谢谢你这么说。"他说道,"可是我恐怕无法苟同。纹贵女,我们不是未经世事的人,我想你比谁都了解最后帝国的生活有多艰苦。我们都失去了对我们很重要的人,但我似乎是唯一一个无法克服遗憾的人。我觉得自己很幼稚。对,廷朵死了,而且说实在的,在她过世之前,我没有跟她相处太多时间。我没有理由这样。

"可是,我无法在清晨醒来时无视眼前的黑暗。当我戴上金属意识库时,皮肤感觉冰凉,只想到跟她在一起的时光。我的人生缺乏希望。我应该要能继续前进,但我办不到。我想,是我的意志力太薄弱了。"

"你说得不对,沙赛德。"纹说道。

"我必须否认这点。"

"哦?"纹反问,"如果你的意志力真的这么薄弱,你有办法反对我吗?"

沙赛德一愣,露出笑容:"你的逻辑什么时候这么好了?"

"因为跟依蓝德在一起。"纹叹口气说道,"如果喜欢不理性的争论,别跟学者结婚。"

我差一点就结婚了,这想法突然出现在沙赛德的脑海中,减弱了他的笑容。纹一定注意到了,因为她略缩了一下。

"对不起。"她别过头去。

"没事的,纹贵女。"沙赛德说道,"我只是……觉得很无助。我不能成为我的人民需要的人——也许我是最后的守护者了。一年前审判者攻击了我的家乡,就连藏金术师孩童都没放过,他们全部被杀死,而没有任何迹象显示我的同伴存活了下来。毋庸置疑必定还有人在外面,但他们要不是被审判者找到了,就是发生了别的悲剧,我想悲剧最近并不罕见。"

纹双手放在腿上,在昏暗的灯光下,看起来出奇的脆弱。沙赛德因为她脸上痛苦的神情而皱眉。"纹贵女?"

"对不起。"她说道,"你向来是给予忠告的人,沙赛德,可是如今我想知道的是如何劝你。"

"我想，劝告对现在的我没什么用。"

两人静静坐在原处一会儿。

"我们找到储藏窟了。"纹说道，"倒数第二个。我帮你抄了一份我们找到的文字，刻在一片薄薄的金属片上，以防万一。"

"谢谢。"

纹坐在原处，一脸迟疑："你不会看，对不对？"

沙赛德犹豫着摇摇头。"我不知道。"

"我一个人办不到，沙赛德。"纹低声说道，"我自己一个人无法对抗它。我需要你。"

帐篷陷入沉默。"我……尽我所能，纹贵女。"沙赛德终于说道，"我正在用自己的方法努力。我必须为自己找到答案，才能给别人答案，不过还是请你让人把誊本送来给我。我答应你，我至少会看。"

她点点头，站起身："依蓝德今天晚上要开会讨论我们的下一步。他希望你能参加。"她转身，在空气中留下一丝隐约的香气。离开前她停在他的椅子边。"当我从升华之井取得力量之后，我以为依蓝德会死。"她说道。

"可是他没有。"沙赛德回答。

"这不重要。"纹说道，"我以为他要死了。我知道他会死。我手中握有力量，沙赛德，是你无法想象的力量，永远无法想象的力量。可以摧毁世界、重造世界的力量，可以看尽一切、了解一切的力量。我看到他，知道他会死，而且知道我手中握有拯救他的力量。"

沙赛德抬起头。

"但我没有。"纹说道，"我选择释放力量，让他继续流血。我任凭他死去。"

"怎么会？"沙赛德问道，"你怎么会这么做？"

"因为我望入他的双眼，"纹说道，"知道这是他希望我做的。这是你教我的，沙赛德。你教会我爱他，爱到足以放手让他死去。"

她留下他独自一人坐在帐篷里，片刻后，他继续开始剃头，发现水盆边放了一个东西。一张小小的，折叠起来的纸张。

纸张上是一个古老、褪色的图片，里面有一件奇特的植物。一朵花。这张图原本是梅儿的。她给了卡西尔，他又给了纹。

沙赛德拾起纸片，不知道纹将这张图留给他想表达什么。最后，他将纸片折起，放入袖袋，继续剃头。

坎得拉经常提起的初约一开始只是初代对统御主做出的一系列承诺。它们将这些承诺写下来，形成了最初的坎得拉法律。它们对于从统御主处独立出来、在他的帝国外进行自治有点担心，因此拿了它们写下的东西去请统御主认可。

他命令它们将初约刻在钢铁上，同时亲自在上面签名。这是坎得拉从雾魅的身份醒来后要学的第一件事，包含了每名坎得拉的基本法律权利、创造新坎得拉的条款，还规定要服务长辈，对统御主完全地效忠。

最令人不安的是，初约里面有一项条款，如果履行，需要所有坎得拉集体自戕。

11

坎帕在讲台上往前倾，红色水晶骨头在灯火下闪烁："好吧，坦迅，坎得拉人民的叛徒，你要求接受审判，现在是你为自己求情的时候了。"

坦迅深吸一口气，终于能深呼吸的感觉真好，它开口，准备发话。

"告诉它们，"坎帕面孔扭曲地继续说道，"看你怎么解释你为什么杀了我们的同胞之———名跟你一样的坎得拉。"

坦迅全身一僵。信巢一片安静。坎得拉们的教养良好，不会像人类那样交头接耳，骚动私语，它们各以岩石、木头，甚至金属为骨架的身体端坐着，等待坦迅回答。

坎帕的问题出乎坦迅的意料。

"是的，我杀了一名坎得拉。"坦迅说道，赤裸冰冷地站在平台上，"这不是为法律禁止的。"

"需要书面禁止吗？"坎帕指控，一手指着它，"人类互相残杀，克罗司互相残杀，可是他们都是灭绝的属下。我们是存留的一部分，父君的亲选。我们不会互相残杀！"

坦迅皱眉。这个问话的方式很奇怪。为什么问这个？它心想。我的罪行绝对远不止谋杀一名族人。

"那是主人的命令。"坦迅坦诚地说道，"你一定清楚，坎帕。把我指派给史特拉夫·泛图尔的人就是你。我们都知道他是什么样的人。"

"标准的人类。"一名二代啐了一口。

过去的坦迅会同意，但如今它知道至少有些人类是不一样的。它背叛了纹，她却没有因此而恨它。她理解了它，甚至让它感觉到慈悲，就算他们没有变成朋友，就算它没有对她尊崇有加，光是那一瞬间，就足以赢得它全心全意的忠诚。

即使她不知道，现在，她仍然需要它的协助。它站得更挺，直视坎帕的双眼。"我透过付费契约被指派给人类——史特拉夫·泛图尔。"坦迅说道，"他将我交给他心理扭曲的儿子，詹，随意使唤。命令我杀死欧瑟并取代它地位的就是詹，好让我能监控人类女子，纹。"

MISTBORN: THE HERO OF AGES

一听到这名字,坎得拉之中便出现了几声低语。没错,你们都听过她的名字。她就是杀了父君的人。

"所以你就照着詹的话去做?"坎帕大声问道,"你杀了另一名坎得拉。你谋杀了同辈!"

"你以为我愿意吗?"坦迅质问,"欧瑟是我的同辈,我认识好几百年的兄弟!可是契约——"

"禁止杀戮。"坎帕说道。

"禁止杀人类。"

"难道坎得拉的性命不比人类的贵重?"

"文字清清楚楚,坎帕。"坦迅回斥,"我很熟悉,那是我帮忙撰写的!当这些服务契约以初约为样本而定下时,我们都在场!契约禁止我们杀人类,但不禁止我们同类相残。"

坎帕再次俯身靠近:"你曾跟这个詹争论吗?建议应该由他亲自动手?你曾试图要避免杀害自己人吗?"

"我不跟我的主人们争论。"坦迅说道,"而且我绝对不想告诉詹该如何杀死坎得拉。他的精神之不稳定众所皆知。"

"所以,你没有争论。"坎帕说道,"你直接杀了欧瑟,然后取代它的位置,假装是它。"

"这就是我们的任务。"坦迅烦躁地说道,"我们取代别人的位置,成为间谍。这就是契约的重点!"

"我们对人类做这种事。"另一名二代斥骂,"这是第一次有坎得拉被派去模仿另一名坎得拉。你立下令人不安的先例。"

这招是很绝妙,坦迅心想。我痛恨詹强迫我做这件事,但我可以看出这是多么巧妙的招数。纹甚至没怀疑过我。谁会怀疑?

"你应该拒绝这个命令。"坎帕说道,"你应该要求修正契约条款。如果别人开始用同样方法利用我们来自相残杀,那要不了几年,我族就会全部被歼灭了！"

"你的冲动背叛了我们所有人。"另一名说道。

啊，坦迅心想。这就是它们的计划。先证明我是叛徒，这么一来，无论我之后说什么都缺乏可信度。它微笑。它是三代，该摆出三代的样子了。

"我的冲动背叛了我们所有人？"坦迅问道，"那你们呢，伟大的二代？是谁允许跟卡西尔签订契约的？你将一名坎得拉仆人交给计划杀死父君的人！"

坎帕仿佛被甩了一个耳光，全身僵硬，透明的脸在蓝色光线下显得愤怒不已："三代，现在轮不到你来指控！"

"反正什么都已经轮不到我了。"坦迅说道。"如今父君死了，大家都一样。我们没有抱怨的权利，因为这是我们促成的。"

"我们怎么会知道这个人会成功，别人都失败了啊。"一名二代气急败坏地说。"况且他给了好多钱——"

坎帕用力一挥手，打断那人的话。二代不该为自己辩护，不过刚说话的坎得拉洪福本来就跟其他同辈格格不入。它比较……迟钝。

"不准再提此事，三代。"坎帕指着坦迅说道。

"那我要如何为自己辩护？如果我甚至不能——"

"你来这里不是为自己辩护的。"坎帕说道，"这不是在定罪，你已经承认你的罪。这是在量刑。解释你的行为，让初代宣告你的命运！"

坦迅沉默。现在不是硬碰硬的时机。还不到时候。

"光是对自己的兄弟下手就已经够严重。"坎帕说道，"我们是要继续说下去，还是你要听判决结果了？"

"我们都知道欧瑟的死不是我站在这里的主要原因。"坦迅说道。

"好吧。"坎帕说道，"那我们继续。如果你是这么遵守契约的坎得拉，何不跟初代解释，你为什么违背跟主人的契约，在损伤他利益的情况之下帮助了敌人？"

MISTBORN: THE HERO OF AGES

坎帕的指控回荡在室内。坦迅闭起眼，回想起那天。它记得静静地坐在泛图尔堡垒的地板上，看着詹跟纹战斗。

不，那不是战斗。燃烧天金的詹几乎可以说是所向无敌。詹是在玩弄纹，戏弄她，取笑她。

纹不是坦迅的主人，坦迅杀了她的坎得拉，取代它的地位，根据詹的命令探查纹的一举一动。詹。他才是坦迅的主人。他才拥有坦迅的契约。

可是，坦迅反抗了终生受过的种种训练，选择帮助纹，对她阐明了坎得拉的巨大秘密，它们的弱点——镕金术师可用镕金术完全掌握坎得拉的身体。坎得拉履行契约的目的就是不让秘密外泄，以免沦为奴隶。坦迅睁开眼睛，看着安静的房间。这是它计划中的时机。

"我没有违背契约。"它宣告。

坎帕一哼："你一年前回来时不是这么说的，三代。"

"我跟你们说明发生了什么事。"坦迅笔直地站着，"我没有撒谎。我协助纹而非詹，我的行为间接导致主人死在纹的脚边，但我没有违背契约。"

"你在暗示詹想要你去协助敌人？"坎帕说道。

"不。"坦迅说，"我没有违背契约——因为我选择履行更大的契约。初约！"

"父君死了！"一名二代斥骂，"你怎么能履行跟他的契约？"

"他是死了没错，"坦迅说道，"可是初约没有随他一起死去！纹，幸存者继承人，杀死统御主的人。她现在是我们的母君了。我们的初约是与她的契约！"

它以为会引发众人大喊歪门邪道，妖言惑众的抗议，没想到却只有震惊的沉默。坎帕瞠目结舌地站在石头讲台后。初代成员坐在满是阴影的凹室中，一如往常地静默。

迷雾之子
卷三·永世英雄 [珍藏版]

好吧,这意思是我该继续讲下去,坦迅心想。"我必须帮助人类女性,纹。"它说道,"我不能让詹杀了她,因为我对她有义务,一个从她取代父君位置之后我对她就开始有的责任。"

坎帕终于能发出声音。"她?我们的母君?她杀了统御主!"
"而且取代了他的地位。"坦迅说道,"她可以说是我们之一。"
"胡说八道!"坎帕说道,"我以为你会企图合理化自己的行为,甚至说谎,但你这番话根本是信口开河,妖言惑众!"
"你最近出去过吗,坎帕?"坦迅问道,"你过去一世纪以来,离开过家乡吗?你了解外面发生什么事吗?父君死了。大地一片动荡。一年前我回到家乡时看到迷雾的改变,它们的行为已经跟过去不同。我们不能继续这样的生活方式。二代也许不知道,但灭绝来了!生命将会终结。世界引领者们所说的时机——也许就是'定决'的时机——终于来了!"

"你在幻想,坦迅。你在人类之间待太久了——"
"你就老实跟大家说出你真正的目的吧,坎帕。"坦迅扬起声音打断它,"你不想要大家知道我真正的罪行吗?不想要让其他人都听到吗?"
"你不要逼我,坦迅。"坎帕又指着它说,"你做的事已经够严重了,不要让它——"
"我跟她说了。"坦迅再次打断它,"我跟她说了我们的秘密。最后,她使用我,就像过去的镕金术师。她透过'缺陷'控制了我的身体,要我跟詹对打!这就是我做的事。我背叛了我们所有人。她知道,而且我很确定她告诉了别人,很快他们都会知道要如何控制我们。你想知道我为什么要这么做?这难道不就是审判的目的,要我说出动机?"
坦迅罔顾坎帕想要打断它的尝试,继续说下去:"我这么做是因为她有权利知道我们的秘密。"坦迅大喊。"她是母君!她继承了统御主拥有的一切。少了她,我们将一无所有。我们无法靠自己的力量创造新的祝

MISTBORN: THE HERO OF AGES

福或是坎得拉！嘱托如今属于她！我们应该去找她。如果这真是一切的终结，定决即将来临。她会——"

"够了！"坎帕大吼。

房间再次陷入沉默。

坦迅站在原处，深呼吸。一年来，它被困在那个石洞中，一直计划着要如何宣告这个讯息。它的族人花了上千年，十代的时间，遵循初约的教诲。它们应该听听它发生了什么事。

可是光是像某个发疯的坎得拉那样把事实喊出来，感觉很……不够。它的族人会相信吗？它能改变什么？

"你已亲口承认你背叛了我们。"坎帕说道，"你违背契约，谋杀了同辈，还告诉人类要如何控制我们。你要求判决，那就判决吧。"

坦迅静静地转身，看着坐在凹室中，观看下方聚会的初代成员。

也许……也许它们会明白我说的是真的。也许我的话会震惊它们，它们会意识到自己需要与纹缔结契约，而不只是坐在这里，等着世界在我们周遭终结。

可是，什么都没发生。没有动作，没有声音。有时候坦迅都怀疑那上面到底还有没有坎得拉活着。它已经好几个世纪没有跟任何初代说过话了，它们的通讯只针对二代。

就算它们还活着，也并没有出声赦免坦迅。坎帕微笑。"初代忽略了你的请求，三代。"它说，"因此，身为它们的仆人，二代的我们会代替它们判决。你的宣判将于一个月后产生。"

坦迅皱眉。一个月？为什么要等？

无论如何，结束了。它低下头，叹口气。该说的它都说了，坎得拉如今知道它们的秘密已经泄漏出去，二代无法再隐藏这个事实。也许它的话能激发族人有所行动。

但坦迅自己可能永远都不会知道结果。

很显然的，拉刹克搬移了升华之井。

做法非常聪明，这也许是他所做过最聪明的事。他知道力量有一天会回到井中，因为如此的力量——世界成形的根基——并不会耗尽，在使用时会被稀释，但总会重新补满。

因此，传说跟故事会不断流传。拉刹克改变了世界的地表，他将山脉放在北方，将该处命名为泰瑞司，然后将自己真正的家乡压平，在此建都。

他的皇宫则是以他的房间为中心建造。他经常在房间里冥想，因为那是他在泰瑞司旧家的完美复制品，在他的力量用尽之前的最后瞬间所创造出来的庇护所。

12

"依蓝德，我担心他。"纹坐在两人的床上说道。

"谁？"依蓝德从镜子前面回过头，"沙赛德？"

纹点点头。当依蓝德午睡醒来后，她已经起床、穿衣。他之前时常担心她会不会把自己逼到极限，如今他自己也是迷雾之子，明白白镴的极限之后，更是担心。使用金属强化肉体可以延缓疲累，但这是有代价的。当白镴用完或被熄灭时，疲累感会返回，像是崩塌的高墙般压垮一个人。

可是纹从来不停歇。依蓝德也在燃烧白镴强迫自己，可是她的睡眠似乎只有他的一半。她比他强悍很多，而且是以他永远无法想象的方式。

"沙赛德会处理好自己的问题。"依蓝德继续穿衣服，"他以前一定也失去过重要的人。"

"这次不同。"纹说道。他从镜子中可以看到她的身影，穿着简单的服饰，盘腿坐在他身后。纹的穿着和依蓝德雪白的制服正好相反——他制服上涂着金漆的木纽扣闪烁光芒，刻意选用木材是为了避免受到镕金术影响。衣服本身则是以特殊布料裁剪，比较容易清洗。有时候，他对于要让自己看起来有王者气度所需耗费的心力颇感罪恶，但这是必要的。不是为了满足虚荣心，而是为了打造他的形象，这形象让他的士兵愿意踏上战场。在黑暗的大陆上，依蓝德身着白衣，因而成为某种象征。

"不同？"依蓝德一面扣着袖子上面的纽扣，一面问道，"廷朵的死有什么不同？她在陆沙德的攻城战中身亡，可是歪脚跟多克森也是。你在那场战役中杀了我的父亲，我在那之前把最好朋友的头给砍了。我们都失去了某个人。"

"他也这么说。"纹说道，"可是，对他而言这不只是死亡。我认为廷朵的死对他来说是生命辜负了他。在我们所有人之中，向来只有他有信仰，当她死了之后，他的信仰也一并消失。"

"我们之中唯一有信仰的人？"依蓝德问道，将一枚涂着银漆的木别针从桌上拾起，别在外套上，"那这个呢？"

"依蓝德，你是幸存者教会的一员，"纹说道，"可是你没有信仰。不像沙赛德那样，他就像是……知道一切都会有好的结果。他相信有什么在守护世界。"

"他会想办法处理的。"

"不只是他，依蓝德。"纹说道，"微风也过于努力了。"

"这又是什么意思？"依蓝德觉得好笑地问。

"他会推每个人的情绪。"纹说道，"为了让别人高兴，实在推得太用力，自己也笑得太努力。他既害怕，又担心，结果矫枉过正。"

依蓝德微笑。"你几乎跟他一样坏,偷读所有人的情绪,又告诉人家他们实际的感觉是什么。"

"他们是我的朋友,依蓝德。"纹说,"我了解他们,而且我跟你说,他们开始放弃了。一个接着一个,他们开始认为这一次我们赢不了。"

依蓝德扣好最后一枚纽扣,审视镜中的自己。有时候他仍然不禁揣想自己是否真的配得起这套华丽的套装,它喻意深远的雪白,还有其中蕴含的尊贵之气。他望入自己的双眼,忽略脸上的短须、战士的身躯、带疤痕的皮肤。他望入眼睛,寻找其后的王者灵魂。一如往常,他对于自己看到的不是很满意。

可是他还是得继续,因为他是他们最好的选择。这是廷朵教他的。"好吧。"他说道,"我相信你对其他人的判断,我会想办法处理。"

这毕竟是他的工作。皇帝的头衔只带来一个责任。

让一切变得更好。

"好。"依蓝德指着挂在议事厅大墙上的王国地图,"我们计算了每天迷雾出现与消失的时间,诺丹跟他的书记们分析了这些数据之后,给了我们这个界线作为指引。"

所有人一起检视地图。纹按照惯例坐在帐篷最后方,靠近阴影,靠近出口。她的确变得更有信心了,但不代表她会大意。她仍然喜欢留意房间里的每个人,即使她信任他们。

她的确信任他们。也许塞特是唯一的例外。那个固执的男人坐在所有人的最前面,十几岁的儿子静静地坐在他身旁,一如往常。塞特,或该称呼他为塞特王,是宣示对依蓝德效忠的国王之一,他留着不合时宜的大胡子,有一张更不合时宜的嘴,还有无用的双腿,不过这些丝毫不影响他一年前几乎要征服陆沙德的事实。

"什么鬼啊。"塞特说道,"你要我们读这东西?"

依蓝德以手指敲敲地图。那是一张帝国的简图,跟他们在石穴中找到的非常类似，只是经过更新。上面画着几个同心圆。

"最外圈是被迷雾完全占领的地方，即便是白天雾仍然不退散。"依蓝德指向下一个内圈，"这圈经过我们之前造访过的村庄，也就是找到囤积物资的地方，这里有四小时的日光。圆圈以内的地区都有四小时以上的日光，圆圈以外的更少。"

"最后那个圈呢？"微风问道。他跟奥瑞安妮坐在一起，尽可能地远离塞特。塞特仍然有朝微风抛掷东西的习惯：大部分是侮辱性的物体，有时则是刀子。

依蓝德端详着地图。"如果迷雾以目前的速度继续靠近陆沙德，这一圈代表书记们认为今夏日照时间长到足以种植作物的地区。"

房间陷入沉默。

蠢蛋才需要希望，瑞恩的声音似乎在纹的脑海里低语。她摇摇头。她的哥哥瑞恩训练她如何在街头与地下社会生存，教导她不要信任别人，随时心存疑虑，与此同时，他也教会她该如何生存。是卡西尔让她明白，信任与生存可以并存，这是一门很艰困的课程。即便如此，她仍然经常在脑海中听到瑞恩的声音，虽然那只是一个回忆。低语诉说着她所有的不安，让她回想起他所教导过的残忍课程。

"这个圈很小，阿依。"哈姆依旧读着地图说道。肌肉壮硕的男子跟德穆将军一起坐在塞特跟微风中间。沙赛德静静地坐在一旁。纹瞥向他，想知道他们先前的讨论是否让他不再那么沮丧，但她看不出来。

他们的人数不多：如果还算上塞特的儿子奈容汀，只有九个人，这里面却几乎包括了卡西尔集团中所剩下的所有人，只有在北方进行侦察工作的鬼影不在场。所有人的注意力都集中在地图上。最后的圈子的确非常小，连帝国首都陆沙德的中央统御区都没完全容纳。按照地图的标示，还有依蓝德的暗示，这意味着九成的帝国地区今年夏天都无法种植植物。

"就连这个小圈，到明年夏天也将不复存在。"依蓝德说道。

纹看着其他人沉思的表情，不知道他们有没有意识到帝国即将面临的惨况。就像艾兰迪的日记所说的，她心想。他们不能派军队跟深黯对抗。它毁灭城市，带来缓慢、可怕的死亡。他们束手无策。

深黯。他们如此称呼迷雾，至少残存的记录是如此说的。也许他们对抗的东西——纹施放的力量，就是这场灾难背后的元凶。没有办法知道到底过去发生了什么事，因为那力量有能力改变文字。

"好，我们现在需要做出选择。"依蓝德交叠双臂说道，"卡西尔招募你们，是因为你们可以办到不可能之事。我们现在的处境绝对可称之为不可能。"

"他可没招募我。"塞特指出，"我是误上了贼船，被硬拖进你们这场浑水里。"

"很遗憾我无法诚心对你表达歉意。"依蓝德紧盯着所有人，"快点，我知道你们都有想法。"

"好吧，老兄，最明显的选择应该就是升华之井。"微风说道，"那个力量似乎是用来对抗迷雾的。"

"或是用来解放躲在里面的东西。"塞特说道。

"这不重要。"纹的话让众人转头，"井里没力量，已经消失了，用完了。下次回来，大概要再等一千年吧。"

"囤积的物资要撑一千年，恐怕有点困难。"依蓝德说道。

"种植不太需要阳光的植物如何？"哈姆问道。他一往如昔地穿着简单的长裤跟背心。他是打手，能力是燃烧白镴，因此不受温度影响。大多数人因为天气急着要躲回屋里时，他仍然能高高兴兴地在外头走着。

好吧，也许不是高高兴兴。哈姆不像沙赛德那样一夕之间像是变了个人，但他也的确失去了一部分乐观开朗的天性。他喜欢坐在一旁，露出认真的表情，仿佛他正非常非常仔细地思考一些问题，而且完全不喜欢自己得到的答案。

"有不需要阳光的植物？"奥瑞安妮歪着头问道。

"蘑菇之类的。"哈姆说。

"我怀疑我们能否靠蘑菇喂饱一个帝国。"依蓝德说道,"不过这是个好主意。"

"一定还有别的植物。"哈姆说道,"就算迷雾整天不走,也有一些光可以透过雾照下来,一定有植物可以靠此存活。"

"都是我们不能吃的植物,老兄。"微风指出。

"对,但也许动物可以。"哈姆说道。

依蓝德深思地点点头。

"现在讨论农作物的选择实在是见鬼的晚。"塞特发话,"我们好几年前就该处理这种事了。"

"我们也是几个月前才知道会有这种情况。"哈姆说道。

"没错。"依蓝德说道,"可是统御主有上千年可以准备,因此他建造了储藏窟,我们仍然不知道最后一个存放了什么。"

"我不喜欢仰赖统御主,依蓝德。"微风摇头说道,"他准备那些石穴时一定会想到,如果有人要用的话,绝对是他死了以后。"

塞特点点头:"那白痴安抚者说得有道理。如果我是统御主,我会在里面塞满有毒的食物跟尿。我死了,谁都别想活着。"

依蓝德挑起一边眉毛说:"塞特,幸好统御主的个性比我们预期的要慷慨很多。"

"我没想到这辈子会有这么想的一天。"哈姆说道。

"他是皇帝。"依蓝德说道,"我们也许不喜欢他的统治方式,但我可以在某种层面上了解他。他不是充满恶意,甚至不是邪恶的。他只是……把事情做得太过了。况且,他抵抗了我们正在对抗的东西。"

"这东西?"塞特问道,"迷雾?"

"不。"依蓝德说道,"是被困在升华之井的东西。"

它叫做灭绝,纹突然心想。*它会摧毁一切。*

"所以我觉得我们需要取得最后一个库藏。"依蓝德说道,"统御主曾经渡过这一关,他知道该如何准备。也许我们会找到不需要阳光就可以种植的植物。目前每个储藏窟都有基本的共通物资,例如食物、水,但每一个也都有新的东西。在维泰敦,我们找到大量的八种基本镕金术金属,最后一个库藏里的东西,也许正是我们要生存下去所必需的。"

"那就这么决定了!"塞特说道,胡子脸露出大大的笑容。"我们就出发前往法德瑞斯,是吧?"

依蓝德简短地点点头:"是的。一旦拔营,军队主力将朝西方统御区前进。"

"哈!"塞特说道,"潘洛德跟加那尔绝对会吃瘪好几天。"

纹微微笑了。潘洛德跟加那尔是依蓝德的帝国中另外两名最重要的国王:潘洛德统治陆沙德,这也解释了他为什么目前人不在此;加那尔统治北方统御区,包括泛图尔家族世袭领地。

可是北方最大的城市在加那尔随着依蓝德的父亲史特拉夫一起北上围攻陆沙德时叛乱了。到目前为止,依蓝德仍无法腾出兵力来夺回邬都,因此加那尔算是被放逐的国王,他手头的军队被用来在他可以掌控的城市中维持秩序。

加那尔跟潘洛德一直都在找理由阻止大军前往塞特的家乡。

"那些龟儿子听到这件事,绝对高兴不起来。"塞特说道。

依蓝德摇摇头:"你的每句话都要夹带脏话吗?"

塞特耸耸肩:"如果不能说点有趣的,那干吗还要说话?"

"咒骂一点也不有趣。"依蓝德说道。

"那是你这死脑筋的想法。"塞特微笑,"皇帝,你没啥好抱怨的。如果你觉得我用字粗俗,那是你在陆沙德住太久了。我老家的人甚至不好意思用'靠'这么优雅的字。"塞特叹口气。"总而言之,我——"

地面突然其来的晃动打断他的话。纹立时站起,寻找可能的危险,其他人则忙着咒骂跟抓住东西。她甩开帐门,窥探着迷雾,不过晃动很快便停止,在军营里造成的骚动其实并不大。巡逻队来往检查是否有问题，全都是直属依蓝德的军官跟镕金术师，大多数士兵仍然都留在自己的帐篷中。

纹回到帐篷里。几张椅子倒下，旅行用家具随之摇晃。其他人缓缓回到座位上。"最近还蛮常发生的。"哈姆说道。纹与依蓝德四目相望，看到依蓝德的担忧。

我们可以对抗军队，可以征服城市，但灰烬、迷雾、地震，该拿它们怎么办？该拿这个正在崩塌的世界怎么办？

"总而言之，法德瑞斯是我们下一个目标。"依蓝德坚定的声音丝毫未透露出忧虑，但纹明白那必定存在他心里，"我们不能冒失去这座库藏还有其中物资的风险。"

像是天金，瑞恩在纹的脑海中说道。正坐回原位的纹突然说出："天金。"

塞特精神一振："你觉得在那里？"

"有这么一个想法。"依蓝德打量着纹说道，"可是我们没有证据。"

"会有的。"她说道。一定在。我不知道为什么，但我们需要拥有它。

"希望不是。"塞特说道，"我走过大半个他妈的帝国想偷天金，如果就埋在我自己的城市下面……"

"我觉得我们没讲到重点，阿依。"哈姆说道，"你是在说要征服法德瑞斯吗？"

房间陷入沉默。直至目前为止，依蓝德的军队都是采取守势，只攻击过克罗司军营或是小军阀与盗贼的营地，他们强迫过几个城市加入他们，却从来没有攻击、占领过大城。

依蓝德转头回去看地图。就算从侧面，纹仍然能看见他的眼神，那是被两年来近乎从不间断的战争磨炼得刚硬的眼神。

"我们主要会是以外交手段取得城市。"依蓝德说道。

"外交？"塞特说，"法德瑞斯是我的。那死圣务官偷走的！打就打，依蓝德，你的良心没必要顾虑这么多。"

"没必要?"依蓝德问道,"塞特,为了进城,我们要杀的可是你的人,你的士兵。"

"战争本来就会死人。"塞特说道,"难过也无法洗脱血腥,所以何苦呢?这些士兵背叛我,他们活该。"

"情有可原。"哈姆说道,"如果没有办法抗拒篡位者,那为何要送死?"

"何况之前王座上坐着的也是篡位者。"依蓝德说道。

"无论如何,根据情报,那个城市的防御工事显然非常完备。"哈姆说道,"要击垮它可不容易啊,阿依。"

依蓝德静静站在原地片刻,瞅着仍然一脸得意之色的塞特。这两个人似乎有某种默契。依蓝德是理论家,对战争的知识不亚于任何人,塞特则似乎对于战争与战术有第六感的直觉,因此取代歪脚,成为帝国的首席军事战略师。

"围城。"塞特说道。

依蓝德点点头:"如果尤门王不回应外交手段,那我们要进城又不想损失一半兵力的唯一方法,就是围城,逼急他。"

"我们有时间吗?"哈姆皱眉问道。

"除了邬都以外,法德瑞斯跟它的周遭区域是内统御区中唯一有足够军力可威胁我们的城市,再加上城内还有储藏窟,意味着我们不能放任他们。"

"某种程度上来说,时间是站在我们这里的。"塞特抓着胡子说道,"法德瑞斯这样的城市不能硬攻。它是陆沙德以外少数几个可以抵挡军队的城市,但因为位于中央统御区之外,食物可能已经不足。"

依蓝德点点头:"相反我们因为储藏窟中找到的食物不愁补给。如果我们阻断大道,掌控运河,他们早晚都会献城。就算他们找到库藏——这点我很怀疑——我们也能撑得比他们久。"

哈姆皱眉:"也许吧……"

MISTBORN: THE HERO OF AGES

"况且，如果情况有变，我们还有大约两万克罗司军队可使用。"依蓝德补充道。

哈姆一语不发，只皱起眉毛。他的意思很明显。你派克罗司去对付其他人类？

"这中间还有一个因素。"沙赛德轻声说道，"一件我们还没有讨论过的事。"

几个人转头，仿佛已经忘了他在那里。

"迷雾。"沙赛德说道，"法德瑞斯城在迷雾的范围之外，泛图尔陛下。你要在抵达城市之前，先让军队遭受一点五成的死伤吗？"

依蓝德沉默了。到目前为止，他都尽量不让士兵进入迷雾中。纹觉得军队被保护着不受迷雾病影响，却要强迫村民进入迷雾是不对的，可是他们扎营的地方仍有相当程度的无雾天光，也有足够的帐篷来容纳所有士兵，这是他们在迁徙村民时所没有的。

迷雾鲜少进入建筑物，就算是布制的也一样。因为能避免和雾的接触，所以完全没有理由让士兵涉险。纹认为这样似乎有点双重标准，但目前为止这做法还算合理。

依蓝德迎向沙赛德的双眼。"你说得有道理。"他说，"我们不能永远保护士兵。我曾强迫维泰敦的人民让自己免疫，恐怕出于同样的原因也必须要求军队做同样的事情。"

纹静静地靠回椅背。她经常怀念过去自己不需参与这种决定的日子，更令人怀念的是，依蓝德不需要做出这种决定的时光。

"我们要朝法德瑞斯出发。"依蓝德再次说道，转身背向众人，指着地图，"如果我们想要成功——'我们'指的是新帝国的所有人民——必须团结，将所有人民集中到中央统御区。那会是夏天里唯一能种植食物的地方，我们需要人力来清理灰烬，开垦田地，也要让法德瑞斯的人民受到我们的保护。"

"同时，这也意味着我们要压制邬都的反叛。"他说道，指着东北方

迷雾之子

卷三·永世英雄 [珍藏版]

的地图,"那里有谷仓,有我们急需的在中央统御区进行第二次种植时使用的谷物种子,但是该城市的新统治者正在调集力量与军队。当我父亲来犯时,我们已经意识到陆沙德处于邬都的攻击范围之内。我不允许事件重演。"

"我们没有足够军队两路出击,阿依。"哈姆说道。

依蓝德点点头:"我知道。我希望可以避免攻击邬都,那是我父亲的权力中心,那里的人反抗他是有原因的。德穆,请报告。"

德穆站起身。"陛下不在时,鬼影送了一份钢板刻印的讯息给我们。"他说道,"他说控制邬都的群体以司卡反叛军为主。"

"听起来蛮有希望的。"微风评论,"是我们这种人。"

"他们对贵族颇为……严厉,微风大人。"德穆说道,"而且他们清算的对象包括那些私生子。"

"有点太极端了,我觉得。"哈姆说道。

"很多人也觉得卡西尔很极端。"微风说道,"我相信我们能说服那些反叛军。"

"很好。"依蓝德说道,"因为我要仰赖你跟沙赛德在不使用武力的情况下让邬都接受我们的统治。储藏窟只有五个,我们不能冒错失任何一个的险。谁知道我们会在法德瑞斯找到什么,说不定还要回到之前的地方去寻找错过的东西。"他转身,先看微风,再看沙赛德。

"我们不可能把食物从邬都中偷偷搬走。"他说道,"如果该城市的反叛进一步扩张,可能会让整个帝国分崩离析。我们必须让那里的人加入我们。"

房间里的成员,包括纹,一起点点头。他们从个人经验中明白,一支小反抗军能对帝国造成的压力有多大。

"法德瑞斯的围城战可能要花点时间。"依蓝德说道,"在夏天以前,我希望你们能掌握北方的库藏,压制反叛,把这些种子运到中央统御区,准备种植。"

107

"别担心。"微风说道,"我看过司卡设立起的政府。等我们赶到时,那个城市恐怕也快崩解了,说不定有人提议要他们加入新帝国,反而让他们松了一口气!"

"小心点。"依蓝德说道,"鬼影的报告不多,但听起来像是城里的紧张情势正节节升高,我派几百名士兵跟你一起去。"他继续看着地图,眼睛微微眯起。"五个库藏,五座城市。邬都也是一部分。我们不能失去它。"

"陛下,需要我前去吗?"沙赛德说道。

依蓝德皱眉,转身看着沙赛德:"你还有别的事吗,沙赛德?"

"我有正在进行的研究。"守护者说道。

"我向来尊重你的意愿。"依蓝德说道,"如果你觉得这个研究很重要……"

"这是我私人的研究,陛下。"沙赛德说道。

"有办法和支援邬都同时进行吗?"依蓝德问道,"你是泰瑞司人,你的信誉是我们之中无人能及的。除此之外,人民也尊敬信任你,沙赛德,而且他们这么做是对的。相反,微风就有点……受名声之累。"

"我可是很努力才建立起这个名声。"微风说道。

"我真的希望由你来领队,沙赛德。"依蓝德说道,"我想象不出有哪个比神圣见证人更好的大使了。"

沙赛德的表情难以捉摸。"好吧。"他终于说道,"我尽力而为。"

"很好。"依蓝德说道,转身看着其他人,"我还有最后一件事需要你们帮忙。"

"什么事?"塞特问道。

依蓝德站在原地片刻,视线越过他们的头顶,一脸深思的样子。"我想要你们跟我说说幸存者的事。"他终于说道。

"他是迷雾之主。"德穆立刻响应。

"不是这种冠冕堂皇的言词。"依蓝德说道,"我要有人告诉我,卡西尔这个人是怎么样的。我没有遇过他，只在他死前见过他一次，但从来没机会了解他。"

"这有何重要？"塞特问道，"我们都听过他的故事。照司卡的说法，他根本是神。"

"就照我说的去做吧。"依蓝德说道。

帐篷安静片刻。终于，哈姆先开口："阿凯很……宏大。他不只是个人，他的一切都超越平凡人。他做的一切都很宏大——他的梦想，他说话的方式，他想事情的方法——"

"而且那不是装出来的。"微风补充，"我看得出一个人的伪装。那是为什么我接下卡西尔的第一份工作。在所有虚张声势、滥竽充数的人之中，他是真诚的。每个人都想当最好的。卡西尔是真正最好的。"

"他是一个人。"纹轻声说道，"只是一个普通人。可是，你就是知道他会成功。他让你成为他心目中的样子。"

"好让他利用你。"微风说道。

"可是在被利用完之后，你也变成更优秀的人。"哈姆补充。

依蓝德点点头："我真遗憾没有办法认识他。一开始，我一直拿自己跟他比较。在我听到卡西尔这个名字时，他已经成为传奇，强迫我自己成为他是不公平的，但我仍然会担心。无论如何，你们这些认得他的人，也许可以回答我另一个问题。如果他现在看到我们，你们觉得他会怎么说？"

"他会很骄傲。"哈姆立刻说道，"因为我们打败了统御主，而且建立了司卡政府。"

"那他如果看到这个议会中的我们呢？"依蓝德说道。

帐篷陷入沉默。最后，一个纹意想不到的人说出了他们心中共同浮现的一句话。

"他会叫我们要更常笑。"沙赛德低声说道。

微风轻笑："他完全是个疯子，你知道吗？情况越糟，他越爱说笑。

MISTBORN: THE HERO OF AGES

当我们遭遇最大一次挫败,因为叶登那个笨蛋而几乎失去整支司卡军队时,我记得他有多乐观。阿凯只是脚步轻盈地走了进来,开了一个他平常说的无聊玩笑。"

"听起来很冷酷。"奥瑞安妮说道。

哈姆摇摇头:"不是。他只是坚强。他一直说笑容是统御主无法从他身上夺走的东西。他策划并着手推翻一个千年的帝国,而且把整件事当成某种……赎罪,因为他让自己的妻子以为他恨她,抱着遗憾死去了。可是,他在这么做的同时,脸上自得的笑容不减,仿佛他做的每件事都是朝命运的脸上甩一巴掌。"

"我们需要他拥有的。"依蓝德说道。

房间里每个人的目光都转回他身上。

"我们不能继续这样。"依蓝德说道,"我们不断斗嘴,自怨自艾,看着落灰,坚信世界末日来了。"

微风轻笑:"老兄,我不知道你注意到了刚才那场地震没有,可是世界看起来快完蛋了,这毫无疑问是件让人沮丧的事情。"

依蓝德摇摇头:"我们撑下去,但必须要我们的人永不放弃。他们需要会笑的领导者,相信这场奋斗可以成功的领袖,这是我对你们的要求。我不在乎你们是乐观还是悲观分子,我不在乎你们是否在心底偷偷认为我们月底前通通会死光,但只要出到外面,我就要看到你们在笑——就算是反抗命运也好——如果世界末日真的来临,我希望我们这群人能够微笑着迎接末日,一如幸存者所教导我们的。"

曾经是卡西尔集团成员的人,一一缓缓点头,就连沙赛德也包括在内,即使他的脸上仍然充满复杂的神色。

塞特只是摇摇头:"你们这些人都疯了。我真不知道我怎么跟你们搅和在一起的。"

微风大笑:"你说谎,塞特。你很清楚你是怎么跟我们混在一起的。我们可是威胁你,不加入就杀了你!"

依蓝德正看着纹。她迎向他的双眼。这场演说讲得好。她不确定这是否能改变什么，毕竟这群人已经不再是晚上能自在地围绕于歪脚的餐桌边谈笑的那群人。可是，也许一直想着卡西尔的微笑，他们会比较不容易忘记自己究竟为何而战。

"好了，大伙儿。"依蓝德最后开口，"我们开始准备吧。微风、沙赛德、奥瑞安妮，我需要你们去跟书记讨论此行需要什么补给品。哈姆，送消息去陆沙德，告诉潘洛德要我们的学者开始培养可以靠非常少量阳光就能成长的作物。德穆，告诉所有人，我们明天拔营。"

血金术，顾名思义，是跟血有关系。我相信利用血金术转移力量时必定会有死亡发生并不是巧合，沼泽曾经描述其为一个"凌乱"的过程。这不是我会选择的形容词。这不足以形容。

13

我漏掉了什么，沼泽心想。

他坐在克罗司营地中。只是坐在那里，好几个小时没动了。灰烬如覆盖雕像一般覆盖他。灭绝的注意力最近集中在别处，因此沼泽有越来越多自己的时间。

他仍然没有挣扎。挣扎会引来灭绝的注意力。

这不就是我要的？他心想。受到控制？当灭绝强迫他以它的角度看世界时，他觉得这个逐渐死去的世界美好极了。那种幸福感远胜过于他如今坐在断树根上，缓缓被灰烬埋葬时所感觉到的忧惧。

不，不，那不是我要的！他的确很幸福，但那是假象。一如他曾经抵抗灭绝，如今他抵抗自己的认命。

我漏掉了什么？他再次心想，让自己分神。三十万克罗司的大军已经好几个礼拜没有移动了。成员们正缓慢却无可遏抑地相互残杀。让军队停滞不动似乎是种浪费，即便克罗司只靠吃在灰烬下死去的植物也能存活。

它们靠这个应该活不久吧？虽然一年中大半时间都跟它们在一起，他对克罗司的了解却不多。它们似乎什么都能吃，仿佛填满肚子比养分更重要。

灭绝到底在等什么？为什么不率领军队进攻？沼泽对最后帝国的地理熟悉到清楚自己正驻扎在靠近泰瑞司的北方地区。何不直接南下攻击陆沙德？

营地里没别的审判者。灭绝叫他们去做别的事，留下沼泽一人。在所有审判者中，沼泽得到最多支尖刺，目前他身上不同地方总共新增了十支。这让他成为审判者中最强大的。为什么要留下他？

可是……有何意义？他心想。末日已经来临。不可能打败灭绝。世界会毁灭。

这个念头让他很有罪恶感。如果可以羞愧地看地面，他一定会这么做。曾经他负责掌管整个司卡反抗军，数千人都仰赖他的领导，然后……卡西尔被抓住，同时还有梅儿——卡西尔跟沼泽一同爱着的女子。

当卡西尔跟梅儿被送去海司辛深坑时，沼泽离开了反抗军。他的逻辑很简单。如果统御主能抓到当时最杰出的盗贼卡西尔，那他早晚也会抓到自己。让沼泽退下的原因不是恐惧，只是他认清了事实。沼泽向来实际。反抗无用。所以何必坚持？

然后卡西尔回来了，达成了上千年司卡反叛组织都没有办法达成的事情：推翻帝国，杀死统御主。

那个人应该是我，沼泽心想。我这一辈子都献身给了反抗军，然后就在最终胜利之前，放弃了。

迷雾之子
卷三·永世英雄 [珍藏版]

那是个悲剧,更严重的是,沼泽又在重蹈覆辙。他正在放弃。

都是你害的,卡西尔!他烦躁地心想。你死了也不放过我吗?

可是,一个无可否认,令人神伤的事实仍在——梅儿是对的。她选择了卡西尔,而非沼泽。当两个人都被迫要去面对她的死亡时,有一个人放弃了。

另一个人实现了她的梦想。

沼泽知道卡西尔为什么决定要推翻最后帝国。不是为了钱,为了名,甚至不是为了最多人怀疑的动机,复仇。卡西尔知道梅儿的心意。他知道她梦想着有一天植物会茁壮,天空不是红色。她总将那张小花的图片带在身上。虽然那张图片是副本的副本,却也象征了某种因为最后帝国而失去许久的东西。

可是,你没有实现她的梦想,卡西尔。沼泽充满怨念地想。你失败了。你杀了统御主,却什么都没改变,反而让情况恶化!

灰烬继续飘落,随着懒洋洋的微风在沼泽身边盘旋。克罗司骚动,不远处一只克罗司发出被同伴杀死前的最后惨叫。

如今卡西尔死了,可是,他是为她的梦想而死的。梅儿选他是对的,但她也死了。沼泽没死。还没死。我还可以奋斗,他告诉自己。可是怎么做?就连动动手指都会引来灭绝的注意力。

不过在最近几个礼拜中他完全没有挣扎。也许这就是为什么灭绝认为它可以这么久都不来占领沼泽的原因。那怪物,或那力量,不管那是什么东西,不是全知全能的。沼泽怀疑它可以不受拘束地自由移动,看着世界,同时观察在不同区域中同时发生的事情。墙壁阻挡不了它的视线,它想看什么都行。

除了一个人的心念。

也许……也许如果我停止挣扎的时间够久,当我终于决定要反击时,就能让它措手不及。

这似乎是个不错的计划。沼泽知道时机来临时他要怎么做。他会处

MISTBORN: THE HERO OF AGES

理掉灭绝最强的武器——他会将尖刺从背后拔出，杀了自己。不是因为烦躁，也不是因为绝望。他知道他在灭绝的计划中扮演某个很重要的角色。如果他选对时间，会让其他人得到他们需要的机会。

这是他能给的一切，可是感觉却很好。重新找回的自信让他希望自己能站起来，带着骄傲面对世界。卡西尔自杀是为了替司卡取得自由。沼泽也会这么做，在同时，也期望这能令世界免于灭亡。

第 贰 章

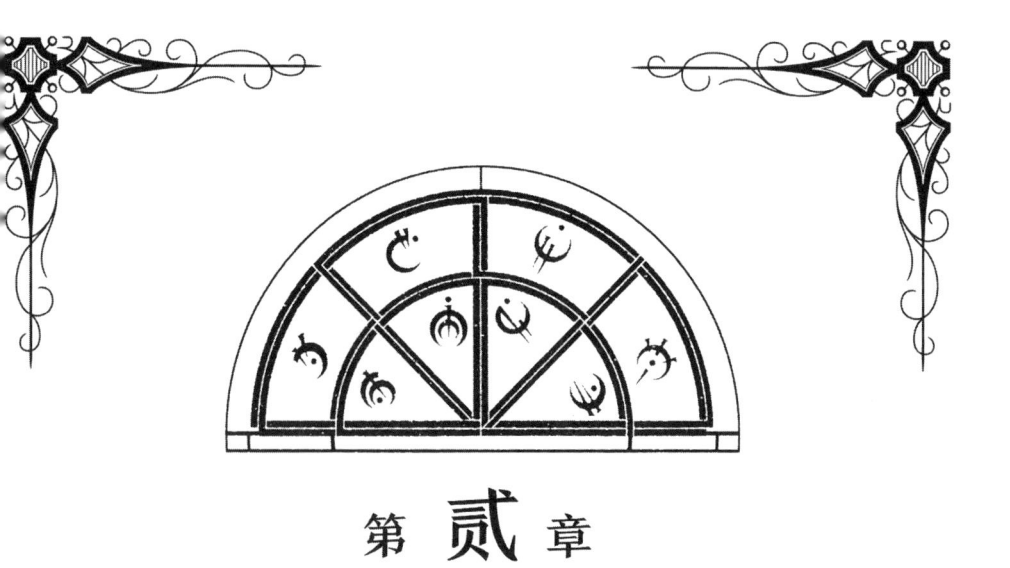

布与玻璃
Cloth and Glass

迷雾之子
卷三·永世英雄 [珍藏版]

灭绝的意识被升华之井所困，让他大部分的能力无法发挥。在第一次发现升华之井的当晚，我们找到一团不了解的东西。一团黑烟，填满了某一个房间。

虽然我们事后也讨论过，却无法判定那是什么。我们怎么可能知道？

神的身躯，或者该说，神的力量，其实是一体两面。力量对灭绝跟存留来说，就像组成身体的皮肉跟血液一般。

14

鬼影骤烧锡。

他让锡在体内燃烧，明亮，强大。他再也不熄灭锡力，只是让它不断燃烧、咆哮，成为体内的一团火焰。锡是燃烧最慢的金属之一，而且要取得镕金术需要的量并不困难。

他沿着安静的街道行走。虽然卡西尔当时宣称司卡不需害怕迷雾的话已经传遍各地，晚上仍然鲜少有人出门，因为迷雾晚会来。深沉且神秘，阴暗且无所不在，迷雾是最后帝国里恒常不变的事物之一。它们每晚都来。比一般的雾气还要浓重，以确定的图样盘绕，仿佛迷雾所形成的不同弯道、川流、河岸都是活生生的东西。几乎算是俏皮，却也充满谜团。

可是，对于鬼影，这已经不再是阻碍。他一直被告知不能过度骤烧锡，也被警告不要上瘾，那会对他的身体带来危险。实话是，他们说得对。他已经连续一整年都在骤烧锡，从未间断，这让他的身体持续处在高度敏感的感官中，也的确改变了他。他担心这些改变会是致命的。

MISTBORN: THE HERO OF AGES

可是他需要锡，因为邬都的人需要他。

星光像是上百万颗小太阳在天空绽放，穿透过去一年来在眼中变得稀薄的迷雾。一开始鬼影以为世界在改变，之后他发现原来变的只是他的感官。他骤烧锡太久，因此将自己的知觉永远提升到了别的镕金术师无法达到的境界。

他本来是要在中途停止的。原本骤烧锡是因为歪脚的死。他对于自己逃离陆沙德，留下叔叔等死这件事感到很愧疚，因此在最初的几周里，鬼影骤烧金属几乎像是在赎罪，他想要感觉周遭的一切，接触一切，就算很痛苦。也许正是因为痛苦。

接着，他开始改变，这让他担心了起来。不过集团里的人都在说纹把自己逼得有多紧，很少睡觉，延烧白镴维持自己的清醒敏捷。鬼影不知道那是什么感觉，因为他不是迷雾之子，一次只能燃烧一种金属，但他想如果燃烧这个可以让他获得优势，那最好尽可能保持。他们需要能得到的一切优势。

星光对他而言有如白昼。在真正的白昼时，他反而需要将布条绑在眼睛前面保护自己，即便如此，有时出门仍让他目眩。他的皮肤敏感到就连地面上的每一块石头，每一道裂缝，每一片石屑，对他而言都有如利刃一般刺穿他的脚掌心。春日的寒意让他宛如置身冰窖，这还是在他已经穿了一件厚重披风的情况之下。

可是，他认为这些身体上的不适更能成为他现在的样子——不知道他现在到底算什么——相比都只是极小的代价。他走在街上，甚至可以隔着墙听到人们在床上移动翻转的声音，从数尺外就能感觉到他人的脚步，夜视力超过任何人类。

也许他会找到能对其他人有所帮助的方法。以前，他都是集团中最无足轻重的成员，那个专门去跑腿，或是别人在计划时被派去看门，不起眼的男孩。他没有因此而生他们的气，他们给他如此简单的任务是对的，因为他的街头方言实在太难懂。而且，集团中其他成员都由卡西尔亲自挑选,只有鬼影因为是歪脚的侄子所以自动入选。

鬼影叹口气,双手插入长裤口袋,走在过度明亮的街道上,感觉着布料中的每一条纤维。

他知道外面正在发生危险的事,例如迷雾在白天仍然不散,地面仿佛睡不安宁、经常做噩梦的人一般翻动。鬼影担心在未来的关键日子里,他没有办法帮上大忙。一年多前,他的叔叔在鬼影逃离城市之后死去。鬼影逃跑了,因为恐惧,也因为知道自己的无能。在围城战中,他一定帮不了忙。

他不想让自己再次处于那种境地。他想要帮忙。他再也不会跑入森林躲着,等待周遭的世界进入末日。依蓝德跟纹将他派来邬都尽量搜集"公民"与其政府的资料,而鬼影打算竭尽全力,即便这意味着要将自己的身体逼到濒临崩溃的地步。

他来到一个大交叉口。他左右看看街道,景象在他眼里有如白日。也许我不是迷雾之子,也不是皇帝,他心想,可是我是特别的。是新生的。一个会让卡西尔骄傲的人。

也许这次我能派上用场。

两边都毫无动静,因此他进入街道,往北边移动。有时候他也觉得在一条明亮的大街上偷偷摸摸地走着的感觉很奇怪,但他知道对其他人而言,只靠着星光照路,而且还有迷雾遮蔽视线的街道是很阴暗的。锡会协助镕金术师看穿迷雾,鬼影日渐敏感的双眼更为厉害。他几乎没有注意到迷雾便穿了过去。

在他看到巡逻队前,早就听到他们上前来的脚步声。怎么会有人听不到盔甲的撞击,感觉不到脚踩在石板地上的震动?他停在原处,背贴着街边的土墙,等着巡逻队。

他们手中握着火把。在鬼影视力强化后的眼中看起来像是几乎令人要暗的强光。这火把意味着他们是一群笨蛋。它的光芒完全没有帮助,恰恰相反,光芒被迷雾反射,将侍卫困在一小团光晕中,破坏了他们的

119

夜视力。

　　鬼影动也不动地站着。巡逻队嘈杂地沿着街道前进。他们经过距离他数尺的地方，却没有注意到他站在那里。能够看，能够感觉，完全暴露在外，却又完美地隐藏着，让人有某种……刺激感。这让他不解为什么新邬都政府还要设置巡逻队。当然，政府的司卡官员不会有多少面对迷雾的经验。

　　巡逻队消失在转角，带走了明亮的火把，鬼影则继续执行他的任务。根据他原先的时刻表，"公民"今天晚上要跟他的参谋们开会，鬼影打算去偷听。他小心翼翼地继续前进。

　　没有别的城市比得上陆沙德的大小，但邬都的规模也颇为可观。身为泛图尔家族的根据地，这个城市在过去远比现在重要，维持得也更好。如今的衰败甚至从统御主死前便已经开始，最明显的迹象就是鬼影脚下踏着的道路。这个城市中曾经水道交错，到处都是运河，此时的运河已经干涸，让城市中满是深陷、肮脏的凹槽，每次下雨就泥泞不堪。人们没有把水道填满，而是干脆将它们当成道路来使用。

　　目前鬼影走着的道路，曾经是足以容纳大型驳船的水道。十尺高的墙笼罩在凹陷的街道两旁，建筑物高高在上，沿着运河两侧而建。没有人能给鬼影一个确定，甚至固定的答案来解释运河为何干涸。有人怪地震，有人怪干旱。然而有一个事实不变，运河从有到无的一百年间，没有人能找到重新填满运河的有效方法。

　　于是，鬼影继续沿着"街道"前进，感觉自己像是走在一条山沟里。有许多梯子，偶尔还有一排楼梯或坡道会通往上方的建筑物，但是罕有人走在上头。当地人开始称这些水道为"街沟"，使用起来也越发自然。

　　鬼影边走边闻到烟味。他抬起头，注意到建筑物之间有缝隙。前一阵子这排街道上有一间房子被烧成白地，是某个贵族的房子。他的嗅觉如同其他感官，也变得极端敏锐，所以很有可能是闻到了以前残留下来的烟味，史特拉夫·泛图尔刚死的那时很多房屋在混乱中烧毁了。可是，这气味似乎太强。太新。

鬼影快步前进。邬都正缓缓死亡、颓败，大部分责任都可怪在"公民"身上。很久以前，依蓝德对陆沙德的居民发表过一篇演说，就在统御主死去，卡西尔集团起义的那天。鬼影记得依蓝德的话，因为他提到了恨意、反抗，随之而来的危险。他警告人民，如果新政府奠基于恨意与流血，早晚会因恐惧、嫉妒、混乱而被反噬。

鬼影是其中一个听众，如今他明白依蓝德是对的。邬都的司卡推翻了他们的贵族统治者，鬼影在某个层面上对他们的行动感到骄傲，他越发喜欢这个城市的一部分理由就是他们很虔诚地想要遵照幸存者的教诲。可是他们的反叛没有因为推翻贵族而停手。一如依蓝德所预料的，这城市成为恐惧与死亡之城。

问题不是为什么，而是该如何阻止。

目前，那不是鬼影的工作，他只需要负责搜集信息。透过探索城市的经验他知道自己很靠近目的地了。在街沟里要记得自己在哪里是件极为麻烦的事情，一开始他选择尽量不用街沟，而是走路面上的小道，但很不幸地，街沟遍布整个城市，他浪费一堆时间上上下下，最后才确定，要去任何地方只能靠街沟。

除非鬼影是迷雾之子。很可惜，他没有那份在屋顶上来回跳跃的力量。只能利用街沟，他在这一点上做得淋漓尽致。

他选了一道梯子爬上去。虽然戴着皮手套，木纹仍是触手可感。在上面有一条小街沿着街沟延伸，前面是另一条小巷，通往一堆房子。他的目的地是小街道尽头的一间，可是他没有直接朝那里走去，而是静静地等待，寻找他知道必定存在的迹象。果不其然，他在几栋房屋外的窗户后看到一丝晃动的身影，耳朵听到另一栋建筑物旁的脚步声。前面这条街有人监视。

鬼影绕到一旁。虽然警卫很仔细地在监视小巷，却也留下了另外一条通道：建筑物本身。鬼影用感觉得到每一块石头的双脚来向右挪动，以能听得见人们因发现不寻常事物而加重的呼吸声的耳朵来侧耳倾听。他绕过建筑物外面，远离监视的双眼，进入另外一边的死巷，然后，一手按上建筑物的围墙。

房间里面有震动。有人住，所以他换下一间。第二间立刻就引起他的警觉心，他听到里面有人低声交谈，但在第三间他什么都没有听到。没有震动，没有交谈声，甚至没有心跳的隐约鼓动——有时候如果空气够沉静，他连心跳声都能听得见。鬼影深吸一口气，静静地打开窗户的锁，溜了进去。

这是一间卧室，如他所预料，空无一人。他从来没从这房间进来过。他关上百叶窗，心跳如雷，蹑手蹑脚地穿过房间。虽然房里近乎漆黑，他却不费吹灰之力，在他眼里，这里甚至连阴暗都称不上。

在房间外，他发现一条比较熟悉的走廊，轻而易举地溜过守卫室，里面有人在监视街道。渗透工作对他而言很刺激。鬼影溜入了"公民"的另一间守卫室，离一大群武装侍卫不远，他们应该更仔细地防守自己的建筑物。

他爬上台阶，进入一间位于三楼，鲜少有人使用的房间。先检查过里面是否有震动之后，他溜了进去。装饰贫瘠的房里堆满了备用的床褥跟一叠满是灰尘的制服。鬼影微笑地走过，小心翼翼且不发一声地踩在地上，高度敏感的脚趾能够感觉到会松动、唧吱叫或是不平整的木板。他坐在窗框边，很确定外面的人不可能看见他。

"公民"的屋子就在几尺外。魁利恩摒弃装饰，为他的总部挑了一个中型的建筑物，可能曾经是某个小贵族的宅邸，因此只有一个小花园。从鬼影居高临下的位置，可以轻易看见建筑物本身从每道裂缝跟窗户里往外透出光来。

过度使用锡让鬼影看到的每栋建筑物都像面前这栋一般灯火通明。

鬼影往后一靠，腿架在窗台上，背靠着椅架。窗户没有玻璃也没有魁利恩一哼："那些骗子？来这里？"

"据说是要跟我们结盟。"欧立德说道。

"你提这干吗，欧立德？"魁利恩说道，"你认为我们该跟暴君结盟吗？"

"我们打不过他，魁利恩。"欧立德说道。

"幸存者也打不过统御主，"魁利恩说道，"可是他还是这么做了。他虽然死去，却仍然获得了胜利，给了司卡推翻贵族的勇气。"

"直到泛图尔那混蛋取得政权。"第三个声音说道。

房间再次陷入沉默。

"我们不能屈服于泛图尔。"魁利恩终于说道，"我不会将这个城市交给贵族，尤其是幸存者为我们如此牺牲之后。在整个最后帝国中，只有邬都达成卡西尔的希望——一个由司卡统治的国家。只有我们焚烧了贵族的宅邸，只有我们从城市中完全去除了他们的影响。只有我们服从。幸存者会眷顾我们。"

鬼影静静颤抖。听到这些他不认得的人用这种口气提起卡西尔，感觉很怪。鬼影跟卡西尔一起行动过，跟从他学习过。这些人凭什么说得好像他们认得这个被他们称为幸存者的人？

交谈的主题转向较为普通的事宜，讨论新法律，禁止以前贵族偏好穿着的服装形式，决定要拨更多经费给血统普查会。他们需要将城里任何具有贵族血统的人都抓出来。鬼影做着笔记好将信息通报给其他人，但他无法将眼光从花园中的年轻女子身上移开。

她为何这么忧伤？他忍不住想。他心里某个部分想要上前询问，就像幸存者一样冲动地跳下去，向这名严肃、孤独的女子质问她为何会带着如此忧郁的神情凝视着那株植物。他甚至在不自觉的情况下，已经站起身。

也许他是独一无二的。也许他是强大的。可是，他必须再次提醒自己。他不是迷雾之子。他擅长静谧无声、潜藏隐匿的行动。

125

于是，他又坐了下来，满足于目前只是弯腰看着她。感觉虽然他们中间有距离，虽然她不认得他，但他却仍能理解她眼中的神情。

灰烬。

我认为人民并不了解他们有多幸运。在崩解前的一千年，他们都把灰烬推入河中或堆在城市外面，之后完全不予理会。他们从不了解，没有拉刹克创造来专门分解灰烬的微生物与植物的话，大地早就被掩埋在灰烬之中。

不过，这件事终究发生了。

15

迷雾燃烧。在红色阳光的照耀下，灿烂、明亮，仿佛是包围她的火光。

大白天的迷雾不正常，但就连夜晚的迷雾都不属于纹了。曾经，它们隐匿她、保护她，如今她感觉它们越发陌生。当她使用镕金术时，感觉像是迷雾会稍稍躲开她，仿佛会闪避明亮光线的野生动物。

她独自站在营地前。营地一片安静，虽然太阳几个小时前已经升起。目前为止，依蓝德一直在保护他的军队，命令他们要留在帐篷里。哈姆争论说让他们暴露在迷雾下是不必要的，但纹的直觉认为，依蓝德会按照原定计划行事。

为什么？纹心想，抬起头看着被太阳点亮的迷雾。你为什么改变了？为什么不一样了？迷雾围绕着她跳舞，以一贯奇特的形状盘旋移动，纹觉得它们的速度仿佛变快，开始颤抖。震动。

太阳变得更热，所有迷雾终于退去，像在暖锅子上的水汽一样蒸发。太阳光如波浪一般拍打在她身上，纹转身，看着迷雾离去，宛如尖叫的回音一般渐歇。

它们不是自然的，纹心想，听着侍卫大喊一切正常。营地立刻开始骚动，人们从帐篷大踏步走出，带着紧急感处理早晨的事项。纹站在营地最前方，泥土大道踩在她的脚下，毫无动静的运河在她的右方。一旦迷雾消失后，一切似乎都显得更为真实。

她问过沙赛德跟依蓝德他们对迷雾的想法，不知道他们认为迷雾是某种自然产物或是……别的。两个人都是学者，因此引经据典来支持各自的说法。沙赛德最后做了一个决定——他的答案是，迷雾是自然产物。

就连迷雾会杀死某些人，留下其他人活着这件事，都可以被解释，纹贵女，他当时如此说。像是昆虫的叮咬会害死某些人，但其他人却可不受影响。

纹对理论毫无兴趣。她大半辈子都认为迷雾就像任何天气一样，瑞恩跟其他盗贼也都对迷雾是超自然产物的故事嗤之以鼻。但随着纹变成镕金术师，她开始对迷雾有了认识，可以感觉到它们；自从她碰触升华之井的力量之后，这个感觉越发强烈。

它们消失得太快了。当它们在太阳下被晒走时，像是要逃向安全的方向，仿佛……用尽所有力气战斗后，终于放弃、撤退的人。况且，迷雾不会在室内出现，光是简单的帐篷就足以保护里面的人。仿佛迷雾知道它们是被排除在外，不受欢迎的。

纹转头看着太阳，它如同红色的火球在灰暗的大气层后方发光。她希望坦迅在身旁，好能跟它谈谈自己的忧虑。她非常想念坎得拉，远比她以为的还要想念。它的直率跟她的个性相当合拍。她仍然不知道它返回家乡以后发生了什么事，她一直想找另外一名坎得拉去为她送信，但最近并不好找。

她叹口气，转身静静回到营地。

MISTBORN: THE HERO OF AGES

那些人这么快就能拔营，实在令人颇为佩服。他们一早全被迫关在帐篷里，照料武器、盔甲，伙夫们则尽可能地准备食物，纹没走多远，灶火便已经点燃，帐篷开始拆下，士兵快速准备上路。

她经过的同时，一些士兵敬礼，其他人则低头致敬，还有人别过头，不知该如何自处。纹不怪他们。就连她都不知道自己在军队中的地位是什么。身为依蓝德的妻子，在表面上她是王后，虽然她并没有身着华丽的贵族服饰；对许多人而言，她是个宗教人物，是幸存者的继承人。她并不想要那个称号。

她在皇家大帐外找到正在交谈的依蓝德跟哈姆，帐篷已经开始被拆卸。虽然他们站在外面，姿态一派轻松自然，纹立刻注意到那两人站得离他人有多远，仿佛依蓝德跟哈姆并不想要那些人听到他们的交谈内容。纹燃烧锡，无须走近，便能听到他们的对话。

"哈姆，你知道我说得对。"依蓝德低声说道，"我们不能一直这样。越深入西方统御区，因为迷雾而失去的日照时数就越多。"

哈姆摇摇头："你真的会站在一旁看你自己的士兵死去吗，阿依？"

依蓝德的表情变得冷硬，与靠近的纹四目交接："我们不能每天早上都浪费时间等待迷雾消失。"

"就算这么做可以救人一命？"哈姆问道。

"减慢速度才会耗费人命。"依蓝德说道，"我们在这里的每个小时都让迷雾更靠近中央统御区。哈姆，我们已经计划围城战，这表示我们得尽快赶到法德瑞斯。"

哈姆望向纹，寻求她的支持。她摇摇头："对不起，哈姆。依蓝德是对的。我们不能让整支军队都受到迷雾左右，会暴露行踪。如果有人早上来进攻，我们的人必须要反抗，因此只能选择被迷雾攻击，或是躲在帐篷里等人打来。"

哈姆皱眉。他告退后，大踏步地踢开落灰，去帮一群士兵整理他们的帐篷。纹来到依蓝德身边，看着壮硕的打手离去。

"卡西尔看错他了。"她终于说道。

"谁?"依蓝德问道,"哈姆?"

纹点点头。"在最后,卡西尔死后,我们找到他留给我们最后的字条。他说他挑选集团成员,是为了让他们成为新政府的领袖。微风是大使,多克森是行政官员,哈姆是将军。另外两人绝对适任,但哈姆……"

"他太投入了。"依蓝德说道,"他必须认识每个麾下的士兵,否则他会觉得很不实在,而当他跟他们这么熟悉以后,就会产生不舍。"

纹无声地点点头,看着哈姆开始跟士兵大笑,一同工作。

"看看我们,这么冷酷地决定那些跟从我们的人的生死。"依蓝德说道,"也许像哈姆那样产生感情才是对的,也许我就不会这么急于命人去送死。"

纹瞥向依蓝德,他语气中的怨恨让她有点担心。他微笑,试图掩饰,然后别过头去。

"你得想办法处理一下你的那只克罗司。它一直在营地里到处乱走,把其他人吓坏了。"

纹皱眉。她一想到那怪物,立刻就知道它在哪里,就在营地的边缘。它向来都服从她的命令,但只有在她集中注意力时,才能直接、彻底地控制它,否则它就只遵从她的一般命令——留在这一区,不准杀死任何东西。

"我该去确认驳船是否准备好了。"依蓝德说道。他瞥向她,她没出声说要跟他一起前往,于是他快速地吻了她一下然后离开。

纹再次穿越营地。大部分的帐篷都已经被拆下、收好,士兵也在快速进食。她走出边界,发现人类静静地坐着,灰烬轻飘在它腿边。它以红色的眼睛看着营地,脸孔因为绷裂的皮肤而破碎,右眼下的皮肤一路挂到嘴角。

"人类。"她交叠手臂后说道。

它转头看她,灰烬从它十一尺高、肌肉过度发达的身躯落下。虽然

MISTBORN: THE HERO OF AGES

她杀了许多怪物,甚至知道自己完全控制着眼前的这一只,当她站在皮肤紧绷、满身绷裂的伤口均在汨汨流出鲜血的怪物面前,仍然反射性地感觉到一阵恐惧。

"你为什么来营地?"她甩开恐惧,开口问道。

"我是人类。"它以缓慢、刻意的语调说道。

"你是克罗司。"她说,"你知道的。"

"我应该有一间房子。"人类说道,"像那个。"

"那是帐篷,不是屋子。"纹说道,"你不能这样来营地,你应该跟其他克罗司在一起。"

人类转身,瞥向南方——克罗司军队等待的地方,与人类分隔两地。它们仍然受到依蓝德的控制,加上原本就在总军团营区附近等待的一万,总共有两万只克罗司。让它们受依蓝德的控制是比较好的,以强度来说,他的镕金术力量远超过纹。

人类转头看纹:"为什么?"

"你指为什么需要跟其他克罗司在一起吗?"纹问道,"因为你让营地的人类不安。"

"那他们应该要攻击我。"人类说道。

"所以你不是人类。"纹说道,"人类不会因为其他人让我们不安就攻击他们。"

"对。"人类说道,"你叫我们去杀死他们。"

纹一时接不上话,偏过头,可是人类只是又转过头,再继续望着士兵营地。鲜红色的小眼睛让它的表情很难理解,但纹从它的神情中几乎感觉到某种……渴望。

"你是我们之一。"人类说道。

纹抬起头:"我?"

"你像我们。"它说,"不像他们。"

"为什么这样说?"纹问道。

人类低头看她。"迷雾。"它说。

纹感觉到一阵寒意,虽然说不上为什么。"什么意思?"

人类没有回答。

"人类,"她尝试用别种方法来套话,"你对迷雾有什么想法?"

"它们晚上会出现。"

纹点点头:"可是你对它们有何想法?你的族人。它们怕迷雾吗?迷雾会杀它们吗?"

"剑杀人。"人类说道,"雨不杀人。灰烬不杀人。迷雾不杀人。"

逻辑不错,纹心想。换作一年前,我会同意它的话。她原本打算放弃话题,但人类又继续开口。

"我恨它。"它说道。

纹顿住了。

"我恨它,因为它恨我。"人类说道,看着纹。"你感觉得到。"

"对。"纹的回答令自己都相当吃惊,"我感觉到了。"

人类看着她,一丝鲜血沿着眼睛旁边绷裂的皮肤流下,混合了灰烬,在蓝色皮肤的映衬下显得格外鲜艳。终于,它点点头,仿佛在赞扬她的诚实。

纹发抖。迷雾不是活的,她心想。它不可能恨我。我想太多了。

可是……多年前有一次,她从迷雾汲取过力量。当时她在跟统御主对战,不知如何,她取得了控制迷雾的力量,仿佛她利用迷雾来补充镕金术,而非金属,她能打败统御主都是因为那个力量。

那已经是很久以前的事,而她再也无法重现当时的状况。过去这些年来,她一次又一次地尝试,在这么多年后,她开始怀疑自己弄错了。最近这一阵子,迷雾绝对不友善,她一直告诉自己迷雾的行动没什么不自然的,但她知道这不是真的。那个试图杀死依蓝德,结果又让纹将他变成镕金术师而救了他的雾该怎么说?雾灵是真的,这点她很确定,虽然她已经一年多没看到它。

她面对迷雾时的迟疑，它们试图躲避她的样子呢？它们拒绝进入建筑物，还会杀人。这似乎都指向人类所说——迷雾，深黯，憎恨她。最后，她承认了一件内心抗拒很久的事情。

迷雾是敌人。

那些人被称为镕金能者。过于频繁、长时间地骤烧金属的话，镕金术力量会改变使用者的生理构造。

大多数金属能造成的影响很小。青铜燃烧者，举例而言，却往往在不自觉的情况下变成青铜能者，他们会因为频繁地燃烧金属而增强能力范围；成为白镴能者则很危险，因为那需要将身体逼迫到一个无法感觉疲累或疼痛的境界。大多数人都在这个过程完成之前意外身亡，而且我个人觉得，回报与代价并不相符。

可是，锡能者……他们是很特别的。他们的感官远超过任何一般镕金术需要，甚至想要的感觉范围，因此，他们会成为触觉、听觉、视觉、嗅觉、味觉的奴隶。可是这些感官上超自然的能力给了他们很独特且有意思的优点。

有一个论点是，如同经过血金术转化的审判者一样，镕金能者已不再是人类。

16

鬼影在黑暗中醒来。

这件事越来越少发生。他感觉得到脸上的布条紧紧绑在他的眼睛跟

迷雾之子
卷三·永世英雄 [珍藏版]

双耳上，陷入过分敏感的皮肤，但这也比无法睡着要好太多。星光对他的眼睛而言有如阳光，房间外的脚步声听起来像是打雷。就算有厚布，耳朵也以蜡封塞，木窗紧紧拉闭不让阳光渗透，还用毛巾遮盖，他有时仍然很难入睡。

刻意遮蔽感官是很危险的，让他分外无助，但缺乏睡眠更危险。也许他对自己身体做的事情会害死他，但他在邬都住得越久，越觉得大家需要他的协助，好在即将到来的危险时期活下去。他需要有独一无二的能力。他也担心做错决定，但好歹他做了决定。他会勇往直前，希望这样就够了。

他轻声呻吟，坐起身，解开眼睛上的布条，从耳朵中掏出蜡块。房间一片漆黑，窗户间的缝隙都被棉被塞满，但仍有几丝光线透入，就着如此微弱的光，他便足以见物。

在腹部燃烧的锡令他感觉舒适。他的存量在晚上时几乎已经燃烧殆尽，身体对锡力的使用如同呼吸或眨眼一般自然。他听说打手就算失去意识也能燃烧白镴来治愈身体，因为身体明白自己需要什么。

他探往床边一个小水桶，抓出一把锡粉。他从陆沙德来时已经带了很多，又透过地下管道买了更多。幸好，锡很便宜。他将手中的一把锡投入床头柜上的一个杯子，然后走到门边。房间又小又挤，但他不需要跟任何人分住，以司卡标准来说，这根本是奢华了。

他紧闭着眼睛，拉开大门。充满阳光的走廊光线如波涛一般涌向他，他咬紧牙关，忍下即使紧闭眼帘仍刺目的感觉，在地上摸索一阵，找到仆人为他从井里打来放在地上的一壶清水，拿了进来，关上门。

眨着眼睛，他拿着水走到房间的另一端去倒满杯子，喝下一整天需用的锡。他多拿了一把放在口袋里，以防万一。

几分钟后，他已经穿戴整齐，准备好出门。他坐在床上，闭起眼睛，准备要面对这一天。如果"公民"的探子可信，依蓝德团队的其他人正在前来邬都的途中。他们的任务应该是要取得库藏，压制反叛。鬼

MISTBORN: THE HERO OF AGES

影要在他们抵达之前尽量搜集情报。

他坐在原处一面反复检视计划，一面思索。他可以感觉到附近的房间都有脚步声，木造建筑像是充满忙碌工蜂的蜂巢一般在他身边摇晃。在外面，他可以听到有人在大喊、说话，钟声隐约传来。时间还早，还不到中午，但迷雾已经散去。邬都的白天有六七个小时长，让它成为一个作物仍然能成长，人们仍能存活的地方。

通常鬼影会一路睡过白天，但今天他有要做的事情。他睁开眼睛，朝床头柜探去，拾起一副眼镜。他的眼镜是特制的，上面的镜片不会矫正他的视力，只是一般的玻璃。

他戴上眼镜，重新将布条缠在头上，挡住镜片的前面跟侧面。外头的天光会逼得他无法睁眼，他的视力再好，也不可能透过自己的眼皮，但戴上眼镜，又盖上布条后，他可以睁开眼睛做事。他摸索着走到窗边，扯下棉被，推开百叶窗。

他沐浴在炙热，近乎滚烫的阳光下。布条陷入头两侧的皮肤，但他可以看见。布条挡住了阳光，让他不会因过亮而致盲，又透明到让他能够见物，其实这还蛮像迷雾的——布条在他眼前近乎隐形，因为他的眼力已经强得超乎常理，脑袋也自动将布条的干扰滤掉。

鬼影暗自点点头，拾起决斗杖，走出房间。

"我知道你不爱说话。"度恩说道，以两根棍子轻敲眼前的地面，"但你也得承认，目前的状况比在贵族的统治下过活要好得多。"

鬼影坐在街边，背靠着运河一边的石墙，头微微低垂。市集沟是邬都中最宽广的一条街沟。它曾经是一条宽阔到即使三艘船在中央并行，两旁仍能有其他船只来往的运河，如今它成为了城市中央的大街，也是商人跟乞丐的绝佳聚集地。

像是鬼影跟度恩这样的乞丐。他们坐在街沟的一旁，上方建筑物如堡垒城墙一般高耸。少有行人注意褴褛的两人，更不会注意到其中一人虽然脸上覆盖着黑布，却在仔细地观察群众，另外一人的用词遣字则太过文雅，不像是街头杂巷出身。

鬼影没有响应度恩的问题。他年少时，说话有极重的口音，满口街头俚语，因此让他显得怪异，别人也不愿意听他说话。即便已不再如此，他也不像卡西尔那样口舌灵便，风度翩翩，所以他尽量少说话，至少也少给自己惹麻烦。

不过，他沉默寡言没让人家忽略他，反而更在意他的想法。度恩继续在泥土上敲击他的节奏，像是没有观众的街头艺人，使声音轻到没人能听见，除了鬼影。

度恩的节奏感完美无缺，任何乐师都会钦羡不已。

"例如，看看这市场。"度恩继续说道，"在统御主的统治之下，大多数司卡不能公开交易，而我们有这种美丽的景象。司卡在统治司卡。我们很快乐。"

鬼影能看见市场。他觉得如果人们真的快乐，脸上会挂满笑容，而非愁容满面；会随意闲逛，而不是快速选定要买的东西，然后立即离开。况且，如果城市真是如外表那样的快乐乌托邦，就不需要几十名士兵监控着群众了。鬼影微微摇头。每个人几乎都穿着一样的衣服，颜色跟款式都必须符合公民的命令。就连乞讨也有严格的规范。很快就会有人来计算鬼影的收入，计算他赚了多少钱，然后取走属于公民的一份。

"你看，路上有人被打或被杀死吗？"度恩说道，"用几条禁令来换取这点，总该值得。"

"人们现在都死在小巷弄里，"鬼影轻声说道，"至少统御主在公开场合杀我们。"

度恩皱眉，以棍子敲击地面。这是个很复杂的节奏。鬼影可以从地面上感觉到震动，令他感到安心。人们知道有这么杰出的敲奏，静静地打在他们走过的地面上吗？度恩可以成为音乐大师。可惜，在统御主的时代，司卡不得演奏音乐，而在公民的统治下……无论用什么方法吸引

MISTBORN: THE HERO OF AGES

人注目,都不是好事。

"你看。"度恩突然说道,"我不是跟你说了。"

鬼影抬头。在低语、声响、一闪而逝的色彩、垃圾、人体、商品的强烈气味之间,他看到一群囚犯被身着褐色制服的士兵押解前进。有时候如浪袭来的感官刺激几乎让他难以招架,但一如他曾告诉过纹的,燃烧锡的重点不是能看见什么,而是能忽略什么,他很早就学会要如何集中于需要的感官,回避其他会令他分心的。

市场上的众人让道给士兵跟囚犯。其他人低下头,谨慎地看着。

"你还想跟去看?"度恩问道。

鬼影站起身。

度恩点点头,也跟着站起来,抓住鬼影的肩膀。他知道鬼影其实可以见物,至少鬼影认为以度恩的观察力应该已经注意到这点,但他们仍然保持伪装。乞丐本来就会装出身有疾患的样子试图引来更多施舍。度恩自己就能装出大师级的瘸腿脚步,也把头发拔得处处都是秃块,但是鬼影可以闻到他皮肤上的肥皂味,气息中吐出的醇酒香。他是个盗贼首领,在城市中鲜少有像他如此有能力的人,但他很聪明,知道该如何伪装自己才能不受注目地走在街上。

他们不是唯一跟随士兵跟囚犯的人。穿着被许可的灰色服装的司卡们像是鬼魅一般地跟在他们后头,一群安静、脚步蹒跚的人群走在落灰之中。士兵们离开街沟走上一条坡道,领着人民进入较为富裕的城市区域,那里有些运河被填满后还加上了石板。

不久后,空地开始出现。这些大地上烧焦的疤痕,一道道都曾经是某人的住宅。烟味几乎让鬼影无法招架,他得开始用嘴巴呼吸。他们没走多远就到达目的地。公民本人亲自出席,没有骑马。所有的马匹都早就被运到农场去,因为只有肥胖的贵族才不屑于用双腿自己行走。可是,他倒是身着红色。

"他怎么能穿这个?"鬼影低声问着带他来到人群另一边的度恩。公民跟他的随从们站在一间特别豪华的宅邸门口,司卡则围绕在一旁。

度恩领着鬼影来到一群流氓在人群中挤出的一块空间,这儿提供能看到公民的良好视野。他们对度恩点点头,不发一语地让他通过。

"什么意思?"度恩问道,"公民穿着跟平常一样的司卡长裤跟工作衬衫。"

"是红色的。"鬼影低声说道,"那不是被许可的颜色。"

"今天早上是了。政府官员可以穿,这样他们就会比较显眼,需要他们的人民可以找到他们。至少,这是官方说法。"

鬼影皱眉,可是,有另一件事引起他的注意。

她在那里。

这很自然,因为她会陪同哥哥去所有地方。公民特别担心她的安危,鲜少让她离开他的视线范围。她的穿着仍跟平常一样,在红发的环绕下,有着一双忧郁的眼眸。

"今天的可怜人。"度恩说道。鬼影一开始以为他在说贝尔黛,但度恩朝囚犯点点头。他们看起来跟城市中的其他人没有差别,灰色的衣服,沾满灰烬的脸,乖顺的姿态,可是公民上前来解释其中的差异。

"这个政府做出的第一个宣告,就是要团结。"他宣布,"我们是司卡人民。统御主选出的'贵族'压迫了我们长达十世纪。我们决定邬都要成为自由的地方,像是幸存者本人预言会出现的地方。"

"你算好了?"度恩对鬼影低声问道。

鬼影点点头。"十个。"他算完囚犯说道,"都是预料中的角色。我花在你身上的钱没什么价值,度恩。"

"你等着瞧。"

"这些人。这些人不听从我们的警告。"公民说道,额头在红色太阳下闪闪发亮,手指着囚犯,"他们跟你们都知道,任何留在这个城市的贵族必须以死抵偿!这是我们的决定,我们所有人的决定。"

"可是,他们这种人就是太骄傲,不肯听话。他们想要躲起来,以为自己比我们优越,他们永远如此——正是这一点让他们暴露行踪。"

他顿了顿,然后再次开口:"因此我们必须这么做。"

他挥手让士兵上前。他们将囚犯推上台阶。鬼影可以闻到空气中的油味随着士兵开门的动作飘出,他们将囚犯推入宅子,封起大门,然后在外面围成一圈。每个士兵手中都有一支火把,齐齐抛向建筑物。不需要超人的感官,就能感觉到快速席卷而来的热浪,群众一起后退,感到恶心及害怕,却又看得目不转睛。

窗户被封起。鬼影可以看到有手指试图要扳开木板,可以听见人们在尖叫,听到他们敲着被锁上的大门,试图要逃出来,恐惧地大喊。

他好想做点什么,但就算他有锡力,也无法打败所有士兵。依蓝德跟纹派他来是为了搜集情报,不是暴露他们的意图。可是,他往后缩,转身背向燃烧的建筑物时,仍然将自己视为懦夫。

"不该如此。"鬼影粗哑地低语。

"他们是贵族。"度恩说道。

"完全不是!也许他们有贵族的父亲,但这些是司卡,普通人啊,度恩。"

"他们有贵族血统。"

"只要回溯得够远,我们每个人都有。"鬼影说道。

度恩摇摇头:"非如此不可。这是幸存者——"

"不准把他的名字跟这种野蛮的行为牵扯在一起!"鬼影凶恶地说。

度恩安静片刻,四周唯一的声音来自火焰以及即将被烧死的人。终于,他开口:"我知道这一幕很难让人接受,也许公民的做法太激进,但是……我曾经听过他演说。幸存者本人。这就是他教导的东西。让贵族死亡,让司卡来统治。如果你听他说过这些事,你就会了解,有时候,必须先破而后立。"

鬼影闭上眼睛。火焰的热力似乎在灼烧他的肌肤。他的确听过卡西尔对司卡群众的演说,而卡西尔确实说了度恩如今引述的话。当时,卡西尔的声音带着希望、勇气。可是如今他的话被重复，却带来了憎恨与毁灭，鬼影觉得一阵反胃。

"我再说一次，度恩。"他抬头开口，语气格外严厉，"我付你钱不是要你对我重复公民宣传的鬼话。跟我说我为什么在这里，否则别想从我这里拿到更多。"

壮硕的乞丐转头，迎向鬼影在布条后的双眼。"去数数头颅。"他低声说道，然后度恩将手从鬼影的肩头移开，消失在群众中。

鬼影没有跟上。烟雾跟烧焦皮肉的味道对他来说太强烈。他转身，挤开众人，寻找新鲜空气。他跌跌撞撞地靠在建筑物旁深呼吸，感觉粗糙的木头贴在他的身侧。他觉得落灰似乎是身后火葬场的一部分，死亡的碎片浮在空中。

他听到声音。鬼影转身，注意到公民跟他的士兵走离了火堆。魁利恩正在跟群众说话，鼓励他们要不屈不挠。鬼影看了一阵，人群终于开始散去，跟在走入街沟的公民身后离去。

他惩罚了他们，现在需要安抚他们。尤其在处刑之后，公民会亲自去造访人民，走在市场的摊位间，握手，给予鼓励。

鬼影走在小巷中，很快走出了富裕的城区，离开了大街。他挑选了一道运河墙倒塌后形成的通往干涸运河底部的坡道，然后半跳半滑地来到底端。他拉起了斗篷的帽子，遮住蒙起的双眼，以街头流浪儿的敏捷穿过繁忙的街道。

就算他绕了一圈，仍然比公民更快来到市集沟。鬼影隔着落下的灰烬看着他走下宽广的土坡，后面跟着数百人。

你想成为他，鬼影心想，蹲在商人的摊位边。卡西尔牺牲性命为这些人带来希望，如今你想偷走他的嘱咐。

这个人不是卡西尔。他甚至不配说出幸存者的名讳。

公民来往穿梭，以长者般的态度对市场的民众说话，碰触他们的肩膀，握手，慈善地微笑。"幸存者会以你们为荣。"即使群众如此嘈杂，鬼影仍然能听到他的声音。"落灰是他送来的征象，代表帝国的崩解，暴君政权的灰烬，从灰烬中，我们会建立起新的国家！司卡统治的国家！"

鬼影慢慢往前，放下斗篷遮帽，双手伸在前方，仿佛他真的瞎了眼。他背上背着决斗杖，装在一个细长的袋子里，隐藏在宽松的灰色衬衫下。他非常擅长于穿过人群。虽然纹总是很努力要隐藏自己不被人注目，鬼影却天生就可以办到。事实上，他经常朝反方向努力。

他梦想成为卡西尔那样的人，因为在他尚未见到幸存者之前，就已听说过他的事迹。当代最伟大的司卡盗贼，大胆到连统御主的东西都敢偷。

然而，鬼影再怎么努力，仍然无法凸显自己。实在太容易把他视为一个满脸灰烬的普通男孩，尤其是在无法了解他浓重的东方口音时。一直等到看见卡西尔，看到他能够以言语打动他人之后，鬼影才终于被说服要放弃他的方言。那时，鬼影开始理解，语言蕴含着力量。

鬼影暗自移到人群前面，观察公民。他推挤着，但没有人抗议。被挤在人群中的瞎子很容易被忽略，而被忽略的人才能去到不该去的地方。在小心翼翼地一阵挪移之后，鬼影很快地便来到人群的最前方，离公民不到一臂远外。

那人闻起来全身都是烟味。

"我了解，好女士。"公民一面说，一面握着一名妇人的双手，"可是你的孙子在耕作，那是我们需要他去的地方。没有他跟他的同伴，我们就没有东西吃了！司卡统治的国家，必须也是司卡工作的国家。"

"可是……他难道不能回来吗？一下子也好？"妇人问道。

"女士，会有一天的。"公民说道，"会有一天的。"他鲜红的制服让他成为街道上唯一的一抹颜色，鬼影发现自己注视着公民。他强迫自己移开眼睛，继续移动，因为他的目标不是公民。

贝尔黛站在一旁，一如往常。总是在观察，却从未参与。公民如此活力充沛，因此他的妹妹很轻易便被人遗忘，鬼影很了解这种感觉。他让士兵推挤他，将他推离公民，来到贝尔黛身边，她闻起来带着淡淡的香水味。

鬼影以为这是被禁止的。

卡西尔会怎么做？他会攻击，也许杀死公民。或者他会用另一种方法来对付公民。卡西尔不会让这么可怕的事情发生，他会有所行动。

也许鬼影应该让某个公民信任的人成为自己的盟友？

鬼影觉得自己如今听来总是相当清晰的心跳声加快了。群众再次开始移动，他让自己被推挤到紧靠着贝尔黛。侍卫没注意他，他们只关注公民，希望在有这么多变量的环境中保护主子的安全。

"你哥哥。"鬼影在她的耳中低语，"你赞成他的谋杀行为吗？"

她转身，他第一次注意到她的眼睛是绿色的。他站在人群中，让人群推挤他，看着她在搜寻，想要知道刚才是谁说话。群众跟着她的哥哥，将她从鬼影身边带开。

鬼影被推挤了一阵，然后再次开始移动，小心翼翼地推开其他人，再次出现在贝尔黛面前。

"你认为这跟统御主做的事有何不同吗？"他低语，"我曾经看过他随便抓人，在陆沙德的城市广场中处决他们。"

她再次转身，终于认出说话的人是鬼影。他动也不动地站着，隔着蒙眼布与她四目对望。人群从他们之中穿过，将她带开。

她的嘴唇在动。只有经过锡力增强的眼力才看得出足够的细节，知道她在说什么。

"你是谁？"

他再次挤过人群。公民显然是打算在前方进行大规模的演说，趁机面对越来越多的群众。人群聚集在市场中央的讲台周围，要挤过人群越发困难。

鬼影来到她身边，但觉得群众很快又会将他带走，所以，他拉住她的手腕，随着人群的波动而挪移位置。她当然立刻转身，却没有大喊。

MISTBORN: THE HERO OF AGES

人群在他们周遭移动,她隔着众人,迎向他蒙着的双眼。

"你是谁?"贝尔黛再次问道。虽然他近到可以听到她说话的声音,她的口中却没有发出半点声响,只用唇形示意。她哥哥站在她身后的讲台上,开始演说。

"我是会杀死你哥哥的人。"鬼影轻声说道。

他再次以为她会有所反应,也许是尖叫,也许是指控。他现在的行为很冲动,无法协助那些被处决的人激起了他的情绪。他这时才意识到如果她真的尖叫了,他必死无疑。

可是,她仍然沉默,灰烬在他们中间飘舞。

"其他人也说过同样的话。"她用唇语说。

"其他人不是我。"

"那你是谁?"她第三次问道。

"神的伙伴。一个可以看见低语,感觉到尖叫的人。"

"一个自认为比人民亲自选出的统治者,更了解这些人民需求的人?"她的唇语说道,"总会有反对分子,不愿面对已成定局的事情。"

他仍然握着她的手,紧抓住她,将她拉近。群众包围着讲台,她跟鬼影站在后方,像是被浪潮遗留在沙滩上的贝壳。

"我认识幸存者,贝尔黛。"他沙哑地低语,"他为我起了名字,说我是他的朋友。你们在这个城市里的所作所为会让他无比震惊,而我绝对不会让你哥哥继续曲解卡西尔的嘱咐。跟魁利恩说,我会去对付他。"

公民停止说话。鬼影抬起头,望向讲台。魁利恩站在上面,俯瞰他的信众。公民低头看见鬼影跟贝尔黛,两人站在群众后方。鬼影没意识到他们有多明显。

"你!"公民大喊,"你在对我妹妹做什么!"

糟了!鬼影心想,放开女孩的手,跑向一旁,但街沟很不方便的一个地方就是墙面很陡峭。他没有什么逃离市集的方法,所有通道都被魁利恩的安全卫队监控着。公民一声令下,穿着皮革与手持钢铁武器的士兵就从岗位冲上前去。

好吧，鬼影心想，冲向最近的一群士兵。如果可以突围，也许他能够上到坡道，从建筑物间的小巷消失。

剑从剑鞘中被抽出，发出嘶鸣，鬼影身后的人群发出惊呼声。他伸手探入披风的暗袋内，抽出决斗杖。

然后，他冲上前去。

鬼影算不上是什么战士，他当然跟哈姆学习过，歪脚坚持他的侄子必须知道怎么保护自己，但是集团中真正的战士向来是他们的迷雾之子，纹跟卡西尔，必要时还会靠身为白镴臂的哈姆提供蛮力。

可是，鬼影最近花了很多时间训练，在那期间，他发现了一件很有趣的事情。他有卡西尔跟纹绝对不可能有的能力：极大范围的感官信息，可供他的身体直觉性地做出反应。他可以感觉到空气中的波动，地板上的震动，光凭心跳就可知道别人在哪里。

他不是迷雾之子，但仍然很危险。他感觉到一阵微风，知道有剑正朝他挥砍。他弯腰一躲，感觉声面传来震动，知道有人从侧面攻击。他往旁边一闪，几乎像是在燃烧天金一样。

汗水随着他转身的动作四溅，他将手中的决斗杖朝一名士兵的头顶砸下。那人倒地，因为鬼影的武器是以最高级的硬木制成，但为了保险起见，他又将武器的底端朝那人的太阳穴重击，让他再也无法加入战斗。

他听到有人在他身边轻哼——声音低，却很明显。鬼影将武器挥到一旁，敲向攻来的士兵的前臂。骨头断裂，士兵大喊，抛下手中的武器。鬼影朝他的头一敲，然后转身，举起决斗杖阻挡第三名士兵的攻击。

钢对上木头，钢赢了，鬼影的武器龟裂，不过它也阻止了剑的攻势，足以让鬼影弯腰躲开，抓起一名倒下士兵的剑。这跟他之前用来练习的剑不同，邬都的人偏好长而细的剑。可是鬼影的敌人只剩下一名士兵，如果他能将那个人劈倒，就能获得自由。

鬼影的对手似乎意识到了自己的优势。如果鬼影逃跑，就会把背朝

143

向敌人，可是如果鬼影不跑，他很快就会被下一波敌人包围。士兵谨慎地绕着圈，想要拖延时间。

于是，鬼影攻击。他举高剑，相信可以用增强的感官来弥补训练的差异。士兵举高武器，准备要格挡鬼影的攻击。

鬼影的剑冻结在空中。

他的脚步一踉跄，试图将武器往前移动，但却奇特地卡在原处，仿佛他正要将武器刺穿某个结实的东西，而非空气。仿佛是……

有人在钢推。镕金术。鬼影焦急地环顾四周，立刻找到力量的来源。钢推的人必定在鬼影的正对面，因为镕金术师只能从自己所在的地方发出推力。

公民魁利恩站到他妹妹旁边，与鬼影四目交接，鬼影可以从那人的眼神中，看出他正费力抓着妹妹，利用她的体重为支撑，钢推鬼影的剑，像卡西尔许久以前造访军队受训的洞穴并介入挑战时一样。

鬼影抛下武器，让它往后飞出手中，然后往地上一扑。他感觉到敌方挥砍的剑带起一阵风，擦身而过。他自己的武器坠落在不远处的地面上，敲击声听在他耳里极为响亮。

他没有时间喘息，只能让自己重新站起，闪躲士兵接下来的一记攻击。幸好，鬼影身上没有任何金属可供魁利恩钢推，更进一步影响战况。他很高兴自己从未失去这个习惯。

唯一的选择就是逃跑。有镕金术师干涉的情况下，他根本不可能战斗。鬼影趁士兵准备再次挥砍时转身，然后往前一扑，贴上士兵，一弯腰从对方的手臂下方钻过去，闪到一旁，想趁士兵昏头时跑走。

有东西抓住他的脚。

鬼影转身。一开始他以为魁利恩正在拉引他，但他看到地上的士兵，就是他打倒的第一个，抓住了他的脚。

我打了那个人的头两次！鬼影焦躁地心想。他不可能还醒着！

那只手以超出人类的力量抓住他的脚，将他往后一扯。拥有这样的力量，那人一定是打手，像哈姆那样会燃烧白镴的迷雾人。

鬼影的麻烦大了。

两名镕金术师，其中还包括公民自己，鬼影心想。某人可不像自称的那样鄙夷贵族血统！

两名士兵朝他前进。鬼影烦躁地大喊，听见自己的心跳如雷，他扑向打手，抓住那个人，杀得那人措手不及。在混乱的瞬间，鬼影抓着他转弯，以打手的身体为盾来保护自己免受第三个士兵的攻击。

他没料到公民的训练有多残酷。魁利恩总是在鼓吹牺牲的必要，显然这个逻辑可以延伸到他的士兵身上，因为手中有剑的人将剑直刺入他朋友的后背，刺穿了他的心脏，直埋入鬼影的胸口。这是只有打手的力气跟准度才能办到的动作。

三名镕金术师，鬼影晕眩地心想，看着士兵尝试将剑从两具身体里拔出，最后死人的体重将剑折断了。

我怎么能活这么久？他们一定很努力不暴露自己的能力，试图不被众人发现。

鬼影跌跌撞撞地往后倒，感觉到胸口的鲜血迸出，但他居然没有感觉到痛楚。他增强的感官应该让痛楚强到——

铺天盖地。一切回归黑暗。

能分解灰烬的微生物还有增强后的植物显示拉刹克越来越擅长使用他的能力。他的力量在几分钟内就燃烧殆尽，但对于神来说，一分钟可以像一小时那般久。在此期间，拉刹克从无知的小孩很快地成长为艺术家，创造出有特殊功能的植物跟动物。

这也显示了存留的力量对他造成的影响。得到存留的力量后，他

MISTBORN: THE HERO OF AGES

显然是处于保护模式。他没有压平灰山、试图将星球推回原处，而是被动地在努力解决着自己引发的问题。

17

依蓝德骑在队伍最前面，胯下是一匹雪白公马，身上的脏污完全被洗净。他掉转马头，看着一排排紧张的士兵。他们站在暮色中等待，依蓝德看得出他们的恐惧。他们听说了传言，昨天依蓝德也亲口证实了传言。今天，他的军队会进行迷雾的筛检。

依蓝德骑马穿过队伍，德穆将军则骑着一匹枣红色的公马走在他身边。两匹都是高大的战马，这一趟旅程带它们来是为了展示军威，而不是真的用来赶路。依蓝德跟其他军官大部分时间坐在驳船上，而非马背上。

他不担心让军队暴露在迷雾下的决定是否道德，至少他目前并未担心这件事。依蓝德学到一件关于自己的事：他很诚实。也许太诚实了。任何的迟疑都会显现在他脸上。士兵会察觉到他的迟疑。于是，他学会将担忧跟焦虑只在跟最亲近的人独处时才显露出来。这表示，纹常常会看到他忧郁的时刻，可是这能让他在其他时刻展露出自信的样子。

他快速地移动，让马匹的四蹄在士兵的耳中打出如雷的踏声。偶尔，他听到队长们大喊，要士兵们稳住。即便如此，依蓝德仍然看得出他们眼中的焦虑。他能怪他们吗？今天，他们会面对一个无法战斗，亦无法抵挡的敌人，在一个小时内，他们之中会死去几百人。大概五十人中有一人。整体而言，这个概率其实不是太高，但对于站在那里感觉迷雾偷偷靠近的人来说，并没有帮助。

士兵们没动。依蓝德以他们为傲。他让想回去陆沙德，不想面对迷雾的人有离开的机会。他的首都仍然需要军队，不需强迫不愿面对迷雾的人进入雾里。但几乎没有人离开。大多数人不等命令，便已自行排列整齐，人人全副武装，盔甲金光油亮，在沾满灰烬的荒野中，制服也尽量维持了干净。依蓝德觉得，他们应该要身着盔甲，这样让他们看起来像是要上战场——某种程度上，的确是。

他们信任他。他们知道迷雾正在朝陆沙德前进，也了解占领有储藏窟的城市的重要性。他们相信依蓝德有能力可以拯救他们的家人。

他们的信任让依蓝德的信心更坚定。他在一排士兵旁边拉停巨大的马匹，掉转马头，骤烧白镴，让身体更强壮，肺部更有力量，然后煽动士兵的情绪，让他们更勇敢。

"要坚强！"他大喊。

所有人的头整齐一致地转向他，盔甲的敲击声暂时安静下来。他的声音听在自己耳里大到他得暂时抑制锡的燃烧。"迷雾会击倒我们之中的一些人，可是我们大部分人将毫发无伤，而大多数倒地的人都会康复！之后，我们再也没有人需要畏惧迷雾。我们不能在毫无准备的状况下抵达法德瑞斯！否则，我们将冒着白天躲在帐篷里被攻击的危险。我们的敌人本来就会强迫我们进入迷雾中，到时将有约六分之一的人因为不适而倒地！"

他再转马头，德穆跟在身后，继续在行列之间穿梭。"我不知道迷雾为何杀人，但我相信幸存者！他自诩为迷雾之主。如果我们之中有人丧命，那也是他的意志。坚持信仰！"

他的提醒似乎有点效果。士兵们站得更挺，面对西方，太阳即将落下的方向。依蓝德再次拉停马匹，坐得直挺，让所有人都能看得见他。

"他们看起来很坚强，陛下。"德穆低声说道，让马匹停在依蓝德身边，"刚才的演说很好。"

依蓝德点点头。

"陛下……"德穆开口，"刚才您说的关于幸存者的事情是认真的吗？"

"当然。"

"对不起，陛下，我无意质疑您的信仰，只是……您如果无意的话，不需要继续假装信仰。"德穆说道。

"我答应过你，德穆。"依蓝德皱眉说道，转头瞥向脸上带疤的将军，"我言出必行。"

"我相信您，陛下。"德穆说道，"您是充满荣誉心的人。"

"可是？"

德穆迟疑了。"可是……如果您不是真的相信幸存者，我想他不会希望你引用他的名讳。"

依蓝德想开口责怪德穆的冒昧，却又阻止了自己。德穆说话时相当诚恳，发自肺腑。他不该因此受斥。

况且，他说得可能有道理。"德穆，我不知道我相信什么，"依蓝德说道，转头看着地上的士兵，"但绝对不是统御主。沙赛德的宗教死了好几个世纪，就连他都停止提起了。我觉得幸存者教会似乎是唯一的选择。"

"陛下，我无意冒犯，这可不是很强烈的信仰宣言。"德穆说道。

"德穆，我最近无法处理信仰这件事。"依蓝德抬起头，看着灰烬飘落，"我的上一个神被我娶的女人杀死，你宣称她是你们的宗教人物之一，但她却摒弃你们的崇拜。"

德穆静静地点头。

"我不否定你的神，德穆。"依蓝德说道，"我是认真的。我认为相信卡西尔比相信别的都好，而以未来几个月我们将面临的处境来看，我宁愿相信有什么——任何东西都好——会助我们一臂之力。"

他们安静了片刻。

"我知道继承者贵女反对我们对幸存者的崇拜，陛下。"德穆终于说道，"她跟我一样都认得他。她不了解的是，幸存者已经超越卡西尔这个个体。"

依蓝德皱眉："德穆，听起来像是你刻意神化了他，只把他当成某个象征在看待。"

德穆摇摇头："我的意思是，卡西尔是个人，但他是一个得到某种东西的人，可以说是某种神眷，来自永恒不灭的一部分。当他死的时候，他已经不只是卡西尔，一个盗贼首领。您不觉得他去深坑之前不是迷雾之子这件事很奇特吗？"

"镕金术就是这样，德穆。"依蓝德说道，"你得等到绽裂的时候，面对生死攸关、会造成极大打击的事件后，才会得到力量。"

"你不认为卡西尔在进入深坑前就经历过这种事件吗？"德穆问道，"陛下，他是从圣务官跟贵族身上窃盗的盗贼。他过着非常危险的生活。你认为他以前没有经历肉体的痛苦、生死的经验和内心的挣扎吗？"

依蓝德陷入沉思。

"他在深坑里得到力量，因为有某种东西碰触了他。"德穆轻声说道，"认识他的人都说，他回来以后像是变了一个人。他有目标，有热情，要去达成一件全世界都认为不可能的事情。"

德穆摇摇头："不，陛下。凡人卡西尔死在深坑，幸存者卡西尔却在那里诞生。他被赋予极强的能力，极大的智慧，来自远超过我们所有人的力量。这才是他能造就一切的原因，这才是我们崇拜他的原因。他仍然有凡人的愚昧，却有来自神的希望。"

依蓝德别过头。他理智、学者的那一面完全了解这是怎么一回事。卡西尔正被逐渐神格化，他的一生被追随者改编得越来越富有传奇色彩。卡西尔必须被赋予天神的力量，因为教会不能继续崇拜一个普通人。

可是，另一部分的依蓝德乐见于这个解释，这让故事更具有可信度。毕竟，德穆有一点是对的：一个在街头混了这么久的人，怎么会那么晚才绽裂？

有人尖叫。

依蓝德抬起头，扫视行列。士兵开始摇摆不定，看着迷雾出现，如植物般在空气中萌芽。他看不见倒地的士兵，不过这很快就变得不重要，因为其他人也开始尖叫。

太阳开始被隐匿，接近地平线时炙热发红。依蓝德的马匹紧张地原地踏步。队长们命令士兵不要慌乱，但依蓝德仍然能看到前方队伍随着有人随机倒地而出现空隙，像是被切断绳索的木偶。他们在地上颤抖，周围士兵则惊恐地后退，迷雾弥漫。

他们需要我，依蓝德心想，抓起缰绳，拉引附近人的情绪。"德穆，走。"

他掉转马匹，德穆没有跟上。

依蓝德转身："德穆？怎么……"

他立刻说不出话来。德穆坐在迷雾中，猛烈地颤抖，在依蓝德的注视下，光头的将军从马鞍上滑倒，瘫软在下方深及脚踝的灰烬中。

"德穆！"依蓝德大喊，从马鞍上跳下，感觉自己是个笨蛋。他从未去想德穆是否会受到影响，以为他跟纹还有其他人一样都已经免疫。依蓝德跪在德穆身边，双腿埋在灰烬里，听着士兵尖叫，队长大喊着维持秩序。他的朋友不断颤抖痉挛，因痛苦而喘息。

灰烬仍不停地下着。

拉刹克没有解决世界的所有问题，反而每解决一个，就造成一个新的。可是，他有足够的智慧，让每个问题都比先前的要小一点。所以，因为太阳变化与灰烬掩埋地表而死去的植物，变成了养分不足但可以生长的植物。

他真的拯救了世界。没错，世界几乎被毁坏也是他的错，但是整体而言，他做得相当不错。至少他没有把灭绝放进这个世界，像我们做的那样。

18

沙赛德用力一拍马臀,让它疾驰而去。马匹的四蹄踢起一块块积灰。马匹的皮毛原本是洁净的白色,如今变成粗糙的灰色,肋骨也开始显现出来,它营养不良到已经无法驮载骑士,而他们也不能一直拿食物去喂养它。

"看了真让人难过。"微风说道,跟沙赛德一起站在堆满灰烬的道路上。他们的两百名侍卫静静站在一旁,看着动物跑走。沙赛德忍不住觉得,释放他们最后一匹马是否是种象征。

"你觉得它能活下来吗?"微风问道。

"我想它一段时间内应该可以在灰烬下找到吃的,"沙赛德说道,"可是不容易。"

微风闷哼:"这年头我们所有人要'活下去'都不是件容易的事。祝那畜牲好运吧。你要跟我和奥瑞安妮一起坐马车吗?"

沙赛德瞥向肩膀后方的交通工具。在经过改装后,如今马车是由士兵在拖拉。他们移除了门,换成窗帘,也拆掉一部分的后壁,让重量大幅减轻,又有两百人可轮番上阵,这马车并不会增加太多负担;但沙赛德知道自己要是被别人拉着走的话会有罪恶感,他过去形成的奴性仍然太强。

"不。"沙赛德向微风说道,"我要四处走走。谢谢你。"

微风点点头,走回马车跟奥瑞安妮坐在一起,一名士兵为他撑着阳伞遮蔽灰烬,直到他进入马车。沙赛德拉起旅行外袍的帽子,遮在头顶,一手抱起活页夹,大步跨越黑色的地面,走到队伍最前面。

"葛拉道队长,可以继续行军了。"他说道。

众人重新出发。这段路不好走,灰烬越发厚重,落脚又滑又累,积灰在脚下滑动挪移,几乎跟走在沙地上一样困难,但即便是如此艰困的路程，也不足以让沙赛德的心神从烦恼中暂时解脱。他原本希望造访军队，与依蓝德和纹会面能让他得到片刻放松。这两人是他很亲密的朋友，他们对彼此的爱经常能让他精神一振。毕竟，他们的结婚仪式还是他主持的。

但这次的会面反而让他更不解。纹允许依蓝德死亡，他心想。她会这么做，都是因为我教导她的事。

他在袖袋里放了一张花的图片，试图要理解他跟纹之间的对话。沙赛德怎么会变成人们讨教的对象？他们难道感觉不出来他只是个骗子，只会背诵动听的答案，却无法真心认同自己的建议？他觉得很迷惘，觉得有重量在压挤他，要他放弃。

依蓝德把希望跟幽默感说得轻而易举，仿佛快乐只是一个决定。有人是这么认为的。曾经，沙赛德也会同意他们的说法。如今，一想到要采取任何行动，就让他感觉反胃。他的想法持续被疑虑入侵。

这就是宗教的用途，沙赛德心想，走在队伍的最前面，肩上背着包袱。它帮助人们度过这种时刻。

他看着手中的活页夹，打开来，边走边翻着纸张。读完数百种宗教，没有一种能给他寻找的答案。也许是因为他太熟悉宗教了。大多数集团成员无法像司卡那样崇拜卡西尔，因为他们都明白他的缺点与小怪癖，他们先将他视为人，然后才是神。也许宗教对沙赛德而言是一样的。他太了解它们，因此太轻易就能看到漏洞。

他不会批评那些选择信仰宗教的人，但沙赛德目前为止在他研究过的每个宗教中都找到了互相矛盾与伪善之处。神性应该是完美的。神不会让信徒被屠杀，也绝对不会让世界被想拯救它的好人摧毁。

剩下的几个宗教中，必定有一个会提出答案，一定要有他可以发现的真相。内心的黑暗窒息感威胁着要击倒他，但他反而更投身于研究了。沙赛德拿出下一张纸，绑在活页夹外。他要边走边看，不看时就把活页夹反过来拿，不让灰烬沾到。

他会找到答案。他不敢去想万一没有答案的后果。

他们终于进入中央统御区,这里的人仍然能挣扎地种植食物而过活。微风跟奥瑞安妮没有离开马车,但沙赛德乐于走路,即便这样很难研读他的宗教文件。

他不知道该对这些田野作何感想。他们经过了无数片田野,因为依蓝德尽量把人民都往中央统御区集中,然后命令他们为了即将来临的冬天种植食物,住在城市里的司卡习惯于劳作,因此很快便遵照依蓝德的命令行事。沙赛德不确定这些人是明白当下的危机,还是只是乐于按照别人的命令行事。

路边堆满一堆堆的灰烬。每天司卡工人都必须清理掉晚上落下的灰烬,这种无止境的工作——用人工方式将水挑至新开垦但无法引水灌溉的田地也是——创造出亟须人力的农业结构。

可是,植物的确在生长。沙赛德的军队经过一片又一片田野,每一片都冒出褐色植物的小芽。这个景象应该能为他带来希望,但他却很难看着新苗而不感觉到更大的绝望。在巨大的灰烬堆边,它们看起来如此渺小脆弱。就算不将迷雾纳入考虑,依蓝德要如何在这种状况下喂饱整个国家?什么时候灰烬会多到无法移除?司卡们在农田里工作,姿势跟在统御主时期时差不多。他们的人生真的有所改变吗?

"看看他们。"一个声音说道。沙赛德转头看见葛拉道队长走到他身边。光头的粗壮男子有着一副好脾气,哈姆提拔起来的士兵都有这个共同点。

"我知道。"沙赛德低声说道。

"就算又有灰又有雾,看着它们仍让我充满希望。"

沙赛德猛然看向他:"真的?"

"当然。"葛拉道说道,"我的家人务农,泰瑞司大人。我们住在陆沙德,但在外围农场耕作。"

"可是,你是士兵。"沙赛德说道,"在她杀死统御主的那天晚上,不

MISTBORN: THE HERO OF AGES

是你带着纹贵女进去皇宫的吗?"

葛拉道点点头:"其实我是领着依蓝德陛下进入皇宫去救纹贵女,不过后来显然她不太需要我们的帮助。无论如何,您说得没错,我是统御主皇宫内的士兵,当我加入军队时,父母把我逐出家门,但我真的无法面对终生种田的人生。"

"这工作相当辛劳。"

"不是因为这个。"葛拉道说道,"不是劳动,而是……绝望。我无法忍受自己终日工作,种植出来的东西却终究属于别人,所以我才离开农田,成为士兵,因此看着这些农夫才给了我希望。"

葛拉道朝他们正经过的农田点点头,有些司卡抬起头,看到依蓝德的旗帜,便开始挥手。"这些人,他们是因为想要工作才工作的。"葛拉道说。

"他们是因为不想饿死才工作。"

"当然,我想您说得也对。"葛拉道说道,"可是他们不是因为不工作会被打才来,他们是为了不让自己的家人跟朋友死去而工作。对农夫而言,这是有很大差别的。您从他们的站姿就可以看出来。"

沙赛德边走边皱着眉头,没再说什么。

"总而言之,泰瑞司大人,我是来建议我们在陆沙德暂停一下,准备补给品。"葛拉道说道。

沙赛德点点头:"我也想到了,不过你们去陆沙德时,我得离开你们几天,让微风大人接手指挥,我会在北方大道跟你们会合。"

葛拉道点点头,走回后方去准备。他没有问沙赛德为什么需要离开,或是他要前往何方。

几天后,沙赛德独自来到海司辛深坑。此地如今四处都被灰烬覆盖,所以其实不太看得出来原来这里是深坑。沙赛德走在小径上,不断踢起一簇簇的灰烬。他低着头看着原是深坑的谷地,亦即是卡西尔的妻子被谋杀的地方。幸存者诞生的地方。

迷雾之子
卷三·永世英雄 [珍藏版]

如今是泰瑞司人的家。

泰瑞司人民所剩无几。原本就不是很大的族裔，迷雾的到来，以及前往中央统御区的艰辛路程，让许多人丧了命，现今只剩下四万人左右，大多数都是像沙赛德这样的阉人。

沙赛德沿着山坡走入山谷。这是安置泰瑞司人极自然的选择。在统御主的时代，有数百名奴隶在此工作，接受数百名士兵的监控。当卡西尔回到深坑，毁掉矿床时，一切都改变了，但是深坑仍然有挖矿时期搭建的建筑物跟基础设施，有很多淡水，也有遮蔽物。泰瑞司人们还在谷地中搭建了其他建筑物，让曾经最可怕的囚营变成了农村。

沙赛德一面走下山坡，一面看到人们在抚净地面上的灰烬，好让植物能从地面冒出，供动物嚼食。中央统御区主要的植物是一种生命力强悍的矮灌木，也习惯灰烬，不像农作物般需要那么多水。泰瑞司人的人生其实比大多数人的轻松，因为从统御主升华时期前的数世纪以来，他们便一直是畜牧民族。山坡上漫游着一只健壮的短腿羊，咀嚼着暴露在外的灌木茎。

泰瑞司人民的人生比大多数人的要更轻松。这世界变得真奇怪，沙赛德心想。

他的前来很快引起注意力。孩子跑去找父母，脸孔从矮屋中探出，羊群开始包围沙赛德，仿佛盼望他带着零嘴前来。

几名年迈的男子冲上山丘，弯曲的双腿以最快的速度在行走。他们跟沙赛德一样，仍穿着侍从官的袍子，也跟沙赛德一样，尽量不让衣服沾染到灰烬，前襟展露出鲜艳V字图样。这些花纹代表他们过去服侍的家族。

"沙赛德大人！"其中一人热切地说道。

"陛下！"另一人说道。

陛下。"麻烦你们，"沙赛德举起双手，"请不要这样称呼我。"

两名年迈的侍从官面面相觑："守护者大人，请让我们为你取点热食。"

是的，灰烬是黑的。但是，它也不该是黑的。大多数灰烬里是有暗色颗粒没错，但里面也混有同样多的灰色或白色。

至于灰山……那是很不一样的。就像遮蔽大陆的迷雾一样，遮蔽大陆的灰烬也不是自然的产物，也许这是灭绝力量的影响，灭绝是黑色的，一如存留是白色。或者这只是灰山的特性，因为它就是被创造来将灰烬跟烟尘吐向天空。

19

"起来！"

一片漆黑。

"起来！"

鬼影睁开眼睛。一切显得如此暗淡，如此昏暗。他几乎什么都看不到。世界是一团黑影，而且……他感觉麻木。死寂。他为什么什么都感觉不到？

"鬼影，你得起来！"

至少这声音听起来很清楚，其他感觉则很模糊。他没有办法思考。他眨眼，低声呻吟。他是怎么了？他的眼镜跟布条都不见了，这么一来他应该能清楚见物，但一切却好黑。

他的锡用完了。

他肚子里没有东西在燃烧。熟悉的火焰，体内令人安心的烛火已经不存在。它是他一年多以来的同伴，从未离去。他很害怕它会给自己带来的影响，却从未让它熄灭过。如今，它不在了。

所以一切才显得如此暗淡。其他人真是这样活着吗？他以前也是这样活着？他几乎什么都看不见，他习惯的清晰而丰富的细节不见了，鲜艳的颜色跟干净的线条都没有了，只留下平淡模糊的一切。

他觉得耳朵被阻塞，鼻子……闻不到下方的木板味，无法靠嗅觉分辨木头的种类，闻不到曾经走过的人留下的气味，感觉不到人类在其他房间中移动时发出的震动。

而且……他在一个房间里。他摇摇头，坐起身，试图思考。肩膀的痛楚立刻让他惊喘出声。没有人帮他处理伤口。他记得剑刺进他靠近胸前肩膀的地方，这不是可以轻易恢复的伤势，如今左臂行动不便，也是一个让他起身有困难的原因。

"你失血过多。"那声音说道，"就算不被火焰烧死，你也很快就会死。不必找你腰上的袋子，都被他们拿走了。"

"火焰？"鬼影沙哑地问道，眨着眼。普通人怎么能在这么暗的世界里存活？

"你感觉不到吗，鬼影？很靠近了。"

附近确实有光线，就在某条走廊底端。鬼影摇摇头，试图要让自己清醒一点。我在一间房子里，他心想。一间很不错的房子，贵族的房子。

他们正在烧房子。

这件事终于给他站起来的动机，虽然他又立刻再度倒下，身体太虚弱，脑子太模糊，无法站稳。

"不要用走的。"一个声音说道。鬼影到底是在哪里听过这声音？他完全信任它。"用爬的。"声音说。

鬼影按照命令，往前爬行。

"不是叫你朝火焰爬！你得逃出去，才能惩罚那些对你这么做的人。快点思考啊，鬼影！"

"窗户。"鬼影沙哑地说道，转向一旁，爬过去。

"被封死了。"那声音说道，"你之前也看到过，那从外面被封住了。

157

唯一要活下去的方式是，你得听我的。"

鬼影呆呆地点头。

"从房间另外一边的门出去。爬向通往二楼的楼梯。"

鬼影照做，强迫自己不断移动，手臂完全麻痹，像是绑在肩膀上的哑铃。他骤烧锡太久，一般的感官知觉似乎已经失效。他终于找到楼梯，却也开始咳嗽不止，因为有烟，残存的理智告诉他，爬行应该是对的。

他边爬边感到热力，火焰似乎在追他，占领了他身后的房间，跟着仍旧晕眩的他继续爬上台阶。他来到楼梯顶，因为踩到自己的血晃了一下，软倒在地。

"起来！"那个声音说道。

我在哪里听过这个声音？他再次心想。为什么我想照他的话去做？就差那么一点。如果他脑袋没有那么混乱，早就想出来了。可是，他仍然听话，强迫自己再次四肢着地跪起。

"左边第二个房间。"那声音命令。

鬼影想都没想，立刻开始爬行。火焰沿着台阶爬上，穿过墙壁。他的嗅觉跟其他感官一样衰弱，但他猜想整间房子都被油浸透了，为了烧得更快，更有戏剧效果。

"停下来。就是这间。"

鬼影左转，爬进那间装潢华美的书房。城市里的盗贼曾抱怨劫掠这种地方根本是浪费，公民禁止奢华装饰，因此昂贵的家具不能贩卖，就连黑市上也卖不掉。没有人想被发现家里有奢侈品，免得成为公民处决的对象，跟华美的房子一起被烧死。

"鬼影！"

鬼影听说过那些处决，但他之前从来没看过，所以他付钱给度恩，请他留意下一次处决何时发生。鬼影的钱币会为他换来及时的通知，以及观看建筑物被烧毁的好位置。况且，度恩承诺他有别的消息，某件鬼影会有兴趣的事情，值得他付出金钱。

算算有几个头颅。

"鬼影！"

鬼影睁开眼睛，又倒回地面，开始神志不清。火焰已经燃烧至屋顶。建筑物正在崩坏，以鬼影目前的状况，绝对不可能逃得出去。

"去书桌。"那声音命令。

"我死定了。"鬼影低声说道。

"还没。去书桌。"

鬼影转头看着火焰。火焰中有一个身影，一团黑影的轮廓。墙壁熔化、起泡，嘶嘶作响，粉泥与油漆转黑，但这个人影却似乎不在意火焰。那身形显得很熟悉。高大。威严。

"你……？"鬼影悄声说道。

"去书桌！"

鬼影再次跪起，拖着无用的手臂爬着，来到书桌的一边。

"右边抽屉。"鬼影拉开抽屉，靠着书桌侧面软倒。里面有东西。

瓶子？

他急切地将手探入，那是镕金术师用来储存金属屑的瓶子。鬼影以颤抖的手指拾起一瓶，瓶子从他麻木的手指滑落、破碎。他凝视着瓶子流出的液体——让金属免于腐蚀，同时帮助镕金术师吞咽金属的酒液。

"鬼影！"那声音说道。

鬼影迟钝地再拾起另一个瓶子，以牙齿拔开瓶塞，感觉火焰包围了他。对面的墙已经几乎要被烧完了，火焰缓缓朝他逼近。

他喝下瓶子里的东西，然后搜寻体内是否有锡的踪迹，什么都没有。鬼影绝望地大喊，抛下瓶子。里面没有锡。可是就算有锡也救不了他，只会让他更明显地感觉到痛楚跟伤口的存在。

"鬼影！"那个声音命令，"燃烧！"

159

"没有锡！"鬼影大喊。

"不是锡！拥有这间屋子的人不是锡眼！"

不是锡。鬼影眨眼，然后往体内搜寻一阵，发现了完全出乎意料的东西。他从未想过自己会看到的根本不该存在的东西。

一个新的金属存量。他开始燃烧。

他的身体充满力量。颤抖的手臂变得稳定，虚弱似乎消失，像是日出前的黑暗被驱散。他感觉到储蓄起的力量，肌肉因为期待而紧绷。

"站起来！"

他的头猛然抬起，立刻跳起身来，头晕瞬间消失。意识仍然麻木，但他很清楚一件事，只有一种金属能够改变他的身体，让他强壮到能够忽略严重的伤势跟失血状况而继续动作。

鬼影正在燃烧白镴。

那个身影站在火焰里，轮廓幽暗，难以分辨。"鬼影，我给你白镴的祝福。"那声音说道，"利用它逃出这里。你可以打破走廊另外一端的门，从附近建筑物的屋顶逃走。那些士兵不会留意你，他们忙着控制火势的蔓延。"

鬼影点头，热力已经不再让他介意："谢谢。"

那身影上前一步，不再只是一个轮廓。火焰映照着他坚定的面孔，鬼影的疑虑此时获得证实。他信任那声音，愿意无条件服从，是有原因的。

无论那人命令什么，他都会去做。

"我给你力量不只是为了要你活下去，鬼影。"卡西尔指着他说，"我给你力量是要你去复仇的。现在，快走！"

不止一个人回报过感觉迷雾充满恨意。不过，这不一定与杀人的迷雾有关。对大多数人,甚至被它攻击过的人而言,迷雾仅仅是气候现象,就像某种可怕的疾病,它本身并没有知觉,也不会充满报复之心。

可是对于少数人而言,并不止如此。

那些它喜欢的,它会环绕盘旋,那些它不喜欢的,它会躲开。有些人在雾中感到宁静,有人感到恨意,这都跟灭绝的碰触,还有和一个人如何响应灭绝的敦促有关。

20

坦迅坐在笼子里面。

笼子本身就是羞辱。坎得拉跟人类不一样。就算没有被囚禁,坦迅也不会逃跑,或是尝试脱逃。它是自愿接受自己的命运。

可是,它们却还是把它关了起来。它不确定它们从哪里弄来的笼子,那绝对不是坎得拉平常会用到的东西,但二代还是找了个笼子来,架在家乡的主要洞穴之一里面。笼子是以铁片跟铁柱所组成,四面以粗铁丝网包覆,避免它将身体变得只剩肌肉,从缝隙中挤出去。辱上加辱。

坦迅全身赤裸地坐在冰寒的铁地板上。它除了让自己遭罚之外,有做到任何事吗?它在信巢中说出的话,有任何价值吗?

笼子外,洞穴因刻意种植的发光苔藓而有了光线,坎得拉来来往往,忙忙碌碌。许多族人停下脚步来端详它。这就是为何在判决与行刑之间要间隔这么久的时间。二代根本用不了几个礼拜来思索要怎么处理坦迅,但坦迅强迫它们让自己自由发言,而二代因此想要让它好好被惩罚一番。它们将它示众,像是等着被贩卖的人类奴隶。在整个坎得拉族的历史中,没有任何坎得拉曾经被这样对待过。在未来的几个世纪里,它的名字会是耻辱的同义词。

可是我们撑不了几个世纪,它愤怒地想。那就是我整个演说的主题。

但它讲得不好。它要怎么样去跟其他族人解释它的想法？怎样让它们也明白，坎得拉的传统已经走到了尽头，它们安稳这么久的生活，即将改头换面？

上面发生了什么事？纹去了升华之井吗？灭绝跟存留呢？坎得拉的神又开始战斗了，而唯一知道这件事的民族，却假装外界什么事都没发生。在笼子外的其他坎得拉继续过着自己的生活。有些正在训练下一代的成员，它可以看见十一代不过是有几根晶亮骨头的肉团。从雾魅进化成坎得拉很不容易，在获得祝福之后，雾魅会因为得到自我意识而失去许多直觉，所以必须重新学习如何组成肌肉跟身体，这一过程需要花上许多年。

其他成年坎得拉忙于准备食物。它们会在石洞里面煮藻类跟蕈类的综合粥，煮粥用的石洞跟坦迅将被永远囚禁的石洞十分类似。虽然坦迅原本对人类相当憎恨，但它总觉得能享受到外界的食物，尤其是经过熟成的肉，是出去履行契约时非常诱人的安慰。

如今，它连喝的水都不够，更遑论吃的。坦迅叹口气，看着铁柱外的巨大石穴。家乡的洞穴非常巨大，大到再多坎得拉都住不满，这就是它们喜欢这里的原因。将几年，甚至经常是几十年都用来履行契约、满足主人的意愿后，独处的空间越发显得珍贵。

独处，坦迅心想。我很快就有用不完的独处时间了。一想到自己将被终身监禁，它便对于来看热闹的族人们少了些烦怒。这些将是它最后见到的族人。它认得其中大部分。四代跟五代来到它面前吐口水，显示它们对二代的忠贞。六代跟七代是目前主要履行契约的坎得拉，前来表达它们的同情，朝堕落的朋友摇头表示遗憾。八代跟九代则是因为好奇而前来，讶异长辈居然可以颓丧至此。

然后，在观看的群众中，它看到一张特别熟悉的脸庞。坦迅羞耻地别过头，看着密兰靠近，大得过分的双眼显露出痛楚之色。

"坦迅？"没多久便传来低语。

"走开，密兰。"它静静说道，背向铁柱，这么做只是让它转而望向从另一个方向看它的坎得拉群。

"坦迅……"密兰再次说道。

"你不需要看到我这样。请你走开。"

"它们不该这样对你。"密兰说道，坦迅可以听出它的怒气，"你几乎跟它们一样年长，而且更为睿智。"

"它们是二代。"坦迅说道，"是初代所选出来的。它们领导我们。"

"不必非得如此。"

"密兰！"坦迅说道，终于转身面向密兰。大多数来看热闹的人都离得远远的，仿佛坦迅的罪行是会传染的疾病。只有密兰蹲在它的牢笼前面，纤细的木质真体让密兰看起来不自然地细瘦。

"你可以挑战它们。"密兰轻轻说道。

"你以为我们是什么？"坦迅问道，"像人类那样不断反抗跟动荡吗？我们是坎得拉。我们属于存留。我们遵守秩序。"

"你仍然臣服于它们？"密兰激动地指控，细瘦的脸紧贴着铁柱，"在你说了那些话之后，在上面发生这么多事情之后？"

坦迅一愣。"上面？"

"你说得对，坦迅。"密兰说道，"灰烬将大地遮蔽成一片漆黑。迷雾在白天出现，杀死作物跟人类。人类在战场上。灭绝回来了。"

坦迅闭上眼睛。"它们会去做些什么的。"它终于说道，"初代必有方法。"

"它们老了。"密兰说道，"年迈、昏庸、无能。"

坦迅睁开眼："你变了很多。"

密兰微笑："它们不应该将新一代的孩子交给三代扶养的。我们年轻一辈有许多人愿意战斗。二代不可能永远统治下去。我们该怎么做，坦迅？我们该怎么帮助你？"

孩子啊，你以为他们不知道你们的事吗？坦迅心想。

MISTBORN: THE HERO OF AGES

二代不是笨蛋。也许它们很懒惰，但经验丰富，心思深沉。坦迅很清楚这点，因为它对每个坎得拉都很了解。它们会派坎得拉在坦迅的笼子附近监控，聆听到底别人都在说些什么。获得意识的祝福的四代或五代可以站在一段距离之外，却仍然能听得见笼子旁说的每字每句。

坦迅是坎得拉。它回来接受惩罚，因为这是该为之事。远超过荣誉，超过契约。这是它的本质。

可是，如果密兰说得没错……

灭绝回来了。

"你怎么能就坐在这里？"密兰说道，"你比它们还要强大，坦迅。"

坦迅摇摇头："我违背了契约，密兰。"

"为了更崇高的目标。"

至少我说服它了。

"那是真的吗，坦迅？"密兰非常小声地说道。

"什么？"

"欧瑟。它有力量的祝福。你杀了它之后，一定也继承了这点，可是他们抓你的时候，没有在你身上找到，你把它怎么处理了？我能去帮你拿来吗？好让你可以战斗？"

"我不会跟我自己的族人对抗，密兰。"坦迅说道，"我是坎得拉。"

"总得有人来领导我们！"密兰嘶声说道。

这句话是对的，可是，那不是坦迅的权利，也不是二代的权利，甚至不属于初代。那是创造它们的人的权利。那个人死了。但另一个人取而代之。

密兰安静了好一阵子，依旧跪在坦迅的笼子边。也许在等它说出鼓励的言词，或是成为密兰寻找的领袖。它没有开口。

"所以你回来送死。"密兰终于说道。

"回来解释我发现的事情，还有我的理解。"

"然后呢？你回来宣告严重的消息，然后要我们自行解决？"

"话不能这么说,密兰。"坦迅说道,"我回来是为了完成我信奉的,最崇高的坎得拉精神。"

"那就战斗啊!"

坦迅摇头。

"果然。"密兰说道,"我们这一代的其他人都说,你的自尊被你最后一任的主人,詹,给彻底粉碎了。"

"他没有粉碎我的自尊。"坦迅说道。

"哦?"密兰说道,"那你回到家乡时为什么是用那具……身体?"

"狗的骨架吗?"坦迅说道,"那不是詹给我的。是纹。"

"所以是她毁了你。"

坦迅静静吐气。该怎么解释?一方面,它觉得密兰自己选了一具非人类的真体,却对它使用狗骨这件事感到如此厌恶有点讽刺。可是,它可以理解密兰。它也是花了好一段时间才了解这些骨头的优点。

它脑中灵光突然一闪。

不。它回来不是为了带来革命。它回来是为了解释,为了人民的福祉。为此,它会当个优秀的坎得拉,接受自己的惩罚。

可是……

有机会。很小的机会。它甚至不确定自己想逃,可是如果有机会……

"我用的骨头……你知道放在哪里吗?"坦迅发现自己如此开口问。

密兰皱眉:"不知道。你要那个做什么?"

坦迅摇摇头。"我不要。"它小心翼翼地措辞,"它们是对我的羞辱!我被强迫使用那具骨头超过一年以上,要接受当狗的屈辱。我早就该把那副躯体抛弃,但没有别的躯体可吸收使用,所以只得用那具糟糕的身体回来。"

"你在逃避真正的问题,坦迅。"

"没有。这不是真正的问题,密兰。"它说道,背向密兰。无论它的计划是否奏效,它都不希望密兰因为与它的关联而被二代惩罚。"我不会反抗我的族人。如果你真的想帮我的话，就请你留我自己一个人独处吧。"

它听到密兰轻轻叹口气并站起身的声音。"你曾经是我们之中最伟大的。"

密兰一走，坦迅便叹了口气。不，密兰，我从不伟大。直到最近，我还是我这一代最传统的。唯一与其他人不同的，只是我格外憎恨人类。可是，如今我却被一连串的意外牵引，成为我们历史上最罪恶滔天的罪犯。

这不是伟大。只是愚蠢。

依蓝德成为如此强大的镕金术师应是意料中事。即便不常为人所知，史料中均有详细记载此项事实，亦即最后帝国早期的镕金术师远强于后期。

当年的镕金术师不需要硬铝就能控制坎得拉或克罗司，只要推或拉它们的情绪便已足够。事实上，这个能力就是坎得拉与人类订下契约的主要原因之一。因为在当时，不只迷雾之子，就连安抚者跟煽动者，只要一动念头，就能控制它们。

21

德穆活了下来。

他属于生病的百分之十五，却没有死亡。

纹坐在她的船舱之中，手臂靠着木头的船缘，手指懒懒地摩挲着她母亲的耳针——一如往常地戴在她的耳上。克罗司劳工沿着运河两旁的曳道，将渡筏跟小船拖载运河上的物资。许多渡筏仍然装载着补给品，包括帐篷、食物、清水。不过有几艘船被清空了，物资由健康的士兵背负，让伤兵有地方休息。

纹转头，看着驳船的前方，依蓝德一如往常地站在船头，望向西方。他不是在闷闷不乐。就像是一名王者，抬头挺胸，坚定地望着他的目标。他看起来跟当年差别很大，满脸的胡子，半长的头发，被刷得雪白的制服。这些制服看起来有点年代了——不是老旧，布料依然干净，裁剪依然利落，以现在的世界状况来说，已经是尽可能地洁白。只不过，不再簇新。那是一件打了整整两年战争的人所穿着的制服。

纹很了解他，知道他不是一切无恙。可是，她也了解他，能够感觉到他现在不想讨论。

她站起身，走下船舱，不自觉地燃烧白镴维持平衡。她从船边的长椅上拾起一本书，然后静静坐下。依蓝德等一下会来找她说话，他向来如此。在那之前，她有别的事情可以专注。

她打开做了标记的那一页，特别重读某一段。深黯必须被摧毁，书上如此写。我见过它，感受过它。我认为，我们给它的名字不足以形容它。的确，它深不见底，但它同时也很可怕。许多人不知道它是有意识的，但在我直接跟它对峙的数次中，我都感觉到它的意识。

她又看了这一页几眼，重新坐回长椅上。在她身旁，运河的水流过，上面漂浮着一层灰烬。

这是艾兰迪的日记。一千年前，这名自以为是永世英雄的人写了这本日记。艾兰迪没有达成他的征途，他被一名仆人拉刹克杀死。拉刹克在升华之井取得能力，日后成为了统御主。

艾兰迪的故事跟纹的相似得可怕。她也以为自己是永世英雄，去到了井边，却遭到背叛。但她不是被自己的朋友，而是被囚禁在井里的力量背叛。她认为永世英雄的预言一开始就是那个力量布下的。

我为什么一直重读这一段？她心想，再次研究。也许是因为人类跟她说，迷雾恨她。她也感觉到那股恨意，似乎艾兰迪也有同样的感觉。

可是她能信任日记吗？她释放的力量，那称为灭绝的东西，证明了它可以改变世上的东西——虽微小却重要的事物，像是书本的文字，因此所有依蓝德的官员都获得指示，任何讯息都必须靠背诵或刻在金属片上的信件传递。

如果日记里有任何线索，灭绝早就已经把它们移除了。纹觉得过去三年都像被隐形的线牵着鼻子走。她以为自己有了极大的发现，有了全新的见解，但其实都是在按照灭绝的指示行动。

可是，灭绝不是全能的，纹心想。如果是的话，根本不需要战斗。它不需要骗我把它放出去。

它不可能知道我的思绪……

就算如此她仍烦恼不已。她的思绪有什么用？她以前可以和沙赛德、依蓝德，甚至坦迅讨论这种问题。这不是纹擅长的事，她不是学者。可是沙赛德拒绝再进行研究，坦迅回到它的族人身边，依蓝德最近忙到没空担心政治与军队以外的事，只剩下纹。她还是觉得读书这件事既烦闷且无聊，但她近来越发习惯去做必要之事，即便自己并不热衷。她已经不再属于自己。她属于新帝国。她曾是它的刀，如今该换个角色。

我必须这么做，她坐在红色阳光下心想。这里有个谜团待解。卡西尔是怎么说的？

永远都有另一个秘密。

她记得卡西尔大胆地站在一小撮盗贼面前，宣称他们会推翻统御主，解放帝国。我们是盗贼，他说。而且我们非常厉害。我们可以抢他人所不能抢，骗他人所不能骗。我们知道该如何将一件庞杂巨大的任务拆解成可以处理的步骤，然后一一执行。

那天，当他在一块小黑板上写下团队的目标跟计划时，纹很讶异地发现他让不可能的任务显得多有可能。那天，有一小部分的她开始相信卡西尔真的能推翻最后帝国。

好，纹心想。我得学卡西尔那样，将我确定知道的事情先列出来。

首先，在升华之井的确有某个力量，所以这部分的故事是真的。在井里面或附近也囚禁了某种活生生的东西，它欺骗纹利用井的力量来破坏它的束缚。也许她可以用这力量来摧毁灭绝，但她却选择了放弃。

她深思地坐着，手指轻敲日记封面。她仍然隐约记得握有那股力量的感觉。力量让她震慑，却又让她觉得自然且应当，事实上，当她握有力量时，一切都很自然。世界的运作，人类的活动……仿佛那力量不只是改变的能力。更蕴含着万物的法则。

这只是推断。她必须先专注于自己知道的事情，才能推论出必须做的事情。力量是真的，灭绝是真的。灭绝在被困住时，保有一部分改变世界的能力，沙赛德确认过他的文字被篡改了，好达成灭绝的目的。如今灭绝获得自由，纹认定是它在进行残酷的迷雾杀人行动，也是他造成了不停歇的落灰。

不过，这几件事情我都无法确定，她提醒自己。她对灭绝了解多少？她在解放灭绝的瞬间，曾经碰触过它。它需要去毁灭，却不单纯只是混沌的力量。它不会随意行动。它会计划，会思考，而且似乎不是为所欲为。几乎像是它也必须遵照特定规则……

她突然灵光一闪。"依蓝德?"她喊道。

站在船头的皇帝转头。

"镕金术的第一法则是什么?"纹问道，"我教你的第一件事?"

"后果。"依蓝德说道，"每个行为都有后果。当钢推重物时，必会感受到反作用力；钢推轻物时，它会被抛飞远离。"

这是卡西尔教导纹的第一堂课，纹认为应该也是卡西尔的师父教导他的第一堂课。

"这是一条很好的规则。"依蓝德说道，转过头去继续看着天际线，"它适用于世界上的一切。往空中抛东西，它会落下。将军队带入某个人的王国，他会有所反应……"

MISTBORN: THE HERO OF AGES

后果,她皱着眉头心想。像是东西被抛入空中时,必会落下。灭绝的行为对我而言就有这种感觉。后果。也许是碰触那股力量的副作用,或者只是她潜意识的某种合理化,可是,她感觉到灭绝的行为有逻辑可循。她不知道原因,却能看出蛛丝马迹。

依蓝德转身面向她:"所以我喜欢镕金术。应该说,我喜欢镕金术的理论。司卡们私下里说它很神秘,但其实它很理性。镕金术推的效果,就跟将石头往船边抛一样确定。每个推力,都有对应拉力,没有例外。这是很简单、有逻辑的,不像人类的行为,充满谬误、例外,还有双重规则。镕金术属于自然。"

属于自然。

每个推力,都有对应拉力。有后果。

"这很重要。"纹低语。

"什么?"

后果。

她在升华之井感觉到的东西是毁灭的力量,就像艾兰迪在他的日记中所描述的一样,可那不是怪物,也不是人,而是能量,会思考,但仍是能量。既是能量,就有规则。镕金术、天气,就连地心引力都有。世界是一个合理的地方。一个讲逻辑的地方。每个推力都有对应拉力。每个力量都有后果。

所以,她就是要找出这个对手的规则。那将会告诉她该如何击败它。

"纹?"依蓝德端详着她的脸问道。

纹别过头:"没事,依蓝德。至少没有我能谈的事。"

他看着她一阵子。他认为你在暗中策划什么事,瑞恩从她脑海深处低语。幸好,她已经很久无视瑞恩的话了。她看着依蓝德,看见他缓缓点头,接受了她的解释,之后转过身,继续进行他的沉思。

纹站起身,走向前,一手按上他的手臂。他叹口气,抬起手臂,搂住她的肩膀,将她拉近。那曾经属于学者的柔弱手臂,如今充满肌肉,刚硬坚强。

"在想什么?"纹问。

"你知道的。"依蓝德说。

"这是必要的,依蓝德。那些士兵早晚都要与迷雾直接接触。"

"是的。"依蓝德说道,"可是,纹,不止如此。我害怕我开始变得像他。"

"谁?"

"统御主。"

纹轻哼一声,更偎近他。

"这是他会做的事情。"依蓝德说道,"牺牲自己人以获得战略优势。"

"你跟哈姆解释过,"纹说道,"我们不能冒险浪费时间。"

"这仍然很冷酷。"依蓝德说道,"问题不是他们死了,而是我愿意让这件事发生。我觉得自己很……残暴,纹。我为了达成目标会不择手段到什么程度?我正在派兵前往另一个人的王国,准备将它夺走。"

"你是为了大局考虑。"

"无数的暴君都以此为借口。我很清楚。可是,我没有停手。所以我不想当皇帝。所以在围城战时,我让潘洛德从我手中夺走王位。我不想要成为必须做这种决定的领导者。我想要保护,而不是围城与杀戮!可是,有别的方法吗?我做的一切似乎都是迫不得已,像是要我自己的手下暴露在迷雾中,像是朝法德瑞斯挥兵。我们必须得到库藏,这是唯一能让我们知道该如何处理眼前状况的线索!一切都很合理。冷酷、残暴的合理。"

冷酷是所有情绪中最实际的,瑞恩的声音低语。她忽略他。"你最近太常听塞特说话了。"

"也许吧。"依蓝德说道,"可是我很难忽略他的逻辑。纹,我从小到大都是理想主义者,我们都知道这一点。塞特的现实主义能提供平衡,他的话很像廷朵以前会说的话。"

他顿了顿，摇摇头。"刚才我在跟塞特谈论镕金术的绽裂。你知道贵族会怎么做来确保能在孩子之中找出镕金术师吗？"

"他们会打孩子。"纹低声说道。一个人的镕金术力量必须靠某种极大的外力重创才能引发，否则会一直潜伏。一个人必须被带到濒死的边缘后存活下来，力量才会苏醒。这叫绽裂。

依蓝德点点头："这是所谓的贵族生活中最大、最肮脏的秘密。家族经常因此而失去孩子，因为孩子们必须被打得很惨才能引发镕金术力量。每个家族不同，但通常都会选在青春期之前的一个年纪执行。当男孩或女孩到达那个年纪时，他们就会被带走，打到濒死。"

纹微微颤抖。

"我很清楚记得我那一次。"依蓝德说道，"父亲没有亲自动手，但他的确站在一旁观看。最难过的是，大多数的鞭打都是没有意义的。就算是贵族的小孩，也只有极少数的人能成为镕金术师。我没有。我毫无理由地被打。"

"你阻止了这些鞭打，依蓝德。"纹轻声说道。他在成为王后不久便撰写了一条法案。一个人在成年时可以选择进行有人监督的击打，但依蓝德禁止这件事发生在孩童身上。

"而我错了。"依蓝德轻声说道。

纹抬起头。

"镕金术师是我们最强大的资源，纹。"依蓝德说道，望向行军的士兵，"塞特失去王国，几乎也失去性命，只因为他无法召集足够的镕金术师来保护他，而我让在我的人民之中找出镕金术师这件事变得违法。"

"依蓝德，你阻止了别人虐打小孩。"

"如果虐打小孩可以拯救人命呢？"依蓝德问道，"就像让我的士兵暴露于迷雾之中可以拯救性命？卡西尔呢？他获得迷雾之子的力量，是他被困于海司辛深坑之后。如果他孩童时被虐打过呢？他会一直都是迷雾之子，他可以救出他的妻子。"

"那他就不会拥有推翻最后帝国的勇气或动机。"

"我们的现状有因为新法案变得比较好吗?"依蓝德问道,"纹,我坐上这王位越久,越明白统御主做的一些事情并不邪恶,只是比较现实。无论对错,他都维持了王国的秩序。"

纹抬起头,迎向他的双眼,强迫他低头看她:"我不喜欢你这样冷硬,依蓝德。"

他望向黑色的运河水面:"我并不是铁石心肠,纹。我不同意统御主的大部分做法。我只是开始了解他,而了解他反而令我担忧。"她看到他眼中的疑问,还有力量。他低头,与她四目交望:"我能拥有这个王位,正是因为我知道自己曾经愿意为了做对的事情而放弃王位。如果我失去这份勇气,请你提醒我,纹。可以吗?"

纹点点头。

依蓝德再次望向天际。他想看到什么?纹心想。

"一定有一个平衡点,纹。"他说道,"我们一定能找到的。在我们想成为的,跟我们必须成为的样子之间。"他叹口气,朝一旁点点头。"可是现在,我们只能满足于现在的样子。"

纹瞥向一旁,看到一艘其他驳船派来的信差小艇停在他们的船旁边。一名穿着简单褐色袍子的人站在上面,戴着大眼镜,仿佛试图要遮掩眼睛周围的繁复教廷刺青,而他正快乐地笑着。

纹暗自微笑。曾经,她以为快乐的圣务官总是很不好的迹象。那是在她认得诺丹之前。即使是在统御主时期,他大概也一直在自己的小世界里满足地过着学者生活。他用很奇特的方式证明,就算是帝国中她认为是最邪恶的组织里,也能找到好人。

"陛下。"诺丹说道,下了小艇并鞠了一躬。几名书记助手跟他一起上了甲板,拿着书本与笔记簿。

"诺丹。"依蓝德来到前甲板。纹随后跟上。"你完成了我要求的统计?"

"是的，陛下。"诺丹说道，一名助手在箱子上摊开笔记本，"不过我必须说这是个困难的任务，因为军队不断在移动。"

"我相信你的计算一如往常地精确，诺丹。"依蓝德说道。他瞥向笔记本，里面的内容看在他眼里似乎很平常。可是纹只看到一堆凌乱的数字。

"这是什么？"她问道。

"列出死者与病患的数目。"依蓝德说道，"在我们的三万八千人中，将近六千人得病，我们大概失去了五百五十人。"

"包括我的一名书记。"诺丹摇头。

纹皱眉。不是死亡数字，而是别的，有什么引起了她的注意……

"比我们预期的死者还少。"依蓝德说道，思索般地扯着胡子。

"是的，陛下。"诺丹说道，"我想士兵比一般司卡人民更壮硕。这个病症，无论是不是真的疾病，对他们的影响似乎都比较小。"

"你怎么知道？"纹抬头问道，"你怎么知道应该死多少人？"

"用之前的经验推断，贵女。"诺丹以他闲聊的口气说道，"我们一直在追踪这个数字。因为这个疾病是新的，所以我们不断想要了解原因是什么，期盼如此能找到治疗的方法。我一直让书记们尽量研究，试图找出类似疾病的治疗方式。这感觉有点像是颤抖症，但颤抖症往往是因为——"

"诺丹。"纹皱眉地打断他，"所以你有数字？准确的数字？"

"这是陛下要求的，贵女。"

"有多少人生病？"纹问道，"确切的数字？"

"我看看……"诺丹说道，将书记挥赶到一旁，亲自检视笔记本，"五千两百四十三人。"

"那是百分之几的士兵？"纹问道。

诺丹想了想，挥手找来一名书记，进行计算。"大概百分之十三点五，贵女。"他终于边调整眼镜边说道。

纹皱眉："有包括死去的士兵吗？"

"没有。"诺丹说道。

"你用的总数是什么？"纹问道，"是军队的总人数，还是以前未曾进入过迷雾里的人？"

"前者。"

"有后者的数字吗？"纹问道。

"有的，贵女。"诺丹说道，"皇帝想要精密计算哪些士兵会受影响。"

"用那个数字再算一次。"纹说道，瞥向依蓝德。他似乎饶富兴味。

"你想知道什么，纹？"他趁诺丹跟他手下工作时问道。

"我……不确定。"纹说道。

"数字用来推算普遍性状况是很有用的。"依蓝德说道，"可是我不知道——"他话没说完，就看到诺丹抬起头，歪着脖子，自言自语了一番。

"怎么了？"纹问道。

"抱歉，贵女。"诺丹说道，"我只是有点讶异。这个计算的数字很巧，正好是百分之十六的士兵生病。"

"这是巧合，诺丹。"依蓝德说道，"计算出很精准的数字并没有那么奇怪。"

灰烬扫过甲板。"是的。"诺丹说道，"您说得没错，陛下。只是巧合而已。"

"检查你的笔记本。"纹说道，"找出其他得病的人的比例。"

"纹。"依蓝德开口，"我不是统计学家，但在研究时也用过数字，有时候自然迹象会创造看来奇异的结果，但统计的混乱其实最后会产生常态的分布。也许我们的数字是一个准确的百分比这件事看来奇怪，但统计学上经常如此。"

"十六。"诺丹抬起头说道，"又是刚好整数，不多不少。"

依蓝德皱眉，走到笔记本边。

"第三笔资料不是整数。"诺丹说道，"但那是因为基数不是二十五的倍数。毕竟不可能有半个人生病。可是这群人中的病患数量差一人即为百分之十六整。"

依蓝德跪下，无视于自从上次清扫后又重新堆积在甲板上的灰烬。纹越过他的肩膀浏览着数字。

"和平均年龄有关，"诺丹边写边说，"他们住哪里也没有影响。每笔资料的发病人数比例都一致。"

"我们之前怎么没注意过！"依蓝德问道。

"其实我们算是有。"诺丹说，"我们知道每二十五人中大概有四人会生病，但我从来没发现这些数字有多精准。这真的很奇怪，阁下。我觉得没有别种疾病会造成同样结果。您看，这里有一笔资料是一百名士兵被派入迷雾中，正好十六个人生病！"

依蓝德满脸忧色。

"怎么了？"纹问道。

"这是不对的。"依蓝德说道，"非常不对。"

"就像是统计的随机性荡然无存。"诺丹说道，"一个族群永远不可能有如此精准的数字，应该存在随机性的影响，采样数越少，结果就该越偏离预期中的百分比。"

"至少，这个病症影响的老人跟年轻人比例应该不一样。"依蓝德说道。

"是的。"诺丹说道，一名助手递给他进一步计算用的纸，"死亡反应的方式一如预期，但生病的人数总是百分之十六！我们专注于到底死了多少人，却没注意到因此受创的人数比例有多不自然。"

依蓝德站起身。"去查清楚，诺丹。"他朝笔记本挥手，"去问话，确保数字没被灭绝更改过，然后去看看这个倾向是否正确。我们不能只靠四五个样本就贸然肯定。可能这只是巧合而已。"

"是的，陛下。"诺丹神色有点惊慌，"可是……如果不是巧合呢？那代表什么意义？"

"我不知道。"依蓝德说道。

行动带来后果，纹心想。即使我们不理解，律法仍然存在。

十六。为什么是百分之十六？

在井边找到的金属珠——能让人类成为镕金术师的珠子——正是过去的镕金术师们较为强大的原因。第一代的迷雾之子一如依蓝德，拥有原生的力量，之后随着贵族血统传承，每一代越发稀薄。

统御主是古代的镕金术师之一，他的力量不受时间与血统稀释。这就是为什么他比别的镕金术师强大许多，而他融合藏金术与镕金术的能力更创造出许多惊人的技巧。不过，我觉得最有意思的是他的"神力"之一——他最根本的镕金术力量——其实和当初那九名镕金术师所拥有的一样。

22

沙赛德坐在海司辛深坑一栋状态比较好的屋子里——这里原本是座警卫室——手中捧着一杯热茶。泰瑞司长老们坐在他的对面，一个小暖炉提供暖意。隔天，沙赛德就要离开去跟葛拉道与微风会面，而他们现在已经在前往邬都途中。

阳光渐渐微弱。迷雾已经来临，悬挂在玻璃窗外。沙赛德勉强可以看到外头黑色地表上的凹陷，泥土中的裂缝。上面有几十道裂缝，泰瑞司人在旁边架起栅栏、标出位置。几年前，在卡西尔摧毁天金晶洞之前，人们被迫要爬到裂缝里面，寻找中间还有天金珠的晶石。

任何在一周内没有找到至少一粒晶石的奴隶会被处死。应该有上百,甚至上千具尸体卡在地下,无声无息地消失在深暗的洞穴里。

多可怕的地方,沙赛德心想,不忍地移开视线。一名年轻的泰瑞司妇女将百叶窗拉起。他面前的桌上摊着几本笔记本,列出泰瑞司人民的资源、花费、需求。

"我记得我建议过将这些数字刻在金属片上。"沙赛德说道。

"是的,守护者大人。"一名年迈的侍从官说道,"我们每天晚上都会将重要的数字刻在金属片上,然后每个礼拜跟记录簿对照,确定没有改变。"

"这样很好。"沙赛德说道,翻阅怀中的一本记录,"那公共卫生呢?我上次来之后,你们处理了吗?"

"是的,守护者大人。"另一人说道,"我们挖掘了更多粪坑,虽然现在一时还用不到。"

"可能还会有难民。"沙赛德说道,"如果有必要,我希望你们能照顾更多的人——但是请你们了解,这些只是建议,不是命令。我自认没有命令你们的权力。"

一群侍从官交换了眼神。沙赛德跟他们相处的时候忙到没空沉浸于忧郁的思绪里,他得确保他们有足够的补给品,跟陆沙德的潘洛德维持通畅的联系,还得建立起解决内部纠纷的体制。

"守护者大人。"一名长者终于开口,"这次您会待多久?"

"我必须一早就启程。"沙赛德说道,"我只是来探视你们的需要。如今生存不易,所以我担心你们会被陆沙德的人遗忘。"

"我们很好,守护者大人。"另一人说道。他是长者中最年轻的,比沙赛德年轻几岁。这里大多数的人都远比他更年长,更睿智。他们居然寻求他的指示,这样似乎很不对。

"您真的不考虑跟我们在一起吗,守护者大人?"另一人说道,"我们不缺食物或土地，可是我们缺少领导者。"

"我认为泰瑞司人民已经被压迫够久了。"沙赛德说道，"你们不需要新的暴君。"

"不是暴君。"一人说道，"是我们自己的一员。"

"统御主曾是我们的一员。"沙赛德低声说道。

所有人低下头。统御主居然是泰瑞司人这件事是他们全族的耻辱。

"我们需要有人来领导我们。"一人说道，"即便是统御主时代，他也不是我们的领导者。我们一直仰赖守护者席诺德。"

守护者席诺德，沙赛德隶属的秘密议会组织，数世纪以来都带领着泰瑞司人民，确保藏金术能继续流传，即使统御主努力想要将传承这个力量的血统完全移除。

"守护者大人。"维迪路，长者中最资深的一人开口。

"什么事，维迪路先生？"

"您未佩戴您的红铜意识库。"

沙赛德低头。他没想到原来在袍子下没有戴金属护腕有这么明显。"在我的背包里。"

"我觉得很奇怪，您在统御主的时期如此努力，总是罔顾危险，秘密佩戴金属意识库。可是如今能随心所欲之后，却将它们放在背包里。"维迪路说道。

沙赛德摇摇头："我成不了你们需要的人。现在不行。"

"您是守护者。"

"我是他们之中位阶最低的。"沙赛德说道，"我既是叛徒，也是被放逐之人。他们不允许我再次出现在他们面前。我最后一次离开塔辛文时，身负耻辱，老百姓在家里都暗自诅咒我。"

"现在他们祝福您，沙赛德大人。"其中一人说道。

"我不配。"

179

"无论配或不配，我们只有您了。"

"那我们这一族远远比外表看起来还更贫瘠。"

房间陷入沉默。

"我来此还有一个原因，维迪路先生。"沙赛德抬起头说道，"告诉我，你的人民最近有……死于非命吗？"

"什么？"年迈的泰瑞司人说道。

"被迷雾杀害。"沙赛德说道，"只要在白天走入迷雾，便会死去。"

"那是司卡之间以讹传讹而已。"一人鄙夷地说道，"迷雾毫不危险。"

"噢，"沙赛德小心翼翼地说道，"所以迷雾还没有退却时，你们已经派人去耕作了？"

"当然。"年轻的泰瑞司人说道，"白白浪费那些日光太愚蠢了。"

沙赛德发现好奇心很难不被那句话挑起。泰瑞司人不受白天的迷雾影响。

两者之间的关联是什么？

他试图想要调动足够的脑力来思考这件事，却被自己的冷漠阻碍。他只想躲到一个没有人对他有任何期待的地方，不需要解决世界的任何问题，甚至不需要处理自己的宗教危机。

他几乎要这么做了。可是，他心底的某个小角落，从过去留下来的火花，拒绝就这么放弃。他至少会继续他的研究，会去完成依蓝德跟纹对他的请托。那不是他能做的一切，他不会满足这些坐在这里，带着渴求看着他的泰瑞司同胞。

可是，在目前，这是沙赛德唯一能提供的。他知道，留在深坑意味着投降。他需要继续行动，继续工作。

"对不起。"他对那些人说，将笔记本放在一旁，"但现在必须如此。"

迷雾之子

卷三·永世英雄 [珍藏版]

在卡西尔早期的计划中，我记得他的"第十一金属"让我们所有人都很困惑。他宣称有一种神秘的金属能杀死统御主，而卡西尔本人透过周密的研究找到了那种金属。

没有人知道卡西尔从海司辛深坑逃脱到返回陆沙德的数年之中到底去了哪里，做了什么。当有人追问时，他只说他去了"西方"。在他的流浪生涯中，甚至发现了没有任何守护者听过的故事。大多数集团成员都不知该如何看待他提到的传说。这可能是让他最老的朋友都开始质疑他领导能力的起因。

23

东方大地，靠近碎石砂砾的荒野，有一名小男孩倒在司卡小屋旁的地上。那是崩解前的好多年，统御主还活着之时的事。这个男孩并不知道这些事。他只是个肮脏、邋遢的小东西，像最后帝国里的大多数司卡小孩一样，小到还不能去矿坑工作，大多数时间逃离母亲的管束，跟一群在干燥脏污的街道上捡拾破烂的孩子们跑来跑去。

鬼影已经不是十年前那个孩子了。他知道他正在妄想，伤口的高烧让他一时清醒，一时昏迷，过去的梦境充斥着他的意识。他允许它们随意来去，集中精神需要太多力气。

他记得那天跌倒在地时的感觉。一名高大的男子站在鬼影前方——那时所有人跟鬼影比起来都很高大——皮肤上沾满矿工的灰尘泥土。男子往鬼影身旁的地上啐了一口，然后转身面向房间里的其他司卡。那里人很多。其中一人在哭泣，眼泪在她的脸颊上留下干净的线条，洗去灰尘。

"好了。"壮汉说道，"我们逮到他了。然后呢？"

所有人面面相觑。一人静静地关上小屋的门，挡住外面的红色阳光。

"只有一个办法。"另一人说道，"把他送出去。"

鬼影抬头。他迎向哭泣女人的双眼。她别过头。"是哪的干吗？" 鬼影质问。

壮汉又啐了一口，靴子踩在鬼影的脖子上，将他推倒在粗糙的木板地上："你不该让他跟那些街头帮派混的，玛吉。该死的小鬼讲话几乎没人听得懂。"

"我们就这样把他交出去？"另一人说道，"如果他们觉得我们也像他那样呢？他们可能会把我们全处死！我看过这种事，你把一个人交出去，然后那些……东西就来寻找所有认识他的人。"

"他那种问题可能是会连坐。"另一人说道。

房间安静下来。他们都知道男孩家人的事。

"他们会把我们全杀了。"害怕的男子说道，"你知道他们会的！我看过他们，那些眼睛里有刺的东西，他们根本就是死灵啊。"

"我们不能让他乱跑。"另一人说道，"他们会发现他是什么东西。"

"只有一个方法。"壮汉说道，更用力地踩着鬼影的脖子。

鬼影眼中所能看到的在房间里的人，全都严肃地点点头。他们不能把他交出去，也不能放走他，但不会有人注意到少了一个司卡小鬼。不会有审判者或圣务官多问关于死在街头的小孩的事。司卡随时都会死。

这就是最后帝国。

"父亲。"鬼影低声说道。

脚跟踩得更用力。"你不是我儿子！我的儿子进入迷雾后就再也没出来。你一定是雾魅！"

鬼影想要反驳，但他的脖子被压得太重。他无法呼吸，更无法说话。房间开始变黑，但是，他的耳朵，比普通人的听觉要敏锐太多，拥有他无法理解的能力的耳朵,听到了某个声音。

钱币。

脖子上的压力变轻,他终于能挣扎着呼吸,视线也开始聚焦,而撒在他面前的地上的,是一把美丽的红铜钱币。司卡的工作没有钱可拿,矿工得到的是几乎不足以活命的物资,可是鬼影看过贵族间偶尔会有钱币易手。他曾经认识一名男孩,在街道的灰烬中找到一枚被遗失的钱币。

另一名更壮硕的男孩为此杀了他。然后当那男孩试图要花钱时,又被一名贵族杀死。鬼影认为没有司卡会想要钱币,钱币太危险,也太宝贵。可是,房间中的每只眼睛都盯着撒落一地的财富。

"这一袋钱换那个男孩。"一个声音说道。人群纷纷让路,一名坐在房间后方的男人现身。他甚至没有看鬼影,只是坐在那边静静地吃着稀粥。他的脸孔纠结扭曲,像是在太阳下曝晒太久的皮革。"怎么样?"男人边吃边问。

"你去哪弄来这种钱的?"鬼影的父亲质问。

"与你无关。"

"我们不能放走这小孩。"一名司卡说道,"他会背叛我们!一旦他们抓到他,小鬼会出卖我们!"

"他们不会逮到他的。"纠结脸男人说道,又吃了一口食物,"他会跟我一起在陆沙德。况且,如果你们不让他离开,我绝对会向圣务官告发你们的事。"他停顿片刻,放下汤匙,冷硬地瞥向众人。"除非你们也打算杀了我。"

鬼影的父亲终于将脚跟从他的脖子上移开,踏向陌生人。可是,鬼影的母亲抓住她丈夫的手臂。"不要,杰戴。"她轻声说道,但没有轻到能逃过鬼影敏锐的耳朵。

"他会杀了你。"

"他是个叛徒。"鬼影的父亲啐了一口,"统御主军队的仆人。"

MISTBORN: THE HERO OF AGES

"他带了钱来,拿钱绝对比杀了这孩子好。"

鬼影的父亲低头看着女人:"是你!你叫你哥哥来的。你知道他会想要把这孩子接走!"

鬼影的母亲别过头。

脸孔纠结的男子终于放下汤匙,站起身。人们紧张地从他的椅子边退开。他用明显的跛脚走过房间。

"来吧,小子。"他说道,开门时连看都没看鬼影一眼。

鬼影缓慢、迟疑地站起身。他一面后退,一面瞥向父母。杰戴弯下腰,终于开始拾起钱币。玛吉迎向鬼影的双眼,然后别过头。我只能为你做这些,她的姿势似乎如此说道。

鬼影转身,揉揉脖子,跟在陌生人身后冲入红色阳光中。年长的男子一拐一拐地走着,手中拄着拐杖,边走边瞅着鬼影。

"你有名字吗,小子?"

鬼影想开口,又停了下来。他的旧名字似乎不能用了。"雷司提波恩。"他终于说道。

老人连眼睛都没多眨一下。之后,卡西尔会觉得雷司提波恩太难念了,给他取名为"鬼影"。鬼影一直都不知道歪脚懂不懂东方街头俚语。即便他知道,鬼影怀疑他也不了解自己这么取的意义。

雷司提波恩。留是地播人。

街头俚语的意思是"我被遗弃了"。

如今我相信,卡西尔关于"第十一金属"的故事、传说、预言都是灭绝编造出来的。卡西尔正在找杀死统御主的方式,而行事向来诡谲的灭绝提供了方法。

这秘密的确事关重大。卡西尔的第十一金属提供了打败统御主需要的线索。然而，即便如此，我们仍然被利用了。统御主知道灭绝的目的，绝对不会将他从升华之井中放出，所以灭绝需要别的傀儡，而在这件事能发生之前，统御主必须先死。就连我们最伟大的胜利，都是灭绝用诡谲的手法所塑造出来的。

24

许多天后，密兰的话仍然让坦迅的良心不安。

你宣告了可怕的消息，然后就要我们自行解决？在它被囚禁的一年中，这个决定似乎是简单的。坦迅会在大会上指控，传达讯息，然后接受应得的惩罚。

可是，如今奇特的是，被囚禁一辈子似乎变成了一种逃避。如果它让自己这样被关起来，那跟初代有何不同？它仍然逃避问题，满足于被囚禁，知道外面的世界不再是它的问题。

笨蛋，它心想。你会被永远囚禁，除非坎得拉被全数毁灭，或者你活活饿死。这可不是简单的逃避！你接受惩罚就是在做一件荣誉的事，是在遵守约定。

但因此，它会让密兰跟其他人面临危险，因为它们的领袖拒绝采取行动。更严重的是，它会让纹缺少她需要的讯息。即便在家乡，坦迅也能感觉到岩石中偶然的震动。地震还远，其他人大概都无视于它，但坦迅相当担忧。

末日可能近了。如果真是如此，那纹需要知道坎得拉的真相。它们的起源，它们的信仰。也许她能利用嘱托。可是，如果它再继续跟纹吐露事实，那就是更进一步地背叛族人。也许有人会觉得它现在的迟疑很可笑，但就目前为止，它的罪责源于一时冲动，而它在事后可以合理化自己的行为。但如果它现在选择挣脱牢笼，那便完全不同。是蓄意作案。

MISTBORN: THE HERO OF AGES

它闭上眼睛，感觉笼子的冰寒，仍然只有它一个人在大洞穴里，这地方在睡眠的时候大多没有人在。有什么意义？就算坦迅有存在的祝福，能让它在不舒适的囚禁下保持理智，却还是想不出方法逃离铁丝网笼子跟五代侍卫——它们全部都有力量的祝福。就算它能离开笼子，也需要经过几十个小洞穴，而如今的它体积这么小，根本没有可以战斗的肌肉，跑起来也不会比有力量的祝福的坎得拉快。它被困住了。

在某方面，这个想法相当让人安慰。脱逃不是它喜欢思考的事情，因为那真的不是坎得拉之道。它破坏了契约，应该获得惩罚，面对自己行为带来的后果才是维护荣誉的做法。

不是吗？

它在牢笼里改变了一下姿势。它跟真正的人类不同，赤裸的身体不会因为长期暴露而酸疼或破皮，因为它可以重新组成皮肉，移除伤口，但是被迫久坐在一个小笼子里的闷烦感却是它无能为力的。

有动静引起它的注意。坦迅转身，很讶异地看到法赛与几名壮硕的五代来到它的笼子前，水晶的真体在颜色与体积上都让人望而生畏。

已经是时候了？坦迅心想。有了存在的祝福，它能够清楚数出被囚禁的日子。时间还早得很啊。它皱眉，注意到其中一名五代正提着一个大袋子。有一瞬间，坦迅猜想它们是不是要把它装在袋子里拖走，并因此感到一阵恐慌。

但袋子看起来已经是满的。

它可以怀抱希望吗？离它跟密兰谈话之后已经过了好几天，虽然密兰又来看过它好几次，但彼此间都没有再交谈。它几乎都要忘记自己曾期盼对密兰说过的话会被二代的喽啰听到。法赛打开笼子，将袋子丢进来。落地时，袋子发出熟悉的声响。骨头。

"你要用这副骨架去参加审判。"法赛说道，弯下腰，透明的脸贴近坦迅的铁笼。"这是二代的命令。"

"我现在用的骨架哪里不对了？"坦迅小心翼翼地问道，将袋子拉过来，不知道该觉得耻辱还是兴奋。

"它们打算打断你的骨头作为惩罚的一部分。"法赛微笑着说道，"有点像是公开处刑，不过囚犯不会中途死亡。我知道这方法，蛮简单的，应该能在年轻的一代中留下……深刻的印象。"

坦迅的肠胃一阵纠结。坎得拉的确可以重新塑造身体，但跟任何人类一样，会感觉到敏锐的痛楚。要打断它的骨头得用上不少力气，而有存在的祝福的它不可能有昏厥这一幸运。

"我仍然不觉得有必要取得另一具身体。"坦迅边说边抽出一根骨头。

"没必要浪费好好的人骨，三代。"法赛说道，用力摔上笼子门，"我几个小时后来取回你现在的骨头。"

坦迅取出的腿骨不属于人类，而是狗的。一头壮硕的狼獒。就是一年多前坦迅回到家乡时使用的躯体。它闭上眼睛，手中握着光滑的骨头。

一个礼拜前，它说出自己有多鄙弃这些骨头，希望二代的间谍会将这消息送回主人的耳边。二代远比密兰要传统得多，但就连密兰都觉得使用狗的躯体相当不愉快，对二代而言，强迫坦迅使用动物的身体无异于一种天大的羞辱。

坦迅赌的正是这一点。

"你使用那具躯体，一定很不错。"法赛说道，站起身要离开，"当你的惩罚来临时，所有人都能看清你的真面目。毁约的绝不是坎得拉。"

坦迅赞叹地摩挲着大腿骨，听着法赛的笑声。这名五代不可能知道，它刚给了坦迅脱逃的机会。

平衡。是真的存在吗？

MISTBORN: THE HERO OF AGES

我们几乎都忘记了这一小段知识。司卡在崩解时期以前会提到，哲人们在三、四世纪时大肆讨论，但到卡西尔的时代，这个主题几乎被遗忘。

可是，是真的。司卡跟贵族之间的确有生理上的差别。当统御主改变人类让他们更能应付灰烬时，他也改变了其他事情。有一些人，也就是贵族，被创造出来时为子嗣艰难，但更高、更壮、更聪明。其他人，也就是司卡，被改变得比较矮、比较耐劳，而且多产。

改变不大，在千年的混种之后，这些差别几乎可以忽略不计。

25

"法德瑞斯。"依蓝德说道，一如往常站在驳船的船头附近。前方通往西方的宽广康道运河继续往远方蔓延，最后转向西北方。在依蓝德的左边，凹凸不平的地表缓缓攀升，形成一组陡峭的岩石结构，可以看到更远的山地走势更加险峻。

在运河不远处，有一座规模很大的城市，位于一块巨大岩石结构的正中央。暗红色与橘色的部分是较脆弱的岩石被风雨侵蚀之后的结果，大部分如尖刺般往天空高高延伸，其他则高矮参差不齐，远远看去像是矮木丛一样的屏障，有如许多巨大的积木层层叠叠，足足有三四十尺高。

依蓝德非常勉强才能看见岩石结构上方的建筑物尖端。法德瑞斯城没有正式的城墙，那是陆沙德的特权，但是城市周围高耸的岩块形成类似梯田的天然屏障。

依蓝德曾经去过那座城市。他的父亲特别带他参观过所有最后帝国的文化中心，法德瑞斯城并不是其中之一，他的目的地是彻姆戴尔——过去曾经是西方的首都。可是塞特在创造他的新王国时，略过了彻姆戴尔，选择在法德瑞斯定都。依蓝德认为这是明智的决定，法德瑞斯比较小，容易防守，而且是多条运河道的主要供应站。

"城市看起来跟我上次来时不太一样。"依蓝德说道。

"是树。"哈姆站在他身边说道,"法德瑞斯两边的岩石平台跟高地上原本都长了树。"哈姆瞥向他。"他们已经准备好迎接我们。把树砍掉就是为了创造更好的厮杀空间,也避免我们偷袭。"

依蓝德点头:"看下面。"

哈姆眯眼,显然花了一段时间才看到依蓝德锡力增强后的眼睛所注意到的事物。在城市的北方,也就是最靠近主要运河通道的那端,岩石平台跟凹槽陷下去,形成天然的峡谷。大概有二十尺宽,是进入城市的唯一道路,而守军在地面上挖了几道深深的壕沟,如今当然是有桥梁在上,但如果要通过这么狭窄的通道,军队前方会面对深坑,上方的岩石平台应该会有士兵射箭,最后还要攻占大门……

"不错嘛。"哈姆说道,"幸好他们没有把运河的水给抽干。"

他们一路往西,地势一路攀升,因此运输船队必须通过几道硕大的运河闸门。最后四道被刻意封锁,他们花了好几个小时的时间才让机械重新运行。

"他们太依赖运河。"依蓝德说道,"若他们撑过这场围城战,会需要运入补给品——如果还有补给的话。"

哈姆沉默。终于,他转身,回头望着身后的黑色运河。"阿依,我不觉得还会有多少人能依靠运河行进。"他说道,"这些船也是好不容易才来到这里,河底灰烬太多。如果我们能回家,得靠走的。"

"'如果'我们能回家?"

哈姆耸耸肩。虽然西方天气较冷,他仍然只穿着一件背心。如今依蓝德是镕金术师,他终于能了解哈姆的习惯。燃烧白镴时,依蓝德鲜少感觉到寒冷,只是听到几名士兵在今天清晨时小有抱怨。

"我不知道,阿依。"哈姆终于说道,"我只是觉得这情况好像某种天意。我们利用运河前进,运河却在身后渐渐关闭。有点像是命运试图要把我们抛弃在此。"

"哈姆,你看什么都像是天意。我们不会有事的。"依蓝德说道。

哈姆耸耸肩。

"把军队组织起来。"依蓝德指着前方说道,"我们在那边的湾岸停靠,然后在平原上扎营。"

哈姆点点头,可是,他仍然回头望着。望向被他们遗留在身后的陆沙德。

他们不怕雾了,依蓝德心想,望向通往法德瑞斯门口的岩石结构。上面有篝火燃烧,点亮夜晚。这些火光往往徒劳无功,只是彰显人们对迷雾的恐惧,但面前这些火焰似乎不同,像是警告,也是大胆自信的宣言,烧得明亮、热烈,仿佛悬浮在空中。

依蓝德转身,走入点亮的指挥帐,里面一小群人正坐着等他。哈姆、塞特,还有纹。德穆不在,仍然尚未从迷雾病中康复。

我们人手太少,依蓝德心想。鬼影跟微风在北方,潘洛德在陆沙德,柔皮看守东方的储藏窟……

"开始吧。"依蓝德说道,让帐门在身后落下,"看样子他们在那里守得蛮好的。"

"探子回报了,阿依。"哈姆说道,"我们猜约有两万五千名守军。"

"没有我想的多。"依蓝德说道。

"尤门那混蛋控制了我的王国的其他部分。"塞特说道,"如果他把所有军队都带入首都,其他城市会暴乱的。"

"什么?"纹问道,声音中带着笑意,"你认为他们会反抗,回到你那边?"

"不。"塞特说道,"他们会反抗,将王国占为己有!事情都是这样。如今统御主不在了,每个小贵族或圣务官,只要尝过半点权力的滋味,都认为自己能称王称霸。他妈的,我试过,你也是。"

"我们成功了。"哈姆指出。

"尤门王也成功了。"依蓝德双手抱胸,"自从塞特前往陆沙德之后,他就一直保有自己的王国。"

"我根本是被他赶出去的。"塞特承认,"我还没去陆沙德时,城里半数的贵族已经蠢蠢欲动,我表面上说是留他看守,但我们都知道事实。他很聪明,聪明到知道自己能够守住城市,抵挡更大的军队,同时让他将军队分散在王国中的各处,降低了被围城的风险,不需担忧补给品的问题。"

"很可惜,塞特可能说得对。"哈姆说道,"我们最初的情报是认为尤门的军队大概有八万人。他不可能不在附近安插几支机动军队,不这么做实在太蠢。我们得小心偷袭。"

"守卫加强一倍,巡逻队加强两倍。"依蓝德说道,"尤其是清晨,那时候的晨雾会阻碍视线,但至少太阳已经升起,会更为明亮。"

哈姆点点头。

"还有,命令士兵在迷雾出来时留在帐篷里。"依蓝德深思地说道,"同时要他们准备面对偷袭。如果尤门认为我们不敢出来,也许我们可以将计就计。"

"聪明。"哈姆说道。

"不过这没办法让我们跨过这些天然屏障。"依蓝德交叠手臂说道,"塞特,你说呢?"

"守住运河。"塞特说道,"派士兵去上层的岩块上,确保尤门没有其他偷运物资进去的方法,然后离开。"

"什么?"哈姆讶异地问道。

依蓝德端详塞特,试图想了解他的意思。"攻击附近的城市?在这里留一支军队,足以在对方突围时反击,同时去征服这块领地的其他区域?"

塞特点点头。"这附近的其他城市多半没有防御工事,用不了多少工夫就会投降。"

"好主意。"依蓝德说道,"可是我们不能这么做。"

"为什么？"塞特问道。

"这不只是为了征服你的家乡，塞特。"依蓝德说道，"我们来此的主要原因是要掌握储藏窟，我希望不用沦落到靠劫掠附近城市来达成这一点。"

塞特嗤之以鼻："你以为在里面会找到什么？某种阻止灰烬的魔法？就连天金都办不到。"

"里面有东西。"依蓝德说道，"那是我们唯一的希望。"

塞特摇摇头："你这一年来都在追逐统御主留下的谜团，依蓝德。你有没有想过，那人会不会喜欢耍着人玩？根本没有秘密，也没有解套的魔法。如果接下来的数年想要活下去，只有靠我们自己，意思就是要掌握西方统御区，这一区的高地代表帝国中地势最高的农地，而海拔高则代表更靠近太阳，如果要找到能在晨雾下能存活的农作物，一定是在这里。"

这些论点都很有力。可是我不能放弃，依蓝德心想。还不行。依蓝德读过陆沙德的物资库存报告，也看了预估数字。灰烬杀死农作物的速度远超过迷雾，更多土地也救不了他的人民。他们需要不同的方法，他希望，统御主留给了他这个方法。

统御主不恨自己的人民，即便他被打败，也不会希望他们死光。他留下食物、水、补给品，而如果他知道秘密，就一定会储存在库藏中。那里面有东西。

一定有。

"储藏窟依然是我们的主要目标。"依蓝德说道。他可以看到一旁的纹露出微笑。

"好吧。"塞特叹口气说道，"你知道我们该怎么办。围城可能会花上一阵子。"

依蓝德点点头："哈姆，派工兵趁迷雾时出发，找方法绕开那些壕沟，也叫探子在附近找找有没有能流入城市的小溪。塞特，也许你能帮点忙,一旦我们派间谍进入城市,叫他们找出可以破坏的粮仓。"

"很好的开始。"塞特说道,"当然,要让城市陷入混乱有很好的方法,甚至可以让他们不战而降……"

"我们不会暗杀尤门王。"依蓝德说道。

"为什么?"塞特质问,"我们有两名迷雾之子,要杀死法德瑞斯的统治者简直太容易了。"

"这不是我们做事的方法。"哈姆说道,脸色变得难看。

"哦?"塞特问道,"我们合作之前,纹不也把我的军队挖了个大洞,还攻击了我。"

"那时不同。"哈姆说道。

依蓝德打断他们:"不,其实没有不同。我们不会去刺杀尤门的原因,是因为我想先尝试外交手段。"

"外交手段?"塞特问道,"我们不是刚带了四万大军准备攻击他的城市吗?这可算不上外交。"

"没错。"依蓝德点点头,"但我们还没攻击。如今我本人前来,倒不如先开始谈判,然后再派兵。也许我们能说服尤门王,结盟比战争好。"

"如果我们结盟,我要不回我的城市。"塞特在椅子上往前靠。

"我知道。"依蓝德说道。

塞特皱眉。

"你忘了自己是什么人了,塞特。"依蓝德说道,"我们没有'合作'。你跪在我面前,发誓效忠以交换我不杀你的承诺。如今,我感谢你的忠诚,也会将一个从属王国交给你统治,但是,你无权挑选我赐给你的王国,也无权挑选时间。"

塞特目瞪口呆地坐在原处,一手放在他麻痹无用的双腿上。最后,他咧嘴笑了。"他妈的,小子,你这一年来变得挺多的嘛。"

"每个人都喜欢这样跟我说。"依蓝德说道,"纹,你能溜进去吗?"

她挑起眉毛:"我希望你不是真的有这种疑问。"

MISTBORN: THE HERO OF AGES

"我只是想表现得有礼貌一点。"依蓝德说道,"我需要你帮我做些斥候的工作。我们之前把所有精力都放在邹都跟南方,对于这个统御区里面最近发生的事情简直是一无所知。"

纹耸耸肩:"我可以去看看。但是不知道你希望我找出什么。"

"塞特。"依蓝德转身问道,"我需要名字。情报贩子,以及可能仍对你忠诚的贵族。"

"贵族?"塞特好笑地问道,"忠诚?"

依蓝德翻翻白眼:"那换成能够卖点情报给我们的人,怎么样?"

"当然。"塞特说道,"我写几个名字跟地址给你,如果他们仍住在城市里,他老子的,如果他们还活着。这年头,这种事都说不准。"

依蓝德点点头:"我们必须获得更多信息才能进行下一步行动。哈姆,确保士兵们做好驻扎的防御工事,用德穆教过他们的野地驻扎技术。塞特,去监督侍卫巡逻队的组织情况,让我们的锡眼们保持警觉,小心警戒。纹会去城里刺探军情,看看能不能像在邹都时那样溜进去。如果我们知道里面有什么,就可以判断该不该去征服城市。"

集团中的成员纷纷点头,明白会议结束了。离开时,依蓝德走回迷雾中,看着远方岩石平台上方燃烧的遥远篝火。

纹如叹息般静悄悄地来到他的身侧,眼光跟随他的目光。她站在原地片刻,然后瞥向一旁,有两名士兵正要进入帐篷,把塞特抱走。她的双眼不满地眯起。

"我知道。"依蓝德轻声说道,知道她又想到塞特的事,还有他对依蓝德的影响。

"你没有否认你可能会选择暗杀。"纹低声说道。

"希望不会变成这样。"

"如果会呢?"

"那我会做出对帝国最好的决定。"

纹沉默片刻,然后抬头看着上方的火焰。

"我可以跟你一起去。"依蓝德提议。

她微笑，吻了吻他。"抱歉，但你太吵了。"她说道。

"拜托，我没有那么糟糕吧。"

"当然有。"纹说道，"而且你有味道。"

"哦？"他好笑地问道，"我闻起来像什么？"

"皇帝。锡眼几秒钟就能看出来。"

依蓝德挑起眉毛："原来如此。你不也一样？"

"我当然有。"纹皱着鼻子说道，"可是我知道要怎么处理它。无论如何，你没有厉害到能跟我一起去，依蓝德。很抱歉。"

依蓝德微笑。亲爱的，直率的纹。

在他身后，士兵们抱着塞特离开帐篷，一名勤务兵走上前来，递上可能愿意提供情报的贵族与情报贩子名单。依蓝德将名单交给纹。"好好去玩。"他说道。

她在两人间抛下一枚钱币，再次吻他，然后冲入夜空。

我现在才开始了解统御主的文化整合有多么精妙。他长生不老，而且在帝国中拥有至高无上权力的优点之一，就是他能直接有效地影响最后帝国的发展。

他从不同文化中撷取了不同元素移植入他全新、"完美"的社会。例如，克雷尼恩建筑师的建筑技巧出现在世家大族的堡垒。克雷尼恩的时尚流行——男士穿套装，女士穿礼服，是统御主选择借用的另外一个元素。

我想，虽然他憎恨艾兰迪所属的克雷尼恩人民，但内心是深深倾慕他们的。当时的泰瑞司是乡野游牧民族，克雷尼恩则是文化灿烂的

MISTBORN: THE HERO OF AGES

礼仪之邦。无论有多讽刺,拉刹克的新帝国高度模仿了他憎恨的人民的文化。

26

鬼影站在只有一个房间的密屋里。这房间当然是非法的。公民禁止这种东西的存在,因为住在这里的人可以不对任何人负责,不受人观察。幸好,禁令无法阻绝这种东西的存在。

只是让这种房子更昂贵而已。

鬼影的运气很好。他几乎记不得自己是怎么从燃烧的建筑物上跳下,手中还握着六个镕金金属瓶,边咳嗽,边流血,记不得怎么回到自己的密屋。他应该死了。就算没有被烧死,他也可能被出卖。如果这家非法小旅社的老板发现鬼影是什么样的人,从哪里逃出来,奖金的诱惑必定令人难以抗拒。

可是鬼影活了下来。也许密屋中的其他盗贼认为他被抢了,或者他们根本漠不关心。无论如何,他都还站在房间前方的小镜子前,脱下了上衣,不可置信地看着自己的伤口。

我还活着,他心想。而且……觉得蛮不错的。

他伸展四肢,转着手臂。这伤口的痛楚远少于应有的程度,在阴暗的光线下,他可以看到刀伤如今已经结痂,开始愈合。白镴在他的腹部中燃烧,与熟悉的锡火一同奏出美丽的和谐乐章。

它是不该存在的东西。在镕金术中,不是拥有基本的八种力量之一,就是拥有全部十四种,单有或全有,永远不会只有两种。可是鬼影尝试燃烧别种金属时,毫无效果。不知如何,他只得到白镴来搭配他的锡。虽然这件事够令人讶异,但还有一件更重要的事盘踞在他心头。

他看见了卡西尔的灵魂。幸存者回来了,还在鬼影面前现身。

鬼影不知道该如何反应。他不是有信仰的人,可是……一个死人,或是被他人称之为神的人，出现在他面前，救了他一命。他担心那是幻觉。可如果真是幻觉，他又是如何取得白镴的力量？

他摇摇头，手伸向绷带，却因为镜子里面的东西而停下动作。他上前一步，仰赖外面的星光提供足够的照明。靠着敏锐到极致的感官，他轻易就看到肩膀的皮肤上的一小点金属，只探出些许的小头。

那个人的剑尖，鬼影想道，就是刺伤我的那把剑。剑断了，但末端一定是卡在了我的皮肤中。他一咬牙，准备要将剑尖拔出。

"不要。"卡西尔说道，"别动，它就像你身上的伤口一样，都是存活下来的证明。"

鬼影一惊。他环顾四周，这次没有人影。只有声音。可是他很确定他听见了。

"卡西尔？"他迟疑地问道。

没有回答。

我要发疯了吗？鬼影心想。还是……如同幸存者教会的教义？卡西尔会不会已经成为某种更伟大、守护信众的存在？如果是如此，卡西尔一直照看着他吗？这总让人觉得有点……不安。不过，如果这为他带来白镴的力量，那他又有什么好抱怨的？

鬼影转身，穿上衬衫，再次伸展手臂。他需要更多信息。他昏迷多久了？魁利恩在做什么？集团中有别人来了吗？

他暂时先不去想他的奇异体验，从房间溜了出去，进入阴暗的街道。以密屋的标准而言，他的这一间并没有多了不起，只不过是一条贫民窟小巷弄的墙后所隐藏的暗房。可是，总胜过于住在如今他身旁的这些，位于阴暗、迷雾满布的城市中的拥挤综合屋里。

公民喜欢假装他的小乌托邦里一切完美，可是鬼影一点也不讶异地发现这里其实和所有城市一样，自然也有贫民窟。邬都有许多人不喜欢住在可以被公民监控的区域，因此居住在一个称之为劳难的区域，那里是一条特别拥挤的运河，远离所有的主要河道。

MISTBORN: THE HERO OF AGES

　　劳难区里杂乱地挤着木头、布料、人的身体。小屋靠着小屋,建筑物危险地倚靠在岩石与大地上,交相倾叠,沿着运河的石墙,朝黑暗的天空攀爬。某些地方,有人睡觉时只用一片绑在两块漂流木之间的肮脏布料遮蔽,上千年来对迷雾的恐惧也屈服于现实。

　　鬼影轻巧地爬下拥挤的运河中。有些成堆的建筑物堆得又高又宽,对下方的人来说天空只剩下窄窄的一线,世界黑得如同子夜般,除了鬼影这样的人外,谁都看不清四周。

　　也许这团混乱正是公民没有造访劳难区的原因,或者他只是想等到对王国的掌握更稳定后,再来一举清除他们。无论如何,他严格的社会搭配创造出来的贫困生活,造成一种奇特、公开的夜间文化。统御主派人在街道上巡逻,禁止夜游,可是公民表示迷雾属于卡西尔,因此他不能禁止人民进入迷雾。在鬼影的经验中,邬都是第一个可以在半夜时找到一间还开着的小酒馆供应饮料的城市。他走入酒馆,披风拉得紧紧的。这里没有正式的酒吧,只有一群身上脏污的男子围绕着地上的篝火围坐,其他人则坐在角落的板凳或箱子上。鬼影找到一个空箱子,坐了下来。

　　然后,他闭上眼睛,开始聆听,筛选进入耳里的对话。当然所有人的话他都听得见,就算戴着耳塞也一样。当锡眼的要诀不是能听到什么,而是能忽略什么。

　　脚步声在他附近响起,他睁开眼睛。一名男子身着缝了十几个不同扣环与铁链的长裤,在鬼影面前停下,重重地往地上放了一个瓶子。"大家都得喝。"那人说道,"我得付钱才能经营这里,不准有人进来干坐。"

　　"你有什么?"鬼影问道。

　　酒保踢踢瓶子:"泛图尔氏五十年陈年精酿,以前一瓶要六百盒金。"

　　鬼影微笑,掏出一枚佩币,这是公民所铸造的钱币,等同一枚铜夹币。经济崩塌还有公民对奢侈品的反感让一瓶过去数百盒金的酒,如今几乎一钱不值。

"三枚一瓶。"酒保说道，伸出手。

鬼影又掏出两枚钱币。酒保将瓶子留在地上，鬼影只好自己将它拿起。没人给他开酒器或杯子，想来需要额外付费，不过这瓶酒的酒塞倒是比酒瓶口要凸起几寸。鬼影打量了两眼。

说不定……

他的白镴在延烧，不像他的锡是不断骤烧。他烧白镴的原因只是为了要帮助他应付痛楚跟疲累，这效用好到他一路走来酒吧几乎忘记自己有伤口。他让白镴烧得更旺一点后，伤口的痛楚完全消失。然后，鬼影捏着瓶塞用力一扯，几乎毫不费劲，就让瓶塞躺在掌心。

鬼影将瓶塞抛在一旁。我觉得我会喜欢这个能力，他带着微笑心想。

他拿着酒瓶直接喝了一口，寻找有意思的对话。他被派来邬都是为了搜集情报，如果一直躺在床上，显然不会对依蓝德和其他人有什么帮助。房间中有十几对窃窃私语正在进行，大多数都忿忿不平。这里不会找到多少对政府忠诚的人，这正是鬼影找来劳难区的理由。

"他们说他要把币制给废掉。"一个人在篝火边说道，"他计划要把所有钱币搜集起来，存在他的国库。"

"这太蠢了。"另一个声音回答，"钱币都是他自己铸造的，现在为什么要收回去？"

"这是真的。"第一个声音说道，"我亲耳听到他谈论此事。他说人不该仰赖钱币，我们应该共同拥有一切，不需要买卖。"

"统御主也从来没让司卡拥有过钱币。"另一个声音抱怨，"魁利恩这家伙掌权越久，行事越像被幸存者杀掉的那个鼠辈。"

鬼影挑起一边眉毛，又喝了一口酒。杀死统御主的是纹，不是卡西尔。可是邬都离陆沙德有好一段距离，大概好几个礼拜以后才知道统御主丧命。鬼影换了另一个对话，寻找最低声的交谈。在两名坐在地板角落共享一瓶好酒的男人之间,他找到他想听的内容。

"他现在把大多数人都登记在案了,"第一人说道,"还不止如此。他有那些书记,那些血统专家,他们不断问问题,质询邻居跟朋友,试图寻找所有五代之中有贵族血统的人。"

"可是他只杀两代内有贵族血统的人。"

"会有新的部门。"另一个声音低语,"任何五代内都血统纯正的人,可以在政府里面工作。其他人则不行。如果有谁能帮一些人隐藏过去的某些事情,其中大有赚头。"

嗯,鬼影心想,喝了一口酒。奇特的是,酒精对他没多少影响。是白镴,他意识到这点。白镴增强我的身体,让我对伤口与痛楚更有抵抗力,可能也能避免酒醉?

他微笑。可是没人跟他提过白镴有让人千杯不醉的优点,这种技巧一定可以拿来利用。

他将注意力转向酒吧中的其他客人,寻找有用的线索。另一个对话谈论着在矿场里工作的事。鬼影感觉到一阵冰寒的回忆。那些人讲的是煤矿,不是金矿,但抱怨内容是一样的。坍塌。危险的气体。闷热的空气与毫不理会的工头。

要不是歪脚带我走,那原本是我的人生,鬼影心想。

直至今日,他仍然不明白。歪脚为何走了这么远,一路到最后帝国遥远的极东方,拯救一名他素未谋面的侄子?陆沙德里一定有别的年轻镕金术师值得他去保护。

歪脚花了一大笔钱,在司卡严禁旅行时代,来到很远的地方,还冒着被鬼影的父亲出卖的风险,只为赢得一名街头顽童的尊敬与服从——他以前面对任何有权威的人,都是选择逃跑。

鬼影不禁心想,如果歪脚没有来接我,我会有什么样的人生?永远进不了卡西尔的团队,也许我会隐藏起镕金术,拒绝使用它,可能就进入矿坑,过着和其他司卡一样的人生。

那些人一同哀悼了几名因为坍塌而死去的朋友，听起来觉得日子跟统御主时代大同小异。他怀疑自己的人生也许就会像他们那样。他会在东方的荒凉地区，住在闷热的灰尘中，其他时间在狭窄的地方工作。

他大部分的人生似乎都像是一片灰烬，随风飞荡。他去人家要他去的地方，做他们要他做的事情。就算身为镕金术师，鬼影的人生仍然无足轻重。其他人是真正的伟人，卡西尔组织了不可能的叛变行为。纹打倒统御主。歪脚领军叛变，成为依蓝德的第一位首席将军。沙赛德是守护者，守护了积累长达数世纪的知识。微风以三寸不烂之舌与强大的安抚，推动无数人民。哈姆也是强而有力的士兵。可是鬼影，他只会看，什么都没做。

直到他跑走，留下歪脚送死的那天。

鬼影叹口气，抬起头。"我只是也想要帮忙。"他低声说道。

"你可以的。"卡西尔的声音说道，"你可以是伟大的人。就像我那样。"

鬼影一惊，环顾四周，但似乎没有别人听到那个声音，鬼影不安地坐回原位。可是他说得有道理。为什么鬼影总要如此责怪自己？没错，卡西尔没有挑选他加入集团，但幸存者如今亲自现身，将白镴的力量赐给他。

我可以帮助这个城市的人民，他心想，就像卡西尔帮助了陆沙德的居民。我可以做重要的事：让邬都加入依蓝德的王国，同时将人民的忠诚与储藏窟都交给他。

我曾经逃走过一次。我再也不需要这么做。我再也不会这么做！

酒精、霉菌、人体、灰烬的味道在空中滞留不去。鬼影可以隔着衣服感觉到身体下的木凳的所有纹路，还有人们走过建筑物时衣物的摩擦声与地面的抖动。与此同时，白镴在他体内燃烧。他骤烧白镴，让它跟锡一样强大。手中的瓶子破裂，因为他捏得太用力，虽然他已经很快放手避免它粉碎，瓶子仍然掉落到地上，而他的另一只手臂以令人眩目的速度又将瓶子接起。

鬼影眨眼，为自己的速度而赞叹不已。然后，他微笑。我需要更多白镴，他心想。

"就是他。"

鬼影全身一僵。房间中有几个对话突然停止，而他习惯嘈杂声音的耳朵突然听到诡异的宁静。他瞥向一边，刚才在谈论矿坑的人正在看着鬼影，压低声音，以为他听不到。

"我跟你说，我真的看到他被警卫刺穿。大家都以为他在火烧起来前就死了。"

这可不妙，鬼影心想。没有想到自己居然会被人记得，可是……他在城市最繁忙的市集正中央攻击了士兵。

"度恩一直在讲他的事。"那个声音继续道，"说他是幸存者集团中的一员……"

度恩，鬼影心想。所以他知道我是谁。为什么他把我的秘密到处对人说？我以为他会更谨慎。

鬼影尽量装作无所谓地站起身，然后遁入黑夜。

拉刹克发展最后帝国时，妥善利用了敌人的文化，但帝国的其他文化与克雷尼恩文化迥然不同。司卡人民的生活是以卡西族的奴隶生活为范本。泰瑞司侍从官类似兀特蓝的仆人阶级，那是拉刹克在第一世纪所征服的民族。

帝国宗教与圣务官制度，其实应该出自哈莱特的行政商业系统。那些人对于重量、尺寸、合同非常重视。统御主会将教廷搭架在他的商务系统之上，在我的看法里，显示他并不在乎信众相信什么，只在乎信众的稳定、忠诚，他们的投入可否被量化考核。

27

纹穿过黑暗的夜空。迷雾在她身边盘旋，回荡翻搅的暴风雪映着黑夜，从她身边掠过，似乎要咬她一口，却从来不贴近几寸之内，仿佛被某种气流吹走。她记得迷雾曾经贴近她的肌肤，而非被驱赶。这是逐渐发生的改变，她花了好几个月才意识过来。

她没有穿迷雾披风。在迷雾里没穿那件衣服感觉颇为奇怪，但这样反而比较方便。曾经迷雾披风的效用在于让守卫或盗贼看到她时会转身避过，但就如同友善的迷雾一样，那也属于过去，如今她只穿着黑衬衫与长裤，两者紧贴身体，将布料的翻动声减到最低。

一如往常，除了钱袋里几枚铜板跟腰侧额外的金属瓶，她身上没有任何金属。她掏出一枚包裹在布料中的铜板，铜板躺在她的掌心，那重量令人安心。她往下一抛，反推金属让它直坠入下方的岩石上；布块掩饰落地的声响，她则钢推减缓下降的力量，让自己暂时停滞在空中。

她小心翼翼地落在一个石头平台上，将钱币拉回手中，蹑手蹑脚地溜过，脚下都是松软的灰烬。不远处，一小群侍卫坐在黑夜里低声交谈，依蓝德的军营如今只是迷雾中的一小撮火光。士兵们谈着春寒，说今年似乎比往年还严重。虽然纹赤着脚，却无太大的感觉，这是白镴赋予的能力。

纹燃烧青铜，没有听到任何脉动。这些人没有燃烧金属。塞特前来陆沙德的原因之一就是他无法召集足够的镕金术师保护他免受迷雾之子的暗杀。尤门王大概也有同样的问题，所以应该不会在寒夜里派少有的镕金术师来监视敌方军队。

纹小心翼翼地溜过守卫。她不需要镕金术就能安静地行动，她跟哥哥瑞恩以前曾作为小偷溜进别人的住宅里，这方面的训练是她毕生的功课，更是依蓝德永远无法明白或学到的。他再怎么练习白镴，技巧再怎么与日俱进，也永远不会有整个童年时期都在挣扎求生所培养出来的直觉。

她溜过守卫区，再次跃入迷雾中，利用包裹好布块遮掩声音的钱币作为锚点，高高地跃过城市前方的火堆，绕往法德瑞斯的后方。大多数巡逻都会集中在城市前方，因为后方会有高耸岩石作为天然屏障。当然，那对纹来说甚至算不上不便，她很快就从数百尺的空中落到一片石墙上，再降落在城市最后方的小巷中。

她跳到屋顶上，利用镕金术的力量在街道之间快速跳跃，对城市进行初步的勘查。她很快便讶异地发现，法德瑞斯居然这么大。依蓝德称这里是"乡下小城"，所以在纹的想象中，这里不比小乡村大多少。到达之后，她开始想象这里是个处处有士兵军哨，冷寂严峻的碉堡，没想到，现实与她的想象相差甚远。

她早该知道生长于陆沙德的依蓝德会对什么是大城市这一概念。法德瑞斯够大了。纹看到了几个司卡贫民窟，几栋贵族豪宅，甚至两栋有陆沙德风格的堡垒。宏伟的石头建筑物上有典型的美丽彩绘玻璃窗，还有飞檐高耸的外墙，那绝对是城市内最显要贵族的住宅。

她降落在其中一栋堡垒附近的屋顶上。城市中大多数的建筑物都只有一两层高，这跟陆沙德偏好的高楼显然非常不同。楼房间的距离也比较宽，房子通常扁又平，而不是高挑又尖，这让堡垒看起来反而更大。堡垒为长方形，两端各自有三座尖塔，尖塔上方有白色的石雕装饰。墙上都是美丽的彩绘玻璃窗，在室内烛光的映照下，每扇都熠熠生辉。

纹蹲在低矮的屋顶上，看着在盘旋迷雾中的美丽色泽。有一瞬间，她回到几年前参与陆沙德的舞会、进行卡西尔推翻最后帝国的计划之时。当时她既紧张又没有自信，担心她找到的充满可信赖同伴与美丽宴会的新世界会在身边崩坏。某种程度来说，她担心的事的确发生了，那个世界已然消失——是她协助摧毁的。

可是在那几个月中,她很安然幸福,也许远胜过于她这一生中的任何时候。她爱依蓝德,很高兴人生进展到能称呼他为丈夫的阶段,但是她早期跟着集团成员时有某种纯真,那些跟依蓝德一起度过的舞会;有他在她的桌子边读书、假装忽略她的日子;夜晚学习镕金术的秘密生活;傍晚在歪脚店铺中的桌子旁,跟集团的人共同欢笑的时光……他们面对推翻帝国这一如此巨大的任务,却不必感觉到治理的重担,或是必须对未来负责的压力。

在王位的倾覆与世界的崩毁间,她不知何时已成长成一名女人。曾经她极端害怕改变,然后极端害怕失去依蓝德,如今她的恐惧较难以描述……变成担心自己不在以后会发生什么事。如果她找不出来自己需要的秘密,帝国的人民会遭遇如何的命运?

她不再凝视巨大的堡垒,转而反推烟囱栅门,往下跃入黑夜。参加陆沙德的舞会对她改变太大,留下一个她永远摆脱不了的副作用——她的体内有一部分对于舞蹈跟宴会的直觉反应。很久以前,她非常努力想要挣扎了解那部分的她如何能与生活中的其他部分相安无事。她仍然不确定自己知道答案。法蕾特·雷弩,她的伪装身份,究竟是纹的一部分,还是只为了达成卡西尔的计谋被创造出来的幻象?

纹越过城市,记忆防御工事的状况与守军的位置。哈姆跟德穆早晚会找到方法,指派真正的军事间谍进城,他们会需要从纹身上得到最基本的信息。她也格外留心居住状况。依蓝德原本希望城市已经岌岌可危,他的围城可以令状况更恶化,增加尤门王屈服的可能。

但她没有看到明显的挨饿或毁坏的迹象,在晚上仍然看不太出来。城市的街道没有灰烬,有许多的贵族屋子似乎都有人住。她以为有大军逼近的消息传来,贵族会是最先溜掉的一群人。

纹暗自皱眉,继续完成在城市内巡逻的工作,最后落在塞特建议的广场上。这里的豪宅之间有宽阔的庭园与修剪整齐的树木。她一面沿着街道走,一面数着。第四座。她越过大门,朝山坡上的屋子前进。

MISTBORN: THE HERO OF AGES

她不确定会找到什么。塞特离开城市毕竟已有两年,但他说这可能是最愿意提供帮助的情报贩子。一如塞特的指示,大屋后方的阳台是亮着的。纹多疑地在黑暗中多等了一下,迷雾冰冷且不友善,但能提供掩蔽。她不信任塞特,担心他仍然因为一年前在陆沙德的堡垒中的那场袭击而记恨。她充满警戒心地抛下钱币,跃入空中。

阳台上只有一个人坐着,正如塞特的描述。描述中,这个人的外号叫慢快。老人似乎借着灯光在阅读。纹皱眉,但仍然依照指示,降落在阳台的栏杆上,然后蹲在会让普通访客接近的梯子旁。

老人没有从书前抬起头,只是静静地抽着烟斗,一条厚重的毛毯盖在膝盖上。纹不确定他有没有注意到她。她清清喉咙。

"好的,好的。"老人平静地说道,"我等一下就来。"

纹歪着头,看着有浓密眉毛与雪白头发的奇特男子。他穿着贵族的套装,围着围巾,穿着镶有极大片毛领的外套,看起来对于蹲在他栏杆上的迷雾之子毫不在意。终于,老人合上书本,然后转向她:"你喜欢听故事吗,小姐?"

"什么样的故事?"

"当然是最好的故事。"老人敲着书说道,"跟怪物和传说有关的。有人说是神话,那是司卡在火堆边,低语诉说着的雾魅、鬼魂、剥灵这类的事情。"

"我没时间听故事。"纹说道。

"这年头似乎越来越少人有了。"遮篷挡去了灰烬,他似乎不在意迷雾,"我不知道他们为什么这么执着于现实世界。近来那可不是什么好地方。"

纹以青铜很快地检查了一遍,但这人什么都没燃烧。他到底在玩什么把戏?"有人跟我说你可以提供信息。"她小心翼翼地说。

"我绝对可以。"男子说道,然后微笑,瞥向她,"我有许多信息,但你大概会觉得大部分是无用的。"

"如果代价是要听故事的话，我听。"

男子轻笑："如果把听故事当成'代价'的话，那这故事一定完蛋了，年轻的小姐。你叫什么名字，谁派你来的？"

"纹·泛图尔。"纹说道，"塞特给了我你的名字。"

"啊。"男子说道，"那混蛋依然活着？"

"是的。"

"好吧，我想我可以跟老文友派来的人谈一谈。从栏杆上下来吧，你让我要头晕了。"

纹爬下栏杆，满心警戒："文友？"

"塞特是我认识的最优秀诗人之一，孩子。"慢快说道，挥手要她坐在椅子上。"在他被政治拐走之前，我们交换阅读彼此的作品长达十年。他也不喜欢故事。对他来说，一切都必须是不加掩饰的'真实'，就连他的诗也一样。这似乎是你会同意的态度。"

纹耸耸肩，坐在他示意的椅子上："大概吧。"

"我认为这件事很讽刺，但你绝对无法明白为什么。"老人微笑地说道，"你来找我有什么事？"

"我需要知道关于尤门王的事。"

"他是个好人。"

纹皱眉。

"哦？你没想到？"慢快说道，"所有你的敌人都必须是恶人？"

"不。"纹说道，回想起帝国崩解前的时光，"我最后嫁给了一个我的朋友们会称之为敌人的人。"

"嗯。那这么说好了，尤门是个杰出的人才，也是不错的国王，塞特花一辈子也赶不上他。我的老朋友矫枉过正，因此变得残暴，他没有领袖必要的细腻手腕。"

"尤门做了什么事情这么好？"纹问道。

"他让城市免于分裂。"慢快抽着烟斗说道。烟雾与盘旋的迷雾混合

MISTBORN: THE HERO OF AGES

为一。"况且，他给出了贵族跟司卡双方都想要的东西。"

"例如？"

"稳定，孩子。有一段时间里，世界动荡不安，司卡跟贵族都找不到自己的位置。社会在崩解，人民在挨饿，塞特并没有努力阻止这一切，他的奋斗都是为了保有他以杀戮换来的东西。然后，尤门上台。人们在他身上看到权威。在崩解前，是统御主的教廷在治理帝国，人民因此愿意接受圣务官为领袖。尤门立刻掌握了农庄，将食物运给他的人民，然后让工厂重新开始运作，再次打开法德瑞斯的矿场大门，也给了贵族某种一切正常的幻象。"

纹静静地坐着。以前，她可能不相信在被压迫千年后，人民还会愿意回到奴隶生涯，但如今陆沙德也发生了类似的情况。他们赶走给他们极大自由的依蓝德，让潘洛德掌权，原因是潘洛德承诺会将他们失去的东西还给他们。

"尤门是圣务官。"她说道。

"人们喜欢熟悉的东西，孩子。"

"他们被压迫。"

"总要有人领导，"老人说道，"而总要有人跟随。这是世间的道理。尤门给了人们自从崩解时期以来就渴望的东西——身份。司卡可能必须工作，可能会被打，可能会被奴役，但他们知道自己的位置。贵族可能花费时间参加舞会，但生活又有了秩序。"

"舞会？"纹问道，"世界都要结束了，尤门还在举办舞会？"

"当然。"慢快说道，长吸了一口烟，"尤门是靠着打造过去的幻象在维持统治。他将人民过去拥有的还给他们，而舞会是崩解时期前生活中很重要的一部分，就算是在法德瑞斯这样的小城市。今天晚上就有舞会在举行，就在奥瑞尔堡垒。"

"就在有大军前来围城的日子？"

"你自己才刚说这世界已经快要结束了。"老人拿烟斗指着她，"事实上,大军并不重要。况且尤门了解一件就连统御主都不明白的事情——他总会亲自参加臣子举办的舞会,借此安抚且安慰他们。考虑到这点,有军队抵达的日子,更加适合举行舞会。"

纹靠回位子,不知该作何感想。在她预期会从这城市中找到的东西里,舞会是名单上最不可能的项目。"好吧,那尤门的弱点在哪里?"她说道,"他的过去有什么我们可以利用的?个性中的弱点?应该挑哪里下手?"

慢快静静地抽着烟斗,一阵微风吹过迷雾跟灰烬,洒在他年迈的身影上。

"怎么了?"

老人吐出一口烟雾与迷雾的气息:"孩子,我刚才跟你说过,我喜欢那个人。我为什么要提供给你用来对付他的情报?"

"你是情报贩子。"纹说道,"卖情报就是你的工作。"

"我是说故事的人。"慢快纠正,"而且不是所有故事都适合每一个人。为什么我要跟会攻击我的城市、推翻我的国王的人讨论这个?"

"一旦城市属于我们,我们会给你强而有力的地位。"

慢快轻哼:"如果你觉得这种事情会引起我的兴趣,那塞特显然没跟你提多少关于我的事。"

"我们可以给你更多钱。"

"我卖的是情报,孩子,不是灵魂。"

"你不太合作。"纹如此评论。

"那告诉我,孩子,这与我何干?"他微微笑了。

纹皱眉。这一定是我去过的情报交换会面中,最奇怪的一次。

慢快抽着烟斗,似乎也没期待她的答话,甚至看起来像是觉得这次对话已经结束。

他是贵族,纹心想。他喜欢世界原本的样子。舒适。连司卡都害怕改变。

纹站起身："老头，让我来告诉你，这与你何干。因为落灰很快就会淹没你这漂亮的小城。迷雾会杀人。地震会撼动地面，灰山越来越烫。改变即将到来。很快地，就连尤门都无法忽视这一切。你们痛恨改变，我也痛恨改变，但事情不能一成不变——而这也是好的，因为当人生再无改变的时候，跟死了也没什么两样。"她转身要走。

"他们说你会阻止灰烬落下。"老人轻轻在她身后说道，"把太阳再次变黄。他们叫你幸存者继承人。永世英雄。"

纹停下脚步，转身隔着背叛了她所有期待的迷雾，看着抽着烟斗、合起书本的老人。

"是的。"她说。

"听起来像是很不容易实现的命运。"

"不是实现，就是放弃。"

慢快静静地坐了片刻。"坐下来，孩子。"老人终于再次朝椅子示意。

纹重新坐下。

"尤门是个好人。"慢快开口，"可是以领导者而言，只能算是平庸。他是圣务官，资源廷的一员，他可以让事情有条不紊，像是将补给品运到正确的地方，组织建筑工作，在和平时期，这样的才能已经足以使他成为不错的领袖。可是……"

"在世界面临末日的时候就不够了。"纹轻声说道。

"一点也没错。如果我没弄错，你的丈夫是有远见跟行动力的人。如果我们这个小城要能活下去，那必须成为你们提供的未来的一部分。"

"该怎么做？"

"尤门没有多少弱点。"慢快说道，"他是个冷静且有荣誉心的人，但是他对统御主跟统御主的组织有绝对的信仰。"

"他现在还是这么想？"纹惊问，"统御主已经死了！"

"那又怎么样？"慢快笑盈盈地问道，"你的幸存者上哪儿去了？如果我没记错的话,他好像也死了,不过死亡并没有阻挠到他的革命行动,不是吗?"

"是。"

"尤门是个有信仰的人,"慢快说道,"这可以说是个弱点,也可以是个优点。有信仰的人往往愿意尝试看起来不可能的事情,相信自有神助来渡过难关。"他瞥了纹一眼。"如果信错了对象,就会成为弱点。"纹不发一语。信仰统御主就是信错了对象。如果他真的是神,她就不可能杀得死他。在她的想法中,这是显而易见的道理。

"如果尤门还有弱点,就是财富。"慢快说道。

"这不算弱点。"

"如果来源不明就是了。他在某处有积蓄,多得令人起疑,远超过当地教廷财政应有的量。没有人知道是从哪来的。" 库藏,纹精神一振。他真的拥有天金!

"你对这件事的反应有点太大。"慢快抽着烟斗说道,"跟情报贩子交易时不该这么明显地显露出情绪。" 纹满脸通红。

"无论如何,如果这样够了,我希望能继续看书。帮我跟灰侯问好。"老人说完,继续埋头看书。

纹点点头,站起身走到栏杆边。她才刚走,慢快便清清喉咙。"通常我这样的行为是有回报的。"他刻意说道。

纹挑起一边眉毛:"我以为你说故事不该有代价。"

"我只说故事本身不该有价。这跟听故事需不需要代价无关,虽然有人不同意,但我相信没有代价的故事绝对是毫无价值的。"

"这一定是你这么做的唯一理由。"纹浅浅微笑,将一袋钱币抛给老人,只留下几枚包裹着布块的钱币。"皇家金币。这里还通行吧?"

"可以。"老人说道,将钱收起,"可以的……"

纹跃入黑夜,跳到几个房子外的地方,同时燃烧青铜检查是否身后传来镕金波动。她知道自己的天性让她对看来是弱者的人反而更有疑

211

心。有很长一段时间她都相信塞特是迷雾之子，只因为他双腿麻痹。但是她仍然检查了慢快。这是一个她觉得不需要戒掉的习惯。

身后没有波动。于是她掏出指示，继续往下一名情报贩子前进。她算是相信慢快的话，但她需要确认。她选了一个完全相反的情报贩子，一名叫做霍伊得的乞丐，塞特说可以在某个广场晚些时候找到他。

几下快速的起落将她带到指定位置。她落在屋顶上往下望，扫描这个区域。这儿落下的灰烬未经清扫，堆积在角落，看上去一片狼藉。广场旁的小路中缩着几具身影，是无家亦无工作的乞丐。纹曾经那样过活，睡在小巷，因为灰烬而咳嗽并一直希望不会下雨。她很快就找到那个不像其他人一样在睡觉的人影，他静静地坐在轻浅的落灰之中。她的耳朵听到一个声音，那个人在轻哼着歌，一如塞特所说。

只是，纹迟疑了。

她说不上是什么原因，但这情况总有哪里让她觉得不安，不对劲。她没有停下来细想，转身跳走。这就是她跟依蓝德之间的差别，她不会总是需要理由。直觉就够了。他总想要把事情查个水落石出，问出个为什么，他的逻辑也是她爱他的理由，但是对于她就这么决定离开广场，他一定会觉得很不解。

也许她进入广场不会发生什么不好的事。也有可能会。她永远不会知道，也不需要知道。一如过去生命中的无数次，纹只是接受她的直觉，然后继续前进。

她落到塞特在指示中特别描述过的街道上。纹在好奇之余没有去找另一名情报贩子，而是沿着道路前进，在迷雾中的锚点间跳跃。她落在一条铺满石板的街道上，离一栋窗户点亮的建筑物不远。

这栋建筑物虽然矮且外观朴实，仍然显得相当气派——也许只因为它的体积。塞特写了，资源廷是法德瑞斯的建筑物中最大的一栋，法德瑞斯是陆沙德跟西方重要大城之间的枢纽，靠近几条运河，又有一定的防守能力，能抵挡盗贼攻击，是钢铁教廷区域总部的绝佳位置。可是，法德瑞斯城没有重要到能吸引教义廷或审判廷，这两者是钢铁教廷传统上最重要的部门。

意思是，尤门身为资源廷的首席圣务官，也就是这一区的宗教领袖。据慢快所言，纹认定尤门是个标准的资源圣务官：枯燥、无聊、高效。因此，他一定会选择让过去的教廷大楼成为他的皇宫。这是塞特的猜测，纹亲眼证实了这件事。虽然时间已不早，但建筑物中仍然忙忙碌碌，也被无数士兵所守卫。尤门选择这栋建筑物的原因可能是要提醒大家，他的权威从何而来。

很不幸的是，统御主的库藏也必定在这里。纹叹口气，放弃了继续研究建筑物的外表。她有点想要溜进去，找方法绕进下方的洞穴，但还是抛下钱币，冲入空中。连卡西尔都不会在第一晚的探查中就想潜入目标物。她之前进入过邬都的教廷大楼，是因为里面空无一人。她得跟依蓝德讨论一番，再研究城市几天后才能做溜入防守森严的建筑物这种事。

她利用星光跟锡读着第三名，也就是最后一名情报贩子的名字。又是一个贵族，没什么好意外，塞特的身份即是如此。她开始朝目标的方向出发，此时却注意到一件事。

有人在跟踪她。

她只捕捉到身后有人跟踪的蛛丝马迹，对方的行踪被翻搅的迷雾遮掩。纹尝试性地燃烧青铜，身后传来隐约的鼓动，而且是隐藏的镕金脉动。通常像她身后这样的镕金术师在燃烧红铜时，会让他不受镕金青铜的感应，但纹从来都无法解释为何她能看穿这个伪装。

据说统御主跟他的审判者们都能做到。

纹继续前进。跟踪她的镕金术师显然认为自己在纹的感应中是隐形的。他以快速、流畅的跳跃跟随，躲在安全的距离之外。他不是顶出色，但也算好手，而且绝对是迷雾之子，只有迷雾之子才能同时燃烧红铜跟钢。

纹不讶异。她之前就猜到如果城里有迷雾之子的话，绝对会被她的

MISTBORN: THE HERO OF AGES

跳跃引来，不过为了更加保险，她刻意不燃烧任何红铜，让她的镕金鼓动可被正在聆听的任何迷雾之子或搜寻者发现。她宁可引出敌人，也不要在暗处受敌。

她加快速度，但没有快到会引起对方怀疑，因此追踪者必须加快脚步才能跟上她。纹不断朝城市前方移动，仿佛打算要离开。一段距离过后，她的镕金术感应产生两条蓝线，指向将城门安在岩壁上的两个巨大铁栓。铁栓是极强的金属来源，散发的线条又粗又亮。

它们是绝佳的锚点。她一边骤烧白镴避免被力道压扁，一面反推铁框，让自己向后倒飞。

她身后的镕金鼓动顿时消失。

纹穿过灰烬跟迷雾，贴身的衣服在风中鼓动。她很快将自己拉到一座屋顶上，紧张地蹲下。另一名镕金术师一定停止了燃烧他的金属，可是为什么这么做？他知道她能看穿红铜云吗？如果知道，当初为何要冲动地跟着她？

纹感到一阵寒意。夜里还有一种会散发镕金脉动的对象。雾灵。她已经有一年多没见到它了。上次它们相遇时，它几乎杀了依蓝德，最后却用让他成为迷雾之子的方式救了他。

她仍然不明白雾灵在这一切中的角色是什么。它不是灭绝——她在将灭绝从升华之井解放出来前感觉过它的存在。两者是不同的。

我甚至不知道今天晚上这个是不是雾灵，纹告诉自己。可是跟踪她的人消失得如此突然……

迷惘且心下一片冰寒的她将自己推出城外，快速地回到依蓝德的营地。

◯

统御主在文化上的改革还有一点值得研究：科技。

我已经提过，拉刹克选择使用克雷尼恩的建筑方法搭建大型建筑物，同时也拥有得以建筑陆沙德这等大型城市所需的建筑科技。可是在其他方面，他抑制科技发展。例如火药这件事因为拉刹克的打压，消失的速度几乎跟泰瑞司宗教一样快。

显然拉刹克觉得只要有军火，普通人也能跟经过多年训练的弓箭手一样致命——这件事是很让人紧张。所以，他偏好弓箭手。军队越倚赖技术训练，农民就越难起兵反抗。的确，这是司卡反抗行动总是失败的原因之一。

28

"你确定是雾灵吗？"依蓝德皱眉问道，桌上一张刻在金属纸上的信正写到一半。他决定要睡在驳船的船舱而非帐篷里，除了比较舒适外，也觉得有墙壁在周围比帆布更让人安心。

纹叹口气，坐在两人的床上，膝盖靠着下巴，整个人缩成一团："我不知道。我有点被吓到了，所以马上离开。"

"很好。"依蓝德说道，因想到雾灵对他做的事而打了个战颤。

"沙赛德确信雾灵并不邪恶。"纹说道。

"我也是。"依蓝德说道，"但如果你还记得，正是我走到它面前跟你说我觉得它是友善的，接下来它就朝我捅了一刀。"

纹摇摇头："它想阻止我释放灭绝。它以为如果你快死了，我会将力量留下来治疗你，而不是放弃。"

"你无法确定它的动机，纹。你可能是把不同巧合串连在一起。"

"也许。不过它也让沙赛德发现灭绝会篡改文字。"

至少这件事是真的，如果沙赛德对这件事的描述可信的话。自从廷朵死后，那泰瑞司人就有点……矛盾。不，依蓝德感觉到突如其来的罪恶感，马上否定了自己。不，沙赛德是可以信任的。也许他正在挣扎着处理他的信仰问题,但他比我们所有人都还可靠两倍。

"唉,依蓝德。"纹轻声开口,"有好多事情我们都不知道。近来我总觉得我的人生像是用一种自己无法理解的语言所写成,而雾灵跟这一切有关,但我甚至无法理解关键在哪。"

"它可能是站在我们这边的。"依蓝德说道,虽然他很难不去回忆被雾灵刺了一刀,生命渐渐流失的感觉——知道自己快死了,也明白这对纹的影响。

他强迫自己将注意力移回眼前的讨论:"你认为雾灵试图阻止你解放灭绝,而沙赛德说它给了他重要信息,意思是它是我们敌人的敌人。"

"目前是如此。"纹说道,"可是雾灵比灭绝要弱太多。我能两者感觉。灭绝很……大。强。它可以听到我们所说的一切,同时看到所有地方。雾灵暗淡得多,比较像是残影,而非真正的力量或是存在。"

"你仍然觉得它恨你吗?"

纹耸耸肩:"我已经一年没见到它了,可是我觉得这件事不会改变,我一直都感觉到它的恨意及敌意。"她停顿了一下,皱眉。"一开始……我第一次看到雾灵,是我开始感觉到迷雾已经不再是归属的时候。"

"你确定杀人、让人生病的不是雾灵?"

纹点点头:"我很确定。"她对此深信不疑。依蓝德觉得她这样有点武断。鬼魅一样的东西在迷雾里移动?听起来就和人民在迷雾中猝死有关系。

当然,死在迷雾中的人不是被刺死,而是痉挛至死。依蓝德叹口气,揉揉眼睛。他要写给尤门王的信只写了一半,还躺在书桌上。他得明天早上再继续写。

"依蓝德。"纹说道,"今天晚上我跟某人说我会阻止灰烬落下,把太阳变成黄色。"

依蓝德挑起眉毛:"你提到的情报贩子?"

纹点点头,两人沉默对坐。

"我没想过你会承认这种事。"他终于说道。

"我不是永世英雄吗?连沙赛德开始变奇怪前也是这么说的。这是我的命运。"

"同样的'命运'不也说你会得到升华之井的力量,然后为了人类而释放它?"

纹点点头。

"纹,我真的不认为'命运'是我们现在需要担心的事情。"依蓝德带着笑容说道,"毕竟我们有证据显示灭绝会扭曲预言,欺骗人们去解放它。"

"总要有人担心灰烬的事。"纹说道。

他无法辩驳什么。理性的一面让他想要辩论,要求专注于他们该做的事——创建稳定的政府,发掘统御主留下的秘密,取得库藏里的补给品。可是,持续不断的灰烬似乎变得更浓密了,如果再这么下去,要不了多久,天空就只剩一片浓密的黑灰。

光靠纹,他的妻子,就能有办法改变太阳的颜色或阻止落灰,实在太难以相信。德穆说得对,他心想,轻敲着写给尤门王的金属信函。我真的不是一名很虔诚的幸存者教会成员。

他望着在船舱对面的纹,她坐在床上出神,似乎又在思考一些不必要的事。即便整个晚上四处跳跃,即便他们已在路上颠簸多时,即使她脸上沾了灰烬,她仍然美丽动人。

在那瞬间,依蓝德体悟到一件事。纹不需要多一个膜拜她的人。她不需要另一个德穆那样虔诚的信徒,尤其不该是依蓝德。他不需要是虔诚的教会成员。他要是个好丈夫。

"好吧。"他说道,"就这么做吧。"

"什么?"纹问道。

"拯救世界。"依蓝德说道,"阻止落灰。"

纹轻轻地哼了一下:"你说得好像在开玩笑。"

"不，我是认真的。"他站起身，"如果你觉得这是你必须去做的，如果你觉得那就是你的使命，那我们就这么做。我会尽量帮忙。"

"那么你之前说的话呢？"纹说道，"就在上一个库藏那儿，你还在说分工。我努力处理迷雾，你来统一帝国。"

"我错了。"

纹一笑。突然间，依蓝德觉得世界复原了一点。

"好吧，那你有什么呢？"依蓝德跟她一起坐在床上，"有什么想法？"

纹迟疑了一下。"有。"她说道，"但我不能告诉你。"

依蓝德皱眉。

"不是我不信任你。"纹说道，"是灭绝。在最后一个储藏窟，我找到靠近下方的第二段刻文。它警告我，任何我说的、我写的，都会被敌人知晓，所以如果我们谈得太多，它就会知道我们的计划。"

"这让两人要一起处理问题变得困难了一点。"

纹摇摇头："依蓝德，你知道我最后为什么决定要嫁给你吗？"

依蓝德摇摇头。

"因为我发现你信任我。"纹说道，"胜过任何人，以前所未有的方式信任我。在我跟詹对打的那天晚上，我决定我必须全然地信任你。这股想要毁灭世界的力量，永远无法理解我们所拥有的。我不一定需要你的帮助，但我需要你的信任，你的希望，这是我自己从来没有过的东西，而我仰赖你。"

依蓝德缓缓点头："你有的。"

"谢谢。"

依蓝德继续说："你知道吗？在你拒绝嫁给我的时候，我一直在想你与众不同。"

她挑起一边眉毛："你还真爱幻想。"

依蓝德微笑："拜托，你得承认你很特别，纹。你就像是贵族、街头流浪儿，还有猫的奇特综合；况且，在我们在一起的短短三年内，你除了杀了我的神以外，还杀了我的父亲，我的兄弟，我的未婚妻。有点像是用极端的方法把他们一个个都变不见了。你不觉得以建立感情的基础而言，这有点奇怪吗？"

纹只是翻翻白眼。

"我只能庆幸我没有别的亲人了。"依蓝德说道，然后瞅着她，"当然，我还有你。"

"你暗示什么都没用，我可不会去把自己溺死。"

"不是，抱歉。"依蓝德说道，"我只是……你知道的。总而言之，我想要跟你解释一件事。我已经不再担心你的想法有多奇怪了。我明白如果自己了解你，其实这件事一点都不重要，因为我信任你。你懂吗？总之，我想说的是，我认同你。我不确定你想做什么，也不知道你要如何办到，但是，嗯，我相信你可以。"

纹靠向他。

"我只希望我能帮上忙。"依蓝德说道。

"那帮我分析数字。"纹说道，不满地皱眉。虽然一开始是她发现那些倒于迷雾中的人数比例有点奇怪，但依蓝德知道她觉得数字很麻烦。她从来没有受过处理数字的训练。

"你确定这两件事有关？"依蓝德问道。

"是你说这比例很奇怪的。"

"有道理。好，我来处理。"

"不论你发现什么，不要告诉我。"纹说道。

"那要怎么样帮忙啊？"

"信任。"纹说道，"你可以告诉我要怎么做，就是不要告诉我为什么。也许我们就能抢先一步。"

抢先一步？依蓝德心想。它拥有将整个帝国埋葬于灰烬的力量，似乎也能听到我们说的一切。我们要怎么比那种东西"抢先一步"？可是，他才刚答应要信任纹，于是他要这么做。

MISTBORN: THE HERO OF AGES

纹指着桌子："那是你要写给尤门的信吗？"

依蓝德点点头："我希望他愿意跟我谈话，毕竟我人都来了。"

"慢快似乎觉得尤门是个好人。也许他会听。"

"我很怀疑。"依蓝德说道。他无声地静坐片刻，然后握拳，烦躁地一咬牙。"我跟其他人说想要尝试外交手段，但我知道尤门一定会拒绝，所以我才带了军队来，其实我可以派你溜进去，就像在邬都时那样，可是这样对我们的帮助不大，我们必须占领城市才能得到补给品。

"我们需要这座城市。就算你没有那么想要知道库藏里有什么，我还是会来这里。尤门对我们的王国威胁太大，统御主可能在石穴里留下重要讯息这件事更不容忽视。尤门囤有谷类，但这里的日晒严重不足，所以他可能会以谷类来作为人民的食粮，那根本是浪费，我们已没有足够的种子来种满整个中央统御区了，我们必须占领这座城市，或者至少必须达成同盟。

"但是，如果尤门不肯和谈的话要怎么办？派军队去攻击附近的村庄吗？对城市的补给品下毒吗？如果你是对的，他找到了密室，他的食物就远比我们预期的还要多。不毁了食物，围城必定失败，可是如果我毁了食物，他的人民就会挨饿……"依蓝德摇头。"你记得我处决加斯提那次吗？"

"那是你的权力。"纹答得飞快。

"的确。"依蓝德说道，"可是我杀他是因为他领了一群克罗司来到我的城市，然后允许克罗司残杀我的人民，然而我在这里却几乎要做同样的事情——外面有两万只怪物。"

"你可以控制它们。"

"加斯提也觉得他可以。"依蓝德说道，"我不想让这些怪物肆虐，纹，可是如果围城失败，我必须要破坏尤门的防御工事呢？最后我必须用到克罗司。"他摇摇头。"如果我能跟尤门谈谈，也许我能跟他讲道理，或者至少说服我自己，必须让他下台。"

纹迟疑了一下："可能有……方法。"

依蓝德瞥向一旁，与她四目交望。

"他们仍然在城里举办舞会，"纹说道，"而且尤门王每一场都会参加。"

依蓝德讶异地眨眨眼。一开始，他以为一定是听错了。可是，她的眼神，那不顾一切的坚定，告诉他自己并没有听错。有时候，他会在她身上看到一丝幸存者的影子，故事中的卡西尔，大胆到不计后果的程度，勇敢且冲动。他对纹的影响远超过她愿意承认的。

"纹。"他没好气地说，"你是在建议我们去参加被我们围攻的城市里的一场舞会吗？"

纹耸耸肩："有何不可？我们都是迷雾之子，不费什么力气就能进城。"

"是的，可是……"他没继续说下去。

会有一整个房间里面都是我想要威吓的贵族，更不要提可以跟拒绝与我会面的人见面，而且是一个他不能轻易逃跑，否则会看起来像是懦夫的场合。

"你认为这是个好主意。"纹俏皮地微笑。

"这是个疯狂的主意。"依蓝德说道，"我是皇帝，不该为了参加舞会而溜入敌方城市。"

纹眯起眼睛瞪着他。

"可是我愿意承认，这个想法的确颇为诱人。"

"尤门不来见我们，那我们就去打乱他的宴会。"纹说道。

"我已经好久没参加舞会了。"依蓝德深思地说道，"我得找点好书出来，重温一下过去。"

突然间，纹脸色发白。依蓝德看着她，错愕当场，感觉出了什么问题。不是他说的话，是别的。怎么了？杀手？雾灵？克罗司？

"我发现一件事，"纹以凝重的眼神看着他，"我不能去舞会——我没带礼服！"

统御主不是禁止某些科技,他是完全压制科技进步。如今想来,在一千年中,无论是农耕技术还是建筑方式都几乎没有进步是相当怪异的事情,就连服饰流行在统御主的统治下都出奇地统一。

他建构了完美的王国,然后试图让它故步自封。大致上他是成功的。例如怀表——另一个克雷尼恩的发明,十个世纪后跟十个世纪前的设计基本上没有改变。一切都是一样。

当然,直到一切崩解。

29

如同最后帝国中的多数城市一样,邬都被禁止拥有城墙。在沙赛德开始反抗的初期,禁止城市建筑城墙对他而言意味着统御主有弱点,如果统御主担心出现反叛以及难以攻陷的城市,也许就表示他内心其实清楚——他是可以被打败的。

这样的想法将沙赛德带到了梅儿,最后是卡西尔面前。而今,又带他来到邬都,一个最后的真正反抗贵族领导的城市。很可惜的是,它将依蓝德·泛图尔跟那些贵族全部都混为一谈。

"我不喜欢这样,守护者大人。"葛拉道队长在沙赛德身边走着。如今沙赛德为了形象,必须跟微风和奥瑞安妮同坐在马车上。在离开泰瑞司人民之后,沙赛德跟上微风和其他人,如今将要一起抵达他们的目的地。

"这里的情况据说有点混乱。"葛拉道继续说道,"我觉得不安全。"

"我不觉得有你想的那么严重。"沙赛德说道。

"老家伙啊，所以皇帝才会派大使啊。"微风说道，弯下腰看葛拉道，"这样如果有人被抓，好歹皇帝是安全的。亲爱的朋友，我们跟依蓝德有决定性的不同——我们是可以被牺牲的。"

葛拉道听到这句话皱眉："我不觉得自己很适合被牺牲。"

沙赛德望向马车外，隔着落灰看着城市。这里不小，更是帝国中最古老的城市之一。

他饶富兴味地注意到路面正缓缓下斜，直至进入干涸的运河渠道。

"这是什么？"奥瑞安妮问道，金色的脑袋从马车的另一边探出，"他们为什么把道路建在水沟里？"

"运河，亲爱的。"微风说道，"这城市以前都是运河，现在都干涸了，一场地震还是什么的让河流改道了。"

"好诡异。"她说道，将头又缩了回来，"它们让建筑物看起来有两倍高。"

他们进入城市中心时，两百名士兵围绕在他们身边，迎接他们的是一群身着褐色制服的邬都士兵。沙赛德当然提前送来了造访的消息，而国王，他们称之为"公民"的人，允许沙赛德将他的一小团士兵一同带入城市。

"他们说国王想要立刻与您见面，泰瑞司大人。"葛拉道走回马车说道。

"那人还真会抓紧时间啊？"微风问道。

"那我们去吧。"沙赛德说道，朝葛拉道点点头。

"这里不欢迎你们。"

公民魁利恩是一名短发男子，皮肤粗糙，有着近乎军事化的仪态。据说这个人原本在崩解前不过是个农夫，沙赛德很想了解他是从何处取得如此的领导技巧的。

"我明白你不希望在城市里看到外国士兵。"沙赛德小心翼翼地说，

MISTBORN: THE HERO OF AGES

"可是你一定也明白我们不是来攻占你们的,两百人算不上什么侵略军。"

魁利恩站在书桌前,双手交叠在背后。他穿着的似乎是普通的司卡长裤跟衬衫,但两者都被染成了极深的红色。他的"会客厅"是一个大会议室,原本是某个贵族的家。墙壁被刷白,水晶灯被移除,少了家具跟装饰,这房间感觉像个盒子。

沙赛德、微风和瑞安妮坐在坚硬的凳子上,这是公民唯一提供的招待。葛拉道带着十名士兵站在后方护卫。

"这跟士兵无关,泰瑞司人。"魁利恩说道,"跟派你来的人有关。"

"泛图尔皇帝是良善且明理的君主。"沙赛德说道。

魁利恩一哼,转向他的一名同伴。他有许多同伴,大约有二十人,沙赛德认为他们是他政府中的成员;大多数人跟魁利恩一样身穿红衣,只是颜色没那么深。

"依蓝德·泛图尔是骗子和暴君。"魁利恩举起一只手指,回过身来说道。

"他不是。"

"哦?"魁利恩问道,"他是如何取得王位的?靠在战场上打败史特拉夫·泛图尔跟灰侯·塞特?"

"战争是——"

"战争往往是暴君的借口,泰瑞司人。"魁利恩说道,"我手上的报告说,他的迷雾之子妻子那天强迫两个国王跪倒在她面前,强迫他们发誓效忠于依蓝德,否则她的克罗司怪物会要了国王们的命。这听起来像是'良善且明理的君主'的行为吗?"

沙赛德没有回答。

魁利恩上前一步,双手平贴在桌面上:"你知道我们对这城市里的贵族是如何处置的吗,泰瑞司人?"

"你杀了他们。"沙赛德轻声说道。

"正如幸存者主张的那样。"魁利恩说道,"你声称在崩解前是他的同伴，但你服侍过他想要推翻的贵族世家。你不觉得你前后矛盾吗，泰瑞司人？"

"卡西尔大人的目标已通过统御主之死而达成。"沙赛德说道，"一旦达成，和平——"

"和平？"魁利恩问道，"告诉我，泰瑞司人。你听幸存者提过和平吗？"

沙赛德迟疑了。"没有。"他承认。

魁利恩一哼。"至少你还诚实。我跟你说话的唯一理由是因为泛图尔够聪明，派了个泰瑞司人来此。如果他派了贵族，我会当场杀了那贱人丢进火堆，将他焦黑的头颅送回去当回礼。"

房间陷入沉默。气氛凝重。片刻后，魁利恩背向沙赛德，面对他的同伴。"你们感觉到了没？"他问他的手下，"你能感觉到自己开始感到羞愧吗？检视你们的情绪，你们有突然感觉到对这些骗子的仆人有亲切感吗？"

他转过身，看着微风："我向你们都警告过镕金术是贵族的黑暗工具。现在，你们都感觉到了。那个坐在我们尊贵的泰瑞司人身边的男人，叫做微风，他是世界上最邪恶的人之一。一个能力不低的安抚者。"

魁利恩转身面对微风："告诉我，安抚者。你的魔法为你带来了多少朋友？你强迫多少敌人自杀？你身边的漂亮女孩，是用法术将她骗上床的吗？"

微风微笑，举起酒："好家伙，你确实是揭穿了我，但你与其窃喜自己注意到我的碰触，也许更应该要扪心自问：我为什么要你说出刚才那番话。"

魁利恩一愣，不过微风当然是在唬他。沙赛德叹口气。如果微风表现出气愤的样子更好些，但这不是微风的风格。如今公民在接下来的议程中都会猜测自己是不是受到了微风的引导。

"魁利恩先生，现在的世道很危险，你一定也注意到了。"

"我们可以保护自己。"魁利恩说道。

"我不是说军队或盗贼,公民。我是在说灰烬跟迷雾。你注意到迷雾在白天滞留的时间越来越长了吗?你发现了它会对在外面的人民做奇怪的事,造成他们的死亡吗?"

魁利恩没有反驳或斥责他说的是蠢话。这足以让沙赛德明白,这城市也有人因此而死去。

"灰烬不断落下,公民。"沙赛德说道,"迷雾会致命,克罗司随意作乱。现在是寻求强大同盟的好时机。在中央统御区,我们能种植更好的作物,因为我们拥有更多日照。泛图尔皇帝发觉了控制克罗司的方法,无论未来几年发生什么事,成为泛图尔皇帝的盟友都是明智之举。"

魁利恩摇摇头,仿佛很无奈。他再次转向同伴:"你们看,正如我所说。首先,他告诉我们他怀抱和平前来,接着就开始威胁。泛图尔控制克罗司,泛图尔控制食物,接下来他会说泛图尔控制迷雾!"魁利恩转身面对沙赛德。"威胁对我们来说没用,泰瑞司人。我们不担忧未来。"

沙赛德挑起一边眉毛:"为什么?"

"因为我们跟随幸存者。"魁利恩说道,"滚。"

沙赛德站起。"我希望留在城里,也许下次能再与你会面。"

"不会再有下次。"

"无论如何,我希望留下。"沙赛德说道,"我保证手下人不会惹麻烦。我能获得你的许可吗?"他尊敬地低头。

魁利恩低声咒骂两句后,才对他挥挥手:"就算我不同意,你也会再溜回来。要留就留,泰瑞司人,但我警告你遵从我们的法律,不要惹麻烦。"

沙赛德行礼,然后与他的人一起退下。

"好啊,一心只想杀人的革命分子,所有人都穿着一样的灰色衣服,沟槽一样的街道,每十栋建筑物中就有一栋被烧成白地。依蓝德可真帮我们挑了一个很棒的地方来拜访，记得提醒我回去时要谢谢他。"微风一边坐上马车一边说道。

沙赛德微笑，虽然不觉得有多少笑意。

"老家伙，不用这么严肃嘛。"微风挥舞着手杖说道，被士兵包围的马车开始前进。"我有感觉，魁利恩没有他的外表那样凶猛，我们早晚能够说服他。"

"我不确定，微风大人。这地方……跟我们之前造访过的城市都不一样。这些领袖没有被逼到绝境，人民也相当乖顺，我想这次要达成任务没那么容易。"

奥瑞安妮戳戳微风的手臂："阿风，那边，看到没？"

微风逆着阳光眯起眼睛，沙赛德往前倾身，望向马车一边。一群人在中庭里燃起一大簇火，巨大的火焰在朝天空散发出一条笔直的黑烟。沙赛德反射性地寻找锡意识库想增强视力。他压下冲动，选择在午后的阳光下眯起眼睛。

"看起来像是……"

"织锦画，"一名走在马车边的士兵说道，"还有家具。根据公民的说法，豪华的东西是贵族的象征，这次的燃烧当然是为了你们。魁利恩大概把一堆这种东西都放在仓库里，需要的时候就可以搞出这么具有戏剧效果的场面。"

沙赛德全身一僵。这名士兵的消息也太过灵通。沙赛德多疑地探出头，仔细地瞧了瞧。他跟其他士兵一样都穿着披风，拉起头罩来抵挡落灰，但当此人转过头时，沙赛德发现他居然在眼前绑了厚厚的绷带，仿佛是瞎子一般。即便如此，沙赛德仍认得那张脸孔。

"亲爱的鬼影！"微风惊呼，"我就知道你会出现。你为什么要蒙眼呢？"

鬼影没有回答，只是转过身，望向后方燃烧的火焰，肢体语言透露出一丝……紧绷。

MISTBORN: THE HERO OF AGES

那块布一定是薄到可以见物,沙赛德心想,否则鬼影不可能在完全无法视物的情况下仍能如此轻松优雅地行动,不过那布看起来似乎确实厚到能挡住所有光线……

鬼影转向沙赛德:"你需要在城市里建立一个指挥中心。你们挑好了吗?"

微风摇摇头:"我们原来想设在旅社。"

"城里没有真正的旅社。"鬼影说,"魁利恩说人们应该彼此照顾,让访客住在自己家里。"

"嗯。"微风说道,"那也许我们需要在户外扎营。"

鬼影摇摇头:"没有必要。跟我来。"

"钢铁教廷?"沙赛德皱着眉头,一面爬下马车一面问道。

鬼影站在他们面前通往宏伟建筑物的台阶上。他扭过脖子,包裹着布料的头点了一点。

"魁利恩没有碰任何教廷的建筑物。他下令封锁它们,却没有劫掠或烧光它们。我想他是害怕审判者。"

"这是合理且有益的恐惧,小子。"仍坐在马车中的微风说道。

鬼影哼了一声:"审判者不会来打扰我们的,微风。他们正忙着追杀纹。来吧。"

他走上台阶,沙赛德跟随在后。他听到微风从后方夸张地发出一声叹息,然后要士兵拿把阳伞过来遮挡落灰。

建筑物宽广宏伟,一如所有教廷的办公大楼。在统御主的时代,这些建筑物在最后帝国的城市里均是为了提醒众人帝国的强权。其中的祭司们多半是公务人员跟书记,但那就是最后帝国真正的力量来源——对资源的掌控与对人民的管理。

鬼影站在建筑物宽广却被封起的大门前。一如邬都中大多数的建筑物,它以木头而非石头搭建。他抬起头,仿佛看着落下的灰烬,等待沙

迷雾之子
卷三·永世英雄 [珍藏版]

赛德跟微风跟上。他向来不多话,在他的叔叔于陆沙德一战丧命后更是越发沉默。沙赛德一到,鬼影便开始将建筑物前面的木板拆掉。"我很高兴你来了,沙赛德。"他说道。

沙赛德动手帮忙拆下木板。他试图要使劲拔下铁钉,但他一定挑选了比较难拆的,因为鬼影选的木板都是一抓即落,但沙赛德挑的却纹丝不动。"你为什么高兴我来了呢,鬼影大人?"

鬼影一哼。"我才不是什么大人,阿沙。依蓝德从来没给我头衔。"

沙赛德微笑:"他说你要头衔只是为了获得女人青睐。"

"当然。"鬼影说道,笑着拆下另一块木板,"除此之外,要头衔有什么用?况且,请叫我鬼影,这是个好名字。"

"好的。"

鬼影伸出一只手,轻而易举地就将沙赛德想要拉动的木板给拆下。什么?沙赛德震惊地想。沙赛德不算体格壮硕,但也从来不认为鬼影有多强壮。这小子一定练习过。

"无论如何,我很高兴你来了,我有事情要跟你讨论。"鬼影转身说道,"是别人可能不会了解的事情。"

沙赛德皱眉。"哪类事情?"

鬼影微笑,一肩抵着门,用力一推,展露后方黑暗空洞的大厅:"人与神的事情,阿沙。来吧。"

男孩消失在黑暗中。沙赛德在外面等待,鬼影完全没点灯,不过能听见他在里面走动的声音。

"鬼影?"他终于喊道,"我什么都看不见。你有油灯吗?"

一阵沉默。"噢,对。"鬼影的声音传来。片刻后,一点光亮出现,之后油灯开始发光。

微风懒洋洋地走到沙赛德身后:"沙赛德,告诉我,是只有我这样认为,还是那小子在我们上次见到他之后有点变了?"

"他似乎有自信多了。"沙赛德说道,暗自点头,"也更有能力。你觉

229

得那个眼罩的用处是什么？"

微风耸肩，握住奥瑞安妮的手臂。"他向来有点奇怪。也许他觉得那有助于伪装身份，不让人发觉他是卡西尔集团的成员之一。这小子的个性跟发音大有长进，我愿意接受他有一两个怪癖。"

微风跟奥瑞安妮进了大厅，沙赛德则向葛拉道队长挥挥手，示意他应该在外面设立安全线。后者点点头，派遣一队士兵跟着沙赛德和其他人一同进入。最后，沙赛德暗自皱眉，进入建筑物。

他不确定自己会看到什么。这栋建筑物曾是审判廷，是教廷所有分部中最恶名昭彰的一个。这不是沙赛德会期待进入的地方。他上次进入的类似的房间是瑟蓝集所，那是一个绝对诡异的地方。不过这栋建筑物的室内与瑟蓝完全不像，只是一个办公室，确实比大部分教廷建筑物要更简单一点，但木墙上仍然有织锦画，地上仍有大幅的红地毯，墙壁有金属装饰，每个房间都有壁炉。

沙赛德跟着微风和鬼影走在建筑物中，他能想象统御主时代这建筑物是什么样子。那时一定没有灰尘，只有利落有效的氛围；桌子前一定都是行政人员，搜集管理贵族、司卡反抗军，甚至其他教廷分部的数据。管理统御主帝国的教义廷与巡察帝国的审判廷之间长期不对盘。

这里并不是充满恐惧的地方，而是充满笔记本与档案的地方。审判者大概鲜少造访此处。鬼影领着他们穿过几间拥挤的房间，走向后方一个较小的储藏室。沙赛德看见这里的地板并非完全被灰尘覆盖。

"你来过？"他问道，跟在鬼影、微风、奥瑞安妮身后进入。

鬼影点点头。"跟纹一样。你不记得报告？"说完，他在地上摸找一阵后，找到一个隐藏的手把，掀起一扇暗门。沙赛德望向下方的黑色洞穴。

"他在说什么？"奥瑞安妮对微风悄声问道，"纹来过？"

"她来这个城市里探访过，亲爱的。"微风说道，"为了找……"

"库藏。"沙赛德说道，看着鬼影爬下通往黑暗的梯子。他没拿油灯。"是统御主留下的补给品密室,全都在教廷大楼下面。"

"我们来这里不就是为了取得库藏?"奥瑞安妮问道,"这不就找到了。为什么还要面对那个公民还有他发疯的农民?"

"我们不可能将补给品从被公民统治的城市中全部搬出。"鬼影的声音飘上来,在空中微微回荡,"下面东西太多了。"

"况且,亲爱的,依蓝德不是派我们来取得补给品,他是派我们来镇压叛变。我们掌控之下的主要城市不能有反叛,尤其不能让反叛扩大。不过,我必须承认面对这种问题有点怪异——我们居然在阻止叛变,而非引发叛变。"

"那我们可能得以暴制暴,微风。"鬼影的声音从下方传来,"如果这样能让你觉得比较安心。无论如何,你们到底要不要下来?"

沙赛德跟微风交换了一个眼神,微风朝黑洞比了比手势:"请。"

沙赛德拾起油灯,爬下梯子。在下方,他发现一个小石穴,一面墙被拆掉,露出后方的大石穴。他踏入房间,微风在他身后落地,然后沙赛德帮助奥瑞安妮落地。

"统御主的!"微风喊道,来到他身边,"这里大极了!"

"统御主为了对抗极大灾难才设置这些密室。"鬼影说道,站在他们身前,"这些东西应该能帮一个国家渡过我们现在面对的困难。如果数量不够多,就没什么用了。"

用"豪奢"形容一点也没错。他们站在靠近洞穴屋顶边的平台,在下方岩石下的一个大房间里,沙赛德可以看到一排又一排的食物放在中央。

"我们应该在这里设置指挥中心,沙赛德。"鬼影说道,走向往下的楼梯,"这里是城市内唯一一个可以防守的地方。如果我们将军队搬到上面的房间,可以利用这个洞穴里的存粮作为补给,紧急时也可以退守此处,甚至要长期抗战都不是问题。"

沙赛德转身,看着通往房间的门口。它小到一次只有一人能通过,易守难攻。况且大概有方法可以把它关起来。

"我突然觉得在这个城里,可以过得安心一点了。"微风评论。

沙赛德点点头,转身,再次看着洞穴,听到远方的水声。

鬼影已经走下台阶。他的声音再次回响在室内:"每个库藏都有不一样的主题。"

沙赛德率先走下台阶,葛拉道的士兵则跟着微风进入房间。虽然士兵们都提着油灯,但微风跟奥瑞安妮仍然紧黏在沙赛德身后。

很快地,沙赛德发现远方有东西在闪烁。他举高油灯,停在台阶上,发现远方的暗色太深,不可能是石穴地板。

微风轻轻吹声口哨,看着巨大的地下湖:"好吧。我们终于知道运河的水到哪去了。"

30

一开始,大家都觉得拉刹克奴化泰瑞司宗教是因为憎恨,但我们知道拉刹克是泰瑞司人后,他摧毁泰瑞司宗教的行为变得很怪异。我想这跟永世英雄的预言有关。拉刹克知道存留的力量会回到升华之井。如果泰瑞司宗教存活下来,也许有一天有人会找到升华之井,并且取得力量,用它来对付拉刹克并且颠覆他的帝国。所以,他直接封锁了关于永世英雄及其应做之事的文献,希望只有他自己知道井的秘密,不让任何人知情。

"你们不打算说服我?"依蓝德带着笑意问道。

哈姆跟塞特交换一个眼神。

"我们为什么要?"哈姆站在船头。远方太阳正在落下,迷雾已然开始聚集,船缓缓摇晃,士兵聚集在岸边准备过夜。自从纹第一次进入法德瑞斯之后,已经过了一个礼拜,但她仍然溜不进储藏窟。

下一个舞会之夜来临,纹跟依蓝德准备去参加。

"我可以想出几个你们会反对的原因。"依蓝德用手指开始数。

"首先,我会面临被逮捕的可能,非常不智。其次,在舞会中现身,会暴露我是迷雾之子,证实尤门原本可能并不相信的传言。再次,我让我们的两名迷雾之子出现在同一个地方,容易被攻击,这不可能是好主意。最后,在战争中去参加舞会根本是疯了。"

哈姆耸耸肩,一边手肘靠着甲板栏杆:"这跟你在陆沙德围城战时进入你父亲的军营情况差不多,只不过当时你不是迷雾之子,身份也不能与今日相提并论。尤门敢动你才是疯了,他一定知道光跟你在同一个房间就有性命之忧。"

"他会跑。"塞特从位子上开口,"你一到,舞会就会结束。"

"不。"依蓝德说道,"我不觉得。"他回过头去看着他们的船舱。纹仍然在打扮。她要求军营的裁缝师将厨娘们的洋装改造成她的礼服。依蓝德很担心。无论这件服饰有多美,跟那些华贵的舞会礼服比起来,必定显得格格不入。

他转头看塞特跟哈姆:"我不认为尤门会逃。他早知道如果纹想动他会选择暗杀。他很努力地假装统御主垮台之后一切如常,当我们出现在舞会时,他会觉得我们愿意跟他一起假装。他会留下来看看能不能在保有自己立场的情况下,再获得一些优势。"

"那人是个笨蛋。"塞特说道,"我不敢相信他想恢复过去。"

"至少他努力给他的子民他们想要的。你就是这点做错了,塞特。你离开的时候就失去了你的王国,因为你不打算满足别人。"

"国王不需要满足任何人。"塞特斥骂,"他手握重兵,这表示人民需要满足他。"

MISTBORN: THE HERO OF AGES

"事实上，这个理论不可能为真。"哈姆摩挲下巴说道，"国王必须要满足什么人，毕竟，如果他打算强迫所有人照他说的去做，他至少得满足他的军队。反过来说，如果军队的满足感是来源于镇压欺凌本身，你的逻辑倒也说得通……"

哈姆渐渐沉沉默，陷入沉思，塞特大力皱眉："为什么任何东西在你眼里都是个逻辑拼图？"他质问。哈姆只是继续摸着下巴。

依蓝德微笑，再次瞥向船舱。能听到哈姆这么说，依蓝德忍不住微笑，很高兴他有点恢复过往的样子。塞特抗议哈姆思维逻辑的方法几乎跟微风一模一样。事实上……也许哈姆前阵子不那么喜欢提出思辨，依蓝德心想，就是因为没人抱怨他。

"对了，依蓝德……"塞特说道，"如果你死了，就轮到我掌权，对吧？"

"如果有事情发生，纹会掌权。"依蓝德说道，"你知道的。"

"好。"塞特说，"如果你们都死了呢？"

"纹之后，沙赛德是下一个顺位继承人，塞特。我们讨论过了。"

"是，但这支军队怎么办呢？"塞特说道，"沙赛德在邬都。在我们跟他会合之前，谁来领导这些人呢？"

依蓝德叹口气："如果有一天，尤门杀了我跟纹，那我建议你快跑，因为你虽然会是掌权者，但是杀死我们的迷雾之子应该接下来就要杀你。"

塞特满意地微笑，不过这番话让哈姆皱眉。

"你从来不想要头衔，哈姆。" 依蓝德指出，"至今我给你的所有职务，你都不是很喜欢。"

"我知道。"他说，"那德穆呢？"

"塞特经验比较充足。"依蓝德说道，"哈姆，他骨子里没表面上装的那么坏，你必须了解。塞特，如果状况不好，我命令你回陆沙德去，找到沙赛德，告诉他，他现在是皇帝。好了，我想应……"

迷雾之子
卷三·永世英雄 [珍藏版]

船舱门打开,依蓝德立刻停止说话。他转身,挂上最好的笑容,然后全身一僵。

纹站在门口,穿着一件令人惊艳的黑色礼服,外镶银色滚边,剪裁时尚,虽然裙摆外散,下面以数层衬裙撑起,整体线条仍然看起来非常流畅。她习惯绑起来的黑发如今放下,长达锁骨,剪得整整齐齐,微微卷曲。身上戴着的唯一一件首饰就是她简单的耳针,是她孩提时从母亲那儿得到的。

他总认为她很美,但是……他有多久没看到她穿着礼服,放下头发,妆容精致的模样?他试图想要开口赞美她,但似乎怎么都说不出口。

她轻盈地走上前,快速地吻他:"你的反应代表我没把衣服穿错。我忘记穿礼服有多麻烦了,还要化妆!真的,依蓝德,以后不准再抱怨你的套装有多难穿。"

站在他们身边的哈姆正在轻笑。纹转过头。"干吗?"

"啊,纹。"哈姆靠回门框,强壮的手臂环抱身体,"你什么时候背着我长大了?好像还是上个礼拜的事情,你还跑来跑去,躲在角落,有着男孩子的短发还有老鼠的举动。"

纹温柔地微笑:"你记得我们第一次会面的时候吗?你以为我是个跑腿。"

哈姆点点头:"当微风发现我们原来一直都在跟一个迷雾之子说话时,他几乎吓昏了!真的,纹,有时候我很难想象你就是那个卡西尔带来加入我们集团,像小老鼠一样的女孩。"

"已经过五年了,哈姆。我现在二十一岁了。"

"我知道。"哈姆叹口气说道,"你跟我的孩子们一样,在我还来不及熟悉他们孩童的模样前,就已经长成大人了。事实上,我对你跟阿依的了解可能胜过对我自己的孩子……"

"你会回到他们身边的,"纹伸出一只手按着他的肩膀,"就等这一切结束。"

"噢，我知道。"他微笑地说，哈姆总是乐天知命。"可是，失去的永远找不回来。我希望这一切都值得。"

依蓝德摇摇头，终于能够重新发话："我只有一句话要说。如果厨娘们都穿着那种衣服，那我付给她们的薪水实在太高了。"

纹大笑。

"我是认真的。"依蓝德说道，"军队的裁缝很厉害，但这礼服不可能出自营地里的任何材料。你从哪弄来的？"

"这是一个秘密。"纹眯起眼睛微笑，"我们迷雾之子极端的神秘。"

依蓝德迟疑。"呃……我也是迷雾之子啊，纹，这实在不合理。"

"我们迷雾之子说话不必合理，"纹说道，"那不符合身份地位。来吧，太阳已经下山了。我们得动作快点。"

"去跟敌人好好跳舞吧。"哈姆说道，看着纹从船上跳下，钢推自己飞过迷雾。依蓝德挥手道别，也将自己钢推入空中。他冲入天空时，锡力增强的耳朵听见哈姆跟塞特说话的声音。

"所以……除非有人抱你，否则你哪里都去不了，对吗？"打手问道。

塞特不置可否地哼了一声。

"太好了。"哈姆说道，听起来相当满意，"我有几个你应该会很喜欢的哲学难题……"

穿着礼服时，镕金跳跃并不容易。每次纹要降落，礼服下摆就会膨胀，如一堆被惊飞的鸟儿。

纹不太担心漏出裙下风光，不单单是天色暗到大多数人看不出来，还因为她在衬裙下面也穿着长统袜。不幸的是，翻动的裙摆在空气中造成的阻力让跳跃变得困难许多，也发出许多噪音，不知道她在翻过天然岩石形成的城墙时，守卫们会有何感想。她觉得自己听起来像是十几面在狂风中猎猎作响的旗子。

她终于减缓速度，挑选一座灰烬被清理干净的屋顶降落。她轻轻着陆，跳起转身，裙摆散开后，缓缓下降，等着依蓝德。他随即出现，降

迷雾之子
卷三·永世英雄 [珍藏版]

落远没有她那么流畅,他重重地着陆,还发出一声闷哼。不是他不擅长钢推或铁拉,纯粹是因为练习不如纹频繁。她在刚成为镕金术师的第一年中听起来大概就像这样。

好吧,也许她还是要好些,她宠溺地想,看着依蓝德拍掉身上的灰烬。可是我确定大多数镕金术师在练习一年之后,大概也就是他这样的程度。

"刚才那一连串的跳跃还真不容易,纹。"依蓝德说道,微微喘气,回头看着悬崖一般的岩石结构,火焰在夜空中高高燃烧。依蓝德穿着他标准的白色军服,是廷朵为他设计的。他派人将这件上面的灰刷干净,也修剪了胡子。

"我不能经常降落,"纹解释,"这些白衬裙一下子就会沾到黑灰。来吧,我们得进去。"

依蓝德转身,在黑暗中微笑,看起来颇为兴奋:"这件礼服,你是付钱请城里的裁缝师帮你做的?"

"事实上我是付钱请城里的朋友帮我订制的,他还帮我买了化妆品。"她继续前跳,朝奥瑞尔堡垒前进。根据慢快的说法,今晚舞会就在那里举行。她一直浮在空中,没有降落。依蓝德跟在身后,利用同样的钱币行进。

很快地,他们来到迷雾中的一团鲜艳色泽中,像是沙赛德的神话故事里出现过的那种美丽光晕。光团从内侧被点亮,变成她上次潜入时看到的巨大堡垒彩绘玻璃。纹往下侧斜,穿过迷雾,考虑一会儿是否该落到中庭,躲开警卫,好让她跟依蓝德能够低调入场。然后,她否决了这个主意。

这不是个低调的夜晚。

所以,她选择直接落在城堡般建筑物的正门口,铺着地毯的台阶迎接她的降落,风吹散了几片残存的灰烬,露出一小片干净的区域。依蓝德一秒后降落在她身边,挺直身体,雪白的披风在身边翻飞。在台阶顶端，两名身着制服负责迎宾的仆人全身一僵，满脸诧异。

依蓝德对纹伸出手臂:"请?"

纹勾住他。"好的。"她说,"最好趁那些人找来侍卫之前。"

两人走上台阶,听到后方一小群正在下马车的贵族发出惊呼。其中一名迎宾仆人走上前来要挡住纹跟依蓝德。依蓝德小心翼翼地按上那人的胸膛,搭配白镴猛力一推,那人脚下一个不稳,急退数步之后撞上墙壁。另一人快奔而去,想要招来警卫。

在接待室中,准备进入大厅的贵族们开始交头接耳。纹听见他们在问是否有人认得这组黑白搭配的奇特访客。依蓝德坚定地上前,纹紧跟在他身边,让所有人慌张地为他们让道。依蓝德跟纹快速穿过小房间,他将名片递给在大厅入口等着迎宾唱名的仆人。

他们等着仆人开口,此时纹发现她开始屏住呼吸,仿佛正在重温旧梦,或是唤醒了一个愉快的记忆。有一瞬间,她又成为了几年前的那个年轻女孩,去到泛图尔堡垒参加她的第一个舞会,担心又紧张,无法扮演好自己的角色。

可是,她已经不再感觉到那样的不安。她不担心自己是否能被众人接纳或相信。她杀了统御主。她嫁给了依蓝德·泛图尔,而且比这两件成就更神奇的是,在这一团混乱与繁杂之中,她终于找到了她自己。不是街头的少女,虽然那是她成长的地方。不是宫廷的女子,虽然她欣赏舞会的美与优雅。她是不同的人。

一个她喜欢的人。

仆人重新读了一遍依蓝德的名片,随即脸色发白。他抬起头。依蓝德直视对方的双眼,轻轻点头,仿佛在说:"很抱歉,但这是真的。"

仆人清清喉咙,依蓝德领着纹进入大厅。

"至高皇帝,依蓝德·泛图尔皇。"仆人以清亮的声音宣告,"以及纹·泛图尔皇后,幸存者继承人,永世英雄。"

整个舞会大厅突然不自然地安静下来。纹跟依蓝德停在门口,让贵族们都有机会好好看清楚他们。奥瑞尔的主要大厅跟泛图尔堡垒一样兼具舞厅功能，但设计并非高挑圆拱，而是采用了缀有小巧精致石雕的偏矮屋顶，仿佛建筑师选择以精美而非气派取胜。

整个房间以不同颜色的白色大理石雕造。房间大到可以容纳数百人，加上舞池跟桌子仍然感觉相当宽敞舒适。室内以一排排的装饰大理石柱和巨幅落地彩绘玻璃划出不同区块。纹很欣赏这个设计。陆沙德堡垒大多都把彩绘玻璃镶嵌在外层墙壁，如此一来可被外面的灯光照亮，虽然这座堡垒也采取了同样设计，但真正的大师级杰作却是将其立于舞池中，以便人从双面欣赏。

"统御主啊。"依蓝德低语，眼光扫过聚集的众人，"他们真的认为可以忽视外面的世界，对不对？"

金、银、青铜、红铜闪烁在身着华贵礼服与笔挺绅士套装的身上。男子通常着深色，女子通常着彩色。一群乐师在角落演奏弦乐器，音乐不受震惊的气氛影响，端着食物跟饮料的仆人不确定地在一旁等着。

"是的。"纹低声说道，"我们应该要离开门口。侍卫抵达时，我们要跟人群混在一起，让士兵无法下手。"

依蓝德微笑。她知道他心里在想的是她不喜欢背后暴露在外。可是，纹也知道依蓝德明白她说得对。两人走下短短的大理石台阶，加入宴会。

司卡可能会躲开如此危险的一对，但纹跟依蓝德以贵族礼仪为外皮，而最后帝国的贵族们相当擅长伪装，当他们不知道该怎么应对时，他们会选择标准做法——彬彬有礼。

绅士与淑女纷纷鞠躬行礼，仿佛皇帝与皇后的造访本就是意料中事。纹让依蓝德带领，他对于宫廷的经验远丰富于她。他向经过的人点头打招呼，展现适当的自信。侍卫终于出现在身后的大门，可是他们显然担心会打扰宴会的进行。

"在那里。"纹说道，朝左边点点头。隔着彩绘玻璃的隔间，她可以看见一个坐在高台上桌边的人影。

"我看到了。"依蓝德说道,领着她绕过玻璃,让纹第一次见到亚拉单·尤门,西方统御区之王。

他比她预料的还要年轻,也许跟依蓝德年纪差不多。圆润的脸庞,认真的双眼,尤门按照圣务官的传统剃了光头,深灰色的袍子显示他的地位,眼睛周围繁复的刺青也显示他是资源廷非常高阶的成员。

纹跟依蓝德走上前时,尤门站起身,看起来已目瞪口呆。士兵开始慢慢进入房间,依蓝德停在离披着白桌巾与有着透明水晶餐具的贵客桌不远处。他迎上尤门的目光,其他宾客安静极了,纹猜想大多数人都正屏住呼吸。

纹检查了她的金属存量,微微转身,盯着侍卫,然后从眼角看到尤门举起手,低调地挥手要士兵退下。

纹抬头看着依蓝德。"好吧。"她悄声说道,"我们进来了。现在怎么办?"

"我要跟尤门谈话。"依蓝德说,"但我想再等一下,让他习惯我们的存在。"

"那我们应该跟众人寒暄。"

"分开吗?这样我们可以接触到更多贵族。"

纹迟疑了。

"我可以保护自己,纹。"依蓝德微笑说道,"我保证。"

"好吧。"纹点点头,那不是她迟疑的唯一原因。

"尽量跟越多人说话越好。"依蓝德说道,"我们要粉碎他们对安全生活的幻想。毕竟我们已经证明尤门无法把我们阻挡在法德瑞斯外,而且我们完全不受他威胁,可以大摇大摆地进入他正在参加的舞会中。一旦引起骚动,我就会去跟他们的国王谈话,到时候他们绝对会竖耳倾听。"

纹点点头:"你跟众人交际时,留意一下谁会愿意支持我们反抗现任政府。慢快暗示过,城里有些人对于国王的处事的方法不甚满意。"

迷雾之子
卷三·永世英雄［珍藏版］

依蓝德点点头，吻了吻她的脸颊，然后，只剩下她一个人。纹穿着她美丽的礼服，感觉到一瞬间的惊慌。过去两年，她刻意不让自己陷入需要穿礼服同时又与贵族交际的场合。她很坚定地穿着长裤与衬衫，觉得让那些在她眼里过度自我膨胀的家伙们感到不自在，是自己责无旁贷的义务。

可是，是她向依蓝德建议的这种渗透方法。为什么？为什么让自己陷入这种处境？她不再对于自己感到不满，她不再需要穿着另一件蠢礼服，去跟一堆她不认识的贵族进行社交对谈来证明任何事。

真是如此吗？

现在多想也没有用，纹心想，目光扫过人群。陆沙德的贵族舞会是非常有礼貌的活动，她设想此处亦是如此，目的是为鼓励众人交际，协助政治磋商。舞会曾经是贵族间的主要活动，他们在统御主的统治下过着非常优渥的生活，因为他们的祖先在统御主升华前是他的朋友。

因此，宴会是以小团体为主，有些是男女混合，但许多只有女子或男子，没有人会觉得一对夫妇或情侣整场宴会都要在一起。不过纹已经很久、很久没有独自身处在这样的宴会中。她觉得很尴尬，不知道该要去找其中一群，或是等着看是否有人迎向她。她感觉像重回生平第一次参加舞会的晚上，那时她假装是单身的贵族仕女，唯一的伴侣是沙赛德。

在那天，她扮演了一个角色，躲藏在法蕾特·雷弩的身份中。现在她不能再这样做，在场的每个人都知道她真正的身份。过去这会让她不安，但现在已经不再如此，她只是不能像刚刚那样——站在那边等别人来找她。整个房间的人似乎都正盯着她瞧。

她穿过美丽的白色房间，深知自己的黑色礼服在一众女子身上的缤纷色彩中有多显眼。她绕过如水晶窗帘般从屋顶垂挂下的一片片彩色玻璃。她从之前的舞会中学到一个不败的真理：只要有贵族仕女聚集的地方，就会有自认为是最重要的那一个。

MISTBORN: THE HERO OF AGES

纹很轻易地便找到她。那女子有黑色的头发，晒成金色的皮肤，跟一群趋炎附势的跟班同坐一桌。纹认得她高傲的表情，还有大到足以显露她的强势尊贵，但又小到每个人都必须聚精会神聆听的声音。

纹坚定地上前。多年前，她不得不从最下层开始，如今她没这个时间。她不明白城内错综复杂的政治局势，包括各派的同盟与敌对，但她对于一件事向来颇有信心。

无论这女人是站在哪一边的，纹都想挑战她。

几名谄媚那女子的人看到纹靠近时，脸色一白。她们的领袖倒是纹丝不动，依旧淡漠。她会试图忽视我，纹心想。不能让她有这个选项。纹坐在女子正对面的桌前，然后开始对她的几个谄媚者说话。

"她正打算要背叛你们。"纹说道。

女子们面面相觑。

"她计划溜出城。"纹说道，"当军队攻击时，她会逃之夭夭，而你们只有留下来等死。可是当我的盟友，我会保护你们。"

"不好意思。"为首的女子声音尖锐地开口，"我不记得曾邀请你前来此处。"

纹微笑。真简单。盗贼集团领袖的基础是钱，没了钱，他就完了。这样的女人，力量来自于听她说话的人。要让她有所反应，直截了当的方式就是威胁要夺走她的追随者。

纹转身与女子正面对峙："你没邀请我，是我不请自来。这里的仕女们需要有人警告她们。"

女子嗤之以鼻："你在信口开河。你对我的计划一无所知。"

"没有吗？你不是会让尤门那样的人主宰你未来的人，如果这里其他人愿意动动脑子，她们会发现你是不可能让自己被困法德瑞斯城却不留后手。我很讶异你现在还在这里。"

"你威胁不了我。"贵族仕女说道。

"我还没开始威胁你。"纹淡淡地说，啜着酒。她小心翼翼地推了一下桌边众女子的情绪,让她们更担忧。"你希望的话,我们可以开始,不过理论上来说,你的整个城市已经都受到我的威胁了。"

女子眯着眼睛看她:"贵女们,别听她的。"

"是的,帕特芮森贵女。"一名女子回应,说话的速度有点太快。

帕特芮森,纹心想,很高兴终于有人说了那女人的名字。我认得这个名字吗?"帕特芮森……"纹懒洋洋地说道,"那不是埃拉瑞尔的表亲吗?"

帕特芮森贵女什么都没有说。

"我杀过一个埃拉瑞尔。"纹说道,"她身手不错。珊是个很聪明的女人,也是优秀的迷雾之子。"她往前弯身。"也许你以为关于我的故事都是夸大,也许你以为我并没有杀死统御主,这一切都只是被创造来巩固我丈夫统治的传言。

"你要怎么想都可以,帕特芮森贵女。可是,有一件事你必须了解。你不是我的对手。我没有时间理会你这种人。你和你的城市一样渺小,都是注定灭亡的贵族文化的一部分。我跟你说话不是想参与你的计划,你甚至无法了解它们对我来说有多无足轻重。我只是来这里提出警告。我们会占领这座城市,而当我们动手时,反抗我们的人,不会有多少生存的机会。"

帕特芮森贵女脸色微微发白,但她说话时,声音仍然平静:"我怀疑真是如此。如果你们真如自己所说能占领这座城市,早就动手了。"

"我丈夫是个有荣誉心的人。"纹说道,"他决定在攻击前要先跟尤门对谈。不过,我可没那么温和。"

"是吗?我觉得——"

"你还没搞清楚吧?"纹说道,"你想什么不重要。我知道你有很强大的靠山,这些靠山可能已经告诉你我们带来了多少人——将近四万士兵,两万克罗司,还有一整队镕金术师,以及两名迷雾之子。我丈夫来此不是为了创造敌人,甚至不是为了结交盟友。我们是来下最后通牒。

243

MISTBORN: THE HERO OF AGES

我建议你要认真听。"

她以强大的安抚之力强调了最后一句话。她想要让这些女人看清楚,她们的确处于她的掌控之下。然后,她站起身,慢慢从桌子边离开。

她对帕特芮森说什么并不重要,重要的是大家都看到纹对那女人的威吓。希望这足以宣告纹在当地政治势力中所扮演的角色,让她对房间里面的某些派别比较不具有威胁性,也会让别人更愿意接近她,同时——

她身后传来椅子被推动的声音。纹多疑地转身,看到帕特芮森贵女的小团体快速解散,让她们的领袖独自坐在桌边,脸色不快。

纹全身紧绷。

"泛图尔贵女。"其中一名女子说道,"也许您会允许我们……介绍宴会中的一些人给您认识?"

纹皱眉。

"请您允许。"女子很轻声地说道。

纹讶异地眨眨眼。她以为那些女人会对她产生敌意,而非听从她。她环顾四周。大部分的女子看起来害怕到像是即将在太阳下枯萎的叶子。她觉得有点不解,却点点头,允许那女子领着她,介绍宴会中的其他人。

拉刹克既唱红脸又唱白脸。我想他是想要展现他的双重性,既是存留也是灭绝。

这当然是个谎言。他毕竟只碰触过其中一股力量——而且接触到的层面还很窄。

31

"微风大人猜得没错。"沙赛德站在他们那一小群人面前说道,"就我所知,这是故意将水引导入此处的地下水库,这个计划一定花上了几十年的时间将天然的水道拓宽,才能把原本灌入上方河流与运河的水都引到洞穴里。"

"是没错,但为什么?"微风问道,"为什么要浪费这么多力气来搬动河流?"

在邬都的三天,他们如鬼影所建议的,将军队搬入了教廷的建筑物,表面上看来是要住在里面。公民不可能知道这个库藏,否则早就该将其劫掠一空。万一城里的状况恶化,沙赛德一行人如今有明显的优势。

他们从地面上的建筑物拿了家具下来摆设,利用布料跟织锦画在石穴中的柜子间创造"房间"。逻辑上,石穴是他们度日的最佳场所,如果有人要攻击教廷大楼,他们就该躲在这里。的确,他们有可能会被困住,但靠着手边的补给品,他们可以无限期地存活,再想出脱逃的方法。

沙赛德、微风、鬼影还有奥瑞安妮坐在食物区中一个被划分出来的隔间里。"我想统御主制造这座湖的原因很简单。"沙赛德说道,转身望着大湖,"这里的水来自地下,是透过层层岩石过滤形成的纯净水,那是最后帝国中极为罕见的水质。没有灰烬,没有沉淀。如果发生天灾,纯净水的用途应该是要养活人群。如果水继续流入上方的运河,一定很快就会被落灰污染,或被住在城市里的居民污染。"

"统御主在为未来准备。"鬼影说道,依旧绑着他奇特的蒙眼布。每次有人问他为什么要绑着布条时,他总是避而不答,但沙赛德开始怀疑那跟燃烧锡有关。

年轻人的话让沙赛德点点头:"统御主不担心造成邬都的经济颓败,他只想要确保石穴可以随时得到流动的清水。"

"这不是重点吧?"奥瑞安妮问道,"我们是有水了,可是该拿管城的疯子怎么办?"

沙赛德一时没有答话,其他人转向他。很不幸,这里是由我来负责。"我们应该谈谈这件事。"他说道,"泛图尔皇帝要求我们占领城市。由于公民不愿意再与我们会面,我们应该要讨论其他选项。"

"那个人必须消失。"鬼影说道,"我们需要杀手。"

"小子,恐怕这不会奏效。"微风说道。

"为什么?"鬼影问道,"我们杀了统御主,效果蛮好的。"

"不。"微风竖起一根指头,"统御主是不可替代的。他是个神,杀了他,我们在他的人民中造成了某种精神重创。"

奥瑞安妮点点头:"这个公民不是自然力量,不过是个普通人,人都是可以被取代的。杀死魁利恩,只是让他的喽啰起而代之。"

"我们还会被烙上杀人犯的恶名。"微风说道。

"那怎么办?"鬼影问,"就算了?"

"当然不行。"微风说道,"想要占领城市,得先要消除他的势力,然后再除掉他。我们得先证明他的整个体制有问题,整个政府其实很愚蠢。这样的话,我们不只能阻止他,还能阻止所有跟他合作、支持他的人。如果不想要带兵进来靠武力占据此地,这是得到邹都的唯一方法。"

"而且因为陛下非常善心地没留下什么军队给我们……"奥瑞安妮说道。

"我觉得不需要这么冲动。"沙赛德说道,"也许假以时日,我们能跟那个人合作。"

"跟他合作?"鬼影问道,"在这里三天了,你还看不清魁利恩是什么样的人?"

"我看到了。"沙赛德说道,"而且说实话,我不知道我是否真能认为公民的看法是错的。"

石穴陷入沉默。

"老兄,也许你该解释一下这句话。"微风啜着酒说道。

"公民说的话不假。"沙赛德说道,"我们不能责怪他用卡西尔自己做过的事教导人民。幸存者的确说过要杀死贵族,而且我们大家也经常看到他如此行事。他提过反叛还有司卡自治。"

"乱世用重典。"微风说道,"要煽动人民就是需要这些,但阿凯不会真的这么极端行事。"

"也许吧。"沙赛德说道,"可是听过卡西尔谈话的人照本宣科真的不正常吗?我们又有什么权利禁止他们这么做?从某种角度来说,他们比我们还要忠于卡西尔。卡西尔死后不到一天,我们就拥立一名贵族坐上皇位,他若是有知,会高兴吗?"

微风跟鬼影面面相觑,没有人反驳。

"不对。"鬼影终于说道,"这些人宣称说他们了解卡西尔,但他们一点也不。他不想要人民满脸愁容,饱受欺凌,他希望他们自由且快乐。"

"确实如此。况且,我们选择了要跟随依蓝德·泛图尔,他也给了我们秩序。"微风说道,"我们的帝国需要这些补给品,不能冒险让有组织的反叛势力掌控帝国中最重要的城市之一。我们需要占领这个库藏,保护邬都的人民,这是为了更伟大的良善目标。"

奥瑞安妮点头。一如往常,沙赛德感觉得到她碰触他的情绪。

为了更伟大的良善目标……沙赛德心想。他知道鬼影说得没错。卡西尔不会希望如此扭曲的社会利用他的名字延续下去。必须采取一些行动。"好吧。"他说,"我们下一步该怎么做?"

"先按兵不动。"微风说道,"我们需要时间更进一步感觉这个城市的气氛。这些人离反抗亲爱的魁利恩还有多远?当地犯罪组织有多活跃?服务于新政府的官员有多腐败?给我点时间来找出这些问题的答案,我们就知道该怎么动手。"

"我还是觉得我们应该依照卡西尔的做法。"鬼影说道,"为什么不能

MISTBORN: THE HERO OF AGES

像推翻统御主那样推翻公民？"

"我怀疑那不会奏效。"微风说道，啜着酒。

"为什么不行？"鬼影问。

"好孩子，理由很简单。"微风说道，"我们已经没有卡西尔了。"

沙赛德点点头。这倒是真的，不过他忍不住想，他们是否真有摆脱幸存者影子的一天。某种程度而言，这个城镇免不了一战。如果卡西尔有缺陷，一定就是他对贵族的极端憎恨——那却也是驱策他，帮助他达成不可能任务的热情之一。可是，沙赛德担心这份憎恨会毁掉任何被感染的人。

"慢慢来吧，微风大人。"沙赛德说道，"由你决定什么时候我们可以进行下一步。"

微风点点头，于是会议结束。沙赛德站起身，微微叹气。此时，他迎向微风的眼睛，那人对他眨眨眼睛，露出一丝笑容，仿佛在说："这没你想的一半困难。"沙赛德回以微笑。他感觉到微风碰触他的情绪，想要鼓励他。

可是，安抚者的手法太轻，微风不可能知道仍在他体内纠结的冲突，远比卡西尔跟邬都的问题更严重的冲突。他很高兴能在城市里待一段时间，因为他仍然有许多工作尚未完成，例如活页夹中一张张还没看完的纸张。

最近他连那件工作都没有多少时间进行。他尽力按照依蓝德的嘱咐去领导他人，但沙赛德感觉到体内长存不去的黑暗种子拒绝离开。他知道这种情绪对他而言，远比之前跟集团行动时碰到的问题还更危险，那让他对一切都漠不关心。

我必须继续工作，他决定，离开会议室，小心翼翼地将活页夹从附近的柜子取下。我必须不断寻找。我不能放弃。

但是整件事的困难度远比他想的要高。在过去，逻辑跟思考一直是他的避风港；然而，如今他的情绪拒绝响应逻辑。他再怎么思考下一步都无济于事。

他一咬牙，站起身走动，希望这动作能帮他解开心中的死结。他一度想要出去，研究在邬都出现的新型幸存者教会。可是，那似乎太浪费时间。世界已然要结束，何必浪费时间再研究另一个宗教？他已经知道这是假的。他在研究的早期，就将幸存者教会视为一个假的宗教，因为其中包含的矛盾几乎可以算是活页夹里的宗教之最。

其中蕴藏的热情也是。

他搜集的所有宗教都有一个共通点：它们都失败了。追寻它们的人不是死去就是被征服，他们的宗教被泯除。这难道还不够证明吗？他试图要布道，但他很少，很少成功。

一切都毫无意义。反正一切都要结束了。

不！沙赛德心想。我会找到答案。宗教没有完全消失，它们都被守护者保存了下来。其中之一必定有答案。必定在某处。

最后，他走到石穴的最后方，上面镶嵌着一块金属板，写着统御主的话。他们已经抄下来一份，但沙赛德想要亲自阅读。他看着反射附近一盏灯光的金属板，开始阅读摧毁如此多宗教的人，亲口描述的话语。

上面写着：计划，很简单。当力量回到井的时候，我会取得它，确保那东西被困住。

但我仍然担心。事实证明它比我所以为的还要聪明很多，它不断动摇我的思想，让我看到跟感觉到我不需要的东西。它非常仔细，非常小心。我不知道它会如何造成我的死亡，但我仍然担心。

如果我死了，这些库藏将在某种程度上保护我的子民。我害怕会发生的事。可能发生的事。如果你现在正读着这段文字，而我已不在，那我为你担心害怕。可是，我会努力留下能给予的所有协助。

有些镕金术的金属，我没有跟任何人分享。如果你是我的祭司，正在这个石穴工作并阅读这些文字，那你要谨记，胆敢跟任何人分享

MISTBORN: THE HERO OF AGES

这份知识都将引来我的震怒。可是如果力量回归，而我无法处理，那也许电金的知识能协助你。我的研究人员发现，将百分之四十五的金混合百分之五十五的银能创造一种新的镕金金属。燃烧它时虽然给不了你天金的力量，但能够保护自己不受天金使用者的影响。

　　至此结束。在文字旁边是一张地图，显示下一个库藏的位置，就是纹跟依蓝德前一阵子取得的南方矿坑小镇。沙赛德再次阅读统御主的字句，但这只让他的绝望感更深。连统御主面对他们如今的困难都感到无助。他计划要活着，他计划不让这一切发生，但他也知道他的计划可能不会成功。

　　沙赛德转身，留下金属板，走回地下湖边。湖水如黑色玻璃般平静，不受风或灰烬影响，偶尔因为气流而微微波动。两盏油灯躺在水边，静静地燃烧，标出水岸的位置。在他身后不远处，一些士兵架设了营地，不过超过三分之二的士兵继续住在建筑物楼上，让它看起来是有人居住的样子。其他人搜寻石穴墙壁，想要找到秘密出口，一旦被攻击的话，知道有其他逃脱的方式会让所有人更为安心。

　　"沙赛德。"

　　沙赛德转身，点头欢迎鬼影走近，跟他一起并肩站在黑色无波的河岸边。两人静静地站在原处，沉浸在各自的思绪中。

　　这个人心里也有很多烦恼，沙赛德心想，注意鬼影看着水面的神色。出乎他意料的是，鬼影举起手，解开眼前的布块。拉下之后，下面是一副眼镜，也许是用来防止布料压到眼睛。鬼影除下眼镜，眨眨眼。他的眼睛开始流泪，伸手将其中一盏灯熄灭，让沙赛德站在非常暗淡的灯光下。鬼影叹口气，直起身体，擦擦眼睛。

　　的确是因为他的锡，沙赛德心想。他还发现那少年经常戴着手套，仿佛是为了保护他的皮肤。沙赛德猜想如果他仔细一点，应该会看到男孩也有耳塞。真奇怪。

　　"沙赛德，我想跟你谈谈。"

"请随意开口。"

"我……"鬼影一时语塞,之后看了看沙赛德,"我认为卡西尔仍然跟我们同在。"

沙赛德皱眉。

"当然不是活着。"鬼影连忙说道,"可是,我认为他在照看我们、保护我们……之类的。"

"这想法挺不错。"沙赛德说。当然是违心的。

"不只是想法。"鬼影回答,"他在这里。我只是想知道你研究过的宗教有没有哪一个提过这种事。"

"当然有。"沙赛德说道,"许多宗教都会提到死者留下来协助或诅咒生者。"

两人陷入沉默,鬼影很显然是在等着些什么。

"怎么?"鬼影问道,"你不打算要对我传道吗?"

"我不会了。"沙赛德轻声说道。

"哦?"鬼影回答,"呃,为什么?"

沙赛德摇摇头:"我发现自己很难再拿无法安慰自己的话让别人信服。鬼影,我正在检视每个宗教,想找出是否有哪一个是正确且真实的。一旦找到了,会很乐于跟你分享任何我觉得可能含有真相的宗教。可是,目前我一个都不信,所以一个都不想提。"

奇特的是,鬼影没有跟他争论。沙赛德之前一直觉得很气恼为什么他的朋友们——而且大部分还是坚持无神论主义的人——居然会因为沙塞德表示要加入无神论的行列,而忿忿不平。可是,鬼影没有跟他争辩。

"蛮合理的。"年轻人终于说道,"那些宗教不是真的。毕竟守护我们的是卡西尔,不是那些神。"

沙赛德闭起眼睛:"你怎么能这么说,鬼影?你跟他一同生活过。你认得他。我们都知道卡西尔不是神。"

"这个城市里的人认为他是。"

MISTBORN: THE HERO OF AGES

"那他们又得到了什么？"沙赛德问道，"他们的信仰只带来压迫跟暴力。如果这就是结果，信仰有什么用？一整个城市的人误解他们的神的命令？一个充满灰烬与痛苦与死亡与悲伤的世界？"沙赛德摇摇头。"所以我不再戴金属库，不能给我更多答案的宗教，不配被我传道。"

"噢。"鬼影说道。他跪下，一手探入水中，打了个寒颤。"这也算合理吧，我想……不过我以为你是为了她。"

"什么意思？"

"你的女人。"鬼影说道，"另一个守护者——廷朵。我听她谈过宗教。她对宗教不太欣赏。我以为你不再提是因为那也许是她想要的。"

沙赛德感觉全身一凉。

"无论如何，这个城市的人所相信的事远超过你的理解。卡西尔的确守护着我们。"

说完，男孩自顾自地离去。可是沙赛德已经不再注意他，而是盯着深黑的湖水。

因为那也许是她想要的。

廷朵认为宗教很愚蠢。她说仰赖古老预言或无形力量的人都是在寻找借口。在她跟沙赛德相处的最后几个礼拜中，这经常是他们谈话的重点，甚至是偶有小争执的原因，因为他们的研究正涉及永世英雄的预言。

这个研究完全没有意义。预言顶多是期盼拥有更好世界的人所仰赖的空洞希望。更糟糕的是，预言可能是被巧妙地安插，用来进一步达成邪恶力量目标的工具。无论如何，他当时认真相信自己工作的价值，而廷朵一直在帮助他。他们搜遍了金属意识库，筛检过数世纪的信息、历史、神话，寻找关于深黯、永世英雄，还有升华之井的线索。她跟他一起研究，声称她的兴趣来自于学术，而非宗教。沙赛德当时怀疑她有不同的动机。

她想要跟他在一起。她当时压抑自己对宗教的不悦，只因为想要跟她觉得重要的人在一起。如今，她死了，沙赛德发现自己开始做她觉得重要的事情。廷朵研究政治与领导学,她最爱阅读伟大政治家与将领的传记。难道他同意成为依蓝德的大使,潜意识里是为了让自己能参与廷朵的研究,一如她在死前将自己投身于他的研究工作一样?

他不确定。其实他认为自己的问题根源远深于此,可是这么敏锐的观察居然出自鬼影,让沙赛德忍不住反复多想。这个做法非常聪明。鬼影没有反驳他,反而提出了可能的解释。

沙赛德感触良多。他转过身,看着水面一阵子,想着鬼影说的话,然后从活页夹中掏出下一种宗教,开始思考。他希望越快看完,就能越早找出真相。

镕金术很明显是属于存留的,任何有逻辑性的人都可看出这点。因为在镕金术的使用中,得到的是纯粹的力量,来自于外部的资源——存留的躯体。

32

"依蓝德,真的是你?"

依蓝德震惊地转身。他原本正在舞会中交际,跟一群后来发现是他远房表亲的男子们交谈。可是身后传来的声音似乎更熟悉。"泰尔登?"依蓝德问道,"你在这里干什么?"

"我住在这里,依蓝。"泰尔登与依蓝德握手。

依蓝德仍然讶异得瞠目结舌。自从泰尔登的家族在统御主死后的混乱时期逃出陆沙德,他就再也没有见过他,这个人曾经是依蓝德最好的朋友之一。站在一旁的表亲们决定优雅地告退。"我以为你在巴司马丁,泰尔。"依蓝德说道。

"没有。"泰尔登说道,"我的家族定居在那里,可是我觉得那区太危险,还有四处作乱的克罗司。尤门王取得政权后,他很快地获得能提供稳定生活的声誉,我就搬到法德瑞斯了。"

依蓝德微笑。岁月改变了他的朋友。泰尔登原来是标准的花花公子,头发跟昂贵的套装专门为了吸引女子的注意力。年纪大了一点的泰尔登算不上是邋遢,但显然已经不再执着于时髦。他一直相当高挑壮硕,块头有点像长方形一般,而最近额外增加的体重,让他显得比过去更……平凡。

"依蓝德。"泰尔登边说边摇头,"你知道吗?有好长一段时间我拒绝相信你真的掌握了陆沙德的实权。"

"你参加了我的加冕典礼啊!"

"我以为他们挑选你做傀儡,依蓝。"泰尔登搓着他的宽下巴,"我以为……对不起。我那时大概对你没有多少信心吧。"

依蓝德大笑:"不愧是我朋友,一点也没猜错。我真的是很糟糕的王。"

泰尔登显然不知该如何接话。

"我后来做得比较好,"依蓝德说道,"只是一开始得先度过阵痛期。"

参加宴会的人在分隔成两半的舞会中不断转换位置。虽然那些在一旁窥探的人想要尽量表现得毫无兴趣与疏离,但依蓝德其实可以看出来,以贵族的标准而言,他们看得目不转睛。他瞥向一旁,看到纹穿着那件绝美的黑色礼服,被女人们包围。她似乎应付得很好,她在宫廷中的社交能力远胜过她的想象。她优雅、自持,是众人注意的焦点。

她也充满警觉。依蓝德从她总是背对墙壁或玻璃帷幕的方式可以看得出来,她必定在燃烧铁或钢,观察附近是否有金属的动静,防止射币奇袭。依蓝德也开始燃烧铁,同时燃烧黄铜安抚房间里众人的情绪,免得他们因为她的侵入而感到愤怒或被威胁。其他的镕金术师,如微风,甚至纹，可能都无法同时安抚一整个房间的人，但对依蓝德而言，在他超出寻常的能力之下，几乎不需分神即可办到。

泰尔登依然站在一旁，满脸困窘。依蓝德试图想说些什么再重开话题，但却找不到什么听起来自然的主题。泰尔登离开陆沙德已经四年，在那之前，他是跟依蓝德一起带着年轻人的理想谈论政治理论，为了将来领导家族而思考规划的同伴。如今，青春与理想，都不复存在。

"所以……"泰尔登先开口，"我们就都来了这里，是吧？"

依蓝德点点头。"你不会真的攻击城市吧？"泰尔登问道，"你只是来恫吓尤门的吧？"

"不。"依蓝德轻声说道，"必要时我真的会征服城市，泰尔登。"

泰尔登满脸涨红："你发生了什么事，依蓝德？当初总说着权利与法制的人去哪了？"

"世界变化很大，泰尔登。"依蓝德说道，"我不能总是原地踏步。"

"所以你成为了统御主？"

依蓝德迟疑。从另一个人口中听到自己内心的问题并受到追问的感觉有点奇怪，他心里某个角落感到恐惧，既然泰尔登问了依蓝德一直担心的事情，那这也许是真的。

可是，他心中有一股更强大的冲动，廷朵在他心中种下了种子，之后多年的打拼更坚定了这个信念——要为残存的最后帝国带来秩序。

依蓝德想要相信自己。

"不，泰尔登。"依蓝德坚定地说道，"我不是统御主。陆沙德由内阁议会所统治，我帝国中的每个城市都有类似组织。这是我第一次带着自己的军队出发进行征服而非提供保护，而这是因为尤门从我的盟友手中夺取了这个城市。"

泰尔登轻哼："你自立为帝。"

"因为这是人民需要的，泰尔登。"依蓝德说道，"他们不想回到统御主的时代，但更不想陷入混乱的生活。尤门在此处的成功证明了许多事情——人民需要领导者。他们上千年来都拥有神帝，如今不是让他们失去领导者的时候。"

"你的意思是你只是个象征？"泰尔登双臂抱胸问道。

"绝对不是。"依蓝德说道，"可是我希望自己有一天是。我们都知道我是学者，不是王。"

泰尔登皱眉。他不相信依蓝德，可是依蓝德发现自己并不在乎。说出这些话，当面迎击对方的质疑，让他明白自己的信念有迹可循。泰尔登不了解，他没有经历过依蓝德所经历的事情。年轻的依蓝德不会同意现在自己的作为，而他的灵魂中也一直存在一个反对的声音，但是，现在该停止让这声音打击他的信心了。

依蓝德一手按住他朋友的肩："泰尔，没关系的。我花了好多年说服你统御主是个差劲的皇帝。我完全相信得花上同等的时间才能说服你，我会是个好皇帝。"

泰尔登有点迟疑地微笑。

"你要跟我说我变了吗？"依蓝德问道，"最近这句话很流行。"

泰尔登大笑："我以为这件事很明显，不需要特别指出。"

"那你是想说什么？"依蓝德问道。

"这个嘛……"泰尔登说道，"我其实是要怪你，结婚怎么没邀请我！我很伤心，依蓝德，真的。我耗费了大部分的青春给你感情上的建议，结果你最后终于挑中一个女孩，却甚至没让我知道你要结婚！"

依蓝德大笑，转身跟随泰尔登的视线，看着纹。既强大自信，又细致优雅，依蓝德带着骄傲笑容看着自己的妻子。就连陆沙德当年的舞会巅峰时期，他都不记得有哪个女人能像纹一样引起如此强烈的注意。而跟依蓝德不同的是，她进入舞会时，谁都不认得她。

"我觉得你有点像是骄傲的父母。"泰尔登说道，一手按着依蓝德的肩膀，"以前有时候我真的觉得你没救了，依蓝！我以为有一天你会进入图书馆之后就消失，而我们会在二十年之后发现你满身都是灰尘，第七百次翻过同一本哲学书。可是现在，你居然结婚了，还娶了这么棒的女人！"

"有时候我自己也不太懂是怎么一回事。"依蓝德说道，"我想不出有什么逻辑上的好理由来解释她为什么要跟我在一起。我只好……相信她的判断。"

"无论如何，干得好。"

依蓝德挑起眉毛："我记得你当初曾经想要说服我，不要花太多时间跟她相处。"

泰尔登满脸通红："你得承认，她刚来舞会时真的很可疑。"

"是的。"依蓝德说道，"她看起来太像真人，而不是贵族仕女。"他望向泰尔登，微笑。"不过，请恕我失陪一下，我有事情要做。"

"当然。"泰尔登说道，微微欠身，送依蓝德离开。这动作由泰尔登来做显得有点怪。他们其实已经不再了解对方了，可是，他们仍然共同拥有友谊的记忆。

我没跟他说我杀了加斯提，依蓝德边穿越房间边想，里面的人自然地为他让道。*不知道他是否知道。*

依蓝德敏锐的听觉听到人们一发现他的打算之后，交头接耳的声音升高了，大家意识到了他想做的事。他已经给了尤门足够时间处理意外情绪，现在是面对那个人的时候了。虽然依蓝德前来舞会的部分原因是要恫吓当地贵族，但最大的目的仍然是与他们的国王对话。

尤门看着依蓝德来到桌边，而他必须称赞这名圣务官的是，他看起来并不害怕这场会面。不过，他的餐点丝毫未动。依蓝德不等他许可便来到桌边，尤门挥手要仆人把桌面清空，为依蓝德在对面摆上一副刀叉。

依蓝德坐下，有纹，还有自己燃烧的钢与铁，他相信不会突然背后受袭。他是桌子这半边唯一的客人，而尤门原本的用餐同伴全部都在依蓝德坐下的同时告退，留下两人独处。在其他时候，这幅景象可能还有点可笑：两个人面对面坐着，左右两边各是许许多多的空位。白色餐桌与水晶餐具仍然光鲜闪亮，一如统御主时代。

依蓝德已将他所拥有的这类精致器皿全部都变卖清空，努力要在过去几个冬天里喂饱人民。

尤门双手交握，置于面前的桌子上，餐点已被无声的仆人撤下。他端详着依蓝德，谨慎的目光周围是繁复的刺青。尤门不戴皇冠，但他在额头中央以绳子系了一颗珠子。

天金。

"钢铁教廷有一句俗话。"尤门终于说道，"跟恶魔坐下共餐，邪恶就会一同被吃进肚子里。"

"幸好我们没有要用餐。"依蓝德微微笑着说。

尤门没有报以微笑。

"尤门，"依蓝德转为较严肃地开口，"我现在来到你面前，并非作为寻求新领土的皇帝，而是亟须盟友的王。世界已经变成危险的地方，大地本身似乎都在抗拒我们，已经开始在我们脚下崩解。接受我的友谊，终结战争吧。"

尤门没有回答。

"你质疑我的诚意，"依蓝德说道，"这不能怪你，因为我带着军队来到你的门口。但我有办法说服你吗？你会愿意开始讨论或和谈吗？"

仍然没有回答。这一次，依蓝德也只是静静地等待。周围陷入沉默。

尤门终于开口："你是个炫耀浮夸的人，依蓝德·泛图尔。"

依蓝德一听，怒火中烧。可能是因为重回舞会，也可能是因为尤门将他的提议如此不放在心上，依蓝德发现自己正以多年前尚未担负帝国重担、尚未经历战争时的态度响应："我向来有这样的坏毛病。恐怕多年的统治还有礼仪训练并没有改变一件事：我是个非常无礼的人。我想应该是因为血统太差之故。"

"你觉得这是个游戏。"圣务官眼神冷硬地说，"你来我的城市打算要屠杀我的人民，还跳进我的舞会中，想将贵族吓得歇斯底里。"

"不对，尤门。"依蓝德说道，"世界即将要结束了，我只是想尽量帮更多人生存下来。"

"然后征服我的城市？"

依蓝德摇摇头："我不擅长说谎，尤门。所以我跟你说实话。我不想杀害任何人，宁可达成和平协议之后就停手。将我需要的信息交给我，将你的资源与我的整合，我就不会强迫你放弃这座城市的统治权。拒绝我，事情会变得更棘手。"

尤门坐在原处片刻，音乐仍然非常轻柔地演奏着，和四周人群对话的嘈杂声混为一体。

"你知道我为什么讨厌你这种人吗，泛图尔？"尤门终于问道。

"因为我难以忍受的迷人魅力与聪明才智？"依蓝德问道，"我虽算不上英俊潇洒，但跟圣务官比，我想我的长相还是值得羡慕。"

尤门脸色一变："你这种人怎么能坐上和谈桌？"

"我受过脾气暴躁的迷雾之子、言词刻薄的泰瑞司人，还有一群无法无天的盗贼的训练。"依蓝德叹口气说道，"况且，我本来就是蛮令人发指的家伙。不过请你继续侮辱我，很抱歉，不是故意要打断你的。"

"我不喜欢你。"尤门继续说道，"因为你胆敢认为自己有权夺得这座城市。"

"我是有。"依蓝德说道，"它属于塞特，我带来出征的士兵曾经是他的麾下，而这里是他们的家乡。我们是来解放，不是来征服的。"

"这些人看起来像是需要解放？"尤门朝舞池中的双双俪影努努嘴。

"事实上是的。"依蓝德说道，"尤门，你才是反叛者，不是我。你无权掌握这个城市，你很清楚这一点。"

"我有统御主给我的权力。"

"我不接受统御主的权力。"依蓝德说道，"所以我们杀了他。我们寻求的是人民统治的权力。"

"是吗？"尤门双手仍然交叠在身前，"就我所知，你的城市的人民选择费尔森·潘洛德为他们的国王。"

有道理，依蓝德必须承认这点。

尤门往前倾身："我不喜欢你的原因就在于此，泛图尔。你是最糟糕的伪善者。你假装让人民自治，但当他们把你赶走挑选别人时，你就叫你的迷雾之子为你重新征服城市。你靠力量而非民心称王，所以不要跟我谈论权力。"

"尤门，陆沙德当时有……状况。潘洛德正在跟我们的敌人交涉，他透过操弄议会才坐上王位。"

"听起来像是体制缺陷。"尤门说道，"一个你设立的体制，取代了原本运作正常的体制。人民需要政府稳定，他们需要有人可以仰望，一个他们可以信任的领袖，拥有真正的威信。只有统御主所亲选的人才有这种威信。"

依蓝德仔细看着圣务官。最令人烦躁的是，依蓝德发现自己同意对方的话。尤门说了依蓝德自己说过的话，即使这番话因为他圣务官的身份而略有扭曲。

"只有统御主所亲选的人才有这种威信……"依蓝德皱眉。这句话听起来很熟悉。

"这是杜尔顿的描述，对不对？《信任的天职》？"

尤门一愣。"对。"

"圣权这方面的论述，我偏好加林斯考。"

尤门大手一挥："加林斯考是个异教徒。"

"但他的逻辑因此有误吗？"依蓝德问道。

"不。"尤门说道，"他显然缺乏演绎的能力，否则也不会害得自己被处决。这件事让人置疑他逻辑的合理性。况且，普通人并不如他所提的那般，拥有神性。"

"统御主在取得王位之前也是普通人。"依蓝德说道。

"没错。"尤门说道，"可是他在升华之井被神性碰触。因此他身上拥有无尽大宇宙的一截碎片,还有裁定之权。"

"我的妻子纹也被同样的神性碰触过。"

"我不接受这个故事。"尤门说道,"一如我之前所说,无尽的碎片是独一无二的,无从预测,无法被创造。"

"不要把兀迪扯进来。"依蓝德抬起手指说道,"我们都知道他是诗人而非真正的哲学家,他忽略客观事实,也从来没有提供合适的特征描述。你至少该对我抱持点信心,选用哈德恩。他会给你更好的争论基础。"

尤门想开口,结果皱眉,又把嘴闭了起来。"这没有意义。"他说道,"争论哲学不会遮蔽事实,你在我的城市外有大军驻扎。这也不会改变我认为你是伪善者的事实,依蓝德·泛图尔。"

依蓝德叹口气。有一瞬间,他以为他们能以学者的身份互相尊重,可是唯一的问题是,依蓝德在尤门的双眼中看到真正的鄙夷。而依蓝德怀疑,真正的原因远比尤门认为依蓝德伪善还要严重,毕竟依蓝德的确娶了杀死尤门的神的女人。

"尤门,"依蓝德向前倾身,"我明白我们彼此之间有差异,可是有一件事很明显——我们都在乎帝国的人民。我们都花了时间研读政治理论,而且我们显然都以为人民谋福祉的典籍为主要研究内容。我们应该能达成某种共识。

"我想要给你一个提议——接受我为王,你可以继续保有地位,不需要改变太多。我需要能进入城市与取得资源,我们会需要讨论如何设立内阁议会。除此之外,你可以按照自己的意愿继续维持现状,甚至可以继续举办宴会,倡导统御主的完美。我会相信你的判断。"

尤门没有拒绝,但依蓝德看得出来他也不甚看重这提议。他显然已经知道依蓝德会说什么了。

"你弄错一件事了,依蓝德·泛图尔。"尤门说道。

"什么事?"

"就是以为我可以被威吓、利诱、影响。"

"你不笨，尤门。"依蓝德说道，"有时候，战斗的代价太高，不值得。我们都知道你打不过我。"

"这件事情有待讨论。"尤门说道，"无论如何，我对威胁兴趣缺缺。如果你没将军队停在我的门口，我本来愿意跟你结盟。"

"我们都知道，没有军队压境，你甚至不会听我说话。"依蓝德说道，"远比我派兵前来此处更早之前，你便无视于我送来的每个信差。"

尤门只是摇摇头。"你比我以为的还要讲道理，依蓝德·泛图尔，但这无法改变事实。你已经有一个很大的帝国了，来这里只是暴露你的高傲。你为什么需要我的统御区？你有的还不够吗？"

"首先，我要再次提醒你，这个王国是你从我的一个盟友手中偷去的。"依蓝德抬起手指，"我早晚都会来这里，就算不为别的，也得实现我对塞特的承诺。可是，这里有更重要的问题。"依蓝德迟疑，然后赌了一把。"我需要知道在你的储藏窟中，有些什么。"

依蓝德得到的回报是尤门脸上出现的些许诧异之色。这是依蓝德需要的唯一确认。尤门知道库藏的事情。纹说得没错。从他如此明显地展露在额头的天金来看，也许她对洞穴里有什么的判断也是正确的。

"听我说，尤门。"依蓝德立刻开口，"我不在乎天金，那东西已经没什么价值了。我需要知道的是统御主在石穴里留了哪些指示给我们，以及有哪些民生必需的补给品留下。"

"我不知道你在说什么。"尤门直截了当地否认。他不太会说谎。

"你问我为什么要来。"依蓝德说道，"尤门，这跟征服或从你手中夺走这片土地没有关系。我知道也许你难以想象，但这是事实。最后帝国快要灭亡了。你一定也明白。人类需要团结以及共享资源，而且你有我们需要的秘密，不要逼我打破你的城门去拿。"

尤门摇头。"你又错了，依蓝德·泛图尔。给我听清楚了，我不在乎你是否会攻击我。"他迎向依蓝德的双眼，"战死也比被推翻我们的神、摧毁我们宗教的人统治来得好。"

依蓝德与那双眼睛对视许久，看到其中的决心。

"非如此不可？"依蓝德说道。

"是的。"尤门说道，"明天早上你会发动攻击，对吧？"

"当然不会。"依蓝德站起身说道，"你的士兵还没挨饿，我几个月后再来找你。也许那时候你会比较愿意交涉。"

依蓝德转身要走，但最后一瞬间迟疑了。"顺道一提，宴会办得不错。"他说道，转头看着尤门，"无论我相信什么，我认为你的神会对你在这里所做的一切感到满意。我认为你应该重新考虑你的成见。统御主也许不喜欢纹跟我，但我认为他宁可看到你的人民活下来而非被杀死。"

依蓝德点头致意，然后离开桌边，心中的焦躁之意远胜于脸上的平静。他觉得尤门跟他的距离如此近，但结盟似乎又很远。毕竟尤门是如此憎恨依蓝德与纹。

他强迫自己放松，继续前行。眼前的情势并没有太多着力点，他需要进行围城战，才能让尤门重新考虑他的立场。*我在舞会中*，依蓝德一面信步慢走，一面心想。*我应该尽量让这里的贵族看到我，威吓他们，让他们开始想该帮我们而非尤门……*

突然间，他兴起一个念头。他瞥向纹，然后挥手找来一名仆人。

"大人？"那人问道。

"我要你去帮我拿件东西来。"依蓝德说道。

纹是所有注意力的焦点。女子们对她逢迎恭维，对她说的每句话洗耳聆听，甚至以她为楷模。她们想要知道陆沙德的状况，听到关于那边时尚、政治和新闻事件的消息。她们没有排挤她，甚至不憎恶她。

立即受到接纳对纹而言是全新的体验。她站在身着华服的女子中间，是她们之中的领袖。她知道这是因为她的力量，但是这个城市的女人似乎迫不及待想要有可以模仿的对象。比如一名女皇。

而纹发现自己还蛮享受的。有一部分的她自从参加舞会的第一天就渴望被如此接受。她那一年被宫廷里大部分的仕女歧视。有些人允许她的加入，却总将她视为不重要的乡下贵女，没有人脉也无足轻重。这种接纳相当肤浅，但有时候连肤浅的事情都能让人感觉重要。况且，不只如此，当她朝一名新来者微笑时——是其中一名想要见纹的女子的侄女——纹会意过来。

这也是我的一部分，她心想。我原本不愿意，也许是因为觉得自己不配拥有。我觉得这个人生太不同，太充满自信与美丽。但我是贵族仕女。我的确适合这里。

我的双亲中，一人将我生于街头，但另一人将我生于此处。

依蓝德统治的第一年，她全心全意地努力保护他，强迫自己专注于街头生存直觉的那部分，展现绝情的一面，因为这会让她得到保护自己所爱之人的力量。可是，卡西尔让她看到另一种强大的方法，而这个强大跟贵族有关，跟他们的漂亮、聪明的小计谋有关。纹几乎立刻就适应了宫廷生活。这让她害怕。

原来如此，她心想，朝另一名行礼的年轻女孩微笑。所以我一直觉得这是错的。我没有付出努力，所以我不相信这是自己应得的。

她花了十六年在街头上生活，才赢得了自己的位置，可是才花不到一个月的时间就适应了贵族生活。当初她觉得这么轻而易举就能得到一个跟街头混混一样自然的新身份，实在不可思议。

但确实如此。

我必须面对这一切，她意会过来。廷朵两年前试图要我面对，但那时我还没准备好。

她需要证明给自己看，她不仅能在贵族间自由出入，更是他们之中的一分子，这会证明一件更重要的事：她跟依蓝德相处的头几个月中赢得的爱情，不是基于一个谎言。

这是……真的。纹心想。我可以两者兼是。为什么我要花这么久才能想通？

"贵女们,不好意思。"一个声音说道。

纹微笑,看着女人分开到两旁,为依蓝德让路。几名年轻的女孩看着依蓝德战士般的体格,粗犷的胡子,还有雪白的帝国制服,脸上露出梦幻般的表情。纹压下一阵气恼。她早在他变得如此迷人前就爱着他了。

"贵女们。"依蓝德对众仕女说道,"一如纹贵女会很乐意告诉你们的那样,我颇为无礼,幸而这件事本身并不是太严重的罪行。很不幸的是,我对此并无意改正,因此,我要将我的妻子从你们身边偷走,同时很自私地独占她。我知道该道歉,但我们这种野蛮人是不做这种事的。"

说完,他露出微笑,对纹伸出手肘。纹报以微笑,牵住他,允许他领她离开那群女子。

"我猜你会想要有呼吸的空间。"依蓝德说道,"我不知道你几乎被一军团的棉花球包围有多辛苦。"

"感谢你来救我。"纹说道,虽然这不是事实。依蓝德怎么会知道她突然发现自己与那些棉花球很契合?况且,只因为她们身上都是花边与化妆品,并不代表她们不危险——她进入宫廷最初的几个月就发现了这件事。这个想法让她分神了好一阵子,一下子没注意到依蓝德领着他们去哪里,直到两人即将抵达目的地。

当她发觉时,立刻停下脚步,用力一拉依蓝德。"舞池?"她问道。

"没错。"他说道。

"我将近四年没跳舞了!"

"我也是。"依蓝德说道。他上前一步:"可是要错失这机会实在太可惜了。毕竟,我们从未一起跳过舞。"

这是真的。陆沙德在他们有机会共舞之前就陷入暴动,从此之后,再也没有舞会之类娱乐的时间。她知道依蓝德了解她有多遗憾这一点。他们相遇的第一个晚上他就邀过她共舞,而她拒绝了他。她至今仍然觉得那个晚上她放弃了某个独一无二的机会。

于是,她允许他领着她来到地势微微攀升的舞池大厅。舞者们交头

MISTBORN: THE HERO OF AGES

接耳,在音乐结束时,所有人都连忙离开,留下依蓝德跟纹独处——舞池中央只剩一个白色挺拔的身影,和一个黑色窈窕的身影。依蓝德一手环上她的腰,让她转身面对他。纹发现自己居然相当紧张。

就是现在,她心想,骤烧白镴阻止自己发抖。终于要发生了。我终于要跟他一起跳舞了!

在那瞬间,就在音乐开始的同时,依蓝德探入口袋中掏出一本书,一手拿着书,一手搂着她的腰,开始读了起来。

纹张大了口不敢置信,然后用力朝他手臂揍了一拳。"你在干什么啊?"她怒问,随着他摇摇晃晃地踏着舞步,依蓝德仍然读着他的书,"依蓝德!我很努力想要创造我们难得的时光!"

他转向她,露出极为促狭的笑容:"我也想要让这个难得时光尽可能地真实啊。毕竟,你是在跟我一起跳舞。"

"这是我们的第一次共舞!"

"所以我当然要确保让你有正确的印象,法蕾特小姐!"

"拜托,我的……你能不能把你的书收起来?"

依蓝德深深微笑,将书收入口袋,握着她的手,以比较合宜的方式与她起舞。纹看到周遭围观的人群脸上共同浮现的迷惘神色后,满脸通红。观众们很显然不知道该怎么解读依蓝德的行为。

"你真是个野蛮人。"纹告诉他。

"因为我读书?"依蓝德轻松地说道,"哈姆听到这句话会乐死了。"

"说真的,你到底从哪里弄来这本书的?"纹说道。

"我让尤门的仆人帮我拿来的。"依蓝德说,"出自于堡垒的图书馆。我知道他们一定会有——《伟大的试炼》。这是一本蛮有名的书。"

纹皱眉:"我好像听过它。"

"就是我在泛图尔宅邸的阳台上读的那本。"依蓝德说,"我们第一次见面时。"

"依蓝德!你这样做很浪漫啊……虽然有点扭曲,有点'我要我太太把我杀掉'的那种浪漫法。"

"我就知道你会欣赏。"他说道，轻轻转身。

"你今天有点怪。我已经很久没看到你这个样子了。"

"我知道。"他叹口气说道，"说实话，纹，我觉得有点罪恶感，因为我跟尤门说话时太不官方。他古板到让我过去口出不逊的老习惯跑出来了。"

纹让他领着她跳舞，抬头看着他："你现在很像是自己，这是好事。"

"过去的我不是个好王。"依蓝德说道。

"你学到的为王之道与你的个性无关，依蓝德。"纹说道，"只是给了你更多东西。自信、决断，你可以拥有这些特质，却仍然是你自己。"

依蓝德摇摇头："我不太确定，至少今天晚上我应该要更拘谨，这环境让我放松了。"

"不。"纹坚持道，"我是对的，依蓝德。你犯了跟我一样的毛病。要当好王的决心强烈到你压抑自己真正的样子。我们的责任不该毁掉我们。"

"可是它没有毁掉你啊。"他说道，短胡子后的嘴唇露出笑容。

"只差一点。"纹说道，"依蓝德，我最后发现，我可以是两者——既是街头的迷雾之子，也可以是宫廷贵女。我必须承认，新的自我比起我原本的样子来，有了更大的空间，但对你而言，正好相反！你必须明白，现在的你仍然是你的一部分。那个会说傻话，会故意刺激对方的人，仍然是你，但他同时很值得人疼爱，心地善良。你是皇帝，但不代表就需要失去这些。"

他脸上出现一种神情，类似深思，意味着他想要争论。然后，他迟疑了。

看着美丽的窗户跟围观的贵族，他说道："看着这个地方，让我想起自己成年以后就一直在做的事情。在我需要成为王之前，便试图要按照自己的方法做事——在舞会中读书。我不是在图书馆里面这么做，而是要在舞池中间做。我不想躲藏,我要表露出对父亲的反抗,阅读就是我的方法。"

"你是个好人,依蓝德。"纹说道,"不是你以为的那么蠢笨。你有点散漫,但仍然是好领袖。你控制陆沙德,阻止司卡在暴动时进行屠杀。"

"可是,潘洛德那件事……"

"你得学习。"纹说道,"就像我那样,可是,请不要成为别人,依蓝德。你可以既是皇帝依蓝德,也是凡人依蓝德。"

他深深地微笑,将她拉近,停下他们的舞步。"谢谢你。"他说道,然后吻了她。她可以看出来他还没下定决心,他仍然觉得自己必须是冷硬的战士而非原本的学者,但他正在思考。以现阶段而言,这样就足够了。

纹抬头望入他的双眼,两人重新起舞。不发一语,只是让神奇的一刻环绕他们。这对纹而言,是超越现实的惊艳时刻。他们的军队在城外,灰烬永远下个不停,迷雾正在杀人,但是在这白色大理石与闪耀玻璃的空间中,她第一次与她所爱的人翩翩起舞。

两人以镕金术的优雅回旋着,仿佛腾云驾雾,身形朦胧似烟。房间陷入沉默,贵族们像是剧院的观众看着盛大的演出,而不是在围观两名好几年没跳过舞的人。纹知道他们的美妙舞姿,是鲜少有人见过的景象,大多数的贵族迷雾之子不能太过优雅,以免暴露出拥有秘密力量的事实。

纹跟依蓝德没有这层顾忌。他们尽情舞着,仿佛要弥补过去失去的四年,仿佛要用他们的喜悦朝即将毁灭的世界与充满敌意的城市重重甩上一个耳光。音乐开始进入尾声,依蓝德将她拉近,锡也让她感觉到他的心跳是如此贴近,以远比单纯的共舞所能引发的速度更快速跳动着。

"我很高兴我们这么做了。"他说道。

"很快就有另一场舞会。"她说道,"几个礼拜以后。"

"我知道。"他说道,"就我所知,舞会将在资源廷举行。"

纹点点头。"尤门亲自举办。"

"如果储藏窟在这城市中,大概就在那栋建筑物下方。"

"我们现在有理由去,也有进入的先例。"

"尤门有些天金。"依蓝德说道,"他在额头上就绑着一颗。不过,有一颗不代表有一堆。"

纹点点头:"不知道他是否找到了储藏窟。"

"他找到了。"依蓝德说道,"我蛮确定的。我一提到时,他立刻有了反应。"

"这不会阻挠我们。"纹微笑说,"我们去参加他的舞会,溜入洞穴,找出统御主藏匿了些什么,然后根据这个信息来决定要如何处理围城战以及城市。"

"听起来是个好计划,"依蓝德说道,"假设我一直无法让他讲道理的话。我很接近了,纹。我认为真的有机会让他加入我们的行列。"

她点点头。

"好吧。"他说道,"准备好要华丽地退场了吗?"

纹微笑,点点头。音乐结束的同时,依蓝德转身,将她抛向一边。她顺势钢推舞池边的金属边缘,越过人群,朝向出口方向飞去,衣角猎猎作响。

在她身后,依蓝德对众人发言:"非常感谢各位允许我们加入。任何想要离开城市的人均可不受阻挠地穿过我的军队离去。"

纹落地,看到众人一同转身,看着依蓝德越过他们的头顶,穿过这间颇矮的房间却没有撞上任何家具或天花板。他在门口跟她会合,两人奔出接待室,消失在黑夜中。

MISTBORN: THE HERO OF AGES

血金术为灭绝所有。它会毁灭。光是从一个人身上将能力夺走，赋予另外一个人，就会对力量的完整性造成损害。因此，这符合灭绝的存在意义——将宇宙变成越来越小的碎片。血金术能赋予极大的天赋，却有极高的代价。

33

人类也许会鄙夷坦迅，或许会朝它丢东西，或者在它经过时对它怒骂。但坎得拉很有秩序，不会这样做，不过坦迅可以感觉它们的鄙夷。它们看着它从笼子中被带出来，然后领回信巢面对审判。在以金属、玻璃、岩石、木头为骨架的身体之上，数百双眼睛盯着它瞧。年轻的坎得拉在身体上比较极端，年纪大的则比较传统。

所有眼睛都充满指控。

在审判之前，也许群众会好奇，或是惊恐。这一点改变了。坦迅在展示笼里度过的时间完全奏效。二代着实为它创造了恶名昭彰的印象，如今曾经同情它的坎得拉也可能以鄙夷的神情看着它。在它们上千年来的历史中，从来没有坦迅这种罪行。

它以高昂的下巴接下所有瞪视与鄙弃，用狗的身体走过长廊。这些骨头对它来说如此自然，反而让它变得很奇怪。它只花了一年的时间使用它，但放弃瘦弱裸露的人体换成狗身时，感觉却远比一年前回到家乡时更像回家。

所以，原本对它的侮辱却成为了某种胜利。那时候它孤注一掷，却成功骗倒二代，将狗的躯体还给它。那袋子里甚至连毛发跟指甲都还在——大概在一年前,坦迅被迫放弃身体进入洞穴之后,就被一股脑儿打包收走。

这具舒适的身躯给它力量。这是纹给它的身体。她是永世英雄。它必须相信这点。

否则,它将犯下无法挽回的错误。

看守它的守卫们带它来到信巢,这次参观的坎得拉太多,房间根本塞不下,所以二代决定所有七代以下的坎得拉都要等在外面。即便如此,石板凳依然座无虚席。它们静静地坐着,看着坦迅被带领到石板地中央略略隆起的金属板边。大门打开,年轻的坎得拉在外聚集,聆听着。

一踏上讲台,坦迅便抬起头。一团一团的初代阴影在上方等待,每个都住在自己的凹室中,毫无动静,背后点着暗淡的蓝色灯光。

坎帕来到讲台前。坦迅可以从坎帕滑过地面的方式看出它的自满。二代觉得它的胜利全面而彻底,那些违背它们指示的人会遭受的下场绝不会被快速遗忘。坦迅端正地坐挺,身后两名坎得拉看守着它,力量的祝福闪烁发光。它们手中握有大槌子。

"三代的坦迅。"坎帕大声说道,"你准备好承担审判结果了吗?"

"没有审判。"坦迅说道。声音来自狗嘴,显得有点模糊,但仍足以理解。

"没有审判?"坎帕好笑地问道,"你自己的要求,现在又想反悔?"

"我是来提供讯息,不是来被审判的。"

"我——"

"我没有要跟你说话,坎帕。"坦迅说道,目光从二代转向楼上的初代,"我在跟初代谈话。"

"它们听到你的话了,三代。"坎帕斥骂,"管好你自己!我不会允许你像先前一样将审判变成闹剧。"

坦迅微笑。只有坎得拉会认为些微的争吵就足以成为"闹剧"。可是坦迅的目光没有改变方向从初代的凹室移开。

"好了。"坎帕说道,"我们——"

"你们!"坦迅大吼,让坎帕再度气得说不出话,"初代!你们还要在舒适的家里坐多久,假装外面的世界不存在?你们以为无视问题,问题就会不招惹你们?还是你们停止相信自己的教条了?

"迷雾的日子已经来临!无尽的灰烬如今落下!大地颤抖撼动。你们可以诅咒我,但不可以忽略我!世界快死了!如果你们想要各种类的族群生存,你们必须行动!你们必须准备好!因为你们很快需要命令我们的人民接受决定!"

房间陷入沉默。上方几个影子移动,仿佛很不安,虽然坎得拉通常不会如此反应,这种行为太不守秩序了。

然后一个轻柔、沙哑、极端疲累的声音从上方传来:"继续,坎帕。"这句话来得如此突然,几名观众甚至惊讶地抽气。初代从来不在后辈面前说话。坦迅并没有因此而退却,它见过它们,也跟它们说过话,直到它们自我膨胀到不跟二代以外的人说话。不,它并不会退却,只感到失望。

"我对你们的信念错了。"它近乎自言自语地说道,"我不该回来的。"

"三代的坦迅!"坎帕的水晶身体站直,随着它伸出手的动作而闪闪发光,"你必须按例接受尘痂囚禁!你将被打成碎片,然后埋入一个坑,只靠一个洞接受每日的稀食。你会在里面待上十世纪!在那之后则会被处以饥饿致死之刑!你最大的罪行是忤逆。如果你没有悖离议会的建议跟智慧,你根本不会想要打破初约。因为你,嘱托受到威胁,包括每一代的每个坎得拉!"

坎帕让它的宣告在空中回荡片刻。坦迅静坐着。坎帕显然期待它做些响应,但坦迅没有作声。终于,坎帕朝坦迅身边的守卫示意。它们举起恐怖的槌子。

"你知道吗,坎帕?一年前使用这具骨头时,我学会几件重要的事情。"坦迅说道。

坎帕再次示意。侍卫举高武器。

"这是我从来没仔细想过的事情。"坦迅说道,"仔细想想,人类的体型是跑不快的。可是,狗,可不一样。"

槌子落下。

坦迅往前跃。

强壮的大腿让它立刻全速前奔。坦迅是三代的成员之一,无人有它如此长期食用且使用躯体的经验,而且它知道要如何增加肌肉在身体的比例。况且,过去一年它使用这具狼獒的肢体时,被迫要跟上它身为迷雾之子的主人。可以说,它是被有史以来最优秀的镕金术师训练过整整一年。

况且,干瘦人类的体积换算成狼獒后其实颇为壮硕,再加上坦迅擅长生成躯体,所以当它要跳的时候,是很惊人的。士兵讶异地大喊,看到坦迅腾空而起,跃出至少长达十尺的距离,横跨房间。它一着陆便全速奔跑,却不是朝着出口——那是它们预想中的地方。

它直接扑向坎帕。这名二代大喊出声,举起无用的双手,被百来磅重的狼獒直直撞倒,将它扑在石头地板上。坦迅听到坎帕纤细的骨头发出碎裂声,它发出非常不像坎得拉的尖叫声。

罪有应得,坦迅心想,撞开一群二代,骨头断裂的声音此起彼伏。说实话,到底是多虚荣的笨蛋才会选择用水晶做成的真体?

大多数的坎得拉不知道该作何反应。其他的,尤其是较为年轻的坎得拉,经常在履行契约时与人类打交道,所以比较习惯混乱的场面。它们四散而去,留下年纪较长的同伴仍然震惊地坐在长凳上。坦迅在众人的真体间穿梭,朝大门奔去。唯一能打碎它骨头的是站在讲台边的守卫们,如今它们全都冲上前去协助坎帕,孝顺之心远超过想阻止它脱逃的想法。况且,它们一定也看到群众都聚集在门口,认定坦迅的速度会被减低。

坦迅一逃到群众身边,便再次跳跃。纹要求它能够跳跃到不可思议

273

的高度，而它以不同的肌肉结构练习过。这个程度无法让纹刮目相看——毕竟它已经失去从欧瑟那里偷来的力量的祝福——但绝对足够让它越过围观的族类。有些坎得拉大喊，而它落在群众间的一块空地，再次跃向后方空无一人的石穴。

"不可以！"它听到信巢中回荡的声音，"快追！"

坦迅立刻以全速奔跑在其中一条长廊中。它跑得很快，远胜于任何二足动物奔跑的速度。有了狗的身体，它希望自己奔跑的速度至少要能超过力量的祝福。

永别了，我的家乡，坦迅心想，离开主要石穴。

我残余的荣誉心，一并再见了。

第叁章

破碎的天空
The Broken Skies

藏金术是三者间的平衡。三者之中，在存留与灭绝的争斗浮上台面前，只有藏金术为人所知。在藏金术中，力量可以被储存，以供日后使用——能量并没有损失，只有使用时间跟消耗速度的改变。

34

沼泽大踏步进入小城镇。工人蹲在临时的城门上——那城门看起来脆弱到只要认真一击，就可以让它坍塌倒地。众人一见到他，全身一僵。灰烬清扫工们看到他的第一个反应是惊异，接着是惧怕。奇特的是，他们边看，边怕到不敢逃。至少不敢第一个逃。

沼泽忽略他们。脚下大地的震动为他谱奏出一首美丽的曲子。在特瑞安山脚的阴影下，地震相当常见。这是最靠近陆沙德的灰山。沼泽走在依蓝德·泛图尔的领土上，可是，这里已经被皇帝放弃了。对沼泽跟控制他的那位来说，这似乎是个邀请。他们其实是两位一体。沼泽边走边微笑。

他仍然保有有限的自由。可是，他让那部分沉睡。灭绝必须觉得他已经放弃了，这是重点。因此沼泽只保留了最微小的一点自己，完全没有反抗。他让灰烬满天的天空变成充满黑点的美景，将世界的死亡看成幸福的时刻。

等待时机。酝酿。

小镇的景象让人精神为之一振。这里的人也在挨饿，虽然他们就位于中央统御区，被依蓝德"保护"的地区。他们脸上的表情美妙、绝望，属于那些濒临崩溃的人。街道几乎没有清理，曾经属于贵族的宅邸如今住满饥饿的司卡，沾满灰烬，花园光秃秃的，为了在冬天取暖，外

MISTBORN: THE HERO OF AGES

墙不断被拆卸，被火吞食。

此番美景让沼泽满意地微笑。在他身后，人们终于开始移动、逃跑，门扉被用力甩上。这个镇上大概住了六七千人，但他们不是沼泽此行的重点。至少现在不是。

他只对某一栋特定建筑物有兴趣，外表看起来跟其他宅邸没有什么不同。这个城镇原本是旅人歇脚的地方，也是贵族间喜欢搭建宅邸的地方。有几个贵族家庭决定要长期定居于此，管理许多农庄与田地的司卡。

沼泽挑的建筑物在外表上看起来比周围其他建筑物保存得要好一点，但花园里依然是野草多于花圃，外墙已经好几年没有被好好洗刷过了，可能被拆开当成柴火的位置，还有派一名士兵驻守。

沼泽以在统御主的仪式中会用的三角锋利铁片杀死守卫。侍卫刚开口要询问他，他已经用钢推将铁片刺入那人的胸口。侍卫的声音戛然而止，倒在路旁，周遭显得格外宁静。住在附近屋子里的司卡往外看，很清楚不能有反应，因此动弹不得。

沼泽走到豪宅正面，轻哼着歌，惊醒一群休憩的乌鸦。曾经人们能安静地沿着这条小径穿过花园，跟随大块石板路，到达如今满是杂草的田园。拥有这个地方的人显然只雇得起一名侍卫，此外再也没有人出声警示沼泽的出现。他其实居然一路走到了正门。露出微笑，他敲门。

一名女仆开了门。她看到沼泽，注意到他的尖刺双眼，不正常的身高，黑色的袍子便全身僵硬，然后，开始发抖。

沼泽伸出一只手，掌心向上，上面躺着另一块三角金属，然后直推向她，金属从她的头颅后方穿出，女人倒地。他跨过她的尸体，进入屋子。

里面的装潢远不像外表那么残破。豪华的装饰，刚彩绘过的墙壁，精致的瓷器。沼泽挑起一边眉毛，以长着尖刺的眼睛，扫瞄着房间。他的视力如今运作方式不太一样，不太容易分辨颜色，但他现在对使用力量颇有心得，有必要的时候，也是能分辨颜色的。金属散发的镕金线条其实有许多丰富的信息。

对沼泽来说，这栋建筑内以纯粹的白色及带有奢华气息的亮色为主。他在里面搜寻一阵，燃烧白镴增强肢体能力后脚步声远比正常人还要轻盈许多。他在搜寻的过程中又杀了两名仆人，最后来到二楼。

他在楼顶房间找到要找的人。他坐在书桌前，光头，穿着豪华的套装，圆脸上有副小胡子，软瘫在椅子中，眼睛闭起，一只空了的烈酒瓶躺在他脚下。沼泽不高兴地看着这景象。

"我大老远来逮你。"沼泽说道，"好不容易找到，你却把自己喝得烂醉？"

那人从来没见过沼泽。但沼泽恼怒的点在于，自己看不到那人发现家里多了一名审判者时眼中的讶异与惊恐那种沼泽应看到的恐惧，还有面对死亡时的绝望。这让他有点想要等那人先清醒，再好好杀他。

可是灭绝不愿意。沼泽叹口气，抱怨整件事的不公，然后将神志不清的人往地上一掼，以一小根青铜尖刺刺穿他的心脏。它没有审判者尖刺那样粗大，但是也能杀人。沼泽将尖刺从男子心脏拔出。原本是贵族的男子就此死去，血液开始在地面上堆积。

沼泽走了出去，离开建筑物。沼泽甚至不知道他的名字。那个人最近用过镕金术，他是名烟阵，是可以创造红铜云雾的迷雾人，而他使用力量的方式引起了灭绝的注意。灭绝一直想要有镕金术师来榨取力量。

于是，沼泽必须来搜集这个人的力量，将其聚集于尖刺中。他觉得这有点浪费。血金术——尤其是汲取镕金术力量的血金术——在将尖刺直接穿入施术者心脏的同时也进入受者身体，才最为有效，这样就不会损失多少镕金术能力。现在这种先杀死一名镕金术师来创造尖刺，然后去别处施用的方法，会让新受体的力量大大降低。

可是没办法。沼泽边摇头，边跨过女仆的尸体，继续走在荒芜的花园中。他走到大门，没有人阻挠，甚至没人看他，可是他却在大门边讶异地发现有两人跪倒在地上。

279

"拜托您，大人。"一人对着经过的沼泽说道，"请将圣务官归还我们。我们这次会更好地服侍各位。"

"你们已经失去机会了。"沼泽说道，以尖锥望着他们。

"我们会再次信仰统御主。"另一人说道，"他才能喂饱我们。拜托你。我们的家人已经没有食物了。"

"你们很快就不用担心这个问题了。"沼泽说道。

两人不解地跪在原地，看着沼泽离去。他没杀他们，虽然他内心蠢蠢欲动。

沼泽走过城镇外的田野。

一个小时后，他停下脚步，看着后方的城镇与高耸的灰山。

在那瞬间，高山的左半部炸裂，吐出一大团灰烬、烟尘、岩石。大地晃动，轰隆之声朝沼泽席卷而来，接着一大片炙热猩红的熔浆沿着灰山的一侧朝田野流下。

沼泽摇摇头。

没错。食物根本不是这个城镇最大的问题。他们真的应该搞清楚轻重缓急。

血金术是一个我希望我不那么了解的力量。对灭绝而言，力量总是伴随着超越常理的代价——力量本身是很强大，但使用过程中会创造混乱与毁灭。

理论上，这是一门非常简单的技艺，甚至是很具依赖性的。没有可以窃取的对象，血金术便毫无用处。

35

"你在这里没事吧？"鬼影问道。

微风转过头，视线离开明亮的酒馆，挑起一边眉毛。鬼影带着他跟几名身着普通衣服的士兵来到一间比较著名的大酒馆，里头人声鼎沸。

"没问题。"微风打量着酒馆说道，"晚上居然有司卡在外面。从来没想过会有这一天。也许世界真的要结束了……"

"我要去比较贫困的城区，"鬼影低声说道，"想要查些事情。"

"比较贫困啊……"微风思索着说道，"也许我该跟你一起去。我发现人越穷，越爱闲扯淡。"

鬼影挑起一边眉毛："我很抱歉，微风，但我觉得你太显眼了。"

"什么？"微风问道，朝自己一身普通工人的褐色装束点点头，这跟他平常穿的套装与背心相差甚远，"我不是已经穿了这身丑衣服？"

"光靠衣服是不够的，微风。你的……态度不一样。况且，你身上没多少灰烬。"

"我在你还没出生前就已经在渗透低阶人民了，孩子。"微风说道，朝他晃晃手指。

"好吧。"鬼影说道，伸出手，从地上抄起一把灰烬，"那先把这个搽在你的脸跟衣服上……"

微风全身一僵。"我们密室见。"他终于说道。

鬼影微笑，将灰烬抛回地上，消失在迷雾中。

"我向来不喜欢他。"卡西尔悄声说道。

鬼影快步离开较为富裕的城区，到达街沟时，他没停下来，而是直接从路边往下跳，直坠二十尺。

他坠落的同时，披风猎猎飞扬。他轻松落地，继续快步前进。如果没有白镴，他早就摔断手脚了。如今，他手脚的灵活性堪比当年令他羡

MISTBORN: THE HERO OF AGES

慕万分的纹跟卡西尔。他感觉全身振奋。白镴在体内燃烧时,他甚至不知劳累为何物,就连走在街道上这样简单的动作,都让他觉得充满力量与优雅。

他快速走到劳难区,身后是较为高级的区域,鬼影进入拥挤、忙碌、如小巷一般的街沟,知道要去哪里找到他的目标。度恩是邬都地下组织的头领之一,既是情报贩子,又是乞丐头子,更是未尽其志的音乐家,如今可说是劳难区中近似市长的人物。像这样的人必定会出现在众人能找到他,且付钱给他的地方。

鬼影仍然记得几个礼拜前他刚发完烧,醒来以后去到酒馆,居然发现众人都在讨论他的事。接下来几天,他造访了不同的酒馆,也听到其他人提到跟自己有关的传言。沙赛德跟微风的到来让鬼影无暇去处理度恩——传言似乎是从他开始的——但如今是时候了。

鬼影加快脚步,跳过一堆堆被抛弃的木板,冲过一处处灰烬,直达度恩称之为家的洞穴。那里是运河墙,中间被挖空成为某种洞穴,门边的木框看起来跟劳难区里的其他东西一样破破烂烂,但鬼影知道它后方是加厚的橡木木条。

两名壮汉在外面看守。他们瞅着站在门口的鬼影,披风上下翻飞。这是他被抛入火中时穿的那一件,上面仍然有燃烧的印记跟破洞。

"老板现在谁也不见,小子。"一名壮汉说道,连站都懒得站起,"晚点再来。"

鬼影踹了过去。门立刻破碎,铰链断裂,木棍从框架上撕裂,往后掉落。

鬼影站在原处片刻,有点吃惊。他使用白镴的经验太少,把握不好力道。可是,如果他内心的感情叫惊讶的话,那两名手下可称之为震惊。两人坐在原处,望着破碎的门。

"你可能需要把他们杀了。"卡西尔低声说道。

不需要,鬼影心想。只需要速战速决。他冲入走廊,不需要火把或灯光即可见物。他走向走廊末端的门，记住方向，同时听到后方的侍卫大喊出声。他从口袋中掏出眼镜跟布条。

他用肩膀抵着门，这次动作比较小心，将门撞开却没弄坏。他走入明亮的房间，里面有四名男子在桌边打牌。度恩正在赢牌。

鬼影停下脚步，指着桌上的三人："你们出去。度恩跟我有要事商谈。"

度恩坐在桌边，看起来着实惊讶。侍卫冲到鬼影身后，他转身，蹲下，准备要从外套下掏出决斗杖。

"没事的。"度恩说道，"出去吧。"

侍卫迟疑了，显然对于自己这么轻易就被晾在一旁感到生气，可是最后他们仍然撤离，度恩的赌友们也一同离去。门重新关上。

"你进门的方式还真令人印象深刻。"度恩坐回桌边说道。

"你到处在讲我的事，度恩。"鬼影转身开口，"我听到有人在酒馆里讨论我的事，提到你的名字，而且你还散播关于我死讯的传言，跟所有人说我是幸存者的集团成员，你怎么知道我的身份，还有为什么利用我的名字？"

"拜托，你以为你多默默无名啊。"度恩皱眉，"你是幸存者的朋友，大多数时间住在皇帝的皇宫里。"

"陆沙德离这里很远。"

"还没远到与世隔绝。"度恩说道，"有个锡眼来城里搜集情报，手上的金钱似乎用之不竭？要猜出你是谁真的不难。况且，你的眼睛。"

"又怎么样？"鬼影问道。

度恩耸耸肩："所有人都知道幸存者的集团成员身上都会出现奇怪的事。"

鬼影不知道该如何回答。他走上前，检查桌上的卡片，拾起一张，摸着纸质。他极为敏锐的感官让他感觉到卡背上的凸点。

"做了标记的卡片？"他问道。

"当然。"度恩说道,"练习局,看看我的手下能否读对花色。"

鬼影将牌抛回桌上:"你还是没有说为什么散播我的消息。"

"我没啥恶意,小子。"度恩说道,"可是……你应该死了。"

"要是你真这么想,为什么还要在外面议论我?"

"你觉得呢?"度恩说道,"人民爱戴幸存者,关心任何跟他有关的事情。所以魁利恩利用他的名字。如果我能让大家明白,魁利恩杀死了幸存者的集团成员之一……这城市里会有不少人对此不满。"

"所以,你只是想帮忙。"鬼影不甚友善地说道,"发自肺腑。"

"认为魁利恩正在扼杀这座城市的人不只有你。如果你真的是幸存者的集团成员,你应该会明白,有时候,人会反抗。"

"我很难相信你有这么好心,度恩。你是盗贼。"

"你也是。"

"我们当初不知道自己在做什么样的大事。"鬼影说道,"卡西尔承诺我们金钱。你从中能取得什么利益?"

度恩哼了声:"公民影响了生意。泛图尔红酒的价钱还不到一夹币,我们走私的收入缩水到几乎为零,因为没人敢买我们的货。就算在统御主时期,情况也从来没有这么糟。"他向前倾身。"如果你那些住在旧教廷大楼的朋友们认为他们能改变这个情况,去跟他们说,我会支持你们。这城里没剩多少地下组织,但如果使用得当,魁利恩会讶异于我们能造成的伤害。"

鬼影沉默片刻。"在西溪巷的酒馆里,你会找到一个在搜集情报的人。派人去跟他联络。他是安抚者,世上最优秀的安抚者之一,他蛮显眼的。去跟他建议。"

度恩点点头。

鬼影转身要离开,临走前看了度恩一眼。"不要跟他提起我的名字,或是我的遭遇。"

说完,他离开走廊,经过侍卫和被从赌桌上赶下来的其他盗贼。鬼影走入亮如白昼的星光黑夜时,将蒙眼布拉下。

他穿过劳难区,试图分析方才的会面。度恩并没有透露任何真正重要的情报,可是鬼影感觉男人周遭正在发生一些事情,是出乎他的计算,更是他无法解读的事情。他越来越习惯卡西尔的声音还有自己的白镴力量,但他仍然担心没有办法担起身上的重任。

"如果你不赶快逮到魁利恩,他会找到你的朋友。他已经在安排杀手了。"卡西尔说道。

"他不会的。"鬼影低声说道,"尤其是他听说了度恩散播的关于我的传言。所有人都知道沙赛德跟微风都是你的同伴。除非他们对他的威胁大到无法转圜,魁利恩不会轻易动他们。"

"魁利恩喜怒无常。"卡西尔说,"不要等太久。你不会想知道他有多不理性。"鬼影陷入沉默。然后,他听到快速接近的脚步声,感觉到地面上的震动。他转身松开披风,伸手探向武器。

"没危险。"卡西尔轻声说道。

鬼影放松下来。有人绕过小巷,是度恩赌局的其中一人。那人气喘吁吁,脸上充满疲累之色。"大人!"他说。

"我不是大人。"鬼影说,"发生什么事?度恩有危险了?"

"不,先生。"男子说,"我只是……我……"

鬼影挑起眉毛。

"我需要你的帮助。"男子边喘边说,"当我们意识到你是谁时,你已经走了。我只是……"

"帮什么?"鬼影不想废话。

"我妹妹,先生。"男子说道,"她被公民抓走了。我们的……父亲是个贵族。度恩把我藏了起来,但美蕾被我托付的女人卖掉了。先生,她才七岁。公民再过几天就要把她烧死了!"

鬼影皱眉。这人期望我做什么?他要问这个问题,却没有出口。他已经不是过去的他。他不再是局限于过去的鬼影。他可以做更多。

像卡西尔那样。

"你能召集十个人吗?"鬼影问道,"他们得是你的朋友,并且愿意参加晚上的工作?"

"当然,我想可以。这跟救美蕾有关吗?"

"没有。"鬼影说道,"这跟你要如何回报我救美蕾有关。帮我找这些人,我会尽量帮助你妹妹。"

男子热切地点头。

"现在就去。"鬼影指着前方说道,"我们今晚开始。"

在血金术中,尖刺的材质很重要,身体的植入位置亦然。举例而言,钢尖刺会取得肢体系的镕金术力量——如燃烧白镴、锡、钢、铁的能力——然后传给得到尖刺的人。然而得到四种中的哪一种,端看尖刺的位置。

其他金属做成的尖刺可以偷来藏金术的能力,举例而言,所有的初代审判者都会得到一根白镴尖刺——穿透藏金术师的身体之后植入,审判者将能靠其储存治愈能力(可是根据血金术衰减效应,审判者复原的速度还是不如真正的藏金术师)。因此,这也解答了审判者传说中的恢复力是由何而来,以及他们为什么需要这么多的休息时间。

36

"你不该去的。"塞特不甚友善地说。

依蓝德挑起一边眉毛,骑着马匹穿过营地。廷朵教导他,要适时出现在自己的人民面前，尤其叮咛他要以能控制观众观感的方式出现。他认同廷朵给他上的这一课，因此他骑着马，穿着一件黑披风掩盖灰烬的脏污，确保他的士兵们知道他来了。塞特跟他并肩前进，被绑在自己的特制马鞍上。

"你觉得我进城太过冒险了吗？"依蓝德边问边向着一群对他行礼的士兵点头。

"不。"塞特说道，"你的死活与我无关，小子，况且，你是迷雾之子，遇到危险时，随时可以逃脱。"

"那为什么？"依蓝德问道。

"因为，你见了城里的人。你跟他们一起说过话，在他们之中跳过舞，该死的，小子。你还看不出来这有什么问题吗？到了要发动攻击的时候，你甚至会担心你将要伤害的人。"

依蓝德沉默片刻，策马前进。清晨的迷雾已经是他熟悉的存在，它遮蔽营地，隐藏大小物体。就算在他经过锡力增强的眼中，遥远的帐篷也不过是有轮廓的布堆，仿佛他正骑马穿过某种神秘的世界，充满了模糊的影子与遥远的噪音。

他进城是错误的吗？也许。依蓝德知道塞特的论点，他了解将军需要将他的敌人视为数字，甚至是一些障碍，并非独立的生命。

"我对于我的决定感到满意。"依蓝德说道。

"我知道。"塞特抓着浓胡子说，"说实在的，因为这个我才觉得很烦躁。你是个富有同情心的人。这是弱点，但不是问题，问题在于你无法处理自己的同情。"

依蓝德挑起一边眉毛。

"你应该很清楚，不该让自己与敌人有情感上的接触，依蓝德。"塞特说道，"你应该尽量避免出现现在的状况！他妈的，小子，所有领导者都有弱点，胜利者都是知道该如何扬长避短，而非鼓励它们存在的人！"当依蓝德没响应时，塞特叹了口气。"好吧，我们来谈围城的进度。工程师们已经将流往城市的几条小溪封锁住了,但我们不认为那是主要的水源。"

"是的。"依蓝德说道,"纹在城里找到六座主要水井。"

"我们应该下毒。"塞特说道。

依蓝德陷入沉默。他内心中的两方仍然在争斗。过去的他只想要尽量保护众人,但他现在却必须更加地务实。他知道有时必须杀人,至少得让人们觉得不安,最终才能救更多的人。

"好吧。"依蓝德说道,"今天晚上我让纹动手,并让她在水井上留下讯息,再广而告之。"

"这有什么用?"塞特皱眉。

"我不想杀人,塞特。"依蓝德说道,"我想让他们觉得担忧,如此一来,他们会去跟尤门需索供水,当整个城市居民都如此做时,他应该很快就会用光储存水。"

塞特哼了一声,不过似乎很满意依蓝德采纳了他的建议。"那附近的村庄呢?"

"随便怎么欺扰他们都可以。"依蓝德说道,"组成一万人的军队,派他们去骚扰村民,但切记不能杀人。我要让那些埋伏在附近的间谍送出'王国倾危,且暮可下'的担忧讯息给尤门。"

"你做事不彻底,小子。"塞特说道,"早晚你得选择。要是尤门不投降,你就得攻击。"依蓝德在指挥帐外拉停马匹。

"我知道。"他柔声说道。

塞特闷哼一声,但当仆人从帐篷出来,准备将他从马鞍中抱下时,他都未发一语。

可是,他们才刚开始要动作,大地就开始颤抖。依蓝德咒骂,挣扎着控制住他开始焦虑的马匹。大地的摇晃使帐篷不断震动,柱子倒下,甚至有两座帐篷也坍塌在地上,依蓝德还听到金属杯、剑,还有其他东西纷纷落地的声音。终于,摇晃停止,他瞥向一旁,检查塞特的状况。

迷雾之子
卷三・永世英雄 [珍藏版]

他控制住了马匹,不过有一只无用的腿悬挂在马鞍边,看起来像是快要摔下来了。他的仆人冲到他身边协助他下马。

"该死的地震越来越频繁了。"塞特说道。

依蓝德试图安抚在迷雾中不断喘气的马匹,整个营地都是人们一边咒骂大喊,一边着手处理地震损害的声音。地震的确越发频繁,上一次才不过是几个礼拜前的事情。最后帝国的地震不该如此,至少在他少年时,他从来没听说过内统御区有这类事情发生。

他叹口气,从马背上爬下,将马的缰绳交给一旁的助手,跟塞特一起进入指挥帐。仆人将塞特安顿在椅子上,然后退开,留下他们两人独处。塞特抬头看着依蓝德,满脸愁色:"哈姆那个笨蛋跟你说过陆沙德传来的消息吗?"

"你是指没消息传来吧?"依蓝德叹口气说道。首都一点音讯都没有,更遑论依蓝德下令要用运河送来的补给物资。

"我们时间不多了,依蓝德。"塞特低声说道,"顶多几个月。足够消磨尤门的决心,也许他的人民会缺水到开始期望我们攻城,但如果我们没有及时得到补给品,围城战打不下去。"

依蓝德瞥向年长的男子。塞特脸上带着高傲之色,回望依蓝德,与他四目相接。瘸腿男子多半的行为都是虚张声势,塞特多年前因为疾病而失去双腿,所以无法靠着肢体语言来威迫别人,因此他得用别的方式来凸显自己的威胁性。

塞特最擅长的就是戳人痛处。他利用他人缺点趁虚而入,还有利用他人优点为己谋利的能力在依蓝德眼里是极为罕见的,甚至一名优秀的安抚者都不一定能办得到,而在那外表之下藏匿的心又是如此柔软。依蓝德相信,关于这点,塞特永远不会承认。

他今天似乎特别紧张,好像在担心什么事,一件很重要的事,也许是某件他被迫要留下的东西?

"她没事的,塞特。"依蓝德说道,"只要奥瑞安妮跟沙赛德还有微风在一起,她就不会有事。"

塞特哼了哼,挥手表示不在意,但他仍然别过脸。"没那傻女孩在身边我还更好一点。那安抚者想要趁早拿走!而且我们又不是在谈我,我们是在谈你跟这场围城战!"

"我明白你的意思,塞特。"依蓝德说道,"在我认为必要时,我们就会进攻。"此时,帐门被掀开,哈姆大摇大摆地走进来,身边是好几个礼拜依蓝德没见到,至少是没在床以外的地方见到的人。

"德穆!"依蓝德站起身,走向他的将军,"你可以下床走动了!"

"勉强而已,陛下。"德穆说道,他的确看起来仍然苍白,"我已经恢复到可以稍微在附近走一走。"

"其他人呢?"依蓝德问道。

哈姆点点头:"大多数也都可以走动了。德穆是最后一批,再过几天,军队就会恢复战斗力。"

只少了那些死去的人,依蓝德心想。

塞特打量德穆:"大多数人好几个礼拜前就恢复了。德穆,你的体力比我们想的还要差啊?至少我听到的传言这么说。"

德穆的脸瞬间就涨红了。

一听这话,依蓝德立刻皱眉:"怎么了?"

"没事,陛下。"德穆说道。

"我的军队中没有'没事',德穆。"依蓝德说道,"有什么我不知道的?"

哈姆叹口气,拉过一张椅子,反着坐在椅子上,强壮的手臂靠着椅背:"这只是营地中的传言,阿依。"

"都是士兵,每个都一样,跟老女人一样迷信。"塞特说道。

哈姆点点头:"他们有人认为,因为迷雾而生病的人是被惩罚了。"

"惩罚?"依蓝德问道,"为什么?"

"因为缺乏坚定的信念,陛下。"德穆说道。

"胡说。"依蓝德说道,"我们都知道迷雾的攻击是随机的。"

其他人交换眼神,依蓝德强迫自己停下来,重新思考。不对,这些攻击不是随机的——至少相关数据显示不是。"先不管这些。你们的每日的例报呢?"他说,决定要转换话题。

三人开始轮流谈起他们在军营中的不同工作。哈姆负责鼓舞士气与训练,德穆负责补给与营区任务,塞特则是制订战略与巡逻。依蓝德双手背在身后,听着简报,但有点心不在焉。大多数内容跟前一天没有什么差别,不过能重新看到德穆是好的。他远比他的助手们有效率得多。

他们边讲,依蓝德的思绪边飘得更远。围城战的状况不错,他心里有个角落,因为廷朵跟塞特的熏陶,对于等待相当不耐烦。他的确有直接攻下城市的可能。他有克罗司,而且他的军队从各方面来看,都比法德瑞斯城的守军更有经验。岩地也许可以为守军提供掩护,但依蓝德的军队战力没有差到绝对无法赢,可是如此一来,会需要很多、很多条人命才能攻下法德瑞斯。

这一点让他很迟疑,甚至让他怀疑进入城市对自己而言是个错误的决定。如今依蓝德知道尤门是个讲理的人,而且说的话很有道理。某种程度上,他对依蓝德的指控都是真的。依蓝德的确很虚伪。他满口民主,却以暴力夺取王位。

他相信这是人民需要的,但他的确因此成为了伪君子。在同样的逻辑下,他知道该派纹去暗杀尤门,如此一来,依蓝德下令要杀的,就是一个除了挡了他的路之外并无其他过失的无辜者。

暗杀圣务官似乎跟派克罗司攻城一样扭曲。**塞特说得没错,我这次的确想要两全其美。**有一瞬间,在舞会中与泰尔登交谈时,他对自己信心十足,而实际上,他至今仍然相信自己宣称的事。依蓝德的确赋予了更多自由与正义给他的子民。

291

MISTBORN: THE HERO OF AGES

可是，他却察觉，此次的围城战将会在"过去"的他与"未来即将要成为"的他之间引发一场拉锯战，而他已经明白这个走向是他不乐见的。他真的能理所当然地进攻法德瑞斯，屠杀守军，夺取其资源，只因为自己打着为帝国人民谋利的旗帜？可是，他是否有勇气能做到相反的事情：从法德瑞斯城撤退，将石穴的秘密——一个可能拯救整个帝国的秘密——留给一个仍然以为统御主会回来拯救人民的人？

他无法下定决心。到目前为止，他一直在尝试各种方法，只要能避免进攻城市的可能他都会尝试，包括用围城让尤门更听话，包括让纹潜进储藏窟。她的报告显示那栋大楼的守卫非常严密，她不确定是否能在平时潜入。但是在舞会中，防守有可能比较松散，那将会是偷瞄一眼洞穴中所隐藏事物的完美时机。

假设尤门没把统御主最后的铭文拆走，依蓝德心想，我们甚至不知道那里面到底有没有东西。

可是，仍然有个机会——在统御主最后留下的讯息里，他还能给予人民最后的一点帮助。如果依蓝德能找到方法，取得统御主的协助，又不需要攻破城市，杀死上千人，他乐于如此。

幕僚们终于结束报告，依蓝德让他们都退下。哈姆快速离开，想要利用时间进行早晨的格斗训练。不久后，塞特也离开，被佣人抬回自己的帐篷。可是德穆却没有。德穆其实还很年轻，不比依蓝德大多少。秃头跟脸上的数道疤痕，还有病愈后尚未完全康复的身体却让他看起来比原本的年纪大上许多。

德穆欲言又止。依蓝德耐心地等着，直到对方垂下目光，一脸尴尬。"陛下。"他说，"我觉得我必须提出要求，请您解除我的职务。"

"为什么这么说？"依蓝德谨慎地问道。

"我认为自己已经没有资格担当将军一职。"

依蓝德皱眉。

"只有幸存者信任的人才有资格指挥这支军队，陛下。"德穆说道。

"我相信他全心全意地信任你,德穆。"

德穆摇摇头:"那他为什么让我生病?为什么在军队中这么多人里,独独挑中了我?"

"我跟你说过,这都是运气使然,德穆。"

"陛下,我不愿反驳您,但我们都知道事实并非如此。"德穆说道,"毕竟是您先指出,是卡西尔的意志让人生病的。"

依蓝德一愣:"我说过吗?"

德穆点点头:"我们让军队面对迷雾的那天早上,你大喊要他们记得,卡西尔是迷雾之主,因此这个病症必定为他的旨意。我认为您说得没错。幸存者确实是迷雾之主。他在死之前的那晚便如此宣告。陛下,病症是他的旨意,我明白了。他见证了那些缺乏坚定信念的人,于是诅咒他们。"

"我不是那个意思,德穆。"依蓝德说道,"我的意思是卡西尔会想要我们经历这样的挫折,不代表他会针对特定的人。"

"无论如何,陛下,您是这么说的。"

依蓝德挥手,表示没必要再讨论这点。

"那您如何解释数字,陛下?"德穆问道。

"我还没有定论。"依蓝德说道,"我承认会生病的人数比例的确相当奇特,但这跟你个人无关,德穆。"

"我不是指那个数字,陛下。"德穆说道,依旧低着头,"我的意思是,在其他人都恢复之后,仍旧病着的人的比例。"

依蓝德一愣:"等等。这又是怎么一回事?"

"您没听说吗,陛下?"德穆在安静的帐篷中问道,"书记们一直在讨论这件事,消息已经在军营里传开了。我想大多数士兵都不了解数字的意义,但他们知道有某种怪事正在军营里蔓延。"

"什么样的数字?"依蓝德问道。

"有五千人病倒,陛下。"德穆说道。

是军队人数的百分之十六,依蓝德心想。

"在这些人中,大约五百多人陆续死去。"德穆说道,"剩余的人,几乎每个都在一天之内就康复了。"

"可是有些人没有。"依蓝德说道,"像你。"

"像我。"德穆轻声说道,"我们之中有三百二十七人继续病着,其他人却好了。"

"那又如何?"依蓝德问。

"这是病倒的人的十六分之一,陛下。"德穆说道,"而且我们病了整整十六天。分毫不差。"

帐门在微风中轻轻拍打,依蓝德沉默,却压不下一阵寒颤。"巧合。"他终于说道,"想要找关联性的人只要够认真,向来都能在统计数据中找到奇特的巧合与变异性。"

"我不觉得这是单纯的巧合,陛下。"德穆说道,"这个差异很精准。同样的数字一遍又一遍地出现。十六。"

依蓝德摇头:"德穆,就算它一直出现,这也没什么意义。只不过是个数字。"

"这是幸存者在海司辛深坑中滞留的月数。"德穆说。

"巧合。"

"这是纹贵女成为迷雾之子的年纪。"

"又是巧合。"依蓝德说。

"这件事情上似乎有非常多巧合,陛下。"德穆说道。

依蓝德皱眉,双手抱胸。德穆没说错。我一直否认反而让整件事毫无头绪。我必须知道其他人作何感想,而不只是反驳他。

"好吧,德穆。"依蓝德说,"就说这一切都不是巧合好了。你似乎对于这些数字的意义有个想法。"

"就是我先前说的,陛下。"德穆说道,"迷雾是幸存者所有。它们会杀死某些人,其他人则因此而生病,留下十六这个数字来证明,一切的确是他的作为，因此病得越重的人，就是越让他不满的人。"

"还有一些因为生病而死的人。"依蓝德指出。

"没错。"德穆抬起头，"所以……也许我还不到无可救药的地步。"

"我说这些不是想安慰，德穆。我并不接受这个理由。也许的确有怪异之处，但你的解读只是一种猜测。幸存者为什么会对你不满呢？你是他最虔诚的祭司之一。"

"陛下，我是自行决定要成为他的祭司。"德穆说道，"他没有选择我。我只是……以我所见到的一切布道，其他人才开始听我说话。一定是因为这样冒犯到了他。如果他希望我成为他的祭司，会在在世时就选择我，不是吗？"

我认为幸存者活着的时候并不太关心这件事，依蓝德心想。他只想制造出足够的民怨，好让司卡愿意反抗。

"德穆，你知道幸存者在世时，并没有组织起他的教会。"依蓝德说道，"只有那些在他死后，终于开始注意起他的教诲的人，才创建出教会与信徒的组织。"

"没错，可是他死后确实出现在某些人面前。"德穆说，"我不是其中之一。"

"他没出现在任何人面前。"依蓝德说道，"那是坎得拉欧瑟在使用他的身体。你知道的，德穆。"

"是的。"德穆说道，"可是那坎得拉按照幸存者的吩咐行事，我却不在名单之上。"

依蓝德按着德穆的肩膀，望入那人的双眼。他见识过这位历尽风霜、承受超过年纪压力的将军坚定地瞪着一只比他高出五尺的狂暴克罗司。德穆无论在身体上或在心灵上，都不是软弱的人。

"德穆，我这样说绝对不带恶意，但你的自怜自伤已经造成了阻碍。如果迷雾连你都会影响，那这件事刚好可以证明，迷雾与卡西尔的不满毫无关系。我们现在没有时间让你自我质疑——我们知道你比这军队中的任何人都加倍虔诚。"

德穆脸上一红。

"你好好想想。"依蓝德说道,对德穆的情绪微微推挤,"从你身上,我们得到了明确的证明,一个人的虔诚程度与是否受到迷雾影响是完全无关的。因此,与其让你在那边终日唉声叹气,我们要继续找出迷雾行为模式背后的真正原因。"

德穆站在原处片刻,终于点点头:"也许您说得对,陛下。也许我太早下定论了。"

依蓝德微笑,然后他突然安静下来,想着自己刚才说的话。**有明确的证明,一个人的虔诚程度与是否受到迷雾影响是完全无关的**……

这句话不尽然属实。德穆是军营中最虔诚的信徒之一。那些得病一样久的人是否也是如此?他们是否也是信到极点的人?依蓝德开口要询问德穆。此时,大喊声响起。

血金术的效用衰减在以迷雾之子创造出的审判者身上比较不明显,因为他们原本就具有镕金术力量,增强其他能耐只是让他们更为强大。

在大多数情况下,审判者是用迷雾之子作蓝本。很显然的,像沼泽这种搜寻者也是不错的选择。因为当找不到可用的迷雾之子时,拥有青铜能力的审判者,最擅长找出司卡迷雾人。

37

远方传来尖叫声。纹在她的船舱中惊坐起,她原本正好处于半梦半醒的边缘,在法德瑞斯城内搜索了一夜让她相当疲累。

迷雾之子
卷三·永世英雄 [珍藏版]

可是当战斗声从北方传来时,所有疲累都一下子被她抛在脑后。终于来了!她心想,翻开棉被,从船舱中冲出。她穿着一贯的长裤与衬衫,一如往常随身携带不同的金属液体。她一面掠过驳船的甲板,一面喝下一瓶。

"纹贵女!"一名船夫从迷雾的另一端大喊,"营地被攻击了!"

"也该是时候了。"纹说道,用船上的金属系环钢推下船,飞入空中。她穿过白天的迷雾,身边些许卷曲的白丝让她感觉像是飞越云端的鸟。

靠着锡力,她很快地找到战斗的地点。几群马背上的人骑入营地北区,显然试图想要朝补给船队挺进,但船队漂浮在运河的湾流中,一时也难以靠近。一群依蓝德的镕金术师在旁边设起防线,打手站在第一线,射币从打手后方攻击骑士们。一般士兵则是站在中间,占尽战场优势,骑士会受到营地的防线与防御工事的双重阻挠。

依蓝德想得没错,纹骄傲地想,从空中落下。如果我们的士兵没有先暴露在迷雾之下的话,现在绝对会有麻烦。

皇帝的决定救了他们的补给品,也引出一支尤门的突袭队伍。那些骑士们大概以为可以很轻易地穿过敌营,杀对方个措手不及,把他们全困在迷雾里,然后一把火烧掉补给船队。可是依蓝德的斥候跟巡逻小队提供了足够的警示,因此敌人骑兵被强行阻挠,进行面对面的决战。

尤门的士兵正从军营南方强行突破防线。虽然依蓝德的士兵奋勇抗敌,但他们的敌人却骑着马。纹从空中俯冲而下,骤烧白镴,增强肌肉力量。她抛下一枚钱币,反推减缓它的降落速度,落地的同时,一片灰烬激飞而起。南方的骑士刺穿了第三排帐篷。纹选择降落在他们之间。

没有马蹄铁,纹心想,看着士兵转向她。长矛都是以石头为尖,也没带剑,尤门做事的确仔细。

这几乎感觉像是对她的挑战。纹微笑,在等待多天之后,肾上腺素被激起的感觉相当愉悦。尤门的小队长们开始大喊,将攻击的目标转向纹。在数秒钟内,他们便组织了将近三十名骑兵直朝她疾奔而来。

纹直视他们,然后跃起,甚至不需要钢推让自己跳高,光是白镴增强的肌肉便足够。她越过领头士兵的矛,感觉它穿过她身下的空气,一脚踢中士兵的脸,让他向后飞起,摔下马鞍,灰烬随之在晨雾中盘旋。她在他翻滚的身体旁边落下,抛下一枚钱币,钢推自己往侧面飞窜,避开奔踏的马蹄。被她击落下马的人大喊出声,却无力阻止自己被同伴的马蹄践踏。

纹的钢推带着她穿过一座大型睡帐的帐门。她翻身站起,丝毫未停下便立刻钢推帐篷的铁柱,将其从地上扯起。

布墙晃动,帆布啪的一响,射入空中,布料拉紧,铁柱则朝四方飞射。灰烬随着空气的震动而飞散,双方人马同时转身面向纹。她让帐篷落到面前,接着用力一推。帆布因鼓入空气瞬间膨胀,铁柱被纹的力量从帆布上扯下,直飞向前,射向马匹与骑士。

人马一同倒地。帆布在纹面前翻然落地。她微笑,越过一团混乱倒地、试图想要重新开始攻击的骑士。她不打算给他们任何时间。依蓝德那一区的士兵全数撤退,聚集在防线中央,让纹可以放手攻击,无须担心伤害到自己人。

她在骑士之间穿梭,巨大的马匹此时反而成为骑士们攻击的阻力,人马不断绕圈,纹则不停铁拉,将营帐从地面拔起,将铁柱当箭矢使用。数十人在她面前倒下。

马蹄声在她身后响起。纹转身,看到一名敌人军官组织起另一波攻击。十个人直直朝她奔来,有些人举着矛,有些则拉满弓。

纹不喜欢杀人,但她热爱镕金术,热爱技巧的挑战,钢推与铁拉的冲击与刺激,只有充斥白镴的身体才能体会的力量感。当有人出现,给了她战斗的理由时,她向来会放手一搏。

箭矢根本毫无伤她的可能。白镴增加了她转身闪避时的速度与平衡,她还可以铁拉着后方的金属锚点。一顶帐篷朝她飞来,她立刻跃起，闪避被她先前拉力顺势带来的帐篷，之后落地，钢推数支帐篷的铁柱，每两个角落的铁柱为一组。帐篷软塌倒地，看起来像是对角被人硬扯的餐巾。

布条如铁丝般卡上马腿。纹燃烧硬铝，用力钢推。前方的马匹尖声嘶鸣，她临时创造出来的武器让他们统统倒地。帆布撕裂，铁柱被扯离，但损害已经造成——前排的绊倒后排，人随着马匹四仰叉。

纹喝尽另一瓶液体补充钢，然后用力一拉，将另一座帐篷扯向自己。在帐篷靠近时，她用力一跳，转身，将其推向另一群骑士。帐篷的铁柱戳中一名士兵的胸口，他往后飞跌，摔入其他士兵之间，造成一团混乱。

士兵倒地，毫无生气地倒在灰烬中，胸口的铁柱仍旧拉扯着帆布，布料轻飘飘地落地，如裹尸布一般遮盖住他的身体。纹转身，寻找更多敌人，但骑士们都开始撤退。她上前一步，原本打算要追赶，但又停下了脚步。有人在看她，她可以在雾中看见他的身影，正燃烧着青铜。

那个人全身充盈着金属的力量。镕金术师。迷雾之子。他太矮，不是依蓝德，但隔着迷雾跟灰烬，她看不太清楚。纹毫无迟疑，抛下一枚钱币便冲向陌生人。

对方往后一跳，同样跃入空中，纹紧随其后，很快便将营地抛在身后，追赶着镕金术师。他很快地进入城市，她跟在他身后，以巨幅的跳跃横越满是灰烬的大地。她的猎物穿过城市前方的岩石，纹紧追在后，落在一名讶异的巡逻士兵前方几尺远的地方，之后再次跳起，跨越缝隙与被风吹刮着的岩石，进入法德瑞斯城。

另一名镕金术师一直保持领先。他的动作中毫无戏谑之意，与她先前和詹在对打时完全不同。这个人真的想要逃走。纹紧追在后，越过屋顶跟街道。她紧咬牙关，因为自己无法追上而烦躁。她每次跳跃的时机都完美无缺，在锚点转换与跳跃弧线的起落间，几乎丝毫没有停顿。

可是，他也相当出色。他绕过城市，强迫她必须要使出全力才能跟上。好！她终于心想，开始准备硬铝。她跟着那个人的距离已经近到对方不再是迷雾中的影子，她可以清楚看到他既真实又实在，不是某种灵魂。她越发确定，这就是她第一次前来法德瑞斯城时，感觉到在观察她的人。尤门有一名迷雾之子。

可是，要跟这个人对打，她得先追上他。等他的跳跃开始到达顶点时，纹立刻熄灭金属，燃烧硬铝，然后钢推。

身后传来一阵粉碎的声音。她力道不正常的钢推击碎了她用来当锚点的木门。她以极快的速度被往前抛，像是被释放的飞箭，以迅雷不及掩耳的速度靠近她的对手。

但她却什么都没找到。纹咒骂着，重新燃烧锡。她在燃烧硬铝时，不能同时燃烧锡，否则锡会瞬间燃烧殆尽，让她当场失明，可是她将锡熄灭的同时，基本上也造成了同样的效果。她铁拉自己，打断经过硬铝增强的钢推跳跃，笨拙地落在附近的屋顶上。纹蹲低了身体，眼神扫描周遭的环境。

去哪里了？她心想，燃烧着青铜。纹十分相信她天生就拥有，却又无法解释的力量能看穿红铜云雾以判断出敌人的位置。除非那镕金术师将自己的金属完全熄灭，否则他不可能躲得过纹。

显然他正是这么做了。这已经是第二次。也是他逃开她的第二次。

这件事意味的可能性相当让人不安。四年来，纹一直努力地将这项特殊能力视作机密。詹知道这件事，而她不知道还有谁会猜到，但根据今晚发生的事情，她的秘密似乎已经曝光。

纹在屋顶上待了一阵子，但知道自己什么也找不到。一个聪明到会利用她的锡力关闭时脱逃的人，也会聪明到躲起来，直到她离开。而这件事让她不禁揣想，他为什么一开始要让她看见自己……

纹突然坐起，吞下一瓶金属液体，将自己从屋顶上钢推而下，满心焦急地跳回营地。

她发现士兵在清理军营外围的残骸与尸体。依蓝德正在他们之中发布命令，鼓励士兵，让众人看见他的存在。雪白的身影让纹立刻安心下来。

她在他身旁降落。"依蓝德，你被攻击了吗？"

他瞥向她："什么？我吗？没有，我没事。"

那迷雾之子不是声东击西的幌子，她皱着眉头心想。原本她以为必定是如此，可是……

依蓝德将她拉到一旁，满脸担忧之色："我没事，纹，但不只如此——出了别的事。"

"怎么了？"纹问道。

依蓝德摇摇头："我认为整个对营地的攻击都只是障眼法。"

"但如果不是攻击你，也不是我们的补给品，他们要攻击什么？"纹问道。

依蓝德与她四目交望："克罗司。"

"我们怎么会没注意到这件事？"纹反问，声音满是焦躁。

依蓝德跟一群士兵站在附近的高地上，等着纹和哈姆检视完被焚烧的攻击器械。在下方，他可以看到法德瑞斯城，还有他自己驻扎在外的军队。迷雾很久以前就已经退散了。令人不安的是，从这个距离外，就连他也看不见运河的位置。落灰染黑了运河的水，让它成为与大地融为一体的黑。

在高地边缘的悬崖下方，是他们残存的克罗司军队。瞬间，两万只克罗司的大军，在缜密的奇袭之下被缩减成一万只，而那时依蓝德等人的注意力全部都被引到了别处。白昼的迷雾让士兵看不见下面发生的事情，一切都无可挽回。依蓝德自己感觉到克罗司的死亡，却误将这感觉判断成是克罗司战争的感应而已。

"这些悬崖后方有洞穴。"哈姆说道，戳着一块焦黑的木头，"尤门之前可能就将这些抛石机藏在里面,等着我们到来,不过我猜它们原本的用途应该是要拿来进攻陆沙德。无论如何,这块高地是集火的绝佳地点,我认为尤门布置这一切是为了攻击我们的军队,但当我们将克罗司驻扎在高地的正下方时……"

依蓝德仍然能在脑海中听到它们的尖叫——克罗司浑身浴血,口吐白沫,想要战斗,却无法攻击远在高地上的敌人,它们的焦躁太强,以至于有一阵子,它们脱离了他的掌控。在那段时间里,他无法阻止它们的暴动。大多数的死亡来自于克罗司之间的自相残杀,结果就是,军队的总数减少了将近一半。

我失去了对它们的控制,他心想。时间不长,也是因为它们无法攻击到敌人才会这样,但这是个危险的先例。

烦怒的纹用力踢了一大块烧焦的木头一脚,将它飞踢下高地边缘。

"这是一场经过精心策划的攻击,阿依。"哈姆低声说道,"尤门一定是看到我们每天早上都派出多余的巡逻队,因此猜到我们判断他会白天展开攻击。所以将计就计,挑选了我们防守最严密的地方下手。"

"不过他的代价也不小。"依蓝德说道,"他必须焚烧自己的攻击器械,不让它们落入我们手里,而且在攻击我们营地的过程中他损失了数百名士兵与坐骑。"

"确实如此。"哈姆说,"可是,你会不会拿几十具武器还有五百人来交换一万名克罗司?况且,尤门一定很担心该如何供养他的骑兵队,我看只有幸存者知道他是从哪里弄来那么多谷粮养这群战马。因此最好是先发制人,否则马匹会活活饿死。"

依蓝德缓缓点头。情况现在变得更棘手了。少了一万克罗司……两方的力量差异进一步缩小。依蓝德可以继续包围城市,但要强行攻城的危险性瞬间大上许多。

他叹口气:"我们不该让克罗司离主要军营这么远。我们得把它们搬得更近。"

哈姆对此不以为然。

"它们并不危险。"依蓝德说道,"纹跟我都可以控制它们。"在大多数情况下。

哈姆耸耸肩。他走在仍然冒烟的残骸之间,准备要派遣传令使者。依蓝德走上前,来到纹身边,两人一起站在悬崖的最边缘。离地面这么远仍然让他有点不安,但她对于眼前急坠的地势似乎毫不在意。

"我应该能帮你夺回对它们的控制。"她低声说道,望着远方,"但尤门让我分神了。"

"他让我们所有人都分神了。"依蓝德说道,"我可以感觉到克罗司,即便如此,我还是没弄明白到底发生了什么事。是你回来的时候我才终于重获对它们的控制,但在那时,它们已经死了很多。"

"尤门有一个迷雾之子。"纹说道。

"你确定?"

纹点点头。

多了一件要担心的事,他想,可还是压下了自己的烦躁。他的人民需要看到他信心满满的样子。"我要给你一千名克罗司。"他说道,"我们早就该把它们分开来了。"

"你的力量比较强大。"纹说道。

"显然还不够强大。"

纹叹口气,点点头:"那我下去了。"他们发现距离远近对于控制克罗司是有差别的。

"我会抽出大概一千只左右,然后放手。我一放开,你就得全部抓紧。"

纹点点头,踏出悬崖边。

我早该发现打得太忘我了,纹一面在空中坠落,一面反省。如今,一切如此清晰明白,不幸的是,攻击的细节让她比先前感觉更焦躁,更不安。

MISTBORN: THE HERO OF AGES

她抛下一枚钱币，降落在地上。几百尺的急坠也不再是问题。有时想想也蛮奇怪的。她还记得自己胆怯地站在陆沙德的城墙边，虽然卡西尔极力劝说，却仍然不敢利用镕金术往下跳。现在，她可以从悬崖边跳下，坠落时还有余裕沉思。

她走在灰烬如粉末般铺撒的地面上。灰烬没过小腿肚，要不是有白镴的力量，她早就寸步难行。落灰越发浓密。

人类几乎是立刻走上前来找她。她分不出这克罗司是对他们之间的联系有反应，还是真的有智慧且对她有足够的兴趣，能分辨她与其他人的不同。因为打斗，所以他的手臂上多了一道新的伤口。她走向其他克罗司时，它跟在她身边，巨大的身躯丝毫不费力气便踩过高堆的灰烬。

一如往常，克罗司营地中没有多少情绪。不久前它们才血腥地呐喊，在一片石雨中相互厮杀，如今则只是一小群一小群地坐在灰烬中，无视于自己的伤口。如果有木头，它们早就已经开始烧火。有几只在地上挖了几把泥土啃着。

"你们都不在乎吗，人类？"纹问道。

巨大的克罗司低头看着她，破相的脸微微渗血。"在乎？"

"你们今晚死了这么多同伴。"纹说道。她可以看到尸体四处横卧，被遗忘在灰烬里，全身的皮已经被扒下，那是克罗司的埋葬仪式。还有几名克罗司在尸体间移动，撕下他们的外皮。

"我们照料它们。"人类说道。

"对。"纹说，"把它们的皮肤撕掉。你们为什么要这么做？"

"它们死了。"人类说道，仿佛这就足以解释。

在一旁，一大群克罗司站起，服从依蓝德无声的命令，跟主力队伍分开，走入灰烬中。片刻后，它们开始环顾四周，不再整齐划一地行动。

纹立刻动手，停止燃烧所有金属，燃烧硬铝之后，骤烧锌，进行情绪上的用力拉扯，煽动克罗司的情感。如她所预期，它们立刻归附在她的控制下，一如人类。

控制这么多只比较困难，但还在她的能力范围之内。纹命令它们冷静下来，然后让它们返回营地。从今以后，它们的存在会滞留在她的意识中，不需要额外镕金术的掌控。除非情绪波动剧烈，否则很容易忽略它们的存在。

人类看着它们。"我们……变少了。"它终于说道。

纹一惊。"对。你看出来了？"她问道。

"我……"人类开口，却一时没了下文，小眼睛看着营地。"我们打仗。我们死了。我们需要更多。我们有太多剑了。"他指着远方的一堆金属——是没了主人的楔形克罗司剑。

依蓝德曾对她说过，你可以利用剑来控制克罗司的数量。它们会随着成长而打斗，争取更大的剑，额外的剑则属于年纪较轻、体型较小的克罗司。

可是没有人知道小克罗司是从哪来的。

"你需要克罗司来用这些剑，人类。"纹说道。

人类点点头。

"那你们就得多生一些孩子。"她说道。

"孩子？"

"更多。"纹说道，"更多克罗司。"

"你需要给我们更多。"人类看着她说道。

"我？"

"你战斗了。"他说，指着她的上衣，上面沾着不是她的血迹。

"是的。"纹说。

"给我更多。"

"我不明白。"纹说道，"你做给我看吧。"

"我不行。"人类说道，以它惯常的缓慢语气开口，摇着头，"这是不对的。"

"等等。"纹说，"不对？"这是她第一次从克罗司口中听到关于价值

MISTBORN: THE HERO OF AGES

观的判定。

人类看着她，而她看出它脸上的紧张。于是，纹用镕金术推了它一把。她不知道自己在要求它做什么，这让她对它的控制较为薄弱，但是她仍然推了它，鼓励它按照自己的想法去行动——因为不知为何，它的理智与直觉正在拉锯战。

它发出大吼。

纹震惊地往后退，但人类没有攻击她，只是跑入克罗司营地。这只长着两条腿的巨大蓝色怪物踢起灰烬，其他克罗司退开，不是因为恐惧，它们脸上的表情一如往常地平淡，只是对于处于狂暴状态且体型庞大如人类的克罗司表现出应有的谨慎退让。

纹小心翼翼地跟在人类身后，看着它走向一具仍然有皮肤的克罗司尸体。人类没有把皮肤扯掉，而是将尸体扛在肩膀上，朝依蓝德的营地奔去。

惨了，纹心想，抛下一枚钱币，飞入空中。她跟在人类身后奔跑，小心不要超越它。她考虑是否该命令它后退，却又放弃了。它的行为的确很奇特，但这感觉是件好事。克罗司通常不会做出任何出人意料的事情。它们的行为过于好预测了。

她落在营地的守卫站前，挥手要士兵退后。人类继续往前跑，闯入营地中，惊吓了一票士兵。纹跟在它身边，不让其他人靠近。

人类在营地中间停下，突来的热切略略散去。纹再次催促它。在环顾四周之后，人类朝损坏的营地跑去，那是被尤门的士兵攻击过的地方。

纹跟在它身后，越发好奇。人类没有抽出剑，看起来一点也不生气，只是……专注。它来到一区帐篷倒塌，有死人的地方。战斗才刚结束几个小时，士兵们仍然在附近走动、清理。战场外围有人搭起了医疗帐。人类朝那边走去。

纹赶上前，拦住它，不让它走入有伤兵的帐篷。"人类。"她警戒地开口，"你要做什么？"

它无视她，将死去的克罗司往地上一掼。此时，人类终于开始扯掉尸体上的皮肤。皮肤纷纷脱落，这只克罗司体型较小，皮肤仍然层叠垂挂在它身上，远比它的身体要大上许多。

人类把皮肤剥掉，让附近几个观看的士兵发出反胃的声音。虽然景象恶心，但纹仍看得很仔细。她觉得她正在了解某件很重要的事。

人类伸出手，从克罗司尸体中拔出某样东西。

"等等。"纹上前一步，"那是什么？"

人类没理她。它又抽出一样东西，这次纹瞄到了沾满鲜血的金属。她的视线追踪着它的手掌，终于在它动手把东西藏起来之前，看清楚那是什么。

一根尖刺。一根小小的金属尖刺，刺入死去克罗司的身侧。尖刺旁边有一片蓝色皮肤，仿佛……

仿佛是用尖刺将皮肤钉住，纹心想。像是钉子将布料钉在墙壁上。

尖刺。像是……

人类拔出第四根尖刺，然后进入帐篷。医生跟士兵同时害怕地往后退，大喊着要纹想想办法，阻止人类继续靠近伤兵的病床。人类来回看着几名昏厥的人类后，朝其中一名伸出手。

停止！纹在脑海中下令。

人类僵在原地。纹此时终于明白整件事背后的惊悚真相。"统御主啊……你要把他们变成克罗司，对不对？你们都是这么来的，所以没有克罗司小孩。"

"我是人类。"巨大的怪物低声说道。

血金术可以用来偷窃镕金术或藏金术力量，赋予另外一人，但血

金术的尖刺也可杀死不是镕金术师或藏金术师的普通人。在这种情况下，尖刺会偷取藏在每人灵魂中的存留之力（也就是让每个人有意识的力量）。

血金术尖刺汲取这股力量后，可以转移到另一人身上，授予他们类似镕金术的残余力量，毕竟存留的身体有极微小的一部分存在于每个人类的体内——这正是镕金术的源头。

于是，获得力量的祝福的坎得拉其实是获得了一点像是燃烧白镴之后的力量。存在的祝福给予额外的智慧，意识的祝福则给予极敏锐的感知，而鲜少被使用的稳定的祝福则是情绪上的包容。

38

有时候鬼影甚至会忘记迷雾的存在。对他而言，迷雾是如此苍白透明，几近隐形。空中的星辰像是上百盏聚光灯投射在他身上，这是只有他看得到的美景。

他转头，看着被焚烧泰半的建筑物。司卡工人小心翼翼地整理残迹，鬼影经常忘记他们在夜晚无法见物。他不得不让工人们聚在一处，摸黑作业。

气味当然很可怕，但燃烧白镴似乎有助于舒缓嗅觉刺激，也许白镴给予的力量也有助于避免应激反应，例如呕吐或咳嗽。他一直不了解锡为何会跟白镴配对。其他配对的镕金术金属的力量都是相对的，钢推金属，铁拉金属；红铜藏匿镕金术师，青铜揭示镕金术师；锌煽动情绪，黄铜压制情绪。但锡跟白镴不像是对比，因为一者增强体力，另一者则是增强感官。

可是，这两者的确是相反的。锡力让他的触觉敏锐到每一步都很不舒服，白镴则增强他的身体，提高耐痛性，因此在他走过焦黑的废屋时，脚不似平常那般难受。同样的，以前如此的光线早就让他炫目失明，但白镴提高了他对光线的忍受力，所以他不需蒙眼。

两者虽是对比，却也是互补，一如其他镕金金属的配对。他觉得同时拥有这两者是非常对的。没有白镴他是怎么存活的？他原本是只有一半能力的人。如今，他得以完整。

可是，他仍忍不住去想，拥有别的力量会是什么样的感觉。卡西尔给了他白镴，是否也能赐予自己钢跟铁？

有个人正在指挥那排工人。他的名字是法兰森，就是请鬼影去救他妹妹的人。行刑日只差一天了。很快的，那孩子也会被抛入一间燃烧的建筑物，鬼影正在想办法阻止这件事。他目前能做的不多。因此，在这段期间，法兰森跟他的手下们只能不停地挖掘。

鬼影已经有一阵子没有去刺探公民跟他的幕僚们。他总是把得到的讯息跟沙赛德和微风分享，他们似乎很感谢这点，但公民宅邸周围的防守越发严密，因此他们认为冒险潜入只是无谓的冒险，最好先决定好如何处理眼前事情再谈。鬼影不得不接受他们的指示，却发觉自己变得焦虑不已。他想见到贝尔黛，那个有着寂寞双眼的安静女孩。

他不认识她。他不得不承认这点。可是他们见面交谈的那一次，她没有尖叫，也没有背叛他。他似乎引起了她的兴趣。这是好迹象，是吗？

傻瓜，他心想。她是公民的妹妹！跟她说话差点害死了你。你要专注于自己手边的工作。

鬼影继续看他们工作了一会儿，最后在星光下显得又累、又脏的法兰森走到他面前来。"大人。"法兰森说道，"我们这一区已经清过四次。地下室里的人将所有的垃圾与灰烬都挪到了一旁，能找到的，都已经找到了。"

鬼影点点头。法兰森应该是对的。鬼影从口袋里拿出一个小布囊，交给法兰森，里面发出清脆的敲击声响，壮硕的司卡男子挑起一边眉毛。

"给其他人的报酬。"鬼影说道，"他们在这里工作三个晚上了。"

"他们是我的朋友，大人。"他说，"他们只想看到我妹妹获救。"

"还是该付他们酬劳。"鬼影说,"要他们尽快将钱花在食物跟补给品上,免得魁利恩取消城里的货币制度。"

"是的,大人。"法兰森说道,然后,他瞥向一旁一个被烧焦大半的走廊扶手。工人们将他们从废墟中找到的东西都放在那里:九枚人类头颅,在星光下投出诡异的影子,焦黑且阴森。

"大人,请问这么做的目的是什么?"法兰森问。

"我看着这座建筑物被焚烧。"鬼影说道,"当这些可怜的人被赶进去,封死在里面时,我就在这里,却什么都帮不了。"

"我很……遗憾,大人。"法兰森说道。

鬼影摇摇头:"都过去了。但他们的死亡让我们知道一件事。"

"大人?"

鬼影看着头颅。他第一次亲眼见证公民的处刑就在这座建筑物前,当时度恩跟他说了一件事。鬼影想要得到关于公民弱点的线索,可以帮他打败那个人。度恩只说了一句话回应。

"算算有几个头颅。"

鬼影一直都没时间来研究这个线索。他知道如果去胁迫度恩,对方应该会回答,但两人似乎都了解一件很重要的事。鬼影需要亲眼见到,需要知道公民的所作所为。

如今,他明白了。"十个人被关在这栋屋子里等死,法兰森。"鬼影说道,"十个人。九个头颅。"

对方皱眉:"这告诉我们什么?"

"这告诉我们,有把你妹妹救出来的方法。"

"我不知道该怎么看待这件事,微风大人。"沙赛德说道。两人坐在邬都其中一间司卡酒吧里。酒类源源不断地供给,司卡工人挤满了房间,无视于黑暗与迷雾。

"什么意思?"微风问道。两人单独对坐,葛拉道跟三名手下则穿着便服坐在隔壁桌。

"整件事感觉真奇怪。"沙赛德说,"光是司卡有自己的酒吧已经够奇怪了,可是,他们还能晚上出来?"

微风耸耸肩:"也许他们对黑夜的恐惧是来自统御主的潜移默化而非迷雾。他的警备队随时驻守街道,预防盗贼,也算是迷雾以外让司卡晚上不出门的理由之一。"

沙赛德摇摇头:"我研究过这种事,微风大人。司卡对于迷雾的恐惧是深植于他们内心的迷信,那是他们生活的一部分,但魁利恩才花了一年多就让他们克服了这些恐惧。"

"我觉得是红酒跟啤酒帮他们克服的。"微风分析,"人想喝得烂醉,是可以无所不用其极的。"

沙赛德瞅着微风的杯子。微风开始喜欢上司卡酒吧,虽然他被强迫要穿非常朴素的衣服。当然,也许他其实根本不需要再如此朴素下去,只要这座城市里的人还热衷于八卦,应该早就将微风跟前几天与魁利恩会面的访客联想在一起。如今,连沙赛德都一起造访酒吧,任何怀疑都获得了证实。沙赛德的身份不可能隐藏,他的种族特征太明显,身材太高,头太光,又有标准的泰瑞司长脸,细长的五官,还有因为多枚耳环而被拉长的耳垂。

匿名的时机已经过去,不过在此之前,微风善用了他的特长。在众人尚且不知道他是谁的那段期间,他已成功地在当地的地下组织中建立起良好的观感并培养了联络人。如今,他跟沙赛德可以静静地坐在酒吧里好好喝一杯,又不会引起太多关注。微风当然会安抚众人以求保险,即便如此,沙赛德仍然认为,以一个如此喜欢上流社会氛围的人来说,微风与普通司卡间所建立起的默契与理解相当令人佩服。

隔壁桌边的一群男子发出笑声,微风微笑,站起身加入他们。沙赛德则坐在原位,面前放着一杯丝毫未动的酒。在他的想法中,司卡不再害怕走入迷雾的理由显而易见,他们的迷信被更强大的人物所取代——

311

卡西尔，如今他们称之为迷雾之主的人。

幸存者教会的散播范围比沙赛德预期的还要广泛。它在邬都的规模与在陆沙德的不同，教义重点似乎也不一样。但重点是，人民仍在崇拜卡西尔，而两地间的差异正是耐人寻味之处。

我错过了什么？沙赛德心想。两者间的关联是什么？

迷雾杀人。可是这里的人会走入迷雾。为什么他们不害怕？

这不是我的问题，沙赛德告诉自己。我需要保持专注。我荒废活页夹里的宗教研究太久了。他的分析研究即将完成，这点让他颇为担心。到目前为止，每个宗教都充满矛盾、冲突，还有逻辑上的缺憾。他越来越担心，即使在金属库意识库中存有数百种宗教，他仍然永远无法找出真相。

微风的一挥手让他分神，于是沙赛德站起身，努力让表情不要透露出心中的绝望，然后走到桌边。那里的人为他挪出位置。

"谢谢。"沙赛德坐下。

"你忘了杯子，泰瑞司朋友。"其中一人指出。

"我很抱歉。"沙赛德说道，"但我向来不喜欢令人神志不清的饮料。请不要生气，我仍然相当感谢你的贴心。"

"他总是这样说话吗？"其中一人问道，看着微风。

"你没遇过泰瑞司人吧？"另一人反问。

沙赛德满脸通红，微风一阵轻笑，手按上沙赛德的肩膀："好了，各位。我把泰瑞司人带来给你们了，有问题就问吧。"

桌边总共坐着六个人，根据沙赛德的判断，全部都是矿场工人。其中一人向前倾身，双手交握在桌上，关节上满是岩石留下的疤痕。"微风说了很多话，"那人低声说道，"可是他这种人向来喜欢做承诺。一年前，当史特拉夫·泛图尔离开后，魁利恩要掌权时，也说了很多同样的话。"

"是的，我了解你的疑虑。"沙赛德说道。

"可是，泰瑞司人不说谎。你们是好人。所有人都知道这点，无论是贵族、司卡、盗贼，还是圣务官。"那人抬起一只手，强调这点。

"所以，我们想跟你谈谈。"另一个人说道，"也许你不一样，也许你会对我们说谎，但我们宁可听泰瑞司人说，也不要听安抚者说。"

微风眨眼，露出一丝意外。显然他没想到他们已经发现了他的能力。

"问吧。"沙赛德说道。

"你们为什么来这座城市？"其中一人问道。

"来掌控它。"沙赛德说道。

"这跟你们有何关系？"另一人问道，"泛图尔的儿子为什么要邬都？"

"两个原因。"沙赛德开口，"首先，因为它里面有资源。我不能说细节，但我可以告诉你们，因为经济上的因素，你们的城市很有吸引力。可是第二个原因同样重要——依蓝德·泛图尔皇是我所认识的人中，最正直的人之一，他相信他能比现在的政府为人民带来更多福祉。"

"要做到这点不难。"其中一人抱怨。

另一人摇头："什么？你要把这座城市还给泛图尔家族？才刚一年，你就忘记史特拉夫在这座城市里的恶形恶状？"

"依蓝德·泛图尔皇不是他父亲。"沙赛德说道，"他是值得跟随的人。"

"泰瑞司人呢？"其中一名司卡问道，"他们跟随他吗？"

"某种程度上，没错。"沙赛德说道，"我的族人曾经试图自治，一如现在的你们，但他们后来明白结盟的好处。我的族人如今搬到中央统御区，接受依蓝德·泛图尔皇的保护。"当然，沙赛德在心里想着，他们宁可跟随我，如果我愿意成为他们的王。

桌上众人陷入沉默。

"我不知道。"其中一人说道，"我们谈论这些有什么用？我是说，魁利恩大权在握，这些陌生人连支军队都没有，根本不可能夺走他的王位。有什么用？"

"我们没有军队,但统御主仍然败在我们的手下。"微风指出,"魁利恩自己就是从贵族手中夺走城市的。改变是有可能的。"

"我们不是要组成军队或反抗军。"沙赛德连忙补充,"我们只是希望你们能开始……思考,跟朋友们谈谈。你们显然是很有影响力的人,也许如果魁利恩听说人民的不满,他会开始改变做法。"

"也许吧。"其中一人说道。

"我们不需要外人。"另一人重复说道,"火焰幸存者已经来处理魁利恩的事。"

沙赛德讶异地眨眨眼。火焰幸存者?他捕捉到微风嘴角边的一丝狡狯笑意——那安抚者显然听说过这个名词,如今似乎观察着沙赛德的反应。

"幸存者跟这件事没有关系。"其中一人说道,"我不敢相信,我们居然在想反抗的事。如果你听说过关于外界的报告,大部分外界世界是一片混乱!我们难道不该满足于现状吗?"

幸存者?沙赛德心想,卡西尔?可是他们似乎给了他一个新的头衔。火焰幸存者?

"你开始坐立不安了,沙赛德。"微风悄声说道,"你干脆问吧。问问没关系的,是吧?"

问问没关系的。

"你说……火焰幸存者?"沙赛德问道,"你们为什么这样称呼卡西尔?"

"不是卡西尔。"其中一人说道,"另外一个幸存者。新的。"

"海司辛幸存者推翻统御主。"其中一人说道,"所以,难道我们不该认为火焰幸存者是来推翻魁利恩的?也许我们应该听听这些人的话。"

"如果幸存者是来推翻魁利恩的,他不需要这些人的帮助。"另一人说,"这些人只想将城市占为己有。"

"抱歉,可是……我们能不能见见这名新的幸存者?"沙赛德说道。

一群人面面相觑。

"请帮忙。"沙赛德说道,"我是海司辛幸存者的朋友。我很希望能认识这名你们认为与卡西尔并驾齐驱的人。"

"明天吧。"其中一人说道,"魁利恩不想透露日期,但消息每次都会走漏。明天在市集沟附近会有处决仪式。记得务必到场。"

即便到了现在,我仍然难以理解整件事的全貌。和世界末日相关的事件似乎远高于最后帝国与其中的人。我感觉到来自遥远过去的残迹,一股跨越时光鸿沟的分裂意识。

我不断研究,搜寻,最后只能找到一个名字:阿多拿西。那是谁或是什么,我不知道。

39

坦迅以后腿坐下。满心惊恐。

灰烬如碎片般从破碎的天空落下,连空气看起来都满是疮斑,尽显病态。即使它坐在刮着强风的山顶上,仍然有一层灰烬压覆着植被,几棵树木的枝干被重复堆积的灰烬压断了。

它们怎么看不出来?他心想。它们怎么能躲在家乡中,任由地面上的世界死亡?

可是,坦迅自己也活了数百年,它在某种程度上的确了解初代跟二代的怠惰安逸。有时它也有同样的心情,满足于等待,想悠闲自得地在家乡里度过绵绵岁月。它见过的外界之丰富,远胜于任何人类或克罗司,它还需要追求什么?

MISTBORN: THE HERO OF AGES

　　二代认为它比同胞们更循规蹈矩且听话，只因为它一直坚持离开家乡去履行契约。二代一直都误解了它。坦迅履行契约的动机不是为了服从，而是恐惧：恐惧自己会变成像二代那样死于安乐，并觉得外界与坎得拉一族无关。

　　它摇摇头，以四肢站起，跑下山坡，每奔跑一步便在空中激起一阵灰烬。虽然情况变得如此可怕，它仍然很高兴。狼獒的身体让它感觉相当愉快，其中蕴含的力量，动作的伸展幅度远胜过任何人类。有什么比狼獒犬更适合想要流浪的坎得拉？一名如此频繁地离开家乡去服侍它憎恨的人类，只因为害怕自己沉溺安逸的坎得拉？

　　它离开稀薄的森林，越过山丘，盼望覆盖的灰烬不会让路太难找。灰烬的确影响到了坎得拉族，且影响的程度相当深，甚至还有关于此事的传说。初约的意义是什么，保护嘱托又是为了什么？

　　对于大多数坎得拉而言，这些事物的存在似乎是天经地义的。

　　可是，这些东西是有意义的。它们是有源头的。当时坦迅还不存在，可是它认得初代，也是由二代所养大。在成长中，它知道初约——嘱托、定决——不只是空谈。初约是一系列指示。当世界开始崩解时，它们该怎么办。不只是仪式，更不只是象征。它知道它的内容让有些坎得拉感到害怕。对于它们而言，初约的内容太恐怖，最好只是个象征。因为如果它是确切的，那将需要它们付出极大的牺牲。

　　坦迅停止奔跑。狼獒的膝盖埋在深黑色的灰烬中，它心想这地方看起来隐约有点熟悉。它转向南方，穿过一小块满是岩石的空地——如今石头只是黑色的轮廓——寻找一年前去过的地方。一个在它背叛主人詹之后，离开陆沙德，返回家乡前造访的地方。

　　它爬上几块岩石，再绕过另一堆岩石，经过时撞掉几堆灰烬，灰烬团落地时，四分五裂，往空中抛入更多碎屑。

　　就在那里。岩石中的空洞就是它一年前停下的地方。虽然灰烬改变了地表，但它仍然记得此处。存在的祝福再度迎面袭来。没有这东西，它是怎么撑过来的?

没有它的话,我不会有感知,它心想,沉重地微笑。要让雾魅真正苏醒,拥有生活,需要的就是祝福。每个坎得拉都会得到四种祝福之一:存在,力量,稳定,或是意识。无论得到哪一个都不重要,任何之一都能让它们获得知觉,将雾魅转换成真正有感知的坎得拉。

除了感知,每个祝福同时赋予了另外一种东西。一种力量。在故事中,有些坎得拉还能从别处取得祝福,所以拥有一个以上的力量。

坦迅将一只爪子探入凹地,在灰烬中刨挖,想要找出一年前藏在这里的东西。它很快就找到了它们,将其一一放在面前的岩石平台上——两支小小、光滑的金属尖锥。要两支尖锥才能组成一个祝福,坦迅不明白其道理,但它知道必须如此,并没有多作质疑或猜想。

这是力量的祝福——坦迅从欧瑟的身体偷了两根尖刺。没有这个祝福,它跟纹在一起的一年中,绝对不可能跟上她的速度。它让每条肌肉的力量与耐力都增强双倍。它无法调节力量增加的程度,毕竟这不是藏金术或镕金术,是不一样的,它是血金术。

每根尖刺都必须通过一个死去的坎得拉创造。坦迅试着不要太常去想这件事,一如它不去想得到这个祝福的原因是杀了同辈的一个同伴。统御主每个世纪都按照它们要求的数目提供新的尖刺,好让坎得拉可以创造新一代。

如今它有四根尖刺,两个祝福,是世上最强大的坎得拉之一。坦迅增强肌力之后,自信能从二十尺高的岩石上跳下,安全地在下方铺满灰烬的地面着陆,然后开始起跑,速度也远比先前快上许多。力量的祝福类似镕金术师燃烧白镴时的力量,却又不太一样。它无法让坦迅超越体力极限地移动,也不能骤烧它以取得额外的力量,但同时坦迅也不需要金属作为燃料。

它往北方而行。初约写得非常清楚。当灭绝回来时,坎得拉必须找到父君并服侍他,很不幸的,父君死了。初约没有考虑到这个情况,所

MISTBORN: THE HERO OF AGES

以在无法去找父君的情况下,坦迅做出了第二顺位的选择——它决定去找纹。

原本我们以为克罗司是将两个人合为一个。这是错的。克罗司不是两个人,而是五个人,需要四根尖刺才能创造它们。当然,不是五具身体,而是五个灵魂。

每对尖刺都给予坎得拉所谓的力量的祝福。然而,每根尖刺也更进一步扭曲克罗司的身体,让它越发不像人类。这就是血金术的代价。

40

"没有人明确地知道审判者是怎么被创造的。"依蓝德站在帐篷前方,对着一小群人发表意见,包括哈姆、塞特、书记诺丹,还有差不多已经康复的德穆。纹坐在后方,尝试着了解她所发现的事实。人类……所有的克罗司……曾经都是一般人。

"可是有很多相关的理论。"依蓝德说道,"统御主一旦垮台后,沙赛德跟我开始了一些研究,从我们访问的圣务官身上得到一些有趣的事实。首先,审判者原本都是普通人,虽然记得自己原来的身份,但是他们得到了新的镕金术力量。"

"我们对沼泽的了解也证实了这点。"哈姆说道,"就算有这么多尖刺贯穿了他,他仍然记得他是谁,而且成为审判者之后,他取得了迷雾之子的力量。"

"对不起,但有没有人能解释给我听,这该死的跟城市围城战有什么关系？这里没有审判者。"塞特说道。

依蓝德交叠手臂："这很重要，塞特，因为我们在对抗的不只是尤门，还包括我们不了解、远超过法德瑞斯内军队的事情。"

塞特一哼。"你还在信什么末日、神祇一类的鬼话？"

"诺丹，请告诉塞特王你今早告诉我的事情。"依蓝德看着书记官说道。

前任圣务官点点头："王上，情况如下：所有因迷雾而死亡或患病的统计数字太规律，不可能是正常的。自然的运作中有其合理的混乱，小范围内有随机性，大范围内才会产生一定趋势。我不相信这么精准的数字是自然的产物。"

"什么意思？"塞特问道。

"王上，请想象你听到帐篷外有个敲击声。如果它偶尔会重复，却没有明确的规律，于是你知道这可能是风吹着帆布门敲击铁柱的声音。可是，如果它很规律地不断重复，那你必定会想是有人在敲着铁柱——你能立刻注意到这点，是因为你已经知道，自然可能会重复，但不会精准。这些数字是一模一样的，王上，太规律、太重复，不可能是自然的产物，必定是某人造成的结果。"

"你是说士兵会生病，都是一个人的杰作？"塞特问道。

"一个人……我想不是一个人。"诺丹说道，"但是必定是某个有智慧的东西。这是我唯一能得出的结论。某个有阴谋、精准行事的东西。"

房间突然陷入沉默。

"这一切跟审判者有关吗？"德穆小心翼翼地问道。

"有。"依蓝德说，"如果你跟我有类似的思考逻辑，至少你能明白我说什么。不过我得承认，跟我有同样想法的人并不多。"

"无论是好是坏……"哈姆微笑说道。

"诺丹，你对审判者是如何被创造出来的这件事知道多少？"依蓝德问道。

书记开始有点坐立不安："您知道，我原本属于教义廷，不是审判廷。"

"一定有流言。"依蓝德问道。

"是的。"诺丹说道，"其实是超过流言的程度。高层的圣务官一直想要知道审判者如何得到他们的力量，因为教廷部会间向来都有纷争，而且……我想您对此应该没什么兴趣。即便如此，我们的确有流言。"

"然后？"依蓝德问道。

"他们说……"诺丹欲言又止，"他们说审判者是由很多不同人混合而成。为了要创造一个审判者，审判廷得取得一群镕金术师，然后将他们的力量综合在一个人身上。"

房间再次陷入沉默。纹曲起双腿，双手环抱膝盖。她不喜欢谈论关于审判者的事情。

"他统御老子的！"哈姆低声咒骂，"原来如此！难怪审判者没事就急着抓司卡迷雾人！你们懂了吧？不只是因为统御主下令要杀死混血司卡，还为了增加审判者人数！他们需要杀死镕金术师才能创造新的审判者！"

站在房间最前方的依蓝德点点头："这些在审判者体内的尖刺因为某种原因可以转移镕金术力量。杀死八名迷雾人后，将全部的力量交给另外一个人，例如沼泽。沙赛德跟我说过，沼泽向来不愿意提起他成为审判者的经过，但他曾经说过，过程很……'混乱'。"

哈姆点点头。"卡西尔跟纹在沼泽被带走，成为审判者的那天去了他的房间，当时在里面找到一具尸体，一开始他们还以为那是沼泽！"

"之后沼泽提到过，那里死了不止一个人。"纹轻声说道，"只是……剩下来的部分已经分不出来了。"

"我还是要再问一次。"塞特说道，"这些讨论有意义吗？"

"我觉得这讨论还蛮容易激怒你的。"哈姆轻松地说道，"我们还需要别的意义吗？"

依蓝德瞪了两人一眼。"塞特，重点是，这个礼拜稍早，纹发现了一件事。"

全部人都转向她。

"克罗司是用人类做成的。"纹说道。

"什么？太荒谬了。"塞特皱眉说道。

"不。"纹摇摇头，"我很确定。我检查过活的克罗司。隐藏在他们皮肤的皱褶跟裂痕下的，都是尖刺。比审判者的尖刺小，是由不同金属所制成，但所有克罗司都有。"

"向来没有人知道克罗司是从哪里来的。"依蓝德说，"统御主守护着这个秘密，让其成为我们这个时代最大的谜团之一。当没有人控制它们时，克罗司似乎时不时自相残杀，但怪物的数量似乎从未减少，这怎么办到的？"

"因为它们经常在填补人数。"哈姆缓缓点头，"就从那些被它们劫掠过的村庄里。"

"你们有没有想过，在围攻陆沙德之前，为什么加斯提的克罗司军队随便先挑了一个村庄攻击，才来对付我们？"依蓝德说道，"那些怪物需要补充人数。"

"它们一直走来走去，穿着衣服，说要成为人类，但其实是忘记了自己原本的样子。它们的理性已经被破坏。"纹说道。

依蓝德点点头："那天，纹终于要其中一个让她看到如何创造新的克罗司。从它的行为，还有它之后所说的话看，我们相信它是想试图将两个人结合成一个。创造出拥有两人之力，却无主导意识的怪物。"

"第三种技艺。"哈姆抬起头，"使用金属的第三种方法。有从金属汲取力量的镕金术，有利用金属从自身汲取力量的藏金术，还有……"

"沼泽称之为血金术。"纹低声说道。

"血金术……"哈姆开口，"利用金属从别人身上汲取力量。"

"真是太棒了。"塞特又再次开口，"重点到底是？"

MISTBORN: THE HERO OF AGES

"统御主创造仆人来协助他。"依蓝德说道,"利用这门技艺……这种血金术……他创造了我们称之为克罗司的士兵,创造了我们称之为坎得拉的间谍,也创造了我们称之为审判者的祭司。他在其中都留下了弱点,好方便操控他们。"

"我是从坦迅那里才学到要怎么操控克罗司。"纹说道,"它不小心让我发现了这个秘密,因为它提过坎得拉跟克罗司是表亲,所以我才发现可以用同样的方式操控两者。"

"我……还是听不懂您的意思。"德穆的视线来回在纹跟依蓝德之间。

"审判者一定也有同样的弱点,德穆。"依蓝德说道,"血金术会让意识……受损,允许镕金术师潜入、控制。贵族们向来不解审判者为何如此对统御主狂热效忠,跟一般圣务官不同,他们听话许多,根本已经是彻头彻尾地崇敬统御主。"

"沼泽也因此而改变了。"纹悄声说道,"我在他变成审判者之后第一次见到他时,他就和之前有点不同,在崩解后,他变得越发古怪,最后居然还攻击沙赛德。"

"我们想要提出的是,有别的力量在控制审判者跟克罗司。有东西利用统御主安插在他们身体上的弱点,利用他们作为卒子。我们眼前遇上的困境,崩解时期之后的混乱,这些都不单纯只是随机的状况。就像因为迷雾而生病的人的比例不是随机一样。我知道有别的力量存在这件事是显而易见的,但重要的是,我们现在知道那是如何办到的。我们了解他们为何能被控制,还有如何能被控制。"依蓝德继续踱步,在肮脏的地面上踩出纷乱的脚印,"我越研究纹的发现,越相信这一切都息息相关。克罗司、坎得拉、审判者,他们不是三种独立的个体,而是一个现象的三个部分。表面上,对于这第三种技艺,这种血金术的认知的确不太重要,我们反正不打算用它来创造更多克罗司,所以有什么意义?"

塞特点点头,仿佛等依蓝德说出他的想法,但是依蓝德此时注意力有点分散,盯着大开的帐篷布帘,一时迷失在自己的思绪中。当他花时间于研究时，向来如此。他不是在回答塞特的问题，而是在提出自己的疑问，推演自己的逻辑。

"我们在打的这场仗，靠的不只是士兵。不只是克罗司，甚至不是夺下法德瑞斯城，而是关于我们在推翻统御主的同时，意外开启的一连串事件。克罗司的起源，血金术，都是这个规则的一部分。我们看到的混乱越少，规则越多，越能了解我们对抗的敌人是什么，还有如何打败它。"

依蓝德转向众人："诺丹，我要你改变研究方式，直到目前为止，我们都认为克罗司的行动是随机的。我不相信这是事实。研究我们过去的谍报。把它们的动向整理成列表，同时特别注意我们确定不属于审判者控制的克罗司族群。我想要知道是否能发现它们去哪里、做什么。"

"是的，陛下。"诺丹说道。

"你们其他人要提高警觉。"依蓝德说道，"我不想上礼拜的事件再次发生。我们不能再失去更多兵力，就算是克罗司也一样。"

众人点点头。依蓝德的姿势示意会议结束。塞特被抬回自己的帐篷，诺丹忙着开始新的研究，哈姆则去找东西吃。可是德穆没走。纹站起身，来到依蓝德身边，握住他的手肘。依蓝德转身回应德穆。

"陛下……"德穆一脸尴尬地开口，"哈姆德将军跟您提过了吧？"

什么事？纹一听这话，立刻提高注意力。

"是的，德穆。"依蓝德叹口气说道，"可是我真的不觉得这件事值得担心。"

"什么事？"纹问道。

"战营中有点……分歧，贵女。"德穆说道，"我们这些病了两个礼拜而非几天的人，被其他人以有色眼光看待。"

"你应该已经不同意他们的看法了吧，德穆？"依蓝德以极具皇帝威严的眼神强调他的话。

德穆点点头："我相信您的解读，陛下，只是……要领导不信任自己的士兵非常困难，而且对于其他像我这样的士兵更难。他们开始自己用餐,在空闲时避开其他人,如此一来反而强化了彼此之间的隔阂。"

"那么,"依蓝德问,"我们应该要强迫他们重新整合吗?"

"这要看情况,陛下。"德穆说道。

"怎么说?"

"有几个因素。"德穆说道,"如果您打算很快就要进攻,那强迫重新整合会是个很糟糕的主意,我不想要士兵们跟自己不信任的人并肩作战。可是,如果我们要持续围城战一段时间,那强迫他们重新整合就很合理。如此一来,军队的大部分人都会有时间学习重新信任迷雾病人。"

迷雾病人,纹心想。有意思的名字。

依蓝德低头看着她,她知道他在想什么。资源廷的舞会只剩几天就要举行。如果依蓝德的计划奏效,也许他们不需要攻击法德瑞斯城。

纹没有太大的期望。况且,如果没有陆沙德过来的补给品,他们的选择将大幅减少。若是不能按照计划维持长达数月的围城战,那可能最后得在几个礼拜内便发动攻击。

"组织一个新的旅。"依蓝德转向德穆说,"以迷雾病人为士兵。在占领法德瑞斯之后,我们再来想要怎么处理迷信的问题。"

"是的,陛下。"德穆说道,"我认为……"

他们继续说话,但纹一听到有声音接近指挥帐,便转移了注意力。可能没什么大事。即便如此,她仍然站到来人与依蓝德之间,同时检查自己身上的金属存量。片刻后,她判断出说话的人的身份。其中有人是哈姆。帐门一打开,出现的是身着标准背心与长裤的哈姆,领着一名疲惫的红发士兵,她顿时放松下来。精疲力竭的男子穿着满是灰烬的衣服与探子的皮革外装。

"康那德?"德穆讶异地问道。

"你认得这个人?"依蓝德问道。

"是的,陛下。"德穆说道,"他是我留在陆沙德给潘洛德王的军官之一。"

康那德虽然看起来快要累倒在地,却仍然举手行了军礼。"陛下。"男子开口,"我带来首都的消息。"

"终于来了!"依蓝德说道,"潘洛德有什么消息?我叫他送来的补给船队呢?"

"补给船队,陛下?"康那德问道,"陛下,潘洛德王派我来向您请求补给。城市里起了暴动,有些食物储藏点被洗劫一空。潘洛德王派我来跟您要求一支军队,好协助他恢复秩序。"

"军队?"依蓝德问道,"我留给他的军队呢?他应该有不少士兵啊!"

"人数不够,陛下。"康那德说道,"我不知道原因。我只能传达被告知的讯息。"

依蓝德咒骂,用力捶向指挥帐的桌子:"潘洛德连这点小事都做不好吗?我只要他守住我们已有的领土而已!"

他的狂怒让士兵一惊,纹则担忧地看着他,可是依蓝德仍然压下了脾气,深吸一口气,朝士兵挥挥手:"康那德上尉,请先去休息,吃点东西。我之后再跟你谈这件事。"

纹稍晚找到依蓝德时,他正站在营地边缘,看着悬崖上方焚烧的守卫哨篝火。她一手按着他的肩膀。依蓝德并没有表示吃惊,这同时也告诉了纹,他已察觉到她的靠近。纹明显感受到原本对外界世界反应稍有些迟钝的依蓝德,如今已经是能力高强的迷雾之子,足够的锡力能增强听力,让他能听到最细微的脚步声。

"你跟信差谈过了?"她问,他环住她的肩膀,依旧望着夜空。灰烬在他们身旁落下。几名依蓝德的锡眼士兵经过,虽然她自己也才刚从这样的巡逻回来,但她的路线是在法德瑞斯城周围。她每天晚上都会绕上两圈,观察城市中的不寻常动静。

"有。"依蓝德说道,"他休息过后,我跟他谈了不少。"

"坏消息?"

"跟他先前说的差不多。潘洛德显然从来没有收到我要求食物跟军队的命令。康那德是潘洛德给我们送来的四名信差之一,不知道另外三人发生了什么事。康那德自己都被一群克罗司追赶,最后是以马匹为饵,诱使它们朝另一个方向追去,自己躲在一旁等它们把马追上,才趁它们在吃马的时候逃走。"

"勇敢的人。"纹说道。

"也很幸运。"依蓝德说,"无论如何,看样子潘洛德是无法帮上任何忙。陆沙德有存粮,如果暴动的消息属实,潘洛德不可能有多余的军队押解补给品来给我们。"

"那……我们还有什么办法?"纹问道。

依蓝德看着她。她很讶异地看到他眼中的坚定,而非着恼。"我们有知识。"

"什么意思?"

"我们的敌人暴露了自己的意图,纹。用埋伏的克罗司攻击我们的信差?试图要破坏我们在陆沙德的补给品库存?"依蓝德摇摇头,"我们的敌人想要这些看起来像意外,但我可以看出这里面的规律。这些事太集中,太聪明,不可能是碰巧的意外。他正试图想让我们离开法德瑞斯。"

纹感觉到一阵寒意。依蓝德想要再说些什么,但她举起一只手,按住他的嘴唇,堵住了他的嘴。他起先有些迷惘,后来似乎理解了,因为他点点头。无论我们说什么,灭绝都可以听到,纹心想。我们不能泄漏自己知道的事情。

然而,两人之间仍然无声地交流了些什么。他们知道自己必须留在法德瑞斯,必须找出储藏窟中的东西,因为他们的敌人很努力地阻挠他们的行动。灭绝真的是陆沙德暴动背后的主使者吗?它的计谋是要将依蓝德跟军队引回陆沙德维持秩序,目标是要他们舍弃法德瑞斯?

这只是揣测,但他们也只能这么做。纹朝依蓝德点点头,表示她支持他留在法德瑞斯,但她仍忍不住担心。陆沙德原本应该是他们在这一切动荡中的基石,他们稳固的根据地。如果陆沙德都守不住了,他们还有什么?

她越发明白,此事没有退路。没有思考备用计划的空间。世界在他们周围崩解,而依蓝德已经决心在法德瑞斯孤注一掷。

如果他们在这里失败,将无处可去。

终于,依蓝德捏捏她的肩膀,走入迷雾去检查几个岗哨。纹独自一人抬头望着营火,涌起一阵引人忧心的焦虑。她之前在第四个储藏窟时的思绪又再次回来。战斗、围攻城市、政治操作,这些都不够。如果大地本身都死亡了,这全都救不了他们。

可是,他们还能怎么办?他们唯一的选择就是占领法德瑞斯,盼望统御主留给他们一些有用的线索。她仍然有莫名的冲动想要找到天金。她为何如此确定天金会有帮助?

她闭上眼睛,不想面对迷雾。迷雾一如往常地闪避,在她周围留下半寸左右的余裕。她在与统御主决斗时,曾经借用过它们的力量。为何就那一次,她能够用它们来补给她的镕金术能力?

如同过去许多次,她再次将手伸向迷雾,呼唤它们,在意识中恳求它们,试图使用它们的力量。她觉得她应该能够使用它们的力量。迷雾中有某种被禁锢的力量,不肯对她敞开,仿佛有东西在限制它们,也许是某种阻碍?或者,只是因为它们任性。

"为什么?"她质问,依然闭着双眼,"为什么帮助过我一次之后,就再也不肯帮我了?是我疯了,还是你们真的在我要求时,给了我力量?"

夜晚没有给她答案。终于,她叹口气,转身离开,回到帐篷的庇护之下。

血金术的尖刺会改变一个人的体质,程度与方式端看被赋予了哪些力量、尖刺放置的位置，还有一个人拥有多少尖刺。例如，审判者和原本人类的样貌相比就改变很大。他们心脏的位置已经跟一般人类不同，大脑位置也重新调整，好容纳从眼中刺穿的金属尖刺。克罗司更是面目全非。

有人可能觉得，坎得拉的改变才最彻底，但必须记得，坎得拉是源于雾魅，而不是人类。坎得拉使用的尖刺只对受者进行极小的改变，身体仍然近似雾魅，但大脑却开始作用。最嘲讽的是，在尖刺让克罗司失去人性之时，却让坎得拉得到人性。

41

"微风，你有没有注意到？"沙赛德激动地说，"这就是我们称之为'模棱'的现象——有人在现实生活中模仿传说。这些人相信海司辛幸存者，因此为了解救现在的危难，他们创造出了另一名幸存者。"

微风挑起眉毛。他们站在聚集在市场区的围观群众后方，等着公民抵达。

"实在太有意思了。"沙赛德说道，"我从来没料想过幸存者的传说会以这种方式演化。我知道他们会将他神格化，那几乎是理所当然的，但因为卡西尔曾经是'普通人'，那些崇拜他的人因此认为其他人也能拥有同等的地位。"

微风漫不经心地点头。奥瑞安妮站在他身边，脸上满是不高兴，因为她被强迫要穿上朴素的司卡服装。

沙赛德无视于他们的漠然："不知道这会引发什么样的后继。也许这群人中会有一连串的幸存者。这可能替有长远发展潜能的宗教奠定基础，这个宗教可以不断自我创新，符合群众的需求。当然，新的幸存者意味着新的领袖，每一个人的意见大相径庭；不再有一连串的祭司传颂教义，而是每个新幸存者都会致力于扩大与前一任的差异，才能在信徒中增加无数分支与分部。"

"沙赛德,你不是说不再搜集宗教了吗?"微风说道。

沙赛德一愣:"我没有很认真,是推论它的潜力而已。"

微风挑起一边眉毛。

"况且,这可能有助于我们眼前的任务。如果这个新幸存者是个真正存在的人,他也许有办法帮我们推翻魁利恩。"

"或是可能在魁利恩垮台之后挑战我们,继任为城市新任领导者。"奥瑞安妮评论。

"确有可能。"沙赛德承认,"无论如何,微风,我不知道你的抱怨从何而来。你不是想要我再次提起对宗教的兴致吗?"

"那是在我发现你会花一整个晚上,和紧接着的一整个早上滔滔不绝地讲述这件事之前。"微风说道,"那个魁利恩到底去哪了啊?如果因为他的处刑仪式害我错过午餐时间的话,我的心情会变得很差。"

处刑。沙赛德过于兴奋,忘记了他们原本来此的目的。他的热切顿时被浇熄,而且也记起为何微风的态度如此严肃。他口中讲得轻松,但眼中的关切表示他对于公民要将无辜的人民烧死这件事感到多么不安。

"在那里。"奥瑞安妮指着市场的另一边。一阵骚动窜起。公民穿着一件亮蓝色的制服出现。这是新的"许可"色,只有他可穿着的颜色。他的议员们则身着红衣围绕着他。

"终于来了。"微风说道,跟随着包围起公民的群众。

沙赛德跟在身后,脚步沉重迟疑。如今,他认真地考虑要用带来的士兵阻止即将发生的事。当然,他知道那是愚蠢至极的行为。现在就动手救人会破坏他们拯救整座城市的机会。他叹了口气,跟着微风与奥瑞安妮和群众一起前进。他猜想这场屠杀将会督促自己,提醒自己身在邬都的使命是多么迫切重要。神学研究可以再等等。

"你得杀了他们。"卡西尔说道。

鬼影静静地蹲在邬都较富裕一区的屋顶,隔着包裹着布料的双眼观看下方公民的队伍前进。他花了很多钱，几乎要用尽从陆沙德带来的所有资金，才能贿赂到合适的人，及早得知处刑的地点，占得先机。

他可以看到魁利恩决定要杀的可怜人。他们大多数都像法兰森的妹妹，只不过是被发现有贵族父母，有几人甚至只是有贵族血统者的配偶，鬼影还知道这群人中有一个只不过是公开地发表了反对魁利恩的言论。那个人跟贵族血统的联系简直薄弱到像一张纸片，只是一名曾经为特定贵族服务过的工匠而已。

"我知道你不想动手，但现在不能胆怯。"卡西尔说道。

鬼影觉得很强大，白镴让他感觉到自己拥有前所未有、所向披靡的勇猛。过去六个小时中，他只睡了一点点，却不感到疲累。他拥有猫儿都会羡慕的平衡感以及饱满的肌肉力量。

可是，力量不是一切。他在披风下的双手正流着汗，感觉到水珠沿着眉头滑下。他不是迷雾之子。他不是卡西尔或纹。他只是鬼影。他在想什么？

"我办不到。"他低声说道。

"你可以。"卡西尔说道，"我看过你拿决斗杖练习，况且，你跟市场中的士兵势均力敌。他们差点杀了你，但你当时是跟两名打手对战。你算是做得很好。"

"我……"

"鬼影，你必须救这些人。扪心自问。如果我在这里，我会怎么做？"

"我不是你。"

"还不是。"卡西尔低语。

还不是。

在他们的下方，魁利恩正大声数落死刑犯们的罪状。鬼影看到贝尔黛——公民的妹妹——站在他身侧。鬼影倾身向前，想确定她看着那些被驱赶入建筑物中的可怜囚犯时，眼中的神色是否真是同情，甚至是痛楚？还是那只是鬼影一厢情愿的错觉？他跟随着她的注视望着囚犯们。

其中一个孩子害怕地紧抓着一名妇人的手,看着他们被赶向即将成为他们刑场的建筑物。

卡西尔说得没错,鬼影心想。我不能容许这件事发生。也许不会成功,但至少得试试看。他带着颤抖的双手,从建筑物的天窗下楼,冲下台阶,披风在身后飞舞,他绕过一个角落,跑向酒窖。

贵族是很奇特的一群人。在统御主时代,他们对自己性命提心吊胆,不亚于司卡盗贼,因为宫廷政治的结果往往是被囚禁或是暗杀的命运。鬼影从一开始就该想到少了什么。没有盗贼集团会建造了一座巢穴却不留紧急逃生路径。

贵族更不会。

他跃过最后几个台阶,披风在身后扬起,轻落在满是灰尘的地板上,增强后的耳力听到魁利恩仍在叫嚣鼓噪。司卡群众纷纷窃窃私语。火焰开始燃烧,在黑暗的建筑物地窖中,鬼影找到一面已经被打开的墙,露出一条秘密甬道,通往隔壁的建筑物。一群士兵守在通道口。

"快点走!"鬼影听到一人说,"趁火还没烧来这里。"

"求求你们!"一名女子喊道,声音在走廊中回荡,"至少把孩子带走!"

人们发出闷哼声。士兵堵在鬼影对面的走道,阻止地窖中的其他人脱逃。他们是魁利恩派来拯救其中一名囚犯的。在外头,公民假装鄙弃任何有贵族血统的人,但镕金术师太珍贵,不能轻易杀死。因此他每次挑场地时都很小心,只烧那些可以将镕金术师从隐秘出口接走的建筑物。

这是既能贯彻他的理念,又能掌握城市最宝贵资源的完美方法。但是,让鬼影冲向士兵时双手停止颤抖的原因,不是因为公民的虚伪,而是因为孩子的哭泣。

"杀了他们!"卡西尔大喊。

鬼影抽出决斗杖。一名士兵终于注意到他,震惊地转身。

他最先倒地。

鬼影没意识到他挥舞的力道有多强。士兵的头盔从密道中飞出，金属凹陷变形。其他士兵看到鬼影在狭隘的空间中跳过倒地的同伴时，纷纷惊慌大喊。他们身上虽配剑，却无法抽出施展。

可是鬼影带来的，不过是把匕首。

他抽出匕首，以混合白镴与愤怒的力量挥舞，增强的感官引领着他的脚步。他刺倒两名士兵，将他们濒死的身体推到一旁，进一步增加自己地理优势。在走廊的尽头，四名士兵跟一名矮小的司卡男子站在一起。

他们的眼中满是恐惧。

鬼影扑向前，震惊的士兵终于战胜恐惧，纷纷推开密门，跌跌撞撞地想要逃回另一边的建筑物地下室。

屋子已经几乎被火光吞没，鬼影可以闻到烟雾的气味。其余被判处死刑的人都在这个房间里，他们原本想要穿过这道门，跟随他们已逃脱了的朋友而去。而今，因为有更多士兵挤入房间，他们被迫要后退。士兵们终于抽出了剑。

鬼影将四名士兵中动作最慢的一个开膛破肚，然后没有抽出更多匕首，而是拿出第二柄决斗杖。坚实的木棍手感很好，他在震惊的众人间一转身，发起攻击。

"你不能让士兵逃走。"卡西尔低语。"否则，魁利恩会知道这下面的人是被救走的。你得让他摸不着头绪才行。"

光线在装潢华丽的地下室后方闪烁。是火光。鬼影已经可以感觉到热力逼近。三名身后被点亮的士兵冷酷地举起剑。烟雾开始沿着天花板缓缓溜入，像黑色迷雾一般扩散开来。囚犯们纷纷缩身闪躲，不知该如何是好。

鬼影冲上前去，朝其中一名士兵同时挥舞两柄决斗杖。男子被他的虚招蒙骗，侧身避过鬼影的攻击，向前一扑。要是从前的鬼影，早已被一剑刺穿。

白镴跟锡救了他。

鬼影以轻盈的脚步挪移,感觉到来剑带起的风速,知道它会经过哪里。那一剑刺穿他身侧布料的同时,令他的心脏在胸口大力鼓动,但没刺伤皮肉。他重重挥下一柄木杖,击裂男子使剑的臂膀,另一柄则击入他的头颅。

士兵倒地,逐渐涣散、失去生命的眼神透露出讶异。鬼影从他身边闪过。

第二名士兵挥舞着剑。鬼影同时举起双杖,交叠成十字阻挡对方的攻势。剑砍断其中一柄,半根木杖飞入空中,却被第二柄卡住。鬼影将武器抽到一旁,推开那柄剑,在男子的手臂之间旋身,手肘朝对方腹部用力一撞,令其倒下。

男子倒地的同时,鬼影又朝他的头颅捶了一拳,骨头撞击骨头的声音回荡在焚烧的房间里。士兵立刻倒在鬼影的脚边。

我办得到!鬼影心想。我跟纹和卡西尔一样。不必再躲在地窖里或从危险的情况逃开。我可以战斗!

他露出笑容,转身。

他发现最后一名士兵握着自己的匕首,抵着一名女孩的脖子。士兵背靠着燃烧的门扉,打量着该如何从密道脱身。火焰围绕着男子后方的门板,舔舐着房间。

"你们其他人,出去!"鬼影说道,眼光没从士兵身上移开,"通道尽头就是建筑物后门,从那里离开。你们会看到人。他们会让你们躲在地下组织中,之后再把你们送出城。快走!"

有些人早已经逃走,剩下的则听从他的命令溜出去。士兵站在原处观察他们,显然在判断自己该怎么做。他一定知道自己面对的是镕金术师,不可能有普通人能在如此短时间中打倒这么多士兵,幸好魁利恩似乎没派自己的镕金术师们进入建筑物。他大概把他们都留在身边保护自己。

鬼影动也不动地站在原处。他抛下断裂的决斗杖,却紧握住另一柄，好阻止自己的手颤抖。女孩轻声呜咽着。

卡西尔会怎么做？

在他身后，最后一批囚犯正逃入通道。

"你！"鬼影头也不转地说道，"从外面把门挡起来，快点！"

"可是——"

"给我照做！"鬼影大喊。

"不！"士兵喊道，匕首抵着女孩的脖子，"我会杀了她。"

"你敢就死定了。"鬼影说道，"你很清楚。看着我。你不可能溜过去。你是……"

门重重关上。

士兵大喊，抛下女孩，冲向门，显然试图要在外面的门栓落下前，撑住大门："那是唯一的出路！你会害死我们——"

鬼影决斗杖一挥，粉碎那人的膝盖。士兵尖叫，倒在地上，火焰在三面墙上燃烧，炽热滚烫。

另一边的门栓落下。鬼影低头看着士兵。还活着。

"别理他。"卡西尔说道，"让他在建筑物里烧死得了。"

鬼影迟疑了。

"他本来想杀了其他人。"卡西尔说道，"让他感受自己对这些人做的事，这不是第一次听从魁利恩的命令。"

鬼影让呻吟的男子倒在地上，走到密门边，用尽全身力量撞了一下。

动也不动。

鬼影低声咒骂，抬起脚用力踢。门依然纹丝不动。

"这扇门是担心会被杀手追杀的贵族所造，"卡西尔说道，"他们很熟悉镕金术，所以会确保门扉必定厚实到能抵抗打手的一踢。"

火焰越发滚热。女孩缩在地上呜咽出声。鬼影转身，盯着火焰，感觉到它们的炙热。他向前一步，增强的感官敏锐到他觉得火焰炙热得无以复加。

他一咬牙，抱起女孩。

我现在有白镴了，他心想。它可以平衡我的感官敏锐度。

这样已足够。

烟雾从注定崩塌的建筑物窗户中冒出。沙赛德跟微风和奥瑞安妮一同站在严肃的人群后方等待。他们看着火焰争夺吞噬奖赏，分外肃穆，仿佛他们感觉到事实——他们跟那些死在里面的可怜人一样，可以轻易地被抓走、处死。

"我们变得多快啊。"沙赛德低语，"不久前，众人才被迫看着统御主将无辜人民的头颅砍下。如今，我们却以同样的手法对付自己人。"

沉默。屋子里传来仿佛是大喊的声音。是濒死之人的尖叫。

"卡西尔错了。"微风说道。

沙赛德皱眉转身。

"他恨贵族。"微风说道，"他以为如果我们处理掉贵族，这种事情就不会发生。"

沙赛德点头。然后，奇特的是，众人开始不安，推搡，窃窃私语，而沙赛德觉得自己开始理解他们。要有人阻止这种暴行，为什么没有人抗争呢？魁利恩就站在那里，身边围绕着一群以身着红衣为傲的人。沙赛德咬着牙，感到愤怒。

"奥瑞安妮，亲爱的。"微风开口，"现在时机未到。"

沙赛德一惊，转身瞥向年轻女子。她正在哭泣。

被遗忘的诸神啊！沙赛德心想，终于发觉她在碰触他的情绪，正在煽动他，好让他对魁利恩发火。她跟微风一样厉害。

"为什么不行？"她说，"他活该。我可以让这群人将他活活分尸。"

"那他的副手会即位，"微风说道，"然后继续处决这些人。我们得花一段时间准备。"

"你的准备工作从来没完成过，微风。"她怒骂。

MISTBORN: THE HERO OF AGES

"这些事情需要——"

"等等。"沙赛德举起手。他皱着眉头，研究建筑物。其中一扇位于屋顶上方被封起的阁楼窗户，似乎正在晃动。

"你看！"沙赛德说道，"那里！"

微风挑起眉毛："也许我们的火焰神即将要出现了，是吧？"他露出不以为然的笑容。"不知道我们该从这个恶心的小经验中学到什么。我个人觉得叫我们来这里的人并不知道他们在——"

话未说完，其中一块木板突然从窗户飞出，在空中一阵打转，背后跟随着盘旋的烟雾，窗户紧接着猛然弹开。

一个黑衣身影从碎裂的木板跟烟雾中跳出，落在屋顶上，长披风有几处看起来正在燃烧，怀中抱着一个小布团，那是一个孩子。那人冲到着火的建筑物顶端，然后从正面跳下，身后一路散发着烟雾。

他带着白镴的优雅落地，虽然是从两层楼高的地方跳下，却毫无动摇之意，燃烧的披风在他周围飘舞。人们讶异地往后退开，魁利恩震惊地转身。

随着他站直身体，男子的头罩落下。沙赛德此时才认出他是谁。

鬼影直挺挺地站着，在阳光下，看上去远比实际年龄成熟，或者说，在此之前，沙赛德从来都将他当孩子看待。无论如何，年轻男子傲视着魁利恩，他的眼睛绑缚绷带，身体散发浓烟，怀抱着咳嗽的孩子。似乎包围建筑物的二十名士兵对他而言，完全不构成威胁。

微风低声咒骂。"奥瑞安妮，我们现在需要你的煽动了！"

沙赛德突然感觉到一阵重量压上他。微风安抚了令他分神的情绪，例如迷惘与关切，让沙赛德跟广场中的众人，完全暴露在奥瑞安妮激起的浓烈愤怒之下。

众人猛然爆发，高喊着幸存者的名字，冲向侍卫。有一瞬间，沙赛德担心鬼影不会利用这个机会脱逃——虽然他的眼睛上包裹着奇特的绷带，但沙赛德看得出来那男孩正直盯着魁利恩，仿佛要挑战他。

但是，鬼影终于转身。群众让前进的士兵分神，而鬼影以飞快的脚步狂奔，抱着他救出的女孩钻入了一条小巷，披风仍然散发着浓烟。一待鬼影逃得够远，微风便压制了众人反抗的意念，以保他们不会再被士兵砍伤。所有人退开，慢慢散去，公民的士兵仍然紧紧包围着他们的领袖。公民不得不下令撤退，沙赛德听得出他语气中的恼怒焦急。在暴动的情况下，他只能派几个人去追赶鬼影，其余人要保护他回到安全的地方。

士兵们迈开步伐离去的同时，微风瞅着沙赛德。"嗯。刚刚是还蛮出人意料的。"他做出结语。

我认为克罗司远比我们以为的还要聪明。例如，原先它们只会使用统御主给的尖刺来创造新同伴。他会提供它们金属跟不幸的司卡囚犯，然后克罗司会创造新的"成员"。

因此，在统御主死后，克罗司应该很快就会灭亡，这是他的设计。如果它们脱离了他的掌控，他认为它们应该会因为自相残杀而灭绝。但是，不知如何，它们推断出倒地同伴体内的尖刺可以回收，然后再次利用。

它们已经不再需要一批新的尖刺。我经常在想，重复使用尖刺对它们的群体有何影响。一支尖刺能容纳的血金术是有限的，它们无法创造出赋予无尽力量的尖刺，无论这些尖刺杀死多少人，从他们身上汲取多少力量。可是，重复使用这些尖刺的结果，是不是让被创造出的克罗司，残留更多的人性呢？

MISTBORN: THE HERO OF AGES

42

沼泽进入陆沙德时,远比进入统御区西方那个无名城镇要更加小心。在依蓝德王国中走动的审判者必定会受到监视,引来不必要的注意。皇帝此时不在家,让他的游乐园大门洞开,任凭别人随意来去。没必要破坏这点。

因此,沼泽在夜间行动,燃烧钢,用钱币跳跃。即便如此,看着这壮丽的城市——广阔、肮脏,却仍然是家的地方,沼泽很难受。他曾经亲自带领这个城市里的司卡反抗。他感觉自己需要对里头的居民负责,一旦想到灭绝如果对他们做出他曾对另一个镇居民所做的事情,那个灰山爆炸的地方……

陆沙德附近没有灰山。不幸的是,灭绝可以对城市下的毒手绝对不限于自然灾害。沼泽在前往陆沙德的途中,至少曾在四个村庄中暂停,秘密地杀死守卫食物存粮的人,然后将存有食物的建筑物烧毁。他知道其他审判者也在世界各个角落犯下同样的罪行,寻找灭绝最期望得到的——存留从它身上夺走的东西。

它还没找到。

沼泽越过一条街道,落在一栋尖耸的屋顶上,沿着边缘奔跑,来到城市的东北边。过去的一年中,陆沙德变了。统御主强制的劳役曾让司卡苦不堪言,却让这座巨大的城市干干净净,甚至保有某种秩序感,如今这一切荡然无存。农作物耕种显然是排在首位,保持城市整洁可以留到日后再做——如果还有日后。

现在置放在小巷里或是建筑物旁的垃圾与灰烬堆越来越多,沼泽记得以前灰烬都会被倒入城市中央的河流。他发现自己开始因为如此颓圮的美而微笑,于是赶紧让残余的微小反抗意识缩到一角,躲藏起来。

他不能反抗。现在不是时候。

他很快便来到泛图尔堡垒，依蓝德政府的中心。陆沙德围城战时，此处曾被克罗司侵入过，下层的彩绘玻璃被怪物打得粉碎，如今只用木板替代。沼泽微笑，钢推跳到二楼的阳台。他很熟悉这栋建筑物。在他被灭绝占领之前，曾在此住了几个月，协助泛图尔皇帝控制他的城市。

沼泽轻易地就找到潘洛德的房间。那是唯一有人居住的一间，也是唯一有守卫的地方。他蹲在几条走廊外，以非人类的眼睛仔细观察，同时考虑下一步行动。

以血金术尖刺刺穿不情愿的受者是非常困难的做法，在这种情况下，尖刺的大小不是重点，就像一点金属粉就足以支持一段时间的镕金术，或是一小枚戒指就足以储存少量的藏金术一样，血金术也只需要一点金属即可。审判者的尖刺做得很大主要是为了视觉震撼，但在许多情况下，一小根金属钉的效果跟一大根尖刺一样，力量高低与否端看杀了一个人之后，这根尖刺会脱离人体多久。

对于沼泽这次的目的来说，用一根小尖刺比较合适，因为他并不想赋予潘洛德能力，只想用金属刺穿他。沼泽抽出几天前他在被火山吞没的城市中利用那名镕金术师所做成的尖刺，大概有五寸长，严格说起来还是大了一点，但是沼泽要强行将这根尖刺穿入一个人的身体，它至少要大到不会变形。一个人的身上大概有两到三百个血金术节点，沼泽并非全不知道，但到时会由灭绝来指引他，确保尖刺的位置正确无误。他的主人目前正把注意力集中在别的地方，只要沼泽就位，便可发动攻击。

血金术尖刺。沼泽躲起来的部分自我在颤抖。想起自己意外被变成审判者的那天，他以为自己暴露，因为他原本就是卡西尔隐藏在钢铁教廷中的间谍，不料他被选中并不是因为可疑，而是因为出色。

审判者们晚上找上门来，当时他正紧张地等着要跟卡西尔会面，将他认为是最后的讯息传递给反抗军。他们破门而入，远比沼泽能反应的速度要快，不给他任何选择，只是将他用力摔在地上，然后将一名尖叫的女子抛在他身上。

接着，审判者将一根尖刺捶入她的心脏，再直插入沼泽的眼睛。

那种痛楚难以尽述。那瞬间似乎成了他记忆中的空洞，模糊当中，都是审判者重复着这个过程，杀死不幸的镕金术师，将他们的力量——甚至感觉像是他们的灵魂——捶入沼泽的身体。结束时，他呻吟着倒在地上，一连串崭新的感官信息让他陷入混乱。其他的审判者们在他身旁手舞足蹈，以斧头切开其他尸体，庆祝又增加一名成员。

某种程度而言，那天对他来说是新生的一天。多美妙的一天。可是，潘洛德不会拥有如此的喜悦。他不会成为审判者，他只会得到一根小小的尖刺——而且是好几天前就做成，离开了身体，不断地流失力量的一根。

沼泽等着灭绝完全降临在他身上。这尖刺放置的位置不仅要精准，还要让潘洛德暂时无法把它拔出来，直到灭绝可以开始影响他的想法跟情绪。最开始时，尖刺必须要碰触到血液，而在尖刺被捶入之后，金属周围的皮肤会愈合，尖刺仍然有作用，只是一开始时会有血迹。

要怎么样让一个人忘记身体内有一根五寸长的金属突出物？要怎么样让别人可以忽略它？灭绝曾经尝试过几次要在依蓝德·泛图尔身上捶入尖刺，却屡屡失败。事实上，这种尝试经常失败，但偶尔成功时得到的成果，又都让之前的心血都值得。

灭绝降临在他身上，令他失去对身体的掌控。他在无自我意识的情况下行动，跟随命令。这条走廊，不要攻击守卫，穿过门。

沼泽推开两名监视的士兵，踢倒门，冲入内室。

右边，进卧房。

沼泽瞬间冲入房间，两名士兵此时才在外面大喊求救。潘洛德是个气质尊贵的年长男子，一听声音就知道要跳起，从床头柜抓起一根硬木决斗杖。

沼泽微笑。决斗杖？对抗审判者？他从身侧的斧套抽出黑曜石的手斧。

跟他打，但别杀了他。灭绝说道。让他辛苦点，但又要让他觉得有足够的气力招架你。

这个要求很怪，但沼泽的意识是如此完整地被掌控，他甚至没有停下来思考，只是跳向前，开始攻击。

这件事比看起来还要困难。他必须确定自己要以潘洛德能阻挡的方式挥舞斧头，有几次他得使用藏金术金属意识库的尖刺，从中汲取出速度，好让他能临时改变斧头的角度，免得一不小心把陆沙德王的头给砍了下来。

可是，沼泽办到了。他划伤了潘洛德几次，左掌心在整场打斗中都隐藏着金属尖刺，让国王以为他游刃有余。片刻后，侍卫们加入战斗，让沼泽伪装得更顺利。三个普通人对付一名审判者不会有什么胜算，但从他们的角度看来，也许他们会认为这是势均力敌。

不久后，大概十几名士兵冲入卧房外间，试图救驾。

现在，灭绝说道。假装害怕，刺入尖刺，从窗户逃逸。

沼泽汲取速度，快速移动。灭绝精准地引导他的手掌心重重击上潘洛德的胸口，将尖刺直直插入男子的心脏。沼泽听到潘洛德的大叫，因他的声音而微笑，然后跃出窗户。

沼泽挂在那扇窗户外，众多来往的巡逻队穿梭不停，却都没有人看到或注意到他的存在。他挂在窗户下的一块石头凸出处，锡力增强的耳朵窃听着。他的技巧太卓越，行事太仔细，不可能被任何人看见。

"我们尝试要将尖刺拔出，但流血量会激增，主上。"一个声音解释。

"这块金属离你心脏的距离太近，相当危险。"另一人说道。

相当危险？沼泽倒挂着，露出微笑。尖刺都把他的心脏刺穿了。这些外科医生当然不会知道，因为潘洛德仍然保持清醒，他们只会以为尖刺离心脏很近，却恰好错过。

"我们不敢拔。"第一名外科医生说道，"您……觉得如何？"

"其实没什么。"潘洛德说道,"有一点疼,不太舒服,但我觉得还好。"

"那么,我们现在先不处理这碎片。"第一名外科医生说道,听起来有点担忧,可是他能怎么办?如果他真的把尖刺拔出,潘洛德必定会死。灭绝这一手相当巧妙。

他们会等潘洛德恢复体力之后再试一次。但那同样会危及潘洛德的性命,于是最后只好把尖刺留在里面,灭绝将因此能够碰触潘洛德的意识,不是为了掌控,只是要影响一些事情的发展。潘洛德很快就会忘记尖刺的事情,不舒服的感觉也会消散,而且尖刺藏在衣服下,不会有人觉得奇怪。

到那时,他就跟其他审判者一样,都属于灭绝。沼泽微笑,放开手上握住的凸出石块,落在下方黑暗的街道上。

虽然我觉得恶心,但仍然必须佩服血金术这门技艺。镕金术跟藏金术的能耐与技巧来自于如何使用自己的力量,最优秀的镕金术师不一定是最强,却一定是最擅长操控金属的拉引或推动的人。最强的藏金术师是最擅长使用红铜意识库信息,或是靠铁来调节体重的人。

然而,血金术独有的技术,却是知道该将尖刺置于何处。

43

纹在布料的摩擦声中落地。她蹲在夜里,提高裙摆,不让它碰到沾满灰烬的屋顶,同时望着迷雾。

依蓝德落在她身边,立刻跟她一样蹲下,没有多问什么。她微笑,发现他的直觉越发敏锐。他也看着迷雾,虽然不知道自己在找什么。

"他在跟踪我们。"纹低声说道。

"尤门的迷雾之子?"依蓝德问。

纹点点头。

"在哪里?"他问。

"距离这里三栋房子远的地方。"纹说。

依蓝德眯起眼睛,她感觉到他的某个镕金脉动速度突然增快。他在骤烧锡。

"右边的那一团?"依蓝德问。

"够近了。"纹说道。

"所以……"

"所以他知道我看到他了,"纹说道,"否则我不会停下来。现在我们正打量彼此。"

依蓝德探向腰带,掏出一柄黑曜匕首。

"他不会发动攻击的。"纹说。

"你怎么知道?"

"他要杀我们的话,会挑选你我落单,或是我们在睡觉的时候。"纹说。

这句话反而让依蓝德更紧张:"所以你最近都在熬夜?"

纹点点头。强迫依蓝德独自入睡是保证他平安所需要的极小代价。尤门,在后面跟随我们的是你吗?她猜想。就在你自己的宴会之夜?这可还真不简单。感觉不太可能,但纹仍然多疑。她的习惯是怀疑每个人都是迷雾之子。虽然她猜错的概率远高于猜对,但她仍然认为这样的多疑有百利而无一害。

"来吧。"她站起身,"一进入宴会厅,我们就不用担心他了。"

依蓝德点点头,两人继续朝资源廷前进。

几个小时前,依蓝德是这么说的:计划很简单。我会去找尤门对质,那些贵族会忍不住围观,在那时,你可以偷偷溜走,看看能不能找到储藏窟。

这个计划真的很简单,最好的计划通常都不太复杂。如果依蓝德与尤门对质,也会让侍卫的注意力集中在他身上,希望纹能借机溜出去。她得快速安静地移动,可能得打倒某些侍卫,还不能引起骚动,但这似乎是唯一的方法。尤门如堡垒般的建筑物一片雪亮,守备森严,连他的迷雾之子都很优秀。每次她想溜进去,对方都会侦测到她的行动——他总是与纹保持一段距离,但光是他的存在就足以警告纹,只要他想,随时都可以拉响警报。

他们最好的机会就在宴会里。尤门的侍卫队跟迷雾之子会全神贯注于保护主人的安全。

两人落在中庭,车夫们停下脚步,侍卫们震惊地转身。纹在满是迷雾的黑夜中瞥向依蓝德。"依蓝德。"她轻轻地开口,"我要你答应我一件事。"

他皱眉:"什么事?"

"我早晚会被发现。"纹说道,"我尽量小心,但我怀疑我们能在不引起任何骚动的情况下完成这件事。所以,万一东窗事发,我要你离开。"

"不可能,纹。我一定要——"

"不可以。"纹厉声道,"依蓝德,你不需要帮我。你帮不了我。我爱你,但你在这方面的能力实在不及我。如果事情出了错——或是一切顺利,但整栋建筑物都进入警戒状况——我要你快走。我会去营地跟你会合。"

"如果你碰上麻烦呢?"依蓝德说道。

纹微笑。"相信我。"

他沉吟片刻,点点头,相信纹是一件他办得到的事情。一件他向来都如此做的事。

两人并行上前。在教廷大楼中参加舞会感觉很奇怪。纹已经很习惯彩绘玻璃跟华丽装饰，但教廷办公室通常很朴素，此处也不例外。它只有一层楼高，角度锐利、墙面平滑，窗户很小，外面没有强灯熠熠，唯一能看出今晚有不同之处的地方，只是门口聚集着一群马车跟贵族。附近的士兵注意到纹跟依蓝德出现，却没有上前攻击，甚至无意阻拦。

无论是贵族或士兵，都露出颇有兴趣，但并不十分讶异的神色。纹猜想，这次造访是众人意料中事。当纹和依蓝德走上台阶没有人拦下时，她的猜想获得更进一步的证实。门口的守卫多疑地看着他们，却还是让她跟依蓝德通过。

她在里头看到一座狭长的大厅，两旁有灯火点亮。人潮左转，纹跟依蓝德跟随在后，绕过几段复杂的走廊，终于来到一间较大的议事厅。

"这样的地方举办舞会，好像不够气派。"两人等着被唱名时，依蓝德说道。

纹点点头。大多数贵族堡垒的舞厅都跟出入口直接连接，根据她所在的位置往内看，这间房间是由标准的教廷议事厅改造，原本是长凳的地面只留下钉子头，另一边则有个讲台，圣务官们以前应该都站在上面，对下属下达指令。尤门的桌子就被设在那里。

以舞厅来说，这里实在太小。里面并不拥挤，却也没有空间让贵族能按照习惯自由地组成不同的小团体，好能闲聊八卦。

"看样子还有别的宴会厅。"依蓝德朝几条从主要"舞厅"往外连接的走廊点点头，一直有人在其中穿梭往来。

"如果觉得太挤的人可以去那里。"纹说道，"依蓝德，要从这里离开很不容易。不要让自己被逼到角落。左边看起来有个出口。"

依蓝德一边跟随她的注视，一边和纹一起走入主厅。闪烁的火光跟一丝丝的迷雾显示了中庭或是天井的存在。"我会尽量靠近那里，"他说，"避免进入其他小的侧厅。"

"很好。"纹说道。她还注意到另外一件事——在走向舞厅的时候，她在两条走廊中都发现能通往下方的楼梯间，表示这里有蛮大的地下室,这在陆沙德很少见。教廷大楼是往下搭建,而非往上发展,她如此判定。如果下方真有大型储藏室,是很合理的。

门口唱名的人完全不需要名片,立即为他们报上名衔。两人走入房间。这场舞会跟奥瑞尔堡垒的那场比起来,奢华程度远远不及。大概是因为没地方放置餐桌,虽有点心,却无晚餐;有音乐跟舞蹈,但房间本身没有悬挂华美的布条装饰。尤门选择让简单冷硬的教廷墙壁裸露在外。

"真不知道他举办舞会要做什么。"纹低声说道。

"可能他得先开头,"依蓝德说,"才能鼓励其他贵族跟进。现在他是轮流举办舞会的东家之一,这么做很聪明,让他能够将贵族引入家中,成为他们的主人,同时赋予他一些权力。"

纹点点头,看着舞池:"分开前先跟我跳一支舞?"

依蓝德迟疑了。"说实话,我有点太紧张。"

纹微笑,轻轻地吻了他一下,完全打破贵族礼仪:"先给我一小时,再引起众人的注意。我想要在溜走之前感觉一下舞会的气氛。"

他点点头,两人分头离开,依蓝德直直走向一群纹不认得的绅士。纹则是没停下脚步,她不想被交谈拖延,所以避开了在奥瑞尔堡垒见过的仕女。她知道应该要多努力加强与她们的联系,但事实上,她也跟依蓝德有类似的感觉——不是真正的紧张,而是想要避免进行制式的舞会活动。她来此处的目的不是要社交,而是有更重要的任务。

于是,她在舞厅中穿梭,啜着一杯酒,端详侍卫的动线。他们的人数不多,这是件好事,纹想着。舞池中的人数越多,建筑物其他区域的人数就越少。至少理论上是如此。

纹不断前进,朝不同的人点头,但每次只要有人想与她交谈,她便退开。如果她是尤门,一定会下令要几名士兵特别留意她的去向,确保她不要靠近任何敏感地带。可是,似乎没有什么人特别注意她。一个小时过后,她越来越觉得烦躁。尤门真的无能到不想要牢牢看住一名已知是迷雾之子,而且又进入他权力中心的人吗?

迷雾之子
卷三·永世英雄 [珍藏版]

纹烦躁之余燃烧了青铜,也许附近有镕金术师。当她感觉到身边传来的镕金脉动时,几乎吓得跳起来。

总共有两人,都是宫廷花瓶的典型——她不认识的女子,看起来完全无足轻重。这可能正是重点。她们跟另两名女子一起站在离纹不远的地方交谈,一人燃烧红铜,一人燃烧锡。要不是纹能穿透红铜云,绝对无法发现她们。

这两人随着纹在房间里面移动,跟在她身后,展现滔滔不绝与戛然而止的技巧。她们总是离纹近到可以利用锡力听见她在说什么,又远到不会在这颇为拥挤的房间里引起注意。要不是靠着镕金术,纹绝对无法发现她们。

有意思,她心想,朝房间边缘移动。至少尤门没有低估她。可是,要怎么样从这两名女子眼皮下溜走呢?她们不会被依蓝德制造的动乱影响,也不会在没有引发警报的情况下让纹溜开。

她边走边想要怎么解决这个问题,随后注意到一个熟悉的身影坐在舞厅边缘。慢快穿着他平常的套装,抽着烟斗,坐在一张给老年人或是跳舞的人休憩的椅子上。她缓缓走向他。

"我以为你不会来这种场合。"她微笑着说道,身后的两个影子很利落地加入附近不远处的交谈。

"我只有在吾王举办宴会时才来。"慢快说道。

"噢。"纹说道,然后又慢慢走开。从她的眼角余光注意到慢快正在皱眉,显然他认为她应该会多跟他说几句话,但她不能冒让他一不小心说出不该说的话的风险。至少现在还不行。她的跟班们从交谈中脱身,纹离去的速度迫使她们有点慌张。在走了一段路后,纹停下脚步,让女子们有机会重新插入另一团人之中。

然后,纹一转身,快步走回慢快的方向,装出一副她刚想到什么事的样子。她的跟班们为了表现自然,无法立刻跟上。在她们迟疑的瞬间,纹得到片刻的自由。

MISTBORN: THE HERO OF AGES

她经过慢快时，靠着他，弯下腰说："我需要两个人。两个你确信可以对付尤门的人。叫他们去一个比较隐秘，别人都坐下来聊天的地方等我。"

"阳台。"慢快说道，"左边走廊一路走出去。"

"很好。"纹说道，"叫你的人等我，直到我接近他们为止，同时请派信差给依蓝德，跟他说我还需要半个小时。"

慢快对这个难以理解的讯息点点头，纹露出笑容，看到她的跟班们靠得更近。"我希望你早日康复。"她说道，露出欣慰的笑容。

"谢谢你，亲爱的。"慢快说道，微微咳嗽。

纹再次漫步离开，缓缓地朝慢快所说的方向走去，正是她之前挑选的出口。果不其然，片刻后她便进入迷雾中。纹忍不住心想：迷雾进入建筑物后总是会消失，大家都认为这跟温度或跟空气不足有关……

几秒钟后，她发现自己站在一座被油灯点亮的花园阳台上，虽然已经排好桌椅以便众人休憩，却没有太多人造访。佣人们不肯进入迷雾，大多数贵族虽不愿承认，却也觉得迷雾让他们不安。纹走到一道雕饰繁复的金属栏杆边，靠着它，看着天空，感觉迷雾在她身边徘徊，懒洋洋地轻触着她的耳针。

她的两名跟班很快便出现，轻轻地交谈。纹的锡力让她听出她们正在谈论里面有多闷热。纹微笑，保持姿势不变，看着两人挑选附近的椅子坐下，继续聊天。在那之后，有两名年轻人也晃了进来，在另外一张桌边坐下。他们不似那两名女子自然，但纹希望他们没有可疑到会引人注目。

然后，她开始等待。

在那些身为盗贼的日子里，她花了大量的时间为行动作准备，在窥视洞后监视，还有小心翼翼地挑选正确时机偷窃别人的口袋，一切都教会了她耐心，这是她从来不想改掉的街头流浪儿特质之一。她站在原处，仰望着天空，丝毫没有离开的打算，只是等着依蓝德声东击西的行动开始。

你不该仰赖他来吸引别人注意力,瑞恩在她的脑海中说道。他会失败。永远不要将性命交给另一个不是同样性命垂危的人手中。

这曾是瑞恩最爱的说法之一。她已经不太常想起他,甚至不太常想起她过去生活中的任何人。那是一个充满痛苦与哀伤的人生,一名为了护她周全而经常打她的哥哥,一名不知为何杀了纹的妹妹的疯狂母亲。

可是,那段人生如今也只剩下隐约的回音,她暗自微笑,觉得自己的改变颇有趣。瑞恩可能说她是个笨蛋,但她信任依蓝德,相信他会成功,愿意将性命交付在他手上。这份信任是在她早年生涯中绝对不可能拥有的。

十分钟后,有人从宴会中出来,走向那两名女子。他很简短地与她们交谈,又回到舞会去。二十分钟后,又出现一个人,做了一模一样的事。希望那两人正传递纹希望她们传递的讯息:纹显然打算在外面观看迷雾度过一段难以预估的时间,里面的人会觉得她在短时间之内不会回去。

第二名信差回到舞会后不久,一名男子冲出来,走到其中一张桌子边。"你们得来听听!"他对桌边的人低声说道,他们是目前唯一一群跟纹无关的人。那群人离开。纹微笑。依蓝德开始行动了。

纹跳入空中,钢推她后方的栏杆,飞越了阳台。

那两名女子显然是感到无趣,开始懒洋洋地自顾自交谈,因此好长一段时间才注意到纹的动作。在这段时间内,纹早已经穿过空无一人的阳台,礼服随着她的动作而飞扬。一名女子张口要大喊。

纹熄灭了她的金属,然后燃烧硬铝跟黄铜,用力推着两人的情绪。

她只曾经对史特拉夫·泛图尔做过一次。有硬铝增强的黄铜推力是很可怕的力量,会将一个人的情绪完全压制,让他们感到虚无,完全丧失情感。两人惊喘一声,从原本站立的姿势软倒,陷入沉默。

纹重重着地,她之前没燃烧白镴,以免它跟硬铝一同烧掉,不过此

349

时她立刻燃烧白镴,一翻身便站了起来。她以手肘朝一名女子的腹部击去,然后抓着她的脸用力掼向一张桌面,让她昏倒,另一人晕眩地坐在地面上。纹很不情愿,却仍然掐住女子的咽喉。

她觉得自己的行为很粗暴,却没有放手,直到那女子昏厥,确定她的镕金红铜云熄灭了。纹叹口气,放开女子,昏厥的间谍倒在地上。

纹转身,慢快的两名年轻人焦虑地站着,纹挥手要他们过来。

"把这两个人塞到树丛里,"纹快速吩咐,"然后去坐着。如果有人问她们去了哪里,就说你看到她们跟着我一起回到舞会去了。希望这样可以混淆视听。"

男子满脸涨红:"我们——"

"照我说的去做,否则现在就走。"纹厉声说道,"不要跟我争论。她们都还活着,我不能让她们走漏风声。如果她们清醒,你们得再将她们打晕。"

两人不情愿地点头。

纹伸手解开礼服的扣子,让衣服滑落在地,露出底下穿着的黑色紧身衣。她将礼服交给男子一并藏好,然后进入建筑物,远离宴会,在充满迷雾的走廊中,她找到一道台阶,开始下楼。依蓝德的声东击西行动现在应该正开始进入高潮,希望他能给她足够的时间。

"没错。"依蓝德双臂交叠,低头盯着尤门,"一场决斗。为什么要让军队为城市而战?你我可以自行解决。"

尤门没有因为这个可笑的提议而发笑。他只是坐在桌边,光秃、刺青的头颅上镶着一对深思的双眼,一颗系在额头上的天金在灯光下闪烁,其他人的反应则一如依蓝德所预料的,全部停止了交谈。

所有人都冲了进来,挤满了主舞厅,观察皇帝与他们国王之间的互动。

"你为什么觉得我会同意这种事?"尤门终于开口。

"所有的报告都说你是有荣誉心的人。"

"但你不是。"尤门指着依蓝德说道,"这个提议证明了这点。你是镕金术师,我们不平等,这有何荣誉可言?"

依蓝德并不在乎,他只要尽量抓住尤门的注意力。"那么选一名代理人。"他说道,"我会跟他对战。"

"只有迷雾之子能与你匹敌。"尤门说道。

"那就派一个来吧。"

"很可惜,我没有。我靠公平、法制,还有统御主的庇佑才赢得我的王国,不像你是透过暗杀。"

你说你没有迷雾之子?依蓝德微笑着心想。所以你的"公平、法制、庇佑"也包括说谎?

"你真的要让你的子民死去?"依蓝德大声说道,挥着一只手,泛指房间众人。越来越多人挤入观看。"一切都只为了你的狂妄?"

"狂妄?"尤门往前倾身说道,"你是指守护自己的领土是狂妄?我认为将军队带入另一人的王国,想要以野蛮的怪物威吓他屈服,才是狂妄。"

"那是你的统御主创造出的怪物,他也用它们来威吓且征服他人。"依蓝德说道。

尤门一愣。"是的,统御主创造了克罗司。"尤门说道,"他有权决定该如何使用它们,况且他让它们离文明城市远远的,你却让它们出现在我们的大门口。"

"没错。"依蓝德说道,"但它们并没有发动攻击,因为我能像统御主一般控制它们。这不就意味着我继承了统治的权力?"

尤门皱眉,注意到依蓝德的论点一直在改变,依蓝德其实是在信口开河,好让两人的讨论能继续下去。

"你可能不愿意拯救这座城市。"依蓝德说道,"可是城市中有其他更睿智的人。你不可能以为我会在没有盟友的情况下就前来此处吧?"

尤门再次沉默。

"没错。"依蓝德浏览众人,"你不只在与我抗争,尤门。你是在跟自己的人民抗争。当时机来到时,谁会背叛你?你要如何信任他们?"

尤门一哼:"你在胡说八道,泛图尔。你到底想做什么?"但依蓝德看得出他的话让尤门很介意。那人并不信任当地的贵族。如果他信的话,就是蠢蛋。

依蓝德微笑,准备他的下个论点。他可以持续这场讨论好一段时间,他在他父亲的屋檐下长大时,学会了一件特殊的事:如何激怒他人。

*你要的声东击西策略成功了,纹。*依蓝德心想。*希望你能在战斗真正开始前,就将这件事结束。*

被精心放置的血金术尖刺可以决定受者的身体改变多少,某处的尖刺可以创造可怕无知的怪物,另一处就会创造出心思缜密却有杀人冲动的审判者。

没有从升华之井得到力量同时获得的知识,拉刹克绝对无法学会血金术。当他的心智扩充后,再加上一点点练习,就能够直觉地知道尖刺要放在哪里才能获得他想要的仆人。

鲜有人知道,审判者的酷刑室其实是血金术实验室。统御主不断试图创造出新仆人。可是,他花了一千年的时间,仍然创造不出他在短暂握有力量的期间所创造出的三种仆人以外的第四种,这便是血金术博大精深的铁证。

44

纹沿着石头台阶慢慢往下潜行，细小的声音在下方诡异地回荡。她没有火把，没有油灯，台阶的照明也相当昏暗，但下方反射的光线就足以让她透过锡力增强的双眼见物。

她越想，越觉得一个大型地下室会是很合理的猜测。这是资源廷——教廷中负责喂饱人民、维持运河疏灌、提供其他部会物资的地方。纹猜想这里原本应该充满了补给品，如果密室真在此处，将会是第一个在资源廷下被找到的储藏窟。纹对它抱有高度期待，毕竟资源廷是掌管整个帝国运输与储存工作的组织，有什么地方比这里更适合隐藏天金和重要的资源呢？

台阶很简单，实用又陡峭。沉闷的空气令纹皱起鼻子，对她经过锡力增强的嗅觉而言更显滞闷，但她还是很感激锡增强了她的视力与听觉，让她听到下方盔甲的敲击声，可以小心翼翼地行动。

她来到楼梯最下方，窥探着转角。狭长的石头走廊在楼梯底部分岔，各自以九十度转向不同的方向。声音来自右方，当纹探出头去看时，几乎吓了一跳——有两名侍卫正懒洋洋地靠在不远处的墙边。

有侍卫留守，纹立刻缩回台阶。尤门绝对是想保护下面的某些东西。

纹蹲在沁凉粗糙的石头表面上。此时，白镴、钢、铁都没什么用。她的确可以打倒两名侍卫，但这个做法太冒险，她不能发出任何声音，她还不知道密室在哪里，所以更不能冒险引起骚动。

纹闭起眼睛，燃烧黄铜与锌。小心翼翼且十分轻柔地安抚了两名士兵的情绪，听到他们往后靠着走廊边，她煽动他们的无聊感，专注拉扯于单一情绪。她再次绕过头去看他们，不放松施压，等着反应。

其中一人打呵欠，片刻后，另一人也打呵欠，然后两人一起打了呵欠。纹趁机飞奔而过，进入后方的走廊，紧贴着墙壁，心跳加速地等待。没有传来喊声，不过一名侍卫嘟囔了两句关于好累的话。

纹兴奋地微笑。她已经好久没有好好地潜入某处。她曾窥探监测过，但总是依赖迷雾、黑夜，还有快速行动的能力来保护她。现在不一样了。这让她想起当初跟瑞恩在街上偷窃的情况。

现在哥哥会怎么说？她心想，以不自然的轻盈的脚步快速走在廊上。他会觉得我疯了，居然不是因为金钱而是因为情报而潜入建筑物。对瑞恩而言，人生就是生存——生存是最简单、严酷的事实。谁都不可信任。要让自己成为团队中不可或缺的一部分，却不要显得太有威胁性。要无情。要活着。

她没有舍弃他的教诲。它们总是她的一部分，是让她能活下去的原因，也是让她始终小心翼翼的理由，即使跟卡西尔的集团在一起多年，她也没有忘记过这些教诲，而是用信任和希望来调和。

你的信任有一天会害死你，瑞恩似乎在她脑海深处低语，但就连瑞恩都没有完美地遵守自己的信条。他为了保护纹，为隐瞒她的下落而死在审判者手里，即使他不这么做的话就有可能活下来。

纹继续前进。这个地下室很显然有许多狭窄的走廊包围宽敞的房间，她将一间门微微推开一条缝，探头进去看，发现里面都是粮食，最基本的，像是面粉之类，而不是储藏窟那种经过仔细罐装、分类、标记过的长期存放食粮。

这些走廊的某处一定有卸货区，纹猜想。可能是从上往下的斜坡，通往城市内的子运河。

纹继续前进，但知道没有时间搜寻地窖中的所有房间。她又来到另一条走廊的分岔，蹲下身，皱起眉头。依蓝德无法一直令他们分心，早晚会有人发现被她打昏的女子。她得快点找到密室。

她环顾四周。走廊里只有零星的灯火，左方的光线却似乎较强。她朝这条走廊走去，油灯开始频繁地出现。很快的，她听到有人讲话的声音，因此更小心地移动，来到另外一条岔路口。她探头去看，左边有两名士兵站在入口，右边有四名。

那就去右边，她心想。可是这次会比较困难。

她闭起眼睛，仔细聆听，可以听到有两群士兵，但似乎还有别人。远方还有别的士兵。纹挑选其中一组，开始用力煽动他们的情绪。安抚跟煽动不受石头或钢铁阻碍。在最后帝国的时代，统御主在司卡贫民窟中的几个地方都设有安抚者，让他们安抚掉周围所有人的情绪，同时影响上百，甚至上千人。

她等着。什么都没发生。她正试图煽动那些人的愤怒跟烦躁，但她甚至不知道自己是不是正在朝对的方向拉引情绪。煽动跟安抚本来就不像钢推那么精准。微风总将一个人的情绪组成解释为复杂的一堆思绪、直觉、感觉的总和。镕金术师无法控制意识或行动，只能影响。

除非……

纹深吸一口气，熄灭所有金属，然后燃烧硬铝跟锌，朝远方侍卫的方向用力一拉，以增强的强大情感镕金术攻击他们。

一声咒骂立刻传来，回荡在走廊中。纹登时紧张地一缩，幸好声音不是朝她而来。走廊中的侍卫们纷纷抬起头，远处的吵架声越发激昂。纹不需要燃烧锡就可以听到他们开始扭打，相互叫嚣。

左方的侍卫跑开，想去找出骚动的来源。右方的侍卫则留下两个人，纹喝下一瓶金属后，煽动起他们的情绪，将他们的好奇心增强到临界点。

两人跟在同伴身后跑去，纹快速溜入走廊，很快发现她的直觉是对的——那四人在看守通往其中一间储藏窟的门。纹深吸一口气，推开门，钻了进去。底下的暗门关着，但她知道要找什么。她将门拉开，跳入下方的黑暗。

她一面坠落，一面掷下钱币，利用坠地的声音知道下方的地板有多远。她落在粗糙的石头上，在全然的黑暗中站立，这是锡力都几乎不能让她见物的黑暗。一阵摸索后，她找到墙上的一盏灯，掏出燧石，很快

MISTBORN: THE HERO OF AGES

有了照明。

就在那里。通往储藏窟的大门。石墙被拆掉，门被打开。门是完整的，但把它打开显然耗费了不少力气，开口勉强足够一个人进入。显然尤门光是为了打开这么一点，就花了不少工夫。

他一定知道储藏窟在这里，纹站直身体想道。可是……为什么要这样拆门？他有可以靠钢拉就打开门的迷雾之子。

纹的心脏因期待而扑通扑通地跳动，她溜入开口，进入寂静的储藏窟。她立刻往下跳到储物层，开始寻找有统御主信息的金属板。她只需要——

她身后传来石头交错摩擦的声音。

纹转身，心头立刻涌上不祥的感觉。

石门在她身后关起。

"……这一点，正是为什么统御主的政治架构必定失败的原因。"依蓝德说道。

他正在失去众人的注意力，他感觉得出来，越来越多人开始离去，不留下来听他们辩论。问题是，尤门真的开始感兴趣了。

"你错了，小泛图尔。"圣务官说道，随手用手中的叉子在桌上敲了两下，"第六世纪的侍从官制度不是统御主制定的，而是由当时新成立的审判廷提议，作为泰瑞司人的人口控制手段，而统御主在有条件的情况下同意了这个提议。"

"条件是奴役一整族人民。"依蓝德说道。

"奴役开始得更早。"尤门说道，"每个人都知道这件事的来龙去脉，泛图尔。泰瑞司一族拒绝服从帝国统治，因此必须严格控管，你真的认为泰瑞司侍从官们遭受了相当严苛的对待吗？他们可是整个帝国中最受礼遇的仆人！"

"我不认为拿男性象征来换取受宠的奴隶身份是公平的交换。"依蓝德说道，挑起一边眉毛，双臂抱胸。

"我至少可以引述十几个不同的论点。"尤门一挥手说道，"特瑞达伦呢？他宣称成为阉人让他能自由追逐更深刻的逻辑与和谐理论，因为他不受世俗的欲望所束缚。"

"他别无选择。"依蓝德说道。

"我们鲜少有人能选择自己的地位。"尤门回答。

"我宁可让人民可以选择。"依蓝德说道，"你应该已经发现，我让在我土地上的司卡们都获得自由，让贵族们拥有内阁议会，可以参与统治自己居住的城市。"

"这只是理想而已。"尤门说道，"我能从你宣称的做法中看出特瑞达伦的理论，可是就连他都说这样的系统不可能会维持长久的平衡。"

依蓝德微笑。他已经很久没机会好好与人辩论一番了。哈姆从来不喜欢深刻钻研这些问题。他喜欢哲学讨论，却不爱学术辩论，而沙赛德不喜欢与人争论。

依蓝德不禁想，真希望我年少时就能遇到尤门。当年我有时间可以关心哲学。我们会有多精彩的对话啊……

当然，这些讨论应该会让依蓝德落入钢铁审判廷的手中，以革命者论处。但他必须承认，尤门不是笨蛋，他熟知历史与政治，只是刚好有完全错误的信念。换成其他时间，依蓝德会乐于说服他改变信念。

不幸的是，这场辩论对依蓝德而言越发艰难——他无法同时维持尤门跟群众的兴趣。每次他试图要引回群众的注意力，尤门便开始多疑；而每次依蓝德真的试图要引起国王的兴趣时，群众就会开始散去，觉得哲学讨论相当无趣。

所以当讶异的呼喊声终于传来时，依蓝德其实感觉松了一口气。数秒后，两名士兵冲入房间，抱着一名身着礼服，晕厥且满身鲜血的年轻女子。

他统御主的，纹！真的有必要这样吗？依蓝德心想。

依蓝德回头望着尤门，两人交换一个眼神。之后，尤门站起身。"泛图尔女皇去了哪里？"他质问。

该走了，依蓝德心想，想起他对纹的承诺，但是突然又想到一件事。我可能再也没有机会这么靠近尤门，依蓝德心想。所以有一种方法可以确实证明他到底是不是镕金术师。

试着杀了他。

这个做法很大胆，甚至愚蠢，但他越来越相信，自己绝对无法说服尤门奉上城市。他宣称他不是迷雾之子，但知道他是否说谎非常重要。因此，依蓝德选择相信自己的直觉，抛下一枚钱币，将自己钢推上舞台。依蓝德抽出一对玻璃匕首，引得舞会宾客一阵尖叫，发觉单纯美好的世界突然粉碎在眼前。两名假装成尤门的用餐同伴的侍卫立刻站起身，从桌子下抽出木杖。

"你这个骗子。"尤门对落在餐桌上的依蓝德啐了一口，"盗贼、屠夫、暴君！"

依蓝德耸耸肩，朝侍卫射出两枚钱币，轻易便让他们倒下。他跳向尤门，抓住他的脖子，将他往后一扯，人群中发出尖叫声跟倒抽凉气的声音。

依蓝德手一捏，让尤门窒息。对方的四肢并没有充满力量，也没有镕金的拉或推力要甩脱依蓝德的掌握。这个圣务官甚至没有多少反抗。

他要不是镕金术师，再不然就是绝佳的演员，依蓝德心想。

他放开尤门，将国王推回餐桌。依蓝德摇摇头。这个谜团大概永远无法——

尤门往前跳，抽出一柄玻璃匕首。依蓝德一惊，往后一闪，但匕首仍然在他的前臂划出一道伤口。伤口一阵灼痛，因为锡而更为敏锐。他咒骂两声，歪倒着脚步退开。

尤门再次攻击，依蓝德应该要能够闪过。他有白镴，而且尤门的动作仍然带着没有使用金属增强的笨拙，可是，这波攻击紧追着依蓝德的移动，且不知为何，匕首居然击中了他的身侧。依蓝德闷哼一声，血液灼烫了他的皮肤。他抬头望着尤门的双眼。国王抽出匕首，轻易闪避了依蓝德的反击，仿佛……

依蓝德燃烧电金，让自己身边围绕着假的天金影像。尤门立刻迟疑，面露迷惘之色。

他在燃烧天金，依蓝德震惊地心想。他是迷雾之子！

依蓝德有想要留下来继续战斗的冲动，但他身侧的伤口颇为严重，严重到必须立刻找人治疗。他一面咒骂自己的愚蠢，一面钢推入空中，鲜血滴洒在下方惊恐万分的贵族们身上。他早该听纹的话——等回到军营，他一定会被好好训一顿。

他降落，注意到尤门选择不追上来。国王站在桌子后方，手中握着沾满依蓝德鲜血的匕首，愤怒地看着他。

依蓝德转身，抛出一把钱币，将它们钢推到舞会客人的头上，格外注意不要打到他们。他们害怕地弯腰，纷纷趴在地上。钱币一落地，依蓝德立刻反推，让自己低跃过房间，飞向纹指出的出口。很快地，他便进入被迷雾环绕的户外阳台。

他回头望着建筑物，心下一阵烦躁，却不知道为什么。

他达成了自己的任务，让尤门跟客人分神了整整半个钟头。没错，他最后害自己受了伤，但他也确实发现尤门是镕金术师。这是值得知道的事。

他抛下一枚钱币，冲入空中。

三个小时后，依蓝德跟哈姆一同坐在指挥帐内，静静地等待。

他的手臂跟身侧都获得了治疗后。纹没回来。

他告诉其他人发生了什么事后。纹没回来。

哈姆强迫他吃点东西。在那之后，依蓝德踱步了整整一个小时，纹仍然没回来。

"我要回去。"依蓝德站起身说道。

哈姆抬起头:"阿依,你失血太多。你现在还没倒下,我猜是因为白镴的作用。"

他说得没错。依蓝德可以感觉到白镴之下的疲累。"我应付得来。"

"你会害死自己。"哈姆说道。

"我不在乎。我——"

依蓝德没继续说完,锡力增强的耳朵听到有人靠近帐篷。他在那人还没抵达之前便揭开帐篷的帘幕,让那人吓了一大跳。

"陛下!"对方开口,"城里送来的信息。"

依蓝德抢过信,用力撕开。

泛图尔伪王,你大概已经猜到,她在我手上。我注意到迷雾之子都有个通病,就是过分自信。感谢你精彩的对话,很高兴我能让你分神如此之久。

尤门王

纹静静地坐在黑暗的洞穴中,背靠着困住她的石门。她带入房间的油灯在她身边的地上,如今火光已显微弱。

她又推又拉,想要硬冲出去,但很快发现外头的碎石其实是为了特定目的而存在。尤门显然移除了门内部的金属片,不让镕金术师可以轻易靠推拉将门打开。因此,门顶多就是一个石板。若是配上硬铝增强的白镴,她应该可以打开,但很不幸的是,因为地板是往下倾斜的,她没有办法找到着力点,而且他们一定在门轴上动了手脚,甚至在外面堆起更多石头,让她完全推不动。

她烦躁地咬着牙,背靠着石门。尤门刻意为她设下陷阱。她跟依蓝德如此容易捉摸吗?无论如何,这个技巧真是高明。尤门知道打不过他们,所以只抓了纹,有同样的制敌效果却没有风险,而且还是她自投罗网。

她找遍整个房间,试图想要找出通往外界的出路,却什么也没找到。更惨的是，她没有找到隐藏的天金。这附近有很多罐装食物以及其他金属来源，但她对成果并不抱多大的希望。

"当然不会在这里，"她喃喃自语，"尤门不会有时间把罐头拿出去。但如果他打算要困住我，绝对会把天金拿走。我真是个白痴！"

她靠回石墙，烦躁、焦虑、精疲力竭。

希望依蓝德照我说的去做了，纹心想。如果他也被捕……

纹烦躁地以头撞击固执的石头。

黑夜中出现声响。

纹全身一僵，连忙蹲了起来，检查体内金属存量——此刻，她还保有许多。

可能只是我——

声音又响起。一个轻柔的脚步声。纹全身发抖，自己在查找天金跟出口的过程中只将房间大致搜寻过一遍，这里面可能一直有人躲藏吗？

她燃烧青铜，感觉到他。镕金术师。迷雾之子。她之前感觉到的人，她之前追逐过的人。

原来如此！她心想。尤门的确要他的迷雾之子跟我们对打，但他知道他必须先把我们分开！她微笑，站起身。这不是完美的情况，但总比闻风不动的门好。她可以打败这名迷雾之子，然后以他为人质，直到他们释放她。

她等到那个人走近——她可以靠镕金脉动知道他在附近，同时希望对方不知道她能感受到他的脉动——然后一转身，将油灯踢向他。她往前一跳，朝敌人的方向扑去，后者的身影被最后一丝火光点亮。当她飞越过空中，匕首紧握于双手时，他抬头看着她。

此时，她认出了他的脸。

瑞恩。

第肆章

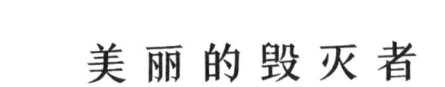

美丽的毁灭者
Beautiful Destroyer

拥有力量——例如拥有镕金术能力的人，若是之后又透过血金术得到相同的力量，将会有着比未强化过的镕金术师高出两倍的能力。

因此，曾经是搜寻者的审判者，在使用青铜的能力上会增强。这个简单的道理解释了为什么这么多审判者能够穿透红铜云。

45

纹落地，中断她的攻击，却仍然全身紧绷，眼睛因怀疑而眯起。忽明忽灭的油灯火光点亮瑞恩的身影，看起来跟她记忆中相当近似。当然，这四年的时间也改变了他。他变得更高、更壮，但有同样冷硬的脸孔，毫无笑意。他的姿势是她从童年时便熟悉的样子。他当时就经常像现在这样站着，双手不满地抱胸。

她回想起所有的事情，那些她以为被她锁在黑暗、禁闭的思绪角落的——瑞恩的毒打，讽刺的批评，偷偷摸摸地在城市间流窜的记忆。

可是，这些回忆却因为新的理解而有不同的解读。她不再是以迷惘的沉默忍受毒打的女孩。回想过去，她可以看出瑞恩所作所为中的恐惧。他很害怕同母异父的镕金术师妹妹会被钢铁审判者发现、杀害。当她让自己变得显眼时，他责打她；当她太好胜时，他痛骂她；当他害怕审判廷发现他们行踪时，便带她离开。

瑞恩因为保护她而死。他因为扭曲的责任感而教导她要多疑，不可信任他人，因为他相信，这是她唯一能在最后帝国的街上存活下来的方法。而她一直跟他在一起，忍受他的虐待，在她的内心——甚至不是在埋藏得太深的地方——一直以来都理解一件很重要的事。瑞恩爱她。

她抬头，迎向站在石穴中男子的双眼。然后，缓缓摇头。不对。这东西长得像他，但那不是他的双眼，她如此心想。

"你是谁？"她质问。

"我是你哥哥。"那东西皱着眉说道，"才不过几年的时间，你就变得这么冲动，纹。我以为我把你教得更好。"

他的确把神态学得惟妙惟肖，纹心想，警戒地走上前。他是怎么学到的？瑞恩在世时，没有人觉得他重要。他们根本不会想要模仿他。

"你从哪里得到他的骨头？"纹一边绕着那东西打转，一面问道。石穴的地板很粗糙，两旁都是沉重的柜子，四方都是黑暗。"又怎么把脸做得这么完美？我以为坎得拉必须要吞下整个身体才能有完美的复制。"

他一定是坎得拉。否则还能有谁可以如此完美模仿？那东西转身，以迷惘的神情看着她："你在胡说八道些什么，纹？我知道我们不会高兴到互相拥抱，但我以为你会认得我。"

纹对那些抱怨充耳不闻。瑞恩，还有微风，把她教得太好。如果他真的是瑞恩，她早就该认出来。"我需要讯息。"她说道，"关于你的一个同类。它叫做坦迅，一年前回到家乡。它认为它会被审讯。你知道它发生什么事了吗？我想要联络它。"

"纹，我不是坎得拉。"假瑞恩坚定地说。

试了就知道，纹心想，以锌探出，加上硬铝，重重地以情绪镕金术击向冒牌货。

他连动都没动。如果是坎得拉，这样的攻击早就让他必须服从纹的控制，就像克罗司一样。纹迟疑了。暗淡的灯光中，即使有锡来增强她的眼力，都越发难以分辨冒牌货的身影。

失败的情绪镕金术攻击意味着他不是坎得拉，但他也不是瑞恩。眼前似乎只有一个合乎逻辑的做法。

她继续攻击。

无论这个冒牌货是谁，他对她的了解都深到足以预期这个动作。虽然他假意惊呼，但却立刻朝后退避开她的攻击。他以轻盈的双脚移动，动作让纹坚信他正在燃烧白镴。事实上,她仍然可以感觉从他身上来的镕金脉动,虽然很难确定他到底在燃烧什么金属。

无论如何,镕金术更确定了她的怀疑。瑞恩不是镕金术师。当然,他有可能在他们分开的那段时间中绽裂,但她怀疑他是否有任何贵族血统。纹是从父亲身上得到的力量,但是她跟瑞恩没有共同的父亲。

她试探性地出手,测试冒牌货的技巧。他避开她的攻击范围,小心翼翼地躲开她随机性的攻击。她试图要将他逼到柜子的角落,但他太小心,没有因此上钩。

"这样下去没有意义。"冒牌货说道,再次从她面前跳开。

没有钱币,纹心想。他不需要钱币就能跳跃。

"你如果真想打中我,就得暴露出太多的弱点,纹。"冒牌货说道,"我很显然也厉害到能够躲开你的攻击。我们能不能停下来,开始讨论比较重要的事情?你甚至不好奇我过去四年在做什么吗?"

纹退后,蹲下,像是准备扑跳的猫,露出微笑。

"干吗?"冒牌货问道。

在那瞬间,她的拖延战术奏效了。在他们身后,翻倒的油灯终于熄灭,让洞穴陷入黑暗,但是纹能够穿透红铜云感受到敌人的去向。她一开始感觉到有人在房间时,便将钱袋抛下,所以身上没有任何金属能暴露出她的靠近。

她往前一跳,打算要握住敌人的脖子,将他带转一圈。镕金术虽然无法让纹看见他,却可以告诉她冒牌货的确切位置。这就足以让她占到上风。

她错了。他仍然如之前那样,擅长闪避。

纹停下动作。好吧,锡。她心想,可以听到我靠近的声音。

所以她踢倒一个储藏柜,趁着倒地柜子的声音大声回荡在地窖中时,展开攻击。

冒牌货又闪过了。纹停止动作。很不对劲。不知为何,他总能感应到她。洞穴陷入沉默。没有光影或声音从墙壁反弹，纹蹲下身，一手轻轻按着面前冰凉的石头。她可以感觉到脉动，镕金术力量像浪潮一样淹没她。她专注于波动上，想要分析出到底是什么样的金属造成的。可是这些脉动感觉很不透明。很模糊。

有点熟悉的感觉，她突然想道。当我第一次感觉到这冒牌货时……我以为……他是雾灵。

这些脉动会感觉熟悉是有原因的。在没有光线分心之后，她不会把这个人跟瑞恩联想在一起，终于理解她一开始没发现的事情。

她的心跳开始加速，而今晚第一次——即使她被囚禁于此——她开始感到害怕。这个东西的脉动像是一年前她感觉到的脉动。领着她去到升华之井的脉动。

"你为什么来这里？"她对黑暗低语。

笑声。回荡在空旷的地下室，响亮，自由。脉动靠近，没有任何脚步声标示那东西的行动。脉动突然变得巨大、强势，席卷了纹，不受到地下室的回音影响，一种罔顾肉体和器物，一切均可穿透，超过现实的声音。她在黑暗中后退一步，差点被她推倒的柜子绊倒。

我早该知道你不会被愚弄，一个慈祥的声音在她脑海中说道。那东西的声音。她之前只听过一次。就在一年前，她将它从升华之井的囚禁中释放的时候。

"你要什么？"她低声问。

你知道我要什么。你一直都知道。

她确实知道。当她碰触到那东西的瞬间，她早已明白。灭绝，她如此称呼它。它的欲望很简单。它要世界结束。

"我会阻止你。"她说道。可是，对一种她不了解的力量，超越凡人与世界的力量，说这些话，很不自觉愚蠢。

它又笑了，只是这次声音只在她的脑海中。她仍然可以感觉到灭绝的脉动，却不是来自某一个方向，而是自四面八方包围着她。她强迫自已站直身体。

啊，纹。灭绝说道，声音几乎有如父亲般的慈祥。你一副我是敌人的样子。

"你是我的敌人。你希望终结我爱的一切。"

终结必定是坏的吗？它问道。世界的一切，包括世界本身，不都总有结束的一天？

"没有必要加速末日的到来。"纹说道，"没有必要强迫它到来。"

一切都必须顺从自己的本性，纹。灭绝说道，它似乎在她身边打转。她可以感觉到它在碰触她——潮湿且轻柔，一如迷雾。你不能拿我的本性来责怪我。没有我，一切都将没有终点。一切将无法有终点。因此，也不会有任何的生长。我是生命。你要反抗生命本身吗？

纹陷入沉默。

不要因为世界末日来临而哀悼，灭绝说道，世界诞生的瞬间，就已经注定毁灭。死亡是美的，终结的美，完成的美。

因为直到被毁灭的那天，事物才能算是真正完整。

"够了。"纹呵斥，在冰冷的黑暗中感觉孤单、窒息，"不要再嘲笑我了。你来这里做什么？"

来这里？它问道。你为什么这么问？

"你现在出现的目的是什么？"纹说道，"只是来取笑我被囚禁吗？"

我不是"现在出现"，纹。灭绝说道。我从来没有离开过。我一直在你身旁。是你的一部分。

"胡说。"纹说，"你才刚刚现身。"

我现身在你面前，没错，灭绝说道。可是，我看得出来你不了解。我一直跟你在一起，即使你看不见我。

它暂时停止说话，让她的脑袋内外都陷入沉默。

当你是一个人时，没有人能背叛你。一个声音在她的脑海深处低语。瑞恩的声音。有时候她会听到的声音，几乎是真实的，有如良心。她以为那只是她自己心灵的一部分，来自于瑞恩的教诲。一种直觉。

任何人都会背叛你，纹，那声音说道，重复它经常强调的建议。它一面说，声音一面从瑞恩变成了灭绝。变成了任何人。

我一直跟你在一起。从你出生后不久，你就一直听到我在你脑海中的声音。

灭绝的脱逃需要一个解释。这件事就连我都很难理解。

灭绝不能利用升华之井的力量，因为它属于存留，是灭绝天生的对头。这两股力量的直接对决将会毁灭两者。

然而灭绝的囚牢是由存留之力所造，因此它与存留的力量同步——也与升华之井的力量同步。当井的力量被释放时，它就成了钥匙，让囚牢的锁也同时被打开，最终释放了灭绝。

46

"好吧。"微风说道，"有没有人想要讨论，我们团队中的间谍怎么最后会变成顶着宗教之名的自由斗士？"

沙赛德摇头。他们坐在审判廷下方的石穴中。微风宣告他对于旅行干粮已经很厌倦，因此命令几名士兵打开石穴的几罐储藏物资，准备一餐稍微像样的食物。沙赛德原本可能会抗议，但事实是，这个石穴里的食物存量之多，就算微风下定决心要狂吃，能使用的量也微乎其微。

他们一整天都在等鬼影回来。城市中的气氛很紧张，他们大多数的联络人都选择低调行事以度过公民对于反抗行动的多疑期。士兵除了在街道上行走监视，也有为数不少驻扎在教廷大楼外。沙赛德担心公民已将微风和沙赛德与鬼影在刑场的出现联想起来，显然他们在城市里自由行走的日子也结束了。

"他为什么还没回来？"奥瑞安妮问道。她跟微风坐在一张从空旷贵族宅邸劫掠来的精致桌子边，两人都换回了平常的华丽服装。微风穿套装，奥瑞安妮穿桃色洋装。他们每次都迫不及待地换衣服，仿佛要重新确立自己的身份。

沙赛德没跟他们一起吃饭，他没什么胃口。葛拉道队长靠在不远的书柜外，决定要仔细盯着他们。虽然这好脾气的人脸上挂着惯常的微笑，但沙赛德从他嘱咐给士兵的命令听出被围攻的可能性。他态度坚决地要微风、奥瑞安妮、沙赛德都待在石穴的保护圈里，宁可被困住也不要一命归西。

"我相信那孩子没事的，亲爱的。"微风说道，终于响应奥瑞安妮，"他没回来大概是因为担心会把我们牵连入他今晚做的事情里。"

"要不然就是他没法溜过外面守卫的士兵。"沙赛德说道。

"老兄，他在我们全体注目的情况下溜入一间燃烧中的建筑物。"微风说道，"我怀疑他会无法处理一群打手混混，况且现在天还黑了。"

奥瑞安妮摇摇头："如果他也能溜出那栋建筑物，而不是在每个人面前从窗户跳出来就更好了。"

"也许吧。可是当反抗军英雄的其中一点——就是得让敌人知道你在做什么。从燃烧建筑物跳下，怀中还抱着一个孩子所能营造的效果是很有力的，而且还是在想要处决孩子的暴君面前？我没想到亲爱的鬼影这么擅长戏剧化的表现。"

"我想他已经不小了。"沙赛德低声说道，"我们太习惯忽略他了。"

"习惯来自于行为，亲爱的老兄。"微风说道，朝沙赛德晃晃叉子，"我们对那小子不太注意是因为他鲜少扮演重要的角色。这不是他的错，他只是太年轻。"

"纹也很年轻。"沙赛德评论。

"你得承认,纹是特例。"

沙赛德无法反驳这点。

"无论如何,从目前看来,这次发生的事情并不意外。鬼影有好一段时间都在和邬都的地下组织接触,而且他是幸存者集团的成员之一,他们会找他去救人也是理所当然的,一如卡西尔拯救了陆沙德。"微风说道。

"我们忘记了一件事,微风大人。"沙赛德说道,"他从两层楼高的屋顶跳下落在石板地上——普通人不会这样跳——却没有断腿。"

微风想了想:"你觉得有可能作假吗?也许他搭建了某种落地平台,减弱坠势?"

沙赛德摇摇头:"我不觉得鬼影可以规划、执行这样的拯救行动。这么一来,他会需要地下组织的协助,并影响整体效果。如果他们知道他的存活是个诡计,那我们不会听说这么多关于他的传言。"

"那怎么样呢?"微风问道,瞥向奥瑞安妮,"你不是要说鬼影其实一直以来都是迷雾之子吧?"

"我不知道。"沙赛德柔声说道。

微风摇头轻笑:"我不觉得他能瞒得滴水不漏,老兄。历经推翻统御主一战还有陆沙德的沦陷,却没有被发现他拥有锡眼以外的能力?!我拒绝接受这点。"

还是你拒绝接受自己没有发现事实?沙赛德心想。可是,微风的话也有道理。沙赛德从鬼影小时候就认得他。那男孩小时候笨拙且害羞,但他不会骗人。想象他隐藏从一开始就是迷雾之子的事,实在太夸张。

可是,沙赛德看到他的坠落。他看到他跳跃的优雅——只有燃烧白镴的人才能有的特殊姿态与灵敏。沙赛德发现自己很希望他的红铜意识库就在手边,好让他能寻找有人突然出现镕金术力量的案例。究竟是否有可能一个人出生时是迷雾人,之后又变成了迷雾之子?

迷雾之子
卷三·永世英雄 [珍藏版]

这件事跟他身为大使的工作其实很有关联，也不是什么大事，也许他可以花一点点时间在储存记忆中搜寻，找一下是否有范例……

他打住自己的思绪。别傻了，他心想。你只是找借口。你知道镕金术师不可能取得新能力。你找不到任何范例，因为没有范例。

他不需要去金属意识库找寻。他将金属意识库弃之不用是有原因的，除非他能分辨真相与谎言，否则他当不了守护者，无法分享他搜集的知识。

我最近太常让自己分神了，他坚定地想，站起身，离开众人，走到他在密室里的"房间"，垂挂的帘子将其他人阻隔在他的视线之外。他的活页夹放在桌子上，而放在角落一柜子的罐头边的，则是他满袋的金属意识库。

不，沙赛德心想。我答应过自己，会守住承诺。我不允许自己成为伪善的人，只因为有新的宗教出现向我招手。我要坚强。

他坐在桌子边，

打开活页夹，抽出下一张纸。上面列出奈拉禅人的信条，他们崇拜的神明叫做特雷。沙赛德向来偏好这个宗教，因为它专注于研究跟学习数学跟天象。他将它刻意摆在后面，主要是因为担忧而非其他原因。他希望延后他明知会发生的结果到来。

果不其然，他一开始阅读关于这个宗教的事情，就看到教义中的漏洞。的确，奈拉禅人对天文有很深的理解，但他们对生死学的教诲相当地模棱两可，几乎到了好笑的地步。他们特别强调，这方面的教义故意保持模糊，是为了让所有人能找到自己的答案。读到这点只让沙赛德觉得心烦气躁。没有答案的宗教有什么用？如果一半问题的答案都是"去问特雷，他就会回答"，那还有什么好相信的？

他并没有立刻就舍弃这个宗教，而是强迫自己把它先放在一旁，承认现在没有研究的心情。其实他觉得自己做什么都没有心情。

如果鬼影真的成为迷雾之子，怎么办？他不禁揣想，思绪被拉去先前的对话上。这似乎是不可能的事情。可是有很多关于镕金术的理解——例如只有十种金属——后来都证实是统御主的谎言，谎言的存在只为了隐藏更大的秘密。

也许有可能让镕金术师自发性地出现新的能力。或者，鬼影能够从这么高的地方跳下，其实只是因为很普通的原因。可能跟让鬼影的眼睛如此敏感的原因有关。也许是药品？

无论如何，沙赛德对眼前事态发展的担忧已让他无法好好专注于研究奈拉禅宗教。他一直觉得有很重要的事情在发生，而鬼影正处于事件的核心。

那孩子到底去哪里了？

"我知道你为何这么忧伤。"鬼影说道。

贝尔黛转身，脸上满是震惊。她一开始没看到他。一定是他躲在迷雾的阴影深处，但他越发难以辨别这点。

他向前一步，跨越公民宅邸外曾经是花园的平地。"我明白了。"鬼影说道，"一开始我以为是跟这花园有关。这里一定曾经美丽过——在你哥哥命令铲平所有花园前，你一定看过这里原本的样貌。你跟贵族有血统关系，可能曾经在他们身边生活过。"

她看起来一脸讶异。

"我知道，"鬼影说道，"你哥哥是镕金术师。他是射币。那天在市集沟中，我感觉到他的钢推。"

她维持沉默，无论花园过去有多美，都不及她的娇艳。她往后退了一步，直到终于在迷雾中与他四目对望。

"后来，我觉得我错了。无论多美，不可能有人因为单单一个花园就哀悼如此长久的时间。然后，我又以为你的哀伤必定是来自于被拒绝参与哥哥的会议。他每次与重要的幕僚会面，都叫你到花园里来。我知道在要人中间感觉自己无足轻重，而且被排挤是什么样的感受。"

他又上前一步，粗糙的泥土在他脚下有宛若撕裂的痕迹，上面覆盖整整一寸厚的灰烬，还有曾经是沃土的干涸残渍。在他右方是贝尔黛经常凝视的唯一树丛。他没有看它，而是凝视着她。

"我错了。"他说道，"被禁止参加你哥哥的会议会让你心烦意乱，但不是如此的痛苦。不是如此的懊悔。我现在知道这份哀伤从何而来。今天下午，我第一次杀了人。我帮助推翻最后帝国，也协助重建帝国，但我从来没有杀过人。直到今天。"

他安静下来，凝望着她的双眼："是的。我明白这种哀伤。我想要了解的是，你为什么会有这样的感觉。"

她别过头。"你不该在这里。"她说道，"附近有守卫在监视——"

"不。"鬼影说道，"现在没有了。魁利恩派了太多人进入城市，他害怕会发生暴动，就像陆沙德那样，就像他夺权时引起的行动那样。他应该害怕，但是不该让自己的皇宫如此缺乏警戒。"

"杀了他。"卡西尔低语，"魁利恩在里面，这是完美的机会。他活该，你知道他活该。"

不，鬼影心想。不是今天。不会在她面前。

贝尔黛瞥向他，眼神冷硬："你来做什么？来嘲笑我的吗？"

"来告诉你，我了解你的感受。"鬼影说道。

"你怎么能这么说？"她说道，"你不了解我，你不认得我。"

"我认为我懂。"鬼影说道，"我看见你今天看着那些人被送去行刑时的眼神。你感觉十分罪恶，为你哥哥的杀戮感觉罪恶，你会哀伤是因为你觉得自己该阻止他。"他上前一步："你办不到，贝尔黛。他被权力腐化了。也许他曾经是好人，但如今已经不是了。你知道他在做什么吗？你哥哥杀人是为了得到镕金术师。他逮捕他们，然后威胁要杀死他们的家人，除非他们照他说的去做。这些是好人该有的所作所为吗？"

"你是个单纯的笨蛋。"贝尔黛低语，不肯看他的眼睛。

"我知道。"鬼影说道，"死几个人换得王国的和平，又算得了什么呢?"他暂停片刻,摇摇头。"但他在屠杀孩童,贝尔黛,而且这种行为不过只为了遮掩他搜集镕金术师的事实。"

贝尔黛沉默片刻。"你走。"她终于说道。

"我要你跟我走。"

她抬起头。

"我要推翻你哥哥。"鬼影说道,"我是幸存者集团的成员之一。我们推翻了统御主,魁利恩根本算不了什么。他垮台时,你不必在这里。"

贝尔黛轻蔑地哼了一声。

"这与你的安危无关。"鬼影说道,"如果你加入我们,会对你哥哥造成重大打击。也许这么一来能让他明白,他是错的,这种做法会更平和。"

"我数到三就会开始尖叫。"贝尔黛说道。

"我不怕你的侍卫。"鬼影说道。

"我不怀疑这点。"贝尔黛说道,"可是如果他们出现,你又得杀人。"

鬼影迟疑了,可是他却没有走,认为她在虚张声势。

于是,她开始尖叫。

"去杀他!"卡西尔的声音压过她的尖叫,"趁现在还来得及,快去!你杀死的那些侍卫,他们只是听从命令而已。魁利恩才是真正的恶魔!"

鬼影烦躁地一咬牙,终于跑走,离开贝尔黛跟她的尖叫,留下魁利恩的一命。

只有这次。

戒指、别针、耳环、手环,还有其他金属如传说中的宝藏在桌上闪烁。当然,大部分的金属都很普通。铁、钢、锡、红铜。没有金或天金。

对于藏金术师而言,这些金属的价值远超过其经济价值,它们是电池,是可以被反复填满以供日后使用的储存库。举例而言,白镴的饰品可以填满力气。要装满它会让藏金术师暂时耗光力气,让他虚弱到连完成最简单的动作都很困难,可是相当值得,因为在必要时,他可以使用这股力量。

大多数躺在沙赛德面前的金属意识库都是空的。沙赛德上一次使用它们是在一年多前的惨烈战役上,当时陆沙德暂时沦陷,之后又重获主权。那场战役让他耗尽了力气与心神。这十枚戒指排在桌子的一边,之前它们差点就变成了杀害沙赛德的凶器。沼泽把它们当成钱币一般射向沙赛德,刺穿了他的皮肤,但却因此让沙赛德可以汲取它们的力量来治愈自己。

在整组金属饰品的正中央是最重要的金属意识库。四组护腕,可以卡在前臂或上臂。光洁明亮,以最纯粹的红铜所制成。这是最大的金属意识库,容量也最大。红铜可以承载记忆。藏金术师可以将脑海中清晰的影像、思想、声音等储存起来。一旦进入金属中,就再也不会解构或改变,与脑子里的记忆不同。

当沙赛德年轻时,一名年长的藏金术师念出了他的整个红铜意识库内容,沙赛德将这些知识储存在自己的红铜意识库中,于是其中便包含了该位守护者的所有知识。统御主很努力消灭人民对过去的记忆,但守护者们收集记忆——关于在灰烬来临、太阳变红之前,世界是什么样子的故事。守护者们记下了地名与王国的名字,搜集失去的智慧。

然后,它们记忆了统御主禁止的宗教。那是他最迫切想毁灭的东西,所以是守护者们最努力要拯救的记忆。守护者将它们收入金属意识库,希望有一天能够再次散播它们。最重要的是,守护者们在搜寻一件事——他们自己宗教的知识。泰瑞司人民的信仰在统御主升华之后的毁灭混乱中全部被忘记了,即使经过数世纪的努力,守护者们仍然无法找回他们最宝贵的知识。

如果我们真的找到了,不知道会发生什么事,沙赛德心想,拾起一个钢意识库,开始静静地擦拭。可能什么都不会发生。他暂时放弃研读活页夹的工作,感觉太沮丧,无法继续。

MISTBORN: THE HERO OF AGES

　　他的活页夹里还剩下五十个宗教。他为什么要欺骗自己，希望能在剩下的五十个中找到先前两百五十个宗教中找不到的事实？这些宗教都无法经受住岁月的考验，他不是就该放弃吗？守护者的工作中，寻找宗教似乎是最无用的一种，他们努力要记忆人类的信仰，但这些信仰却早就已经被证实缺乏活力。为什么还要让它们复活？这就像是让生病的动物好起来，只为了让它再被猎食一样。

　　他继续擦拭，从眼角看到微风正在注视他。安抚者来到了沙赛德的"房间"，抱怨自己睡不着，因为鬼影还在外面没回来。沙赛德听了只点点头，却仍旧继续擦拭。他不想与人交谈，只想独处。

　　很不幸的是，微风走了过来，站在他身边。"有时候我不了解你，沙赛德。"微风说道。

　　"我没有刻意要装神秘，微风大人。"沙赛德说道，开始擦拭一枚青铜小戒指。

　　"你为什么要这么仔细地照顾它们？"微风问道，"你再也不戴它们了，甚至似乎是鄙弃它们。"

　　"我没有鄙弃金属意识库，微风大人。某种程度而言，它们是我人生中，唯一仅剩的神圣事物。"

　　"可是你也不佩戴它们。"

　　沙赛德继续擦拭。"没错。"

　　"为什么？"微风问道，"你真的以为她会要你这样？她也是守护者，你真的认为她会想要你放弃金属意识库吗？"

　　"我的这个习惯与延朵无关。"

　　"哦？"微风问道，叹口气，坐在桌边，"什么意思？说实话，沙赛德，你让我非常迷惘。我了解人，但不了解你，这件事让我很介意。"

　　"在统御主死后，你知道我花时间在什么事情上吗？"沙赛德放下戒指说道。

　　"教学。"微风说道，"你离开我们，去将失去的记忆传递给最后帝国的人民。"

"我跟你说过教学的过程如何吗?"

微风摇摇头。

"很糟糕。"沙赛德拾起另一只戒指说道,"那些人根本不在乎,他们对于过去的宗教完全没兴趣。他们何必要感兴趣?为什么要崇拜以前的人信仰的东西呢?"

"人总是对过去有兴趣的,沙赛德。"

"也许有兴趣。"沙赛德说道,"可是兴趣不是信仰。这些金属意识库属于博物馆跟老图书馆,对现代人用处不大。在统御主的统治下,我们这些守护者假装自己在进行重要的工作,我们相信自己在进行重要的工作。可是,到了最后,我们做的一切都没有意义。纹不需要这些知识就能杀死统御主。

"我可能是最后的守护者。这些金属意识库中的思想会随我一起死去。有时候,我无法为此感到懊悔。这不是个学者跟哲人的时代。学者跟哲人喂不饱饥饿的孩童。"

"所以你再也不戴它们了?"微风说道,"因为你认为它们没有用?"

"不只如此。"沙赛德说道,"佩戴这些金属意识库对我而言,像是某种形式的伪装。我假装能在其中能找到有用的事物,实际上我还不确定自己是否找得到。现在佩戴它们,感觉像是背叛我的信念。我将它们放在一旁,是因为我无法妥善地使用它们,没有办法像之前那样相信搜集知识与宗教比采取行动更重要。也许,如果守护者们选择起义而不是搜集知识,统御主好几个世纪前就已经被推翻了。"

"可是你反抗了,沙赛德。"微风说道,"你战斗了。"

"我已经不止代表我自己了,微风大人。"沙赛德柔声说道,"我代表所有的守护者,因为我似乎是最后一个。身为最后一个,我却不相信自己曾经教导的事物。我不能昧着良心,依然认为自己是过去那样的守护者。"

微风叹口气，摇摇头："你的话听起来很没道理。"

"我觉得很合理。"

"不。我觉得你只是一时迷惘。也许你觉得这不是个适合学者的世界，亲爱的朋友，但我想你会发现你是错的。我觉得，我们如今也许正在末日的黑暗中受苦，最需要的，就是知识。"

"为什么？"沙赛德问道，"教一名濒死之人去相信我自己都不信的宗教？去讲述某个神的存在，而我知道并没有这种存在？"

微风向前倾身："你真的如此相信？相信没有人在守护我们？"

沙赛德静静地坐着，减缓擦拭的速度。"我还不确定。"良久后，他终于开口，"有时候，我想要找到一些真相，可是直到今天，这份希望对我而言似乎还非常渺茫。大地陷入了黑暗，微风，我不确定我们能否阻止它。我不确定我是否想要阻止它。"

这番话让微风露出困扰的表情。他开口，但在回答之前，一阵颤抖穿过石穴，桌上的戒指跟护腕互相撞击，整个房间都在晃动，有些食物落下，发出敲击声，不过因为葛拉道队长的手下已经将大部分食物从柜子放到地上，以应对不定时发生的地震，所以被摇下的数量并不多。

终于，摇晃停止。微风一脸苍白地坐着，抬头望向石穴的屋顶："沙赛德，我得说，每次地震时，我都会想躲在洞穴里是否明智。我不觉得这里是最适合躲藏的地方。"

"我们现在没什么选择。"沙赛德说。

"的确如此。不过……你觉不觉得，地震越来越频繁了？"

"是的。"沙赛德说道，从地上拾起几只掉落的手环，"的确是。"

"也许……这一区比较容易地震。"微风说道，不过听起来连自己也不信。他转身，看着葛拉道队长绕过一个柜子，朝他们跑来。

"啊，你来看我们啦。"微风说道，"我们还活得好好的，没被地震影响到，不用这么赶啊，亲爱的队长。"

"不是的。"葛拉道队长轻喘道，"是鬼影大人。他回来了。"

沙赛德和微风交换一个眼神，然后站起身，跟着葛拉道来到石穴前方，发现鬼影走下台阶，双眼不再覆盖布条，沙赛德看到年轻人的脸上出现前所未有的冷硬表情。

我们真的不够关注这年轻人。

士兵们纷纷后退。鬼影的衣服上有血，但看起来不像受了伤。他的披风有几处被烧焦，最下摆被烧得破烂。

"很好，你们都在。"鬼影注意到微风跟沙赛德后说道，"地震有造成损害吗？"

"鬼影？"微风说道，"我们这里都好，没有损害，可是……"

"没时间闲聊了，微风。"鬼影走过他们身边，"泛图尔皇帝想要得到邬都，我们会将邬都交给他。我需要你开始在城市里散播谣言——这应该很简单，因为地下集团的一些重要人物都已经知道真相。"

"什么真相？"微风跟沙赛德一起跟着鬼影进入石穴。

"魁利恩使用镕金术师。"鬼影说道，声音在石穴中回荡，"我确认了之前的怀疑，魁利恩从被他逮捕的人中招募迷雾人。他从自己放的火中把他们救出来，以他们的亲人要挟。他号称反对贵族，自己却仍仰赖镕金术师，因此，他的统治基础完全是个谎言，只要揭露这个谎言，他就会完全崩塌。"

"这实在是太好了，我们绝对可以办得到……"微风说道，再次瞥向鬼影。鬼影继续前进，沙赛德跟在身后，随着他一同穿过石穴。微风走开，应该是要去找奥瑞安妮。

鬼影停在湖边，站在那里片刻，转身面向沙赛德："你说你一直在研究让水从运河改道流到这里的器械。"

"是的。"沙赛德说道。

"那么，有办法反过来吗？"鬼影问道，"让水再次淹没街道？"

"有可能。"沙赛德说道，"但我不确定我有足够的工程经验来达成这件事。"

"你的金属意识库中有可用的知识吗?"鬼影问道。

"这个嘛……有的。"

"那就用吧。"鬼影说道。

沙赛德一阵迟疑,表情不安。

"沙赛德,我们没有多少时间了。"鬼影说道,"我们必须趁魁利恩攻击与摧毁我们之前夺取这个城市。微风会散播谣言,我会找到方法在众人面前揭露他的真面目——他本身就是镕金术师。"

"这样就够了吗?"

"只要我们给他们另外一个可以追随的人就行。"鬼影说道,转过身去看着水面,

"一个可以从火中存活,可以将水带回街道的人。我们会给他们奇迹跟英雄,然后揭发他们的领导者是伪善者跟暴君,面对这样的事实,你会怎么做?"

沙赛德没有立刻响应。鬼影说得有道理,甚至能看出沙赛德的金属意识库仍然大有作为,但沙赛德对于年轻人的改变则不是这么确定。鬼影似乎变得更有能力了,但是……

"鬼影。"沙赛德说道,上前一步,声音很低,不让后面的士兵听到。"你有什么事情没告诉我们?你从高楼跳下怎么会没事?你为什么用布遮盖眼睛?"

"我……"鬼影迟疑,一瞬间好像又变回了原本那个没安全感的男孩。不知为何,看到这点让沙赛德稍微放心。"我不知道我该怎么解释,阿沙。"鬼影说道,卸下了一些伪装,"我自己也还在想办法了解,总有一天会解释的。现在,你能信任我吗?"

那孩子向来真诚。沙赛德深深望入那对如此热切的双眼。

然后,他发现很重要的一件事。鬼影是发自内心地在乎。他在乎这座城市,真心要推翻公民。他之前救了那些人,沙赛德跟微风却只是袖手旁观。

鬼影在乎，沙赛德却不在乎。沙赛德尝试过，但只是变得日益忧郁且焦虑，而今晚的忧郁甚至更胜以往。

他瞥向自己的房间，那里有他的金属意识库。他已经很久没用了，它们的知识诱惑着他。

只要我不宣扬其中的宗教，我就不是伪善的人。他心想。只利用鬼影要求的那一项知识，至少让那些辛苦搜集信息的人的努力有点意义。

这似乎是很薄弱的借口，但是有鬼影提出的使用金属意识库的好理由，他觉得已足够。

"好。"沙赛德说，"就照你说的去做。"

灭绝的囚牢跟人的不同。他不受铁栅栏束缚，甚至能自由来去。

他的囚牢，会造成能力的丧失。在力量与神的领域中，这意味着平衡。如果灭绝要施加强大的力量，他的禁制也会增强，让灭绝无法作为，而正因为他大部分的力量被压制住了，所以只能用最细微的方式去影响这个世界。

我应该在此打住，先澄清一件事。我们都说，灭绝从囚牢中被"释放"，可是这个说法是不准确的。释放井的力量会将之前提到的平衡朝灭绝的方向倾斜，但是他仍然过于虚弱，无法照他所希望的，在眨眼间摧毁这个世界。灭绝如此虚弱是因为他的一部分力量——他的身体——被夺走、藏了起来。

因此灭绝才如此执着于找到被藏起来的自己。

MISTBORN: THE HERO OF AGES

47

依蓝德站在迷雾中。

曾经他觉得迷雾让人不安，那是未知的事物，某种神秘且具有敌意、属于镕金术师而非普通人的事物。

可是如今他自己也是镕金术师。他抬头看着盘旋、环绕的雾气。空中的河流。他甚至觉得自己应该被这隐约的流动牵引。当他刚开始展现镕金术力量时，纹向他解释了卡西尔如今众人皆知的名言：迷雾是我们的朋友。它们隐藏我们，保护我们，给我们力量。

依蓝德继续望着天空。纹已经被囚禁了三天。

我不该让她去的，他又一次想，心绞成一团。我不该同意如此冒险的计谋。

向来都是纹在保护他。如今她身陷危险，他们该怎么办？依蓝德觉得自己十分无能。如果情况相反，纹一定会能找到方法潜入城市，把他救出来。她会暗杀尤门，她会有所行动。

可是，依蓝德没有她那种独特的冲动与决心。他的本性太保守，倾向策划与政治操作，不能以身犯险去救她。他已经以身犯险过一次，那次他是拿全军的命运作为赌注。他不能再次留下他们，让自己陷入危险，尤其不能进入法德瑞斯，因为尤门已经证明他是很杰出的阴谋家。

尤门没有再送出任何讯息。依蓝德认为他会收到交换条件，并且无比害怕当条件真的被送来时自己必须付出的代价。他能拿世界的命运来交换纹的性命吗？不行。纹在升华之井时面对了同样的选择，她做了正确的决定。依蓝德必须以她为榜样，必须坚定。

可是，光想到她被抓住的景象就让他几乎因为忧惧而动弹不得，只有翻腾的迷雾能稍稍安慰他。

她会没事的，他不止一次这么告诉自己。她是纹。她会想办法逃出来。她会没事的……

虽然前半辈子都觉得迷雾使人不安，但依蓝德此刻居然觉得它是个令他安心的存在，这相当出人意料。纹已经不再认为它们令人安心了，甚至还憎恨它们，但依蓝德不能真的怪她，毕竟它们已经有所改变，带来毁灭跟死亡。

可是，依蓝德觉得自己无法不信任迷雾，因为迷雾感觉是对的。它们怎么会是他的敌人？它们会在他燃烧金属时盘旋、环绕在他身边，就像是叶子在戏谑的风中舞动一般。他站在原地，迷雾似乎安抚了他对于纹被囚禁一事的焦虑，让他有信心她会找到方法脱身。

他叹气，摇摇头。他怎么会觉得自己对于迷雾的直觉会比纹更正确？她的直觉是来自于毕生的挣扎。依蓝德有什么呢？毕生参与宴会与跳舞培养出的直觉吗？

他的身后传来声音。有人走动。依蓝德转头，看着两名仆人抬着塞特跟他的轿椅。

"那该死的打手不在这里吧？"仆人将塞特放下，他问道。

依蓝德摇摇头。塞特挥手让仆人退下。"他不在。"依蓝德说道，"他去检视军队中的一些纷争了。"

"这次又发生什么事了？"塞特问道。

"群架。"依蓝德说道，别过头，望着法德瑞斯城的守卫营火。

"士兵在骚动。"塞特说道，"他们其实有点像克罗司，太久不理他们，就会自己惹出麻烦。"

其实是克罗司像他们，依蓝德心想。我们早就应该看出来，它们也是人——只是仅剩最原始情绪的人。

塞特静静地在迷雾中坐了一会儿，依蓝德继续沉思。

终于，塞特开口，声音出奇地温和："孩子，你就当她死了吧。你知道的。"

"不，我不知道。"依蓝德说。

"她不是所向无敌的。"塞特说道,"没错,她是他妈的厉害的镕金术师,可是如果拿走了她的金属……"

她会让你大吃一惊,塞特。

"你甚至看起来不担心。"塞特说道。

"我当然担心。"依蓝德说道,越发坚定,"我只是……信任她。如果有人能脱离险境,那人必定是纹。"

"你拒绝接受事实。"塞特说道。

"有可能。"依蓝德承认。

"我们要攻击吗?"塞特问道,"去把她救回来?"

"这是消耗战,塞特。"依蓝德,"重点就是避免交火。"

"补给呢?"塞特问道,"德穆今天只能强迫士兵吃半粮。在让尤门投降前,我们自己不要饿死,就已经很好运了。"

"我们还有时间。"依蓝德说道。

"不多。陆沙德叛乱之后,我们时间就不多了。"塞特沉默片刻后继续说道,"我的另一支劫掠队今天回来了。他们回报了同样的事情。"

跟其他人带回来的消息一样。依蓝德授权塞特派出士兵到附近的村庄去威慑百姓,也劫掠一些补给品。可是,每支劫掠队都空手而回,带来同样的故事。

尤门王国中的人民正在挨饿。村庄几乎无法存活。士兵不忍心再伤害他们,况且也没有什么可以拿的。

依蓝德转向塞特:"你觉得我是很差劲的领导者,对不对?"

塞特抬起头抓抓胡子。"对。"他承认,"可是,但这个……依蓝德,你身为王,有一个我从来没有的优点。"

"是什么?"

塞特耸耸肩:"人民喜欢你。你的士兵信任你,他们知道你的心地好。你对他们有很奇特的影响。这些小伙子应该很乐于抢夺村庄,即便是贫困的村庄,况且我们的人压力那么大,军营里不断有打斗,可是,他们却没有这么做。他妈的,其中一队甚至同情那些村民到多待了几天帮助他们灌溉农地,修复了一些房屋!"

塞特叹气,摇摇头:"几年前,我会嘲笑任何选择忠诚为统治根基的人。可是,唉……在世界分崩离析的现在,我想甚至连我都宁可跟随一个自己信任,而非害怕的人。也许这就是为什么士兵们会有如此行为的原因。"

依蓝德点点头。

"我以为围城是好主意。"塞特说道,"可是,孩子,我想这已经不会成功了。灰烬下得太大,我们又没有补给品,整件事开始失去控制,我们需要攻击,从法德瑞斯取得必需品,然后撤退回陆沙德,撑过夏天,让我们的人民能够种植农作物。"

依蓝德陷入沉默,转过头,看着一旁,听到迷雾中还有别人的喊叫与咒骂声。声音很微弱,塞特应该听不到。依蓝德赶忙朝声响的出处走去,留下塞特一人。

又打了起来,依蓝德在走近一堆营火时想道。他听到喊叫、叫嚣,还有打斗的声音。塞特说得没错。无论心地好不好,我们的人太不安。我需要——

"立刻给我停手。"一个新的声音喊道。在前方的黑暗迷雾中,依蓝德可以看到身影在火光中移动。他认得这个声音。德穆将军到了。

依蓝德放缓脚步。最好让将军来处理这个纷乱。被指挥官惩罚跟被皇帝惩罚有很大的差别,如果是被德穆惩罚,士兵的感觉会好过一些。

可是打斗没有停止。

"停下来!"德穆再次大喊,加入斗争。几名打架的人听从他的话往后退,但其他人只是继续打斗。德穆挤入中间,伸手要将两人拉开。

结果其中一人揍了他。直朝面门的一击,让德穆倒地。

依蓝德咒骂,抛下一枚钱币,钢推飞向前,直落入火光之中,推出安抚压制打斗者的情绪。

"住手！"他大吼。

所有人都僵在原地，其中一名士兵站在倒地的德穆将军身边。

"发生了什么事？"依蓝德质问，愤怒不已。士兵们低下头。"怎么了？"依蓝德说道，转向揍了德穆的人质问。

"对不起，陛下。"那人嘟囔，"我们只是……"

"说清楚，士兵。"依蓝德指着他说道，将那人的情绪安抚掉，让他乖顺而温和。

"陛下……"男子开口，"他们是被诅咒的人。都是因为他们，纹贵女才会被抓走。他们总爱提幸存者跟他的祝福，但我觉得他们是不是太虚伪了？当然，他们的领头人出现了，要我们住手。我只是……唉，我只是很厌倦一直听他们这样说。"

依蓝德愤怒地锁眉。在此同时，军队中以哈姆为首的一群迷雾人挤过人群。哈姆迎向依蓝德的双眼，依蓝德朝参与打斗的人点点头。哈姆很快地将他们聚集起来，准备处罚。依蓝德走到旁边，将德穆拉起，满脸胡子的将军脸上震惊大于痛楚。

"对不起，陛下。"德穆低声说道，"我早该预料到的……我早该准备好应对的。"

依蓝德只是摇摇头。两人静静地看着众人，直到哈姆来到他们的身边，他的手下将惹事分子们推开。其余的人散去，回到原本的岗位。营火独自在黑夜中燃烧，众人纷纷躲避，仿佛那是厄运的新象征。

"我认识其中一些人。"哈姆来到德穆跟依蓝德身边，看着闹事者被拉走，"迷雾病人。"

迷雾病人。都是像德穆那样，因为迷雾病了好几个礼拜，而非一天的人。"这太可笑了！"依蓝德说道，"他们只不过是病得久一点，又不代表他们被诅咒！"

"陛下，你不了解迷信。"德穆说道，一边摇头，一边抚着下巴，"那些人想将自己的厄运迁怒到别人身上，而且……可以理解他们为什么觉得自己最近运气不好。他们对任何因为迷雾而生病的人都很凶，只是对病得最久的最严厉。"

"我拒绝接受军队中有如此愚行。"依蓝德说道，"哈姆，你看到其中一人攻击德穆吗？"

"他们打他？"哈姆讶异地问道，"他们的将军？"

依蓝德点头："我刚才跟他说话的壮汉。我想他的名字是布利。你知道该怎么做。"

哈姆咒骂，别过头。

德穆一脸不安："也许我们能……把他关禁闭一类的。"

"不行。"依蓝德咬紧牙关说道，"不行，我们必须恪守军纪。如果他攻击的是自己的队长，也许我还能放过他，可是故意攻击我的一名将军？那个人必须被处决。纪律已经够混乱了。"

哈姆不肯看他："我需要阻止的另一场打斗也是普通士兵对迷雾病人。"

依蓝德烦躁地咬牙，可是德穆迎向他的双眼。你知道该怎么办，他似乎这么说道。

当王不是要做你想做的事，廷朵经常如此教导他。而是要做该做的事。

"德穆。"依蓝德说道，"我想陆沙德的问题比我们的纪律问题更严重。潘洛德在寻求我们的支持。我要你带领一群人，沿着运河跟信差康那德一起回去，帮助潘洛德重新控制城市。"

"是的，陛下。"德穆说道，"我该带多少人？"

依蓝德与他四目对望："大概三百多人就够了。"正是迷雾病人的人数。德穆点点头，退入黑夜。

"阿依，你做得对。"哈姆柔声说道。

"一点也不。"依蓝德说道，"当然因一名士兵一时鲁莽而处决他也不对。可是我们需要维持军队的团结。"

"也许吧。"哈姆说道。

依蓝德转身，抬头看着迷雾。看着法德瑞斯城。"塞特说得对。"他终于说道，"我们不能只是坐在这里，世界正在死亡。"

"那我们该怎么办？"哈姆问道。

依蓝德迟疑了。是啊，该怎么办？退兵，留下纹，甚至是整个帝国去面对末日吗？还是攻击，然后造成数千人的死亡，成为他自己也害怕的征服者？难道没有别的方法可以夺下城市吗？

依蓝德转身，走入黑暗。他进入诺丹的帐篷，哈姆好奇地跟随在后。当然，前圣务官还醒着。诺丹的作息时间与一般人不同。他看到依蓝德进来便连忙站起，尊敬地鞠躬。

在桌上，依蓝德找到他要的东西。他命令诺丹要做的事。地图。军队动向。

克罗司军队的位置。

尤门不理会被我的军队威胁，依蓝德心想，我倒要看看我能不能扭转局势。

一旦被"释放"，灭绝就能更直接地影响世界，最明显的方式就是让灰山吐出更多灰烬，让大地开始崩解。事实上，我相信在最后的那段日子中，灭绝大部分的能量都投注在这些事情上。

他也能影响跟控制比原先更多的人。之前他只能影响几个人，如今却能指挥整个克罗司军队。

48

随着在石穴中的日子一天天过去，纹开始后悔打翻油灯。她试图要把它找回来，用摸黑的手指搜寻，但灯油已经没门，她被锁在黑暗中。

跟想要摧毁世界的东西在一起。

有时候她可以感觉到它在附近鼓动，沉默地观看，仿佛是马戏团中看得目不转睛的观众；有时候它会消失，显然墙壁对它没有意义。它第一次消失时，她安心了一点，但就在片刻后，她在脑海中听到瑞恩的声音。我没有离开你，我一直在这里。

这句话让她全身发寒，有一瞬间以为它能读懂她的思绪，但她旋即确定自己在当下的想法是很容易被猜测的。回想一生，她认为不可能每次在脑海中听到的瑞恩声音都是灭绝，很多时候她会听到瑞恩的话是因为她想到了某件事，而不是她在做的事情。灭绝无法读人心思，因此那些话不可能来自于它。

灭绝对她说话的时间太久，所以很难分辨哪些是她自己的记忆，哪些是受它的影响，但她必须信任统御主的保证——灭绝不会读人的心思。不相信这一点就意味着放弃希望，而她不会这么做。每次灭绝对她说话，都会对她透露它的本性。这些线索能让她打败它。

打败它？纹心想，靠着石穴粗糙的石墙。这是自然的力量，不是人类。我怎么能想要打败这种东西？

在持续的黑暗中很难判断时间的流逝，但她从睡眠规律可以猜出，自她被关起来，已经过了三四天。

所有人都说统御主是神，纹提醒自己。我杀了他。

灭绝也曾经被囚禁，这表示它可以被打败，至少可以被关起来，但要关起灭绝这种抽象的概念，或者力量，要怎么办到？它被囚禁时能对她说话，但它的话当时感觉没有那么强大，比较不……直接。灭绝利用

MISTBORN: THE HERO OF AGES

她对瑞恩的记忆对孩提时的纹造成了一些影响,就像是……影响她的情绪。这表示它使用镕金术吗?它的确因镕金术力量而产生脉动。

詹听见声音,纹意识到。在他死之前,他似乎在跟什么说话。她靠回墙边,感觉一阵冰寒。

詹是疯子。也许他听到的声音跟灭绝之间没有关联,但这太过巧合。詹原本想要说服她跟他一起去寻找脉动的根源,那些脉动最终让她解放了灭绝。

所以,灭绝无论离我多远,无论是否被关起来,都可以影响我。现在它被释放后能直接出现,这又引出另一个问题:它为什么没有把我们全部毁灭?为什么要玩弄军队?

最后一个问题的答案似乎很明显。她感觉到灭绝要毁灭一切的无尽意志。她感觉好像自己了解它的想法。一个想法。一个冲动。灭绝。所以,如果目标没有达成,表示它目前仍然无能为力。它被阻挠了。被限制到必须以迂回、渐进的方式进行摧毁——像是落灰与偷走光明的迷雾。

但这些方法终究会奏效,除非灭绝被阻止。可是要怎么做?

它曾经被囚禁过……但是,是被什么囚禁?她曾经以为囚禁灭绝的人是统御主,但不对。当统御主前往升华之井时,灭绝已经被囚禁了。当时叫做拉刹克的统御主为了将所谓的永世英雄杀死,跟艾兰迪一起出发寻找升华之井。拉刹克的目的是阻止艾兰迪做出纹后来做出的事情:意外地释放灭绝。

讽刺的是,让拉刹克这么自私的人得到力量却是比较好的事。一个自私的人会因为私心而留下力量,而不是放弃,进而释放灭绝。

然而灭绝在艾兰迪的征途展开前便已被囚禁。意思是,深黯,或是迷雾,跟灭绝无关,又或者这个关系不是她以为的那么简单。释放灭绝不是让迷雾在白天出现杀人的原因,事实上,白天的迷雾早在她解放灭绝前一年就出现了,在纹找到井之前的几个小时就开始杀人。

所以……我到底知道什么?灭绝很久以前就被囚禁,被某个我可以找到、重新利用的东西囚禁？

她站起身。一直坐着思考让她不安，于是她开始走路，一路摸着墙壁前进。

从她被囚禁的第一天起，便以触觉开始探索石穴，这里面跟其他的石穴一样大，花了她几天，但是反正也没有别的事好做。这里跟邬都的密室不一样，没有水池或水源，在纹的探索过程中，她发现尤门将储水都移走了，因为储水的位置应该是在右上角，但如今那里一无所有。他留下了罐头食物跟其他补给品，应该是石穴大到他很难搬走所有东西，更遑论找到别的储藏地点，但他把水都带走了。

这让纹有了麻烦。她一路摸着墙，找到她放置一罐被打开的炖肉的地方。即使有白镴跟石头，她也花了好久才打开罐头。尤门很聪明地移除了所有她能用来打开食物罐的器具，而纹只剩一瓶白镴。她第一天就打开了十罐食物，燃烧掉了体内的白镴。可是这些食物已经快被吃完，同时她感觉到强烈的饮水需要——炖肉对解决她的口渴没有多少帮助。

她拿起那罐炖肉，小心翼翼地吃了一口。几乎要吃完了。炖肉的味道让饥饿感跟口渴一同升起。她将这感觉推开。她的整个童年都在对抗饥饿，即使已经多年没有这种感觉，它仍然不是什么新玩意儿。

她继续往前走，手摸着墙壁边缘，维持自己的方向。用这种方法杀死迷雾之子真的很聪明，尤门打不败她，却可以困住她。如今，他可以等她因脱水而死。简单，有效。

也许灭绝也对尤门说话，她心想。囚禁我可能是灭绝的一部分计划。

无论那是什么计划。

为什么灭绝挑中她？为什么不带别人去升华之井？某个更容易控制的人？她可以了解多年前灭绝为何挑选艾兰迪。在艾兰迪的时代，井被封闭在高山上。那会是很困难的路程，灭绝需要合适的人来执行计划、在这样的旅程中幸存。

可是，在纹的时代，井不知如何已经被移到陆沙德，或者该说，陆

MISTBORN: THE HERO OF AGES

沙德是被建造在井的上方。无论如何，它就在那里，在统御主皇宫的正下方。灭绝为什么等了这么久才解放自己？在它能挑的所有人中，为何挑中纹？

她摇摇头，来到了目的地——整个石穴中唯一引起她兴趣的地方。墙上的金属板。她举起手，摸过光滑的钢铁。她向来不擅长阅读，而过去一年都花在战争跟旅行中，也没有多少时间增进她的能力，因此她花了些时间慢慢地摸着每一道刻在金属板上的痕迹，才了解上面写了什么。

没有地图，至少不像先前储藏窟中有的地图，只有一个简单的圆，中间有一个点。纹不确定那是什么意思。文字也让人很摸不着头脑。纹摸过凹槽，虽然她早就记住了上面说的话。

我很抱歉。

我规划了这些石穴，知道有灾难要降临，希望能找到某个秘密，希望如果我因为那怪物的计谋而死，至少能帮助你。可是，我什么都没有。我不知道该如何打败它。我能想到的唯一方法，就是当升华之井的力量返回时，再将其据为己有。

可是，如果你阅读了这段文字，那就是我失败了。意思是我死了。我写下这句话时，发现这个想法没有我之前以为的那么悲惨。我宁愿不要面对那东西。它一直是我的同伴，经常对我低语，告诉我要去摧毁，渴求我释放它。

我担心它腐败了我的思绪。它无法感觉到我的想法，却能在我的脑中说话。如此持续八百年之后，我很难再相信自己的想法。有时候，我会听到声音，并且直接认为自己疯了。

我宁可如此。

我知道这些话必须被刻在钢板上，才能被保留。我将文字写在一张铁纸上，然后命令将它们刻入钢板，我知道这么做的同时，也将弱点暴露在自己的祭司眼前。那东西一直对我低语，说我写下这些，让别人看到我的弱点，是笨蛋之举。

这就是为什么我决定要继续完成这块金属板的制作。这么做似乎让那东西很生气。我想，这个理由已足够。哪怕让那几个忠诚祭司知道我的弱点也没关系，就算只是为了帝国也该这么做——以防我因为某个原因而退位的那天来临。

我试图想当个好的统治者。一开始，我太年轻，太易怒，我犯了错。可是，我很努力。我几乎因为自己的骄傲而摧毁世界，我担心自己的统治又会再次摧毁它。我可以做得更好。我会做得更好。我会创造出有秩序的大地。

可是，我脑海中始终有个念头，我原本的意图被扭曲了吗？有时候，我的帝国似乎是平静与公平的地方，可是若真如此，我为什么没有办法阻止革命？他们无法打败我，每次他们反叛时，我就必须命人歼灭他们。难道他们看不出我的制度有多完美吗？

无论如何，这不是辩护的地方。我不需要辩护，因为在某种程度上，我就是神。可是，我知道有比我更伟大的存在。如果我会被毁灭，它将会是推手。

我没有什么建议可给。它比我更强大。它比世界更强大。它宣称创造了这个世界。它早晚会摧毁我们所有人。

也许这些存粮能让人类活得更久。也许不行。我已经死了，我觉得自己应该不会在意。

但是，我还是在意。因为你们是我的子民。我是永世英雄。永世英雄必定是这个意思：跟我一样，长生不死，与岁月同寿。

你要知道，这东西的力量不完整。幸好，我将它的身体藏得很好。

这就是结语，纹烦躁地敲着板。上面的每句话似乎都是为了要让她烦躁。统御主带他们绕了这么大一圈，在最后，却没有任何希望？依蓝

MISTBORN: THE HERO OF AGES

德把一切都赌在这块板上，但它却几乎没有价值，至少其他几块还谈到了新金属之类的有用信息。

*我很抱歉。*努力了这么久，却发现统御主跟他们一样毫无头绪，实在令人烦躁，几乎要摧毁她的意志。而如果他知道更多信息——根据他的用词看来，似乎真是如此——那为什么不在金属板上与人分享呢？可是这些话语也让她感觉到他的不稳定——他在懊悔与自负之间的来回摆荡。也许那是灭绝对他的影响，或者他向来如此。无论如何，纹猜想统御主不可能跟她说更多有用的事。他已经尽力而为，阻挠了灭绝一千年。这么做让他扭曲，也许甚至逼疯了他。

但她无法停止对板上的内容感到失望。统御主有一千年可以担忧万一他在力量回到井之前被杀死的话，这片大地会发生什么事，然而即便是他，也想不出解决这个问题的方法。

她抬头看着金属板，虽然在黑暗中，什么也看不到。

*一定有办法！*她心想，拒绝接受统御主暗示他们必死无疑的话。*你在最后写了什么？*"我将它的身体藏得很好"。

这部分似乎很重要，可是，她没有办法——

黑暗中传来声响。

纹立刻转身，全身紧绷，摸着她最后一瓶金属。靠近灭绝让她非常紧张，她发现自己因为焦虑而心跳加速，耳中回荡的声音，是石头互相摩擦的声音。

石穴的门开启。

有人可能会问，为什么灭绝不用审判者将他从囚牢中释放？很简单，只要了解力量的运作方法为何便能知道答案。

在统御主死前，他用力地抓着他们，不让灭绝有直接影响的机会。即使在统御主死后，灭绝的仆人仍然无法救他——因为井里的力量属于存留，审判者必须先移除血金术尖刺才能取得力量，而这当然会杀死他们。

因此，灭绝需要更迂回的方式才能达成他的目的。他需要没有受太多玷污，却又能被他精心的操弄耍得团团转，最后到达那里的人。

49

沙赛德在图表上做了一个小小的注记，比较水道的尺寸。从他能见的范围来看，统御主没有耗费多少力气就创造了一个地底湖。原本就有水流入石穴，统御主的工程师只是将水道加宽，引入比自然渗流更稳定的水流。

结果整个洞穴便形成了一个很大的蓄水池。旁边有个洞穴里的机械是用来填塞池底出口，让水池不至于漏水，以免入水供给出了问题。目前看来，没有办法阻断水源。

在统御主创造蓄水池之前，只有少量的水流入石穴，其余则是流入现今的街道，填满运河，因此沙赛德认为，如果能阻止水流入洞穴，就能重新将运河填满。

我需要对水压有更进一步的了解，好计算出要用多少才能填住这些入水口，沙赛德心想。他认为在金属意识库中有看过一本关于此方面的书。

他靠回椅子，轻敲着汲取金属意识库。他取出了一段文字，记忆在脑海中涌现：这是他所有藏书的目录。他一将文本取出，所有字句立刻清晰得宛如他才刚刚阅读、记忆过。他浏览过清单，很快找到他需要的书名。他将之写在一张纸上，然后将清单放回他的红铜意识库。

这个经验很奇怪。在收回清单后，他可以记得曾经汲取过这个数据，但对于目录中的内容完全一无所知。他的意识中只剩一片空白，只有写在纸上的文字解释了他数秒钟前知之甚详的事情。有了书名，他就可以将整本书带入脑海中。他挑选了想要的章节，将其他的塞回红铜意识库，以免消散残缺。

有了这些章节，他对于工程的知识清晰得仿佛他刚刚研读过整本书，很轻易便能算出将水引导回街道所需的正确重量与施力方式。

他坐在一张偷来的精致书桌前独自工作，一盏灯点亮周围的石穴。即使红铜意识库提供了许多知识，这个工作仍然困难，有许多数字需要计算，这不是他擅长的，幸好守护者的红铜意识库不局限于他自己的兴趣范围。每个守护者都存有所有的知识。沙赛德隐约记得他花在聆听与记忆上的时间，他只需要对这些信息熟悉到能短暂记忆，就能将知识塞入红铜意识库中。如此一来，他便同时是世界上最睿智也最无知的人，因为他记得许多，又刻意全部忘记。

即使如此，他依然能够取得关于工程以及宗教的文字，虽然这些东西无法让他成为优秀的数学家或建筑师，但能让他的能耐远胜过一般的普通人。

他一面工作，一面发现自己的确擅长于学术研究，这很难否认。他不是领导者。不是大使。即使他是依蓝德的首席大使，仍花了大多数时间在研究宗教。因此，当他应该要领导邬都的团队时，他发现自己更常让鬼影做决策。

沙赛德是埋首研究跟撰写的人。他在研究中找到满足。虽然工程不是他特别喜欢的领域，但无论主题为何，他都宁可研究而不愿意做别的事情。难道身为愿意为其他人提供信息，而非使用信息的人，有这么可耻吗？

木杖在地上的敲击宣告微风的到来。安抚者并不需要靠木杖行走，他只是喜欢拿着它，好让自己看起来更绅士。在沙赛德认得的所有司卡盗贼中，微风是最擅长模仿贵族的一个。

沙赛德很快记下几笔数据，然后将水压的章节放回红铜意识库。没必要在跟微风说话的时候让它们衰败，因为，微风当然会想来找他讲话。果不其然，微风一在沙赛德的桌边坐下便开始浏览图表，挑起眉毛："进行得很不错嘛，老兄，说不定你入错行了。"

沙赛德微笑："你太客气了，微风大人，我想真正的工程师看到这图表应该会觉得不堪入目吧。不过，目前应该堪用。"

"你真的认为你办得到？"微风问道，"像那小子要求的那样，让水流回去？这有可能吗？"

"绝对有可能。"沙赛德说道，"问题不在可能性上，而主要是在我的能力上。水曾经充满这些运河，自然也可以流回去，而且我相信，流回去的过程会比原本消失的过程更为壮观。之前已经有许多水被引入这些洞穴中，我应该能够填补大部分的水道，将水全部引回，当然，如果鬼影大人想要保持运河的流动，那我们得让一些水再渗下来。运河水流通常不急，尤其是有许多水闸门的区域。"

微风挑起一边眉毛。

"事实上，运河比你想的要更值得研究。举例来说，怎么将自然河川改成运河，让它成为一条航道，或是如何将河底的淤泥和灰烬移除。我有一本书，是恶名昭彰的法德雷大人所著。虽然他的名声很糟，但他在漕运方面真是天才。我居然得要……"沙赛德突然打住，不好意思地微笑，"真抱歉，你对这件事没有兴趣，对不对？"

"是没有。"微风说道，"可是你有就可以了，沙赛德，能再看到你因为研究而兴奋不已真好。我不知道你之前在研究什么，但你不肯跟任何人分享这件事总让我很在意，你几乎像是对自己的所作所为感到羞愧。可是，你现在这样——才是我记忆中的沙赛德！"

沙赛德低头看着自己抄写下来的笔记与图表。没错。他上次对于某个主题如此有兴趣的时候是……

跟她在一起。一同研究关于永世英雄的神话与传说。

399

"说实话,微风大人。"沙赛德开口,"我觉得有罪恶感。"

微风翻翻白眼:"沙赛德。你难道总是需要对某件事抱有罪恶感吗?在原来的集团中,你觉得你在推翻统御主时没有做出足够的贡献;我们杀了他之后,你开始因为没有按照其他守护者的要求行事而心神不宁。你现在居然还要跟我说,会因为研究而感到罪恶?这到底是怎么一回事?"

"因为我很享受。"

"老兄,这样才好啊。"微风说道,"享受有什么好可耻?又不是你喜欢虐杀小狗之类的。当然,我是觉得你精神有点不正常,但如果你喜欢这种难懂的东西,就尽管去喜欢。这让我们这些嗜好比较平凡的人有更多发挥的空间,例如喝史特拉夫·泛图尔最美味的陈酿直到不省人事。"

沙赛德微笑。他知道微风正在推他的情绪,让他心情变好,但他没有反抗这些情绪。事实是,他确实感觉愉快,是这么久以来最愉快的。

可是……

"没这么简单,微风大人。"沙赛德放下笔说道,"我高兴是因为能够坐在这里阅读,不需要负责。这才是让我觉得有罪恶感的。"

"不是每个人都适合当领导者,沙赛德。"

"没错。"沙赛德说道,"可是依蓝德让我负责取得这座城市。我应该花时间策划如何推翻公民,而不是让鬼影大人负责。"

"老兄啊!"微风弯腰靠近他,"我是怎么教你的?负责跟做事无关,重点是要管理其他人,让他们都去做该做的事!这叫做分工,朋友。没有分工,我们得自己烤面包、清厕所!"微风靠得更近。"相信我,你不会想吃任何我动手烤过的东西。一辈子都不会想。尤其在我清过厕所以后。"

沙赛德摇摇头:"廷朵不会希望我这样。她尊重领导者跟政治家。"

"如果说错了请纠正我:但我记得她是爱上了你,而不是某个国王或王子?"

"呃，说爱可能——"

"你算了吧，沙赛德。"微风说道，"你跟任何有新女友的年轻男孩一样沉溺在爱情之中，虽然她比你还自制，却的确爱着你。不用是安抚者都看得出来。"

沙赛德叹口气，低下头。

"她会希望你这样吗，沙赛德？"微风说道，"否定自己？成为另一个沉闷的政客？"

"我不知道，微风大人。"沙赛德轻声说道，"我……我已经失去她了。因此，也许我能靠参与她所爱的事物来怀念她。"

"沙赛德，你怎么会聪明一世，却在这件事上犯蠢呢？"微风很坦白地说道。

"我……"

"一个人的热情所在才是最重要的。"微风说道，"我发现，如果你为了自己认为应该得到的东西而放弃你最想要的东西，最后的下场只会很悲惨。"

"如果我要的不是社会需要的呢？"沙赛德说，"有时候我们必须做不喜欢的事。我想这就是人生的现实。"

微风耸耸肩："我才不担心这件事，我只做擅长的事。在我看来，这代表让其他人去做我不想做的事情，最后一切都会各适其所。"

沙赛德摇摇头。没有那么简单。他近来的忧郁不只跟廷朵还有她的死亡有关。他延后了对宗教的研究，但知道自己还会继续。从事运河的研究是令人欢喜的工作可以略为转移注意力，但即使如此，沙赛德可以感觉到他先前的结论跟未完的工作仍然徘徊不去。

他不希望看到，最后剩下的宗教中仍然没有答案，所以研究其他主题是如此让他放松，工程学不会威胁他的世界观。可是，他不能永远让自己分神。他会找到答案，或是发现并没有答案。他的活页夹放在书桌下方，就靠着那袋金属意识库。

可是，他允许自己暂时休憩一下。虽然他对于宗教的关注可以暂时停止，现在仍有其他需要处理的忧虑。他朝湖的方向点点头。站在水边，勉强可见的鬼影正在跟葛拉道和一些士兵交谈。

"他呢，微风大人？"沙赛德低声问道，低到连鬼影都听不见，"我说过，泛图尔皇让我负责这件事，可是如果我让鬼影负责，但他却失败了呢？我担心这个年轻人在这件事上……历练不够。"

微风耸耸肩："他目前似乎做得还不错。记得纹杀死统御主时有多年轻吗？"

"是的。"沙赛德低声说道，"可是现在状况完全不同。鬼影最近很……奇怪。他绝对有事瞒着我们。他为什么这么坚持要夺取这个城市？"

"我觉得有点坚持也还不错。"微风说道，靠回椅背，"那孩子大部分人生中都太被动了。"

"你不担心他的计划吗？万一失败，我们被困住怎么办？"

"沙赛德，你记得我们几个礼拜前的会面吗？"微风说道，"当时鬼影问我，我们为什么不能像推翻统御主那样推翻魁利恩。"

"我记得。"沙赛德说道，"你告诉了他，我们不能的原因是因为我们已经没有卡西尔了。"

微风点点头。"我的想法改变了，"他轻声说道，手杖指着鬼影，"我们没有卡西尔，但我们有看起来很类似的人。"

沙赛德皱眉。

"我不是说那孩子有卡西尔的个人魅力，他的……存在感。可是，你听说过那男孩在众人间开始累积的声誉。卡西尔的成功不是因为他是谁，而是因为人们以为他是什么样的人。这是我认为我们无法复制的。不过我开始觉得，我错了。"

沙赛德不会这么轻易被说服，但没有再表露他的迟疑，只是转过身，继续研究。鬼影一定注意到他们在看他，因为几分钟后，他走到沙赛德的桌边。男孩因灯光而眨眼，即便光线十分柔和。他拉过一张椅子。映衬着朴素、灰蒙蒙的架子，精致的家具看在沙赛德眼里相当地突兀。

鬼影看起来非常疲累。他多久没睡了？沙赛德心想。每次我睡时他都还醒着，在我起床前也早醒了。

"有件事情我觉得不对劲。"鬼影说道。

"哦？"微风开口，"除了我们在统御主的审判者堡垒下的储藏室地底湖旁聊天以外，还有什么事？"

鬼影没好气地瞪了微风一眼，然后望向沙赛德："我觉得我们快要被攻击了。"

"为什么？"沙赛德问道。

"我了解魁利恩，阿沙。那家伙是典型的土霸王，他透过暴力取得权位，透过给予人民许多酒精和小小的自由——例如让他们晚上去酒吧——来控制群众。可是同时，他也让所有人都陷入恐惧。"

"他到底是怎么夺权的？"微风问道，"他怎么赶在某个有一大群护卫的贵族动手前得逞？"

"迷雾。"鬼影说道，"他走入迷雾时，宣告所有对幸存者忠诚的人在迷雾中都不会有危险。当迷雾开始杀人后，这件事正好证实了他的话。他特别强调被雾杀死的人内心藏着邪恶的思想。人民对于发生的一切很担心，愿意听听他的说法，因此他通过一条法令，要求所有人进入迷雾中，好让大家都能看看谁死了谁没死。他宣告存活下来的人是纯净的，他告诉众人，他们可以建立起一个小乌托邦。在那之后，他们就开始杀害贵族。"

"啊。"微风说道，"很聪明。"

"没错。"鬼影说道，"他完全忽略贵族从来没有被迷雾杀害这件事。"

"等等。"沙赛德说道，"什么？"

鬼影耸耸肩："很难证实，但都是这么传说的。贵族似乎对雾病免疫，不是拥有贵族血统的司卡，而是真正的贵族。"

"多奇怪。"微风评论。

不只是奇怪，沙赛德心想。根本就是怪异至极。依蓝德知道两者间的关联吗？沙赛德越想，越觉得依蓝德应该不知道。他们的军队跟盟友都是由司卡组成。他们认识的贵族都在陆沙德，而且都选择在夜晚时不出门，不愿冒险。

"无论如何，魁利恩是个土霸王。"鬼影说道，"土霸王不喜欢领域中出现能挑战他的人。以目前情况来说，他早就该对我们动手了。"

"这小子说得有道理。"微风说道，"魁利恩这种人不会只在花俏的处刑表演中杀人，我敢打赌，他往那些屋子丢了多少人，小巷某处必定有三倍以上的人躺着，慢慢被灰烬掩埋。"

"我要葛拉道跟他的手下格外小心。"鬼影说道，"我也在附近搜寻过，可是没有看到任何杀手，只有间谍。魁利恩的军队就在外头监视我们，却没有动手。"

微风摸摸下巴："也许魁利恩比我们想的更怕我们。"

"也许吧。"鬼影叹口气说道，揉揉额头。

"鬼影大人。"沙赛德小心翼翼地说道，"你该去睡了。"

"我没事。"鬼影说道。

要不是我知道这不可能，否则我会认为他在燃烧白镴保持清醒，沙赛德心想。还是我只是在找迹象证实我的担忧？

我们从未质疑纹或卡西尔展现超越一般镕金术师的能力。我为什么对鬼影这么多疑？是因为我太了解他了吗？当男孩变成男人之后，我的记忆还停留在男孩身上吗？

"没关系。"鬼影说道，"研究进行得如何？"

"蛮顺利的。"沙赛德说道，将几个图表转个方向，让鬼影能够看到，"我已经准备好要开始动手搭建了。"

"你觉得这需要多久？"

"大概几个礼拜。"沙赛德说道，"其实时间不长，幸好抽干运河的人留下很多碎石让我可以使用，而且统御主将这个储藏窟的物资分配得不错，有木材，也有基本的木工器具，甚至是一些吊索。"

"那家伙到底在准备面对什么啊？"微风问道，"食物跟水，我可以了解，可是棉被？木材？吊索？"

"灾难，微风大人。"沙赛德说道，"包括了万一城市被摧毁时，人民会需要的一切。甚至包括睡觉用的软榻跟医疗用品。也许他担心克罗司会肆虐。"

"不。"鬼影说道，"他正是在为现在的情况做准备。你会需要建造东西堵塞水流吗？我以为你只要让通道坍塌即可？"

"当然不行。"沙赛德说道，"我们没有制造塌陷需要的人力或器具，我也不想冒险让头顶上的石穴垮下来。我的计划是要在水流中建造一个木头堵塞系统。只要有足够的重量跟合适的框架就可以提供足够的阻力阻止水流，其实跟运河闸门用的方法很像。"

"这件事他会很乐意说给你听。一直说。"微风补充。

沙赛德微笑："我的确认为——"

葛拉道队长的到来打断他的话。后者的表情比平常更为严肃。

"鬼影大人。"葛拉道开口，"上面有人在等你。"

"谁？"鬼影问道，"度恩？"

"不是。她说她是公民的妹妹。"

"我不是来加入你的。"贝尔黛说道。

他们坐在石穴上方的审判廷大楼里的一间朴素会客厅中。房间的椅子没有任何坐垫，木墙的装饰都是金属板，对沙赛德来说，它们让他不断想起他在瑟蓝集所看到的景象。

贝尔黛是一名有着红发的年轻女子。她穿着经公民允许后染成红色的简单洋装，双手放在膝上，当她迎向房中众人的眼神时，神情带有一丝紧张的焦虑，让她的立场趋于下风。

MISTBORN: THE HERO OF AGES

"亲爱的，你来这里做什么？"微风小心翼翼地问道。他坐在贝尔黛对面，奥瑞安妮坐在他身边，以不赞成的表情看着那女孩。鬼影在踱步，偶尔瞥向窗户。

他认为这是虚招，沙赛德明白过来。这女孩是正式攻击前派来分散注意的诱饵。男孩将他的一对决斗杖系在腰间，看起来像是两把剑。鬼影从哪学会格斗技巧的？

"我来这里……"贝尔黛低头，"我来这里是因为你们要杀死我哥哥。"

"你怎么会有这种想法？"微风说道，"我们进城是为了跟你哥哥缔结同盟，不是要杀他！我们看起来像是擅长暗杀的人吗？"

贝尔黛瞄了鬼影一眼。

"他不算。"微风说道，"鬼影无害的。你真的不该——"

"微风。"鬼影打断他的话，以覆盖着绷带的奇怪眼睛望着他，眼镜隐藏在布料下方，镜框轮廓在布条下微微突起，"够了，你让我们两个人看起来像白痴。贝尔黛知道我们为什么来这里，城里的每个人都知道我们为什么来。"

房间陷入沉默。

他在绷带下戴着眼镜看起来……有点像是审判者，沙赛德心想，突然打个冷颤。

"贝尔黛。"鬼影说道，"你真的以为我们会相信，你来这里只是要我们饶你哥哥一命？"

她瞥向鬼影，执拗地迎向他的双眼，或者该说……他无法看见的双眼。"你尽管放下狠话，但我知道你不会伤害我。你是幸存者集团的成员。"

鬼影双手抱胸。

"拜托你们，"贝尔黛说道，"魁利恩跟你们一样是好人。你们得给他更多时间，不要杀他。"

406

"孩子，你为什么觉得我们会杀他？"沙赛德问道，"你刚才说你认为我们绝对不会伤害你。你哥哥有何不同？"

贝尔黛低下头："你们杀了统御主，推翻了整个帝国。我哥哥不相信，他认为你们是利用幸存者的名声，在他牺牲自己之后宣称是他的朋友。"

鬼影一哼："不知道你哥哥是从哪得到这种想法的。也许他更熟悉自称有幸存者的祝福，以幸存者之名杀人的人……"

贝尔黛脸上一红。

"你哥哥不信任我们。"沙赛德说道，"为什么你相信？"

贝尔黛耸耸肩。"我不知道。"她低声说道，"我想……说谎的人不会从燃烧的屋子里救出孩子。"

沙赛德瞥向鬼影，却读不懂年轻人的表情。终于，鬼影开口："微风、沙赛德、奥瑞安妮，跟我来外面。葛拉道，看着这女人。"

鬼影硬挤过众人走向走廊，沙赛德跟其他人尾随在后。门一关上，鬼影转身看着所有人："怎么样？"

"我不喜欢她。"奥瑞安妮双手抱胸说道。

"你当然不喜欢，亲爱的。"微风说道，"你向来不喜欢有竞争对手。"

"竞争？"奥瑞安妮气呼呼地说道，"那种胆怯的小东西？拜托。"

"你觉得呢，微风？"鬼影问道。

"问我关于女孩的事还是你冒犯我的事？"

"第一件。"鬼影说道，"你的自尊现在不重要。"

"亲爱的朋友，我的自尊向来重要，至于女孩，我可以跟你说，她吓坏了。虽然她口中是这么说，但她其实非常、非常地害怕，她不常做这种事，我猜想她是贵族。"

奥瑞安妮点点头："绝对是。你看看她的手。没有因恐惧而颤抖时，可以看到她的手干净且柔软。她是娇生惯养长大的。"

"她显然有点天真，"沙赛德说道，"否则不会来这里，认为我们会听她说完之后就让她走。"

　　鬼影点点头。他偏过头，仿佛在听什么，然后他走上前去，推开通往房间的大门。

　　"怎么样？"贝尔黛问道，仍然故作坚强，"你们决定要听我的话了吗？"

　　"某种程度而言，我要给你更多时间来解释你的想法。"鬼影说道，"事实上，我要给你很多时间。"

　　"我……没有多久时间。"贝尔黛说道，"我必须回去找哥哥。我没跟他说我要出来，而且……"她突然打住，显然是明白了鬼影表情中的一些什么。"你要把我关起来对不对？"

　　"微风。"鬼影转过身开口，"如果我开始散布谣言，连公民的妹妹都舍弃他，逃到我们的大使馆来寻求庇护，人民会怎么反应？"

　　微风微笑："这可真聪明！几乎弥补了你对我的恶劣态度。我跟你说过你刚才那么做有多无礼吗？"

　　"不可以！"贝尔黛站起身，面向鬼影，"没有人会相信我会舍弃哥哥！"

　　"哦？"鬼影问道，"你来之前，跟外面的士兵说过话吗？"

　　"当然没有。"贝尔黛说道，"他们会想办法阻止我，我在那之前跑上台阶。"

　　"所以他们可以确认，你是自愿进入的。"鬼影说道，"还溜过了一个岗哨。"

　　"看起来的确不怎么妙。"微风同意。

　　贝尔黛略显气馁地坐回椅子。被遗忘的诸神啊，她还真是天真。公民一定费了很大的力气才能保护她至此，沙赛德心想。

　　当然，按沙赛德所听说的，魁利恩鲜少让女孩离开他的视线。她总是跟他在一起，受到他的监视。他会怎么反应？当他知道我们抓住她后，他会怎么办？发动攻击吗？沙赛德不禁打个寒颤。

也许这就是计划。如果鬼影可以强迫公民主动出手攻击，会对他的形象非常不好，尤其如果魁利恩又只被几名士兵所击退——他不可能知道这地方的防御工事有多完善。

鬼影什么时候变得这么聪明了？

贝尔黛从位子上抬起头，眼中含着几滴气恼的眼泪。"你不能这么做。这太卑鄙了！如果幸存者知道你的计划，他会怎么说？"

"幸存者？"鬼影轻笑地问，"我感觉他会同意。如果他人真的在此，我认为他还会如此提议……"

从灭绝的周延计划中，可以看出来他无比狡猾。他在存留的力量回到升华之井前不久，成功策划了统御主的垮台，而在此事之后的数年内，又让自己获得释放。

从神与其力量的角度看来，这个非常困难的时间点拿捏，有如外科手术医生最精准的操刀。

50

石穴的门开启。

纹立刻喝下最后一瓶金属。

她跳起，朝身后抛掷一枚钱币，跳到一个柜子上。石穴中回荡着石头相互摩擦的声音，显示门被推开了。纹往前直冲，利用钱币反推，冲往房间前方。一丝光线勾勒出门的轮廓，就连这点光线都让她的眼睛疼痛。

她咬牙忍住，眨着眼落地，后背紧贴门边的墙壁，手握着匕首，骤烧白镴帮自己对抗突来的疼痛。她脸颊上挂着眼泪。

门停止动作。有一人独自进入石穴，手中提着油灯，穿着精致的黑色套装与绅士帽。

纹忽略他的存在。

她绕过那人，穿过门，进入后方的小房间。一群惊讶的工人往后退，抛下绑在开门机械上的绳子。纹无视于那些人的存在，只是快速将他们推开，抛下钱币，一推之后让自己飞向天花板的暗门，身边木梯台阶的影像模糊成一团。

结果她重重弹开，痛得哼了一声。

她在开始坠落前焦急地抓住梯子，忽略肩膀因为突来的重击而产生的刺痛。她骤烧白镴，双腿踩着梯子的一格，背贴着暗门，试图强迫它打开。

她用力。脚下梯子的横木断裂，让她再次摔下。她咒骂一声，反推钱币好减缓坠势，以蹲姿落地。

工人们缩成一团，既不想进入黑暗的石穴，也不想跟迷雾之子同处一室。贵族则转身，举高油灯，照亮纹。一块破碎的梯子滚落，在她身边的地面撞击出声。

"暗门上有一块很大的岩石压着，泛图尔贵女。"贵族说道。纹觉得自己似乎认得他。他有点胖，但将自己打理得很好，有极短的头发与深思的脸庞。

"告诉上面的人把岩石移开。"纹举起匕首轻声说道。

"这恐怕不行。"

"我可以让它行。"纹向前一步，工人们缩得更远。

贵族微笑。"泛图尔贵女，请让我向你保证几件事。第一件事，你是此处唯一的镕金术师，所以我毫不怀疑你轻易就可以屠杀我们所有人。第二件，外面的石头暂时不会动，所以我们干脆坐下来好好聊聊，不要挥舞武器，威胁对方。"

这个人有种让人……放下戒心的特质。纹以青铜检查了一番，他没有燃烧任何金属。以防万一，她微微拉引了他的情绪，让他更信任、友善，然后试图安抚掉他任何可能的欺骗打算。

"我看得出来你至少在考虑我的提议。"贵族说道，朝一名工人挥手。对方连忙打开背包，拿出两张折椅，放在石门前方的空地上。贵族将油灯放在一旁，然后坐下。

纹靠得更近："我为什么觉得认得你？"

"我是你丈夫的朋友。"贵族说道。

"泰尔登。"纹此时认出他，"泰尔登·海斯丁。"

泰尔登点点头。几个礼拜前，她在他们第一次参加的舞会中见过他，但她更早就认识他。他是依蓝德在陆沙德崩解前的朋友。

纹警戒地坐下，试图要猜懂尤门的游戏。他认为因为泰尔登曾是依蓝德的朋友，所以她就不会杀他吗？

泰尔登懒洋洋地坐在椅子中，看起来没有普通的贵族那么一板一眼。他挥手要一名工人上前，男子献上两个瓶子。"酒。"泰尔登说道，"一瓶是醇酒，另一瓶有极强的麻药。"

纹挑起眉毛："这是某种猜谜游戏吗？"

"完全不是。"泰尔登打开其中一瓶说道，"是因为我太口渴。而且我听说，你对于游戏没多大耐性。"

纹别过头，看着泰尔登接过仆人递来的两个杯子，再一一注入红宝石般的酒浆。她一边观察，一边猜想他为何如此让人心安。他让她想起依蓝德，那个过去无拘无束的依蓝德。从目前可见的方面看来，泰尔登依旧还是如此。

我得要承认，尤门的城市也许不完美，但他创造了一个让泰尔登这样的人能保持天真的地方，她心想。

泰尔登喝了一口酒，将另外一个杯子递给纹。她将一柄匕首收回套中，拿了杯子。她没喝酒的打算。

"这是没有迷药的那瓶，"泰尔登说道，"年份也很好。尤门是真正的绅士。如果他要送朋友进入石穴送死，至少会送他们高级的酒，好让死亡不要那么难过。"

"我应该要相信你也被关在这里吗？"纹不友善地问着。

"当然不是。"泰尔登说道，"虽然很多人认为我的任务注定无功而返。"

"那你的任务是？"

"说服你喝点下过药的酒，好让你能安全地被送回地面上。"

纹冷哼了一下。

"所以你的确同意那些反对者的说法。"泰尔登说道。

"你刚刚暴露了重要的信息。"纹说道，"你说我应该要喝酒、昏倒，表示你有办法告诉上面的人说我已经被处理好，这样他们才能移除石头让你出去。你有让我们自由的力量，而我有让你按照我的意愿行事的力量。"

"情绪镕金术无法操控我。"泰尔登说道，"我不是镕金术师，但对其略知一二。我知道你现在就在操控我的情绪，其实没有这个必要，因为我对你完全坦白。"

"我不需要镕金术就能让你开口。"纹低头看着他握在另一手的匕首。

泰尔登大笑："你真的认为尤门王——对，他在上面——分不清楚我是否被强迫吗？我毫不怀疑你能打残我，但我不会因为威胁就背叛，可能你得切断我几根手指什么的，我才会照你所说的去做。我蛮确定尤门跟其他人会听到我的尖叫声。"

"我可以杀死仆人。"纹说道，"一次一个，直到你同意告诉尤门我昏倒了，要他开门。"

泰尔登微笑："你觉得我会在意你杀死他们？"

"你是依蓝德的朋友。"纹说道，"是跟他一起畅谈哲学的人之一。"

"哲学。还有政治。"泰尔登说道，"可是我们之中，只有他对司卡有兴趣。我可以跟你保证，其他人并不了解他为什么这么着迷于司卡。"他耸耸肩。"我不是冷酷的人,如果你杀得够多,也许我会崩溃,照你的要求去做。那你动手吧。"

纹瞥向仆人,他们似乎怕死她了,而泰尔登的话完全没有帮助。沉默片刻后,泰尔登轻笑。

"你是依蓝德的妻子。尤门知道这点。他相信你不会杀死我们任何一个人,虽然你的名声很令人害怕。就我们所知,你有杀王跟杀神的习惯,可能偶尔还杀个士兵,但是司卡仆人……"

纹别过头不看仆人,也不迎向泰尔登的双眼,担心会被他看穿。他说错了。如果杀掉仆人能让她离开的话,她会杀了他们。可是,她不确定如果尤门听到尖叫声,还会不会开暗门,若不是,纹就毫无理由地杀了无辜的人。

"所以,我们无计可施。"泰尔登说道,喝完他的酒,"我们都知道你在这里没什么吃的,除非你找到开罐头的方法。但就算有吃的,你在下面做什么都不能影响到地上。我猜想,除非你喝酒,否则我们全部会在地下被饿死。"

纹靠回椅子。一定有方法可以出去,可以利用这个情况。

可是,她打破门的机会渺茫。也许她能用硬铝配钢推出去,可是她的钢和白镴已所剩无几,金属瓶也没了。

泰尔登的话,不幸,相当真实。就算纹能在石穴中活下来,也会完全无用武之地。上头的围城战会继续,她甚至不知道状况如何,而世界会因为灭绝的操弄而死去。

她需要离开石穴。即使这意味着她必须沦入尤门的手中。她看着下药的酒。

该死的,这个圣务官比我们以为的都要聪明,她心想。这酒的药力一定足以让镕金术师昏厥。

可是……

白镴让她的身体对各式各样的药物产生抵抗力,如果在喝酒之后燃

MISTBORN: THE HERO OF AGES

烧硬铝跟白镴，也许能烧掉毒素，让她清醒？她可以假装昏迷，然后趁机脱逃。

有点勉强，但还能怎么办？她的食物快没了，脱逃的机会又很小。她不知道尤门要她做什么，从泰尔登口中大概也问不出来，但他一定不想要她死。如果他想，让她饿死就行了。

她有选择。一是继续留在石穴中，或是赌一把，去上方寻找脱逃的机会。她想了片刻，做出决定。她朝酒瓶伸手。即使白镴没用，她也宁可到地面上寻求更好的处境。

泰尔登轻笑："他们都说你很快就会下定决心。这点果然让人耳目一新，我跟闷死人的贵族相处太久，他们每个决定都得花上好几年。"

纹不理他。她轻易地拔出瓶塞，举起酒瓶，喝了一口。迷药几乎立刻奏效。她躺回椅子，让眼睛闭起，装出睡着的样子。其实她真的很难保持清醒，虽然有白镴，但她的意识仍然开始模糊。

她软倒，感觉意识飘走。动手吧，她心想，燃烧硬铝。她的身体充满超大幅强的白镴之力。疲累感立刻消失，她几乎因为突然涌上的一股能量而惊坐起。泰尔登正在笑。"不敢相信。"他对其中一名仆人说道，"她真的喝了。"

"她没喝的话，你已经死了，大人。"仆人说道，"我们都死了。"

然后，硬铝用完。她的白镴瞬间消失，对迷药的抗药性也消失了，但迷药却没烧光。这本来就是一场赌注。

她几乎没听到武器从自己手中滑落，当的一声掉到地上的声音。然后，她丧失了意识。

灭绝一从囚牢中被释放，就能更强力地去影响其他人，但想要拿血金术尖刺刺穿一个人,在任何情况之下都是困难的事。

为了要达成这样的目标,他显然是从原本已经与现实比较脱节的人开始下手。他们的疯狂让他们较容易接受灭绝的碰触,而他可以利用他们去刺穿更多人。无论如何,灭绝在那段时间刺穿的重要人士数量相当可观。当时陆沙德的统治者,潘洛德王,就是一个很好的例子。

51

依蓝德飞过迷雾。他向来不太擅长纹的马蹄铁技法。不明白她为什么能让自己在空中连续钢推弹跳,然后再铁拉回收她用过的马蹄铁。对依蓝德而言,这个过程看起来像是以纹为中心点的致命马蹄铁旋风。

他抛下一枚钱币,让自己弹起——在失败四五次之后,他便放弃了马蹄铁技法。纹似乎不太了解为什么他学不会,这是她自创的方法,大概只需要半个小时就练习得完美无缺。

可是,这就是纹。

依蓝德只好靠钱币来弥补,因此他随时都带着很大一袋钱。古帝国钱币中最小的币值,一枚红铜夹币,非常适合他,尤其是他显然比其他迷雾之子力量更强大——每次钢推的距离都比别人远,因此就算是进行长途旅行,他用的钱币也没那么多。

离开城市的感觉很好。他从高点落下的瞬间感觉到自由,然后穿透层层飘移的黑雾,骤烧白镴,在隐约的一下撞击声中落地。这个谷地地面飞灰较少,大部分已经飘走,留下的灰只堆积到小腿肚的深度,因此他一改平常习惯,奔跑了几分钟。

迷雾披风在他身后翻腾。他穿着黑色衣服,而非平常的白制服,他觉得这样的装扮目前比较适合。况且,他从来都没有作一名真正迷雾之子的机会。自从发现自己的力量之后,他的人生就花在打仗上头,从来都不需要在黑夜之中鬼鬼祟祟地探查，尤其还有比他更擅长的纹能够代劳。

我终于了解纹为什么如此着迷于此，他心想，抛下另一枚钱币，在两座山顶间跳跃。虽然纹被逮捕、帝国陷入危机，两者都对他造成相当的压力，但飞越迷雾的过程仍为他带来刺激的自由感，几乎让他忘记了战争、毁灭，还有责任。

然后，他降落，灰烬几乎深及腰部。他站在原地片刻，低头望着柔软的黑粉。他逃不了。纹身处危险，帝国正在崩解，人民正在挨饿。他的工作就是要改变这一切，这是他成为皇帝时，自己同意接下的重担。

他钢推飞入空中，留下一道灰烬在身后飘入迷雾。

我真的希望沙赛德跟微风在邬都的运气能比较好，他心想。他很担心自己在法德瑞斯的成功概率有多少，如果他们要种植足够的食物来面对今年冬天的话，会需要邬都的谷类才能在中央统御区种出足够的作物。

但他现在无暇担心这件事，只能仰赖他的朋友们。依蓝德的工作是要帮助纹。他不能只枯坐在营中，让尤门取得所有先机。但是，他不敢去暗杀尤门，因为那个人已经如此聪明地骗过他们两个。

因此，依蓝德朝东北方奔跑，那是附近一支克罗司军队最后已知的所在地。使用巧妙手腕与外交手段的时间已经过去。依蓝德需要更有威胁性的力量来震慑尤门——必要的话，这力量也能用来击溃他。没有比克罗司更适合击溃城市的了。也许他去找这些怪物是很愚蠢的行为，也许放弃外交手段是错误的，但是他已下定决心。最近他在许多事情上似乎都失败了，包括保护纹、保住陆沙德的安全、守护他的人民——因此，他真的需要有所行动。

他在前方的迷雾中看到一盏灯光。降落，仰赖骤烧的白镴穿过一片及膝深的灰烬。当他靠得更近时，他看到一个村庄，听到尖叫声，看到身影在惊吓中四处奔逃。

他跳起身，抛下一枚钱币，骤烧金属，穿过了盘旋笼罩在村庄与害怕的居民上方的迷雾，披风在身后扬起。几间房屋正在燃烧，借着这火光，他可以看到巨大的克罗司身影在街道中移动。依蓝德挑选了一只举起武器要攻击的怪物，用力一拉。在他下方，克罗司闷哼一声，武器却没有脱手。那克罗司本身不比依蓝德重多少，因此它举着武器被拉入空中，依蓝德则被往下扯。依蓝德一面坠落，一面反拉一个门栓，让自己的落点刚好在不解自己为何居然腾空飞起的克罗司身边，擦身而过时，他往怪物身上撒了一把钱。

怪物跟武器在空中飞舞。依蓝德落在街心一堆缩成一团的司卡面前。飞舞的克罗司武器以尖端朝下插入他身旁的地面，克罗司则直挺挺地摔在街道的另一旁。

一大群克罗司转身，鲜红的眼睛在火光中发亮，狂暴让它们对于即将面对的挑战感到兴奋。他必须先吓倒它们，才能控制它们，此时的他相当期待这件事发生。

它们怎么可能曾经是人类？依蓝德不解。他冲上前去，将坠地的克罗司剑从地面上拔起，带起一道黑色的土壤。统御主创造了这些怪物，这就是那些反对者的下场吗？他们成为克罗司，变成他的军队吗？这些怪物有极强的力量与耐力，可以靠最基本的食物过活。可是要让人——即使是自己的敌人——变成这样的怪物，于心何忍？

依蓝德弯腰冲上前，从及膝处砍断一只怪物的双腿，然后跳起，砍断另一只的手臂。他转身，将粗糙的剑刺穿第三只的胸口。他对于杀死曾经是无辜人民的它们没有任何懊悔。这些人已经死了。变成怪物后它们会靠其他人类来繁衍，除非它们被阻止。

或被控制。

依蓝德大喊，在一群克罗司间转身，挥舞着原本应该超过负荷的剑。越来越多怪物注意到他，纷纷转身冲向被燃烧建筑物点亮的街道。根据探子回报，这是非常大的一群克罗司军队，大概总共有三万只。这么多怪物很快就能屠光如此的小镇，像是暴风卷走黑灰一般。

依蓝德不会允许此事发生。他战斗，杀死一个又一个。他是来为自己取得生力军，但随着时间流逝，他发现自己为了另外一个原因而战。有多少这样的村庄被摧毁，陆沙德的人却从来连想都没多想过？有多少子民——即使他们自己不知道，也都是属于依蓝德的子民——死在克罗司的手下？他无法保护的人已经有多少了？

依蓝德砍断一只克罗司的头，然后转身，靠它们的剑推开两只较小的怪物。另一只十二尺高的庞然大物冲上前来，高举武器。依蓝德一咬牙，举高自己的武器，骤烧白镴。

武器在燃烧的村庄中相交，发出像是铁匠锤与金属敲击的声音。依蓝德站在原地，与比他高两倍的怪物在力气上势均力敌。

克罗司站在原地，瞠目结舌。

我非一般地强大，依蓝德心想，扭身砍断怪物的手臂。这力量为什么无法保护我统治的子民？

他再次大喊，利落地将克罗司拦腰切成两半，只是为了展现他有此能耐。怪物断成恶心的两截。

为什么？依蓝德愤怒地心想。我必须拥有什么样的力量，我必须怎么做，才能保护他们？

纹几个月前在维泰敦城中说的话，此时回到他的脑海。她说他做的一切都是短期的——只能治标不能治本。可是，他还能怎么办？他不是弑神者，也不是预言中的神圣英雄。他只是凡人。

而在这样的日子之中，凡人，甚至是镕金术师，似乎都没多大价值。他边杀戮、边怒吼，又砍杀了一群克罗司，但就像他在法德瑞斯城中的努力一样，总显得不够。

在他四周，村庄仍然在燃烧。他一面战斗，一面可以听到女人在哭泣，孩子在尖叫，男人在死去。即使迷雾之子的努力也是微乎其微。他可以杀了又杀，但是这救不了村民。他大叫，安抚，可是克罗司依旧反抗不休。他甚至连一只都控制不了。这表示有审判者控制着它们吗？还是只因为它们不够害怕？

他继续战斗，而在过程中，身边越发频繁的死亡似乎影射着他过去三年的一切所作所为。他应该要能保护子民，他如此努力要保护自己的人民，他阻止军队、推翻暴君、重整法律、取得补给品，可是在如汪洋般的死亡、混乱、痛苦中，一切都只是杯水车薪。他不能靠保护帝国一角来拯救整个帝国，一如他不能靠杀死一小群克罗司来拯救所有村庄。

如果杀死一只怪物，却只能让另外两只怪物来取代有什么用？如果灰烬最终会将一切淹没，拿食物来喂饱人民有什么用？如果连一个村庄的人民都保护不了，他这样的皇帝又有什么用？

依蓝德从未渴望过力量。他向来是理论家跟学者，统治帝国对他而言像是研究工作的落实，但随着他在燃烧的迷雾与黑夜中战斗，他开始了解。随着他拼了全力却仍看到越来越多的人死在身边，他开始明白人们为什么会渴望更多力量。

保护的力量。在那瞬间，如果能够拯救周围的人，他会愿意接受神的力量。

他又砍倒另一只克罗司，然后听到尖叫，转过身看到一名年轻女子从附近的一间房舍中被克罗司拉出来，有一名较年长的男子正拉住她的手，两人都在大声呼救。依蓝德掏向腰带，拉出钱袋，将钱袋抛入空中，同时拉与推里面的钱币。袋子在闪闪发光的金属碎片中炸开，依蓝德将一些钱币射入拉扯女子的克罗司。

它闷哼一声，却没有停止动作。钱币鲜少在克罗司身上奏效，必须打中要害才杀得死它们。纹办得到。

就算依蓝德有此精准的技巧，此刻也没心情这么做。他暴喝一声，朝怪物射去更多钱币，它们一枚枚从地上翻起，然后射向前方，一枚又一枚的飞弹深入怪物的蓝色身体，它的背后成为一片过分刺眼的血红，最后终于倒下。

依蓝德转身，不再看那女子松了一口气的脸庞，又去面对另外一只

MISTBORN: THE HERO OF AGES

克罗司。它举高武器准备攻击,但依蓝德只是愤怒地朝它狂吼。

我应该要能保护他们的!他心想。他需要控制整个群体,不是浪费时间一对一地打。可是,他一而再地推挤着它们的情绪,它们却仍然反抗他。它们的审判者呢?

克罗司挥舞武器的同时,依蓝德骤烧白镴,往旁边一扑,从及腕处砍断怪物的手,怪物痛得尖叫,依蓝德重新投身战斗。村民开始以他为中心聚集。他们应该向来都在尤门的保护之下,不需要担心土匪或是流军,虽然没有多少战斗技巧,却仍然知道要待在迷雾之子身边。他们绝望、恳求的眼神驱促依蓝德,激起他砍倒一只又一只克罗司的决心。

在那瞬间,他不需担心眼前状况的对或错,他可以单纯地战斗。战斗的渴望如金属般在他体内沸腾,甚至还带着杀戮的欲望,为此他不停地战斗,为了镇民眼中的讶异,为了伴随着每一击他们心中被激起的希望。他们以为自己必死无疑,结果有一个人从天而降保护他们。

两年前在陆沙德围城战时,纹攻击了塞特的防御工事,杀了三百名士兵。依蓝德相信当时她有很好的理由,但他一直都无法了解她怎么能做到这种事,直到今晚。在一个无名的村庄,黑暗的天空有着太多的灰烬,迷雾着火,克罗司在他面前成群地死去。

审判者没有出现。依蓝德烦躁地转身避开一群克罗司,留下身后一只慢慢地死去,熄灭了他的金属。怪物们包围他。他燃烧硬铝,然后燃烧锌,用力拉引。

村庄陷入沉默。

依蓝德停下动作,转身的惯性,让他微微一踉跄。他望着落灰外剩余的克罗司,仍然有成千上万只,却同时动也不动地站在他身周,终于服从他的控制。

我不可能同时控制住它们全体啊,他警戒地想。审判者呢?通常这么大的克罗司集团都至少有一个审判者。他跑了吗?那就能解释依蓝德为何突然能控制克罗司。

迷雾之子
卷三·永世英雄 [珍藏版]

依蓝德有些担心,却不知道自己还能怎么办,他转身看着村庄。有些人聚集在一起,呆呆地望着他。他们似乎还处在震惊中,没有去拯救燃烧的房屋,只是站在迷雾里,看着他。

他应该感觉到胜利,可是他的胜利却因为审判者的缺席而变了味。况且,村庄正在燃烧,此时已经没有几栋建筑物没起火了。依蓝德没有拯救这个村庄。他按计划找到了克罗司军队,可是他感觉在更大的方面,他失败了。他叹口气,剑从疲累血腥的手指间落地,然后走向村民。他边走边不安地发现自己经过无数的克罗司尸体。他真的杀了这么多吗?

他心中某一部分,如今较为乖顺,却仍然炙热,颇为遗憾杀戮的时刻已经结束。他在沉默的村民面前停下。

"你就是他,对不对?"一名老者说道。

"谁?"依蓝德问道。

"统御主。"男子低声说道。

依蓝德低头看着自己包裹在迷雾披风中的黑制服,满身是鲜血。

"差不多。"他说道,转向东方。数里之外驻扎着他的人类军队,等着他带回一支新的克罗司军队去协助他们。他只有一个原因要这么做。终于,他承认他在决定寻找更多怪物时潜意识里做出的决定。

杀戮还没结束,他心想。才刚刚开始。

在最后,灰烬开始以惊人的数量堆积。我说过统御主培养出帮助世界处理落灰的微生物。它们不是"吃"灰烬,而是用代谢的方式将灰烬分解。火山灰本身对土壤其实有好处,端看想种什么。

可是任何东西只要过量,都会致命。水是生存必需,但过多则会淹死生命。在最后帝国的历史中，大地就在灾难与灰烬间的危险平衡中寻找生存途径。微生物分解落灰的速度是即时的，但当量大到让土壤饱和时，植物便难以生存。

最后，整个生态系统崩坏。灰烬落下的频率只会压制、杀害生命，世界上的植物死去。微生物不可能跟得上这速度，它们也需要时间跟养分才能繁殖。

52

在统御主的时期，陆沙德是世界上最拥挤的城市，充满了三四层高的石头建筑，满是无数在炉火边与铸铁厂里工作的司卡，还有贩卖货物的贵族，以及只想要靠近宫廷的高门贵族。坦迅以为统御主之死再加上皇家政府完全崩解，陆沙德的人数会大幅度降低。

很显然它错了。

它依然以狼獒的身体在四处走动，讶异地探索街道。似乎每个角落，包括每条小巷，每个转角，每栋房屋，都是一个司卡家庭的住家。整座城市闻起来很糟糕，垃圾堆满街道，埋在灰烬里。

到底发生了什么事？它心想。司卡住在脏污的环境中，许多人看起来都生病了，卑微地躺在满是灰烬的水沟中不断咳嗽。坦迅走向泛图尔堡垒。如果能有答案，它希望可以在那里找到。偶尔，它必须威吓地朝对它投以饥饿眼光的司卡低咆，有两次它得跑离无视于它咆哮的人群。

纹跟依蓝德不可能让城市颓坏至此啊，它躲在小巷中想。这个迹象很不妙。它离开陆沙德时，完全不知道它的朋友们是否会从围城战中存活下来。依蓝德的旗帜——矛与卷轴——依然在城市前方飞扬，但有没有可能是别人将依蓝德的旗帜占为己有了？那一年前威胁要摧毁陆沙德的克罗司军队呢？

我不会再离开她身边，坦迅心想，感觉到一阵焦虑。我愚蠢的坎得拉责任感。我应该留在这里，把我所知不多的一切都告诉她。

即使世界可能因为我愚蠢的荣誉心而终结。

它从小巷中探出头，看着泛图尔堡垒。看到美丽的彩绘玻璃全被敲碎，令坦迅的心顿时沉了下去。破洞被粗糙的木板补起，不过前门有守卫，至少这是比较好的迹象。

坦迅小心翼翼地走向前，试图看起来像是流浪狗。它躲在阴影中，一路潜行到大门，接着它躺在一堆垃圾间，观察士兵。它扩张耳膜，想要听到那两人在说些什么。

结果什么也没有。两名侍卫静静地站着，看起来很无聊，并颇为沮丧地靠着他以黑曜石为尖刺的长矛。坦迅等着，希望有纹在这里能拉引他们的情绪，让这些侍卫比较多话。

当然，如果纹在这里，我就不需要到处刺探了，坦迅烦躁地心想。于是，它等待。等到灰烬不断落下，甚至连天色都暗了，迷雾终于出来。迷雾的出现似乎让侍卫们有了点生气。"我最讨厌站夜班。"其中一人低声说道。

"夜班不会怎么样。"另一人说道，"我们没关系。迷雾不会杀我们。我们是安全的。"

什么？坦迅暗自心想，内心皱着眉头。

"但国王会不会杀我们呢？"第一名侍卫小声说道。

他的同伴瞥了他一眼："不要说这种话。"

第一名侍卫耸耸肩："我只是希望皇帝赶快回来。"

"潘洛德王拥有皇帝所有的权威。"第二名侍卫严肃地说道。

啊，所以潘洛德保住了王位，可是……皇帝又是怎么一回事？坦迅心想，忍不住害怕皇帝会是史特拉夫·泛图尔。那可怕的男子在坦迅离开时，是正准备要占领陆沙德的人。

可是纹呢？坦迅无法让自己相信她被打败了。它看着她杀死詹·泛图尔，一名当纹没有天金时，仍在燃烧天金的迷雾之子。根据坦迅的计

423

算，她已经三次办到不可能的事情。她杀死了统御主。她打败了詹。

还跟一名下定决心要憎恨她的坎得拉成为朋友。

侍卫又陷入沉默。这实在太蠢了，坦迅心想。我没时间躲在角落偷听。世界要完蛋了！它站起身，甩掉身上的灰烬，这个动作让士兵们一惊，焦虑地举起矛，在黑夜中寻找声音的来源。

坦迅迟疑了一下，他们的紧张给了它一个主意。它转身，跑入黑夜。在跟随纹的那一年中，它把城市摸得颇熟，因为她喜欢在城市中巡逻，尤其是泛图尔堡垒附近的一区。可是，即使它这么清楚所有东西的位置，仍然花了一段时间才找到方向。它从来没去过那里，但听过别人的描述。

描述者是坦迅当时正在杀死的坎得拉。

这个记忆仍然让它全身发寒。坎得拉履行契约，而契约往往需要它们模仿某个特定人士。主人会提供合适的身体——因为坎得拉不允许杀害人类——之后才由坎得拉来模仿，但是在那发生之前，坎得拉通常会研究它的角色，尽量了解对方。

坦迅杀了它的同辈兄弟，欧瑟。欧瑟是帮助卡西尔推翻父君的坎得拉。在卡西尔的命令下，欧瑟假装成一位为雷弩效忠的贵族，好让卡西尔在推翻帝国时能有一名显赫的贵族作为掩饰，可是欧瑟在卡西尔的计划中有更重要的角色。一个就连其他集团成员都不知道的角色，直到卡西尔死去。

坦迅来到老仓库，身处于欧瑟所说的地方。坦迅颤抖，想起欧瑟的尖叫。坎得拉在坦迅的折磨下死去，那是它不得不进行的酷刑。坦迅需要知道欧瑟所知道的一切。每个秘密。要让它能模仿兄弟的所有细节。

在那天，坦迅对人类的憎恨，还有对侍奉他们的自己的憎恨，达到前所未有的高点。纹是怎么让它克服这点的，它至今仍不明白。

在坦迅面前的仓库如今是个圣地，由幸存者教会来装饰跟维护。外面挂着一个牌子，上头有长矛的标记——卡西尔跟统御主都死在这种武器上，还有一段文字，解释仓库为何重要。

坦迅已经知道这个故事。集团成员们在此找到一堆幸存者留下的武器，让司卡人民可以武装起来，进行革命。在卡西尔死去那天它才被大白天下，并有传言说幸存者的鬼魂出现在这个地方，为他的信众提供指引。某种程度上说，这个传言是真的。

坦迅依照欧瑟在死前留下的指示绕过建筑物。存在的祝福让坦迅清楚地回想起欧瑟的话，而虽然有灰烬，它仍然很轻易就找到那个点——一块石板有被翻动过的地方。然后，它开始挖掘。

卡西尔，海司辛幸存者，在多年前的确出现在了信徒之前，或者该说，他的骨骸出现过。欧瑟的命令是要取得幸存者的身体再消化后，出现在忠诚的司卡面前鼓励他们。幸存者的传说，还有围绕着他成立的整个宗教，都是由一名坎得拉开始的。

而坦迅最后杀了那名坎得拉，在它死前，取得了它所有的秘密。像是欧瑟在哪里埋藏幸存者的骨骸，还有那个人长什么样。

坦迅挖出第一根骨头时微笑。那些骨头已经摆好几年了，它很讨厌用老骨头，况且，没有头发，所以它创造的卡西尔会是光头。可是，机会难得。它只见过卡西尔一次，但是以它模仿的能力……

值得一试。

威伦靠着他的长矛，再次看着迷雾。他的守卫同伴利托说迷雾并不危险，但利托没有看过迷雾肆虐的样子，它们揭露的真相。威伦认为他活下来的原因是因为他尊重迷雾，还因为他没有很努力去回忆自己所见过的一些事情。

"你认为史齐夫跟贾斯敦又会迟来替班吗？"威伦问道，又想开始交谈。

利托只哼了一声："不知道。"他向来不爱闲聊。

"我认为我们应该有人去看看。"威伦瞅着迷雾说道，"你知道，去问问他们来了没有……"他话没说完。

那里有东西。

统御主啊!他心想,猛然往后缩。不要又来了!

可是迷雾中没有出现攻击,只有一个黑色的身影向前而来。利托整个人警醒,平举长矛。

"止步!"

一个人从迷雾中走出,穿着深黑色的披风,双手在身侧,帽子遮着头,但可以看见他的脸。威伦皱眉。那个人看起来有点眼熟……

利托惊呼,立刻跪倒在地,紧抓脖子上的某个东西——他总是不离身的一个长矛银坠。威伦皱眉,然后,他注意到此人手臂上的疤痕。

他统御主的!威伦震惊地心想,想起来在哪里看过这个人的脸。他出现在画中,城市内多处都有摆放,主角是海司辛幸存者。

"起来。"陌生人以和蔼的声音说道。

利托颤抖地站起,威伦则往后退,不确定自己应该感到赞叹还是惊骇,或者该说,是两者皆有。

"我是来赞美你的坚定信仰的。"幸存者说道。

"神君……"利托依旧垂着头说道。

"还有,我来告诉你,我不认同这座城市现在的样子。我的人民正在生病、挨饿、死去。"卡西尔举起一只手指说道。

"神君,食物不够,又有暴动劫掠我们的食物储存库。神君,迷雾会杀人啊!求求您告诉我,为什么您派迷雾来杀我们!"

"我没有这么做。"卡西尔说道,"我知道食物匮乏,但你们必须分享你们所有的,并保持希望。告诉我关于城市统治者的事情。"

"潘洛德王?"利托问道,"他代替前往战场的依蓝德·泛图尔皇帝统治。"

"依蓝德·泛图尔皇?他赞成这个城市的现况?"卡西尔看起来一脸愤怒,让威伦往后一缩。

"不是的，神君！"利托颤抖地说道，"我……"

"潘洛德王发疯了。"威伦发现自己如此开了口。

幸存者转身面向他。

"你不该……"利托开口，却没说完，幸存者朝他投以严厉的目光。

"说。"幸存者对威伦说道。

"他会对空气说话，神君。"威伦移开眼神说道，"他会自言自语，说他看得到统御主就站在他身边。潘洛德……他最近下了很多奇怪的命令，强迫司卡为了食物自相残杀，宣称只有适者生存。他杀了那些反对者，还有许多类似的事情。"

"我明白了。"幸存者说道。

他一定早知道这件事了，威伦心想。干吗还要问呢？

"我的继承人呢？"幸存者问道，"永世英雄，纹。"

"女皇吗？"威伦问道，"她跟皇帝在一起。"

"在哪里？"

"没有人知道，神君。"利托仍然颤抖地说道，"她已经很久没有回来了。我的士官长说她与皇帝在南方跟克罗司打仗，可是我听其他人说军队往西方去了。"

"这情报并无裨益。"卡西尔说道。

威伦突然想起一件事，精神一振。

"怎么了？"幸存者问道，显然发现威伦的改变。

"前几个月有军队回到城市。"威伦说道，感觉自己很骄傲，"他们行事低调，但是我曾帮他们重新补充物资。微风大人跟他们在一起，他说要跟您的集团中的其他人会合。"

"哪里？"卡西尔问道，"他们要去哪里？"

"北边。"威伦说道，"去邬都。皇帝一定在那里，神君。北方统御区在反叛，他一定是带着军队去镇压了。"

幸存者点点头："好吧。"他转身仿佛要离开，然后停下脚步，回过头。"尽量散播讯息。"他说道,"时间不多了。告诉人民,当迷雾离开时,他们应该要立刻找寻避难所,最好是在地底下。"

威伦迟疑了片刻,点点头。"洞穴。"他说道,"就是您训练军队的地方?"

"那里可以。"卡西尔说道,"别了。"

幸存者消失在迷雾中。

坦迅很快地离开了泛图尔堡垒的大门,跑入迷雾中。也许它其实能走入建筑物中,但它不确定自己模仿的幸存者是不是经得起细看。

它不知道那两名侍卫的信息有多可靠,可是也没有更好的线索。它在夜晚中碰到的其他人无法提供更多关于军队动向的信息。显然纹跟依蓝德离开陆沙德好一段时间了。

它冲回找到卡西尔骨头的土地,跪在黑暗中,找到塞着狗骨头的袋子。它需要取回狗的身体,前往北边。希望这样能——

"谁在那里?"一个声音问道。

坦迅反射性地抬头。一个人站在仓库的门口,隔着迷雾看着坦迅。他身后有点亮的油灯,映照出一群显然住在圣地里的人。

糟了……坦迅心想,看到最前排的人露出震惊的表情。"神君!"前方的人说道,穿着睡袍的身子立刻跪了下来,"您回来了!"

坦迅站起身,小心翼翼地上前两步,隐藏身后的一袋骨头。"我来了。"它说道。

"我们就知道您会回来。"那人说道,身后的人则继续交头接耳与低喊。许多人跪倒在地。"我们留在这里,祈祷您会来给予我们指引。国王疯了,神君!我们该怎么办?"

坦迅很想坦诚自己坎得拉的身份,但望着一双充满期盼的双眼,它发现自己办不到,况且,也许它能帮上点忙。"潘洛德被想毁灭这世界的力量,灭绝,影响了。"它说道,"你们必须召集起信徒,在潘洛德把你们消灭之前,逃离这座城市。"

"神君，我们该去哪里？"

坦迅迟疑。哪里？"泛图尔堡垒前有一对守卫。他们知道地方。听他们的。你们必须躲到地底下，明白吗？"

"是的，神君。"男子说道。在那之后，越来越多人往前推进，努力想要看坦迅一眼。它紧张地忍耐了他们的注视一段时间，终于提醒他们要多加小心，然后消失在黑夜中。

它找到一栋无人的建筑物，趁有人看到它之前，赶快换回了狗骨头，结束后，它看着幸存者的骨头，感觉到一种奇特的……敬意。

别傻了，它告诉自己。这不就是具骨骸，跟你之前用过的上百副没什么不同。可是，扔下如此强大的工具似乎很蠢。它小心翼翼地将骨头收回偷来的袋子里，然后利用远比狼獒要更灵活的双爪将袋子绑在背后。

之后，坦迅从北门离开城市，以狼獒的最快速度全速前进。它要去邬都，希望那是正确的方向。

存留跟灭绝之间的协议是神的协议，很难用人类的言词说明。一开始双方的确是势均力敌。但他们当时知道，只有携手合作才能共同创造，不过两方也都知道，他们将永远无法对自己的成果感到满意。存留无法保持一切完美不变，灭绝无法完全毁灭。

当然，灭绝最后取得了终结世界的能力，想要得到他希望的满足，可是那不是原本协议的一部分。

53

鬼影发现她坐在满是岩石的湖岸边，望着深黑色的水面。无风的石穴里，湖面平静无波。鬼影可以听到沙赛德带着一大群葛拉道的手下在不远处进行堵塞水流，重新引回河水的准备工作。

鬼影静静来到贝尔黛身边，手中端着一杯热茶。它烫到几乎要灼烧他的肌肤，但对一般人而言，温度刚刚好。他自己的食物跟饮料都是凉至室温时才吃。

他没有戴眼罩，他发现有了白镴以后，可以容忍一点光线。鬼影靠近时，她没有转头，所以他微微清清喉咙。她略略一惊。难怪魁利恩这么努力保护这女孩，贝尔黛的纯真是假装不来的。她在地下组织中绝对连三秒都活不了，就连尽力假装是个绣花枕头的奥瑞安妮都有某种锐利，暗示她为了生存可以无比冷硬。可是贝尔黛……

她很正常，鬼影心想。如果人们不需要面对审判者、军队、杀手，一般人都会这样，因此，他其实蛮羡慕她的。这种感觉很奇怪，尤其是他花了很多年希望自己能成为更重要的人。

她转过头去看湖水，他来到她身边，挨着她坐下。"给你。"他将杯子递给她，"我知道下面有湖又有水，会有点冷。"

她迟疑片刻，接过杯子。"谢谢。"她低声说道。鬼影让她在洞穴中自由走动，知道这里面没什么是她能破坏的，但他警示葛拉道的人要盯紧她。无论如何，她不可能逃走。鬼影让二十几个人守着出口，命令将通往暗门的梯子移开，只在获得许可的情况下才可放回。

"很难想象这地方一直就在你的城市之下，对不对？"鬼影说道，试图与她交谈。奇特的是，当在花园中与她对峙、身处险境时，对谈还比较容易进行。

贝尔黛点点头："要是我哥哥找到这个地方会很高兴。他很担心食物存量。北方的湖泊越来越抓不到鱼，而且农作物……我听说状况不好。"

"因为雾。"鬼影说道，"大多数植物都因此得不到足够的阳光。"

贝尔黛点点头，低头看着杯子。她一口都没喝。

"贝尔黛。"鬼影说道，"我很抱歉。我想过要绑架你，将你从花园带走，可是最后决定放弃。不过，当你孤身一人出现在此……"

"是个大好机会。"她悻悻道，"我明白是我的错。我哥哥向来说我太信任别人。"

"有时候，这是好事。"

贝尔黛轻轻哼了一声："我从来没碰到过这种好事。我似乎一辈子都是在信任人，然后受到伤害。现在也没什么不同。"

鬼影坐在原地，对自己生着闷气。卡西尔，告诉我该说些什么！可是神维持沉默。幸存者似乎对占领城市以外的事情都没有建议。

当鬼影下令要逮捕她时，一切似乎都很简单。可是为什么他现在坐在这里，心下一片茫然？

"我相信他。"贝尔黛说道。

"你哥哥？"

"不。"她微微摇头，"是统御主。我是乖顺的贵族仕女，总会付钱给圣务官，甚至会塞额外的小费，再小的事情也会请他们来见证，我同时也付钱请他们来教导我关于帝国的历史。我以为一切都很完美。如此整齐，如此平静。然后，他们开始想杀我，原来我有一半的司卡血统。我父亲如此想要孩子，我母亲又无法生育，因此他与其中一名女仆生了两个小孩，我母亲甚至同意这件事。"

她摇摇头。"我父亲为什么会做这种事？"她继续说道，"我是说，为什么不挑贵族？不，我父亲选择了女仆，我想他喜欢那一类的……"

她低下头。

"我呢，是因为我的祖父。"鬼影说道，"我从来不认得他，自小就在街头长大。"

"有时候我希望我也是如此。"贝尔黛说道，"也许这样一切都会合理。当你从孩提时一直付钱请来教导你，你信任他们甚至胜过自己父母的人想要把你抓走、处决是什么感觉？原本我也会死的。我跟他们走了。然后……"

"然后什么?"鬼影问道。

"你救了我。"她低声说道,"幸存者的集团。你们推翻了统御主,在混乱中,每个人都忘记了我这种人。圣务官则忙着要取悦史特拉夫。"

"然后,你的哥哥接手了一切。"

她静静点头:"我以为他会是个好统治者,他真的是个好人!他只是想要一切能够稳定、平和,每个人都能平静地生活。可是有时候,他对其他人做的事情……他对人民要求的事情……"

"我很遗憾。"鬼影说道。

她摇摇头:"然后你来了。你在魁利恩跟我面前救了那小孩,又来到我的花园,甚至没有威胁我。我想……也许你真如故事里那样,也许你会帮忙。而我就这么一如往常,傻傻地就来了。"

"我希望事情就是这么简单,贝尔黛。"鬼影说道,"我希望我能放过你,但这是为大局着想。"

"魁利恩也总是这么说。"

鬼影一愣。

"你们两个很像。"她说道,"都很强大,很有威严。"

鬼影轻笑:"你真的不太了解我,对不对?"

她满脸通红:"你是火焰幸存者。不要以为我没听过流言,我的哥哥不可能不让我参与任何会议。"

"流言往往都不可靠。"

"你是幸存者集团的成员之一。"

鬼影耸耸肩:"是的,不过我是例外。"

她皱眉,瞥向他。

"卡西尔亲自挑选了其他人。"鬼影说道,"哈姆、微风、沙赛德,甚至是纹。他也选了我叔叔,因此,他顺带得到我。我……其实不是其中一分子,贝尔黛。我有点像是观察者。他们让我去执行轮值守望这类任务,我也参与计划会议,但每个人都把我当成跑腿小弟。第一年时,我一定帮微风倒了上百杯的酒！"

她的脸上出现一丝笑意："你讲得好像自己是仆人。"

"差不多吧。"鬼影说道，"我又不太会说话，习惯了用东方街头俚语讲话，所以我说每句话都颠三倒四。他们说我有口音，所以我大多数时间不讲话，觉得很尴尬。集团的人都对我很好，但我知道他们经常会忽略我。"

"现在你负责管理他们所有人。"

鬼影大笑："不。负责的人其实是沙赛德。微风的地位也比我高，但他让我下命令，因为他太懒了。他喜欢在别人不知情的情况下驱使他们做事，所以有一半的时间，我认为我说的话应该都是他悄悄安插在我脑子里的念头。"

贝尔黛摇摇头："是泰瑞司人在负责？可是他都听你的！"

"他只是让我做他不想做的事。"鬼影说道，"沙赛德是个伟大的人，是我认识的人中最好的之一。但是，嗯，他是个学者。他擅长研究计划，撰写笔记，胜过于发号施令，所以只剩下我。我在做别人忙得没空做的事。"

贝尔黛静静坐了片刻，终于喝了一口茶。"啊。"她说道，"真好喝！"

"也许这是统御主的配方，我们不知道。"鬼影说道，"我们在这里找到的，跟其他东西在一起。"

"你们是为此而来的，对不对？"贝尔黛朝石穴点点头，"我一直在想你的皇帝为何在意邬都。自从泛图尔一族将权力中心搬到陆沙德之后，我们在世界上的地位向来不重要。"

鬼影点点头："这是一个理由，不过依蓝德也担心这里的反叛行动。有一个会杀死贵族的敌人控制着离陆沙德北边不远的城市，相当危险。不过我也只能告诉你这些。大多数时候我仍然觉得我还是个旁观者，纹跟依蓝德才是真正知道发生什么事情的人。对他们来说，我是他们在南方进行重要工作时，可以被打发到北方，花几个月在邬都探查的人。"

"他们这样是不对的。"贝尔黛说道。

"其实没关系。"鬼影说道,"我蛮喜欢在这里,感觉终于能做点事。"

她点点头。片刻后,她放下杯子,双手抱膝。"他们是怎么样的人?"她问道,"我听说过很多故事。他们说泛图尔皇帝总穿白色,灰烬拒绝黏在他身上,他只要一眼就能让任何军队屈服!而他的妻子,幸存者的继承者,是迷雾之子……"

鬼影微笑:"依蓝德是个很容易忘事的学者,他比沙赛德还严重一倍不止。他很容易迷失在书本中,忘记他自己召开的会议。他穿衣服会有时尚概念,都是因为一名泰瑞司女子帮他买了整柜子的衣服。战争让他改变了一点,但是在内心,我认为他仍然只是一个充满梦想的人,却被困在一个太暴力的世界中。

"而纹……她真的很不同。我从来都不太知道要怎么看待她。有时候她似乎跟孩子一样脆弱,然后,她又会去杀死一名审判者。她可以同时令人着迷又让人害怕。我曾经试图追求过她。"

"真的?"贝尔黛突然专注了起来。

鬼影微笑:"我给了她一条手帕。我听说贵族之间都是这么做的。"

"得很浪漫的人才会。"贝尔黛有点惆怅地微笑。

"我是给了她一条。"鬼影说道,"可是我想她不知道我的意思,而等到她明白时,她确实拒绝了我。我不知道当时自己在想什么,居然想追求她。我是说,我只是鬼影。安静、无人了解、容易被人遗忘的鬼影。"

他闭上眼睛。我在做什么?女人不喜欢听男人说明他们有多渺小,这点他倒是听说过。我不该来找她说话。我应该做自己的事,下达命令,看起来像是在掌权的样子。

可是事已至此,她知道了关于他的真相。他叹口气,睁开眼睛。

"我不认为你容易被遗忘。"贝尔黛说道,"当然,如果你愿意放我走的话,我对你的印象会更好。"

鬼影微笑:"我答应你,早晚一定会。"

"你会用我来对付他吗?"贝尔黛问道,"威胁他如果不投降,会杀了我?"

"如果你知道你绝对不会履行自己的威胁,那么这样的威胁都是空洞的。"鬼影说道,"我是认真的,贝尔黛。我不会伤害你。事实上,我觉得你在这里远比在哥哥的皇宫里要安全。"

"请不要杀他,鬼影。"贝尔黛说道,"也许……也许你能帮帮他,让他明白他太极端了。"

鬼影点点头:"我会……想办法。"

"你保证?"她说道。

"好吧。"鬼影说道,"我答应你至少会试图救你哥哥,如果我能办到。"

"还有城市。"

"还有城市。"鬼影说道,"相信我,我们以前做过这种事,政权交接会很平顺的。"

贝尔黛点点头,看起来真的相信他。怎么样的一个女子才能在经历过这些事情之后还能相信他人?如果她是纹,早在第一次有机会时就往他背上捅一刀,那么做是对的。可是这女孩只是继续信任别人,就像是在充满灰烬的原野上,找到的一株子然独立的美丽植物。

"结束之后,也许你能介绍我认识皇帝跟女皇。"贝尔黛说道,"他们听起来像是很有意思的人。"

"我绝对不会反对这点。"鬼影说道,"依蓝德跟纹……他们绝对很有意思,是背负重担仍有意思的人。有时候我希望自己的能力大到像他们那样,做些更重要的事情。"

贝尔黛一手按上他的手臂。他有点讶异地低下头。这是怎么一回事?

"权力会是很可怕的东西,鬼影。"她低声说道,"我……不喜欢它在我哥哥身上造成的改变,不要这么努力盼望得到它。"

鬼影迎向她的双眼,点点头,站起身:"你需要什么,就跟沙赛德说。他会照顾你。"

她抬起头:"你要去哪里?"

"让人看到我。"

"我要所有运河的主要贸易合约。"度恩说道,"还有皇帝颁发的头衔。"

"你?"鬼影说道,"要头衔?你认为名字后面加个'大人'会让你那张脸没那么丑吗?"

度恩挑起一边眉毛。

鬼影只是轻笑:"都是你的。我跟沙赛德和微风谈过了,你要的话,他们甚至可以为你起草这样的契约。"

度恩感谢地点点头:"我想要,谢谢。贵族对这种事情都很仔细。"他们坐在他众多密室之一中,不是在他自己家,而是某间客栈里面,墙上挂着一对旧鼓。

鬼影很轻易地便溜过站在教廷大楼前看守的魁利恩的士兵身边。以他靠锡增强的能力,早就学会如何在晚上偷偷摸摸地独来独往,探查敌情,更遑论他现在能够燃烧白镴,一群士兵对他而言,算不上什么障碍。他不能跟其他人一样一直关在洞穴中。他有太多事要做。

"我要封锁'劳难区'。"鬼影说道,"我们会趁晚上市集没人的时候填满运河,只有你们这些贫民窟的人才住在街沟里,所以如果你们不想要这个地方被淹没,就得做好断流工作。"

"处理好了。"度恩说道,"劳难区刚建立时,我们将河口的闸门拆了,但我知道在哪里。只要我们能好好装回去,一定能隔断水流。"

"你们最好快快行动。"鬼影说道,"我不想害死城市半数以上的乞丐。到了动手的那一天,我会提前告诉你,看你能不能从市集撤一些物资出来,还有不要让人进入。做好这件事,加上你为我壮大声势的工作,就能保证你得到想要的头衔。"

度恩点点头站起来："让我们继续经营你的名声吧。"他领着两人走出房间，将鬼影带出酒吧的大厅。一如往常，鬼影穿着他被烧焦的披风，这对他而言已经有点像是种象征。他从来没穿过迷雾披风，不知为何，这件感觉更好。

他进入房间时，所有人都站了起来。他微笑，示意要度恩的人把酒囊拿出，这是鬼影连续几天从石穴中拿出来的。"今天晚上，你们不用付钱去买魁利恩偷来的酒——那是他让你们快乐满意的方法。"

这是他唯一发表的演说。他不是卡西尔，无法用言语打动人心，所以在微风的建议下，他尽量不多话。他造访每张桌子，不疏离，却也不多话。他看起来满腹思虑，询问着人民的烦恼。他听着失去与困苦的故事，与他们共饮，敬那些被魁利恩杀死的人，因为他有白镴，所以不会倒下。他已经有千杯不醉的名声，人们认为这是他神秘的力量，一如他从火堆里存活的能耐。

在第一家酒吧之后，他们造访了另一家，又一家。度恩很小心，只带他去最安全，却也是人最多的地方。有些在劳难区，其他则在路面上。在这一切过后，鬼影感觉到一件惊人的事情：他的信心正在增加。他真的有点像是卡西尔。也许纹是受过幸存者的训练，但鬼影才是跟他有同样作为、鼓励人民、领导他们为了自己而超越自我的人。

随着夜晚过去，他们已记不清到底去了多少家酒吧。鬼影低声咒骂着魁利恩，谈论谋杀，还有公民抓到的镕金术师。鬼影没有散播关于魁利恩是镕金术师的谣言，这件事他交给微风更谨慎地操作。如此一来，才不会显得鬼影很急着想要树立自己的权威。

"敬幸存者！"

鬼影抬起头，举高他的酒杯，微笑地看着酒馆里的客人发出欢呼。

"敬公民之死！"度恩举高自己的酒杯，虽然他很少喝，"说要让我们自治，却夺去我们一切的人，去死吧！"

MISTBORN: THE HERO OF AGES

鬼影微笑，喝了一口。他没想到坐在这里跟别人说话会有这么累。他骤烧的白镴让身体不会疲惫，却阻止不了精神的耗累。

不知道贝尔黛看到这一幕会怎么想，他心想。这些人为我欢呼。她会很佩服吧？她会忘记我一直说我有多没用的事。

也许造访酒吧让他疲累纯粹是因为他希望自己有别的事情可做。真傻，他囚禁了她。他背叛她的信任。她对他好显然只是希望他会放她走。可是他忍不住在脑海中一遍又一遍地重现他们的对话。虽然他说了那些蠢话，她仍然一手按上他的手臂。那是有点意义的吧？

"你还好吗？"度恩靠近问道，"这是你今天喝的第十杯了。"

"我没事。"鬼影说道。

"你看起来心不在焉。"

"我在想很多事。"鬼影说道。

度恩皱眉往后靠了靠，却没再说什么。

鬼影跟贝尔黛对话的部分内容，甚至比他愚笨的自我评价更让他挂怀。她似乎真的很介意她哥哥做的那些事。当鬼影坐上权力之位时，她会将他视为魁利恩吗？那是好事还是坏事？她已经说他们很像了。

权力会是很可怕的东西……

他抬起头，看着酒吧中再次为他欢呼的人，如同在其他酒吧中那样。卡西尔能够处理这样的爱戴。如果鬼影想成为卡西尔那样，他不也应该要学会应付？

被喜欢不是好事吗？有人愿意追随他不是好事吗？

他终于不再是过去的鬼影。他可以不再只当个男孩，那个无足轻重，如此轻易被遗忘的孩子。他可以舍弃孩子的身份，成为被敬重的男人。他有什么不该被敬重的？他不再是男孩了。他眼前绑着绷带，强化自身的神话——他不需要双眼即可见物。有人甚至说只要有火焰燃烧的地方，鬼影就能看得见。

"他们爱戴你。"卡西尔低语，"这是你应得的。"

鬼影微笑。他只需要这样的保证。他站起身，在群众面前举起双手，他们报以响应。

这样的时刻，他等了太久。

因为等待，所以更是甜美。

因为存留想要创造有感知的生物，所以他最后打破了平衡的僵局。为了让人类有知觉能够独立思考，存留知道他必须放弃一部分的自己，一部分的灵魂，让其驻留在人类体内。这让他比对手灭绝虚弱那么一丁点儿。

以他们巨大的总量而言，这丁点似乎算不了什么，可是在数百万年后，这丁点瑕疵让灭绝能够压制存留，从而让世界毁灭。

于是，这就是他们的协议。存留得到人类——唯一打破平衡，体内拥有存留多过于灭绝的物种，他们可以独立思考与感觉。交换条件是，灭绝得到承诺，有一天可以终结他们共同创造的一切。这是他们的约定。

约定最后却被存留打破。

54

当纹醒来后，不意外自己已被绑住，但意外的是，她是被金属手铐铐住的。

她在睁开眼睛前所做的第一件事，就是寻找体内的金属。如果有钢跟铁，也许她能利用手铐做为武器。有白镴的话……

MISTBORN: THE HERO OF AGES

她的金属没了。

她持续闭着眼睛，试图不要展露出自己的慌乱，试图回想发生了什么事。她原本被困在石穴，跟灭绝同处一室。依蓝德的朋友来访，给了她酒喝，她选择接受，赌上一次。

她昏迷多久了？

"你的呼吸变了。"一个声音说道，"很显然，你醒了。"

纹低声咒骂自己。夺走镕金术师的力量很简单，甚至比让他们燃烧铝更简单。只要让他们昏迷够久，金属自然会从体内代谢掉。她一边想，脑子一边从深沉的睡眠状态中清醒过来，越发确定事实是如此。

沉默持续下去。终于，纹睁开眼睛。她以为会看到牢房，但看到的是一间空旷却很实用的房间。她躺在一张长椅上，枕着硬枕头，手铐连着几尺长的铁链，锁在长凳下方。她小心翼翼地扯了扯，发现拴得很牢。

这个动作引起站在长椅附近两名侍卫的注意。他们略略一惊，举高木棍警戒地盯着她。纹暗地微笑，她心里有个地方很得意就算自己被铐起来又没有金属，居然也能让他们有这种反应。

"泛图尔贵女，你，对我来说是个麻烦。"声音从一旁传来。纹一手撑起身体，望向长椅把手的另一边。房间的另一端，大概十五尺外，一名穿着袍子的光头男子背对着她。他望向面对西方的大窗户，落日在他身周刺目鲜红。

"我该怎么办？"尤门问道，仍然没有转过头去看她，"一丁点儿的钢，就能让你用我侍卫的扣子杀了他们。一口白镴就能让你举起长凳，一路砸出房间。唯一的方法就是塞住你的嘴，一直给你下药，或是杀了你。"

纹开口想回答，但只能不断咳嗽。她立刻想到用燃烧白镴来增强体能，但没有了金属，感觉就像四肢只剩其三。她坐起身时，咳嗽越发严重，并且开始头昏，前所未有地渴望金属。镕金术不会像某些草药或毒药那样让人上瘾，但是在这一瞬间，她可以发誓，所有的专家跟学者都说错了。

尤门用力一挥手，没有转过头来，仍然直直望着落日。一名仆人上前，为纹端来一个杯子。她不确定地看着它。

"泛图尔贵女，如果我要毒死你，不必先骗你。"尤门说道，没有转身。

有道理，纹自嘲地笑了笑，接下杯子，喝了里面的水。

"水。"尤门说道，"来自雨水，滤过又净化过，里面不会有任何可燃烧的金属物质。我特别命令它只是被存放在木桶里。"

聪明，纹心想。在她发现自己是镕金术师之前，都是不自觉地燃烧来自于地下水或是餐具的金属存量。

水满足了她的口渴，也缓解了她的咳嗽："如果你这么担心我吃到金属的话，为什么不堵住我的嘴？"她终于说道。

尤门静静地站立片刻，然后转身，直到她可以看清他眼睛周围跟脸上的刺青，他的肤色映着外面落日的浓厚色彩。在他的额头上，戴着唯一的一颗天金珠子。

"有几个原因。"圣务官王说道。

纹端详他，又喝了一口水，这动作让她的手铐发出清脆的撞击声。发现它们会阻挠行动时，她不满地瞪着它们。

"那是银制的。"尤门说道，"据说银对迷雾之子来说是特别麻烦的一种金属。"

银。没有用，无法燃烧。就像铅一样，是完全无法提供镕金术力量的金属。

"的确是不受欢迎的金属……"尤门朝一旁点点头。一名仆人走近纹，上面端着一个小东西。她母亲的耳针。外表非常不起眼，是以青铜所制成，表面镀银。大部分的镀银在多年前就已经被磨掉，露出下方褐色的青铜，一看就知道是廉价的小玩意。

"所以，我很好奇你为什么会有这样的装饰品。"尤门持续说道，"我让人检查过。外面是银，里面是青铜。为什么是这些金属？一个对镕金术师没用，另一个被认为对镕金术而言是最没有力量的一种。钢或白镴的耳环不是比较合理吗？"

纹看着耳针，好想用手指去抓住它，即便只能感觉金属在指间也好。如果她有钢，便可以钢推耳针，将它当做武器使用。卡西尔曾经叫她戴着耳针，就是为着这个原因。可是，那是她母亲给她的。一名纹从未见过的女子。一名想杀她的女子。

纹抓起耳针。尤门好奇地看着她将耳针塞入耳中。他似乎很……警戒。仿佛正等着什么。

如果我真的有什么计谋，他早就死了，她心想。他怎么可能这么冷静地站在那里？为什么要把我的耳针还给我？即使它不是以有用的金属制成，我还是有可能用它找到对付他的方法。她的直觉是，他试着利用一个古老的街头伎俩，有点像是抛把匕首给敌人，好让对方能先出手攻击。尤门想要诱发任何她有可能的埋伏。这手段很蠢。你怎么能打败得了迷雾之子？

除非他自己就是迷雾之子，纹心想。他觉得他能打败我。

他有天金，所以我一动手，他就会燃烧它。

纹什么都没做。没有攻击。她不知道关于尤门的直觉是否正确，但不重要。她无法攻击，因为耳针并没有秘密。事实是，她只想把耳针要回来，它放在她的耳朵上的感觉很自然，她已经习惯佩戴它了。

"有意思。"尤门说道，"无论如何，你将会明白我为何没有把你的嘴巴堵起来的原因之一……"说完，他朝门一挥手，双手重新背在背后，等着仆人将门打开，引入一名穿着依蓝德式褐白制服的士兵，士兵手上没有任何武器。

你应该杀了他们，灭绝在她脑海中说道。所有人。

"泛图尔贵女。"尤门没有看着她，"除非我示意许可，否则请你不要跟此人谈话，要不然我会将他处死，让你的军队只能再派新的信差过来。"

士兵脸色一白。纹只是皱眉，看着圣务官王。尤门显然是个沉静的人，却故意装出冷酷的样子。有多少成分是假装的？

"如同我的承诺，你可以看到她还活着。"尤门对士兵说道。

"我们怎么知道这不是坎得拉的伪装？"士兵问道。

"你可以问问题。"尤门说道。

"泛图尔贵女。"士兵开口，"您前往城里宴会前那一晚，晚餐吃了什么？"

这是个好问题。坎得拉会盘问她重要的事情，例如她跟依蓝德第一次见面的地方，可是吃一餐饭这种问题太琐碎，不会有坎得拉想到要问。如今，如果纹能记得……

她看着尤门。他点点头，示意她可以回答。"蛋。"她说道，"我潜入城里时买的新鲜鸡蛋。"

男子点点头。

"士兵，你得到你要的答案了。"尤门说道，"回去跟泛图尔说，他的妻子还活着。"

士兵退下，仆人关上门。纹坐回长椅上，等着嘴被塞住。

尤门却没有动静，只看着她。

纹回望。终于，她开口："你觉得你能敷衍依蓝德多久？如果你对他有所了解，一定知道他对自己的定位先是王，后才是男人。即使会害死我，他仍然会做他必须做的事情。"

"早晚吧。"尤门说道，"但到目前为止，用这种方法足以阻拦他。他们说你向来快人快语，喜欢讲重点，所以我就跟你挑明了讲——我抓你不是用来对抗你丈夫。"

"是这样吗？"她不甚友善地说道，"那你抓我到底为了什么？"

"很简单，泛图尔贵女。"尤门说道，"我抓你是为了处决你。"

如果他以为她会很讶异，那她并没有表现出来，只是耸了耸肩："没

443

必要这么正式。为什么不趁我昏迷时直接割了我的喉咙？"

"这是一座有法治的城市。"尤门说道，"我们不随便杀人。"

"这是战争。"纹说道，"如果你要求杀人还要'仔细'，你的士兵们大概全都会很不高兴。"

"你的罪跟战争无关，泛图尔贵女。"

"哦？那我可以知道是什么罪吗？"

"最单纯的。杀人。"

纹挑起眉毛。她杀了跟他亲近的人吗？是她一年前攻击海斯丁堡垒时，塞特随身带着的士兵之一？

尤门迎向她的双眼，她终于看出他隐藏在平静外表下的厌恶。不，她杀的不是他的朋友或亲戚，而是对他而言更重要的人。

"统御主。"她说道。

尤门再次别过头。

"你不会是真的要为这件事审判我吧。"纹说，"太可笑了。"

"没有审判。"尤门说道，"我是这个城市中的权威，不需要仪式给我指示或许可。"

纹哼了一声："我以为你说这里是法治之地。"

"我就是法律。"尤门平静地说道，"我认为在我做出决定之前，有必要让一个人为自己辩护。我会给你时间整理好思绪。但是，在这里的守卫有我的命令，随时可以杀死你，尤其在你看起来像是把任何未经许可的东西放进了嘴里时。"

尤门转头瞥向她。"如果我是你，就会非常注意自己吃喝什么。你的侍卫们都被告知，宁可错杀，不能错放，而且他们知道如果一不小心杀死你，我不会惩罚他们。"

纹顿时僵住，手仍然轻轻地握着杯子。

杀了他，灭觉的声音低语。你办得到。从这些士兵身上夺来武器，用在尤门身上。

纹皱眉。灭绝仍使用瑞恩的声音，这感觉很熟悉，像是她一直以来的一部分。一旦她发现它是属于那东西……就像发现她的倒影其实一直都是别人，她从来没有见过自己一样。

她忽略那声音。她不知道灭绝为什么会想要她试图杀死尤门，毕竟尤门抓住了她——表示圣务官是为灭绝那方工作。况且纹怀疑自己现在是否有能力伤害任何人。被铐起，又没有攻击用的金属……只有笨蛋才会反抗。

她也不相信尤门宣称会让她活着，好让她能为自己"辩护"。他一定有某种诡计，可是她一时猜不出来。为什么让她活着？他这个人太聪明，做事必定有理由。

他丝毫未暴露自己的动机，再次别过头，望向窗户："把她带走。"

存留牺牲大部分的意识，建立了灭绝的囚牢，破坏了两方的协定，试图不让灭绝毁坏他们创造的一切。这件事让双方的力量几乎再次旗鼓相当——灭绝被囚禁，只能渗透一点点的自我出来。而存留只剩下一丝意识，几乎无法思考或行动。

这两个意识当然跟他们的力量是分开的。事实上，我并不知道他们双方的思想与人格一开始是如何跟力量结合起来的——但我相信他们原本并非一体。因为双方的力量都能与主宰他们的意志分离。

55

从村庄回来比去时花了依蓝德更多时间。首先，他把很多钱币都留给了村民。他不知道在未来几个月中钱对他们有多大的用处，但觉得自己必须做点什么。接下来几个月,他们的日子都不会好过,食物存粮几乎耗尽,房舍被克罗司烧光,水源被灰烬玷污,他们的首都跟国王被依蓝德本人率兵围攻……

我必须专注,我帮不了每个村庄,我得以大局为重,他告诉自己,在落灰中行走。

目前的局势要求他利用克罗司军队去摧毁另一个人的城市。依蓝德一咬牙,继续前行。太阳正悄悄潜向天际,迷雾已经开始出现,被刺目的红色阳光点亮。在他身后跟着大约三万只克罗司。他的新军队。

这就是他为什么会比来的时候多花一点时间的第二个原因。他想跟克罗司军队一起行动,而不是跳在它们前方,以免审判者出现把它们偷回去。他仍然不敢想象这么大一群克罗司居然不受任何人约束。

我独自攻击了这么一大支克罗司军队,他心想,踏过一片没过大腿的灰烬。我在没有纹的帮助下办到了这件事,打算靠自己打败审判者。

他怎么会觉得自己能够独自打败审判者?卡西尔本人也勉为其难才打败了一个那种怪物。

纹现在已经杀死三个了,他心想。我们一起对付他们,但杀死他们的都是她。

依蓝德不介意她拥有的能力,但偶尔的确会感到为之羡慕。这让他觉得好笑。当他是普通人时,向来不介意这件事,如今他也是迷雾之子了,却发现自己渴望拥有她的技巧。

但即便战斗技巧精湛如她,仍然被抓住了。依蓝德踏步前进,心上是甩不掉的重担。一切都不对劲。纹被关起来,他却是自由的。迷雾跟灰烬正在令大地窒息。依蓝德虽然力量强大,却无法保护他爱的人民跟女子。

所以,这就是他慢慢与克罗司同行,而非立刻赶回营地的第三个原因。他需要时间思考。独处的时间。也许一开始他就是因此而离开。

他知道他们的工作很危险,但他从来没有真正想过会失去她。她是纹。她逃得出来。她会活下来。

可是如果她过不了这一关呢？

他总是脆弱的那一个——在迷雾之子与克罗司世界中的普通人，无法战斗的学者，必须仰赖纹的保护。就算在过去一年的战斗中，她也总是在他身边。如果她陷入危险，他也会一同涉险，所以他从来没有时间去思考，万一他存活下来却没有她在身边时该怎么办的问题。

依蓝德摇摇头，继续在灰烬中推进。他可以利用克罗司帮他开道，可是他现在甚至不想靠近它们。他走在前面，在红色落日照耀的盖满黑色灰烬的大地上，是一个孤零零的黑色身影。

落灰越发严重。在他离开村庄前，花了一整天要他的克罗司清理街道跟重建房屋，但以灰烬掉落的速度来看，迷雾跟其他流浪克罗司的问题都变得次要了。灰烬。光是灰烬就可以杀死他们所有人。它们掩盖了树木跟山丘，有些地方落灰已深及他的腰部。

也许如果我继续留在陆沙德，跟学者们在一起，或许可以想出阻止的办法，他心想。

不可能。他们能怎么做？把灰山塞起来？找方法把所有灰烬冲入海里？隔着夜雾，他看到远方天空有着一抹红光，太阳应该是在反方向的天际落下，他只能认为东方的光线是来自于从灰山中升起的火光跟熔岩。

他该拿濒死的天空、厚到让人走不过的灰烬，还有爆发的火山怎么办？截至目前为止，他处理这些事情的方法都是忽略它们。

或者，让纹去操心它们。

这才是让我担心的事情。失去我爱的女人已经够糟了。可是，失去我相信能改变这一切的人……才真正令我害怕。

这是一个奇特的信念。他打从心底的确信任纹，并不只是信任区区一个人这么单纯而已。她比较像是一股力量，几乎像是神？直截了当地这么想是有点傻，她是他的妻子。即便他是幸存者教会的一员，将她当成神明崇拜还是感觉不太对劲。

MISTBORN: THE HERO OF AGES

事实当然并非如此，但他的确信任她。纹以直觉行事，依蓝德却是按逻辑跟思考行事的人。有时候，她能完成不可能的事情，似乎是因为她没有停下来去想这件事到底有多么不可能。如果依蓝德来到悬崖边，他会先停下来考虑要跳多远才能到达对岸。纹会干脆直接跳。

如果哪天她跳不到对面怎么办？如果他们涉及的事情大到两个人无法解决，就算其中一人是纹，又该怎么办？他越想，越觉得连在法德瑞斯找到有帮助的讯息都希望渺茫。

我们需要帮助。依蓝德烦躁地想。他停在灰烬中，夜晚终于降临，黑暗笼罩他。迷雾盘旋。

帮助。这是什么意思？是沙赛德以前常说的某种神秘神祇吗？依蓝德从不知道统御主以外的神，而且他对那怪物向来没信心，不过在见过尤门之后，让他对于某些人是如何崇拜统御主一事有了不同的看法。

依蓝德站在原处，抬头仰望天空，看着灰烬落下，继续沉默却无止境地攻击大地，像是用来闷死入睡者的柔软枕头所飞撒出来的乌鸦羽毛。

我们完了，他心想。他身后的克罗司也停下脚步，等着他无声的命令。这就是结束。一切都要结束。

这个念头并不是突然降临，而是很温柔地出现，像是蜡烛熄灭后吐出的最后一丝烟雾。他突然知道他们无法对抗这一切——过去一年的所有作为都徒劳无功。

依蓝德跪倒在地。灰烬淹到他的胸口。也许这就是他想走路回家的最后一个原因。当有其他人在时，他觉得自己必须坚强乐观。可是独自一人时，他可以面对事实。

于是，在灰烬中，他终于放弃了。

有人在他身边跟他一起跪下。

依蓝德往后一跳，急急忙忙站起，撒出一大片灰烬。他此时才想到要燃烧白镴，让自己拥有可以瞬发的迷雾之子力量。可是，他身边并没有人。他全身一僵，开始认为自己是不是出现了幻觉。可是，在他燃烧锡,眯着眼睛望向落灰片片的黑夜中时,他终于看见那迷雾中的身影。

它其实不是由真的迷雾组成,应该说是以迷雾勾勒出轮廓。随机飘移的迷雾画出它的外形,与人类颇为类似。依蓝德见过这个身影两次。第一次是在北方统御区的荒野。

第二次,它以匕首划过他的腹部,让他几乎失血而死。

可是,它试图要让纹保留升华之井的力量,用来医治依蓝德。它的意图是好的,即使依蓝德差点因此丧命,况且纹说这东西带着她找到将依蓝德变成镕金术师的金属块。

雾灵看着他,身影在流泻不断的迷雾中,几乎难以辨认。

"你要做什么?"依蓝德问它,"为什么来找我?"

雾灵举起手臂,指向东北方。

它第一次碰见我时就是这么做,只是指着一个方向,好像要我去某处。我当时没弄懂它到底想表达什么。

"唉。"依蓝德突然觉得极端疲累,"你为什么不有话直说?"

雾灵静静地站在迷雾里。

"那用写的吧。"依蓝德说道,"用指的没用。"他知道那东西不论是什么,都具有某种实体,毕竟它很轻易地就刺穿了依蓝德。

他以为那东西会站在原处,可是依蓝德讶异地发现它遵照他的命令,跪倒在灰烬中,伸出迷雾组成的手,开始在灰烬里画出笔画。依蓝德上前一步,歪过头去看它在写什么。

我会杀了你。死,死,死。

"这……真友善啊。"依蓝德说道,感觉到一阵诡异的寒意。

雾灵似乎非常颓丧,跪倒在灰烬中,却没有留下任何凹痕。

想要我信任它时却写这种话,好奇怪……依蓝德心想。"它可以改变你的文字,对不对?"依蓝德问道,"另外一股力量。它可以篡改纸上的文字,所以自然也可以改变写在灰烬上的东西?"

雾灵抬起头。

449

"所以你扯下沙赛德的纸张一角。"依蓝德说道,"你不能写字条给他,因为上面的字会被改掉,你只好做别的事情,比较直接的事情,像是用指的。"

那东西站起身。

"用写的比较慢。"依蓝德说道,"改用夸张的动作吧。我会观察你手臂的动作,自己拼出字来。"

雾灵立刻开始挥手。依蓝德歪着头,观察它的举动。他完全看不懂,更不要提看出字母。

"等等。"他举起手说道,"这没用。要么是它正在改变事情,要么你真的不会写字。"

沉默。

等等。依蓝德想道,瞥向地面的字母。如果文字改变了⋯⋯

"它在这里对不对。"他说道,突然感觉一阵寒意,"它现在就跟我们在一起。"

雾灵动也不动。

"对的话就跳一跳。"依蓝德说道。

雾灵开始像先前那样挥手。

"这样也行。"依蓝德说道,打了个冷颤。他环顾四周,可是迷雾中什么都看不见。如果纹释放的东西在这里,那它并没有现身,但是依蓝德觉得他可以感觉到有点不同。风略略增强,空气多了一丝冰寒,迷雾的动作越发焦急。也许只是他的想象。

他将注意力集中在雾灵身上。"你没有之前那么⋯⋯密实了。"

雾灵动也不动。

"这是不的意思吗?"依蓝德烦躁地说道。那东西没有动静。

依蓝德闭起眼睛,强迫自己集中精神,回想年轻时他常玩的逻辑游戏。我需要比较直接的方法,用简单的对或错就可以回答的问题。雾灵现在为什么比之前更难看清呢?依蓝德睁开眼睛。

"你比先前更虚弱了吗?"他问道。

那东西挥舞手臂。

没错,依蓝德心想。

"因为世界要结束了?"依蓝德问道。

继续挥。

"你比另外那个东西弱吗?被纹释放的东西?"

挥舞。

"弱很多?"依蓝德问道。

它挥手,不过此时看起来有点沮丧。

很好,依蓝德心想,但这件事他猜得出来。无论这雾灵是什么,绝对没法一挥就用魔法解决他们的问题,如果是的话,它已经拯救他们了。

我们最缺乏的就是信息,依蓝德心想。我得从这东西身上尽量获取信息。

"你跟灰烬有关吗?"他问道。

没有动作。

"落灰是你造成的?"他问道。

没有动作。

"落灰是另外那东西造成的?"

这次它挥手了。

好。"它也造成迷雾白天出现吗?"

没有动作。

"你造成迷雾白天出现吗?"

这个问题似乎让它想了想,然后稍微挥了挥手。

这意思是"也许"吗?依蓝德猜想。还是代表"一部分"?

那东西不再动作,身影在迷雾中越发难辨。依蓝德骤烧锡,却没让那身影更为清晰。

它似乎在……消失。

451

MISTBORN: THE HERO OF AGES

"你要我去哪里？"依蓝德问道，比起期待对方回答，这一问更多地是要表达他自身的疑惑，"你指……东方？你要我回去陆沙德？"

它又懒洋洋地挥手。

"你要我攻击法德瑞斯吗？"

它静止不动。

"你不要我攻击法德瑞斯吗？"

它用力挥手。

有意思，他心想。

"迷雾跟这一切有关，对不对？"依蓝德说道。

挥手。

"它们杀死我的人。"依蓝德说道。

它上前一步，然后停止，看起来带着焦急。

依蓝德皱眉："你有反应。你的意思是它没有杀我的人？"

它挥手。

"太可笑了。我亲眼看见那些人死掉。"

它上前一步，指着依蓝德。他低头看着腰带。"钱币？"他问道，抬起头。

它又指了一次。依蓝德手探向腰带，里面只有金属瓶。他抽出一瓶："金属？"

它用力挥手，不断挥手，挥个不停。依蓝德低头看着瓶子："我不了解。"

那东西停止动作，开始越来越淡，仿佛正在蒸发。

"等等！"依蓝德上前一步问道，"我还有问题。你走之前还有一个问题！"

它直视他的双眼。

"我们能打败它吗？"依蓝德轻声问道，"我们能活下来吗？"

那东西动也不动，然后，稍稍挥手。不是用力地挥手，比较像是迟疑地挥手，不确定地挥手，蒸发到最后，它的轮廓渐渐模糊，直到完全消失不见，仿佛从未出现过。

依蓝德站在黑暗中。他转身看着他的克罗司军队，它们仿佛黑树林般在他身后等待着，然后他再次转过头，搜寻雾灵的身影。最后，他只是转身，继续用力前进，往法德瑞斯城走去，克罗司跟随在后。

他感觉比较……坚强了。这很蠢，雾灵其实没有给他任何有用的信息，它几乎像是个孩子，告诉他的事情也都是他原本就怀疑的问题。

可是，他越走，步伐越坚定，也许只是因为他知道世界上有他不明白的东西——意思是，有他看不见的可能。存活的可能。

能够安全跳到深谷另一端的可能，即便理智告诉他，不要跳。

○

我不知道为什么存留决定用尽最后一点生命，在依蓝德回法德瑞斯的途中出现在他面前。据我所知，依蓝德在那次会面中并没有获知多少情报，可是当时的存留不过是一个影子，而那影子面对灭绝遭受着毁灭性的巨大压力。

也许存留，或是残存的存留，想要独自与依蓝德对话，又或者他只是见到依蓝德跪在田野间，知道人类的皇帝非常可能就此一蹶不振。无论如何，存留确实出现了，因而将自己暴露在灭绝的攻击下。存留再也无法一动念就驱除审判者，甚至也无法让人倒下死亡。

当依蓝德看到"雾灵"的时候，存留的意识应该已经几乎完全涣散，我不知道如果依蓝德知道在他面前的是一名垂死神祇的话会怎么办。因为在那一晚，他是见证存留陨落的最后一名见证人。如果依蓝德在那满是灰烬的田野中多等几分钟，他就会看到一个身体——体型矮小、黑头发、大鼻子——从迷雾间落下，倒在灰烬中。

MISTBORN: THE HERO OF AGES

于是，那尸体孤零零地倒在地上，被灰烬掩埋。世界正在死去。而它的神，随之逝去。

56

鬼影站在乌漆抹黑的洞穴中，看着他的板子跟纸张。他把板子像是艺术家的画布一般架起，但上面画的不是影像，而是构想。卡西尔总在黑板上为他的集团成员勾勒出计划的架构，即使鬼影不是要对集团成员解释他的计划，只是试图自己厘清楚细节，他仍然觉得这是个好方法。

困难点在于，要如何让魁利恩在人民面前暴露他身为镕金术师的身份。度恩跟他们说过会发生什么事，所以他们都等着亲眼看到实证。只是鬼影的计划要成功，必须让公民在众目睽睽的公开场合使用他的力量。

我不能只是让他推远处的某个金属，鬼影在黑板上为自己写下注记。我需要他将金属射入空中，或是撒出一把钱币，某种很明显，可以让大家看清的手法。

这不容易，但鬼影有信心。他在黑板上写了几个想法，从聚会时公开攻击魁利恩，到趁魁利恩以为没人在看时诱导他使用能力都有。这些想法正慢慢形成明确的计划。

我真的能办到，鬼影微笑着想。我一直那么敬佩卡西尔的领导能力，可是这没有我想象中困难。

至少，他一直这么告诉自己。他试图不要去想失败的代价，试图不要去想他仍然将贝尔黛扣为人质，试着不要担心自己有时候起床时发现锡在半夜烧完，身体便麻木不仁，直到吃下更多金属作为燃料才恢复。他试图不要去思考他的出现、演说和行动在人民间引发的暴动跟冲突。

卡西尔一直告诉他不要担心。这对他来说应该就够了，不是吗？

几分钟后，他听见有人靠近，踩在岩石上的脚步声很轻盈，却没有轻到他听不见的程度。来者带着洋装的沙沙声却不带半点香水味，他很清楚是谁。

"鬼影？"

他放下炭笔，转过身。贝尔黛站在他"房间"的另一端。他在几个储藏柜子之间用床单隔出一个区块做他自己的办公室。公民的妹妹穿着一件美丽的绿白相间贵族礼服。

鬼影微笑："你喜欢这衣服吗？"

她低下头，微微脸红："我……已经很多年没穿过这种衣服了。"

"这个城里谁不是如此。"鬼影说道，放下炭笔，拿块破布擦手，"可是这也代表要取得很容易，只要知道去哪里找。看来我帮你挑的尺寸蛮合身的？"

"是的。"她低声说道，轻轻走上前。那件礼服穿在她身上真的很好看，鬼影发现她走得越近，他越不知道该将目光往哪里摆。她看着他的黑板，微微皱眉："这上面写的东西……有意义吗？"

鬼影甩甩头，抛开自己的妄想。黑板上一堆直线斜线跟注记，光是这样就已经够难阅读了，而让它更无法理解的不只如此。

"这上面写的主要是东方街头俚语。"鬼影说道。

"你青春期时说的语言？"她说道，摸着黑板的边缘，小心翼翼地避免碰触文字本身，以免被擦糊掉。

鬼影点点头。

"连用词都不一样了。"她说道，"是正？"

"意思是'正在做的事情'。"鬼影解释，"用这个词开头，像'是正跑那'，意思是我正在跑去那个地方。"

"'是正哪里怎找去'。"贝尔黛说道，露出笑意，读着黑板上的文字，"听起来像胡言乱语！"

"是正哪里怎找去。"鬼影微笑重复一遍，口音暴露无遗，然后他脸上一红，别过头去。

"怎么了？"她问道。

455

MISTBORN: THE HERO OF AGES

我在她身边时为什么每次都这么傻气?他心想。其他人都在笑我的口音——就连卡西尔都觉得这很蠢。结果我居然在她面前就这么说了起来?

在她到来之前,他感觉很有自信、很踏实地在研究他的计划。为什么这女孩每次都能把他从领导者的角色打回原形?变回那个向来都不重要的鬼影。

"你不该为你的口音感到羞愧。"贝尔黛说道,"我觉得蛮有特色的。"

"你才刚说那是胡言乱语。"鬼影回过头去看她。

"这就是最棒的一点啊!"贝尔黛说道,"它是故意要说得像胡言乱语,不是吗?"

鬼影想起当初他父母对他开始讲方言时的反应,顿时觉得好笑。那时候说着只有他朋友听得懂的话,让他觉得拥有某种力量,当然,等到他讲得太顺口时,要改回来就变得很困难。

"所以,上面写些什么?"贝尔黛看着黑板问道。

鬼影迟疑了。"随便写写而已。"他说道。她是他的敌人——他得记住这点。

"噢。"她说道。某种难解的神色闪过她的脸庞,她别过身去,不再看黑板。

她哥哥从来不让她参加会议,从来不跟她说任何重要的事情,让她觉得自己很没用……

"我需要让你哥哥在人前使用镕金术,"鬼影发现自己如此解释,"让他们看到他是个伪善的骗子。"

贝尔黛回过头。

"黑板上都是我的一些想法。"鬼影说道,"大多数都不太好,我有点倾向直接攻击他,让他不得不自保。"

"不会成功的。"贝尔黛说道。

"为什么?"

"他不会对你用镕金术。他不会这样暴露自己的身份。"

"如果我对他构成足够的威胁,他就会。"

贝尔黛摇摇头:"你答应不伤害他的,记得吗?"

"不。"鬼影抬起手指,"我答应要尝试寻找别的方法,而且我也不打算杀他。我只要让他以为我会杀了他。"

贝尔黛再次陷入沉默。他的心跳猛地漏了一拍。

"我不会的,贝尔黛。"鬼影说道,"我不会杀了他。"

"你保证吗?"

鬼影点点头。

她抬起头,微笑:"我想写封信给他。也许我能说服他,避免整件事发生。"

"好吧……"鬼影说道,"可是你知道我得先读过信,才能确保你不会透露我们的事情。"

贝尔黛点点头。

他当然不只读信这么简单。他会将信重写在另一张纸上,调转语句顺序,加上几个不重要的字。他在太多盗贼集团中工作过,很清楚密码信的构造,如果贝尔黛对他是诚实的,由她来写信给魁利恩的确是好事,只会强化鬼影的地位。

他开口要问她住宿条件是否可以接受,但一听到有人来便立刻住口。这次的脚步声比较重。他猜是葛拉道队长。

果不其然,不久后,那士兵出现在鬼影"房间"外的转角口。

"大人。"士兵说道,"你该来看看。"

外面的士兵不见了。

沙赛德跟其他人一起望向窗外,检视原本魁利恩的士兵驻扎了好几个礼拜、看守教廷大楼的地方。

"他们什么时候走的?"微风问道,深思地搓搓下巴。

"刚走。"葛拉道解释。

这个变化不知为何让沙赛德觉得其中充满危机。他站在鬼影、微风，还有葛拉道身边，但其他人似乎都觉得撤兵是好事。

"这样会让溜出去更容易些。"葛拉道说。

"不只如此。"鬼影说道，"这表示我能将我们的士兵纳入对抗魁利恩的计划。我们不可能在有半支军队守在门口的情况下把士兵带出去，可是现在……"

"没错。"葛拉道说道，"但他们去哪里了？你觉得魁利恩怀疑我们吗？"

微风哼了一声："老兄，这听起来是你家探子的问题。为什么不派他们去找找军队去哪了？"

葛拉道点点头，沙赛德微微讶异地看到士兵转过头去请鬼影确定。鬼影点点头，队长走到一旁去发号施令。

他对那男孩的认同高过我跟微风，沙赛德心想。他不该感到讶异。沙赛德自己同意让鬼影领导，而对葛拉道而言，沙赛德、微风、鬼影可能都是平等的。三人都在依蓝德的核心集团里，而在这三人之中，鬼影是最好的战士，所以葛拉道以他马首是瞻是理所当然。

不过看到鬼影对士兵下令感觉很奇怪。鬼影在原本的集团中向来很安静，但沙赛德开始尊敬这男孩。鬼影知道该如何以沙赛德办不到的方式下令，他在邬都的准备工作极为周全，还有他打算推翻魁利恩的计划也是。微风一直说鬼影的计划中，有相当令人佩服的戏剧张力。

可是，男孩眼睛上的绷带以及一些他没有解释的事情，让沙赛德觉得自己应该更努力要求答案。但事实上，他信任鬼影。沙赛德从男孩才十几岁时就认识他，那时他甚至连话都说不好。

葛拉道走开后，鬼影望向沙赛德跟微风。"怎么样？"

"魁利恩在策划着一些什么，"微风说道，"但现在就下定论还太早。"

"我同意。"鬼影说道，"目前，我们继续照原订计划进行。"

说完之后，三人分头离去。沙赛德转身，回到洞穴的另一边，那里有一堆士兵在明亮的灯光下工作。他的手臂上有着熟悉的红铜意识库重量——两者在前臂，两者在上臂，其中包含他完成鬼影计划需要的信息。

最近，沙赛德不知该作何感想。每次他爬上梯子望向城市，就看到情况越发严重。落灰更多了。地震越来越频繁，越来越暴力。迷雾在白天滞留的时间越来越长。天色越来越暗，太阳越来越像巨大流血的疤痕，而非光线与生命的来源，灰山甚至让夜晚的天空都泛着红光。

他总觉得世界末日应该是人们找到信仰，而非失去信仰的时候。可是他花在研读宗教上的短暂时间，并没有为他带来答案。他又删除了二十个宗教，只留下三十个可能。

他暗自摇摇头，在工作中的士兵们之间行走。几群人在装满石头的木头机具边工作，这机器会根据杠杆原理落下，堵塞流入石穴的水道，其他人则是在制作能放下机械的吊索。半个小时后，沙赛德确定他们都做得很好，因此重新开始了手边的计算工作。他走回桌边时，看到鬼影朝他而来。

"暴动。"鬼影说道，来到沙赛德身边。

"什么意思，鬼影大人？"

"士兵都去了那里。有人开始放火，守卫我们的士兵必须去救火，免得整座城市都烧起来。这里比中央统御区城市用的木头更多更易燃。"

沙赛德皱眉："我担心我们在这里的行动变得危险。"

鬼影耸耸肩："我觉得是好事。城市快要崩溃了，沙赛德，就像我们夺取政权时的陆沙德。"

"那时因为有依蓝德·泛图尔，城市才免于自我摧毁。"沙赛德轻声说道，"卡西尔的革命很容易就会变成暴动。"

"一切都会没事的。"鬼影说道。

沙赛德斜眼瞅着跟他并肩走在石穴中的男孩。他觉得鬼影似乎很努力想要表现出自信的样子，但这也可能是因为他自己开始对所有事物都不再确信。无论如何，他没有办法像鬼影那般乐观。

"你不相信我。"鬼影说道。

"对不起,鬼影。"沙赛德说,"只是我最近对很多事情都缺乏信念。"

"嗯。"

两人沉默地并肩而行,终于来到平滑如镜的地下湖。沙赛德停在湖边,焦虑啮咬着他的心窝,让他烦躁地站在原地许久,却没有开口。

"你都不担心吗,鬼影?"沙赛德终于问道,"担心我们会失败。"

"我不知道。"鬼影看起来很不安。

"而且有问题的不只是这些而已。"沙赛德手朝工作人员比画着,"连天空似乎都是我们的敌人。大地正在死去。你难道都不会想,这一切有何用处吗?我们为什么要挣扎?反正我们都注定要完蛋了!"

鬼影微微脸红。终于,他低下头。"我不知道。"他又说了一次,"我……我明白你在做什么,沙赛德。你正试图了解我是否怀疑自己,我想你真的能看穿我。"

沙赛德皱眉,但鬼影没看他。

"你说得没错。"年轻人此时擦着额头说道,"我是会想我是否会失败。我想廷朵会生我的气,对不对?她觉得领导者不该质疑自己。"

这句话让沙赛德一愣。我在做什么?他心想,对于自己刚才的怒气觉得相当不可思议。我真的变成这种人了吗?我大半辈子都在反抗席诺德,反抗我自己的人民,当时我心中安宁,自信我正在做对的事。

结果我来到这里,来这个需要我的地方,却只是坐在一旁对朋友恶言相向,告诉他们我们都要死了?

"可是,虽然我怀疑自己,但仍然觉得我们会没事的。"鬼影抬起头来说道。

"为什么你能这么说?"沙赛德问道。

"其实我也不知道。"鬼影说道,"我只是……记得你刚到这里时问我的问题吗?我们就站在湖的那边,你问我关于信仰的事情。你问我,如果信仰只是让人彼此伤害,像是魁利恩坚持对幸存者的信念所造成的后果，那又有什么用。"

沙赛德望向湖面。"是的。"他柔声说道，"我记得。"

"我一直在想这件事。"鬼影说道，"现在……我想也许我有答案了。"

"请说。"

"信仰就是，无论发生什么事都不重要。"鬼影说道，"你总是相信有人在照看我们，总是信任有人会让一切都安然无恙。"

沙赛德皱眉。

"意思是，总会有办法可以解决的。"鬼影低声说道，望着前方，眼神迷蒙，仿佛正看着沙赛德看不见的东西。

没错，沙赛德心想。这就是我失去的。也是我需要得回的。

我开始明白，每种力量都是三位一体：实体，例如灭绝跟存留的创造物；精神，也就是让整个世界运作的不可见能量；还有意识，也就是能控制能量的意志。

其实不止如此，远不止如此，只是我尚不了解。

57

你应该杀了他们。

纹抬起头，听到一组警卫经过她牢房的门口。灭绝的声音有个好处——如果有人在附近就会警告她，即使它一直叫她把他们杀了。

她心里有个部分的确不断在想自己是不是发疯了。毕竟她看到又听到没有其他人能看到或听到的东西，可是反正她也分不清楚自己是不是疯了，所以决定接受自己听见的事情，并且不予理会。

MISTBORN: THE HERO OF AGES

说实话，她有时候还蛮高兴有灭绝的声音，因为除了它以外，只有她孤独一人在牢房里。一切都很安静，就连士兵都不说话——这应该是凯门的命令。况且每次灭绝说话，她总觉得又多知道了一些什么，例如她知道灭绝可以出现在牢房，或是从远方影响她。当它没有跟她同处一室时，灭绝的话总是比较简单或模糊。

例如，灭绝命令她杀死侍卫。她不可能办到，也不可能从牢房中办到，因此这不是个命令，只是想改变她的心性，这点又让她想起镕金术，能够从大方向影响一个人的情绪。

从大方向上影响……

她突然脑中闪过一个念头。她往外探出——果然，她还能感觉到依蓝德给她的一千名克罗司，它们仍然受到她的意志管辖，在远方服从她的大概指示。

她能利用它们吗？也许传消息给依蓝德？要它们攻击城市解救她？无论怎么想，两个方法都有漏洞。派它们去法德瑞斯城只会害死它们，更遑论也许会破坏依蓝德的攻击计划。她可以派它们去找依蓝德，但如果它们正处于嗜血状态，侍卫当然会害怕，也许它们会被守营侍卫杀死。况且，如果它们真的找到依蓝德了，该怎么办？她可以命令它们采取行动，例如攻击或把某人抱起，但她从未命令其中之一说特定的言词。

她试图在脑海中形成这些言词，然后将这讯息送给克罗司，但她只感觉到对方反馈的迷惘。她得在这方面多下点功夫，而且她越想，越不知道传讯息给依蓝德是否真为利用它们的最佳方法。这可能只会让灭绝知道她拥有某种能力，而这是以前它所不知道的。

"他终于帮你找到个牢房了。"一个声音说道。

纹抬起头，它果然在那里，仍然使用着瑞恩的形体。灭绝跟她一起站在这小牢房里，它的背脊挺直，几乎是和蔼地低头看着她。

纹在她的软榻上坐起。她从来没想过在所有金属中，最想念的居然会是青铜。当灭绝以"本尊"出现时，燃烧青铜能让她透过青铜脉动感觉到它的存在，预警它的到来，即使它没真的现形。

"我承认我对你有点失望，纹。"它使用瑞恩的声音，里面却蕴含着一种……岁月感。某种安静的智慧。如同父亲般的慈祥声音，配上瑞恩的脸孔，还有那东西想摧毁一切的冲动，所有这一切加起来让她相当不安。

"上次你被抓起来，在毫无金属的情况下被铐住时，不到一个晚上就杀死了统御主，推翻帝国。"灭绝继续说道，"现在你被老老实实地关了……一个礼拜了吧？"

纹没有回应。为什么要来嘲笑我？它想知道些什么吗？

灭绝摇摇头："我以为你至少会杀掉尤门。"

"你那么关心他的死活做什么？"纹说道，"我以为他是站在你那边的。"

灭绝摇摇头，双手背在身后："原来你还是不了解。你们都站在我这边，纹。我创造了你。你们都是我的工具——你们每一个人都是。詹、尤门、你、你亲爱的依蓝德·泛图尔皇帝……"

"不。詹是你的，尤门显然也误入歧途，但依蓝德……他会反抗你。"

"他没有办法。"灭绝说道，"孩子，这就是你拒绝了解的地方。你无法反抗我，因为光是反抗，你就让我的计划更往前推进一步。"

"也许邪恶的人会帮助你，"纹说道，"可是依蓝德不会。他是个好人，连你也无法否认这点。"

"纹，纹。你为什么不明白？这跟善恶无关。道德跟整件事完全无关。好人跟坏人一样，都会因为想要的东西而杀人，他们的差别只是在于想要的东西不同。"

纹陷入沉默。

灭绝摇摇头："我一直想解释。我们正在进行的过程，一切的终结——这不是抗争，只是无可转圜的事物的最终归宿。有人能做一个永远不会停摆的怀表吗？你能想象不会耗尽的油灯吗？一切都会结束。你把我想成顾店的人好了，打烊的时候会确保灯都关掉，将一切都清干净的人。"

有一瞬间，它让她质疑了。它的话的确有道理。但过去几年间大地的改变，是在灭绝被解放前就开始产生的变化，这点确实让她疑惑。

可是，这个对话有哪里让她不安。如果灭绝说的是对的，那它为什么在乎她？为什么回来跟她说话？

"我猜你赢了吧。"她轻轻说道。

"赢？"灭绝问道，"你不懂吗？我没有什么好赢的，孩子。事物的发生都是必然。"

"我明白了。"纹说道。

"也许你能明白。"灭绝说道，"我想你是有办法可以明白的。"它转过身，开始静静地在牢房中来回踱步。"你知道你是我的一部分吧？美丽的毁灭者。直接而有效。在我过去短短一千年来占据的人之中，你也许是唯一能了解我的。"

原来它在炫耀啊！纹心想。所以灭绝才来此处，因为它希望有人能了解它达成的事情。灭绝的眼神中有着骄傲跟胜利感，这是人类的情绪，是纹能理解的情绪。

在那瞬间，灭绝在她的脑海中已经不再是它，而是他。

纹开始第一次思考，也许她能找到方法打败灭绝。他很强大，甚至强到超越人类能理解的范围，但她看到他人性的一面，而人性是可以被欺骗、操纵、破坏的。也许这就是卡西尔在命运之夜于统御主眼中得到的结论。她终于觉得她明白了他当时的心情，还有开启打败统御主之大胆计划的感觉。

可是卡西尔有好多年的时间可以策划，纹心想。我……我甚至不知道自己有多久。我想应该不会太久。当她正这么想时，地震发生了。墙壁开始震动，纹听到走廊的守卫开始咒骂，有东西倒下、碎裂，而灭绝……他似乎是一脸幸福，眼睛闭起，嘴巴微张，感受建筑物跟城市的震动。

终于，一切陷入沉默。灭绝睁开眼睛，盯着她："我做的一切都跟热情有关系，纹。跟充满动力的事件，跟改变有关！所以你跟你的依蓝德对我如此重要。有热情的人才是会毁灭的人，因为热情必须以愿意牺牲的程度来衡量。他会为此杀人吗？会为此上战场吗？会为此破坏、舍弃他所拥有的，以取得他所需要的吗？"

感觉灭绝觉得自己已经达成了某些目标，也克服了一些事情。尽管他嘴上不这么说，总觉得他赢了——他打败了什么……可是那是谁，还是什么？我们吗？我们根本不是灭绝的对手，纹心想。

一个过去的声音似乎从久远以前的时间对她低语。镕金术的第一条规则是什么，纹？

后果。作用与反作用。如果灭绝有破坏的能力，必定有与之抗衡的力量。必须有。灭绝应该有对手。或者该说，他曾经有对手。

"你把他怎么了？"纹问道。

灭绝迟疑，皱着眉头转向她。

"你的对手。"纹说道，"曾经阻止你毁灭世界的人。"

灭绝沉默了很久，然后他微笑，纹看到笑容中的寒意。他知道他是对的。纹确实是他的一部分。她了解他。

"*存留死了*。"灭绝说道。

"你杀了他？"

灭绝耸耸肩："对也不对。他为了建造囚牢而作了大量自我消耗。他的痛苦维持了好几千年，如今他终于消失了，而我们的协议也可以圆满结束。"

存留，纹心想，事件全貌一直缺乏的重要信息终于出现。灭绝的对手。存留的力量不可能摧毁敌人，因为他代表破坏的反面，但是可以囚禁。

当我放弃井的力量时，便结束了囚禁。

"所以现在你明白事情的必然性。"灭绝柔声说道。

"你不可能靠自己的力量去创造，对不对？"纹问道，"世界，生命。你不能创造，你只能毁灭。"

"他也不能创造。"灭绝说道，"他只能保存。保存不是创造。"

"所以你们要合作。"纹说道。

"双方都作了承诺。"灭绝说道，"我的承诺是跟他合作来创造你——能够思想，能够爱的生命。"

"那他的承诺呢？"纹问道，害怕自己已经知道答案。

"我终有一天可以毁灭你们。"灭绝再次柔声说道，"而我来此取得他承诺我的东西。创造的目的就是看着它们走向死亡，就像必须讲到高潮的故事情节，我做的一切直到终结时，才能算是完满。"

不可能真是如此，纹心想。存留。如果他真的代表宇宙中的力量，那他不可能真的被摧毁，对不对？

"我知道你在想什么。"灭绝说道，"你不能求助于存留的力量。他死了。因为他杀不死我。他只能囚禁我。"

是的，最后一部分我早就知道了，你真的无法读懂我的心思，对不对？

灭绝继续说道："我必须说他的手段真恶劣。存留想要规避我们的协议，你不觉得这种行为很邪恶吗？我之前说过，善恶与灭绝或存留无关。恶人跟善人都会保护他想要的。"

可是此时此刻有力量阻止灭绝破坏世界，她心想。虽然他一直讲着什么故事、结局一类的，但他不是会等待"恰当"时机才动手的类型。整件事有很多我不了解的部分。

是什么力量在阻止他？

"我来找你，是因为我希望至少有你可以看着，明白、知道它来临了。"灭绝说道。

纹整个人紧张起来："什么？末日吗？"

灭绝点点头。

"多久?"纹问道。

"几天。"灭绝说道,"最多几个礼拜。"

纹突然感觉一阵冰寒,终于懂了。他此时现身来找她,是因为她被抓住了。他认为人类已经没有希望。他认为他已经赢了。

这表示有办法可以打败他。她坚定地想。

而且跟我有关。可是我在这里办不到,否则他不会来炫耀。

这表示,她必须要获得自由。

尽快。

一旦了解这些事情,就可以明白,灭绝是如何被困住的,即使存留的意识被用去创造囚牢,且如今大半已被毁坏,他的精神跟身体仍然存在,而那些仍可阻止灭绝进行彻底的破坏。

至少,能阻止他过快地破坏一切。

一旦他的意识从牢房中被"释放",毁灭的进展速度顿时便会加快。

58

"只要冲撞这里,所有的重袋就会落下,四个水闸门会同时关闭,将通往洞穴的水流切断。"沙赛德说道,指着一根木把,"不过我必须警告你,地面炸起的水花将会相当惊人。应该在两个小时以内就能填满城市的运河,而且我认为北城区会进水。"

"淹到很危险的高度吗?"鬼影问道。

MISTBORN: THE HERO OF AGES

"我想不会。"沙赛德说道，"水会从我们旁边的交易所街沟排出去。我检查了那边的设施，状况蛮好的，所以水应该会直接流入运河，然后流出城市。无论如何，当水流来时，我不会想站在街沟里。它很急。"

"我已经处理好了。"鬼影说道，"度恩会确定大家都知道不能站在水道上。"

沙赛德点点头。鬼影忍不住十分佩服他。那复杂的机械由木头、齿轮、铁线所组成，照理应该要花上好几个月，而非只是几个礼拜就可搭建完成。四大闸门附近都有用很大网袋装着的石头，悬吊在空中，准备阻断河流。

"这太惊人了，阿沙。"鬼影说道，"如果再加上运河水流重新出现这样惊人的景象，人们一定会听我们说的话，而不是听公民的。"微风跟度恩过去几个礼拜非常努力，不断地在人群间散播要留意火焰幸存者带来的奇迹。某个很神奇、能够彻底证明谁才是城市真正主人的迹象。

"我尽力而为。"沙赛德谦虚地低头说道，"水闸可能不是那么完美紧实，不过应该没关系。"

"大家都知道该怎么做了吗？"鬼影转向四名葛拉道的士兵。

"是的，大人。"领头的士兵说道，"我们要等信差来，之后扳动这个把手。"

"如果没有信差，就等晚上再推把手。"鬼影说道。

"还有，不要忘记转紧另外一个房间的封紧机器，不让水流离开这个房间，否则湖水早晚会流干。以防万一，我们最好让它保持满水位。"沙赛德抬起手指说道。

"是的，大人。"士兵点头说道。

鬼影转头，看着洞穴。士兵在四周忙碌地准备，他需要动员大部分人好迎接晚上的事件。他们看起来都相当期待，因为已经被困在洞穴与上方的建筑物里太久。贝尔黛在一旁带着兴味研究着沙赛德的机器。鬼影离开士兵，快步走向她。

"你真的要这么做?"她说道,"让水重新回到水道?"

鬼影点点头。

"我有时候会想象,水流再出现会是什么样的感觉。"她说道,"城市不会那么干枯,会变成重要的地方,就像最后帝国早年时那样。全部都是美丽的水道,不再有地上丑陋的刮痕。"

"那会是很棒的景象。"鬼影微笑说道。

贝尔黛摇摇头:"我……很讶异你能同时是如此不同的人。为我的城市增光添彩的人,怎么能同时策划如此的破坏?"

"贝尔黛,我没有策划毁灭你的城市。"

"只是它的政府。"

"这是必要的。"

"每个人嘴上都说得轻松。"贝尔黛说道,"可是所有人对于'必要'的定义都不同。"

"我给过你哥哥机会。"

贝尔黛低下头。她仍然拿着他们早先收到的一封信——魁利恩的回信。贝尔黛的祈求发自内心,但公民则以侮辱响应,暗示她是因为被囚禁所以被迫写下这些字句的。

我不怕篡位者,信上如此写道。*幸存者本人会保护我。你们得不到这座城市的,暴君。*

贝尔黛抬头。"不要这么做。"她低声说道,"请给他更多时间。"

鬼影迟疑了。

"没有时间了。"卡西尔低声说道,"你必须动手。"

"对不起。"鬼影转身离开她,"你跟士兵在一起,我会留下四个人保护你,不是要防你逃跑,是真的出于安全考虑。我要你留在洞穴里,我不能保证街道上安全。"他听到她在他身后轻轻地啜泣。他留她一个人站在那里,走回士兵集合地。其中一人为鬼影拿来他的决斗杖跟烧焦的披风。葛拉道站在士兵的最前方,一脸骄傲:"我们准备好了,大人。"

469

微风走到他身边,摇摇头,决斗杖敲着地面。他叹口气。"又要再来一次了……"

今晚的活动是魁利恩已宣传了一段时间的演说。他最近停止处刑,仿佛终于明白这些死亡只会让他的统治根基更不稳定。他显然打算要重回温和派,举办聚会,强调他为城市做出的贡献。

鬼影独自行走在微风、奥瑞安妮、沙赛德前方,后面三人轻松地聊着天。几名葛拉道的士兵也跟在后面,穿着常见的邬都服饰。鬼影兵分数路,让每一队按不同的路径前往。天还没黑,所以对鬼影而言,落日仍十分灿烂,迫使他要戴着布条跟眼镜。魁利恩喜欢在夜晚举行演说,好让迷雾在演说进行中来临,他喜欢这种跟幸存者相关的关联。

一个身影从旁边的街沟一拐一拐地走来鬼影身边。度恩弯腰驼背地前进,披风遮蔽了他的身形。鬼影很敬重他虽然行动不便却坚持要离开劳难区,亲自参与行动,也许这就是为什么他成为城市的地下社会首领的原因。

"一如我们所预期,所有人正聚集在一起。"度恩轻轻咳嗽说道,"你有些士兵已经到了。"鬼影点点头。

"城市状况……很不稳定。"度恩说道,"我很担心。在我没有办法控制的区域里,已经有人开始劫掠禁止进入的贵族豪宅,我的人都忙着叫人离开街沟。"

"会没事的。"鬼影说道,"大多数人都会去听演说。"

度恩沉默片刻。"据说魁利恩会用他的演说来批斗你,然后命令众人去攻击你下榻的教廷大楼。"

"那么,幸好我们人不在那里。"鬼影说道,"就算他真的需要士兵来维稳,还是不该把士兵撤走。"

度恩点点头。

"怎么了?"鬼影说道。

"我希望你能应付得过来,小子。今天晚上结束之后,城市就是你的了。请不要像魁利恩那样虐待它。"

"我会的。"鬼影说道。

"我的人会在聚会时为你制造混乱。别了。"度恩在下一条街道左转，消失在另一条街沟小巷里。

前方已经聚集了许多人群。鬼影拉起披风帽罩，遮住眼睛，穿越人群。他很快便将沙赛德跟其他人留在身后，挤上通往老城广场的一个坡道。魁利恩选择在广场里进行演讲。他的人架起一个木头舞台，公民可以站在上面面对群众。演说已经开始。鬼影停在离守卫不远的地方，许多魁利恩的士兵包围舞台，观察着群众。

数分钟过去，鬼影用这段时间聆听魁利恩的声音，却没有专注于他的话。灰烬在他身边落下，扑撒在人群身上，迷雾开始在空中翻腾。

他听着，以旁人不具备的能力听着。他利用镕金术的奇特力量来过滤所有声音，滤过交头接耳，脚步挪移，咳嗽等声音，一如他能看穿遮掩的迷雾。他听到城市的声音。远方的喊叫。

开始了。

"太快了！"一个声音低语，一名乞丐来到鬼影的身边，"度恩送消息来——街道上出现暴动，但不是他引起的！度恩无法控制状况。大人，城市开始燃烧了！"

另一个声音开始低语。卡西尔的声音："一个很像今晚的夜。光辉的夜晚。我夺取陆沙德，让它成为我的那一夜。"

人群后方出现骚动：度恩的人正在制造小骚动，魁利恩的一些士兵离开岗位去镇压邻近的暴动，公民则继续大声指控。鬼影在魁利恩的话语中听到自己的名字，但整篇演说对他而言都是噪音。

鬼影扬起头，看着天空。灰烬朝他落下，仿佛他正在空中飞过。像是迷雾之子。

他的头罩落下。周围的人讶异地低语。

远方钟声响起，葛拉道的士兵冲向舞台。在他周围，鬼影可以感觉

MISTBORN: THE HERO OF AGES

到光线。反抗的火光在城市中燃烧，就像是推翻统御主那天夜晚。革命的火把。然后那些人让依蓝德坐上王位。

这一次，他们选择的会是鬼影。

再也不是弱者，他心想。永远都不再是弱者！

魁利恩最后的一批士兵从舞台边跑走，开始跟葛拉道的人打起来。群众躲避战斗的区域，却没有人跑走。他们对于今天晚上的活动早有准备。许多人在等待，等着看鬼影跟度恩承诺的征象，他们在几个小时前才公布种种细节，以避免魁利恩的间谍知晓鬼影的计划——在运河中的奇迹，以及证明魁利恩是镕金术师。

如果公民，或者他在舞台上的侍卫射出钱币，或是利用镕金术跳入空中，那人民绝对会看到，他们会知道他们被欺骗了，而那就是结局。群众从咒骂的士兵身边离开，留下鬼影独自站立。魁利恩的声音终于消失，有些士兵正忙着要将魁利恩带离舞台。

魁利恩的双眼找到鬼影，此时他终于露出恐惧。

鬼影跳起。他无法钢推，但他以骤烧白镴的力量增强双腿，飞翔而上，轻易地越过舞台边缘，再低蹲落下。他抽出一柄决斗杖，冲向公民。

他身后的人群开始大喊。鬼影听到自己的名字，火焰幸存者。幸存者。他不只要杀死魁利恩，还要摧毁他。就像微风的提议那样，要瓦解他的政权。此刻，安抚者跟奥瑞安妮都在操控群众的情绪，让他们不会惊慌窜逃，要他们留在原地。

好看看鬼影将为他们呈现的一场好戏。

魁利恩身边的士兵太晚才发现鬼影。他轻易地打倒第一人，击碎第二人带着头盔的头颅，魁利恩大叫要人帮忙。

鬼影朝另一个人挥拳，但他的对手闪开，超出凡人所能及的速度。鬼影侧踏一旁，勉强闪过攻击，武器划过他的脸颊。那人是名镕金术师——燃烧白镴的迷雾人。这壮汉没有剑，而是使了一柄以黑曜石为刀锋的斧头。

迷雾之子
卷三・永世英雄 [珍藏版]

白镴不够显眼,鬼影心想。人民根本看不出来是这个人手脚太快还是太耐打。我得让魁利恩射钱币。

打手快步退开,显然注意到鬼影的速度随之增强。他警戒地举高武器,却没有攻击。他只需要拖延时间,让同伴将魁利恩拉到一旁去。打手本身就不容易打倒,他的技巧会比鬼影还优秀,并且更强壮。

"你的家人自由了。"鬼影低声撒谎,"我们之前救出了他们。帮助我们抓住魁利恩,他已经无法掌控你了。"

打手迟疑,放下武器。

"杀了他!"卡西尔呵斥。

这不是鬼影的计划,但他按照指示,闪进打手的攻击范围,那人讶异地转身,与此同时,鬼影反手一挥,打上他的头颅,决斗杖碎裂,打手则跌倒在地,鬼影抓起那人落地的黑曜石斧头。

魁利恩站在舞台边缘。鬼影一跳,越过木头舞台。他可以使用镕金术,毕竟他并没有反对镕金术。只有骗子魁利恩才会不敢使用自己的力量。

"我不怕你!"魁利恩说道,声音颤抖,"我是受到保护的!"

"杀了他。"卡西尔命令,出现在不远处的舞台上。通常幸存者只会在他的脑海中说话,除了在燃烧的建筑物中那次,他没有再出现过。这意味着重要的事情正在发生。

鬼影抓住公民的衣服,将他扯上前。鬼影举高木头,黑曜石利锋上的血迹滴上他的手。

"不!"

这声音让鬼影全身一僵,瞥向一旁。她来了,正挤过人群,朝舞台前的空地冲来。

"贝尔黛?"鬼影问道,"你是怎么离开石穴的?"

她当然听不到他说话。只有鬼影超人的听觉才让他在恐惧跟打斗声中辨认出她的声音。他跟她隔着远距离四目交望,看到她的嘴形,但这

473

MISTBORN: THE HERO OF AGES

次听不见声音。

拜托你。你保证过的。

"杀了他!"

魁利恩选择在此刻挣脱。鬼影转身,再次用力一抓,几乎要将魁利恩的衣服扯下,他将那人抛在木台上。魁利恩痛得大喊,鬼影双手举高武器。

火光中,有东西闪烁。那东西让鬼影浑身一震,但他几乎没有感觉到任何冲撞。他踉跄一步,低下头,看见身侧有血。有东西刺穿他左手臂跟肩膀的皮肉。不是箭,虽然速度像箭。他的手臂垂下,虽然无法感受到痛楚,但他的肌肉似乎停止了正常运作了。

有东西打到我。一枚……钱币。

他转身。贝尔黛站在人群前方,哭泣着,手伸向他。

我被逮捕的那天她也在,鬼影麻木地想。就站在她哥哥身侧。他总让她不离左右。我们以为是为了保护她。

还是其实是反过来?

鬼影站得更挺。魁利恩在他身前呜咽出声。鬼影手臂上被贝尔黛击中的地方滴血不停,但他忽视伤口,直盯着她。

"镕金术师是你,"他说道,"不是你哥哥。"

然后,群众开始尖叫,应该是微风的驱促:"公民的妹妹是镕金术师!"

"骗子!"

"他杀了我叔叔,却让自己的妹妹活着!"

经过仔细说明和安排的人民此时看到鬼影承诺的证据,高声尖叫。那不是他原本计划的目标,可是如今他自己也无法遏止事态的发展。人群包围在贝尔黛身边,愤怒地大喊,不断推挤着她。

鬼影朝她走了一步,举高受伤的手臂,然后,影子落在他身上。

"她一直打算背叛你。"卡西尔说道。

迷雾之子
卷三·永世英雄 [珍藏版]

鬼影转身看着幸存者。他高大而骄傲，正是面对统御主那天的样子。

"你一直等着杀手的到来，"卡西尔说道，"却没发现魁利恩已经派来杀手——他的妹妹。你不觉得他让她离开，深入敌阵很奇怪吗？她是被派去杀你的。你、沙赛德、微风。问题是，她是个被宠坏的富家小姐。她不习惯杀人。她从来就不习惯。她向来对你构不成威胁。"

群众涌上，鬼影转身，担心贝尔黛，但看到人民只是将她拉向舞台时，他冷静了一点。"幸存者！"人民反复高喊，"火焰幸存者！"

"王！"

他们将贝尔黛推上高台，抛在他面前。她红色的衣服被撕烂，身上多处瘀青，头发一团杂乱。在一旁的魁利恩呻吟。鬼影似乎在无意识的情况下打断了他的手臂。

鬼影想帮贝尔黛站起来。她身上有多处割伤，但还活着，而且在哭泣。

"她是他的护卫。"卡西尔走到贝尔黛身边，"所以她一直跟他在一起。魁利恩不是镕金术师。从来都不是。"

鬼影跪在女孩身边，看到她身上的瘀青，他既心疼又自责。

"现在，你必须杀了她。"卡西尔说道。

鬼影抬起头，脸颊上被打手划伤的地方渗着血，一路沿着下巴滴下。"什么？"

"鬼影，你想要得到力量吗？"卡西尔上前一步说道，"你想要成为更优秀的镕金术师？那份力量必须有其出处，从来不是免费的。这女人是名射币。杀了她，你就能得到她的能力。我会把她的能力给你。"

鬼影低头看着啜泣中的女子，感觉周围的一切都不真实，仿佛他人不在这里。他的呼吸困难，每次喘息都是挣扎，虽然有白镴的力量，身体仍然颤抖。人民喊着他的名字。魁利恩正喃喃自语些什么。贝尔黛持续哭泣。

鬼影伸出满是鲜血的手，扯掉眼罩，眼镜落下，他跌跌撞撞地站起，看着城市。

看见它在燃烧。

暴动的声音在街道中回荡。十几个地方都在起火，点亮了迷雾，让城市笼罩着地狱般的光芒。一点也不是革命之火。是毁坏之火。

"这是错的……"鬼影低语。

"你会得到城市，鬼影。"卡西尔说道，"你会得到你一直想拥有的！你会像依蓝德，像纹，甚至比他们两个人都更优秀！你会拥有依蓝德的头衔与纹的力量！你会像神一样！"

鬼影别过头，不再看燃烧的城市。有东西吸引了他的注意力。魁利恩正伸出完好的手臂，朝向……

朝向卡西尔。

"求求您。"魁利恩低语，仿佛只有他能看见幸存者，而周围别人都不行，"卡西尔神君，您为何舍弃我？"

"我给了你白镴，鬼影。"卡西尔愤怒地说道，不看魁利恩，"你现在要拒绝我吗？你必须抽出支撑舞台的钢刺，然后抓住这女孩，将她按在自己的心口。用尖刺杀了她，然后把尖刺刺入自己的身体。这是唯一的方法！"

用尖刺杀了她……鬼影心想，感觉麻木。这一切都是从我几乎死去的那天开始。我在市场上跟打手对战。我用他当盾牌，可是……另一个士兵还是不停攻击，隔着他的朋友，刺中了我。

鬼影歪歪倒倒地离开贝尔黛，跪在魁利恩身边。鬼影强迫他躺在木板上，魁利恩大喊出声。

"就是这样。"卡西尔说道，"先杀了他。"

可是鬼影没有听他说话。他扯烂了魁利恩的衬衫，在肩膀跟胸口搜寻，两边都一切正常。但是，公民的上臂被一段金属刺穿，像是青铜。鬼影以颤抖的手拔出尖刺。魁利恩尖叫。

卡西尔也尖叫。

鬼影转身，手中握着满是鲜血的青铜尖刺。卡西尔相当愤怒，双手如爪，向前一步。

"你是什么东西？"鬼影问道。

那东西尖叫，但鬼影忽略他，低头看着自己的胸口。他扯开衬衫，露出肩膀上已经复原大半的伤口。那里还有一点金属，是剑尖。那柄剑穿过镕金术师，杀了那人，然后进入鬼影的身体。卡西尔说不要动那碎片，当成鬼影的纪念。

尖刺从鬼影的皮肤突出。他怎么会忘记？他怎么会忽略自己身体内有这么大一块金属？鬼影伸出手。

"不要！"卡西尔说道，"鬼影，你想变回普通人吗？你想变成没有用的人吗？你会失去你的白镴，继续当个弱者，就像你让你叔叔死去时那样！"

鬼影迟疑了。

不对，不是这样。鬼影心想。我原本打算揭露魁利恩，要他当众使用镕金术，可是……我却直接攻击了他。我想要杀人。我忘记了计划与准备。我为城市带来毁坏。

这是不对的！

他从靴子里抽出玻璃匕首。卡西尔在他耳边发出可怕的尖叫，可是鬼影还是举起手，划开胸口的肌肤，以经过白镴增强的手指探入，捏住埋在里面的金属片。

然后，他拔出它，抛向舞台的另外一端，随之浮现的痛楚让他惨叫连连。卡西尔立刻消失，鬼影燃烧白镴的能力也随之不见。

一切同时袭上他的身体。在邬都这段期间过分逼迫自己的疲累，他一直忽视的伤口，白镴一直在协助他抵抗的光线、声音、气味、触觉，全部一起爆发，像是某种力量一般压制他，将他推倒。他倒在平台上。

他呻吟出声，再也无法思考。他想让黑暗就这样把他带走。

她的城市正在燃烧。

MISTBORN: THE HERO OF AGES

黑暗……

数千人会死在火焰中。

迷雾抚弄着他的脸颊。在噪音中，鬼影熄灭他的锡，减低他的感官，让身体充满幸福的麻痹感。这样比较好。

你想像卡西尔那样吗？真的想像卡西尔那样吗？那就在被打倒时，继续战斗！

"鬼影大人！"声音很遥远。

活下来！

伴随着一声痛苦的大叫，鬼影骤烧锡，金属一如往常带来汹涌的感官冲击——数千种感觉，同时刺激他。痛楚。触觉。听觉。声音。嗅觉。光线。

还有清醒。

鬼影强迫自己跪起，咳嗽不停，血依旧沿着他的手臂流下。他抬起头，看到沙赛德正朝舞台跑来。

"鬼影大人！"沙赛德说道，边跑边喘气，"微风大人正试图压制暴动，但我想我们把这座城市逼过头了！人民愤怒到要毁掉这个城市。"

"火焰。"鬼影沙哑地说道，"我们得熄灭火焰。城市太干了，太多木头。它会燃烧，把所有人都烧死。"

沙赛德一脸严肃："没有办法了，我们必须离开。这场暴动会毁了我们。"

鬼影瞥向一旁。贝尔黛正跪在她哥哥身边为他包扎伤口，替他的手臂做了个临时的吊带。魁利恩瞥向鬼影，一脸恍惚，仿佛他刚从梦中醒来。

鬼影歪歪倒倒地站起："我们不能放弃这座城市，沙赛德！"

"可是——"

"不！"鬼影说道，"我逃离陆沙德，留歪脚去送死。我拒绝再来一次！我们可以阻止火焰，我们只需要水。"

478

沙赛德一愣。

"水。"贝尔黛站起身说道。

"运河很快就会涨满。"鬼影说道,"我们可以组织救火队——利用返回的水来阻止火焰。"

贝尔黛低头:"鬼影,水不会来的。你留下的守卫……我用钱币攻击了他们。"

鬼影感觉一阵冰寒:"全死了?"

她摇摇头,发丝凌乱,脸上有着刮痕。"我不知道。"她低声说道,"我没检查。"

"水还没来。"沙赛德说道,"闸门……应该要被放下了。"

"那我们去把水引来!"鬼影呵斥。他猛然转向魁利恩,脚下突然一软,感觉晕眩。

"你!"他指着公民说道,"你要当这个城市的国王?那就去领导这群人。命令他们,要他们准备灭火。"

"我不行。"魁利恩说道,"他们会因我做过的事杀死我。"

鬼影脚下一歪,头晕目眩。他抓着一根横梁稳住自己,一手捧着头。贝尔黛朝他走了一步。

鬼影抬起头,与魁利恩四目交望。骤烧的锡让城市的火灾明亮到他很难见物,但是他不敢停止燃烧金属——现在让他保持清醒的,只剩下噪音、热气,还有痛楚。

"你要去找他们。"鬼影说道,"我他妈的根本不管他们是不是会把你撕碎,魁利恩,你要给我去救城市。你敢不去,我会亲自动手杀了你。听懂了没?"

公民全身一僵,然后点点头。

"沙赛德,带他去找微风跟奥瑞安妮。"鬼影说道,"我要去地下湖。无论如何,我都会让水涌入运河。叫微风跟其他人组织救火队,一有水就开始灭火。"

MISTBORN: THE HERO OF AGES

沙赛德点点头:"这样很好,葛拉道会带着公民去。我跟你一起。"

鬼影疲累地点点头。就在沙赛德离开去找带兵在广场周围围了一圈的队长时,鬼影从舞台上爬下,强迫自己朝密室移动。

他旋即注意到有人赶上他。片刻后,那人经过他,然后跑走。他意识中的某个地方知道沙赛德决定继续前进是好事,因为沙赛德建造了会让城市淹水的机械,由他来扳动把手是对的。他不需要鬼影。

继续走。

于是他继续走,仿佛每一步都是要为他对城市带来的灾难赎罪。不久后,他注意到有人在他身边,为他的手臂系上绷带。

他眨眨眼。"贝尔黛?"

"我背叛了你。"她低下头说道,"可是我没有选择。我不能让你杀了他。我……"

"你做得对。"鬼影说道,"有东西……有东西在干扰我,贝尔黛。它控制了你哥哥,也几乎控制了我,我不知道,可是我们得继续前进。密室快到了,就在那个坡道前面。"

两人一起走,她扶着他。鬼影还没走近,就闻到烟味,看到火光,感觉到热力。他跟贝尔黛站在坡道的上面,几乎是四肢并用爬上去,因为她几乎跟他一样疲累。但是,鬼影早就知道他会找到什么。

教廷大楼跟城市中许多区域一样正在燃烧,沙赛德站在前面,手遮住眼睛。对鬼影过度敏锐的感官而言,火焰的亮度强到他必须别过眼,热到他觉得自己离太阳只有几寸之遥。

沙赛德试图要更靠近建筑物,却被逼退。他转向鬼影,遮着脸。"太热了!"他说道,"我们得找点水或沙先把火灭了才能下去。"

"太慢了……"鬼影低语,"那会浪费太多时间。"

贝尔黛转身,看着她的城市。在鬼影的眼前,烟雾似乎在灿烂的空中扭曲攀升,仿佛要迎接落灰。

他一咬牙，蹒跚地朝火焰走去。

"鬼影！"她大喊。可是她无须担心。火焰太烫，痛楚逼得鬼影还走不到一半就得后退。他跌跌撞撞地走开，站回贝尔黛跟沙赛德身边，静静喘气，眼睛因痛楚而流泪。他增强的感官让他比平常人更无法靠近火焰。

"我们在这里无能为力。"沙赛德说道，"必须召集人手后再回来。"

"我失败了。"鬼影低语。

"我们都一样。"沙赛德说道，"这是我的错。皇帝要我负责。"

"我们应该要为城市带来安定。"鬼影说道，"不是毁灭。我应该能阻止火灾，可是，我太痛了。"

沙赛德摇摇头："鬼影大人，你不是神，能任意操纵火焰。你跟我们其他人一样，我们都只是……人。"

鬼影允许他们将他拉开。沙赛德当然说得没错。他只是人。只是鬼影。卡西尔仔细地挑选了他的集团成员，他死时留了一张纸条给他们，上面列出其他人——纹、微风、多克森、歪脚，还有哈姆。他提及他们，以及他为何挑选他们。

可是没有鬼影。唯一与他们格格不入的人。

我为你起了名字，鬼影。你曾是我的朋友。

这样还不够吗？

鬼影全身一僵，强迫另外两人也停下脚步。沙赛德跟贝尔黛转头看他。鬼影凝视着黑夜。过度明亮的黑夜，烟味浓重。

"不。"鬼影低语，自从夜晚的暴动开始，第一次感觉完全清醒。他将手从沙赛德的手中抽开，跑回燃烧中的建筑物。

"鬼影！"两个不同的声音在黑夜里尖声叫喊。

鬼影走向火焰。他的呼吸变得粗重，皮肤变得炙热。火焰很明亮，亮得吞没一切。他朝火里直冲，然后在痛楚强到临界点时，熄灭了锡。

变得麻痹。

就像之前，他被困在那栋楼中没有任何金属可用时一样。骤烧锡许久让他的感官敏锐度增加，但没有燃烧锡的时候，同样也让感官变得迟钝不已。他的整个身体变得麻木不仁。

他闯入建筑物，四周的火焰如雨落下。

他的身体燃烧，可是他感觉不到热度，痛楚也无法将他逼退。火焰很明亮，让他退化的眼力仍然能见物。他向前冲，无视于火焰、热力、烟雾。

火焰幸存者。

他知道火焰正在杀死他，可是他强迫自己前进，在痛楚早该让他昏厥时仍然强迫自己前进。他来到后方的房间，半滑半滚地爬下破碎的梯子。

石穴一片漆黑。他跌跌撞撞地走入，推开柜子跟家具，沿着墙壁前进，动作慌乱，他知道时间不多了。他的身体已经不听使唤——他逼迫自己太久，也不再有白镴可用。

他很高兴四周如此漆黑。当他终于撞上沙赛德的机器时，知道如果自己能看见火焰对手臂造成的伤害，一定会被吓坏。

他轻声呻吟，摸索着寻找把手——至少在他已麻痹的手心下希望能感受到像是把手的东西。他的手指已经无法作用，所以他只是用力去撞它，照沙赛德的描述启动齿轮。

然后，他滑倒在地，陷入冰冷与黑暗。

第伍章

嘱托
Trust

迷雾之子
卷三·永世英雄 [珍藏版]

我不知道克罗司到底在想些什么——它们保留多少记忆,还能体验哪些人类情感。不过我知道,我们发现了那只自称为人类的克罗司是极端的幸运。没有它想要再次成为人类的努力,我们可能永远不会了解克罗司、血金术和审判者之间的关系。

当然,它还有别的角色,虽然不是大角色,但整体而言,仍然很重要。

59

邬都曾经有过更好的日子。

纹在这里可是使出全力了,坦迅心想,走过城市,对周遭的破坏感到震惊。两年前,在它被派去监视纹之前,曾经是史特拉夫·泛图尔的坎得拉,因此经常造访邬都。虽然它从来没有陆沙德么宏伟,但原本是个很棒的城市,值得作为豪门世族的根据地。

而今,有三分之一的城市被烧毁。那些没烧坏的建筑物要不就是被废弃,再不就是太拥挤。

可是,更惊人的是运河。运河不知如何被填满了。坦迅一屁股坐下,看着偶有临时拼凑出来的船只穿过运河,拨开沾满灰烬的水面。有些地方被废弃物跟垃圾阻塞,但大部分都能容许船只通过。

它站起身,摇着狗头继续前进。它把装着卡西尔骨头的袋子藏在城外,不想因为在身上背个袋子而引人注目。

烧毁城市却又恢复运河的目的是什么?它可能要晚点才能找到答案。外头没有看到军队,所以如果纹来过这里,也早已经去了别的地方。如今它的目标是找到这残破城市的领导者,然后继续前进,追寻永世英雄。

　　它边走，边听到人们谈论是如何在烧光这么大一片城市的火灾中存活下来。他们居然显得颇为高兴，当然也有绝望的人，但快乐的比例显得有点不正常。这不是个被征服的城市。

　　他们觉得他们打败了火灾，坦迅心想，走在一条较为拥挤的街道上。他们不认为失去三分之一的城市是个灾难——他们认为能救下三分之二是奇迹。

　　它跟着人群走向城市中心，在那里，它终于找到预期中应该有的士兵——他们绝对是依蓝德的士兵，制服上有矛跟卷轴的纹饰。可是他们守护的位置令人匪夷所思：一栋教廷大楼。

　　坦迅歪着头，坐在地上。这栋建筑物显然是某个指挥中心，人们在士兵眼皮下来来往往，如果它想得到答案，就得进去。它考虑是否该去城外拿卡西尔的骨头进来用，可是很快就放弃这个想法。它不确定自己是不是想处理幸存者再度出现的影响。有另外一个进去的方法——可能同样令人震惊，但至少不会造成信仰上的震撼。

　　它走到建筑物门口，上了台阶，引来几人惊讶的注视。它走上前门时，一名侍卫对它大喊，朝它的方向挥舞着矛柄。

　　"注意！"那人说道，"这里不准带狗。这是谁的狗？"

　　坦迅坐回地上。"我不属于任何人。"它说道。

　　侍卫震惊地往后退，坦迅享受着某种扭曲的愉悦感，但它立刻责怪自己，世界都要结束了，它还有空到处吓唬士兵。它从来没想过，不过这的确是使用狗体的优点之一……

　　"什么……？"士兵说道，转头看着四周，仿佛以为被人捉弄了。

　　"我说，我不属于任何人。我是我自己的主人。"坦迅重复。

　　这是个奇怪的概念，其重要性应该是侍卫永远无法理解的。坦迅，一名坎得拉，居然离开家乡却没有契约。就它所知，它是七百年来族人中第一个这么做的。这件事令它感觉到出奇地……满意。

现在已经有不少人盯着它瞧。其他侍卫走上前来，希望同伴能给予解释。

坦迅赌上一把。"我是泛图尔皇帝派来的。"它说道，"我带来讯息要给你们这里的领导人。"

坦迅很满意地发现几名侍卫当场吃了一惊，可是第一名侍卫，如今已经是应付会说话的狗的老手，抬起一只迟疑的手指，指着建筑物："在里面。"

"谢谢。"坦迅说道，站起身，穿过如今完全沉默的众人，进入了教廷办公室。它听到后面有人在说是"把戏"，还有"训练良好"，也注意到几个侍卫表情紧张地跑过它身边。它绕过扎堆的人群，没人注意到建筑物入口发生的奇特事件。在队伍的最后面，坦迅发现是……

微风。安抚者坐在如皇位般的椅子上，拿着一杯酒，看起来非常自得，一面裁定，一面解决纷争。他看起来跟坦迅在担任纹的仆人时一个样。其中一名士兵对微风低声说了几句话。两人同时看着走上队伍最前方的坦迅。侍卫脸色微微一白，可是微风只是向前弯腰，微笑。

"你一直都是坎得拉，还是最近刚把纹的狗骨头给啃了？"他问道，手杖轻敲着大理石的板。

坦迅坐下："我一直是坎得拉。"

微风点点头："我早知道你有问题，以狼獒而言，实在太乖了。"他微笑，啜着酒。"是雷弩大人吧？好一阵子没见了。"

"我其实不是他。"坦迅说道，"我是不同的坎得拉。事情很……复杂。"

这句话让微风愣了一下。他打量坦迅，让它感觉到一阵惊慌。微风是名安抚者，而如同所有的安抚者一样，他有占据坦迅身体的能力。这就是秘密。

不，坦迅坚定地告诉自己。今日的镕金术师不比以往，只有靠硬铝才能控制坎得拉，而微风只是迷雾人，他无法燃烧硬铝。

"你工作中还喝酒啊,微风?"坦迅问道,挑起一边狗眉。

"当然。"微风端起酒杯说道,"如果不能决定自己的工作规则,那当老大还有什么意思?"

坦迅哼了一声。它向来不怎么喜欢微风,但这可能是因为对安抚者的成见。或者该说,对所有人类的成见。无论如何,它对闲聊没有兴趣。"纹呢?"

微风皱眉:"我以为你带来了她的消息?"

"我对侍卫说了谎。"坦迅说道,"我其实是来找她的。我带来她需要知道的信息,跟灰烬和迷雾有关。"

"那么,老兄……呃,我想我应该说,老狗兄,我们先把这边结束,再带你去跟沙赛德谈谈。他比我更擅长这种事。"

"……在鬼影命悬一线的情况下,我认为让微风大人来指挥会比较好。"泰瑞司人说道,"我们在不同的教廷大楼中办公,因为那些地方的设计似乎很适合作为行政中心,让微风听取不同人们的请求。我认为他比我更擅长于处理人的问题,而且他似乎喜欢处理市民们的日常疑难。"

泰瑞司人坐在椅子上,桌面上摊着一本活页夹,旁边有一堆笔记。不知为何,坦迅觉得沙赛德看起来有点不同。守护者穿着同样的袍子,手臂上有同样的藏金术护腕,却还是觉得少了点东西。

但那是坦迅最不在乎的事情之一。

"法德瑞斯城?"坦迅问道,蹲在自己的椅子上。他们在大楼里比较小的一间房间里,这里曾经是圣务官的卧室,如今里面只有桌子跟椅子,墙壁跟地板如众人对钢铁教廷家具的揣想一样冷硬。

沙赛德点点头。

"她跟皇帝希望能在那里找到另一个储藏窟。"

坦迅气馁地坐倒。法德瑞斯城在帝国的另外一边。即使它有力量的祝福,也要花好几个礼拜才能到。它会有非常、非常远的一段距离要跑。

"我能请问你去找纹贵女有什么事吗,坎得拉?"沙赛德问道。

坦迅迟疑片刻。

刚才跟微风如此坦白地交谈,现在又跟沙赛德如此直接地对话,让它感觉很奇特。坦迅身为狗的时候,观察了他们好几个月。他们从未认识它,但它感觉自己好像认识他们。

例如,它知道沙赛德是很危险的。泰瑞司人是守护者——一群坦迅跟它的同伴被训练要敬而远之的人。守护者们总是在寻找传言、神话、故事。坎得拉有许多秘密,因此如果守护者发现坎得拉有丰富文化,后果可能会很严重。他们会想要研究、问问题、记录所有发现的事。

坦迅开口,原本想说"没什么",可是又打住了。它不是想要有人帮它回答坎得拉文化遭遇的问题?找一个专注于宗教,而且可能对神学很了解的人?某个熟知永世英雄传说的人?除了纹以外,整个集团中坦迅最看重的人,就是沙赛德。

"这跟永世英雄有关。"坦迅小心翼翼地说道,"还有世界末日。"

"啊。"沙赛德站起身,"好吧,我会提供你所有需要的补给品。你会立刻出发吗?还是要留在这里休息一阵子?"

什么?!坦迅惊愕地想。沙赛德听说了跟宗教有关的事情却丝毫不为所动,这完全不像他啊。

可是沙赛德继续说话,仿佛坦迅刚才暗示它将披露它们这一族中,最重大的宗教秘密。

我永远无法了解人类,它摇头心想。

存留为灭绝创造的囚牢并非耗用存留的力量,虽然那是属于存留的。存留牺牲了他的意识,也可以说是他的心智来创造这个囚牢,因此也留下了自己的影子。但是灭绝一逃出后,便开始孤立、扼杀他敌人残余的部分。我不知道灭绝是否因为存留居然将自己与力量来源隔绝,自愿放弃所有的能耐给世界上的人类聚集、使用,而感到怪异。

在存留的选择中,我看到高尚的情操、智慧的运筹,还有孤注一掷的绝决。他知道他无法打败灭绝。他放弃了太大的一部分的自己——代表稳定与固定的自己。他无法破坏,就算是为了保护也不行。这完全违背他的本性,因此他需要囚牢。

可是人类是灭绝跟存留创造的——有一部分存留的灵魂提供他们意识与荣誉感。为了让世界能存活下来,存留知道他必须仰赖他的创造物,要将他的信任托付给他们。

当这些创造物不断令他失望时,不知道他会如何作想。

60

纹认为,想骗人最好的方式,就是给他们想要的。至少按照他们期待的去做。只要他们认为自己先人一步,就不会检视是否有遗漏之处。

尤门精心设计过她的牢房。任何用来搭建她的软榻或是日常用品的金属在镕金术上都是无用的。银虽然昂贵,却似乎是他偏好的选择——但连银都用得很少,只用在几个纹路用指甲转下的螺丝上而已。

她的餐点是油腻、无味的淡粥,以木碗装盛,木汤勺为餐具。她的侍卫全是杀雾者:他们手中握着木杖,身上没有金属,被训练来对抗镕金术师。她的房间是简单的石头构造,有实心的木门,门栓跟绞索都是银制品。

她从侍卫的态度看得出来他们认为她会动手脚。尤门将他们训练得很好,所以当他们把食物从门缝下方塞入时,她可以从他们的肢体语言与撤退速度看出他们有多紧张,好像在喂毒蛇一样。

所以他们第二次要将她带去见尤门时，她发动了攻击。

门一开，她便挥舞着从床拆下来的木脚挥打，她打中第一名侍卫的手臂和第二名侍卫的后脑勺，放倒两人。她的攻击在没有白镴的情况下感觉很弱，可这已是她尽力而为的结果。她连忙跑过第二名侍卫，以肩膀撞上第三名侍卫的腹部。她很轻，但足以让他抛下木杖，纹立刻抓起这根武器。

哈姆花了很长的时间用木杖训练她与人交手，也经常强迫她在没有镕金术的情况下战斗。所以虽然侍卫都有心理准备，但见到没有金属的镕金术师仍能惹出这么多麻烦，还是让他们相当讶异。这么一来，让她边逃边又打倒两人。

可惜的是，尤门不是笨蛋。他派来接她的侍卫人数多到就算纹放倒了其中四个也无济于事。

她牢房外的走廊中至少挤了二十人，即使打不过她，光用人墙就能堵住她的去路。

她的目标是让他们得到他们想要的，而不是害死自己，所以一旦她确定自己的"逃跑尝试"不会成功，她就让其中一名士兵打中她的肩膀，闷哼一声抛下木杖。在缴械之后，她举高双手，往后退开。士兵们往她双腿一扫，她趴倒在地，一群人蜂拥而上压着她，直到她的双手被铐住。

纹忍受他们的对待，肩膀阵阵疼痛。她要多久才能习惯自己没有金属，不让直觉的第一反应总是燃烧白镴呢？希望她永远不知道需要多久。

终于，士兵们把她拉起来，推往走廊。她踢倒的三人，包括被她打掉武器的第四人，都不太高兴地抱怨数声，揉着自己的伤处，剩下的人更加警戒地盯着她。她原本以为警备力已至饱和，看来还有往上突破的可能。

她没再给他们惹麻烦，直到来到尤门的议事厅。当他们将她的手铐绑上长凳时，她挣扎了一会儿，引来侍卫以膝盖朝她腹部重重一顶。纹

491

MISTBORN: THE HERO OF AGES

惊喘一声，倒在长凳旁的地上，然后一面呻吟，一面用浸泡过粥油的底衫擦拭手跟手腕。那东西又臭又黏，却非常润滑，而被她试图逃跑的动作分心的侍卫，完全忘记要搜她的身。

"你没有任何金属可以燃烧，不可能会想逃跑吧。"尤门问道。

纹抬起头。他再次背朝她，面对一片黑暗的窗户。纹觉得看得到迷雾靠着玻璃盘旋是件很奇怪的事情，大多数司卡负担不起玻璃，而大多数贵族选择有颜色的玻璃。尤门窗外的黑暗宛如等待的野兽，迷雾是它的毛发，随着它来回走动而拂刷过玻璃。

"我以为你会感觉受宠若惊。"尤门继续说道，"我不知道你是否如传言般危险，但我决定认为你的确如此。因为我——"

纹决定不再给他时间。她只有两个方法可以逃离这座城市——第一是去找到一些金属，第二就是扣住尤门。她打算两者都试试。

她从手铐中抽出油腻的双手，在刚刚他们想要铐上她时，她通过挣扎让手铐变得松动。她无视于被手铐擦刮带来的伤口跟流血，立刻跳起，探入衬衫里的皱褶，拔出她从床上取下的银螺丝钉，抛向士兵。

他们当然惊讶地大喊一声，趴在地板上，闪躲他们以为的钢推攻击。他们的准备跟担忧反而害了他们，因为纹并没有钢。螺丝钉无力地在墙壁上弹开，侍卫们纳闷地趴在地上，等她扑向尤门时，其中一个才想到要赶快起身。

尤门转身。一如往常，他在额上戴着一小颗天金。纹朝他扑抓。

尤门轻易地闪避她的攻击，纹再次一扑，这次耍个虚招，想要用手肘撞上他的肚子，可是她的攻击没有落点，因为双手仍背在身后的尤门侧踏一步，又闪避了她。

她认出他脸上的表情——一种一切了如指掌、胸有成竹、力量在握的表情。尤门显然没有多少战斗经验，但他仍然闪躲过她。

他正在燃烧天金。

纹跌跌撞撞地停下脚步。难怪他在额头上绑着天金，她心想。那是为了紧急之用。她可以从他的笑容看出，他真的能预料到她下一步的行动。他也知道她会想办法动手，因此他诱使她上钩，让她靠近，自身却游刃有余。

侍卫终于赶到，但尤门举起手挥了挥，要他们退后。然后，他朝长凳比了比。纹静静地走回长凳坐下。她得思考，而在尤门燃烧天金的情况下，她怎么尝试都没用。

她一坐下，灭绝就出现在身边——仿佛从黑雾中出现般，穿着瑞恩的身体。其他人都没有反应，显然是看不见他。

"太可惜了。"灭绝说道，"在某种程度上说，你几乎抓住他了，可是……从另一方面来说，你从来也没靠近过。"

她忽略灭绝，看着尤门："你是迷雾之子。"

"不是。"他说道，摇摇头，不再背向窗户，警戒地面对她。他可能已经把天金熄灭，这么宝贵的东西不能一直燃烧，可是他一定在某处还留有天金，小心翼翼地防备她下一波的攻势。

"不是？"纹挑起眉毛，"你在燃烧天金，尤门。我看得出来。"

"随便你怎么说。"尤门说道，"可是，女人，听清楚：我不说谎。我从不需要谎言，当整个世界陷入混乱时，我尤其这么认为。人们需要听领导者的真话。"

纹皱眉。

"无论如何，时间到了。"尤门说道。

"时间？"纹问。

尤门点点头。"是的，对于让你被关这么久，我很抱歉。我之前……分神了。"

依蓝德，纹心想。他做了什么？我什么都不知道！

她瞥向站在长凳边的灭绝，他不断摇头，仿佛他知道的事比他告诉她的多得多。她转头回去看尤门。"我还是不懂。"她说道，"什么时间到了？"

尤门迎向她的双眼："我决定处决你的时间，泛图尔贵女。"

噢，对，她心想。在她又要处理灭绝，又要计划脱逃的时候，几乎忘记尤门曾宣告过在处决她之前，要让她为自己"辩护"。

灭绝走过房间，懒洋洋地绕着尤门。圣务官王站在原处，依旧与纹四目对望。如果他看得见灭绝，并没有表现出什么。他对侍卫挥手，让他们打开一个小门，领入几名穿着灰袍的圣务官。他们在纹对面的长凳上坐下。

"告诉我，泛图尔贵女。"尤门转过头去看她，"你为什么来法德瑞斯城？"

纹歪着头："我以为没有审判，你说你不需要。"

"我以为你会对于处决过程中的任何延误都感到满意。"尤门回答。

延迟代表更多思考的时间——可能脱逃的时间。"问我为什么来这里？"纹问道，"我们都知道你的城市下方有统御主的储藏窟。"

尤门挑起一边眉毛："你们是怎么知道的？"

"我们找到另一个。"纹说道，"上面写着来法德瑞斯城的指示。"

尤门点点头。她看得出来他相信她的话，可是不止……如此。他似乎正在将她不了解的事件串连起来，但她没有足够信息去知晓他的思路。"那我的王国对你造成的威胁呢？"尤门问道，"这跟你们入侵我的领土完全无关吗？"

"我不会这么说。"纹说道，"塞特想逼依蓝德进入这个统御区已经有一段时间了。"

圣务官们听到这句话，纷纷交头接耳，但尤门独自站在一旁双臂交叠地看着她。纹觉得这个状况让她非常不安。自从脱离凯蒙的集团之后，她已经很久没有感觉到自己受制于另一个人，就连在面对统御主时跟此刻的感觉都不同。尤门似乎将她视为工具。

可是，是做什么的工具？还有，她该如何引导他的需求，使自己能活到顺利逃走？

要让自己无法被取代，瑞恩向来这么教导她。那么首领就无法在不失去力量的情况下处理掉你。即使是现在，她哥哥的建议仍然在她脑海中低语。这是记忆、对他的睿智话语的解读，还是灭绝影响的效果？无论如何，那似乎是好建议。

"所以你们带着入侵的确切意图而来？"尤门问道。

"依蓝德打算先尝试外交手段。"纹小心地回答，"可是我们都知道，在别人的城外放了这么大一支军队，外交难以奏效。"

"那么，你同意你们是征服者？"尤门说道，"你的确比你丈夫更诚实。"

"依蓝德比我们都诚恳，尤门。"纹斥骂，"他解读事情的角度跟你我不同，不代表他表达看法时就不诚实。"

尤门挑起一边眉毛，也许是因为她的话。"有道理。"

纹坐回原位上，用衬衫上衣一块干净之处来包裹手伤，尤门依然站在阴冷房间的窗户旁。

跟他对话的感觉很奇怪。一方面，他们似乎很不同——他是个公务员，缺乏肌肉或战士的优雅，全身上下有着一辈子都在处理报表与记录的痕迹；她则是在街头长大的小孩，以及擅长于战争与暗杀的成人。

可是，他的态度，他说话的方式，似乎跟她的很像。如果我不是司卡出身，我会像他这样吗？成为言简意赅的公务员，而非反应明快的战士？她忍不住如此想。

尤门看着她的同时，灭绝也缓缓绕了圣务官一圈。"这个人让我失望。"灭绝低声说道。

纹快速瞥了灭绝一眼。他摇摇头："这个人可以创造很大的破坏——如果他往外攻击，而不是缩在自己的小城市里，不断对死去的神明祈祷。人们会追随他。很不幸，我没办法与他持续沟通。不是所有的计谋都会成功，尤其在有他这种死脑筋的笨蛋时。"

"所以，你们来夺取我的城市，只因为你们听说过我的物资，还有害怕统御主的力量再现。"尤门说道,将纹的注意力引回他身上。

"我没这么说。"纹皱眉。

"你说你们怕我。"

"因为你是外势力。"纹说道,"而且你也证实了自己有能力瓦解一个政府并取而代之。"

"我没有取而代之。"尤门说道,"我将这座城市与统御区导回应有的轨道上。但那不是重点。我要你跟我讲讲你们这些人宣扬的宗教。"

"幸存者教会?"

"是的。"尤门说道,"你是其中一名首领,对不对?"

"不对。"纹说道,"他们崇拜我,但我向来不觉得我与教义吻合。这宗教主要以卡西尔为中心。"

"海司辛幸存者。"尤门说道,"他已经死了。人们为什么崇拜他?"

纹耸耸肩:"人们从以前就崇拜看不见的神。"

"也许吧。"尤门说道,"我……读过这种事情,不过很难理解,要相信一个看不见的神——这有什么意义?为什么拒绝一个与他们生活这么久,能够亲眼看到跟感觉到的神,反而去接受一个死去的神?还是被统御主本人打倒的神?"

"你也一样。"纹说道,"你依然崇拜统御主。"

"他没有消失。"尤门说道。

纹一愣。

"他失踪后,我再没有见过或听说过他出现。"尤门说道,显然注意到她的迷惘。

"可是,我不相信他的死讯。"

"他死得蛮彻底的。"纹说道,"相信我。"

"我恐怕不能相信你。"尤门说道,"告诉我那晚的事情,切切实实地告诉我。"

所以纹对他说了。她告诉他她被囚禁,还有跟沙赛德一同脱逃的事。她告诉他，她如何决定要与统御主对决，还有她对第十一金属的使用。她没说自己能从迷雾汲取力量的奇特经验，但把其他事情都解释得一清二楚，包括沙赛德的理论——认为统御主能长生不老是因为他巧妙操纵藏金术跟镕金术。

尤门居然认真在听。她越说，对这个人的敬意越进了几分，因为他并没有打断她。虽然他不相信，但仍然愿意听她的故事。他是一个接受信息原貌的人——将其视为另一个可以使用，却不需要完全信任的工具。

"于是，他死了。"纹做出结论，"我亲手刺穿他的心脏。你对他的信仰相当令人敬佩，但无法改变已经发生的事。"

尤门沉静地站着，其他坐在长凳上的年迈圣务官们一个个刷白了脸。她知道她的证言会让自己坠入万劫不复之地，但她认为诚实、直截了当的态度，会比欺瞒更有利。她向来觉得如此。

对在盗贼集团长大的人而言，这种信念还真奇怪，她心想。在她描述的过程中，灭绝显然觉得很无聊，离开他们去看窗外。

"我需要知道，统御主为什么觉得有必要让你认为你杀了他。"尤门终于说道。

"你没听到我刚才说的吗？"纹质问。

"我听见了。"尤门平静地说道，"不要忘记你是这里的囚犯——而且离死期不远。"

纹强迫自己安静下来。

"你觉得我的话很可笑？"尤门说道，"比你自己的还可笑？想想我眼中的你，声称杀了一名我知道是神的人。难道这不可能是他的刻意安排？他还在那里等着、看着我们……"

原来是这么一回事，她终于意会过来。难怪他要抓住我，又这么想跟我说话。他相信统御主还活着。他只想知道我跟这一切的关联是什么，他要我给他迫切希望得到的证据。

"你为什么不觉得你属于司卡宗教的一部分，纹？"灭绝低声说道。

她转头,试图不要直接看他,以免尤门看到她往空无一人的地方直视。

"为什么?"灭绝问道,"你不要他们崇拜你吗?那么多快乐的司卡?从你身上寻求希望?"

"统御主必定在背后操纵这一切。"尤门自言自语,"他希望让整个世界看到你是杀害他的人。他要司卡崇拜你。"

"为什么?"灭绝又问了一遍,"这为什么让你如此不自在?因为你知道你无法给他们希望吗?那个你应该要取代的人,他叫什么来着?幸存者?我想这是存留爱用的词……"

"也许他打算戏剧化地重新出现。"尤门说道,"将你取代、推翻,证明对他的信仰才是唯一的真实。"

为什么你格格不入?灭绝在她脑海中低声问道。

"否则他为什么希望他们崇拜你?"尤门问道。

"他们错了!"纹呵斥,双手贴到头旁,试图阻止这些思绪,阻止她的罪恶感。

尤门一愣。

"他们看错我了。"纹说道,"他们不是崇拜我,他们崇拜的是他们心目中的我。可是我不是幸存者的继承人,我没有做卡西尔做的事——他解放了他们。"

你征服了他们,灭绝低声说道。

"是的。"纹抬起头,"你弄错了,尤门。统御主不会回来。"

"我跟你说了——"

"不。"纹站起身,"不,他不会回来。他不必回来。我取代了他的位置。"

依蓝德担心他会成为另外一个统御主,可是纹在听他的担忧时总有疑问。他不是征服且重新缔造帝国的人,是她。她才是让其他国王屈服的人。

她做的事情跟统御主一模一样。一个新的英雄崛起,统御主杀了他,取得升华之井的力量。纹杀了统御主,取得升华之井的力量。她的确放弃了力量,但她也成为了同样的角色。

一切突然都明朗了。包括为什么司卡崇拜她、叫她拯救者的感觉会如此格格不入。她在这一切中扮演的真实角色,突然浮现。

"尤门,我不是幸存者的继承人。"她反胃地说,"是统御主的。"

他鄙夷地摇摇头。

"你刚抓住我时,我想过你为什么让我活着。"她说道,"我可是敌方的迷雾之子,为什么不杀了我就好?你说你想要审判我,但我看穿了你,知道你另有意图,现在我明白了。"她直视他的双眼。"之前你说你要因为我杀了统御主而处决我,但你刚才承认你认为他还活着。你说他会回来推翻我,所以你不能杀我,以免你阻挠你的神的计划。"

尤门转过头不看她。

"你不能杀我,"她说,"直到你确定我在你的神学理论中的地位。所以你让我活着,所以你冒险把我带来,让我说话。你需要只有我能给你的信息,你必须让我在某种审判中说出供词,因为你想要知道那天晚上发生了什么事情,好说服自己,你的神还活着。"

尤门没有回应。

"承认吧。我没有危险。"她上前一步。

尤门突然有所动作。他的动作变得流畅,不是燃烧白镴的优雅或是战斗经验带来的反射动作,而是他做的一切都恰到好处。她反射性地闪避,但他的天金预测了她的反应,所以在她能思考前,他已经将她压倒在地,膝盖抵着她的背。

"也许我还没杀你,但不代表你'没有危险',泛图尔贵女。"

纹哼了一声。

"我还要你做另外一件事,"他说道,"不止我们刚才讨论的事。我要你叫你的丈夫退兵。"

MISTBORN: THE HERO OF AGES

"我为什么要这么做?"纹说道,脸贴着冰冷的石地板。

"因为你要我的库藏,却又宣称自己是好人。"尤门说道,"你们现在知道我会睿智地利用里头的食物来喂饱我的人民,如果你的依蓝德真是如此仁慈,那他绝不会自私到要让人民死于战乱,偷走我们的食物去喂饱你们自己的人。"

"我们可以种植农作物。"纹说道,"中央统御区中有足够的阳光,但你们没有。这儿的种子对你们没用!"

"那可以跟我交易。"

"你不肯跟我们对谈!"

尤门往后退一步,放掉她背后的压力。她揉揉脖子,坐起身,感觉相当烦躁。"不只是密室中的食物,尤门。"她说道,"我们控制了另外四个密室。统御主在里头留下了线索,整合在一起,就可以救我们所有人。"

尤门轻哼一声:"你在里面那么久,没有去读统御主留下来的金属板吗?"

"当然有。"

"那你就知道里面没别的了。"尤门说道,"这都是他计划的一部分,没错,只是不知为何这计划需要人们相信他死了。无论如何,你现在还是知道了他说了什么。所以,为什么要将城市从我手中夺走?"

为什么要将城市从我手中夺走?纹心中的真正答案骚动不已。依蓝德向来觉得那个答案不重要,但对她而言却很有吸引力。"你很清楚我们为什么要将城市夺走。"纹说道,"只要你拥有它,我们就有征服你的理由。"

"它?"尤门问道。

灭绝好奇地上前一步。

"你知道我的意思。天金。统御主的库藏。"

"是它?"尤门大笑问道,"都是为了天金?天金没有用处!"

纹皱眉："没有用处？它是最后帝国里最宝贵的资产！"

"哦？"尤门问道，"那么，还有多少人能燃烧天金？有多少贵族世家还能玩弄政治把戏，靠展露他们能从统御主身上弄到多少天金来比较权势？天金的价值是以帝国的经济为基础，泛图尔贵女。没有那些系统，还有贵族给天金添加的华丽附加值，那金属本身是没有意义的。"尤门摇摇头。"对于即将饿死的人来说，哪个重要——一条面包，还是一罐他不能用、吃、卖的天金？"

他挥手要侍卫将她带走。他们将她拉起，她挣扎着与尤门四目对望。

尤门再次别过头："那些金属对我没有用，除了控制你以外。食物才是真正的资源。统御主留下了能让我为他奠基的足够资源，我只需要知道他要我下一步怎么进行。"

士兵终于成功地将她拉走。

那些日子里，我觉得我们如此看重迷雾是理所当然的事情，但从我现在对太阳与植物的了解看来，我知道我们的农作物并没有像我们担心的那样受到迷雾威胁。我们能找到可食用却又不需要那么多阳光即能存活的植物。

迷雾的确造成一些死亡，但是死亡数量并不会高到威胁我们整个族群的生存。灰烬才是真正的问题。充满天空的烟雾，遮盖一切的黑云，灰山的爆发……那才是杀死世界的原因。

"依蓝德！"哈姆大喊，冲向他，"你回来了！"

"很意外吗?"依蓝德从他朋友脸上的表情判断。

"当然不会。"哈姆回答得有点太快,"探子们通报过你回来了。"

我的到来可能没让你意外,但我还活着这件事应该是有的,依蓝德疲倦地想。你以为我会去把自己害死,还是你认为我会自己逃走、遗弃你们?

这不是他想深思的问题,所以他只是微笑,一手按着哈姆的肩膀,望向营地。它看起来有点奇怪,四周都堆满了灰烬,仿佛埋在几尺深的地下,好多灰啊……

我不能同时担心所有事,依蓝德坚定地想。我必须相信。相信我自己,不断深入。

他一路上都在思索雾灵的事情。它真的叫他不要攻击法德瑞斯,还是依蓝德误解了它的动作?它一直指着他的金属瓶,是想表达什么?

哈姆在他身后看着一群新的克罗司。在军营的另一边,是另一群克罗司——依然受到依蓝德的控制。虽然他越发熟悉该如何控制这些怪物,能够不靠近它们还是好事。这让他觉得比较安心。

哈姆低声吹了声口哨。"两万八千只?"他问道,"至少探子是这么说的。"

依蓝德点点头。

"我没想到这群数量有这么大。"哈姆说道,"有了这么多……"

总共三万七千只,要攻下法德瑞斯城绰绰有余,依蓝德心想。

他开始走下斜坡,进入军营。虽然有白镴协助他一路走回来,却仍然觉得疲累不已。"有纹的消息吗?"他满心期望地问道,可是他知道如果她逃了出来,早就已经找到他了。

"你不在时,我们派了一名使者入城。"哈姆跟他边走边说道,"尤门说可以派一名士兵去确认纹是否还活着,所以我们以你之名应下了,我们认为最好让尤门以为你还在这里。"

"做得很好。"依蓝德说道。

"但也已经有一段时间了。"哈姆说道,"从那时起就没再听说过她的消息。"

"她还活着。"依蓝德说道。

哈姆点点头:"我也相信。"

依蓝德微笑。"不必只是相信,哈姆。"他朝留下的克罗司点点头,"在她被逮捕之前,我给了她一些克罗司。如果她死了,那它们会完全失控。只要她还活着,无论有无金属,都会跟它们有所联系。"

哈姆一愣:"这种事情……早点跟我们说比较好吧,阿依。"

"我知道。"依蓝德说道,"我很容易就忘记我正控制着几只,甚至没想到不是全部都是我的。安排岗哨看着它们,如果它们狂暴起来,我会把它们收回。"

哈姆点点头。"有办法通过它们联络她吗?"

依蓝德摇摇头。这要怎么解释?对克罗司的控制并不是很精准的事情。它们的脑子太迟缓,只听得懂简单的命令,他可以命令它们去攻击,或不动,或是跟随及搬东西,可是不能精准地指挥它们,不能要它们传递讯息,甚至解释该如何达成目标。他只能说"去做",然后看着它们行动。

"我们得到中央统御区回来的探子情报,阿依。"哈姆说道,声音充满担忧。

依蓝德看着他。

"大部分探子都没回来。没有人知道你派去的德穆跟其他人怎么了,我们希望他们能确实抵达陆沙德。但首都的情况很糟,回来的探子们带来一些棘手的问题。我们在过去一年,失去了许多你征服的城市,人民正在挨饿,很多村庄除了死人之外已经全空了,能逃的都逃去了陆沙德,路上都是掩埋在灰烬里的尸体。"

依蓝德闭上眼睛,可是哈姆还没说完。

"据说有整座城镇被大地吞没。"哈姆说道,声音几乎微不可闻,"雷

MISTBORN: THE HERO OF AGES

卡王跟他的城市因为其中一座灰山的爆发而灭亡。我们已经好几个礼拜都没有加那尔的消息，他的所有人似乎都不见了，北方统御区也陷入混乱，整个南方统御区据说都在焚烧……依蓝德，我们该怎么办？"

依蓝德继续大踏步前进，走上没有灰烬的通道进入军营。士兵正在附近看着他。他不知道该如何回答哈姆的问题。他该怎么办？他能怎么办？

"帮助他们，哈姆。"他说道，"我们不会放弃。"

哈姆点点头，看起来略微振奋了些："可是，在你做别的事情之前，也许你该换件衣服……"

依蓝德低头，想起自己仍穿着黑衣，上面满是克罗司鲜血，又黏满灰烬。他的出现让士兵一阵骚动。他们只看过我穿雪白的制服，大多数人没见过我战斗的样子，更没有看过我浑身是血，被灰烬沾了全身。

他不知道为何对此有点担忧。

依蓝德看到前方一个满是胡子的身影坐在通道边，仿佛就只是在那里午后纳凉。塞特瞅着他走来："更多克罗司？"

依蓝德点点头。

"那我们要攻击了？"塞特问道。

依蓝德顿住了。

雾灵显然不希望他攻击，可是他不确定它到底要他想什么或做什么，他甚至不知道自己该不该信任它。他能将帝国的未来赌在某个迷雾中鬼魂的模糊暗示上吗？

他必须进入储藏窟，他来不及等围城结果——再也不能等了，况且，攻击似乎是让纹安全回来的最好方法。尤门绝对不会将她归还。依蓝德得选择在一旁等着，或是攻击。希望在战争的混乱中，尤门会将她关在某个地窖里。当然，攻击可能会让对方选择处决她，但让尤门将她当筹码使用，对纹而言一样危险。

我必须是个能做出困难选择的人，他告诉自己。纹在舞会中一直想让我明白这点——我可以同时是当平凡人的依蓝德，还有当王的依蓝德。我为了某个目的才去得到这些克罗司。如今，我需要使用它们。"

"告诉士兵。"依蓝德说道，"不要列队。我们清晨出击，要突袭——克罗司先突破对方的防守线，其他人可以在它们之后进城掌控一切。"

我们要去救纹、进入石穴，然后带着食物回到陆沙德。

尽我们所能活下来。

我猜想艾兰迪，那位被拉刹克杀死的人，他本身就是迷雾人——搜寻者。可是当时的镕金术跟今日不同，而且更为罕见。今日的镕金术师是当年吃下存留力量的人的后裔，他们成为贵族的先祖，也是最先称呼统御主为皇帝的人。

这几颗珠子中的力量如此浓烈，经历了十个世纪的繁衍与继承仍得以延续。

62

沙赛德在房间外面探头望入。鬼影躺在床上，全身仍然包裹在绷带中。那男孩自从受到重创之后就再也没有苏醒，沙赛德甚至不确定他是否还会醒来，即使他活着，这一辈子都将有不可抹灭的可怕疤痕。

可是这的确证明一件事，这孩子没有白镴，沙赛德心想。如果鬼影能燃烧白镴，他的愈合速度会快很多。为了以防万一，沙赛德仍然喂他喝下一瓶白镴，却没有任何改变。这男孩没有神奇地成为打手。

某种程度上，这点让他很安心，表示沙赛德的世界仍然是合理的。

房间里那女孩，贝尔黛，坐在鬼影的身边。她每天都来陪男孩，甚

MISTBORN: THE HERO OF AGES

至比陪她哥哥魁利恩的时间更多。公民手臂骨折，还有一些小伤，但不致命。虽然微风现在统治着邬都，魁利恩仍然握有权力，但他似乎变得……讲理了许多。他现在似乎愿意考虑与依蓝德结盟。

沙赛德觉得魁利恩突然变得如此和善相当奇怪。他们进入他的城市，散播混乱，几乎杀了他，结果现在他反而听进了他们的和平提议？沙赛德的确疑窦丛丛，但时间会证明一切。

房间里的贝尔黛略略转身，终于注意到门口的沙赛德。她露出微笑，站起身。

"请坐，贝尔黛贵女。"他进入时说道，"不必起身。"

她再次坐下，沙赛德走上前去，检视他为鬼影包扎的情况，检查年轻人的状态，跟红铜金属库里的医药典籍比对。贝尔黛静静地看着。

他结束后，转身要离开。

"谢谢你。"贝尔黛从他身后说道。

沙赛德停下脚步。

她瞥向鬼影："你认为……我是说，他的状况有改善吗？"

"恐怕没有，贝尔黛贵女。我没有办法保证他是否能康复。"

她浅浅微笑，转身继续看着受伤的男孩。"他会好的。"她说道。

沙赛德皱眉。

"他不是普通人。"贝尔黛说道，"他是特别的。我不知道他怎么让我哥哥恢复过来的，但我哥哥确实变回他从前的样子，在这一切发狂之前的样子，城市也是。这些人民又开始有了希望。这就是鬼影希望的。"

希望……沙赛德心想，端详女孩的双眼。她真的爱他。

就某个方面看来，沙赛德觉得她很傻。她认识这个男孩才多久？几个礼拜？在这短短的时间之内，鬼影不仅赢了贝尔黛的爱，还成为整个城市的英雄。

她坐在那边怀抱希望，相信他会复原，沙赛德心想。可是我看到他的第一个想法，居然是庆幸他不是白镴臂。沙赛德真的变得如此冷酷了

506

吗？两年前，他愿意不顾一切地爱上一名毕生都在指责他的女子，一名只跟她短短相处了宝贵几天的女子。

他转身离开房间。

沙赛德走入他们目前居住的贵族房舍中属于他的卧房，此处如今是他们的新家，因为原本的住所已成烧空的废墟。能有正常的墙壁跟台阶，而不是被石墙与无尽的柜子包围的感觉很好。

他的书桌上是一本摊开的笔记本，上面包着布料的盖板沾了灰烬。一叠书页在左边，一叠在右边。右边只剩十页。

深吸一口气，沙赛德来到桌子边坐下。该是结束的时候了。

当沙赛德将最后一张纸放到左边时，已是隔天的傍晚。他的进展在最后十张加快了很多，因为他心无旁骛地阅读，不被赶路或其他工作干扰。他感觉自己仔细思索过每个宗教。

他坐在那边好一会儿，疲累不已，不只是因为缺乏睡眠。他觉得……麻木。他的工作完成了。在一年后，他读过这一叠中的每个宗教，然后，他将每个宗教都剔除了。

它们之间的共通点多到让人觉得奇怪。大部分都认为自己才是正道，摒除其他信仰，许多个都提及来生，却无法列出证据。大部分都说有一个神或多神，可是却无法证明神的教条，而且每一个都充满了矛盾与逻辑谬误。

人们怎么会去相信一边教导爱，却又一边教导要将不信神者摧毁的宗教？一个合理的信仰怎么会没有证明？他们怎么能够真的认为他可以怀抱信仰阐扬过去发生的奇迹跟神迹，同时又仔细辩解为什么这些事情不再于今日出现？

当然，最后一片泯灭一切的灰烬，就是他觉得每个宗教都教导，却都无法证明的一点——每个宗教的教义都说信者将受到祝福，但没有宗教解释，为什么神会允许他们的信徒被一名叫做拉刹克——统御主——的异教徒逮捕、囚禁、奴役、屠杀。

MISTBORN: THE HERO OF AGES

这叠书页面朝下地放在他面前。它们意味着真实不存在,没有会将廷朵带回他身边的信仰。无论鬼影多么想强调,守护人们的力量还是不存在。沙赛德摸着最后一页,终于,他反抗许久的沮丧,他勉强抵挡了这么久的哀伤,强烈到他再也无法阻挡。这本活页夹是他的最后防线。

痛苦。他失去的感觉就像是痛苦。痛并麻木着,一条满是尖刺的铁丝盘绕着他的胸口,却又不容他做出任何事情去改变。他想要缩在墙角哭泣,让自己死去。

不!他心想。一定还有别的选择……

他将手深入抽屉,颤抖的双手摸索着他的金属意识库,却没拿出来,而是拿出一本厚厚的书。他将它放在活页夹边,随意翻开一页。以两种不同笔迹写下的字出现在他眼前。一种仔细而流畅。他的。另外一种简要又坚定。廷朵的。

他摸着这一页。他跟廷朵一起写了这本书,解读跟永世英雄有关的历史、预言,还有意义。就在沙赛德停止在乎这一切之前。

这是谎言,他心想,握紧拳头。我为什么要骗自己?我还是在乎。我从未停止在乎。如果我停止在乎,那我就不会还在寻找。如果我不是这么在乎,那这份背叛不会如此痛苦。

卡西尔说过,纹也说过,沙赛德没想过自己有一天也会有类似心情。有谁能伤害他到让他觉得被背叛?他不像其他人。他对这点的意识不是出自于自负,而是自知。他原谅别人,有时甚至是过于慷慨,可是他真的是不会记仇的人。

他认为自己从来就不需要处理这种情绪,所以完全无法招架被以为毫无瑕疵的信念背叛的感觉。

他没办法再相信。如果他相信,那就表示神,或是宇宙,或任何照看人类的大能,也失败了。他宁可相信什么都没有,那世界所有的不完满都只会是意外,而不是因为一个让他们失望的神祇。

沙赛德瞥向摊开的书,注意到书页间有一张小纸片。他抽出纸片,讶异地看到是纹给他的花的图片，就是卡西尔的妻子随身携带的那张——她以前会用这张图片让自己怀抱希望，提醒自己在统御主出现之前，曾有另一个世界。

他抬起头。屋顶是木头所造，被太阳反射入内的红色阳光映在天花板上。"为什么？"他低语，"为什么要让我变成这样？我研究关于你的一切。我学习五百种不同种族与派别的宗教。当其他人一千年前就放弃你时，我还在传播关于你的信息。

"为什么要在别人还能有信念时，让我失去了希望？为什么要让我一直猜想？难道我不该比别人更坚定吗？我的知识不是该保护我吗？"

可是，信念反而让他更脆弱。信任就是这么一回事，沙赛德心想。让别人有能力影响你、伤害你。所以他放弃他的金属意识库，所以他决定要一一读过宗教，试图找出完美的一个，不会让他失望的一个。

一切都合理了。最好不要相信，不要被证明是错的，沙赛德低下头。他为什么想到要跟天说话？那里什么都没有。

从来都没有。

走廊上，传来谈话声。"亲爱的狗兄，你一定要再多待一天。"微风说道。

"不行。"坎得拉坦迅以低沉的声音说道，"我必须尽快找到纹。"

就连坎得拉都有，沙赛德心想。就连这不是人类的生物都比我有信念。

可是，他们怎么懂？沙赛德紧闭眼睛，感觉眼角涌出两滴泪水。怎么能有人理解他被信仰背叛的感觉？他真心相信，可是，在他最需要指引时，却只有空虚。

他拾起书本，合上活页夹，看着里面不足以令他信服的数据，转向火炉。最好把一切烧掉吧。

相信……过去的一个声音响起，他自己的声音。在卡西尔死后，世界糟糕极了的那一天，他对纹如此说道：我想相信不是风和日丽时才有的。如果在失败后无法继续，那又怎么算是信念，怎么算是信仰呢……

他当初有多天真啊。

即使会遭背叛也要去信任，卡西尔似乎如此低语。这是幸存者的名言之一。即使会受伤也要去爱。

沙赛德握紧书。这是如此没有意义的东西，它的文字可以随时被灭绝改变。而我相信这件事？沙赛德烦躁地想。我相信这个灭绝，却不相信有比它更好的东西存在？

他静静地站在房间里，手握着书，听着微风跟坦迅在外面交谈。这本书对他来说是个象征，代表过去的他，代表失败。他再次抬头。求求你，他心想。我真的想要相信。我真的想。我只是……我只是需要个东西。不只是影子跟记忆的东西。某个实在的东西。

某个真实的东西。求求你？

"再见了，安抚者。"坦迅说道，"请代我向宣告者致意。"然后，沙赛德听到微风离开，坦迅则以更为安静的四足走了。

宣告者……

沙赛德全身一僵。

那个名字……

沙赛德站起身，瞬间震惊到动弹不得，然后他突然甩开门，冲入走廊。门扉重重撞上墙壁，让微风大吃一惊。坦迅停在走廊尽头的台阶附近。它转过身，看着沙赛德。

"你刚才叫我什么？"沙赛德质问。

"宣告者。"坦迅说道，"不就是你指出纹贵女是永世英雄的吗？那么，这就是你的头衔。"

沙赛德跪倒在地，将他手中的厚书，他跟廷朵一起撰写的书，重重放在面前的地上，翻动着书页，找到他亲自写的一页。上面写着，我以为我是神圣第一见证人——预言中发现永世英雄的先知。那是关——最初指出艾兰迪是英雄的人——自己所写下的。根据这些文字，这些他们对原始泰瑞司信仰最粗浅的了解,沙赛德跟其他人才得知关于永世英雄预言的极微薄内容。

"什么事?"微风弯下腰,浏览着书页说道,"嗯。亲爱的狗兄,你可能说错了。不是'宣告者',而是'神圣第一见证人'。"

沙赛德抬起头。"微风,这是被灭绝篡改的段落之一。"他轻轻说道,"当我写下它的时候,内容不是这样的,可是灭绝改变了它,骗我跟纹去实现它的预言。司卡们开始叫我神圣见证人,这是他们自己取的名字。所以灭绝之后改了关的叙述,好让这段话显得似乎预示未来,指引方向的人是我。"

"是这样的吗?"微风问道,揉着下巴,"那它原本说什么?"

沙赛德无视于微风的问题,而是对上坦迅的狗眼。"你怎么知道?"他质问,"你怎么知道古老泰瑞司预言的内容?"

坦迅重新坐下:"泰瑞司人,有一件事我觉得很奇怪。整个事情中有件不合理的地方——没有人想到要指出的地方——那些跟拉刹克和艾兰迪一起到升华之井的挑夫们怎么了?"

拉刹克。成为统御主的人。

微风站起身。"很简单,坎得拉。"他挥舞着手杖说道,"每个人都知道当统御主取得克雷尼恩的王座时,他让他信任的朋友们成为贵族,所以最后帝国的贵族饱受宠爱,因为他们是拉刹克好友的后裔。"

坦迅静静地坐着。

不会吧,沙赛德不可置信地心想。不……不可能。"他不可能让那些挑夫变成贵族了吧。"

"为什么不可能?"微风问道。

"因为贵族得到镕金术。"沙赛德站起身说道,"拉刹克的朋友们是藏金术师。如果他让他们成为贵族,那么……"

"那么他们可以挑战他。"坦迅说道,"他们会跟他一样,同时是镕金术师跟藏金术师,拥有跟他同等的力量。"

"是的。"沙赛德说道,"他花了十个世纪,试图要让藏金术从泰瑞司人民的血统中消失,全是因为担心有一天会有同时拥有藏金术跟镕金术能力的人出生!跟他一起去升华之井的朋友们对他而言绝对很危险,因为他们显然都是强大的藏金术师,也知道拉刹克对艾兰迪做的事。拉刹克一定是用别的方法处置了他们,将他们监禁,甚至杀了他们……"

"不。"坦迅说道,"他没杀他们。你们都说父君是怪物,但他并不是邪恶的人。他没有杀朋友,可同时也明白他们的力量会对他带来威胁。所以当他拥有创造之力时,他跟他们提出交换条件,直接对他们以心灵沟通。"

"什么条件?"微风不解地问道。

"长生不老。"坦迅轻轻说道,"以交换他们的藏金术。他们将藏金术跟其他东西一起放弃了。"

沙赛德看着在走廊中的生物,拥有人类的思想,却有动物的形体。"他们放弃了人的身份。"沙赛德低语。

坦迅点点头。

"他们还活着?"沙赛德上前一步问道,"统御主的同伴?跟他一起爬到井的泰瑞司人?"

"我们称呼它们为初代。"坦迅说道,"坎得拉一族的先祖。父君将每个活着的藏金术师变成雾魅,成为了一个族,但以几根血金术尖刺让他的好朋友们拥有感知。你的工作实在做得很差,守护者。我以为你会在我准备离开的许久以前就从我这边套出这些话。"

我是个笨蛋,沙赛德心想,眨眼不让泪水滴落。真是笨蛋。

"什么?"微风皱眉问道,"发生什么事了?沙赛德?老兄,你怎么这么激动?这东西是什么意思?"

"意思是希望。"沙赛德冲入房间,急急忙忙将一些衣服塞入包袱。

"希望?"微风探头问道。

沙赛德转过头去看着微风。坎得拉走上前,站在微风身后的走廊中。"泰瑞司宗教,微风。"沙赛德说道,"我的门派成立的最初原因,我的族人花了无尽人生寻求的答案。它还活着。不是可以被改变或被误导的文字,而是在真正信仰的人身上。泰瑞司宗教没有死!"

还有一个宗教可以加入他的清单。他的追寻还没结束。

"快点,守护者。"坦迅说道,"因为每个人都同意你已经不再在乎这些事,所以我已经准备不带你走。如果你要来,我会告诉你家乡要怎么去,那跟我要去找纹的方向是一样的,希望你能跟初代解释我无法让它们明白的事情。"

"什么事情?"沙赛德一边收拾行李一边问道。

"末日已经降临。"

灭绝尝试了很多次,试图在集团成员身上插入尖刺,虽然有时候发生的事情让这项工作看起来轻而易举,但其实一点也不。

将尖刺在合适的时机刺入合适的位置困难至极,即使如灭绝这么善于谋划也是如此。他非常努力想要刺穿依蓝德跟尤门。依蓝德每次都避过,就像他在倒数最后一个储藏窟外的小村庄那时一样。

灭绝曾经成功将尖刺刺入尤门一次,可是尤门在灭绝能牢牢掌握他之前就把刺拔出来了。灭绝掌控拥有热情且冲动的人,远比掌握逻辑性强且偏好谋定而后动的人来得容易。

63

"有一件事我不懂,"纹说道,"你为什么挑中我。上千年来,你有几十万人可以挑选。为什么要挑我去升华之井释放你?"

MISTBORN: THE HERO OF AGES

她坐在牢房里的软榻上，如今它没有床脚，只平放在地面——因为螺丝钉被她拆下时，床就塌倒了。她要求换新床，但没有人理会。

灭绝转身看着她。他经常出现，仍然使用瑞恩的身体，继续放纵自己在纹面前炫耀的行为，可是他也经常忽视她的问题。灭绝转向东方，眼睛似乎能看穿囚牢的墙。

"真希望你能看到。"他说道，"落灰又美又深，仿佛天空都粉碎，黑色的尸体碎片不断掉落。你感觉到大地在颤动吗？"

纹没有回答。

"这些颤动是大地的最后叹息。"灭绝说道，"就像老人死前的叹息，想找孩子来传下最后的智慧。大地正在将自己扯得四分五裂。这其中大部分都是统御主做的，你想的话可以怪他。"

纹立刻警觉到这是重要的信息。她没有再问问题——避免引来怀疑——只是让灭绝不断絮絮叨叨。她再次发现，他有些态度真的很像人类。

"他以为他能靠自己的能力解决问题。"灭绝继续说道，"你知道吗？他拒绝了我。"

那正是一千年前发生的事，纹心想。自从艾兰迪的征途失败，已经过了一千年；自从拉刹克将力量夺为己有，成为统御主以来，已经过了一千年。这解答了我的部分疑惑。升华之井的发光液体在我释放灭绝之后就不见了。它一定在拉刹克用完之后也不见了。

一千年。让井重生？可是那力量是什么？那力量从何而来？

"统御主并没有真的拯救世界。"灭绝继续说道，"他只是拖延了世界的毁灭，也因此帮助了我。我跟你说过，事情注定如此。当有人觉得他们在帮助世界时，其实都是在帮倒忙。就像你，你想帮忙，却释放了我。"

灭绝瞥向她，露出父亲般慈爱的笑容。她没有反应。

"灰山、死亡的大地、被击溃的人民——这些都是拉刹克做的。"灭绝继续说道，"把人扭曲成克罗司、坎得拉、审判者，都是他……"

"可是你恨他。"纹说道,"他没有释放你——你得再等一千年。"

"没错。但一千年没有很久。一点都不久。况且,我没有办法拒绝协助拉刹克。我改变所有人,因为我的力量是件工具,唯一有可能让改变发生的工具。"灭绝说道。

一切都在结束,纹心想。真的结束。我没有时间坐着等。我需要行动。纹站起身,令灭绝转过头去看她。她来到囚牢的最前方。"侍卫!"她大喊。声音在房间里回荡。"侍卫!"她又喊了一次。

终于,她听到外面的敲击声。"干吗?"一个粗糙的声音问道。

"告诉尤门,我想要交易。"

一阵沉默。

"交易?"侍卫终于问道。

"对。"纹说道,"去跟他说,我有他要的信息。"

她不确定该如何判断侍卫的反应,因为对方只以沉默响应。她觉得听见了他往走廊那边去的声音,但没有锡之后,她无法肯定。

侍卫终于回来,灭绝好奇地看着她。锁被转动,门被打开。每次必定出现的一群士兵站在外面。

"跟我们来。"

纹走入尤门的议事厅,立刻注意到他的不同。他看起来比上次会面时更为疲累,仿佛很久没有休息。

可是……他是迷雾之子,纹不解地想。他能燃烧白镴,去除眼中的疲累。

他为什么不这么做?除非……他做不到。除非他只能烧一种金属。

她向来得到的信息是没有所谓的天金迷雾人,可是她越发觉得,统御主会散播一些错误讯息以便让自己控制众人,保住地位。她必须学着停止依赖之前那些被告知是真实的事情,然后专注于自己找到的事实。

尤门看着她在守卫簇拥之下走入房间,她从他眼中看出他预期她会有诡计,却一如往常希望她先出手。他似乎偏好站在危险边缘。侍卫站在门口，留下她一人站在房中央。

"不上手铐？"她问道。

"不用。"尤门说道，"我不认为你会待在这里很久。侍卫告诉我，你要提供信息。"

"我是这么说。"

"嗯，我跟他们说过，只要他们但凡怀疑你在耍诡计，就把你带来找我。他们显然不相信你要交易的请求，真不知道为什么。"尤门双手背在背后，朝她扬扬眉毛。

"问我问题。"纹说道。在一旁，灭绝穿过墙，懒洋洋，毫不在意地走着。

"好。"尤门说道，"依蓝德如何控制克罗司？"

"镕金术。"纹说道，"对克罗司施展情绪镕金术会让它们臣服于镕金术师的控制。"

"很难相信。"尤门不甚友善地说道，"如果就这么简单，会有你以外的人知道这件事。"

"大多数镕金术师都太弱了。"纹说道，"你需要一种可以增强力量的金属。"

"没有这种金属。"

"你知道铝吗？"

尤门沉默，但纹从他的眼神可以看出来他知情。"硬铝是铝的镕金合金。"纹说道，"铝会抑制所有金属的能力，硬铝则会强化。将硬铝和锌或黄铜混合使用，用力拉一只克罗司的情绪，它就会是你的。"

尤门没有反驳她的话是谎言，可是灭绝倒是上前一步，围着纹绕圈。

"纹，纹，你在玩什么把戏？"灭绝好笑地问道，"你打算用细碎的知识给他甜头，然后背叛他？"

尤门显然也作出同样结论："女皇，你的知识很有意思，但我在目前的状况下完全无法证实。因此，它们是——"

"储藏窟总共有五座,"纹上前一步说道,"我们找到了其他的。它们将我们带来这里。"

尤门摇摇头。"然后呢?与我何干?"

"你的统御主在这些洞穴都有不同的计划——光从他留在这个洞穴中的金属板就可以看出来。他说他想不到解决世界末日的方法,可是你相信吗?我总觉得不止如此,在五块金属板中的文字必定藏有玄机。"

"你要我相信你会在乎统御主写什么?"尤门问道,"你,这个声称谋杀了他的人?"

"我并不在意他。"纹承认,"可是,你必须相信我在意发生在帝国人民身上的事情!如果你搜集了任何关于依蓝德和我的信息,一定也会知道。"

"你的依蓝德自视过高。"尤门说道,"他读过很多书,认为他的学识足以让他成为王。你……我还不知道要怎么看待你。"他的眼神透露出些许他们上次会面时她见过的恨意。"你宣称杀了统御主。可是……他不可能真的死了。你跟这一切都有关联。"

就是此刻,纹心想,这就是我的切入点。"他要我们会面。"纹说道。她不相信自己说的,但她知道尤门会相信。

尤门挑起一边眉毛。

"你不明白吗?"纹说道,"依蓝德跟我发现了其他的储藏窟,第一个在陆沙德下方,然后我们来到这里。这是最后一个洞穴。线索的终点。为了某种原因,统御主将我们带来这里。来找你。"

尤门站在原处片刻,在一旁,灭绝假装拍手。

"找雷林来。"尤门说道,转向其中一名士兵,"叫他把地图带来。"

士兵行礼离去。尤门依旧皱眉看着纹。"这不是交换。你要把我需要的信息给我,我来决定该怎么做。"

"好。"纹说道,"可是你刚才也说了,我跟这一切都有关。所有事情都是串连在一起的,尤门。迷雾、克罗司、我、你、储藏窟、灰烬……"

纹提及最后一项时，他略略皱了一下眉头。

"灰烬更严重了，对不对？"她问道，"越来越密了？"

尤门点点头。

"我们一直担心迷雾。"纹说道，"可是灰烬才是会杀死我们的东西，它会阻碍太阳，掩埋城市，盖住街道，让我们的田野窒息……"

"统御主不会让这件事发生。"尤门说道。

"但如果他真的死了呢？"

尤门迎向她的双眼："那你就害死了我们所有人。"

害死……在纹杀死他之前，统御主也说了类似的话。她颤抖，在尴尬的沉默中等待，忍耐灭绝的笑容，直到书记快步走入房间，抱着几卷地图。

尤门拿了其中一张，挥手要他离开。他将地图摊在桌上，挥手要纹上前。"指给我看。"他说道，在她上前的同时往后退一步，离开她能碰得到的距离。

她拾起一块炭，然后标出储藏窟的位置。陆沙德，沙特伦，维泰敦，邬都。她找到的五个，都在中央统御区，一个在中间，四个在四角。她最后在法德瑞斯旁边画上一个"×"。

手中握着炭笔，她突然注意到一件事。法德瑞斯附近有好多矿坑。她心想。这附近有很多金属。

"退后。"尤门说道。

纹往后退。他上前一步，检视地图。纹静静站着思考，依蓝德的书记们从来没有找到储藏窟之间的共通性。两个在小城，两个在大城，有些在运河旁，有些没有。书记们说他们的样本数量不够，无法判断出规则。

"似乎完全随机。"尤门说道，呼应她的思绪。

"这些地方不是我捏造的，尤门。"她双臂抱胸说道，"你的间谍可以证实依蓝德带军队去过哪里，还有派遣使者去了哪里。"

"女皇,不是每个人都养得起一个庞大的间谍网。"尤门不甚友善地说道,继续望着地图,"这应该有某种规则……"

维泰敦,纹心想。我们在此处之前找到的库藏。它也是矿业城市。邬都也是。

"尤门?"她抬起头问道,"有地图标出矿藏吗?"

"当然。"他心不在焉地说道,"我们是资源廷啊。"

"拿出来。"

尤门挑起一边眉毛,表示他对她发号施令颇有意见,但仍然挥手要他的书记照做。第二张地图盖过第一张,纹走上前,尤门立刻退后,避开她的邻近范围。

以公务员来说,他的直觉很好,她心想,从地图下抽出炭块。她很快地再次标出五个点,每标一个,她的手便更紧张。每个洞穴都在岩石很多的区域,靠近金属矿区,连陆沙德都有丰富的金属矿藏。传说中统御主在此建筑首都,是因为那一区的矿藏丰富,尤其是地下水的矿物质很多,非常适合镕金术师。

"你想说什么?"尤门问道。他靠得近到可以看见她标出了什么。

"这就是关联。"纹说道,"他在金属产地附近建造储藏窟。"

"可能只是巧合。"

"不。"纹抬起头,瞥向灭绝,"不,金属等于镕金术,尤门。这就是共通点。"

尤门再次挥手要她退下,自己走上前。他哼了一声。"你在内统御区中产量最大的矿区附近都画下标记。你以为我会相信你不是在玩弄我?随便说出某种模糊的'证据',想要证明这些就是储藏窟的真正位置?"

纹不理他。金属。关的字都写在金属上,因为他说这样写才安全。安全。我们认为是指不会被改变。

还是他的意思是,不会被读到?

统御主在金属板上刻下地图。

MISTBORN: THE HERO OF AGES

如果……灭绝无法找到储藏窟，是因为金属隐藏了它们？他需要有人带着他前去寻找，需要有人去造访每一处，阅读里面的地图，然后带着他继续前进……

他统御主的！我们又犯了同样的错误！我们正中他的下怀。难怪他没杀掉我们！

这次，纹不是感觉羞愧，而是愤怒。她瞥向灭绝，后者刻意展现无边智慧的姿态。他洞悉一切的双眼，慈父般的语调，还有神的骄傲。

绝对不会再来一次，纹心想，咬紧牙关。这次，我看透他了。我可以骗过他。可是……我需要知道为什么。他为什么这么执着于储藏窟？他在获得胜利前，到底需要什么？他等待这么久的原因是什么？

突然间，答案呼之欲出。她审视自己的心情，意识到那被依蓝德不断质疑，而她却不停止寻找这些储藏窟的主要原因之一，她在寻找一样东西，因为无法解释的原因而认为它很重要。

那东西成为帝国经济千年来的基石。镕金术金属中最强大的来源。

天金。

她为什么会这么着迷？依蓝德跟尤门说得对，天金在现在的世界中不再重要。为什么？难道是因为灭绝想要得到它，而纹跟他有某种无法解释的关联？

统御主说灭绝无法读透她的心思，但她知道他可以影响她的情绪。改变她看待事情的方式，驱促她前进，鼓励她去寻找他想要的东西。

她检视着影响自己的种种情绪，清楚看见灭绝的计划，他操弄她的方法，他思考的逻辑。灭绝想要天金！而且她又带着他找到天金了。难怪他之前那么得意！纹心想。难怪他觉得他赢了！

但一个拥有神力的存在，为什么会对镕金金属这么简单的东西有兴趣？这个问题让她稍微怀疑自己的答案。此时，房间的门被打开。

门后站着一名审判者。

尤门跟士兵立刻单膝跪下。纹忍不住后退一步。

那怪物站得笔挺，跟他的同伴一样，仍然穿着崩解前的灰袍，光头上因繁复的刺青而皱缩，大部分的刺青都是黑色，只有一个是鲜红。当然，还有刺穿双眼的尖锥。其中一根被刺得特别深，粉碎了他眼眶周围的。怪物的脸因非人类的表情而扭曲，却曾经是纹所熟悉的。

"沼泽？"纹惊恐地低语。

"大人。"尤门说道，摊开双手，"您终于来了！我派遣使者，寻找——"

"安静。"沼泽以粗糙的声音说道，踏步向前，"站起来，圣务官。"

尤门立刻站起。沼泽瞥向纹，微笑，刻意忽略她。不过他的确直接望向灭绝，服从地低下头。

纹忍不住发抖。虽然沼泽的五官如此扭曲，却仍然让她想起他的哥哥。卡西尔。

"圣务官，你即将被攻击。"沼泽说道，走上前来，推开房间另一边的大窗户。隔着窗户，纹可以看到依蓝德军队驻扎的岩岸。

只不过，已经没有运河。已经没有岩岸。只是一片黑。灰烬满布天空，有如暴风雪。

他统御主的！怎么变得这么严重！纹心想。

尤门连忙赶到窗边："大人，被攻击？可是他们甚至没有拔营！"

"克罗司会突袭你。"审判者说道，"它们不需要列阵，只要冲过来就好。"

尤门全身一僵，片刻后转向士兵："快去守城。召集所有人到前方的城墙去！"

士兵连忙跑出房间。纹静静地站着。我认得的那个叫做沼泽的人已经不在了，她心想。他试图要杀死沙赛德，如今他已经完全是他们之一。灭绝……

灭绝操控了他……

她脑中开始浮现一个主意。

"快点，圣务官。"沼泽说道，"我不是来保护你这个愚蠢小城的。我是来取你在密室中找到的东西。"

"大人？"尤门讶异地说道。

"你的天金。"审判者说道，"把它给我。如果你的城守不住，天金不能留在城里。快给我，我会把天金带去安全的地方。"

纹闭上眼睛。

"大……人？"尤门终于说道，"我有什么当然随您拿去，但储藏窟中没有天金，只有几颗我自己搜集来的天金珠，那是资源廷的储备品。"

纹睁开眼睛："什么？"

"不可能！"沼泽咆哮，"可是你跟那女孩说你有！"

尤门脸色一白。"只是误导而已，大人。她似乎坚信我有许多天金，所以我让她以为她是对的。"

"不！"

突如其来的大喊让纹一怔，但尤门连动都没动，一秒后，她明白为什么。尖叫的是灭绝。他消去了瑞恩的形体，变得模糊，身体往外扩散，像是某种盘旋的黑暗暴风。

她见过这片黑雾。她还曾从中穿过去，就在陆沙德地下的石穴，就在她走向升华之井的路上。

一秒后，灭绝又回来了，再次看起来像是瑞恩。他双手背在身后，没有看她，仿佛努力装作没有失控，可是她在他的眼中看见极大的狂躁、愤怒。她离开他一段距离——靠沼泽更近。

"你这个笨蛋！"沼泽对尤门说道，离开了她身边，"你这白痴！"

该死，纹烦躁地想。

"我……"尤门显然很不解，"大人，您为何需要天金？没有镕金术师还有贵族政治，它其实没什么意义。"

"你什么都不懂。"沼泽呵斥，然后他笑了。"可是，你注定完蛋了。对……的确完蛋了……"

望向窗外，她可以看到依蓝德的军队正在拔营。尤门继续看着，纹靠得更近。依蓝德的军队正在集合，有人类也有克罗司。他们大概知道城防突然增强，发现失去了突袭的机会。

"他会掳掠城市。"灭绝说道，来到纹身边，"你的依蓝德是个好仆人，孩子。我最优秀的仆人之一。你应该以他为荣。"

"我为什么要帮助你？"沼泽问道，"你这个没有将我要的东西交上来的人！"

"可是我一直很虔诚。"尤门说道，"当所有人舍弃了统御主时，我继续服侍他。"

"你的统御主死了。"沼泽轻蔑地哼了一声，"他也是个无能的仆人。"

尤门脸色一白。

"让这座城市在四万克罗司的愤怒中焚烧吧。"沼泽说道。

四万克罗司，纹心想。依蓝德从某处得到了更多克罗司。发动攻击是很合理的事，他可以得到城市，让纹在混乱中也许有脱逃的机会。非常理性，非常聪明，但是，纹突然确定一件事。

"依蓝德不会进攻。"她大声说道。

六只眼睛——两只钢眼，两只肉眼，两只虚幻的眼睛——同时转向她。

"依蓝德不会让这么多克罗司进入城市。"她说道，"他正在试图吓唬你，尤门，你应该要听依蓝德说话。你还要服从这个怪物，这个审判者吗？他鄙夷你，他要你死。加入我们。"

尤门皱眉。

"你可以跟我一起对抗他。"纹说道，"你是镕金术师。这些怪物可以被打败。"

沼泽微笑："你居然是个理想主义者啊，纹？"

"理想主义？"她问道，面对怪物，"你认为杀死审判者是个理想？你知道我成功过。"

沼泽挥手："我不是在讲你那些愚蠢的威胁。我是在说他。"他朝外面的军队点点头。"你的依蓝德跟我一样，都属于灭绝，就像你一样。我们都会抵抗，但早晚会向灭绝低头，只有在那时，我们才能明白毁灭的美。"

"你的神不能控制依蓝德。"纹说道，"他一直这么宣称，但他在说谎，或者，他也是个理想主义者。"

尤门不解地看着他们。

"那如果他真的发动攻击怎么办？"沼泽以沉静却热切的声音说道，"这会是什么意思，纹？如果他真的派克罗司进入城市展开血腥屠杀，好让他能得到自己需要的东西？天金跟食物无法让他攻城……可是你呢？你会怎么想？你会为他杀人。为什么你觉得依蓝德不会为了你做出同样的事情？"

纹闭上眼睛。攻击塞特时的一幕幕重回她的脑海，肆意的杀戮，詹在她的身边。火焰、死亡，还有被解放的镕金术师。

她再也不会那样杀人了。

她睁开眼睛。依蓝德为什么不会攻击？攻击绝对合理，他知道他可以轻易攻下城市，可是他也知道当克罗司狂暴时，要控制它们有多难……

"依蓝德不会攻击。"她轻轻地说道，"因为他是比我更好的人。"

值得注意的是，灭绝没有在尤门公开承认天金在法德瑞斯城后就立刻派审判者去那里。为什么不在找到最后一个库藏点时，就将他的仆人全部派去？他的手下都去了哪里？

我们必须明白的是，在灭绝的心里，所有人都是他的仆人，尤其是他能直接操控的人。他没有派审判者是因为他们在忙着做别的事，因此他派了一个在他心里跟审判者一样的人去。

他想要刺穿尤门，失败之后，依蓝德的军队就抵达了。所以，他利用一个不同的卒子去为他寻找密室，找出天金所在。他一开始没有在城市里投注太多资源，害怕那只是统御主的诡计。跟他一样，我仍然在想密室以某种程度而言，是不是为了这个目的而设——误导灭绝的声东击西之策。

64

"……这就是为什么你一定要派人把这个讯息送出去的原因，鬼影。这件事的来龙去脉都散在风中，四处飘荡。你拥有别人没有的线索。为我将它洒出去。"

鬼影点点头，觉得头晕脑涨。他在哪里？发生了什么事？还有为什么到处都好痛？

"好孩子。你做得很好，鬼影。我为你感到骄傲。"

他又想点头，但一切都很模糊、陷入黑暗。他咳嗽，引起不远处的一声惊呼。他身上有些部分痛得很尖锐，其他只是隐约疼痛，还有别的地方……那些地方他完全没有感觉，但他觉得应该要有。

我在做梦，他缓缓清醒过来，心里想着。我为什么在睡觉？我在守夜吗？我该去守夜了吗？店铺……

他睁开眼睛，思绪更涣散。有个人在他上方盯着他看。一张脸。一张……比他希望看到的脸还要更丑一点的脸。

"微风？"他试图想这么说，但发出来的声音只是一片沙哑。

"哈！"微风说道，眼中难得地出现泪水，"他真的醒了！"

另一个脸出现在他眼前，鬼影笑了。这才是他在等待的脸。贝尔黛。"发生了什么事？"鬼影悄声说道。

有双手拿了某样东西到他的唇边——一个水囊。那手小心翼翼地倾倒，让他能够得着水。他呛了一下，仍然成功吞了下去。"为什么……为什么我不能动？"鬼影问道。他似乎唯一能动的就是左手。

"你全身都打了石膏，绑了绷带，这是沙赛德的指示。"贝尔黛说道。

"主要是烧伤。"微风说道，"是没那么严重，可是……"

"我管它什么烧伤。"鬼影沙哑地说道，"我根本没想到我还能活着。"

微风抬起头，与贝尔黛相视一笑。

把它洒出去……

"沙赛德呢？"鬼影问道。

"你真的应该多休息。"贝尔黛温柔地摸摸他的脸颊，"你前阵子做了很多事。"

"我睡觉时大概错过了更多事。"鬼影说道，"沙赛德？"

"他走了，亲爱的小子。"微风说道，"他跟纹的坎得拉一起南下了。"

纹。

脚步声在地面上响起，一秒后，葛拉道队长的脸出现在两人身边。方脸的士兵脸上露出大大的微笑："果然是火焰幸存者！"

你拥有别人没有的线索……

"城市怎么样？"鬼影问道。

"基本上无恙。"贝尔黛说道，"运河的水都恢复了。我哥哥也安排了消防队。大部分烧起来的建筑物反正都没人住。"

"你救了城市，大人。"葛拉道说道。

我为你感到骄傲……

"灰烬下得更密了，对不对？"鬼影问道。

三人交换了一个眼神，他们脸上同时出现的忧色让他的猜想得到证实。

"有很多难民进城。"贝尔黛说道，"来自附近的城市跟村庄，有些甚至远从陆沙德来……"

"我需要送讯息给纹。"鬼影说道。

"好。"微风安抚地说道,"只要你好一点,我们立刻着手进行。"

"听我说,微风。"鬼影抬头望着天花板,动弹不得,"有东西控制了我跟公民。我看到了它,那个纹在升华之井解放的东西。那东西正在让灰烬落下,摧毁我们。它想要得到这个城市,但我们把它击退了。现在,我必须警告纹。"

这就是他被派来邬都的目的。搜集信息,然后回报给纹和依蓝德。他现在才开始了解,这个责任有多重要。

"你现在想要旅行很困难,小子。"微风说道,"目前不是送信息的好时机。"

"你再休息一下。"贝尔黛说道,"等你痊愈之后,我们再想这件事。"

鬼影烦躁地咬着牙。

一定要派人把这个讯息送出去,鬼影……

"我去。"葛拉道低声说道。

鬼影望向一旁的他。有时,那士兵让人很容易忽略,因为他向来单纯、直接、个性和善。可是,他声音中的坚定让鬼影微笑。

"纹贵女救了我一命。"葛拉道说道,"幸存者革命那一天,她可以让我死在暴动人民的手上,她可以亲自动手杀了我。可是她花时间了解我的辛苦,说服我倒戈。火焰幸存者,如果她需要这个信息,我拼了命都会把讯息送给她。"

鬼影想要点头,但他的头完全被绷带跟纱布结结实实地捆起。他尝试握拳再张开,手的动作似乎没问题……至少,还可以动。

他迎向葛拉道的双眼。"去武器铸造厂,打一块薄片金属。"鬼影说道,"然后拿一个可以用来刮花金属片的东西给我。这些字必须被刻在金属上,但不能被说出口。"

MISTBORN: THE HERO OF AGES

当统御主握有井的力量，也感觉到它流逝的同时，他了解了许多事情。他看到藏金术的力量，因此感到害怕。他知道许多泰瑞司人民会拒绝他的英雄身份，因为他与预言不是那么吻合。他们会认为他是篡位者，杀死了他们选出来的英雄。事实上，也是如此。

我想在接下来数年间，灭绝渐渐地扭曲他的想法，让他对自己的族人做出可怕的事情。但我怀疑一开始，他做出的决定是出自于逻辑性而非情绪化的。他决定揭露迷雾之子的能力。

他也可以让镕金术成为秘密，利用藏金术师作为他主要的战士跟杀手，可是我认为他做出了睿智的选择。藏金术师因为力量的特性偏向成为学者，搭配极佳的记忆力，在几个世纪后，他们将会很难控制。事实上，即使统御主已经努力镇压，他们仍然很难控制。而镕金术不仅能提供惊人的新能力又无类似的缺点，甚至是一种他可以用来贿赂国王们支持他的神秘力量。

65

依蓝德站在一块小岩石上看着他的军队。下方的克罗司打先锋，在灰烬中踏出一条道路，让人类士兵在第一波的克罗司攻击结束后可以循路使用。

依蓝德等着，哈姆站在数阶下。

我穿白色。纯洁的颜色。我试图代表什么是好的跟对的，为了我的人，依蓝德心想。

528

"克罗司应付那些防御工事应该没有问题。"哈姆静静说道,"它们可以跳到城墙上,也可以爬过那些断裂的石桥。"

依蓝德点点头。其实可能根本不需要人类士兵,光靠克罗司,依蓝德就得到数量上的优势,况且尤门的士兵可能从来没有跟这些怪物对过阵。

克罗司们感觉到即将到来的战斗。他可以体会到它们开始兴奋,它们抗拒着他,想要攻击。

"哈姆。"他说道,低下头,"这样做对吗?"

哈姆耸耸肩。"这很合理,阿依。"他揉着下巴说道,"攻击是我们救纹的唯一机会,而且这场围城战我们已经撑不下去了。"哈姆想了想,摇摇头,语气中出现他每次思考逻辑问题时的迟疑。"可是,以克罗司攻击一个城市,的确很不道德。一旦它们开始肆虐,我不知道你是否还能控制它们。拯救纹这件事重要到甚至可以罔顾一名无辜孩童的性命吗?我不知道。可是,也许将它们纳入我们的帝国中,我们能拯救更多孩子……"

我根本不该问哈姆的,依蓝德心想。他向来没办法给个直截了当的答案。他望着田野,蓝色的克罗司映衬全然的黑。靠着锡,他看到法德瑞斯城墙上的人,害怕地缩成一团。

"不。"哈姆说道。

依蓝德低头看着打手。

"不。"哈姆重复,"我们不该攻击。"

"哈姆?"依蓝德感到一股难以置信的笑意,"你居然做出了结论?"

哈姆点点头。"是的。"他没有解释,也没有为自己的结论提供理由。

依蓝德抬起头。纹会怎么做?他的直觉是她会攻击。可是,他记得许多年前她攻击塞特之后,当他找到她时,她正缩在角落不停哭泣。

不,他心想。不,她不会这么做。就算是为了保护我也一样。她学到了教训。

"哈姆。"他开口,连自己都没料到自己会这么做,"叫那些人撤退,

529

拔营。我们回陆沙德。"

哈姆转过头,满脸讶异,仿佛没想到依蓝德会跟他有同样的结论。"那纹呢?"

"哈姆,我不会攻击这座城市。"依蓝德说道,"我不会征服这些人民,即使这样做对他们会是好事。我们会找到别的方法来救纹。"

哈姆微笑:"塞特会气疯。"

依蓝德耸耸肩:"他不良于行,能怎么样?咬我们吗?来吧,别一直站在石头上,我们得想办法回去处理陆沙德。"

"他们在撤兵了。"士兵说道。

纹松了一口气。灭绝站在一旁,双手背在身后,表情难懂。沼泽如兽爪般的手按在尤门肩头,两人正望着窗户。

灭绝带来一名审判者,她心想。他一定是厌倦我一直无法让尤门说实话,所以找了一个他知道能让圣务官乖乖说实话的人。

"真奇怪。"灭绝终于说道。

纹深吸一口气,决定放手一搏。"你不明白吗?"她低声问道。

灭绝转向她。

她微笑:"你真的不明白,对不对?"

这次连沼泽都转向她。

"你以为我没发现吗?"纹问道,"你以为我不知道你一直以来都想要得到天金?你跟着我们一个又一个洞穴去搜寻,推着我的情绪,强迫我帮你找出天金?你的手法太明显了。你的克罗司总是在我们发现下一个城市的位置之后才靠近城市。你会靠近来威胁我们,却从来不会让你的克罗司过早抵达。这事实,我们一直都知道。"

"不可能。"灭绝低语。

"不。"纹说道,"有可能。灭绝,天金是金属。你看不见,有太多金属在附近时,你的视线会模糊,对不对?金属是你的力量,你用它来创造审判者，可是它对你而言就像光——会让你目眩。你从来看不到我们真正找到天金的时候，你只是在跟着我们设的骗局走而已。"

沼泽放开尤门，然后冲过房间，抓着纹的手臂。

"在哪里?!"沼泽质问，举起她，摇晃她。

她大笑，让沼泽分神，小心翼翼地摸向他的腰带，可是沼泽摇晃她的方式太大力，她的手指摸不到瓶子。

"孩子，你会告诉我天金在哪里。"灭绝平静地说道，"我不是解释过，你斗不过我的。也许你觉得自己很聪明，可是你并不了解。你甚至不知道天金是什么。"

纹摇摇头："你真的认为我会带你去找到它?"

沼泽再次用力，她不得不咬牙忍受。当他停止时，她的视线一片模糊，几乎看不清楚尤门正在一旁皱着眉头观看着。"尤门。"她开口，"你的人民现在安全了，你终于能相信依蓝德是好人了吗?"

沼泽将她抛向一旁。纹重重落地，翻滚身体。

"啊，孩子。"灭绝跪在她身边，"我必须要证明你无法抵抗我吗?"

"尤门!"沼泽转身说道，"叫你的人准备。我要下令攻击!"

"什么?"尤门说道，"大人，攻击?"

"是的。"沼泽说道，"我要你带领所有士兵，攻击依蓝德·泛图尔的阵线。"

尤门脸色一白："离开我们的城墙? 攻击一队克罗司?"

"这是我的命令。"沼泽说道。

尤门静静地站在原处片刻。

"尤门……"纹跪起，"你看不出来他正在操纵你吗?"

尤门没有回应。他一脸烦恼。他怎么会考虑要服从这种命令?

"你看。"灭绝低声说道，"见识到我的力量了吗? 看到他们连信仰都能被我玩弄了吗?"

"传令下去。"尤门说道，背对纹，面向他的队长，"叫士兵攻击，跟

MISTBORN: THE HERO OF AGES

他们说，统御主会保护他们。"

"我倒没想到会这样。"哈姆跟依蓝德并肩站在营地里说道。

依蓝德缓缓点头，看着一波人潮从法德瑞斯城的大门涌出。有些人在深深的灰烬中跌倒，有人则继续前进，他们的攻击减缓成缓慢爬行。

"有些人没加入。"依蓝德指着城墙上方说道。哈姆没有锡，看不到站在城墙上的人，但他相信依蓝德的话。依蓝德的人类士兵正忙着拔营，克罗司则仍然静静地站在原处，包围着营地。

"尤门在想什么？"哈姆问道，"他要以寡击众？还是一队克罗司？"

就像我们在维泰敦攻击克罗司营地那次一样。这整件事让依蓝德非常不安。

"退兵。"依蓝德说道。

"什么？"哈姆问道。

"我说下令退兵！"依蓝德说道，"放弃阵形，叫士兵退后！"

在他无声的命令下，克罗司开始朝城市的反方向奔跑。尤门的士兵们仍然在灰烬中跋涉，可是依蓝德的克罗司能为他的士兵开道，他们的速度会更快。

"这是我看过最奇怪的退兵了。"哈姆说道，却仍然去下达命令。

我受够了，依蓝德烦怒地想。该是搞清楚那城里到底在玩什么把戏的时候了。

尤门正在流泪。他流着细小、安静的眼泪，直挺挺地站着，没有看窗外。

他担心他命令自己的人去送死，纹心想。她走到他身边，因为刚刚撞上地板而略微跛脚。沼泽站在一旁看着窗户，灭绝好奇地端详着她。

"尤门。"她开口。

尤门转向她。"这是试炼。"他说道，"审判者是统御主最神圣的祭司。我会服从他的命令，而统御主会保护我的手下跟我的城市，到时你

532

就会明白了。"

纹咬紧牙关,然后转身,强迫自己走到沼泽身边。她望向窗外,讶异地看到依蓝德的军队正在从尤门的士兵面前撤退。尤门的军队也不是追得很卖力,显然乐于见到武力更雄厚的敌人在他们面前逃走。太阳终于要下山了。

沼泽似乎不觉得依蓝德的撤兵很有意思。光是这点就足以让纹露出微笑——但因为这,沼泽又抓住她。

"你以为你赢了吗?"沼泽问道,弯下腰,深浅不一的尖刺就暴露在纹面前。

纹朝他的腰带伸手。再近一点……

"你宣称你在耍我,孩子。"灭绝来到她身边,"可是被耍的人是你。服侍你们的克罗司,力量来自于我。你以为要不是为了我的利益,我会允许你们控制它们吗?"

纹感到全身一阵冰凉。

不要……

依蓝德感觉到一阵可怕的撕裂感,像是内脏突然被人强力扯出那般。他惊喘一声,释放钢推,从满是灰烬的空中落下,歪歪倒倒地落在法德瑞斯城外的岩石平台上。

搞什么鬼?他心想,站起身,扶着疼痛不止的头。

然后,他意会过来。他再也感觉不到克罗司了。远方,巨大的蓝色怪物停止逃跑。在依蓝德惊恐的注视下,他看到它们转身。

开始朝他的人冲去。

沼泽抓住她。"血金术是他的力量,纹!"他说道,"统御主不知不觉中使用了血金术!那个笨蛋!他每创造一个克罗司或审判者,就为自己多增添一名敌人!灭绝很有耐心地等待,知道当他终于挣脱时,会有一整支大军等着他!"

尤门站在另外一扇窗前,轻喘一声,看着下方。"你真的救了我的人!"圣务官说道,"克罗司转而攻击自己的军队了!"

"它们接下来就要杀你的人,尤门。"纹只觉头晕目眩,"然后,它们会毁掉你的城市。"

"结束了。"灭绝悄声说道,"一切都该来到终结。天金在哪里?那是最后一块欠缺的拼图。"

沼泽摇晃她。她终于够到他的腰带,探入手指。经过她哥哥教导,在街上讨了小半辈子生活所训练出来的手指。

小偷的手指。

"你骗不了我的,纹。"灭绝说道,"我是神。"

沼泽举起一只手,放开她的手臂,握起拳头,作势要揍她。他的动作充满力量,显然体内燃烧着白镴。他跟所有审判者一样都是镕金术师,习惯在身上带金属。纹一翻手,吞下她从他腰带中偷到的一瓶金属液体。

沼泽全身一僵,灭绝陷入沉默。

纹微笑。

白镴在她腹中燃烧,让她整个人为之一振。沼泽想要挥完他的巴掌,但她脱离他的钳握,再用力一扯仍然被他抓住的另一支胳膊,他失了重心。沼泽勉强一抓,但当他转身面对纹的时候,发现她手中握着她的耳针。

然后,她以硬铝加强的钢推,将耳针直接刺入他的额头。金属不大,但刺入时却激起一小柱的鲜血,直穿过他的头颅,从另一边穿出。

沼泽倒地,纹被她的推力往后弹,重重撞上墙壁,士兵四散大喊,举高武器。尤门转向她,一脸讶异。

"尤门!"她说道,"快把你的人叫回来!快点守城!"灭绝在混乱中消失,也许他去控制克罗司了。

尤门似乎无法下定决心:"我……不。我不会失去信仰。我必须坚强。"

纹一咬牙，站起身。他几乎跟依蓝德有的时候一样气人，她心想，爬过沼泽的身体，探入他的腰带，拉出第二瓶也是最后一瓶金属液体，吞下，补充因硬铝而耗尽的金属。

然后，她跳到窗台上，迷雾在她身后盘绕，太阳仍然挂在空中，但是迷雾越来越早出现了。在外面，她可以看到依蓝德的军队被肆虐的克罗司袭击，尤门的士兵没有进攻，可是却又阻止依蓝德的军队继续撤退。她原本要跳下去加入战斗，却先注意到一件事。

一小群克罗司。总共有一千名，数量少到被依蓝德跟尤门的军队忽略，就连灭绝似乎都没理会它们。它们就站在灰烬中，身体一部分被掩埋，宛如一批无声的岩石。

纹的克罗司。是依蓝德给她的克罗司，以人类为首。纹露出狡猾的笑容，命令它们上前。

去攻击尤门的人。

"我就跟你说过，尤门。那些克罗司才不在乎人类是哪一边的——它们见谁杀谁。"她说道，从窗台跳下，回到房间。"统御主死后，审判者都发疯了。你没听到刚才这一个是怎么说的吗？"

尤门陷入深思。

"他刚才甚至承认统御主死了，尤门。"纹气急败坏地说道，"你这么虔诚令人佩服，可是有时候你必须知道什么时候该放弃，继续前进！"

其中一名士兵队长大喊，尤门转身看着窗外，咒骂一声。

纹立刻有某种感觉，有东西在拉她的克罗司，它们被拉走时，她喊叫出声。但离间已经成功。尤门一脸困扰。他亲眼看到克罗司攻击他的士兵。他望入纹的双眼，沉默片刻。"退回城中！"他终于大喊，转向他的传令兵，"下令让泛图尔的士兵一起进来避难！"

纹松了一口气。然后，有东西抓住她的腿。她震惊地低头，看到沼泽跪了起来。她已经刺穿他的脑袋，但显然审判者惊人的愈合能力甚至能应付这种情况。

MISTBORN: The Hero of Ages

"笨蛋。"沼泽站起身说道，"就算尤门反叛我，我还是可以杀了他，然后他的士兵就会服从我。他让他们相信统御主，而我所继承的权力可以延续这个信念。"

纹深吸一口气，以硬铝加强的安抚攻击沼泽。如果这在克罗司跟坎得拉身上能奏效，对付审判者有何不可？

沼泽脚下一软。纹的推力维持了短短一段时间，但她感觉到某种东西。一道墙，就像是她第一次试图要控制坦迅，还有第一次掌控一群克罗司时一样。

她再推，以所有的力量用力推。力量猛然送出，她几乎要控制住沼泽，可是还不够。他意识中的墙太坚硬，而她只有一瓶的金属量。墙将她推后。她挫败地大喊出声。

沼泽伸出手，低声咆哮，抓住她的脖子。她惊喘出声，眼睛大睁，看到沼泽的身体逐渐膨胀。越来越强，像是……

藏金术师，她意会过来。我麻烦大了。

房间里的人纷纷大喊，但她听不到他们的声音。沼泽的手如今又大又厚，抓着她的喉咙勒住她。骤烧的白镴保住她的性命。她回想起多年前，当她被另一名审判者抓住，站在统御主宝座前的那天。

在那天，是沼泽救了她。讽刺的是，她如今正被他掐住，而她仍在挣扎。

还、没、有。

迷雾开始在她身旁盘旋。

沼泽一惊，继续抓住她。

纹汲取迷雾。

又发生了。她不知道是如何或为何发生，但就是发生了。她将迷雾吸入身体，如同多年前杀死统御主时那天。她吸入迷雾，利用迷雾增强，得到惊人的镕金术力量。

靠着这股力量，她用力推沼泽的情绪。

迷雾之子
卷三 · 永世英雄 [珍藏版]

他体内的墙崩裂,然后炸开。纹一瞬间感觉到一阵晕眩。她透过沼泽的眼睛看到一切——甚至觉得自己了解他。他对破坏的喜爱还有对自己的憎恨。透过他,她瞥到某个东西。某个令人憎恨、充满毁灭性的东西,隐藏在文明的外表下。

灭绝跟迷雾是不一样的。

沼泽大喊出声,抛下她。她奇特的力量消失。不重要了,因为沼泽已跳窗逃走,钢推自己穿过迷雾。纹咳嗽,站起身。

我办到了。我又从迷雾取得了力量。可是为什么是现在?为什么在尝试这么久以后,现在又发生了?

她现在无暇思考——克罗司正疯狂攻击。她转向不解的尤门。"继续往城市撤退!"她说,"我要去帮忙。"

依蓝德绝望地战斗着,砍倒一只又一只克罗司。即使是他,这样的战斗仍然非常困难且危险。这些克罗司无法再被控制,无论他如何推或拉,甚至无法让任何一只归顺于他的力量。

所以,只剩下战斗,但他的人没有做好上战场的准备——因为他强迫他们尽快拔营。

一只克罗司挥砍,剑离依蓝德的头近在毫厘。他咒骂一声,抛下钱币钢推自己往空中飞去,越过战斗中的士兵们回到营地。他们好不容易撤回原本的根据地,现在有一座小山可以防守,不需要在灰烬中战斗。他的一群射币,只有十人,站在原地,朝克罗司的主力发射一波又一波的钱币,弓箭手也同样展开箭雨攻击。主力部队有扯手在后面拉引克罗司的武器,让它们失去重心,以供普通人攻击。打手以两到三人一组在外围不断移动,加强阵形薄弱之处以及充当后备援军。

即使如此,他们仍然陷入严重的危机之中。依蓝德的军队面对这么多的克罗司,处境不比法德瑞斯的要好多少。依蓝德落在撤离了一半人的军营中央,气喘吁吁,全身都是克罗司的鲜血。人们在不远处战斗,

MISTBORN: THE HERO OF AGES

发出呐喊，在依蓝德的镕金术师们帮助下守住军营的边缘。克罗司的主力仍然被围在北区，可是依蓝德不能将他的人继续往后撤，以免遭受尤门的弓箭手射击。

依蓝德试图暂时喘口气，仆人端着一杯水跑向他。塞特坐在不远处，进行战场调度指挥。依蓝德抛开空杯，走向坐在小桌边的将军旁。桌上有一张附近区域的地图，却没有任何标记。克罗司离他们近到只有几码，根本不需要画出战场模拟图。

"我从来都不喜欢这种东西在军队里。"塞特说道，自己也喝了一杯水。一名仆人带着外科医生走过来，后者掏出绷带，开始为依蓝德的手臂包扎，此时他才注意到自己流血了。

"好吧，至少我们是战死，不是饿死！"塞特对他说道。

依蓝德哼了哼，再次抓起剑。天快黑了，要不了多久就会——

一个身影落在塞特面前的桌上。"依蓝德！"纹说道，"往城里撤退，尤门会让你们进去。"

依蓝德一惊。"纹！"然后他惊喜地笑问："你怎么去了这么久？"

"我被一个审判者跟一个邪神拖住了。"她说道，"现在快点。我去看看能不能让这些克罗司分神。"

○

审判者没有抵抗灭绝的可能性。他们体内的尖刺远胜过于任何血金术的创造物，因此他们会完全归附于他。

是的，在被插入审判者的尖刺之后，只有意志力极端强大的人，才能非常轻微地抵抗灭绝。

66

沙赛德尝试不要去想天空中灰烬有多黑，或是大地看起来有多悲惨。

我真是个笨蛋，他坐在马鞍上想着。这个世界从来没有比现在更需要信仰，结果我居然没有提供信仰给世界。

他全身因为不断奔袭而疼痛不堪，但仍然紧抓住马鞍，并且对在他身下奔跑的身躯感到惊奇。当沙赛德决定要跟坦迅一起南下时，一开始对这场旅程是绝望的。灰烬如暴风雪一般狂下，在大多数地方都厚得不可思议。沙赛德知道这趟旅程将会很困难，也担心会拖累坦迅的速度，因为以它狼獒的身体，绝对可以跑得更快。

坦迅听过他的担忧后，指示人给它一匹马跟一只肥猪。坦迅首先吃下肥猪为自己增加额外的体积，然后将透明胶状的身体包裹在马匹外消化它。一个小时内，它的身体已经与马并无二致，但是却有增强的肌肉跟体重，成为如今沙赛德骑乘的巨大、强健非凡的神骏。

他们从启程起便跑个不停。幸好，沙赛德一年前在陆沙德围城战之后，还在金属意识库中储存了一些清醒能量，此时正好用来不让自己睡着。他仍然很惊讶坦迅能如此强化动物的身体。它轻易地突破厚重的灰烬，但若是真正的马匹——更遑论人类——早就无法前进了。

另外一件证明了我很蠢的事情。过去几天我早就可以询问坦迅的力量来源。到底还有多少事情是我不知道的？

虽然羞愧，沙赛德却感觉到内心有某种平静。如果他在停止信仰之后继续传道，那的确是真正的伪善。廷朵相信让人安心是理所当然，即使需要因此说谎。这就是她认为宗教具有的优点：能提供让人觉得心里比较舒坦的谎言。

沙赛德不能如此，或者该说，他不能在这么做的同时仍然保持对自己的期许。可是，他现在有了希望。泰瑞司宗教是最先开始教导有永世英雄存在的宗教。如果有宗教中含有真相，则必定在此。沙赛德需要询问坎得拉的初代，了解它们到底知道什么。

不过，如果我得到了真相，该怎么办呢？

他们经过的树木都没有了叶子，大地铺满了四尺深的灰烬。"你怎么能一直这样跑？"沙赛德问道，看着坎得拉跑过山丘，推开灰烬，跳过障碍。

"我的族人是从雾魅中被创造出来的。"坦迅解释，听起来不带半点喘气，"统御主将藏金术师变成雾魅，而后成为一个族裔繁衍。在雾魅身上加诸祝福，它们就会苏醒，变成坎得拉。像我这样，在升华之后的数世纪以后被创造出来，出生时是雾魅，但是在获得祝福以后便醒过来。"

"……祝福？"沙赛德问道。

"两根小金属刺，守护者。"坦迅说道，"我们就和克罗司或审判者一样都是被创造出来的，只是跟前两者比起来是更为精细的造物。我们是在统御主的力量逐渐消失时，第三种也是最后被创造出来的一种。"

沙赛德皱眉，弯下腰，等马匹从一片干枯的树枝下跑过。

"你们有哪里不同？"

"我们比另外两者更独立。"坦迅说道，"我们只有两根尖刺，另两者则有更多。镕金术师仍然能控制我们，但我们不受掌控时，意志比克罗司或审判者都更自由，而且他们被灭绝的本质影响，即使他没对他们进行直接的控制。你难道没有想过，为什么他们都有这么强烈的杀戮欲望呢？"

"这无法解释你为什么能负载我和我们所有的行李，却仍然能跑得比灰烬落下的速度还快。"

"我们身上的金属刺会给我们一些能力。"坦迅说道，"就像藏金术给你力量，或镕金术给纹力量，我的祝福也能给我力量，无休无止，但又不像你们那样爆发力惊人。我的祝福加上能随心所欲改变身体构造的能力，让我有很高的耐力。"

沙赛德陷入沉默。他们继续奔驰。

"时间不多了。"坦迅说道。

"我看得出来。"沙赛德说道,"这让我思考,不知我们还能做什么。"

"这是我们唯一能成功的时刻。"坦迅说道,"我们必须准备好,准备战斗,在永世英雄到来时,协助她。"

"到来?"

"她会领导一支镕金术师的军队前往家乡。"坦迅说道,"在那里解救我们所有人——坎得拉、克罗司、审判者。"

一支镕金术师的军队?"那……我该做什么?"

"你必须说服坎得拉认知晓这个情况有多严重。"坦迅解释,在灰烬中停下脚步,"因为……有一件它们必须准备要做的事,一件非常困难却必要的事。我的族人会抗拒,但也许你能引导它们。"

沙赛德点点头,爬下坎得拉的背,伸展双腿。

"你认得这里吗?"坦迅问道,用马头看着他。

"我不认得。"沙赛德说道,"这么多灰烬……我已经好一段时间不知道我们在哪里。"

"在那个山坡后,你会找到泰瑞司人民搭建庇护所的地方。"

沙赛德讶异地转头:"海司辛深坑?"

坦迅点头:"我们称之为家乡。"

"在深坑?"沙赛德震惊地问道,"可是……"

"不是深坑本身。"坦迅说道,"你知道这一区下方都有洞穴吗?"

沙赛德点点头。卡西尔训练出他第一批司卡军队的地方就在从这里往北不远处。

"其中一个洞穴群就是坎得拉家乡,它跟海司辛深坑比邻,甚至有几条坎得拉通道是通往深坑的,因此必须被封闭起来,以免深坑的工人一不小心进入家乡。"

"你的家乡生长天金吗?"沙赛德问道。

"生长？没有。我想这就是家乡跟海司辛深坑不同之处。无论如何，通往我族的洞穴入口，就在那里。"

沙赛德讶异地转身："哪里？"

"灰烬里的凹陷处。"坦迅以它的大头朝那里点了点，"祝你好运，守护者。我有自己的任务要完成。"

沙赛德点点头，很震惊他们在这么短的时间内居然走了如此远的距离。他将背包从坎得拉的背上解下，剩下一只装着狼獒，还有一副看起来像是人类骨骸的袋子。也许那具人类骨骸是坦迅为突发状况准备的。

巨马转身准备离开。

"等等！"沙赛德举起手说道。

坦迅回过头。

"祝你好运。"沙赛德说道，"愿……我们的神眷顾你。"

坦迅微笑，这个表情在马脸上看起来相当怪异，接着它离开，在灰烬中疾驰而去。

沙赛德转向地面上的凹处，然后背着装满金属意识库与一本厚书的袋子向前走去。在灰烬中，就算只是前进这么短短一段距离都很困难。他来到凹陷处，深吸一口气，开始挖掘。

他没挖多远，便滑下一条信道，幸好信道不是直直往下坠，而他没有滑多久，就停在了一个地势微微上升的坑里，一半是朝天开放，一半是洞穴。沙赛德站起身，探入袋子里，拿出一个锡意识库，用它来增强眼力，走入黑暗中。

锡意识跟镕金术师的锡比起来没有那么强大，或者该说，作用不一样。它可以允许一个人看清远处，但在光线昏暗的情况下作用并不大。很快地，即便是有锡意识，沙赛德仍然走在了黑暗中，摸索着前进。

然后，他看到了光。

"停下！"一个声音喊道，"是谁因契约终止而返回？"

沙赛德继续往前走。他很害怕，可是同时又很好奇。他知道一个非常重要的事实。

坎得拉不能杀害人类。

沙赛德踏入光线中，一个蜜瓜大小的石头放在石柱上，坑坑洼洼的表面长满了某种发光的菌类。两名坎得拉阻挡他的去路。一看就知道它们是坎得拉——没有穿衣服，皮肤是半透明的，骨头似乎是以岩石刻成。

真罕见！沙赛德心想。它们制造自己的骨头。我真的有一个新的文化可以探索。一个全新的社会——艺术、宗教、道德，还有性别互动……

这个想法令他兴奋到有一瞬间觉得连世界末日都算不上是什么大事，他必须提醒自己要专注。他需要先研究它们的宗教，其他都是次要。

"坎得拉，你是谁？你用谁的骨头？"

"我想你会很讶异。"沙赛德尽量温和地说，"我不是坎得拉。我的名字是沙赛德，泰瑞司的守护者，我被派来与初代交谈。"

两名坎得拉侍卫都下了一跳。

"你们不必让我通过。"沙赛德说道，"当然，如果你们不带我进入家乡，那我会离开，然后去告诉外面所有人你们家乡的位置……"

守卫面面相觑。"跟我们来。"其中一只终于说道。

克罗司也没有多少挣脱的可能性。四根尖刺，还有减弱的思考能力，让它们很容易被驾驭。只有身处血腥狂暴的状态中，它们才有某种程度的自主性。

四根尖刺也让它们更容易被镕金术师掌控。在我们的时代中，需要硬铝的推才能控制坎得拉，可是克罗司只需要坚定的推即可，尤其当它们处于狂暴状态的时候。

67

依蓝德跟纹站在法德瑞斯的防御工事顶端。这片石头平台原本点着他们晚上看到的篝火,她在左方还看见一簇篝火留下的黑色痕迹。

能够再次被依蓝德抱在怀里感觉很好。他的温度是个安慰,尤其是当他们望向城外,看着依蓝德的军队曾经占据的天地时。克罗司军队正在扩大,静静地站在雪暴中的灰烬里,数千名士兵。每天都有越来越多怪物来到此处,集结成压倒性的力量。

"它们为什么不干脆攻击呢?"尤门烦躁地问道。他是另一个站在瞭望台的人,哈姆跟塞特都在下面负责军队的准备工作。克罗司一进攻,他们就要准备好守城。

"他要我们知道他能轻易地击溃我们。"纹说道。况且,他在等。等最后一点情报。

天金在哪里?

她骗过了灭绝。她向自己证明了这办得到,可是她仍然很挫败,感觉自己过去这几年的人生都是随着灭绝的小动作起舞。每次她觉得自己很聪明、睿智、愿意自我牺牲时,都不过是在按照他的意愿行事。这让她觉得愤怒。

可是她能怎么办?

我必须让灭绝先行动。她心想。只要他先动手,就会暴露出自己的弱点。

有一瞬间,在尤门的皇宫中,她感觉到某种神奇的东西,她以从迷雾得来的奇特力量碰触灭绝的意识,透过沼泽,看到灭绝的情感。

恐惧。她想起那纯粹又直接的感觉。在那瞬间,灭绝是怕她的,所以沼泽才逃跑。

不知如何,她将迷雾的力量吸入体内,用其展现出巨大威力的镕金术力量，她之前在统御主的皇宫中与他对抗时也成功过。为什么她只能在随机、无法预料的时候汲取这份力量？她想要用它来对抗詹，却失败了。她在过去几天试过了十几次，但就跟在统御主死后的那段时间一样无法成功，她甚至没有办法碰触一丝那份力量。

它像惊雷一般出现。

一次巨大、动摇一切的地震碾过大地。法德瑞斯周围的岩石平台瞬间龟裂，有些石块落到地上。纹在白镴的帮助下仍然站立着，她勉强抓住尤门的圣务官袍子前襟拽着他，因为他在一阵摇晃之后差点从岩石平台上摔下去。尤门抓住她的手臂，加强两人的联系。突来的地震摇晃了大地，城内几座建筑物倒塌。

然后一切安静下来。纹重重喘息，额头满是汗水，手中紧抓住尤门的袍子。她瞥向依蓝德。

"这次比以前都严重。"他说道，暗自咒骂。

"我们完蛋了。"尤门轻声说道，强迫自己站起来，"如果你说得没错，不只统御主死去了，他毕生都在对抗的力量也即将毁灭这个世界。"

"我们已活了这么久，"依蓝德坚定地说道，"我们会撑过去的。地震可能会伤害我们，但也会伤害到克罗司。你看看它们，有些已被落石砸死。如果这里情况真的很糟糕，我们可以退入石穴。"

"石穴能度过刚才那样的地震吗？"尤门问道。

"比这些建筑物好。这里没有建筑物在建造时考虑到了地震，但如果我对统御主料得没错，他一定预期到地震的发生，只会挑选坚固且能够抵挡地震的石穴。"

尤门似乎无法从这些话语中得到安慰，但纹微笑。不是因为依蓝德说的话，而是他说话的方式，他有点改变了。似乎拥有前所未有的自信。他有年轻时在宫廷里展现的理想主义，也有领导士兵上战场的刚毅。

他终于找到平衡，而奇特的是，它来自于撤兵的决定。

"可是，纹，他说得也有道理。"依蓝德以较柔的声音对她说道，"我们需要想清楚下一步怎么做。灭绝显然打算在此处打败我们，但他至少暂时是被阻挠了。然后呢？"

我们得骗过他，她心想。也许……利用尤门在我身上用的相同计谋？

她想了想，考虑这个做法。她伸出手，磨蹭着耳针。它因为射穿过沼泽的脑门而扭曲成一团，但是请铁匠重新将它还原回原来的形状是很简单的事。

她第一次见到尤门时，他就将耳针还给她。将金属送给镕金术师是很奇怪的做法，但是在掌控一切的情况下，这种做法却很聪明。他能够测试她是否还有隐藏的金属，同时隐藏他能燃烧天金以及能保护自己的事实。

之后他让她显露她的计划，让她在他的控制之下动手攻击，让他知道她在计划什么，将自己置于不败之地。她能对灭绝做同样的事情吗？

这个念头之外又出现另一个想法，两者合二为一。之前迷雾帮助她，都是在她走投无路时，仿佛它们会响应她的需求，所以是否有办法让她陷入比之前更绝望的境地？这是很渺茫的希望，但加上她想要逼灭绝先出手的念头，一个计划逐渐在脑海中成形。

让自己陷入危险。让灭绝将他的审判者带来，让纹陷入迷雾必须帮她的情况。如果不成功，也许至少能让灭绝亮出底牌，或是触动任何他为她设下的隐藏陷阱。

这个做法极端冒险，但她可以感觉得到时间不多了。除非她主动出击，否则灭绝会赢，而且是很快就会分出胜负。这是她唯一能想到的办法。可是她要怎么在不跟依蓝德解释的状况下让一切发生呢？她不能将计划宣之于口，免得灭绝知道她想做什么。

她抬起头看着依蓝德，一个她了解他更胜过了解自己的男人。他不需要特地说什么，她只要看着他就可以知道，他已经让不同的两部分自我达成了共识。面对这样的一个人，她真的需要说出她的计划吗？也许……"依蓝德,"她说道,"我想只有一个办法能拯救城市。"

"是什么?"他缓缓地问。

"我必须去拿它。"

依蓝德皱眉,然后张开口。她直望入他的眼睛,等待着。他踌躇了片刻。

"拿……天金?"他猜测。

纹微笑。"对。灭绝知道我们有天金。就算我们不用,也会被他发现,可是如果我们把天金带来这里,至少我们有反抗的机会。"

"反正它在这里也比较安全。"依蓝德缓缓说道,眼神迷惘,却信任且配合着她,"我宁可把这堆宝藏放在军队的保护之下,也许我们能用它贿赂一些当地的军阀来帮助我们。"

这一切在她看来是个很薄弱的骗局,但那是因为她可以看出依蓝德的困惑,读出他眼神中的谎言。她了解他,一如他了解她。这是个需要爱的理解。

而她怀疑,这是灭绝永远无法理解的事情。

"所以我必须离开。"她说道,紧紧拥抱着他,闭上眼睛。

"我知道。"

她紧抱着他片刻,灰烬在她身旁落下,吹拂她的皮肤跟脸颊,纹感觉着耳中依蓝德的心跳。她仰起头,吻了他。终于,她后退一步,检查金属存量,与他四目相望。他点点头,她随后跳入城中,去取一些马蹄铁。

片刻后,她穿过满是灰烬的天空,朝陆沙德而去,身周一团金属漩涡扬起。依蓝德静静地站在岩石平台上,看着她离去。

好了。她想着灭绝,很清楚他正非常仔细地观察着她的举动,即使在她汲取迷雾力量后,再也没有看到他出现。我们来场追逐战吧,就你跟我。

MISTBORN: THE HERO OF AGES

当统御主对他的藏金术朋友们提出这个计划时——将他们变成雾魅——他是要求他们为全世界的藏金术师做决定。虽然他将他的朋友们变成坎得拉以恢复他们的记忆与心智,却任凭其他人成为没有知觉意识的雾魅。这些雾魅继续繁衍,生生不息,成为独立的一族。从这些雾魅们的孩子之中,他创造下一代的坎得拉。

可是,我学到的是,就连神都会犯错。当统御主拉刹克想将所有在世藏金术师变成雾魅时,他没想到泰瑞司人一族的遗传问题——那是他所无法断绝的。因此,仍然有藏金术师被生下来,虽然非常罕见。

这个疏忽为他带来相当高昂的代价,却为世界赢得了许多机会。

68

沙赛德满心赞叹地走着,尾随在两名守卫之后,他看到一名又一名坎得拉,每一具身体都越发有意思。有些高挑纤细,有着白色木头制造的骨头;有些则是矮壮,有着比任何人类都要粗壮的骨头。不过大部分都选择人类肢体的轮廓。

它们以前都是人类,他提醒自己。至少它们的祖先是。

他身旁的洞穴感觉很古老,通道已经被磨得很光滑,虽然没有真正的"建筑物",但他经过许多小洞穴时,开口都有不一样的布帘垂挂,从菌类照明,到周围每个人的骨头,全展现出精湛的工艺。不像贵族堡垒的细致雕饰,石头与骨头上没有图案、花叶或是线条的纹饰,只有一些打磨光滑的圆角,或是线条与形状粗略的编织物。

坎得拉似乎怕他，这对沙赛德是个很奇特的经验。他这辈子有过许多身份：反抗军、仆人、朋友和学者，但从来没有成为别人惧怕的对象。坎得拉们躲在转角边偷偷看着他，其他的则震惊地站在原地，看着他经过。显然他来访的消息散播得很快，否则它们一定会以为他只是使用人类骨头的坎得拉。

侍卫们领他来到一道巨大石墙前的一扇铁门，其中一个让到一旁，而另一个守着沙赛德。沙赛德注意到那坎得拉的肩膀上有金属细片闪烁，看起来像是每边肩膀上都有一根尖刺。

比审判者的尖刺要小，沙赛德心想。可是仍然十分有效，有意思。

"如果我逃跑的话，你会怎么办？"沙赛德问道。

坎得拉一惊。"呃……"

"我是否可以将你的迟疑解读成，你仍然被禁止伤害，或者杀害一名人类？"沙赛德问道。

"我们服从初约。"

"啊。"沙赛德说道，"非常有意思。初约是你们跟谁缔结的？"

"父君。"

"统御主？"沙赛德问道。

坎得拉点点头。

"很不幸地，他是真的死了。所以，你的契约失效了吗？"

"我不知道。"那名坎得拉别过头。

沙赛德心想，所以不是所有坎得拉都像坦迅那样个性分明。就算它假装是狼獒时，我也总能感觉到它强烈的情绪。

另一名侍卫回来。"跟我来。"它说道。

它们领着沙赛德走入敞开的铁门，后面的房间有一个几尺高的大型金属高台。侍卫没有走上去，而是带着沙赛德绕到一个有着许多石头讲台的地方。许多讲台是空的，不过有两座讲台后方站着一些骨头闪烁的坎得拉。这一些坎得拉相当高，或者该说，它们用了很高的骨架，而且

549

MISTBORN: THE HERO OF AGES

五官精巧。

贵族，沙赛德心想。他发现无论是什么宗教——现在看起来还包括种族——这个层级都很容易辨识。

沙赛德的侍卫们示意他站在讲台前。沙赛德无视于它们的动作，而是在房间内绕行一周。一如他所预料，侍卫们不知道拿他怎么办，它们跟随在他身后，却没有动手阻拦他。

"整间房间都用金属包围。"沙赛德发现，"这是装饰性的，还是有特别用途？"

"该由我们问问题，泰瑞司人！"一名贵族坎得拉说道。

沙赛德停下脚步，转身。"不。"他说道，"不是你们。我是沙赛德，泰瑞司的守护者。可是，在你们这一族中，我有另一个名字。神圣宣告者。"

另一名坎得拉领袖哼了一声："外人怎么会了解这种事情？"

"外人？"沙赛德问道，"我想你们应该要对自己的历史有更深入的了解。"他开始向前走。"我是泰瑞司人，跟你一样。是的，我知道你们的起源，我知道你们是怎么被创造出来的，我也知道你们的血统来自于何处。"

他停在它们的讲台前面："我对你们宣告，我找到了英雄。我跟她一同生活、工作、观察她。她用来杀死统御主的长矛，是我亲手交给她的。我见证过她控制国王们，见证过她压制人类与克罗司军队。我来对你们宣告此事，好让你们有所准备。"

他停下，看着它们。"因为末日降临了。"他补上一句。

两名坎得拉静静地站在原地。"去找其他人来。"其中一个说道，声音颤抖。

沙赛德微笑。在一名侍卫跑走后，沙赛德转身面向第二名侍卫："请给我一张桌子跟椅子，还有可以书写的东西。"

几分钟后，一切安置妥当。他的坎得拉观众从四个变成二十个，其中十二个是有着闪耀骨骼的贵族,有些为沙赛德架起桌子,他自顾自地坐下,而坎得拉贵族们焦虑地议论纷纷。

沙赛德小心翼翼地将背包放在桌上,开始取出金属意识库。小戒指、更小的耳环、耳针等很快摆满了一桌。他卷起袖子,戴上他的红铜意识库——上臂的两大护臂,还有前臂的两大护腕。最后,他将他的厚书从袋子取出,放在桌子上。几名坎得拉拿着薄铁片走上前来。沙赛德好奇地看着它们张罗好一切,同时递上一支看起来像是钢制成的笔,能够在柔软的书写用金属纸上刻字。坎得拉仆人们鞠躬后退下。

好极了,沙赛德心想,拾起金属笔,清清喉咙。坎得拉领袖们转向他。

"我猜想你们是初代?"沙赛德说道。

"我们是二代,泰瑞司人。"一名坎得拉说道。

"那很抱歉占用你们的时间,我能在哪里找到你们的上级呢?"

领头的坎得拉嗤哼一声。"不要以为你能把我们召集起来,就觉得你把我们都吓倒了。我不认为有理由让你跟初代谈话,虽然你能在胡话里正确地引用几段教条。"

沙赛德扬起一边眉毛。"胡话?"

"你不是宣告者。"坎得拉说道,"这不是末日。"

"你们看过地面上的灰烬了吗?"沙赛德说道,"还是灰烬把这个洞穴的入口堵死了,没有人能出去看看世界正在崩解的情形?"

"我们活了很久,泰瑞司人。"另一名坎得拉说道,"我们曾见过落灰比平常更密集的时候。"

"哦?"沙赛德问道,"那我想,也许你们之前也见过统御主死去?"

某些坎得拉听了此话面露不安,领头的一名坎得拉摇摇头:"是坦迅要你来的吗?"

"是。"沙赛德承认。

"你提不出任何坦迅没提过的论点。"坎得拉说道,"它为什么会认为

MISTBORN: THE HERO OF AGES

你这个外人可以在它失败时再来说服我们?"

"也许因为它对我有所了解。"沙赛德以笔敲敲他的书,"你知道守护者是怎么一回事吗,坎得拉?"

"我的名字是坎帕。"那名坎得拉说道,"是的,我知道守护者,至少知道他们在父君被杀死前是做什么的。"

"那么,也许你也知道,每个守护者都有自己的专长。"沙赛德说道,"这样当统御主真的垮台的那一天,我们已经被分类成不同领域的专家,可以教导人民知识。"

"我知道。"坎帕说道。

"那么,我的专业就是宗教。"沙赛德摸着书本说道,"你知道在统御主升华前有多少种宗教吗?"

"不知道,上百吧。"

"我们的记录是有五百三十六种。"沙赛德说道,"包括了同一个宗教的不同教派。若要以更严格的算法来说,是三百个左右。"

"然后?"坎帕问道。

"你知道有几个存活至今日吗?"沙赛德问道。

"没有?"

"一个。"沙赛德抬起一根手指说道,"你的。泰瑞司宗教。你认为你追随的宗教不仅存留至今,甚至预言了今日的情景,都是巧合吗?"

坎帕轻哼。"你的说词了无新意。所以我的宗教是真的,其他是谎言,那又代表了什么?"

"你也许该听听跟你同教的人所带来的消息。"沙赛德开始翻书,"至少,我认为你会对这本书有兴趣,因为它搜集了所有我能找到的关于永世英雄的信息。我对真正的泰瑞司宗教所知不多,所以得从二手来源取得信息,来自故事与传说,还有在之后写就的文字。

"不幸的是,很多文字都被灭绝篡改过,因为那时他正试图要说服永世英雄造访升华之井,将他释放。因此,这本书的内容被他的碰触玷污扭曲了许多。"

"我为什么要对这件事有兴趣?"坎帕问道,"你刚跟我说你的信息都被扭曲过而且无用。"

"无用?"沙赛德问道,"不,一点也不。被扭曲?对,被灭绝改变了。朋友们,我有一本充满灭绝谎言的书。你的脑子里则隐藏了所有的真实。我们各自所知的都用处不大,可是如果我们能一起比对,就会知道灭绝到底改变了哪些——这不就会告诉我们他的计划是什么了吗?我想,至少这能告诉我们,他不希望我们注意到哪些事情。"

房间陷入沉默。

"这个嘛……"坎帕终于开口,"我——"

"够了,坎帕。"一个声音说道。

沙赛德一愣,偏过头。那声音不是来自于讲台边的人。沙赛德环顾房间,试图了解是谁出声。

"你们可以退下了,二代。"另一个声音说道。

一名二代惊喘。"离开?让你们跟这外人独处?"

"他是我们的后裔。"其中一个声音说道,"一名世界引领者。我们要听他想说什么。"

"退下。"另一个声音说道。

沙赛德挑起眉毛,坐在原处,看着二代们一脸焦虑地离开讲台,再安静地离开房间。两名侍卫关上门,挡住在外面想窥探的坎得拉。沙赛德独自留在房间里,跟开口说话的鬼魅一起。

沙赛德听到一个摩擦声,在布满金属片的房间中回荡,然后后方的一扇门开启。里面出现了他认为是初代的坎得拉。它们看起来……很老。它们的坎得拉肉体可以说是挂在身体上,像是半透明的苔藓挂在树枝上一样。它们弯腰驼背,显然比他见过的其他坎得拉都要老,而且不是用走的,是用拖的。

它们穿着没有袖子的简单袍子,但衣服在它们身上看起来很奇怪,而且在透明的皮肤下，他看得出来它们有一般人的骨架。"人骨？"沙赛德询问这些年迈，拄着拐杖慢慢前进的坎得拉。

"我们自己的骨头。"其中一个说道，以疲累到近乎低语的声音说道，"一开始时，我们没有制造真骨的技术或知识，所以统御主把我们原来的骨头还给了我们，我们便继续沿用。"

初代显然只有十人。它们坐在长凳上。出自于敬重，沙赛德搬移桌子的方向，好让自己坐在它们面前，像是观众前的演讲者。

"好了。"他说道，举起他的金属纸和笔，"我们开始吧——有好多工作要完成。"

现在仍然存在的问题是，关于永世英雄的预言从何而来？如今我知道那些预言被灭绝篡改过，但并非凭空捏造。到底是谁先教导会有英雄来临，是所有人类的皇帝，却被自己的人民拒绝？谁先说出他会将世界的未来承担在手臂上，修补被切断的一切？

还有是谁决定使用英雄一词，好让人分不出英雄是男是女？

69

沼泽跪在一堆灰烬中，憎恨自己与全世界。灰烬不停落下，飘在他的背上，遮盖他，但他没有动。

他被抛在一旁，被告知要坐着等待，就像是被遗忘在后院的工具，慢慢被雪花淹没。

我在那里，他心想。跟纹在一起。可是……我不能跟她说话。什么都不能跟她说。

更严重的是……他并不想跟她说话。在他与她的整个对话中，他的身心完全属于灭绝。沼泽无力抵抗，更无法让纹杀了他。

除了一瞬间。在接近最后的一瞬间，她几乎要控制住他。那瞬间他看到他的主人——他的神，他的自我——给了沼泽一样他希望的事情。

在那一瞬间，灭绝害怕她。

因此，灭绝强迫沼泽逃跑，留下他的克罗司军队——那是沼泽被命令要让依蓝德·泛图尔偷走的克罗司军队，目的就是要依蓝德将它们带去法德瑞斯，这支军队最后被灭绝再度偷回。

如今，沼泽在灰烬中等待。

有什么意义？他心想。他的主人想要某样东西……需要某样东西……而且害怕纹。这两件事给了沼泽希望，可是他能怎么办？就算是灭绝退败的那一瞬间，沼泽仍然无法掌控自己。

沼泽原本的计划是要等待，将他反抗的部分隐藏起来，直到适合的那一刻来临，他会拔出背上的尖刺，杀了自己，如今这计划显得愚蠢至极。他怎么可能摆脱灭绝的时间长到能杀了自己？

站起来。

这个命令无声地传来，沼泽立刻反应。灭绝回来了，控制他的身体。沼泽费力地保存了自己的部分意识不受影响，他开始抛掷钱币反推，像纹使用马蹄铁那样不断抛掷与重复使用。马蹄铁的金属含量当然更高，因此会是较佳的选择，能让每一次钢推推得更远。但此刻，钱币也能用来充数。

他飞在午后的空中，红色的空气飘满了令人不舒服的粗糙灰烬。沼泽看着这幅景象，试图不让自己对它产生美的联想，却同时不能让灭绝知道他没有完全被征服。

很困难。

在天黑之后许久，灭绝命令沼泽落地。他快速下降，袍子在空中翻飞，然后落在一个矮丘上。灰烬淹没直到他腰际，他脚下堆积的灰烬大概有几尺高。

在远方的下坡处，一个人影坚定地在灰烬中前进。那人身上背着包袱，牵着一匹疲惫的马。那是谁？沼泽心想，更仔细地研究。那人看起来像是士兵，有着方正的脸跟光秃的头，下巴有几天的胡子未刮。无论他是谁，他的意志力都相当令人佩服，鲜少有人敢在迷雾中行走，但此人不只如此，甚至还穿过了及胸高的灰烬。那人的制服全黑，一如他的皮肤。

黑……灰烬……

美。

沼泽从山头上跃起，猛力钢推，穿过迷雾跟灰烬。下方的人一定听到了他。士兵转身，连忙抽出腰边的剑。

沼泽落在马背上。马嘶鸣一声，站立而起，沼泽跳高，一脚踩上马脸，顺势翻个筋斗，落在灰烬中。士兵在前方挖出了一条通道，沼泽感觉自己仿佛看着一条狭窄黑暗的走廊。

那人抽出剑，马匹紧张地嘶鸣，在灰烬中乱了阵脚。

沼泽微笑，从身边抽出黑曜石斧头。士兵退开，想要在灰烬中腾出战斗的空间。沼泽看到那人眼中的恐惧，以及对自己即将会丧命的认知。

马匹再次嘶鸣。沼泽转身，切断它的前腿，它痛得哀鸣不已。在他身后，士兵有所行动，出人意料的是，他不是逃跑，而是攻击。

那人以剑刺穿沼泽的背后，虽然在刺中一根尖刺后偏到了一旁，但仍然刺穿了他。沼泽微笑转身，汲取愈合之力，保持站立不动。

那人继续移动，手伸向沼泽的背心，显然试图抽出他背后的尖刺。可是沼泽燃烧白镴，转身避开，将士兵的武器扯开。

应该让他抓住的……自由的那一丝自我说道，不断努力挣扎，却徒劳无功。

沼泽往那人的头挥砍，打算一斧砍下，但士兵在灰烬中打了个滚，从靴子中抽出匕首，试图割断沼泽的脚筋。这个想法很聪明，因为无论能否愈合，这动作都会让沼泽倒在地上。

可是，沼泽汲取速度，突然以超过平常人数倍的速度移动，快速避开了士兵的攻击，反而朝他的胸口踢了一脚。

那人闷哼一声，肋骨传来断裂的声音。他倒在灰烬中，滚来滚去，咳嗽不已，嘴唇上满是鲜血，停下来时，全身都是灰烬，虚弱地掏向口袋。

又一把匕首？沼泽心想。可是，那人抽出一片金属。金属？

沼泽突然极端强烈地想要抓住那片金属。士兵挣扎着要将金属薄片揉坏好摧毁其中的内容，可是沼泽尖叫，以斧头砍下，直直将他的手臂砍断，然后再次举高斧头，这次砍掉了那人的头颅。

但是他没有停止，血腥的愤怒迫使他一遍又一遍地将斧头劈入尸体。在他脑海中，可以感觉到灭绝因死亡而兴奋，却也感觉到焦躁。灭绝试图要阻止他进行杀戮，要他抓住那片金属，可是在血腥狂暴中，沼泽是无法被控制的。一如克罗司。

不能被控制……这——

他一僵，再次被灭绝控制。沼泽摇摇头，那士兵喷溅的鲜血从他脸上流下，沿着下巴滴落，他转身看着濒死的马匹在安静的夜中嘶鸣。沼泽站起身，朝断手摸去，拔出士兵死前想要摧毁的金属片。

快读！

沼泽的意识中很明显地出现这几个字。灭绝鲜少直接跟他对话——它只将他当傀儡使用。

大声读！

沼泽皱眉，缓缓摊开金属片，想给自己思考的时间。灭绝为什么需要他来读？除非……灭绝不能读？这不合理。那东西可以改变书籍中的文字。

它一定识字。所以阻止灭绝的，其实是金属？

他摊开了那一片金属。上面的确刻了字。沼泽想要抗拒读出，他渴

MISTBORN: THE HERO OF AGES

望抓起地上滴着鲜血的斧头，用它自杀，可是他办不到。他甚至没有抛下手中金属的自由。灭绝不断推拉着沼泽的情绪，终于让他心想……

是啊，为什么要反对？为什么要跟他的神，他的主人，他的自我争辩？沼泽举起金属片，骤烧锡在黑暗中将内容看得更清楚。

他读道："'纹，我的意识很不清楚，有时候甚至已经不知道什么是真实。可是有一个声音似乎反复对着我强调，我必须告诉你一件事，我不知道这有没有用，但我仍然必须说。

"'我们对抗的东西是真的。我看到过它。它想摧毁我，也想摧毁邬都的人，它透过一个我没想到的方法来控制我。金属。一小块刺穿我身体的金属，光靠这点，它就可以扭曲我的思想。它无法像你控制克罗司那样完全控制我，但道理差不多，我想，也许是我体内的金属不够大。我不知道。

"无论如何，它以卡西尔的样貌出现在我面前，也对邬都的国王做了同样的事。它很聪明。行事很诡异。

"小心点，纹。不要相信任何被金属刺穿的人。就连一丁点儿都可能玷污一个人。

"鬼影。"

沼泽重新完全被灭绝控制，在手中捏碎了金属，直到刻痕无法辨读，然后将它抛入灰烬，将它当成锚点钢推入空中，朝陆沙德前进。

他留下马、人、金属残骸，慢慢被灰烬掩埋。

像是被遗忘的工具。

就我所知，那根尖刺是魁利恩自己刺入的。那人的精神状态向来不稳定。他对卡西尔的狂热还有杀害贵族的倾向被灭绝增强，但魁利

恩本身已经有这份冲动。他激切的多疑有时已濒临疯狂，因此灭绝能够敦促他刺入关键性的一刺。

魁利恩的尖刺是青铜，是以他抓到的第一个镕金术师制成的。这根尖刺让他成为搜寻者，这就是他在当邬都王时，能找到并威胁这么多镕金术师的原因。

重点是，个性疯狂的人比较容易受灭绝的影响，即使他们体内没有尖刺。这，大概就是詹被选中的原因。

70

"我还是不觉得这有什么用。"尤门说道，跟依蓝德一起并肩走出法德瑞斯城门。

依蓝德不理他，朝一群士兵挥手致意。他停在另一群士兵面前，不是他的，而是尤门的，开始检视他们的武装。他嘉勉了他们几句，然后继续前进。尤门静静地看着，以同等地位的姿态走在依蓝德身边，而非被他俘虏的国王。

这两人之间暂时达成了不稳定的和平，外面那一大片的克罗司提供了两人合作的动机。依蓝德的军队比较强，可是强不了太多，而且随着越来越多克罗司出现，他们寡不敌众的状况越显严重。

"我们应该要处理卫生问题。"一离开那些人的听觉范围，尤门立刻继续说道，"军队的存在有两个原则：卫生跟食物。只要提供这两样东西，就会胜利。"

依蓝德微笑，知道他引述自特蓝提森的《比例补给法》。若是几年前，他会同意尤门的话，两个人也许会花一个下午在尤门的皇宫中讨论领导术的哲学问题，可是依蓝德在过去几年中学到了许多无法从书本里得到的知识。

很不幸的是，这也意味着他无法直接解释给尤门听，尤其他们的时间有限。所以他朝街道点点头："你希望的话，我们现在可以前往医护所，尤门王。"

尤门点头，两人走向另一个城区。这名圣务官处理所有事情都一板一眼：问题应该快速且直接地处理。虽然他喜欢瞬间下决定，但其实非常聪明。

他们一边走，依蓝德一边留意路上的士兵，无论他们是否在出勤。他对他们的敬礼点头，与他们四目对望。许多人都在修复因日渐增强的地震造成的损害，也许这全是依蓝德的想象，但他总觉得他走过之后，那些士兵都站得更挺拔了。

尤门看着依蓝德这么做，微微皱眉。圣务官依然穿着象征他职位的袍子，顶多就是额头间的一小颗天金显示他的王权。那人额头上的刺青看起来几乎像是朝珠子靠拢而去，仿佛当初刺下时就已经预留了位置。

"你对带兵不太了解，对不对，尤门？"依蓝德问道。

圣务官挑起眉毛："我对于战略、补给，还有在固定据点间调动军队的知识，远超过你所能及。"

"哦？"依蓝德轻松地说道，"所以你读过班尼特森的《军队行进学》，是吧？"那句"固定据点"完全暴露了他的引述来源。

尤门的皱眉更深。

"我们这些学者经常忘记一件事，尤门，就是在战争中士气的影响。虽然食物、鞋子、干净的水都是必要的，但士气与这些无关，是跟希望、勇气，还有活下去的意志力有关。士兵需要知道他们的领导者们会参与战斗，即使不去杀敌，也会亲自在战线后督战。他们不能将他视为待在塔中的某个抽象力量，只会看着窗外，思索宇宙的奥秘。"

尤门陷入沉默，两人走在虽然没有灰烬，却仍然看起来寂寥的街道。大多数人都已经撤退到城后方，倘若克罗司攻破了他们的防线，那也是它们最后才会抵达的地方。所有人都在外面搭帐篷，因为在地震时待在建筑物内并不安全。

"你是个……有意思的人,依蓝德·泛图尔。"尤门终于说道。

"我是个杂种。"依蓝德说道。

尤门挑起眉毛。

"我是说我的组成,不是个性或出身。"依蓝德微笑说道,"我是各种身份的综合体。部分学者,部分叛逆者,部分贵族,部分迷雾之子,还有部分军人。有时候,我甚至不了解我自己是什么。我光为了协调这些不同部分就苦不堪言,而当我好不容易开始弄懂的时候,这世界居然就打算当着我的面进入末日了。啊,我们到了。"

尤门的医疗区是由教廷大楼所改成,让依蓝德心里了解尤门这个人是愿意变通的。他的宗教建筑物对他而言没有神圣到不能承认是最适合照顾病人与伤员的地方。在里面,他们看到医生正在照顾和克罗司第一次交手后存活下来的人。尤门忙着去跟医院的行政人员们交谈,显然他对于人们受到的感染比例相当担忧,依蓝德走到最严重的伤员区,开始慰问他们,提供安慰与鼓励。

要他看着因为自己的愚蠢而受伤的士兵是很困难的事。他怎么会没想到灭绝会将克罗司收回呢?这太理所当然了。可是灭绝这一招使得很好,误导依蓝德以为是审判者在控制克罗司,让他觉得克罗司是安全可靠的。

如果我按照一开始的计划用克罗司攻城,会发生什么事?他心想。灭绝绝对会将法德瑞斯洗劫一空,杀光里面所有人,然后再让克罗司攻击依蓝德的士兵。如今依蓝德跟尤门共同筑起的防御工事让灭绝暂停了攻势,等着召集更多武力。

我毁了这个城市,依蓝德心想,坐在一名手臂被克罗司剑砍断的男子床边。

他觉得相当烦躁。他知道自己没有做错,说实话,他宁可在城里——虽然城市必沦陷无疑——而非攻城并获胜,因为他明白获胜的一方不一定总是对的。

MISTBORN: THE HERO OF AGES

可是，这一切又回到他之前的沮丧上——也就是无法保护人民。虽然尤门统治着法德瑞斯，但依蓝德认为城里的人也是他的子民。他夺下了统御主的王位，自称为皇帝，因此整个最后帝国都是他必须照顾的范围。一个连一座城市都保护不好，更遑论保护一个帝国中所有城市的统治者，有什么用？

医院前方的一阵骚动引起他的注意。他抛开阴霾的思绪，告别士兵。他冲到前面，尤门已经出来查看到底发生了什么事。一名女人抱着一个男孩，他正无可控制地抽搐着。

其中一名医生冲上前接过男孩。"迷雾病吗？"他问道。

啜泣的女人点点头："我一直让他待在室内，直到今天……我就知道！我就知道迷雾想要他！求求你们……"

尤门摇头，让医生将男孩抱到床上。"女人，你该听我的话。"他坚定地说道，"城市里每个人都应该跟迷雾接触，现在你的儿子会占据士兵可能需要的床位。"

女子软倒在地，依然不停哭泣。尤门叹口气，但依蓝德看得到他眼中的关切。尤门不是无情的人，只是实际。况且，他的话很合理。只是害怕可能会因迷雾而生病，就躲在家中一辈子是没有用的。

倒在迷雾中……依蓝德随意想着，瞥向床上的男孩。他停止抽搐，表情因为痛楚而显得扭曲，看起来很痛。依蓝德这一辈子只有这么痛过一次。

我们从来没弄清楚迷雾病是怎么一回事，他心想。雾灵从没回来过，但也许尤门知道些什么。

"尤门，"依蓝德说道，走到尤门身边打断他与医生的谈话，"你们的人有找出迷雾病的原因吗？"

"原因？"尤门问道，"生病需要有原因吗？"

"这么奇怪的病要有。"依蓝德说道，"你知道它只攻击所有人之中恰巧百分之十六的人吗？"

尤门不显得惊讶，只是耸耸肩："很合理。"

"合理？"依蓝德问道。

"十六是个强大的数字，泛图尔。"尤门翻着一些报告，随口说着，"例如，这是统御主抵达升华之井所花的天数——它在教廷教义中是很重要的数字。"

当然，依蓝德心想。尤门不会对于自然中有规律一事感到惊讶，他信的神就是创造这规律的神。

"十六……"依蓝德望向生病的男孩。

"第一批审判者的人数，"尤门说道，"每个教廷部会中的首长人数，镕金金属的数量，还有……"

"等等。"依蓝德抬起头问道，"什么？"

"镕金金属。"尤门说道。

"只有十四种。"

尤门摇头。"若你的妻子将某个金属与铝凑成一对的想法正确的话，我们所知的已有十四种，可是十四不是力量的数字。镕金金属是以两两成对，四四成组。因此，很有可能还有两种我们没发觉，总数会是十六。二乘二乘二乘二。四种肢体金属，四种意志金属，四种强化金属，还有四种时间金属。"

十六种金属……

依蓝德再次瞥向男孩。痛楚。依蓝德曾经有过这样的痛楚——那是他父亲下令要人打他的那天，为了让他历经以为自己会死去的痛楚而打他，为了让他的身体接近濒死边缘而打他，好让他绽裂。

用打的方式试探他是不是个镕金术师。

他统御主的！依蓝德震惊地想。他冲离尤门身边，跑向医院的士兵区。

"这里有谁因迷雾而病倒过？"依蓝德质问。

病人不解地看着他。

563

"你们有人生过病吗？"依蓝德问道，"当我强迫你们站在迷雾中的时候？拜托你们，我必须知道！"

那只有一只手臂的人缓缓举起剩下的一只手："我病倒了，陛下。对不起。这应该是在惩罚我——"

依蓝德冲上前去打断他的话，掏出自己备用的金属液体。"喝下去。"他命令。

男子一愣，随即依言去做。依蓝德热切地跪在床边等着，心脏在胸中狂跳着。"怎么样？"他终于问道。

"什么……怎么样，陛下？"士兵问道。

"有感觉到什么吗？"依蓝德问道。

士兵耸耸肩："有点累，陛下？"

依蓝德闭上眼睛，叹口气。这太蠢了——

"真奇怪。"士兵突然说道。

依蓝德猛然睁开眼睛。

"对。"士兵看来有点心不在焉地说，"我……我不知道那是怎么一回事。"

"烧它。"依蓝德开启青铜说道，"只要放手让身体去做，它知道该怎么办。"

士兵加深皱眉，然后偏过头。突然，他开始因镕金术而鼓动。

依蓝德闭起眼，轻轻吐气。

尤门走到依蓝德身后："怎么了？"

"迷雾从来不是我们的敌人，尤门。"依蓝德仍然闭着眼说，"它们只是想帮忙。"

"帮忙？怎么帮？你在说什么？"

依蓝德睁开眼，转身："它们不是想杀我们，尤门。它们不是让我们生病。它们在绽裂我们。为我们带来力量，让我们能够战斗。"

"陛下！"一个声音突然传来。依蓝德转身，看到一名焦急的士兵跌跌撞撞地冲入："两位陛下！克罗司攻击了！它们攻城了！"

依蓝德一惊。灭绝。它知道我发现了，它知道它必须现在攻击，而不能等更多军队来到。

因为我知道了秘密！

"尤门，搜集起这个城市里的每一点金属粉！"依蓝德大喊。

"白镴、锡、钢、铁！送给任何因迷雾而病倒的人！叫他们喝下！"

"为什么？"尤门仍然不解。

依蓝德转身，微笑。

"因为他们现在是镕金术师了。这个城市不会像大家以为的那么容易沦陷。你需要我的话，我会在前线！"

十六这个数字是特别的，其中一个原因是，它是存留给人类的征象。

存留在囚禁灭绝之前就知道，一旦减损自己之后，他就再也无法跟人类沟通，所以他留下线索，无法被灭绝篡改的线索，跟宇宙基本规律有关的线索。这个数字是用来证明，一切发生的事情都不是自然，因此只要寻找，就能找到外力协助。

我们花了很久才弄清楚，但当我们终于了解线索时，虽然很迟了，却仍提供了我们急需的力量。

至于这数字其他的重要性……就连我都还在研究。简单来说，这个数字跟世界还有宇宙本身运作的方式非常有关。

71

沙赛德在金属纸上敲敲笔，微微皱眉。"这一块跟我先前所知没有什么不同。"他说道，"灭绝只改动了小地方，也许是不想让我注意到这些细节，很显然他希望我知道纹就是永世英雄。"

"他要她去解放他。"哈德克，初代的领袖说道。它的同伴们点点头。

"也许她从来不是英雄。"其中一名提议。

沙赛德摇头："我相信她是。不管从哪个版本，这些预言仍然都指出她是永世英雄的种种征象。他们提到一个不属于泰瑞司人民的人类之王，困在两个世界间，却在两边都很叛逆。灭绝只是强调那人就是纹，因为他要她去解放他。"

"我们一直以为英雄是男人。"哈达克以微弱的声音说道。

"每个人都这样以为。"沙赛德说道，"可是你也说所有的预言都用了无特定性别相关的称谓，所以这一定是刻意的，古泰瑞司人的用词遣字并不随意。他们刻意选择中性的称谓，好让我们无法知道英雄是男是女。"

几名年迈的泰瑞司人点点头。他们在蓝色萤石的恬静光芒下工作，仍旧坐在有金属墙的房间里，根据沙赛德的了解，这里对坎得拉而言是个圣地。

他敲敲笔，皱着眉头。有什么事让他感觉到不安？他们说英雄会一臂托起整个世界的未来……许久以前，艾兰迪的日记上写下的文字。初代也确认这是真的。

纹还有工作要完成，可是升华之井的力量不见了。用光了。没了那力量，她要怎么战斗？沙赛德看着他年迈的坎得拉观众们。"升华之井的力量到底是什么？"

"就连我们也不确定，年轻人。"哈达克说道，"在我们身为人的时代，我们的神已经从这世界离去，只剩泰瑞司还存有对英雄的期望。"

"告诉我一件事。"沙赛德向前倾身说道,"你的神怎么从这世界离开的?"

"灭绝跟存留。"其中一位说道,"他们创造了我们的世界跟我们。"

"两者无法独自创造。"哈达克说道,"不能的。因为要存留一样事情不是创造,但同样也无法透过毁灭而创造。"

这是神话中常见的主题,沙赛德在他读过的种种宗教中碰到过无数遍。世界是在两种力量的冲击中所诞生,有时候这两种力量分成混沌与秩序,有时是破坏与保护。这让他有点介意。他原本希望能从这些坎得拉告诉他的事情中,获取新的信息。

可是……只因为这是共通点,难道就代表是假的吗?还是这些神话都有一个共通且真实的根源?

"他们创造世界之后,就走了?"沙赛德说道。

"不是立即离开。"哈达克说道,"可是,这就是关键,年轻人。这两者有个协议——存留想要创造人,创造能有感知的生命体,他从灭绝身上取得一个承诺,好让他们能创造人类。"

"但是有代价。"另一位低语道。

"什么代价?"沙赛德问道。

"有一天,灭绝被允许回来毁灭世界。"哈达克回答。

圆形房间陷入沉默。

"因此出现背叛。"哈达克说道,"存留献出生命囚禁灭绝,不让他摧毁世界。"

另一个常见的神话主题——牺牲自我的神明。这就是沙赛德在幸存者教会的诞生过程中所见证到的。

可是……这次是我自己的宗教。他皱眉,靠回椅背,试图理解自己的心情。出于某种原因,他总觉得真相会不一样。学者的他跟希望相信的他相持不下。他怎么能去相信一个如此充满陈腔滥调神话的宗教?

MISTBORN: THE HERO OF AGES

他远道而来，相信自己得到了找出真相的最后一次机会，但在仔细研究后，他发现这个宗教跟其他被他认为是虚假的宗教有惊人的相似。

"你似乎很不安，孩子。"哈达克说道，"你对于我们说的事情这么担忧吗？"

"我很抱歉。"沙赛德说道，"这是个人问题，与永世英雄的命运无关。"

"请说。"其中一人说道。

"这很复杂。"沙赛德说道，"这段时间以来，我都在人类的宗教中钻研，想要明白哪些教义是真的。我原来已经绝望地认为永远找不到能给我答案的宗教，然后我知道我自己的宗教还活着，被坎得拉一族守护，所以我来这里，想找出真相。"

"这就是真相。"其中一名坎得拉说道。

"可是这是每个宗教都教导的事情。"沙赛德说道，烦躁感节节攀升，"在每个宗教中，我都找到矛盾、逻辑谬误，以及无法接受的信仰要求。"

"年轻人，听起来像是你在寻找一件找不到的东西。"哈达克说道。

"真相？"沙赛德说道。

"不。"哈达克说道，"一个不需要信徒拥有信仰的宗教。"

另一名坎得拉长者点点头："我们跟随父君和初约，但我们的信仰对象不是他，而是更……崇高的存在。我们相信存留为了今天而计划，而他想要保护的意念远胜过于灭绝毁灭的意念。"

"可是你们不确定。"沙赛德说道，"你们给出的证据是只有在相信之后才能看到，可是在相信的人眼中任何事都可以是证据。这是个逻辑上的悖论。"

"信仰跟逻辑无关，孩子。"哈达克说道，"也许这就是你的问题。你不能'反证'你研究的东西，就如同我们无法证明英雄会拯救我们一般。我们只能相信，同时接受存留教导我们的事情。"

这对沙赛德还是不够，可是现在，他决定不去多想。他没有关于泰瑞司宗教的所有事实。也许一旦他得到全部，就能厘清一切。

"你提到灭绝的囚牢。"沙赛德说道，"告诉我，这跟纹贵女使用的力量有何关系。"

"神没有肉体。"哈达克说道，"他们是……力量。存留的意识不再，但他的力量仍存。"

"是指那池液体吗？"沙赛德说道。

初代的人们点点头。

"池子外面的黑雾呢？"沙赛德问道。

"灭绝。"哈达克说道，"在他被囚禁的期间等待、观察。"

沙赛德皱眉："烟雾的洞穴比升华之井要大很多，为什么不一样？难道灭绝强大这么多吗？"

哈达克轻声嗤笑："年轻人，两者一样强大。他们是力量，不是人。同一力量的两面。钱币有一边会比另一边更'强大'吗？他们同样在推挤周遭的世界。"

"不过，传说存留在创造人类时，付出太多的自己，用以创造拥有比较多的存留而非灭绝的生物。在每个人之中只有一点点。非常少……容易忽略，除非历经许久时间……"另一位补充。

"那他们的体形为什么差这么多？"沙赛德问道。

"你不明白，年轻人。"哈达克说道，"池里的力量，那不是存留。"

"可是你刚说——"

"那的确是存留的一部分。"哈达克说道，"他是一种力量，他的影响力无处不在。也许有一部分凝结在那个池里，其他的……无处不在。"

"可是灭绝，他的意识集中在那里，"另一名坎得拉说道，"所以他的力量汇集在那里，至少比存留的多一点。"

"但不是全部。"另一位笑着说。

沙赛德歪头。"不是全部？所以我猜灭绝也散布在世界上？"

"某种程度上而言是的。"哈达克说道。

"我们正在提及初约里的内容。"一名坎得拉警告。

哈达克迟疑，转身，看着沙赛德的双眼："如果这个人说得没错，那灭绝已经脱离囚牢了。意思是他会来找他的身体。他的……力量。"

沙赛德感觉一阵冰寒。

"在这里？"他低声问道。

哈达克点点头："我们要搜集它。初约——统御主如此称呼它——就是我们在这世上的工作。"

"其他的孩子们也各有用处。"另一名坎得拉补充，"克罗司用于战斗，审判者用于传教。我们的任务不同。"

"搜集力量，保护它，隐藏它。"哈达克说道，"因为父君知道有一天灭绝会脱逃，而从那天起，他会开始找寻身体。"

年迈的坎得拉们望向沙赛德身后。他皱眉，转身跟随它们的注视。它们正看着金属高台。

沙赛德缓缓走过石板地。高台很大，大概有二十尺宽，却不高。他踩上高台，让其中一名坎得拉惊呼，但没有人出声制止。

圆形高台中间有一条缝隙，还有一个洞——大概是一枚大钱币的尺寸——落在中央。沙赛德往洞穴里看，但因为太暗，什么都看不到。

他往后退。

我应该还剩下一点，他心想，望着满桌的金属意识库。几个月前，在放弃使用金属意识库之前，应该有把那戒指填入一些。

他快步走去，拿起桌上一只白镴小戒指，套上，然后抬头看着初代的成员，它们响应他询问的目光。

"去吧，孩子。"哈达克说道，沧桑的声音在房间中回荡。

"我们就算想，也阻止不了你。"

沙赛德走回高台，然后从白镴意识中取得他一年前储存的力量。他的身体立刻变得比平常强壮数倍，袍子突然感觉紧绷。他以充满肌肉的双手，弯下腰，撑住粗糙的地面，用力推地板上的一个圆盘。

它移动时在岩石上摩擦，露出一个大洞。有东西在其下闪闪发光。

沙赛德全身一僵，释放白镴意识的同时，他的力量与身体都缩水，袍子再度松垮。房间一片沉默。沙赛德看着半露的洞穴，还有隐藏在地下的巨大金属块。

"我们称之为嘱托。"哈达克以轻浅的声音说道，"父君让我们保存。"

天金。千千万万颗天金。

沙赛德惊喘出声："统御主的天金库藏……一直在这里。"

"大多数天金从未离开海司辛深坑。"哈达克说道，"那里随时都有圣务官，但从来没有审判者，因为父君知道他们可以被收买。圣务官在一间以金属制成的秘密房间里打碎晶石，然后取出天金。贵族世家接着将空的晶石运到陆沙德，根本不知道他们其实并没有拿到任何天金。统御主获得跟赏赐给贵族的天金是由圣务官所带去的。他们将天金伪装成教廷的资金，藏在一堆钱币里不让灭绝发现，这批资金则跟新的实习圣务官们一起被运送到陆沙德。"

沙赛德瞠目结舌地站着。这里……一直在这里，就离卡西尔起兵不远的地方。离陆沙德不远的地方，这么多年来完全没有受到任何保护。

却隐藏得这么好。

"你们为天金工作。"沙赛德抬起头说道，"坎得拉契约是以天金支付的。"

哈德克点头："我们要尽量搜集，没落入我们手中的会被迷雾之子烧掉。有些家族会储藏一些，但父君的税金跟各种杂费让大多数天金又以充抵流回他那边，最后几乎全数来到这里。"

沙赛德低下头。

如此巨大的财富，他心想。如此巨大的……力量。天金向来跟其他金属都格格不入。因为其他的每种金属，就算是铝跟硬铝，都可以透过自然过程挖掘出或创造出。可是天金只来自一个地方，它的起源很神秘

MISTBORN: THE HERO OF AGES

而且奇特，它的力量能让人办到超越镕金术或藏金术的事。

它让人预见未来，完全不是人之力，而是……神之力。

它不只是金属。它是力量的凝结。

是灭绝渴望的力量。极度的渴望。

坦迅走向山丘顶端，穿过一片深厚的灰烬——很高兴自己换成马身，因为狼獒绝对无法穿过这些灰烬。

灰烬在它身处的地方下得很密，限制了它的视野。以这个速度，绝对赶不到法德瑞斯，它愤怒地想。虽然它已经以巨大的马身尽量赶路，速度仍然太慢，无法离家乡很远。

它终于爬上山丘，马鼻喷出白气。

到达山顶时，它震惊地僵住。眼前的整片大地正在燃烧。

特瑞安，最靠近陆沙德的灰山就在不远处，一半的山顶被某种爆裂炸掉。空气似乎都因为火舌而燃烧，坦迅眼前宽广的平原满是流泻的深红色熔岩，从这么远的地方它都能感觉到热力正推挤着它。

它站在原处良久，深埋在灰烬中，看着曾经有村庄、森林、道路的大地。一切都消失了，烧光了。远方的大地龟裂，似乎有更多岩浆流出。

初约啊……它绝望地心想。它可以绕道南方，像是从陆沙德直线前进那样绕到法德瑞斯，可是不知为何，它发现很难再鼓起动力。

已经太迟了。

是的，有十六种金属。我认为统御主不可能不知道每一种。的确，他在储藏窟的金属板上所刻的文字至少显示他应该知道这件事。

我只能认为他有原因不希望把这件事告诉人类。也许他保留这个秘密是为了让自己拥有一些优势，就像他留下一颗能让人成为迷雾之子的存留化身的珠子。

或者，他认为人类在已知金属中取得的力量已经够多了。有些事情，我们永远不会知道。我心里某个地方仍然认为他做过的事情让人很遗憾。在统御主的千年统治中，多少人出生、绽裂、活着，直到死了也从不知道他们是迷雾人，只因为他们的金属不被人知晓？

当然，在最后，这的确让我们多了一点优势。灭绝很难将硬铝给审判者，他们需要杀死会燃烧硬铝的镕金术师才能使用，而这世界上的硬铝迷雾人从未知道自己有这个能力，只有几个重要人物——例如沼泽——是从迷雾之子身上取得镕金术力量。这种事通常被视为一个浪费，因为若以血金术杀死迷雾之子，只能取出十六种力量其中之一。灭绝认为最好还是尽力扭转迷雾之子的心智，以取得所有的力量。

72

纹抵达陆沙德前，天空开始下起雨。一阵冰冷、安静的细雨沾湿了夜晚，却没有驱散迷雾。

她骤烧青铜。在远处，可以感觉到镕金术师、迷雾之子在追逐她。至少有十几个，都往她的位置聚集而来。

她落在城墙上，光裸的脚在岩石上微微一滑。在她眼前的是陆沙德，面积广阔的城市至今仍然骄傲地耸立。千年前由统御主所创立，被建造在升华之井的正上方。它在统御主统治的十个世纪中茁壮发展，成为整个帝国中最重要也是最拥挤的地方。

而现在，陆沙德正迈向死亡。

纹站直身体，望向巨大的城市。有些建筑物着了火，城市各处偶有火堆。火焰抗拒雨滴，像是夜晚的营火，点亮了不同的贫民窟与住宅

MISTBORN: THE HERO OF AGES

区。火光中,她可以看到城市是一片废墟,大块的城区被毁坏,建筑物倒塌或烧焦,街道诡异地空旷,没有人在救火,没有人缩在水沟里。

这个城市,曾经是数十万人的家,如今却空空荡荡。风吹过纹被雨水淋湿的头发,她感觉到一阵冰寒。迷雾一如往常,跟她保持着距离,被她的镕金术推开。她独自一人行走在世界最大的城市之中。

不。不是一人。她可以感觉他们在靠近——灭绝的手下。她领着他们来到此处,让他们以为她带着他们来找天金。因此,前来的人数将超过她能应付的数量。她死定了。

这就是她的计谋。

她从城墙跳下,穿过迷雾、灰烬、雨水。她穿着迷雾披风,不是因为有多实用,只是对过去的一种缅怀。这是她一直以来穿着的那一件,是卡西尔在她受训的第一晚给她的那件。

她在水花中降落在建筑物的屋顶,然后再次跳起,越过城市。她不确定今晚下着雨是显得诗意或者诡异。上一次她也曾在雨夜造访克雷迪克·霄,她有时候仍然觉得,自己应该死在那个夜晚。

她落在街道中,站直身体,垂满布条的披风散在身侧,隐藏了她的手臂跟胸口。她静静地站着,抬头看着克雷迪克·霄,千塔之山,统御主的皇宫,就位于升华之井上方。

建筑物是几栋相连的屋舍,上面生长着无数的细塔与尖刺,还有螺旋塔。这团几乎对称的混乱——因为迷雾跟灰烬更显毛骨悚然——自从统御主死后就废弃一空,大门已经被破坏,她看到墙上破碎的窗户。克雷迪克·霄跟它曾经统治过的城市一样死寂。

一个身影出现在她身边。"在这里?"灭绝说道,"你带我来这里?我们找过了。"

纹没说话,看着尖刺。黑色的金属手指伸向更黑的天空。

"我的审判者要来了。"灭绝低语。

"你不该现身的。"纹没看他,"你应该等到我拿出天金,而现在我绝对不会动手。"

"啊,可是我已经不相信你有天金。"灭绝以他慈祥的声音说道,"孩子……我一开始相信你,还聚集了力量,准备要面对你,可是你来此处后,我就知道你是在误导我。"

"你不确定。"纹轻声说道,细雨让她的声音更沉静。

沉默。"没错。"灭绝终于说道。

"那你得尝试逼我说出来。"她低语说道。

"尝试?你知道我能用来对付你的力量有多强吗,孩子?你明白我拥有、代表的破坏力吗?我是压垮人的山,我是击碎人的浪,我是粉碎万物的暴风雨,我是结束。"

纹继续望着落雨。她没有质疑自己的计划,向来不。她已经决定。现在是诱灭绝进入陷阱的时候。

她厌倦被操纵。

"只要我还活着,你就绝对拿不到。"纹说道。

灭绝尖叫,一个原始愤怒的声音,属于破坏的力量。然后,他消失。闪电划过天际,光芒是穿过迷雾的力量,点亮在黑雨内穿着袍子的身影,他们朝她走来,包围她。

纹转向不远处废弃的建筑物,看着一个身影爬过碎石。在隐约的星光下,那身影有光裸的胸口,干瘦的肋骨,还有紧绷的肌肉。雨水沿着他的皮肤流下,滴在从胸口刺出的尖锥上,每根肋骨间都有一支。他的脸上有一对尖刺,其中一个被敲入头颅中,击碎了他的眼眶。

普通的审判者有九支尖刺。她跟依蓝德一起杀死的有十支。沼泽看起来有二十支。他低声咆哮。

战斗开始。

纹甩开披风,布条洒出水滴,钢推自己前冲。十三名审判者划过黑夜,朝她飞来。纹弯腰闪过一片斧头的挥砍,然后钢推一名审判者,燃烧硬铝,两只怪物被他们的尖刺推后,纹猛然加速往旁边一闪。

她双脚踩上另一名审判者的胸口。水花四溅,混合着灰烬。纹伸出手,抓住审判者眼中的尖刺,用力一拉,骤烧白镴。

她猛力一扯,尖刺被硬生生拔出。审判者尖声惨叫,却没有倒地,而是转过头看着她,脑袋半边只剩一个大洞,对她愤怒地哈气。显然光是拔掉一支眼眶中的尖刺并不足以致命。

灭绝在她的脑中大笑。

没有尖刺的审判者朝她伸手,纹拉扯克雷迪克·霄众多尖刺的一根,飞上空中,边飞边喝下一瓶金属液体,补充钢。

十几个黑色袍子的身影穿过落雨追逐她。沼泽仍然在下方按兵不动。

纹一咬牙再抽出一对匕首,钢推自己往下,直朝审判者们飞去。她从他们之中穿过,令几个人感到讶异,大概以为她会跳走。她直撞向被她拔走尖刺的怪物,让他在空中急转,再将匕首刺入他的胸口。他一咬牙,大笑出声,拍开她的双手,将她踢回地面。

她随着雨水一同掉下,重重落地,却仍然是直挺挺站着。审判者同样也是脚朝下落地,匕首依然在他胸口,可是他轻松地站起身,抽出匕首丢开,武器在石板地上摔个粉碎。

然后他突然移动。太快了。纹没有时间思考,看着他穿过迷雾中的雨水,抓住她的咽喉。

我见过这种速度,她边挣扎边心想。不只是审判者。还有沙赛德。这是藏金术力量,就像沼泽之前用的力量。

这些新尖刺有其存在的原因。那些审判者没有跟沼泽一样多的尖刺,可是他们显然也有些新能力。力量。速度。每个怪物基本上都是统御主。

明白了没?灭绝问。

纹大喊出声,硬铝钢推审判者,让自己脱离他的掌握。这动作让她的喉咙被他的指甲划破淌血,她再喝了一瓶金属液体——这是最后一瓶——填补她的铁,同时滑过湿润的地面。

迷雾之子
卷三·永世英雄 [珍藏版]

藏金术存量会用光的,她告诉自己。就连镕金术师也会犯错。我可以赢。

可是她迟疑了,停下脚步,重重喘息,一手撑着地,水深至她的手腕。卡西尔为了跟一名审判者对战就辛苦万分。她怎么会想到要跟十三个缠斗?

穿着湿袍的身影在她身边落地。纹一脚踢入一个审判者的胸口,拉引自己躲开另一人的攻击,在湿滑的石地上打滚,起身时避开几乎要砍掉她头的黑曜石斧头,经过白镴增强的双腿踢向另一个敌人的膝盖。

骨头碎裂。审判者尖叫着倒地。纹一手让自己重新站起,拉引上方的尖刺,让自己飞上十尺避开朝她挥砍而来的攻击。

她重新落地,抓起倒地审判者的石斧,她挥动武器挡下一记攻击,水珠四洒,皮肤上沾满湿漉漉的灰烬。

*你打不过的,纹。*灭绝说道。*每一次挥砍只让我更强。我是灭绝。*

她尖叫,冲动地扑向前,撞开一名审判者,然后将斧头砍入另一人的身侧。他们咆哮挥砍,但她总会超前一步,勉强避过他们的攻击。被她打倒的审判者站起身,膝盖恢复原状。他在微笑。

一记她没看到的攻击砍上她的肩膀,让她往前扑倒。她感觉到温暖的鲜血沿着背往下流,可是白镴压制了痛楚。她侧滚站起,手中仍握着斧头。

审判者们一同向前。沼泽静静地看着,雨水沿着他的脸庞流下,尖刺从身体中突出,如同克雷迪克·霄的尖刺。他没有加入战斗。

纹咆哮,再次将自己拉入空中。她比敌人们超前一步,在尖刺间来回跳动,利用它们的金属作为锚点。十二名审判者像是一群乌鸦般跟着她,迷雾持续在她身旁盘旋,无视于雨水。

审判者落在她原本瞄准的尖刺边。她大喊一声,落地时顺便双手举起挥砍斧头,但他钢推离开,闪避她的攻击,然后将自己拉回。她踢中他的脚,让两人掉入空中,然后抓紧他的袍子。

MISTBORN: THE HERO OF AGES

他抬起头，咬紧牙关，露出笑容，以超乎人类强壮的手掌将她的手斧拍落，身体开始膨胀，程度甚至超越了藏金术师使用力量时的正常大小。他嘲笑纹，抓住她的脖子，甚至没注意到纹拉引两人略略往侧飞。

他们撞上其中一根较低的尖塔，尖刺刺穿了审判者的胸口，让他极端讶异。纹则侧身闪开，抓住他的头，她的重量加速了他的滑落。她没有看见尖刺如何划开他的身体，但她落地时，手中只剩一颗头颅。一根断裂的尖刺落在她身边满是灰烬的水洼中，她将头颅抛在尖刺旁边。

沼泽愤怒地尖叫。四名审判者落在纹身边，纹踢向其中一人，但他以藏金术速度移动，抓住她的脚，另一人抓住她的手臂，将她拉到一旁。她大喊，好不容易在重殴下重获自由，但第三人抓住她，力气同时被藏金术跟镕金术两者增强。另外三人随即跟上，以爪一般的手指再抓着她。

深吸一口气，纹熄灭锡，然后燃烧硬铝、钢、白镴，用力往外推去，审判者被他们的尖刺向后推倒在地，连声咒骂。

纹摔倒在石地上，背后跟喉咙疼痛欲裂。她骤烧锡让脑子清醒，但站起时仍然摇摇晃晃，脑子模糊。她在瞬间用光了所有的白镴。

她想要逃，却看见有身影站在她面前，另一波闪电刹那间点亮街道。

她的白镴没了。她的伤口正在汩汩流血，换成别人，早就丧命了，但纹似乎也走投无路。

现在来吧！她心想，被沼泽一掌掴倒在地。

什么都没发生。

快点！纹心想，想要汲取迷雾的力量，心中充满恐惧，看着沼泽落在她身边，他是夜里的一个黑色身影。拜托！

每次迷雾帮助她，都是在她最绝望的时候。这是她的计划，虽然看起来很不可靠——让自己陷入前所未有的险境，仰赖迷雾来援救她，一如先前两次。

沼泽跪在她身边。影像如闪电般滑过她疲累的意识。

凯蒙举高宽大的手掌要打她。雨水落在她身上,她缩在黑暗的角落,腰侧一道深深的伤口流着血。詹转身面向她,两人站在海斯丁堡垒上,他其中一只手上缓缓滴着血。

纹试图爬过湿滑冰冷的石板地,但身体不听使唤。她几乎连爬的力气都没有了。沼泽重捶她的腿骨,击碎了骨头,让她吃痛大喊。冰冷的痛楚。没有白镴减缓攻击力道。她试图要将自己拉起好抓住沼泽的一根尖刺,可是他抓住她断掉的脚,而她的尝试让她痛楚地尖叫。

好了,我们该开始了。灭绝以他善良的声音说道。纹,天金在哪里?你对天金知道多少?

"拜托……"纹低语,朝迷雾伸出手,"拜托,拜托,拜托……"

可是它们仍然避得远远的。曾经,它们一度调皮地在她身体周围盘旋,如今却退缩避之犹恐不及,一如过去一年来那般。她哭泣,朝它们伸出手,但它们像是躲避麻风病人一样逃走。

迷雾也用同样方法回避审判者。

怪物们站起身,黑夜中阴暗的身影包围她。沼泽将她拉回身边,抓住她的手臂。她在感觉到痛楚前就已经听到骨头折断的声音,可是疼痛终究还是出现,令她尖叫出声。

她已经很久没遭受酷刑。街道对她并不善良,可是在过去几年中,她能够压抑大多数这类的回忆。她成为了迷雾之子。强大。也受众人保护。

这次没有了,她隔着疼痛想到。沙赛德这次不会来救我。卡西尔不能救我。就连迷雾都舍弃了我。我只剩独自一人。

她的牙齿开始打颤,沼泽举高她的另外一只手臂。他以尖刺的双眼看着她,表情难以言说,然后,再折断骨头。

纹尖叫,恐惧多于痛楚。

沼泽看着她尖叫,听着那份甜美。他微笑,手探向她那条完好的腿。要不是灭绝控制住他,他就可以杀了她。他在束缚中挣扎,想要对

MISTBORN: THE HERO OF AGES

她造成更多伤害。

不……他心存有一个小小的角落如此想着。

雨不停落着，勾勒出一个美丽的夜晚。陆沙德城穿上了最好的丧衣，散发烟雾，有些地方无视于潮湿的夜，仍然旺盛地燃烧着。他多希望他能来得及看到暴动与死亡啊。他微笑，杀人的热切期望在他体内升起。

不，他心想。

他不知为何知道，结局就在眼前。大地在他脚下颤抖，他在继续折断纹的腿时还必须用手先撑住自己。最后的一天到来了。世界活不过今夜，他高兴地笑出声，完全陷入血腥狂暴中，几乎不受控制，毁坏着纹的身体。

不！

沼泽醒来。虽然他的手仍然跟随命令移动，但他的意识已经在反抗。他吸入灰烬、雨水、鲜血、黑渍，感觉一阵反胃。纹快要死了。

卡西尔把她当女儿看待，他一面想，一面一只只地折断她的手指。她在尖叫。他跟梅儿来不及生的女儿。

我放弃了。就像我在反抗军那时一样。

这是他人生中奇耻大辱。在崩解前，是他领导着司卡反抗军。可是，他放弃了，撤退了，放弃了团体的领导权，而且就在反抗军于卡西尔的协助之下，终于推翻统御主的前一年而已。沼泽原本是反抗军的领袖，却放弃了。就在胜利之前。

不。他心想，折断她另外一只手的手指。我不要再来一次，我不会放弃！

他的手移向她的锁骨。然后，他看到了。一丁点儿金属，在纹的耳朵中闪烁。她的耳针。她曾经跟他解释过它的来历。

我不记得了，纹的声音从过去对他低语。沼泽想起，当时还是正常人的他跟她坐在雷弩大宅的安静阳台上，看着卡西尔在下方安排军队。

那时，就在沼泽离开去渗透钢铁教廷之前。

纹提及她发疯的母亲。瑞恩说，他有一天回家，发现母亲全身是血。纹说道，她杀死我的妹妹。可是她却没有碰我，只给我了一只耳环……

不要相信任何被金属刺穿的人，鬼影的信写着。一丁点儿就可以玷污一个人。

一丁点儿。

他仔细看看那个扭曲而斑驳的耳针，看起来几乎像是根极小的尖刺。

他没有思考。没有让灭绝有反应的时间。在杀死永世英雄的兴奋中，灭绝的控制远逊过于以往。他聚集所有仅剩的意志力，伸出手。

将耳针从纹的耳朵扯下。

纹猛然睁开眼睛。

灰烬跟雨水落在她身上。她的身体因痛楚而燃烧，灭绝尖锐的要求仍然在她脑海中回荡。

可是那声音不再对她说话。它说到一半时，被硬生生打断。

什么？

迷雾立刻回到她身边，围绕着她的身体，感觉着她锡力的镕金术，因为她仍然不自觉地在燃烧锡。它们像过去那样友善、淘气地在她身边盘绕。

她正在死去。她知道。沼泽已经对付完她的骨头，显然开始不耐烦。他抱着头尖叫，然后伸出手，从身边的水洼抓起斧头。纹就算想逃都来不及。

幸好，痛楚正在消散。一切都在消散。一片漆黑。

求求你，她心想，最后一次伸向迷雾。它们突然感觉如此熟悉。她之前在哪里有过这样的感觉？她从哪里认识过它们？

当然是升华之井，一个声音在她脑海里低语。这毕竟是同样的力量。你喂给依蓝德吃的金属，是固体；你燃烧的水池，是液体。而水汽蒸发存于空气中，仅限夜晚出现，隐匿你，保护你。

给你力量！

纹惊喘一声，倒吸一口气，吸入了迷雾。她突然感觉全身温暖，迷雾涌入她，将力量借给她。她全身像是金属一样燃烧，疼痛瞬间消失。

沼泽朝她的头挥下斧头，水花四洒。

她抓住他的手臂。

⊙

我之前提过审判者，还有他们穿透红铜云的能力。如我先前所说，这个能力很容易理解，只要明白许多审判者在被转化前都是搜寻者，因此他们的青铜能力有两倍那么强。

还有另外一个可以穿透红铜云的案例。在她的案例中，情况有点不同。她出生就是迷雾之子，而她妹妹是搜寻者。妹妹的死亡——一根血金术尖刺杀了她的妹妹——使她得到了这份能力，所以她比普通的迷雾之子更加倍擅长燃烧青铜。也因此，她能够看穿其他能力较弱的镕金术师的红铜云。

73

迷雾变了。

坦迅看着灰烬。它精疲力竭、麻木地倒在小山丘上，望着阻碍它东行的一片熔岩，肌肉酸痛不已——表示它把自己逼得太过火，力量的祝福能办到的事也是有限度的。

它强迫马身站起，望着黑夜的景象。它身后是无尽的灰烬荒原，就连为了爬上小丘而硬破出来的通道也几乎要被熔岩填满。前方熔岩在燃烧，可是有某种非常不同寻常的事情。是什么？

迷雾流泻着，追逐，盘绕。通常迷雾流向的规律非常混乱，有些会往一处流，其他则会朝别的方向打转，有不同流向，但从未一致，多半都是随风飘动。但是，今天晚上一点风都没有。

然而，迷雾似乎都正朝着一个方向在流动。坦迅一注意到这个现象，就发现这是它所看过最奇特的景象之一。迷雾没有打转，也没有盘旋，而是有目的性地前进，包围它，绕过它，让它觉得自己像是一条巨大飘渺河流中的石头。

迷雾正朝陆沙德流去。*也许我还没太迟！* 它心想，心中重新出现几丝希望，甩掉自己的疲累，朝来的方向疾奔而去。

"阿风，快来看看。"

微风揉揉眼睛，望向房间另一端，奥瑞安妮穿着她的睡袍，望着窗外。时间很晚，他应该要睡了。

他望着书桌，还有他原本正在撰写的和平草约。那是沙赛德或依蓝德该写的东西，不是他。"你知道吗？我很清楚地记得自己特别告诉过卡西尔，我不想要负责任和处理重要的事！管理王国跟城市是笨蛋的工作，不是盗贼的！在提供合理的收入方面，政府太没有效率了。"

"阿风！"奥瑞安妮坚持地说道，明目张胆地拉扯着他的情绪。

他叹口气，站起身。"好吧。"他抱怨道。说实话，*在卡西尔的小集团中有这么多适合的人，怎么会轮到我领导城市呢？*

他跟奥瑞安妮一起来到窗户边，往外看："亲爱的，我应该要看什么？我没……"

他话没说完，便皱起眉头。他身边的奥瑞安妮碰着他的手臂，担忧地望向窗外。

"这真的很奇怪。"他说道。迷雾在窗外流动，像是河流一样——而且似乎在加速。

MISTBORN: THE HERO OF AGES

他房间的门被重重撞开。微风跳起,奥瑞安妮尖叫,两人转身发现鬼影站在门口,半个人仍然都包裹在绷带里。

"召集所有人。"男孩沙哑地说道,抓住门框,不让自己软倒在地,"我们得行动。"

"小子……"微风略微惊慌地说道。奥瑞安妮握住微风的手臂,安静却用力地抓紧他。"小子,怎么了?你该待在床上!"

"召集所有人,微风!"鬼影说道,声音突然威严十足,"把他们带去储藏窟。让所有人都挤进去!快点,我们没多少时间了!"

"你觉得这是怎么一回事?"哈姆问道,擦着额头,鲜血立刻又从他脸庞的一条伤痕流下。

依蓝德摇摇头,深呼吸几乎像在喘气,背靠着一块崎岖不平的岩石突起。他闭上眼睛,即使有白镴在帮助他,还是疲累得全身发抖。"哈姆,我现在真的不太关心迷雾的事情。"他悄声说道,"我的脑子动不了。"

哈姆闷哼同意。在他们周围,人们尖叫死亡,与无尽的克罗司对打。有一些怪物被困在通往法德瑞斯的天然石头走廊,可是真正的危险出现在包围城市的崎岖岩石山壁。太多克罗司厌倦在外等待,开始从两旁往上爬。

这个战场相当危险,到处都需要依蓝德的帮助。他们有许多镕金术师,但大多数没有经验,甚至到今天之前,还完全对自己的力量一无所知。依蓝德一个人就是一整支后援军队,在防守线中奔跳,填补漏洞,下方则由塞特指挥。

更多尖叫?更多死亡?更多金属敲击在金属、岩石、肉体上。为什么?依蓝德烦躁地想。为什么我不能保护他们?他骤烧白镴,深吸一口气,在夜晚中站起身。

迷雾在他头上流动,仿佛被某种隐形的力量拉扯。一瞬间,这景象令精疲力竭的他全身僵直。

"泛图尔陛下！"有人大喊。依蓝德转身，望向声音来源。一名年轻的使者从岩石上爬来，眼睛睁得老大。

糟了……依蓝德心想，全身紧绷。

"陛下，它们在撤退！"男孩说道，在依蓝德面前跌跌撞撞地停下。

"什么？"哈姆站起身问道。

"是真的，陛下。它们从城门前撤离了！它们正在离开。"

依蓝德立刻抛下钱币，飞冲上天。迷雾在他周遭流动，流丝如上百万的细线，被扯往东方。在他下方，他看见巨大的深色身影在夜里逃走。

好多，他心想，落在岩石上。我们绝对无法打败它们。就算靠镕金术师也一样。

可是它们正在离开。以非人类的速度在奔逃。移动……

朝陆沙德去。

纹像暴风一样地战斗，在黑夜中挥洒出雨水，打倒一个又一个审判者。

她不该活着，她的已经用完，却仍然感觉到的白镴力量在她体内燃烧，比以前都要更灿烂，感觉像是有流血的太阳在她体内，滚烫的热力流向四肢。

她的每个钢推或铁拉都有硬铝的力道，但她体内的金属存量丝毫没有减弱，甚至变得更强，更巨大。她不知道自己身上正在发生什么事情。可是，她知道一件事。

突然间，同时与十二名审判者对打不再是不可能的任务。

她大喊出声，将一名审判者拍到一旁，然后弯腰躲过一对斧头，蹲下，跳起，在雨中划出一道弯弧，落在沼泽身边。在她重生后，她将他甩到一旁，他仍躺在原地。

他抬起头，眼光似乎终于聚集在她身上，然后咒骂一声，滚地闪开纹急坠的拳头。她击碎了一块石板，洒起一波水花，溅满她的手臂跟脸庞，留下一滴滴的黑色水珠。

她抬头望向沼泽。他直挺挺地站着，胸膛裸露，尖刺在黑暗中发光。

纹微笑，转身面向从后面朝她奔来的审判者。她大喊一声，避开挥舞的斧头，这些怪物在她眼里看起来速度曾经快过吗？在无尽白镴的拥抱中，她似乎与迷雾同速。轻盈。敏捷。

无拘无束。

天空自身也是一场风暴，随着她的攻击而疯狂地盘旋转动。迷雾包裹着她的手臂，形成一个漩涡，与她一同捶上审判者的脸，让他往后飞去。迷雾在她面前飞舞，直到她接住倒地审判者的斧头，反手将另一个怪物的手臂砍断，接下来是头，其他人对于她的速度瞠目结舌。

死了两个。

纹再次攻击。她往后跳，拉引身后的尖塔。一排乌鸦紧追着她，袍子在湿漉漉的黑暗中拍打着。她脚先踩上一根尖刺，然后飞起拉引着一名审判者的尖刺，以她的新能力而言，这动作简直易如反掌。被她挑中的猎物以超越同伴的速度朝她飞来。

纹往下急冲，在半空中迎向审判者，抓住他眼窝的尖刺用力一扯，以新生的力量将尖刺拔出。然后一踢怪物，借力弹开，同时钢推他胸口的尖刺。她直直冲入天际，下方的尸体在雨中翻了几圈，头颅中原本是尖刺的地方只留下两个空洞。她知道有些尖刺被拔了仍然可活着，但有些就是致命。失去两只眼睛的尖刺似乎就足以杀死他们。

三个。

审判者落在她刚才反推的尖塔上，同时跳起去追她。纹微笑，抛掷她手中的尖刺，击中一名审判者的胸口，然后用力钢推。那名不幸的审判者被往下推倒，撞上一个平坦的屋顶，重到几根尖刺被推出他的身体，在空中闪烁飞舞，然后落在他动也不动的身旁。

四个。

迷雾之子
卷三·永世英雄 [珍藏版]

纹的迷雾披风随着她冲天的速度飘扬。八名审判者仍然在追她,朝她伸手。纹大喊一声,在落下时朝他们举起手,然后用力钢推。她没意识到她的新力量有多强,显然类似于硬铝,因为她可以影响审判者体内的尖刺。她排山倒海地强迫一整群审判者同时落地,仿佛被一巴掌打下的苍蝇。事实上,她的钢推也攻击了正下方的金属尖刺。

嵌住金属尖刺的石基爆炸,朝外飞洒岩石碎片与灰尘,而尖刺本身则压碎下方的建筑物。纹因此被抛起。快如疾风。

她冲过天空,迷雾在她身旁流过,钢推的力道甚至让她经过迷雾增强的身体也倍感压力。

然后,她抽离了。来到空旷的天空中,像是跃出水面的鱼儿。在她身下,迷雾如巨大的白色棉被覆盖着夜晚的大地。在她身边周围,只有广阔的天空。令人不安、奇怪。在她头上,上百万颗星辰——通常只有镕金术师才看得到的景象——像是往生者的眼睛在看着她。

她的动力已经耗尽,她静静地在原地打转,下方一片白,上方一片光。她注意到她从云朵中带出一丝迷雾,像是一条准备将她拉回的绳索悬浮在空中。事实上,所有的迷雾都像是巨大的气象图形一般在打转。一个白色的漩涡。

漩涡的中心就在她正下方。

她降落,直直朝大地急坠,进入迷雾,将它拉在身后,吸入。即使在坠落时,她也可以感觉到迷雾盘绕在身边,那是个如同帝国一般宽广的巨大漩涡。她将迷雾全数邀入体内,身边的迷雾旋风越发激烈。

转瞬间后,陆沙德出现,是地面上一个巨大的黑色瘀青。她往下急坠,朝克雷迪克·霄与它的尖刺冲去,它们似乎全都指向她。审判者们还在那里,她可以看到他们站在一个尖刺中间的平坦屋顶上抬头等待着。不算沼泽的话,总共只有八人。一人因她最后一次钢推而被刺穿在附近的尖刺上,那次攻击显然将他后背中央的尖刺扯开了。

五个,纹心想,落在离审判者不远的地方。

如果钢推一次就能将她抛到超越迷雾的范围，那她往外钢推会发生什么事？

她静静地等着审判者冲过来，可以看见他们动作中的绝望仓皇。无论她身上发生了什么，灭绝都愿意牺牲他手下的每一只怪物，希望他们能够在她完成之前杀了她。迷雾被拉向她，速度越来越快，像是被吸入排水孔的水流。

当审判者几乎全部来到她面前时，她再次用力钢推，竭尽全力，以自己为中心，推开她身边所有金属，同时骤烧巨量白镴增强身体。石头龟裂。审判者们大叫。

克雷迪克·霄爆炸！

高塔从根基上倒塌，门从门框中被扯开，窗户粉碎，石块炸裂。整栋建筑物因为金属被推开而撕裂。她边推边尖叫，脚下的大地在晃动。一切，就连岩石与石块都被暴力地往后推开，显然其中也蕴含着金属元素。

她喘气，停止钢推。吸入一口气，感觉雨水打在她身上。原本是统御主皇宫的建筑物消失了，坍倒成碎石，以她为中心，形成宛若被撞击后的圆形巨坑。

一名审判者从碎石中爬出，脸上因为一根被拔掉的尖刺而血流不止。纹举起手，一面拉引，一面稳住自己身体，审判者的头一震，另外一只眼睛的尖刺也被拔出。他朝前摔倒，纹则接住尖刺，钢推另一名正往她冲来的审判者，他举手要将尖刺推向她。

可是她仍然将尖刺逼向前，靠着反作用力来抵消他的钢推。他被抛开，重重撞上一堵残余的墙壁。尖刺继续前进，如水中急游的鱼被推动，无视于水流。尖刺击入审判者的脸，粉碎头颅，将他的头钉在岩石上。

六、七。

纹走在碎石间，迷雾盘旋，在她头顶上猛烈地盘绕，以她为中心形成一个涡状云，像是龙卷风，却没有气流，只有难以捉摸的云雾，仿佛被画在空中。盘旋、环绕，遵照她无声的命令而来。

她跨过一个被碎石压住的审判者尸体，将他的头踢开确保他已经死透。

八个。

三人同时朝她冲去。她高喊，转身，拉引一根断掉的塔尖。巨大的金属几乎跟一栋建筑物一样大，在她的命令下飞舞打转，她把它当成是棒槌一样挥向审判者，将他们击个粉碎。她转身，留下巨大的铁柱压在他们的尸体上。

九、十、十一。

暴风雨停止，但迷雾仍然继续盘旋。雨停了下来。纹走在粉碎的建筑块之间，眼睛搜寻会移动的镕金线条。她在面前找到一条颤抖的线，因此伸出手，抓起一块巨大的大理石圆板，甩到一旁。一名审判者在下方呻吟。她对他伸手，这才发现，她的手正在透着雾气。雾不只是在她身边盘绕，更从她体内冒出，渗透每个毛孔。她吐出一口气，迷雾在她面前凝聚成一团，立刻又被漩涡吸回。

她抓住审判者，将他拉起。他的皮肤因为藏金术开始愈合，他也开始挣扎，越发强壮。但即使藏金术的强大力量在纹面前也微不足道。她将他眼睛的尖刺拔出，抛在一旁，让尸体倒在碎石间。

十二。

她发现最后一个审判者缩在一池雨水中。是沼泽。他的身体已经破碎，身侧还少了一根尖刺。尖刺的缺孔正在流血，可是显然只缺少了一根尖刺并不足以致命。他将插着尖刺的头转向她，表情僵硬。

纹停下动作，深吸一口气，感觉雨水沿着她的手臂流下，再沿着手指滴落。她的体内仍然在燃烧，她抬起头，望着迷雾的漩涡，它旋转得如此强劲，往下方扭转。体内有如此多的能量在流窜，她几乎难以思考。

她再次低头。

这不是沼泽，她心想。卡西尔的哥哥已经死了很久。这是别的东西。灭绝。

迷雾最后一阵旋转，变得更快、更密实，直到最后一丝迷雾绕下，进入纹的身体。

然后，迷雾消失了。天上星光闪烁，灰烬在空中落下，夜晚沉静、漆黑、澄澈得诡异。即使她用锡的时候总比一般人更擅长在夜间见物，迷雾却向来都一直存在。在没有雾的状况下看着夜晚，总觉得……不对劲。

纹开始颤抖。她惊喘，觉得体内的火焰越来越炙热。这是她从未经历过的镕金术，感觉就像是她从未了解镕金术的样貌，这力量远胜过于金属或是单纯的拉与推。这是更宏大的一种力量，一种人类会使用，却从未曾了解的力量。

她强迫自己睁开眼睛。还剩下一名审判者。她将他们引来陆沙德，强迫他们现身，为一个远比自己更强大的人设下陷阱，而迷雾回应了她。

该是要结束她一开始就打算做的事的时候。

沼泽软软地倒在地上，看着纹跪下，颤抖的手伸向他的一根眼睛尖刺。

他无法动弹。他已经用光金属意识库中大部分的愈合之力，剩下的对他而言也没有用处，愈合需要时间，他可以很快地愈合自己的一小部分，或是在很长一段时间中慢慢痊愈。无论如何，只要纹一把尖刺拔起，他就会死。

终于。他松了一口气，感觉她抓住第一根尖刺。无论我做了什么……都成功了。虽然不知道理由。

他感觉到灭绝的愤怒，感觉到他的主人明白了自己的错误。最后，沼泽是重要的。最后，沼泽没有放弃。他会让梅儿为他感到骄傲。

纹将尖刺拔起。当然痛，远胜过沼泽的预期。当纹朝另外一根尖刺伸手时，他尖叫——声音充满痛楚与喜悦。

然而，她停顿了。沼泽期待地等待着。她全身颤抖，咳嗽，身体缩成一团。她一咬牙，再次朝他伸手，手指碰到了尖刺。

然后纹消失了。

留下一个年轻女子的雾状轮廓，随即也很快消散。沼泽一人躺在废墟中，头部因痛楚而灼烧，身体沾满恶心、湿透的灰烬。

她曾经问过灭绝，为什么选择她。原因很简单。跟她的个性、态度，甚至是镕金术的能耐无关。

她只是灭绝在那时能够以血金术尖刺控制的唯一一个孩子，这让她青铜能力增强，之后让她可以感觉得到升华之井的位置。她有一个疯狂的母亲，一个是搜寻者的妹妹，而且自己还是迷雾之子。这正巧是灭绝需要的综合体。

当然还有别的原因，即使是灭绝也不知道。

74

日出时，没有迷雾。

依蓝德站在法德瑞斯前方的岩石平台上，看着外面。睡了一晚过后，他觉得精神好上许多，虽然身体仍然因为战斗而酸疼，手臂的伤口隐隐作痛，胸口不小心被克罗司捶了一拳的地方也伤得不轻。换做是别人，这大片的瘀青早已让他倒地不起。

城市前方满地是克罗司的尸体，在通往法德瑞斯一路上的走廊中堆得老高。整个区域闻起来都是死亡与干涸血迹的味道。一整片的蓝色尸体，间有人类的浅色皮肤穿插，远比依蓝德想的还要多。可是，法德瑞

MISTBORN: THE HERO OF AGES

斯活了下来，虽然主因是最后一瞬间多了几千名镕金术师，还有克罗司后来主动撤退。

它们为什么离开？依蓝德揣想，感激却又不安。而且更重要的也许应该是，它们要去哪里？

岩石上的脚步声让依蓝德转身，他看到尤门爬上粗糙的台阶，略略喘息，圣务官的袍子依旧干净无瑕。没有人认为他需要打仗。毕竟，他是学者，不是战士。

我也一样，依蓝德心想，挖苦自己地微笑。

"迷雾不在了。"尤门说道。

依蓝德点点头："白天跟晚上的都消失了。"

"昨天晚上迷雾不见时，司卡们都躲了起来，有些人现在还拒绝出家门。好几个世纪以来，他们都因为迷雾而不敢晚上出门，现在迷雾消失了，他们又觉得这个现象太不自然，又全都躲起来了。"

依蓝德转过头，望着外面。迷雾消失，但灰烬依然落着，而且比以往更浓密。夜里倒地的尸体如今几乎都要被完全掩埋。"太阳一直都这么热吗？"尤门问道，擦着额头。

依蓝德皱眉，第一次注意到气温相当炙热，虽然时间还早，却已经感觉像是中午。

情况仍然不对，他心想，而且非常不对，甚至更糟糕。灰烬阻塞着空气，在微风中吹拂，覆盖一切，而这股热气……这么多灰烬飞入空中，阻绝了太阳，不是应该感觉更冷吗？

"尤门，先组成队伍。"依蓝德说道，"叫他们在尸体间搜寻是否有幸存者，然后把人民聚集起来，开始将他们朝储藏窟移动。告诉士兵们要准备面对……我不知道是什么。"

尤门皱眉："你听起来像是不会留在这里帮我的忙。"

依蓝德望向东方。"的确不会。"

纹还在某处。他不明白昨天她提到天金那番话是什么意思，但他信任她。也许她打算用谎言让灭绝分神，依蓝德猜想无论是什么原因，法德瑞斯的人都欠她一条命。是她把克罗司引开，用了一个他甚至无法猜想到的办法。

她总是抱怨她不是学者，可这只是因为她没有受过教育。她比大多我在宫廷内碰到的所谓的"天才"都要聪明两倍，他微笑地想。

他不能让她一个人。他必须要找到她。然后……他也不知道他们还能做什么。也许是找到沙赛德？无论如何，依蓝德在法德瑞斯已经没有别的事情可做。他准备走下台阶去找哈姆跟塞特，可是尤门抓住了他的肩膀。

依蓝德转身。

"我误会你了，泛图尔。"尤门说，"关于你的那些话，我错了。"

"当我的人被自己的克罗司包围时，你让我进入你的城市。我不在乎你说过我什么。我认为你是个好人。"依蓝德说道。

"不过你对统御主的看法是错的。"尤门说道，"他在指引这一切。"

依蓝德只是微笑。

"你不信没关系。"尤门摸着额头，"我学到了一件事。统御主会利用信众与非信众，我们都是他计划中的一部分。拿去。"

尤门将额头上的天金珠子取下："我最后的一颗珠子，也许你会派上用场。"

依蓝德接受了这粒珠子，让它在手指间滚动。他从未燃烧过天金。好多年来，他的家族都负责天金的挖掘，可是当依蓝德成为迷雾之子时，他已经将他所能得到的都花完，或是交给纹去燃烧了。

"尤门，你是怎么办到的？"他问道，"你怎么会让大家以为你是镕金术师？"

"我是镕金术师，泛图尔。"

"不是迷雾之子。"依蓝德说道。

"不是。"尤门说道，"是先知，燃烧天金的迷雾人。"

依蓝德点点头。他总以为这是不可能的，但他现在已经不敢去倚赖原本的所有认知。"统御主知道你的力量？"

尤门微笑："有些秘密他很努力地不让人知道。"

天金迷雾人，依蓝德心想。意思就是还有其他人——金迷雾人，电金迷雾人……不过他再思考之后，发现像是铝迷雾人或硬铝迷雾人不可能有，因为他们能燃烧的金属必须搭配其他金属才有效。

"天金太宝贵，用来测试别人的镕金术力量实在不实际。"尤门转身说道，"我一直不觉得这力量有多实用。有多少人能同时拥有天金，还愿意在几秒钟的时间内把它用光？拿那一点去找你的妻子吧。"

依蓝德站在原地片刻，然后将天金收好，下楼去给哈姆一些指示。几分钟后，他已经掠过了平地，尽力按照纹教他的方式，用马蹄铁飞行。

刺穿人的每根尖刺都让灭绝有影响他们的能力，但是这会视被控制者的心智坚定程度而有所不同。

在大多数情况下，根据尖刺大小还有被插入时间长短，一根尖刺仅让灭绝对一个人有最基本的控制。他可以出现在他们面前，可以微微改动他们的思想，让他们忽略一些奇特的地方，例如一只一直想要保留跟佩戴的简单耳针。

75

沙赛德将笔记搜集起，小心翼翼地将几张薄薄的金属纸叠好。虽然金属的存在让灭绝无从篡改，甚至有助于阅读，但沙赛德觉得它们实在有点难用。这些金属片很容易被刮花，也不能被折叠或卷起。

坎得拉长老们给了他一个住处,以洞穴而言它出奇地舒适。坎得拉显然喜欢人类的家用品,包括棉被、靠垫、床垫。甚至有些还喜欢穿衣服,那些没穿衣服的就不会为真体创造第二性征。这让他开始思考一些学术上的问题。它们依靠将雾魅变成坎得拉来繁衍下一代,所以第二性征基本上是多余的,但是坎得拉仍然有性别认同,每个都绝对是"他"或"她"。所以,它们怎么知道的?这是它们的选择,还是它们其实知道,如果自己是以人类身份而非雾魅身份诞生的话,自己的性别会是什么?

他希望自己能有多一点时间来研究它们的社会。目前为止,他在家乡中所做的一切都与研究永世英雄跟泰瑞司宗教有关。他将自己发现的事情列了一张清单,放在金属纸的最上面。它看起来跟活页夹中的许多宗教一样惊人,甚至,令人沮丧地相似。

很自然的,泰瑞司宗教强调知识与研究。世界引领者——也就是守护者的别名——是圣人或圣女,负责分享知识,但也撰写关于他们的神——泰尔——的事情。这个字在古泰瑞司文是"存留"的意思。这个宗教的中心着重点在于存留——泰尔,跟灭绝互动的故事,当中也包括了关于永世英雄的不同预言,其被视为存留的继任人。

不过,除了预言之外,世界引领者们还宣扬容忍、信念、还有理解。他们教导创造比破坏好,这是他们教义的中心思想。当然也有仪式、礼节、阶级、传统等,也有对比较低阶的宗教领袖和供品等的规定。一切都很好,但并无创新,就连对研究的着重都是许多沙赛德读过的宗教也共有的一点。

这件事不知为何让他很沮丧。它也不过就是另一个宗教而已。

他以为会怎么样?某种令人震惊的教义,会向他彻底证明神的存在?他觉得自己像个傻子,也觉得被背叛了。这就是他骑马横越了帝国,满心期待且兴奋地要找到的真相?这就是他以为能拯救众人的宗教?这些都只不过是文字而已。令人觉得愉快的文字,但跟他的活页夹

MISTBORN: THE HERO OF AGES

中的许多宗教近似，并没有特别吸引人。他应该要因为这据说是他的族人信奉的宗教就跟着相信吗？

这个宗教并不保证廷朵仍然活着。为什么人们要信奉这个，或是其他任何宗教？沙赛德烦躁地探入金属意识库，将一堆数据放入脑海。这些都是守护者们找到的信息，包括笔记、书信，还有其他学者们用来判断当时人们信仰结构的原始数据。他一一翻查、阅读、思索。

这些人为什么这么愿意接受自己的宗教？难道他们只是社会的产物，因为传统而相信？他阅读他们的人生，试图说服自己，这些人太单纯，从来没有真正质疑过他们的信仰。只要他们愿意花时间进行理性的分析，一定看得出来那些缺失与矛盾点。

沙赛德闭上眼坐在原地，脑中有许多来自于日记跟信件的知识，寻找着想找到的东西。可是，随着时间流逝，他并没有找到任何东西。他不觉得这些人是笨蛋。他坐在那里，突然间，有什么事情开始发生了，有些什么从那些信徒的话语跟感情中传来。

之前，沙赛德只是看教义，这一次，他发现他在研究那些信徒，至少是他们留下来的东西。他一遍又一遍反复细读他们的文字后，恍然明白。他研究的宗教不可能从那些遵从它的人身上分割。一旦抽象化，宗教就变得索然无味。可是，当他阅读那些人留下来的文字，真心去仔细读时，他开始看出一些端倪。

他们为什么相信？因为他们看到奇迹。一个人认为是巧合的事情，一个有信仰的人会看做是征象——所爱的人从病中痊愈、好运的商机、有机会与长久失联的朋友重逢。似乎让人们成为信徒的不是华丽的教义或是伟大的思想，而是世上人与人周遭单纯的魔法。

鬼影是怎么说的？沙赛德坐在阴暗的坎得拉洞穴里思考。他说，信仰就是信任。信任有人照看着自己。即使情况看起来十分严重，仍然会有人让一切完好无恙。

所以，如果要相信，似乎得先想要相信。这是沙赛德挣扎许久的矛盾。他想要有某人、某事强迫他有信仰。他想要因为有给他看的证据而相信。

可是，那些让他脑中充满文字的信徒们会说他已经有证据了。在他绝望时，他不就得到答案了吗？在他即将放弃时，坦迅开口了。沙赛德恳求获得征象，结果得到了。

这是巧合？还是恩典？

最后，这似乎都得由他来决定。他缓缓地将信件跟日记收回金属意识库，没有留下确切的记忆，却保留了它们在他心中引发的情感。他要成为怎么样的人？信徒或是怀疑者？在此刻，两条道路都不愚蠢。

我是真的想要相信，他心想。所以我花了很多时间追寻。我不能两边都想要。我必须决定。

是哪一个呢？他坐在原处思考、感觉，还有更重要的，是回忆。

我寻求帮助，沙赛德心想。然后有东西回应。

沙赛德微笑，一切突然看起来更为光明。微风说得对，他心想，站起身，开始整理东西，准备出门。我天生不适合当无神论者。

经历过方才发生的事情，这个念头好像太轻佻了一点。他拾起他的金属纸准备去与初代会面时，察觉经过他这个小石穴的坎得拉们对于他做出的重要决定完全一无所知。

可是，事情经常是如此。有些重要的决定是在战场或议事厅中做出，有些则是安安静静地发生，不被任何人发现，这不代表这个决定对沙赛德而言会更不重要。他会相信。不是因为有人对他展现了他无法否认的证据，而是因为他选择相信。

他此时意识到，纹当初选择要相信与信任集团成员，是因为卡西尔教导她的事情。你也教导了我，幸存者，沙赛德心想，他走出石室，准备去跟坎得拉领袖们会面。谢谢你。

597

MISTBORN: THE HERO OF AGES

沙赛德穿过走廊，突然对于与初代的成员展开访谈的一天充满期待。如今他问完大部分关于宗教的事情之后，接下来打算要了解初约的细节。

就他所知，除了统御主之外，他是第一个读过初约的人类。初代对于那张写着契约的金属纸并不如其他后代坎得拉那样敬重。这让他很讶异。

当然，也蛮合理的，沙赛德绕过转角时心想。对于初代的人而言，统御主原本是朋友，它们记得跟他一起翻山越岭，他是它们的领袖，但不是神，有点像是集团的成员，他们都无法将卡西尔视为宗教人物。

沙赛德依旧陷在自己的思绪中，漫步走入信巢，今天宽幅的金属门同样敞开，可是一进去时，他便停下脚步。初代一如往常地在个人房里等着，必须等沙赛德关上门才会下来。可是今天二代的人也在，站在讲台边，跟一群坎得拉说话，它们虽然比人类更为自持，却仍然显得焦虑。

"……什么意思，坎帕？"一名低阶坎得拉正在问，"请你回答，我们好迷惘。请问问初代吧。"

"我们已经谈过这件事了。"坎帕，二代的领袖说道，"不要惊慌。看看你们，聚在一起，交头接耳在那边分享八卦，好像人类一样！"

沙赛德走到一名年轻的坎得拉身边，它跟其他人一起聚集在通往信巢外的门边。"请问一下，为何大家如此担忧？"他低声问道。

"是迷雾，神圣世界引领者。"坎得拉同样报以低语，他认为这应该是位女性。

"怎么了？"沙赛德问道。"它们在白天滞留得越来越久？"

"不是的。"女坎得拉回答，"是不见了。"

沙赛德一惊。"什么？"

坎得拉点点头："今天早上很早时就有人发现了。外面还很黑，一名侍卫走出去检查其中一个出口，结果它回报说外面半点迷雾都没有，而且当时是晚上！其他人也出去看了，都证实是这样没错。"

598

"这件事很简单。"坎帕对聚集的群众说道,"我们都知道昨晚下了雨,有时候雨会暂时驱散迷雾。明天它们就会回来了。"

"可是现在没有下雨啊,"一名坎得拉说道,"而且塔卡昨天晚上巡逻的时候也没有下雨。这几个月以来,早上都有迷雾。它们去哪里了?"

"呿。"坎帕挥手说道,"迷雾早上在的时候你们担心,现在不在了又要抱怨?我们是坎得拉。我们是永恒的。我们可以超越万物。我们不会聚集成群暴动。去做该做的事情。这没有意义。"

"不。"一个声音在石穴中低语,每颗头都抬起,全部安静下来。

"不。"哈达克,初代的领袖从隐身的密室中发话,"这是很重要的。我们错了,坎帕。大错……特错。清空信巢,只有守护者可以留下来。将消息传出去——定决的日子可能来临了。"

这句话只是让所有的坎得拉更为激动。沙赛德不敢置信地冻结于原地。他从来没有看过这个平常相当冷静的种族会有如此反应。它们按照吩咐行事——坎得拉似乎非常擅长这点——离开了房间,但仍然继续窃窃私语,交头接耳。最后垂头丧气离去的是二代,看起来饱受羞辱。沙赛德看着它们离开,回想坎帕的话语。

我们是永恒的。我们可以超越万物。突然间,沙赛德开始更了解坎得拉。要长生不老的人去忽略外界是多么的简单。它们可以等待许许多多问题与危机、动荡与暴动的结束,任何在外界发生的事情对它们而言,一定都显得微不足道。

甚至可以忽略自己的宗教预言逐渐开始显现的征象。终于,房间空无一人,两名壮硕的五代从外面把门关起来,只剩沙赛德独自站在房中央。他很有耐心地站着,在桌上排好笔记后,等着初代成员从隐藏楼梯间中一拐一拐地走出,来到信巢的地面。

"告诉我,守护者。你对这件事有何看法?"哈达克说道,它的兄弟们则自顾自地坐下。

"迷雾的离去?"沙赛德问道,"的确似乎是很重要的事情,不过我得承认，我说不出所以然。"

"这是因为我们尚未对你解释此事的重要性，"哈达克望向其他初代，每个表情都很凝重、担忧，"这些事情跟初约还有坎得拉的承诺有关。"

沙赛德准备好一张金属纸："请继续。"

"我必须请你不要记录这些文字。"哈达克说道。

沙赛德想了想，放下笔："好吧，但我必须提醒你们，就算不靠金属意识库，守护者的记忆力也是很好。"

"没有办法。"其中一个说道，"守护者，我们需要你的建议，因为你是外来者。"

"因为你是我们的子孙。"另一位接着说。

"当父君创造我们的时候，他……给了我们一项任务。一项跟初约不同的任务。"哈达克说道。

"那几乎是他后来才想到的。"一位补充说，"可是一旦他提起，随即暗示这件事很重要。"

"他要我们答应。"哈达克说道，"他要我们每一个都答应。他说，有一天，我们也许需要移除我们的祝福。"

"把它们从身体中拔出。"其中一位说道。

"自杀。"哈达克说道。

房间陷入沉默。

"你确定这样会杀死你们吗？"沙赛德问道。

"会把我们变回雾魅。"哈达克说道，"基本上，道理是一样的。"

"父君说我们必须这么做。"另一位说道，"这件事没有'也许'。他说我们需要确定别的坎得拉也知道这件事。"

"我们称之为定决。"哈达克说道，"每个坎得拉诞生时都被告知这件事。它们被要求发誓，同时不断被灌输它们有一个责任——在初代下令时，拔掉它们的祝福。但我们从未执行过这个责任。"

"可是你现在开始思考这件事?"沙赛德皱眉问道,"我不了解。只是因为迷雾的行动变了?"

"我们一直听着孩子们今天早上讨论这整件事。"一位说道,"这让我们很困扰。它们不知道迷雾代表什么,但它们知道迷雾的重要性。"

"拉刹克说我们会知道。"一位初代说道,"他告诉我们'有一天你们必须移除你们的祝福。时间来临时,你们会知道'。"

哈达克点点头:"他说我们会知道,而且……我们非常忧心。"

"我们怎么能下令全族人民自杀?"又一位说道,"定决向来让我很介意。"

"拉刹克看到未来。"哈达克转身说道,"他握有且使用过存留之力。他是唯一一个这么做过的人!就连被守护者提到的这个女孩也没有能力运用同样的力量。只有拉刹克!父君!"

"那么,迷雾到底是什么?"另一位问道。

房间再次陷入沉默。沙赛德坐在原处,手中握着笔,什么都没写。他靠向前方:

"迷雾是存留的身体?"

其他人点点头。

"然后……不见了。"

初代再次点头。"这不就意味着存留回来了?"

"不可能。"哈达克说道,"存留的力量仍在,因为力量是无法被摧毁的,可是他的意识几乎消亡殆尽,那是他为了囚禁灭绝所做出的牺牲。"

"还剩下一点。"另一位提醒,"只是他先前的影子。"

"是的。"哈达克说道,"但那不是存留,只是一个残影,一块碎片。如今灭绝脱逃后,我想我们可以认定,就连残影都已被消灭。"

"我想不只如此。"一位开口说道,"我们可以——"

沙赛德举起双手,引起它们的注意:"如果存留没有回来,有没有可能,有人接下他的力量好用于这场战斗?你的教义不是说会发生这种事

601

吗？被切断的必须重新恢复完整。"

沉默。

"也许吧。"

纹，沙赛德越发兴奋地心想。这就是成为永世英雄的意思！我选择相信是对的。她可以拯救我们！

沙赛德拾起一张金属纸片，开始想写下他的想法，但同一瞬间，信巢的门被撞开。

沙赛德皱眉转身。一群以石头为骨架的五代冲入房间，后面是纤细的二代，在外面，石墙走廊已无半个身影。

"抓住他们。"坎帕偷偷摸摸地说道，指着他们。

"这是在做什么？"哈达克惊呼。

沙赛德坐在原位。他辨识出二代焦急、紧张的肢体语言。有些看起来害怕，有些则是下定了决心。五代快速上前，动作因为力量的祝福而飞快。

"坎帕！"哈达克说道，"这是怎么一回事？"

沙赛德缓缓站起身。四名五代走来包围他，手中握着锤子作为武器。

"这是叛变。"沙赛德说道。

"你们不得继续领导我们。"坎帕对初代说道，"你们会毁了我们拥有的一切，用外人污染我们的土地，让革命分子的言语蒙蔽坎得拉的智慧。"

"现在不是时候，坎帕。"哈达克说道，初代的成员们被一阵推挤，呼喊出声。

"不是时候？"坎帕愤怒地问道，"你们都提到了定决！你不知道这会造成多大的恐慌吗？你会摧毁我们拥有的一切。"

沙赛德冷静地转头，看着坎帕。虽然它的语气愤怒，但坎得拉透明的嘴唇微微泛着笑意。

他必须现在下手，沙赛德心想，免得初代对民众透露更多细节，让二代显得多余。坎帕可以将初代全部都关到某处,在房里安插傀儡。

沙赛德朝他的白镴意识库伸出手。一名五代极端快速地将它抓起,另外两名紧握住沙赛德的手臂。他想挣扎,但抓住他的坎得拉拥有超出人类的力气。

"坎帕!"哈达克大喊。初代的声音出奇响亮,"你是二代,你们应该服从我。是我们创造了你们!"

坎帕无视于哈达克,命令它的坎得拉们将初代的成员们绑起来。其他的二代在它身后挤成一团,对于自己的行为看起来担忧又震惊。

"定决的时刻很有可能已经到来了!"哈达克说道,"我们必须……"一名五代堵住哈达克的嘴,打断它的话。

"这就是为什么我必须拥有领导权。"坎帕说道,摇摇头,"老家伙,你的脑筋太糊涂了。我不会将我们的未来交给一个一时兴起就下令让大家自杀的人。"

"你害怕改变。"沙赛德与坎得拉对视。

"我害怕动荡。"坎帕说道,"我会确保坎得拉人民拥有恒常的领导。"

"你的论点跟许多革命分子一样。"沙赛德说道,"我可以明白你的担忧,可是你绝对不能这么做。你们自己的预言即将要实现。我现在明白了!要是坎得拉没有完成自己的工作,你们可能会造成一切的终结。让我继续我的研究,你们可以把我们关在这房间里,但不要……"

"堵上他的嘴。"坎帕转身说道。

沙赛德挣扎,却完全失败了,嘴巴被堵住的同时,他被拉出信巢,留下天金,神的身体,在叛徒的手中。

我一直不解镕金术师为何能看透迷雾。燃烧锡的时候,可以在夜晚看得更远，看穿迷雾。对于外行人而言，两者间似乎有合理的关联，毕竟，锡能增强所有感官。

可是从逻辑的角度看来，可能会发现这个能力的迷思。首先，锡到底是怎么让一个人看穿迷雾的？其实，眼前有障碍物这件事跟一个人的眼力无关。只要前方有一堵墙，无论是近视的学者还是远视的斥候都会难以看透。

这应该是我们的第一条线索。镕金术师可以看穿迷雾，是因为迷雾的确跟镕金术师有同样的能量来源。一旦燃烧锡之后，镕金术师即与迷雾同调，几乎成为迷雾的一部分。因此，迷雾对他而言，即是近乎透明。

76

纹……飘浮着。她没有睡着，但也不是醒着。她的神志并不清醒，不确定自己身在何方。她躺在克雷迪克·霄的破碎中庭里吗？她是跟依蓝德一起睡在驳船的船舱内吗？她在被围攻的陆沙德皇宫里自己的房间吗？她是在歪脚的店铺中，因为这个奇特的新集团而感到担忧且迷惘吗？

她是缩在小巷里不断哭泣，背部因为被瑞恩毒打而疼痛吗？

她摸摸周围，试图想明白自己的处境。她的手臂跟双腿似乎无法运作，事实上，她甚至无法专注于自己的四肢。可是，她飘浮得越久，视线就越清晰。她在……陆沙德。她刚刚杀了审判者。

为什么她什么都感觉不到？她试图要撑着地，让自己跪起，但大地似乎出奇地遥远，而且她看不到应该在自己眼前的手臂，她只是继续飘浮着。

我死了，她心想。

这个念头升起的同时，她又更清醒了一些。她可以看得见，虽然眼前仿佛有一片非常模糊、扭曲的玻璃。她感觉到……力量在体内骚动。

一种不像是四肢，但更能自如运用的力量。

她转身环顾四周，看到辽阔的城市景观，转到一半时，对上某种黑漆漆的东西。

她看不出来它有多远，但似乎既近又远，她可以看到它的细节，远比她能在真实世界中看到的更清楚，但她碰不到它。她直觉性地知道那是什么。

灭绝如今长得不像瑞恩，而是一大块飘移的黑烟。没有身体，却有着超越人类的意识。

这……就是我如今的样子，纹意会过来，思绪越发清晰。

纹，灭绝开口。不是瑞恩的声音，而是更……浓重模糊。那是一股席卷过她的震动，有如镕金脉动。

欢迎你，成为神。灭绝说道。

纹没有回答，但是以力量往外探索，试图理解周遭的一切。她似乎立刻就理解了所有事情，就像先前她从升华之井取得力量时立刻获得知识一样；只是这次，力量如此之大，理解如此之广，让她的脑子暂时麻痹了。幸好，她的理解正在扩张，她正在成长。

苏醒。

她在城市上方升起，知道在体内盘旋的力量虽然是她存在的中心，却也只是一个聚集点，牵扯着满布全世界的力量。她可以随意前往任何地方，她某种程度而言，是无处不在的。她可以看到整个世界。

而世界正在死亡。她感觉到世界的颤抖，看到生命的消逝。星球上大部分的植物都已经死亡，动物很快也将绝种，唯一能活下来的，是能找到方法咀嚼被灰烬掩埋的枯死植物的生物。人类的末日也不远了，但令纹觉得意外的是，非常多的人类进入了地下储藏窟。

那不是地下储藏窟……纹心想，终于明白了统御主的目的。是避难所。所以它们才这么大，就像是可以容纳多人躲藏的堡垒，让他们能等待，活得更久一点。

MISTBORN: THE HERO OF AGES

她很快会修正这点。她感觉全身充满能量。她探出力量，堵塞了灰山，安抚它们，让它们窒息，压制它们吐出灰烬跟岩浆的能力，然后手伸向天空，将大气中的灰烬跟黑暗抹去，像是女仆将肮脏窗户上的灰烬拭净。这一切都只花了她几个瞬间，下方的真实世界里不过也才过去五分钟。

大地立刻开始燃烧。

太阳惊人地炽烈——她没有意识到灰烬跟烟雾在守护大地这件事上扮演了多重要的角色。她大喊一声，快速翻转世界，让太阳落到另一边。黑暗降临。与此同时，暴风雨开始席卷大地，气候模式被这个动作扰乱，海中突然出现一波惊人的巨浪。它扑向海岸，威胁要冲走几个城市。

纹再次大喊，举起手要阻止浪涛，却有力量阻挠她。

她听到笑声。她在空中转身，看到灭绝像是一片滚腾飘移的乌云。

*纹、纹……*他说道。*你发现了自己有多像统御主吗？当他刚得到力量时，也想要解决所有问题。所有人类的缺憾。*

她看到了。她不是全知全能，无法看到过去的一切，可是她可以看到手中握着的力量的相关历史。她可以看到拉刹克取得这能力的时候，他是多么烦躁，试图要将星球拉回正确的旋转角度，但他太用力，让世界陷入一片冰寒；之后他又将世界推回去，但力量又太巨大，太可怕，当时的他还不能很好地掌控，所以，他又让世界变得太炙热，所有的生命危在旦夕。

于是，他打开灰山，遮盖了天空，将太阳变红。如此一来，他救了星球，也注定了星球的灭亡。

你们真是冲动，灭绝说。*我掌握这力量的时间远超过你的想象。要正确使用它，需要非常仔细与小心。*

当然，除非你只想破坏。

他探出一股纹能感觉到的力量。虽然不知道用了什么方法，她立刻条件反射般地阻挡了他。她以力量阻止他,他被迫停下,无法继续行动。

在下方,海啸卷上海边。下面还有人。那些躲过克罗司、在农作物死亡后靠海中渔获生存的人。纹感受到他们的痛楚,他们的恐惧,于是她大喊出声,试图保护他们。

她再次被阻止。

现在你明白我的烦躁了,灭绝说道,下方的海啸正在摧毁村庄。你的依蓝德是怎么说的?每个推,都有拉。将东西往上抛,就会落下。力量。对应。

有灭绝,就有存留。从远古以来即是如此!这就是永恒!而我每推一次,你就会推回来。就算你死去,仍然能阻止我,因为我们是力量本身。我什么都不能做!你也什么都不能做!平衡!我们的存在就注定是如此。

下方的人被扑倒,卷走,淹死,纹为此痛苦万分。求你,她说道。求求你让我救他们。

为什么?我之前是怎么跟你说的?你做的一切都会让我获益。我阻止你是出于好意。因为即使你出手去,你毁坏的也会远超过你能救助的。

向来如此。

纹悬浮在空中,听着下方的尖叫声,可是她的意识中,有一部分正在分析灭绝的话。如今,她的意识已经宽广到可以同时处理多种思绪。

他说得不对。他说一切的行动都是破坏,可是却抱怨被平衡掣肘。他警告她,说她只会进行更多的破坏,但她不相信他会出于好心而制止她。他想要她破坏。

灭绝的目标只会有一个。她知道自己是他的对手。如果他没有阻止她,她可以拯救那些人。没错,她还没有足够的精准度,可是那不是能力的问题,而是她的问题。他要阻止她,好让她学不会,就像统御主当初那样，无法继续熟悉力量该如何使用。

她转离他身边，回到陆沙德。她的意识在扩张，但不了解自己看到的景象。明亮的光点点缀着大地，像是照明烛一样发光。她靠得更近，想要猜出那到底是什么。可是，就像很难直视明亮的光源，看出到底是什么在发光一样，她也很难判断力量的来源。

她来到陆沙德时，终于弄清楚了。一股巨大的光芒来自于破碎的皇宫。大多数光芒的形状有点像是……

尖刺。金属。原来那就是光的来源。我没猜错。金属就是力量，所以灭绝无法阅读写在金属上的文字。纹转身离开一根明亮的尖刺。灭绝一如往常地在她身边，看着她。

当存留说他想要创造你们时，我有点讶异，灭绝带着一点好奇说道。其他的生命体都是按照自然之道而生。天性平衡。可是存留……他想要刻意创造一种不平衡的生物，可以自由任意选择阵营。从某种我们曾经见过的形体出现。这个想法引起我的兴趣。

我觉得很奇怪，他为了创造你们，耗费了如此多的自我。他为什么要让自己虚弱——意味着给了我毁坏世界的力量——只是为了让人类出现在世界上？我知道其他人认为他以死交换、将我囚禁起来是种牺牲，但那不是真正的牺牲。他牺牲的时间点更早。

可是，他仍然试图要背叛我——囚禁我。只是他无法阻止我。他只能阻挠我，拖缓我。自从我们创造你们的那天起，就已经出现了不平衡。我变得更强，他也很清楚这点。

纹皱眉，至少她觉得自己在皱眉，虽然她已经没有身体。他的话……

他说他比较强，纹心想。可是，现在我们势均力敌。他又在说谎吗？

不……他没有说谎。她以不断扩张的意识重新检视方才的对话，发现灭绝说的一切，都是他相信的。他真心认为她的一切所作所为都会对他有益。他透过带着毁灭色彩的镜片在看待世界。

关于比她更强大这件事,他没有说谎。可是,他们此刻显然是势均力敌的。这意味着……

还有一块灭绝在某处,纹心想。存留的衰弱是因为他牺牲了一部分自我创造人类,而不是因为他用意识来驱动灭绝的牢房。创造人类用掉了他实际的一部分力量。

她之前怀疑的事情,如今得到了证实。灭绝的力量被存留压缩后藏在某处。天金。灭绝过去的确比较强大,或许,一旦他回收最后一部分的自己之后,他会找回昔日的力量,到那时,他能够进行全面的破坏,他们将不再势均力敌。

她挫败地转身,缕缕发光的迷雾扩散开去,横跨了整个世界。有好多我不知道的事情,纹心想。

吸收如此多的知识之后,她的意识仍在不断地扩张,这是个奇特的经历,可是她的无知不再是人类的无知。她的无知与缺乏经验有关。灭绝领先她太多。他为自己创造了不需他的指示便可行动的仆人,好让她无法阻挠他。

她看到他的计划是怎么一步步实现的。她看到他一千年前巧妙地影响了统御主,当拉刹克握有存留之力时,灭绝就已经在他的耳中低语,指引他了解血金术,而拉刹克在没有意识到灭绝的情况下服从了他的指示,创造出可让灭绝在合适时机操控的仆人和军队。

纹可以看到克罗司正朝陆沙德聚集。

*我必须佩服你一件事,纹,*灭绝飘浮在她附近说道。*你摧毁了我的审判者,只留下了一名。他们非常难创造。我……*

她停止将注意力放在他身上,将大部分的意识转移。有别的东西吸引了她的注意力。有东西正在光矛上飞行,朝陆沙德移动。

依蓝德。

MISTBORN: THE HERO OF AGES

回想当时，我们早该发现迷雾、镕金术，还有升华之井的关联。镕金术师不只能看透迷雾，迷雾也会在任何使用镕金术的人身边微微地盘旋。

可是更明显的事实是，当血金术师使用能力时，会将迷雾赶走。一个人越靠近灭绝，受到灭绝的影响便越深，戴着尖刺的时间越久，迷雾也越快被驱散。

77

依蓝德站在克雷迪克·霄的碎石堆中，看着眼前的残垣断壁，一时无法理解眼前的景象。

这似乎……不可能。什么样的力量能撕裂建筑物，将碎石抛到几条街外？而且，所有的破坏都集中在此，过去曾经是统御主力量中心的地方。

依蓝德从一些碎石上滑下，靠近像是撞击中心的中央点。他在黑夜中转身，看着倒地的石块与尖刺。

"他统御主的……"他低声咒骂，无法控制自己。升华之井发生了什么事？爆炸了？

依蓝德转身，看着他的城市。此处似乎空无一人。陆沙德，最后帝国最大的都市，他的政府中心。空了。大多数地区都成为废墟，三分之一被烧毁，克雷迪克·霄本身则像是被神一拳击碎。

依蓝德抛下钱币冲离，沿着原本的路朝向东北方的城市而去。他来陆沙德是想要找到纹，可是却被迫要稍微绕往南方，好避开特瑞安山附近一片特别大的岩浆。依蓝德见到所有被岩浆碰触到的平原都在燃烧，那个情景加上陆沙德被破坏的景象让他非常不安。

纹呢？

他在建筑物间跳跃，每一步都踢起灰烬。有什么事情正在发生。灰烬正慢慢消散，几乎完全停止，这是好事。可是他记得不久前，太阳突然猛烈地燃烧，那一瞬间的热量让他的脸现在还火辣辣。

然后太阳……掉落了。它不到一秒钟便消失在天际线之下，依蓝德脚下的大地猛然一震。他有些怀疑自己是不是疯了，可是，夜晚的确突然降临了，虽然他的体感还有他造访的一座城内钟塔都认为现在应该是下午。

他落在一栋建筑物上再跳下，钢推一个坏掉的门把。他在空旷的黑暗中颤抖。现在是夜晚，顶上的星光明亮到令人觉得诡异，而且没有迷雾。纹跟他说，迷雾会保护他。可是现在迷雾不在了，还有什么能保护他？

他绕到泛图尔堡垒，他的皇宫，发现那栋建筑物已经被焚烧殆尽，只剩空壳。他落在中庭，抬头看着他的家园，他成长的地方，试图理解为何它会遭到如此破坏。石板地上躺着几名侍卫的尸首，身着属于他的褐色制服，已经开始腐烂。一切都很安静。

这里该死的发生了什么事情？他烦躁地想。他在建筑物里绕了一圈，却没有找到什么线索。全部都被烧光了。他从楼顶一扇破掉的窗户离开，然后中庭内的某个东西让他停下了脚步。

他降落到地上，在一顶挡掉大部分灰烬的阳台遮棚下，他找到一个穿着精致贵族套装的尸体，倒在石板地上。依蓝德翻过尸体，发现剑刺穿了那尸体的腹部，尸体的手仍然握着武器，看起来像是自杀。潘洛德，他认出那张脸。死在了自己手下。

阳台的地板上留有炭笔写出的文字。依蓝德擦拭掉飘来的灰烬，顺道也模糊了文字。幸好还能阅读。上面写着：**对不起。有东西控制了**

611

我……控制了这座城市。我只有部分时间是清醒的,宁可选择自杀而不要再造成破坏。去泰瑞司统御区找你的人。

依蓝德转向北方。泰瑞司?去那里避难感觉是很奇怪的。如果城市的人民逃走了,他们为什么会选择离开迷雾最弱的中央统御区?

灭绝……一个声音似乎在低语。谎话……

灭绝可以改变文字。潘洛德写的文字不能相信。依蓝德无声地对尸体道别,有点遗憾他没有时间埋葬这名年迈的政治家,然后抛下一枚钱币,将自己钢推入空中。

陆沙德的人民去了某处。如果灭绝发现了杀死他们的方法,那依蓝德会找到更多尸体。如果他花时间去搜寻,也许会找到仍然躲在城市里的人——很有可能迷雾的消失,以及白天突然变成黑夜这件事让他们决定要躲起来。也许他们躲进了克雷迪克·霄下方的储藏窟。依蓝德希望没有太多人进去,因为皇宫遭受了严重的损害,如果那里有人,会被封死在里头。

西方……风似乎在低语。深坑……

灭绝改变文字的方法通常是将它改得与先前文字非常近似,依蓝德心想。所以……大部分的文字应该都是潘洛德写的,想告诉我要去哪里找我的人民。灭绝把文字改成他们去了泰瑞司统御区,可是如果潘洛德写的是,他们去找了泰瑞司一族呢?

这才对。如果是他要逃离陆沙德,他也会去那里,那里已经有了一群难民,而且还有牲口、农作物、食物。

依蓝德转向西方,离开城市,披风随着每一次镕金术的跳跃而翻飞。

突然间,纹似乎能理解灭绝之前的挫败了。纹感觉她握着全世界的力量,可是她只有费尽全力才能让依蓝德听到几个字。

她甚至不确定他到底有没有听到,可是她非常了解他,所以她感觉到两人之间有……连结。虽然灭绝想要阻挠她,她却觉得自己已经隐约与依蓝德完成了交流。也许就像是灭绝能够与他的审判者跟信徒们沟通一样？

可是她近乎无能的状态还是令人愤怒。

平衡。灭绝啐了一口。平衡囚禁了我。存留牺牲的目的就是要将我比较强的部分吸走、封锁，让我又与他平起来做，而这状态维持了一段时间。

只有一段时间。但时间对我们来说，能有多少意义，纹？

毫无意义。

对阅读此段的人而言，也许会觉得天金是神身体的一部分很奇怪。然而，必须要了解的一点是，当我们说"身体"时，我们的意思通常是指"力量"。随着我的心智逐渐扩张，我开始明白，物质跟能量的本质是相同的，而且这两种形态可以相互转换。因此，我觉得神的力量会在世界中以实体方式呈现是很合理的。灭绝跟存留不是模糊的抽象概念，而是实际存在的。在某种程度上，世界上曾经存在的一切，都是由他们的力量所组成。

天金是只有单方面力量的物体。它不像普通物体——例如一块石头——是一半灭绝跟一半存留，天金完全是灭绝的力量。海司辛深坑是存留所创造的，好将他在背叛与囚禁灭绝时所偷走的灭绝身体藏起来。卡西尔粉碎这些晶体并没有真正摧毁这个地方，几百年后，这些晶体会重新长出，继续堆积成天金，因为这地方是灭绝被困住的力量自动汇聚的地方。

因此当人们开始燃烧天金时，他们便是正在使用灭绝的力量，也许这就是为什么天金让人成为如此有效的杀人机器。他们不会消耗这个力量,只是使用这个力量。一旦一块天金的力量被耗尽,这力量就会回到深坑,重新开始凝聚,一如升华之井的力量在被耗尽之后,旋即就会回到那里。

78

沙赛德心想,这绝对是我去过最古怪的地窖。

当然,这也只是他生平第二次被关起来。不过他这辈子看过几个囚牢,也读过几种相关的描述,大多数都像笼子,只有这里设计成地上的一个洞,上面盖个铁盖子。沙赛德被塞在里面,被剥夺掉金属意识库,蜷成一团。

这可能是为坎得拉建造的,他心想。也许是没有骨头的那种?没有骨头的坎得拉是什么样子?一团黏液吗?还是一团肉体?

无论如何,这个囚牢不是设计来关人的,尤其不是用来关沙赛德这么高的人。他几乎动弹不得。他举起双手,试图想推动铁盖,它却纹丝不动,盖子被一把大锁卡死。

他不确定他被关在这个洞里有多久。几个小时?也许甚至长达数天。他们没有给他任何东西吃,不过一名三代在他身上淋了一些水。沙赛德身上的衣服仍然是湿的,所以他开始吸吮布料止渴。

这太蠢了,他不止一次如此想着。世界快要灭亡,我却被关在牢房里?他是最后一名守护者,又是宣告者,他应该在地面上记录事件的发展。

说实话,他开始相信世界不会结束。他接受有某样东西,也许是存留本身,正在看顾、保护人类。他追随泰瑞司宗教的决心越来越强,并非因为它是完美的,而是因为他宁可去相信,怀抱希望。

英雄是真的。沙赛德相信这件事,而且他相信她。

他跟卡西尔一同生活过、协助过他。他记录了幸存者教会的崛起还有初期的发展，他甚至跟廷朵一起研究过永世英雄的传说，并且自发性地宣布纹就是实现预言的人。可是直到最近，他才开始对她产生信念。也许是因为他决定要当一个看见奇迹的人。也许是因为他极端恐惧似乎近在眼前的世界末日。也许是因为他紧张且焦虑。不管原因是什么，他从混乱中找到平静。

她会来的。她会令世界存留。可是沙赛德必须准备好要协助她。这意味着，他必须逃出去。

他看着金属盖。那个锁是以精钢铸成，铁盖本身则是实铁，他伸出手尝试碰触铁盖的铁条，将一部分自己的体力吸出，放入铁中。他的身体立刻变得更轻。藏金术中，铁会存储重量，而这铁盖纯到可以容纳藏金术的储存。使用铁盖作为藏金术金属容器不是他的本意，它不便于携带，而且如果他想逃跑，就不得不将所有储存的力量都留下，可是，坐在这里枯等又有什么用？

他伸出另一只手，以一根指头碰触钢锁，然后开始抽出身体的速度，灌入它。他立刻感觉迟缓，仿佛他的每个动作，就连呼吸，都变得困难，就像是每次动弹都得推开一些沉重的东西。

沙塞德保持这样的动作。他学会在储藏金属意识库时要进入冥想的状态。他以前经常会同时储存许多金属意识库，让自己又病又弱，缓慢且意识迟缓。在冥想中，他可以很单纯地……

漂流。

他不确定他冥想了多久。偶尔，侍卫会在他身上倒水。当声音传来时，沙赛德会放手，缩到下方，假装在睡觉，但侍卫一离开，他便会又探出手去填充金属意识库。

时间继续过去。

然后，他听到声响。沙赛德再次缩到下方，然后期待地等待水淋下。

"当我带你回来拯救我的人民时，我没想到会变成这个样子。"一个声音咆哮道。

沙赛德睁开眼睛，望向上方，惊讶地看到一张狗脸正透过铁盖的铁条往内望。"坦迅？"沙赛德问道。

坎得拉闷哼一声，往后退了一步。另一名坎得拉出现，让沙赛德略微讶异。它的身体纤细，骨架似乎是以木头制成，与人类的形体已经相差甚远，而且，它手中握着钥匙。

"快点，密兰。"坦迅以狗的声音低咆，它似乎已经换回狼獒的身体，用马体进入陡峭狭窄的家乡走廊应该太过困难。

女坎得拉开锁，拉开，沙赛德急切地爬出。他发现其他几名使用液态真体的坎得拉在房间里，角落里则是被绑缚、口被塞住的囚犯。

"我进入家乡的时候被人看见了，泰瑞司人。"坦迅说道，"所以我们的时间不多。发生了什么事？密兰告诉我你被囚禁了，坎帕宣告初代将你关了起来。你怎么激怒它们了？"

"不是它们。"沙赛德边说边伸展酸疼的双腿，"是二代。它们把初代关了起来，打算取而代之。"

名叫密兰的女坎得拉惊呼一声："不会吧！"

"它们动手了。"沙赛德站直身体说道，"我担心初代的安危。坎帕可能因为我是人类而不敢杀我。可是初代……"

"二代也是坎得拉！"密兰说道，"它们不会做这种事！我们不会那样。"

坦迅与沙赛德交换一个眼神。每个社会都有会打破规则的人，孩子。沙赛德心想。尤其跟权力有关的时候。

"我们得先找到初代，"坦迅说道，"然后再回信巢。"

"我们会跟你一起战斗，坦迅。"另外一名坎得拉说道。

"我们终于可以推翻它们了！"另一名说道，"那些二代，还有它们要我们服侍人类的坚持！"

沙赛德皱眉。人类跟这个争端有什么关系？可是，他注意到其他坎得拉是怎么看坦迅的。他旋即明白过来。是那具狗体。对它们而言,坦迅是最终极的革命者——全是因为纹的命令。

坦迅跟沙赛德再次四目交望,本打算开口,话到嘴边又打住了。"它们来了。"它暗自咒骂一声,狗耳压得低低的。

沙赛德担心地转身,注意到通往囚牢的石墙走廊上映出了影子。这个房间很小,地面上有六个左右坑洞,没有别的入口。

方才相当慷慨激昂地发言的坦迅的同伴们立刻往后一躲,缩在墙边。它们显然不习惯冲突,尤其不习惯跟同类冲突。坦迅可没有这么胆小。当一群五代进入房间时,它一马当先地往前飞扑,肩膀撞上其中一个的胸口,然后咆哮着扑抓另外一个。

这名坎得拉跟我一样与它的族人格格不入,沙赛德微笑着想。他退后一步,站到铁盖上,以赤足碰触了金属。

五代很难对抗坦迅,自从它受过纹的训练后,显然对于使用狗体相当有自信。它不断移动,将它们一个个撞倒,可是它们有五个,坦迅却只有一个。现在它已被逼得节节后退。

它身上的伤口会按它的想法自行愈合,沙赛德注意到。所以侍卫们使用铁锤。

这让对付坎得拉的方法变得显而易见。坦迅很快便退到沙赛德身边。"我道歉。"狗咆哮,"这次救援行动真不成功。"

"我可不确定。"沙赛德微笑地说,五代包围在他身边,"我想你不需要这么快就放弃。"

五代往前冲,沙赛德立刻以光脚碰触铁盖,身体马上变得比平常重了许多倍。他抓住一名坎得拉侍卫的手臂。

然后倒在它身上。

沙赛德总说自己不具备多么优秀的战斗技巧,可是他每次这么说的时候,都被逼着去战斗,这让他开始觉得,这个借口已经不太适用了。事实是,他过去几年间战斗的次数已经多到让他觉得自己会存活下来简直不可思议。

无论如何，他知道一些基本的格斗招式，再搭配着藏金术跟出其不意的攻势，让他无往不利。他汲取力量增加身体的重量跟骨头的密度，让他倒在士兵身上时不会伤到自己。两人撞上铁盖，沙赛德听到一阵令人满意的断裂声。沙赛德暴增的体重压碎了坎得拉侍卫的骨头，虽然它们使用石头真体，但仍不足以应付他。

沙赛德释放了金属意识，改为填充，让他的身体轻盈得不可思议，然后脚踩上钢锁汲取速度。突然之间，他的速度超凡，在四名侍卫讶异地转身看他时，他已经站起身。

停止填充铁意识的同时，他取回了正常的体重，以极快的速度抓起倒地士兵的锤子。他没有增强力气，但他有速度。他将锤子往一名坎得拉的肩膀重重敲下，加重体力以增加攻击的力道。

坎得拉的骨头粉碎。沙赛德一脚踩上锁头，将所有剩余的速度全部取出，屈身，旋转，将锤子挥向剩余两名想以锤子攻击他的坎得拉的膝盖。

它们大喊一声，纷纷倒地。沙赛德的速度也同时消耗殆尽。

他直直站起。坦迅坐在最后一名侍卫背上，将之压制在地面。"我以为你是学者。"狼獒在一旁评论，身下的俘虏不断扭动身躯。

沙赛德将锤子抛在一旁。"我是。"他说，"若是纹的话，早在好几天前就从这囚牢逃出去了。我想，我们应该把这些处理一下……"他朝倒地的五代挥挥手，它断腿之后似乎就难以行动。

坦迅点点头，示意要一些朋友过来帮忙处理被它坐在身上的那名五代。虽然它们只是怯生生地抓着囚犯，但胜在数量够多，足以让囚犯乖乖束手就范。

"你在做什么，弗古？"坦迅质问它的囚犯。沙赛德则看着其他的五代，被迫朝其中想爬走的一人挥下锤子，打碎了更多骨头。

弗古啐了一口。"肮脏的三代。"它喃喃说道。

"这次你才是叛徒。"坦迅微微笑着说,"坎帕才刚说我是违约者,就自己推翻了初代?如果世界没有逼近末日,我会觉得这件事更好笑。现在,快说!"

沙赛德突然发现一件事。地板上的其他囚牢里面也有人。他弯下腰,认出里面的肌肉细节。颜色有……斑点,还有些变形,像是……垂挂的苔藓。

"坦迅!"他抬起头来喊道,"也许初代还活着。过来。"

坦迅走过来,低头看着深坑,狗嘴唇抿起。"密兰!钥匙!"

密兰冲过来,打开栅门。沙赛德有点担忧地发现深坑里有许多组蠕动的肌肉,每具颜色都有点不同。"

"我们需要骨头。"坦迅站起身说道。

密兰点点头,冲出房间。沙赛德与坦迅交换一个眼神。

"它们一定杀死了别的囚牢的坎得拉。"坦迅低声说道,"我们这一族的叛徒会无止境地被囚禁,那原本是我的命运。无论如何,这做法很聪明。大家都觉得这些囚牢关着重大罪犯,所以五代继续喂它们食物也不会有人觉得奇怪,更不会有人怀疑里面的囚犯被初代取代,只要没有太仔细去观察肌肉颜色。"

"我们得继续行动,"沙赛德说道,"去对付坎帕。"

坦迅摇摇头:"没有初代为我们做喉舌,我们走不了多远,泰瑞司人。去储存更多藏金术力量,我们可能会用得上。"

说完,坦迅走到一旁,蹲在它们的囚犯面前。"你有两个选择,弗古。"它说道,"你可以选择放弃你的骨头,或是被我消化掉你的身体,我会杀死你,就像对付欧瑟那样。"

沙赛德皱眉,看着它。被抓起的坎得拉似乎对坦迅相当害怕。五代的身体液化,像是蛞蝓一样从花岗岩骨头上剥离了。坦迅微笑。

"这是要干什么?"沙赛德问道。

"这是詹教我的。"坦迅说道,狗身体开始融化,毛发掉落,"没有人

MISTBORN: THE HERO OF AGES

会想到坎得拉是假的。不久后，弗古会去找二代说叛徒坦迅被抓到了。我应该能拖延它们直到初代重新造出身体，它们要造出身体得花费比我多得多的时间。"

沙赛德点点头。密兰不久后带着一大袋骨头回来，而以惊人速度重新创造出弗古身体的坦迅走出房间，进行任务。

然后，沙赛德坐下，取下钢锁握在手中，利用另一手的铁锤来存储体重。光坐着感觉很奇怪，但显然初代需要几个小时才能创造出身体。

其实不必赶时间，对不对？沙赛德心想。初代在这里，它们是我需要的对象。我之后可以继续询问它们，获知我需要的信息。坦迅很快就会让坎帕分神，二代就算再掌权几个小时应该也无所谓。

它们能做什么？

我相信迷雾在找到人成为它们的新宿主。力量需要有意识来指引它。在这件事上，我还是无法完全理解，为什么用来创造跟毁灭的力量需要意识来管理呢？不过，力量本身似乎只有很模糊的直觉，本能地受到自身能力的属性驱使。没有指挥的意识，其实并无法创造或毁灭人和事物，存留的力量知道自身的天性就是维持事物的稳定，而这是不够的。没有改变，就没有创造。

这让我想知道，灭绝跟存留的意识原来是谁，或是什么东西。

无论如何，迷雾——存留的力量——在这一切发生之前许久便选了一个人作为它们的宿主，可是这个人很快就被灭绝抓住，被当成傀儡。灭绝一定知道给了她一根伪装过的血金术尖刺之后，就能让迷雾无法将力量灌注于她。

因此，她取得它们能力的那三次，就是她的耳针从身体被移除的时候。当她跟统御主对战时，他的熔金术将它扯出。当在法德瑞斯跟沼泽对战时，她把耳针当成暗器使用。而在法德瑞斯跟沼泽对打时，沼泽将它扯出，给了她自由，让迷雾——如今因为最后一分存留都消失了，而急切地寻找着新主人——终于将所有的力量灌注于她。

79

有事情改变了。

原本在研究世界的纹猛然惊醒。有很重要的事情正在发生。她没有足够的经验去分辨到底发生了什么，但她看到灭绝的能量飞快冲走了。

她跟上。速度不是重点，她甚至不觉得自己在移动。她认为自己在"跟上"，是因为她的意识是如此解读这种状况，她的意识快速地移到灭绝集中意识的方向。

她认得这里。海司辛深坑，或是附近的地方。有一部分的意识先前已注意到，这里成为了巨大的难民营，来到这里的人很快用光了泰瑞司人民小心翼翼储存的资源。一部分的她微笑。泰瑞司人很慷慨地付出他们所有，协助那些逃离陆沙德的人；统御主很努力想要培育出温驯的泰瑞司人，但他是否预料过在创造完美仆人的同时，也创造出一个体贴、善良的民族，会将他们最后的羊群拿出来让那些快要饿死的人们获得温饱？

她先前注意到的事情跟泰瑞司人和他们的客人无关。在靠近时，她发现到一团闪耀的……某种东西。非常强大，在她眼里，甚至比太阳还具有更多威力。她将注意力集中在上面，可是看不太清。什么样的东西可以如此灿烂地燃烧？

"拿着这个。"一个声音说道，"找到人力，用那个来交换武器跟补给品。"

"是的，坎帕大人。"第二个声音说道。声音来自于发光区域的中央，在深坑旁边，离难民营只有几分钟远。

不会吧……纹心想，感到一阵突来的恐惧。

"愚蠢的初代守着这笔财富太久了。"坎帕说道，"有了这些财富，我们能统治，而非服侍人类。"

"我……我以为我们不会改变现状？"第二个声音说道。

"当然不会。至少不会那么快。现在我们只需要卖这一点点就够了……"

藏在地底下，纹心想，扩张的意识很快将线索串起来。在一个原本便因为大量金属矿藏而发光的地方。灭绝绝对无法知道天金在哪里。

统御主的策略之深让她极度讶异。上千年来，他保住了如此惊人的秘密，保护了天金的安全。她想象圣务官们只能以金属片沟通，指示深坑的营运。她想象车队从深坑离开，载着混合金子与钱币的天金以隐藏天金的动向，还有一切的真相。

你不知道我为人类做了什么，统御主如是说。

我的确不知道，纹心想。谢谢你。

她感觉灭绝充满力量，于是阻挠他。正如她能将一丝力量绕过灭绝传达给依蓝德，灭绝也能将最细微的一丝力量送出，如此便已足够——因为他的目标已被血金术污染，每个肩膀中的尖刺都在使用灭绝的力量，因此灭绝可以与使用尖刺的对象说话。

坎得拉？纹心想，她的感官终于刺穿天金的光芒，看到一名有着半透明身体的生物站在地下的洞穴里，另一名坎得拉正从附近的一个洞里爬出，拿着一小袋天金。

灭绝控制住叫做坎帕的坎得拉，它全身一僵，金属尖刺背叛了它。

里面到底有多少天金？ 灭绝问坎帕，纹感觉到他的话随着脉动传入坎得拉体内。

"什么……你是谁？"坎帕说道，"为什么在我的脑子里？"

迷雾之子
卷三·永世英雄 [珍藏版]

我是神。那声音说道。你是我的。

你们都是我的。

依蓝德降落在海司辛深坑外，激起一阵灰烬。奇特的是，他自己的士兵居然在那里守着。他们往前冲，紧张地握着矛，结果一认出他来，全部顿住了。

"泛图尔陛下？"一人震惊地问道。

"我认得你。"依蓝德皱眉说道，"你是我带去法德瑞斯城的人。"

"你把我们派回来了，陛下。"另一名士兵说道，"我们跟德穆将军一起回来的，支援陆沙德的潘洛德王。"

依蓝德望着闪满星辰的夜空。他从海司辛来陆沙德的这段路程花了一段时间。如果时间正常的流逝，夜晚已经过了一半。当太阳再次升起时，会发生什么事？

"快点。"依蓝德说道，"我需要跟这里的领导者们说话。"

初代的重返如同沙赛德所盼望的那样精彩。如今套着大身体的老坎得拉仍然有它们那一代的特殊颜色与古老皮肤。他本来担心普通的坎得拉会认不出它们，但实际上以坎得拉一族的长寿，就算初代每世纪只出现一次，大多数坎得拉也都见过它们数次。

沙赛德微笑地看着初代走入主洞穴，持续引发其他坎得拉的震惊与讶异。它们宣告坎帕的背叛以及囚禁的事，同时要求坎得拉人民聚集。沙赛德站在密兰跟其他坎得拉后方，留意是否有意外发生。

一旁，他们看到一名熟悉的坎得拉靠近。

"守护者。"坦迅说道，仍旧使用着五代的身体，"我们要小心。有奇怪的事情在发生。"

"例如？"沙赛德问道。

坦迅对他展开攻击。

沙赛德一惊。瞬间的迷惘让他付出高昂的代价。坦迅，即长得像坦迅的坎得拉，双手握住了沙赛德的喉咙，开始用力掐。两者往后倒去，引来周遭坎得拉的注意。沙赛德的攻击者因为使用了花岗岩石骨头，因此重量远超过沙赛德，很轻易地就压住他，双手仍然掐在沙赛德的脖子上。

"坦迅？"密兰问道，声音惊恐。

不是它，沙赛德心想。不可能……

"守护者，"袭击沙赛德的凶手透过咬紧的牙关道，"有事情很不对劲。"

这还要你说吗？沙赛德想要喘气，手伸向袍子的口袋，努力想要抓住里面的金属意识库。

"我快要无法阻止自己捏碎你的脖子了。"坎得拉继续说道，"有东西控制了我，它要我杀你。"

你就快要成功了！沙赛德心想。

"对不起。"坦迅说道。

初代围绕在他们周围。沙赛德几乎无法集中心神，惊慌涌上，他努力想要对抗更重更强壮的未知敌人。他抓住临时创造出的钢意识库，但发现速度对他没什么用，尤其在他被捏得如此牢实的时候。

"终于来临了。"哈达克，初代的领导者说道。沙赛德勉强注意到其他初代开始颤抖，坎得拉正在大喊，但沙赛德耳中鼓动的血液让他听不见它们在说什么。

哈达克不再看喘气的沙赛德，以响亮的声音大喊："定决来临了！"

在他身体上方的坦迅猛然一震。坎得拉的体内似乎正在挣扎——种族的传统加上一辈子的训练正和外在的控制力相互抗衡。坦迅一手放开沙赛德，但另一手仍然掐着他。然后，坎得拉以松开的那只手，探向自己的肩膀。

沙赛德眼前一黑，晕了过去。

坎得拉人民向来说它们属于存留，而克罗司跟审判者是属于灭绝所有，但坎得拉跟其他两者一样都有尖刺，所以它们的声称只是自己的想象吗？

我不这么认为。它们是统御主创造的间谍，当他这么说的时候，我们大多数人的解读是他打算将它们当做新政府中的间谍来使用，因为它们能模仿其他人——它们也的确以这种方式被派任使用。

但我看到，它们的存在有更宏大的目的。它们是统御主的双面间谍，有血金术尖刺，却又被信任，被教导，被要求在灭绝尝试控制它们时，将尖刺拔出。在灭绝胜利的瞬间，在他一直以为坎得拉是属于他的情况下，大多数的坎得拉立刻倒戈，让他无法控制他的战利品。

它们一直以来，的确是属于存留。

80

"泰瑞司人把这里打理得很好，陛下。"德穆说道。

依蓝德点点头，倒背双手，走过安静的夜晚营地。他很高兴在离开法德瑞斯前想到要换回白制服，因为这是用来吸引众人目光的服饰。人民似乎看到他就会心怀希望。他们的人生陷入混乱，需要知道自己的领导者明白他们的处境。

"如您所见，此处的营地规模相当巨大。"德穆说道，"数十万人如今住在这里。没有泰瑞司人，我相当怀疑这些难民有办法存活。如今，他们将疾病控制到最少，安排了人造营地，轮流汲取、过滤干净的水，还有发放食物以及棉被。"

德穆迟疑，瞥向依蓝德。"但是食物快吃完了。"将军低声说道。显然，当他发现潘洛德已经死亡，大多数的居民也迁移到深坑后，他决定要带人到这里帮忙。

他们经过另一堆营火，火边的人们站起身，带着希望看着依蓝德跟他的将军。在这个营火边，一名年轻的泰瑞司女子上前，令德穆停下脚步。她为德穆跟依蓝德端来热茶，目露喜悦地流连在德穆身上。他直呼她的名字，对她道谢。泰瑞司人都很喜欢德穆，感激他带了士兵来协助安排与管理这群难民。

人民在这段时间内需要领导者与秩序。"我不该离开陆沙德。"依蓝德低声说。

德穆没有立刻回答。两人喝完茶，继续往前进，身边跟着的十人侍卫队都来自德穆的军队。将军派了数名使者回去找依蓝德，却无人完成任务，也许是因为他们没有办法绕过岩浆平原，或是被依蓝德经过陆沙德时看到的克罗司军队所拦截了。

那些克罗司……依蓝德忍不住开始发愁。被我们从法德瑞斯赶走的，正直接朝这个方向集合。这里的人比法德瑞斯更多，而他们加上别的地方过来的，没有城墙或更多士兵来保护自己。

"德穆，你弄清楚陆沙德发生什么事了吗？"依蓝德低声说道，走过一段营火间黑暗的区域。晚上没有迷雾遮蔽视野，仍然让他觉得很奇怪。他可以看得很远，但夜晚似乎反而没有以前那么明亮。

"是潘洛德，陛下。"德穆轻声说道，"他们说他发疯了。他在贵族中不断揪出叛徒，甚至连自己的军队也不例外。他将城市分成几区，造成又一次的世族战争。几乎所有的士兵都开始参与屠杀，一半的城市因此焚毁。大多数的人都逃跑了，可是他们缺少保护，如果有一群心狠手辣的土匪，应该可以在这群人之间造成相当大的混乱。"

依蓝德沉默了，烦躁地想：世族战争。灭绝利用我们的方法来对付我们。当初卡西尔就是这么掌控城市的。

"陛下……"德穆迟疑地开口。

"说。"依蓝德说道。

"您把我跟我的手下派回来是对的。"德穆说道,"在这一切背后的人是幸存者,陛下。他要我们来这里。"

依蓝德皱眉:"为什么这么说?"

德穆开口:"这些人都是因为卡西尔才逃离陆沙德的——他出现在两名士兵还有城市里的一群人面前。他们说,他告诉他们要准备好面对灾难的来临,要他们将人民带出城市。就是因为他们,才有这么多人得以逃出来。这两名士兵跟他们的朋友准备好许多补给品,而且很聪明地来到此处。"

依蓝德的眉头蹙得更深。可是,他已经见过太多怪事,连这样的故事他都会考虑其真实性。"把这些人找来。"他说道。

德穆点点头,挥手要士兵过来。

"还有一件事。"依蓝德此时想起德穆跟他的手下因为迷雾而生过病的事,"看看这些人是否有镕金金属。把金属发给你的士兵们,要他们吞下。"

"陛下?"德穆不解地转身。

"这是个很长的故事,德穆。"依蓝德说道,"简单来说,你的神或是某人让你跟你的手下们变成镕金术师了。去把你的人按照他们能燃烧的金属分类,我们会需要所有的射币、打手、扯手。"

沙赛德睁开眼睛,呻吟着,摇摇头。我昏迷多久了?随着视野渐渐清晰,他猜想应该不久。他因为缺乏氧气而昏迷,这状况通常只会让人昏迷短短一段时间。

如果还能醒来的话。

我成功地醒来了,他心想,边咳嗽边揉着喉咙站起身。坎得拉洞穴

MISTBORN: THE HERO OF AGES

因蓝色的荧光照明而静静发光,透过那光线,他可以看到周围满是奇特的东西。

雾魅,坎得拉的表亲,它们在夜晚打猎,是以尸体为生的生物。如今它们在沙赛德周围移动,是一团团肌肉、皮肤、骨头,但却以奇特、不自然的方式组合。脚垂挂在身体外,头连着手臂,肋骨却像脚。

仔细看的话那些并非骨头,而是石头、金属,或木头。沙赛德肃穆地站起身,看着如今的坎得拉一族。雾魅像是一团团巨大透明的蛞蝓四处爬行,被抛下的尖刺散落其间。坎得拉的祝福,能让它们拥有感知的东西。

它们办到了。它们按照自己的誓约,宁可移除尖刺而不愿被灭绝控制。沙赛德带着怜悯、讶异,还有敬意看着它们。

天金。他心想。它们这么做是为了不让灭绝得到天金。我必须保护它!

他跌跌撞撞地离开了主穴,朝信巢跑去,在气力逐渐恢复、快要抵达的时候,沙赛德停下脚步,发现有响动。他探过一个角落,绕着走廊望向大开的信巢门口。在里面,他发现有一支大约二十名的坎得拉小队正努力地将遮蔽地板的圆盘推开。

它们当然没有全都变成雾魅,他心想。一定有一些是在初代的声音范围外,或者没有拔出尖刺的勇气。其实,他越想越佩服居然有这么多坎得拉服从了初代的命令。

沙赛德很轻易地就辨认出是坎帕在指挥众人。这名坎得拉会取出天金,将天金交给灭绝。沙赛德必须阻止它们。可是,眼前是二十对一的情况。沙赛德只有一个小小的金属意识库。对他来说,成功概率似乎微乎其微。

沙赛德注意到有东西被放在信巢门外。一个很简单的布袋,毫不起眼,只是沙赛德认得它。多年来他都在用这个袋子装金属意识库。它们抓住沙赛德之后,一定把他的金属意识库丢在了这里。它躺在离他二十尺的地方,就在通往信巢的门旁。

迷雾之子
卷三·永世英雄 [珍藏版]

在另外一个房间中的坎帕抬起头,直直看着沙赛德的方向。灭绝发现他了。

沙赛德没有多想,立刻探入口袋抓着钢锁,汲取速度,以超人的脚程越过走廊,从地上抓起布袋,耳中听到坎得拉们的喊叫。

沙赛德打开袋子,发现里面有一堆手环、戒指、护腕。他把珍贵的金属意识库全抛在地上,抓起其中两个,以令人眼花缭乱的速度跃向信巢。

钢意识库用完了。他抓起的一枚戒指是白镴,从中取出力量,体型跟肌肉同时增长;他将通往信巢的门往内推,合上,被困在里面的坎得拉纷纷惊叫。最后,他使用另外一只戒指——一枚铁戒——让自己变得重好几倍,成为屏障,压住通往信巢的大门。

这是个拖延战术。他挡在门前,金属意识以惊人的速度消散。这些是他在陆沙德围城战中使用的同样一批戒指,后来被埋在他体内。他在围城战后——在放弃藏金术前——补充了其中的库存,可是仍然维持不了多久。当坎得拉从门内冲出时该怎么办?他焦急地寻找卡住或挡住门的方法,却什么都没看到,而且只要他松懈片刻,里面的坎得拉就会倾巢而出。

"拜托你。"他低语,希望像之前那样,那个在聆听的力量会给他一个奇迹,"我需要帮助……"

"我敢发誓是他,陛下。"一名叫做利托的士兵说道,"自从卡西尔死去的那天起,我就加入了幸存者教会。他曾对我传道,让我相信革命军的理念。当他造访洞穴,让德穆大人为他的荣誉而战时,我也在场。我认得卡西尔一如认得我父亲。他真的是幸存者。"

依蓝德转向另一名点头同意的士兵。"陛下,我确实不认得他。"男子说道,"可是,他符合描述。我想真的是他,我真的这么认为。"

依蓝德转向正在点头的德穆:"他们把卡西尔描述得非常准确,陛

629

下。他真的在守护我们。"

依蓝德……

一名信差来到，对德穆低声说了什么。夜晚很黑，在火光下，依蓝德转身端详看见卡西尔的两名士兵。他们看起来不像是非常值得信赖的见证者，因为当他出发征战时，并没有把最优秀的士兵留下来守城。可是，显然还有别人见过幸存者。依蓝德想要跟他们再谈谈。

他摇摇头。还有，纹到底跑去哪里了？

依蓝德……

"陛下。"德穆碰触他的手臂说道，一脸忧色。依蓝德让两名士兵见证人退下了。无论证言真实与否，他都欠他们很多——他们的准备救了许多人。

"斥候报告，陛下。"德穆说道，脸庞被夜风中的火把点亮，"您看到的克罗司确实朝这个方向来，速度很快，他从山顶上看到它们正在逼近。它们……可能今晚就到。"

依蓝德低声咒骂。

依蓝德……

他皱眉。为什么他一直在风中听到自己的名字？他转身望向黑暗。有东西在拉他，指引他，对他低语。他试图要忽略它，转头回去面向德穆，但声音却仍然在他心中。

来……

感觉很像纹的声音。

"召集护卫。"依蓝德说道，抓起火把，披上一件斗篷，扣子扣到膝盖。然后，他转向黑暗。

"陛下？"德穆说道。

"传令下去！"依蓝德朝黑夜踏步。

德穆大喊要士兵集合，快速跟上。

我在做什么？依蓝德心想，推开及腰深的灰烬，利用斗篷保持自己干净。追踪幻梦？也许我疯了。

他在脑海中可以看到某样东西。一个有洞的山坡。也许是个记忆？他以前来过这方向吗？德穆跟他的士兵静静地跟着，看起来很忧虑。

依蓝德继续往前。他几乎要——

他突然停下脚步。山坡就在那里。它看起来跟周围的山坡没什么不同，只是有足迹。依蓝德皱眉，在深埋的灰烬中继续往前，走到足迹的终点。在那里，他找到一个通往地下的洞穴。

一个山洞，他心想。也许……是个可以让大家躲藏的地方？

这里应该没有大到可以容纳所有人。可是，卡西尔用来进行反抗军训练的地方曾大到可以容纳约一万人。依蓝德好奇地探头进去，沿着陡峭的坡道往下走，将斗篷甩到肩后，德穆跟他的人紧跟着。

通道往下，依蓝德很意外地看到前面有灯光。他立刻骤烧白镴，全身紧绷，抛开火把，开始燃烧锡增强视力。他看到几根棍子在上方散发着蓝光，似乎是以岩石制造的。

这到底是什么……？

他快速往前移动，示意要德穆等人跟上。地道通往一个巨大的洞穴。依蓝德停下脚步。它跟储藏窟一样大，甚至可能更大。下面有东西在动。

雾魅？他讶异地发现。它们躲在这里？在地下的洞穴里？

他抛下一枚钱币，飞过阴暗的洞穴，落在离德穆跟其他人一段距离之外的地面上。这些雾魅跟他看过的相比要小很多，而且……为什么它们使用石头跟木头，而非骨头？

他听到一个声音。只有透过锡力增强的听觉才听得见，可是听起来很不像雾魅会发出的声音。是石头摩擦金属的声音。他快速对德穆一挥手，小心翼翼地绕过一道走廊。

在走廊末端，他讶异地停下脚步。一个熟悉的身影抵着一扇巨大的金属门，正发出闷哼声，显然是想把门关死。

"沙赛德?"依蓝德问道,站得更直。

沙赛德抬起头看见依蓝德,显然一时讶异到忘记自己正推着门。门猛然被撞开,将泰瑞司人抛在一旁,一群愤怒、皮肤透明的坎得拉出现。

"陛下!"沙赛德说道,"不要让它们逃走!"

德穆跟士兵在依蓝德身后出现。这要不然是沙赛德,再不就是吃了沙赛德骨头的坎得拉,依蓝德心想。他快速做出决定。他要相信耳朵中的声音,信任这就是沙赛德。

那一群坎得拉想要闪过德穆的士兵,但它们并非很优秀的战士——而且它们的武器是金属制成。德穆跟依蓝德大概花了两分钟就制服了这群坎得拉,把它们的骨头打断,以免它们疗伤后逃走,依蓝德走到沙赛德身边。

沙赛德站起身,拍拍身上的灰尘:"陛下,你是怎么找到我的?"

"我真的不知道。"依蓝德说道,"沙赛德,这里是哪里?"

"坎得拉一族的家乡,陛下。"沙赛德说道,"还有统御主的天金秘密库藏点。"

太好了,现在我们才找到,依蓝德心想。

"你看起来不是太兴奋,陛下。"沙赛德注意到他的反应,"国王、军队、迷雾之子,甚至是卡西尔本人找这个宝藏库都花了许多年。"

"它没有意义。"依蓝德说道,"我的子民要饿死了,他们又不能吃金属。可是这个地下洞穴……可能有用。德穆,你觉得呢?"

"如果有第一个那样大的洞穴,可以藏匿许多人。"

"有四个,"沙赛德说道,"还有四个我知道的入口。"

依蓝德转向德穆。他已经在对士兵下命令。我们必须趁太阳升起前把所有人带来这里。依蓝德心想,回忆前天的热力。至少要趁克罗司军队抵达以前。

在那之后……还得再看看。现在,依蓝德只有一个目标。

生存。

绽裂向来就是镕金术的黑暗面。一个人天生的基因让他们具有成为镕金术师的潜力，但要让力量能够出现，那人的身体必须经历毕生罕见的痛苦。虽然依蓝德曾提及他当年被打得很惨，可是在我们的时代，解放一个人体内的镕金术力量已经比较容易，因为我们有统御主给予贵族的金属块——他让存留的力量进入了人类血脉。

　　存留设计迷雾，是担心灭绝脱逃。早期，在升华前，迷雾已开始像如今这样让人绽裂。那时候只有迷雾才能让镕金术师苏醒，因为基因特质被埋得太深，无法单纯因为殴打便浮现。那时候的迷雾也只能创造出迷雾人，在统御主利用金属块之前，并没有迷雾之子。

　　人们误解了迷雾的目的，因为绽裂镕金术师的过程让一些人死亡——特别是小孩及老人。这不是存留的本意，可是他放弃了意识去创造灭绝的囚牢，因此迷雾只能自行发挥，没有被指示太多细节。

　　向来行事诡异的灭绝无法阻止迷雾的任务，但是他可以反过来鼓励它们，让迷雾变得更强，让世界上的植物死去，并创造出名叫深暗的威胁。

81

　　纹转向灭绝，露出笑容。那团扭曲的黑色迷雾显得焦躁不已。

　　很好，你能影响一个人，灭绝没好气地说，在空中旋转。纹跟随而上，笼罩在整个中央统御区上空。她看到德穆的士兵在下方急切地叫醒了所有人要他们准备避难，已经有一些人在灰烬中走向洞穴。

MISTBORN: THE HERO OF AGES

她可以感觉到太阳，知道它距离星球太近，这样的情形虽不安全，但她却无法改变。不仅灭绝会阻止她，她对自己的力量也还不够了解。她感觉就像当年的统御主——强大却笨拙。如果她想要移动世界，只会让事情变得更糟。

可是，她还是有所成就。灭绝让克罗司以高速朝人类奔去，但它们还得花上数小时才会到达深坑，时间上已经绰绰有余，足够让人们进入洞穴。

灭绝一定注意到她在看什么，或是注意到她的雀跃。你以为你赢了？他问道，声音带着笑意。怎么，只因为你能阻止几名坎得拉吗？它们一直是统御主为我创造的最弱的手下。我向来忽略它们，无论如何，你并没有真正打败我。

纹等着，看着人们躲入洞穴的安全地带。大多数人都已经抵达洞穴——士兵们将他们分成几个小队，送往不同的入口。她的笑意却越来越少，她告诉了依蓝德一些事情，当时这显得是个极大的胜利，如今她发现那不过是另一个拖延战术。

你算过我的军队中有多少克罗司了没，纹？灭绝问道。我是以你们人类制造出克罗司的，你知道吗？如今我已经聚集了几十万只。

纹集中注意力，立刻清点克罗司。他说的是实话。

我随时可以用这支武力发动攻击，灭绝说道。它们大部分都留在外统御区，但我正把它们带进来，让它们朝陆沙德前进。我必须告诉你多少次，纹？你赢不了。你永远赢不了。我只是在耍你。

纹往后退，不理会他的谎言。他才没工夫耍他们，而是想知道存留留下来的秘密，还有统御主隐瞒的秘密。可是灭绝聚集起的武力的确让人畏惧。克罗司的数量比挤入洞穴的人们还多。有了这么大的军队，灭绝甚至可以攻下防守严密的城市，而据纹估计，依蓝德手下有战斗经验的人不到一千名。

迷雾之子
卷三·永世英雄 [珍藏版]

除此之外，还有太阳与其毁灭性的热力，世界上死去的农作物，水源的污染，大地上累积数尺高的灰烬……就连被她阻止的岩浆都又开始要流出，她堵住灰山只是暂时的解决方法，甚至是很糟糕的解决方法。如今灰山不能喷洒，大地开始出现巨大的裂痕，而地球燃烧的血液——熔岩，正开始从裂缝间沸腾涌出。

我们落后太多了！纹心想。灭绝有好几个世纪可以规划这件事。每次我们以为自己很聪明，就被他的计策骗过。如果我的子民会饿死，把他们关在地下有什么用？

她转向灭绝，他正在继续搅动盘旋，看着克罗司军队。她感觉到一阵与自身力量不符的恨意。这恨意让她反胃，但她没放弃憎恨。

她眼前的东西……会摧毁她知道的一切，她爱的一切。他不了解爱，创造只为了毁灭。在这瞬间，她改变自己先前的想法，决定绝对不将灭绝称呼为"他"。将这东西人类化，实在太瞧得起它了。

但她焦虑地看着一切，不知道该怎么办。于是，她发动攻击。

她甚至不知道自己是怎么办到的。她只是朝灭绝扑去，用力量与它冲撞。双方的力量相互摩擦，纹的身体因对方的能量而痛苦万分，灭绝也大叫出声。纠缠中，纹突然了解了它的想法。灭绝很吃惊。他没想过存留会攻击他，纹的进攻带着太多毁灭的气息。灭绝不知道该怎么反应，只能反射性地将自己的力量投回。他们双方撞击，威胁要瓦解对方，最后，纹疲累地退后。

他们的力量太相当。对立又相似。就像镕金术。

对立，灭绝低声道。平衡。虽然存留向来接受平衡，但我想你大概有不同意见。

"这就是神的身体？"依蓝德问道，在指尖把玩着一颗天金。他举起它，跟尤门给他的那颗比对。

"是的，陛下。"沙赛德说道。泰瑞司人看起来很兴奋。他不知道他们的处境有多危险吗？那些德穆手下勉强保住性命的探子回报说，克罗司军队离这儿只几分钟的路程。依蓝德命令他的军队守在坎得拉的家乡门口，可是根据沙赛德所说的关于灭绝的事，要克罗司找不到他们的下落，希望渺茫。

"灭绝一定会来要回天金。"沙赛德解释。他们站在名为信巢，以金属为壁的洞穴中，那里过去千年来都是坎得拉聚集、守卫天金的地方。"天金是它的一部分。它一直在找这个。"

"这表示有二十万克罗司想要从我们的喉咙爬进来，沙赛德。"依蓝德将一粒天金给他，"不如就给它们想要的。"

沙赛德脸色一白："给它？陛下，抱歉，但这将会是世界末日。一旦这么做，末日会立刻降临。关于这点，我很确定。"

真是太好了，依蓝德心想。

"一切会没事的，依蓝德。"沙赛德说道。

依蓝德抬头皱眉，看着身穿袍子，神色平静的泰瑞司人。

"纹会来。"沙赛德解释，"她是永世英雄，她会来解救人民。你没发现这有多完美吗？一切有如安排好、规划好一般。你在此时此刻来找我……你将人民带往这些洞穴……一切都很吻合。她会来的。"

这时他突然又有信仰了，依蓝德心想。他将尤门的珠子在手指间转动，思考着。他听着门外的交头接耳。泰瑞司侍从官，司卡领袖，甚至还有几名士兵都站在外面。依蓝德听得出他们声音中的焦虑——他们听说了克罗司军队的到来。依蓝德看到德穆小心翼翼地挤过人，进入房间。

"士兵就定位了，陛下。"将军说道。

"我们有多少？"依蓝德问。

德穆一脸严肃。"我的手下有三百多人，"他说道，"城里来的士兵有五百人，还有一百个用坎得拉锤子及我们军队多余武器武装起来的平民。"

依蓝德闭上眼睛。

"她会来的。"沙赛德说道。

"陛下,这很严重。"德穆将依蓝德拉到一旁说道。

"我知道。"依蓝德轻吐一口气,"你给他们金属了吗?"

"我们能找到的不多。"德穆低声说道,"老百姓在逃命时没想到要带金属粉末。我们找到两名是镕金术师的贵族,可是他们只是烟阵和搜寻者。"

依蓝德点点头。他早就已经威迫或贿赂所有有用的贵族加入他的军队。

"我们把这些金属给了我的士兵,可是没有人能燃烧。就算我们有镕金术师,我们也无法守住这个地方,陛下!这里的人太少而克罗司太多,我们一开始可以仗着狭窄的入口阻挠它们一段时间,但是……"德穆说道。

"我知道,德穆。"依蓝德烦躁地说道,"可是有别的选择吗?"

德穆沉默:"我原本以为你会有的,陛下。"

"我没有。"依蓝德说道。

德穆变得严肃起来:"那我们就等死吧。"

"你的信念到哪里去了,德穆?"依蓝德问道。

"我信仰幸存者,陛下,可是……现在看起来很糟。自从看到克罗司,我感觉就像是等着见刽子手的人一样。也许幸存者不希望我们成功。有时候,人们必须死去。"

依蓝德烦躁地转过身,拳头不断紧握又松开天金珠子。他向来都有同样的问题。在陆沙德围城战时他失败了,必须靠纹来保护城市。在法德瑞斯城时也差点全军覆没,因为克罗司自行撤离,他才得救。

统治者最基本的责任就是保护子民。在这方面,依蓝德一直觉得自己没有能耐。没有用。

为什么我办不到。依蓝德挫败地想。我花了一年的时间寻找食物库藏,结果却被困在这里,我的人民还是挨饿。我花了这么多时间寻找天金，想用它买到人民的安全，却发现已经无法将钱花在任何东西上。

来不及了……

他迟疑，看着地板上的钢盘。

好几年来他们寻找的东西……天金。

德穆给士兵的金属都没有用，依蓝德一直认为德穆的这群人会像其他在邬都的迷雾病人那样，有着各式各样的迷雾人，但这群人似乎有所不同——他们生病的时间比较久。

依蓝德冲上前去，挤到沙赛德身边，抓起一把珠子。这是极大的财富，可能这世界上从来没有人有过如此巨大的财富，不仅是因为它罕见，因为它有经济价值，还因为它在镕金术上的价值。

"德穆，"他站起身，将珠子抛向他，"吃下去。"

德穆皱眉："陛下？"

"吃下去。"依蓝德说道。

德穆乖乖地吃了，站在原处片刻。

三百二十七人，依蓝德心想。这些人因为病得特别严重而被赶离我的军队。十六天。

三百二十七人。生病人数的十六分之一。十六种金属之一。

尤门证实有天金迷雾之子存在。如果依蓝德没被分心，他早就该想到两者的关联。如果有十六分之一的人病得最久，说不定代表他们得到了十六种能力中，最强大的那种？

德穆抬起头，眼睛睁大。

依蓝德微笑。

纹悬浮在洞穴外，惊恐地看着克罗司逼近。它们已经陷入血腥狂暴——因为灭绝对它们的操控。它们有无数只，屠杀即将开始。

纹看到它们靠近，大喊出声，再次扑向灭绝，想要用她的力量来摧毁它。一如先前，她被阻挠。她感觉自己尖叫，颤抖，下方即将到来的死亡，会像是一波波海岸边的怒浪，甚至更严重。

这些是她认得的人。她爱的人。

她转回身面对入口。她不想看，可是别无选择。她的自我无所不在，就算将核心意识拉走，她知道自己仍然会感觉到死亡，会颤抖且哭泣。

从洞穴里，她感觉到一个熟悉的声音回荡着。"各位，今天我要你们付出性命。"纹低下头聆听着，虽然岩中的金属让她无法看见洞穴里的情形，可是她可以听。她知道，如果她有眼睛，早就已经落泪了。

"我要你们献上生命，"依蓝德的声音继续回荡，"还有你们的勇气。我要你们的信念，还有你们的荣誉，你们的力量，与你们的怜悯。因为今天，我会领着你们去送死。我不会要求你们欣然接受这件事，我不会将这件事称为好事，甚至是光荣的事，这对你们而言会是一种羞辱。可是，我会这么说。

"你们战斗的每一瞬间都是对洞穴里的人们的礼物。我们战斗的每一秒都让这数千人能多呼吸一秒。每一下挥砍，每倒下一只克罗司，每赢得的一口气，都是胜利！这表示某个人被保护得多一点，某条生命被延续得久一点，某个敌人被阻挠得更重一点！"

一阵短暂的沉默。

"最后，它们会杀了我们。"依蓝德的声音在洞穴中响亮回荡，"可是首先，它们会惧怕我们！"

所有人狂声呐喊。纹增强的意识可以听到三百多个不同的声音，她听到他们分头跑向不同的洞穴入口。片刻后，有人出现在离她不远的前门。

一名全身着白衣的人缓缓踏入灰烬，雪白的制服，披风飞舞，一手握着剑。

依蓝德！她试图对他大喊。

不要！回去！冲锋太疯狂！你会被杀死！

MISTBORN: THE HERO OF AGES

依蓝德直挺挺地站着，看着一波波逼近的克罗司，它们有着蓝色皮肤与红色眼睛，踏着黑色的灰烬，带来无尽的死亡。它们之中许多有剑，有些则只有岩石跟木棍。依蓝德在它们面前只是一个小白粒，无尽蓝色画布上的一个点。

他举高剑，往前冲。

依蓝德！

突然之间，依蓝德全身爆发灿烂的能量，明亮到让纹惊呼一声。他迎头面向第一只克罗司，弯腰躲过挥砍的剑，一挥手便砍死那只怪物，然后他没有跳开，而是转向一侧挥砍。另一只克罗司倒地。三把剑挥向他，可是都堪堪错过。依蓝德弯腰躲到一旁，砍入一只克罗司的肚子，然后抽出剑，头部勉强避过另一次挥砍，接着砍断一只克罗司的手臂。

他没有利用钢推闪躲。纹僵在原地，看着他再砍倒一只克罗司，然后流畅地切断另一只的头。依蓝德的优雅她前所未见——她向来是比他优秀的战士，可是此刻，他让她自叹弗如。他在克罗司的剑之间挪移，仿佛一切早就演练好，一具又一具尸体倒在他发光的剑下。

一群身着依蓝德制服的士兵像是一波光芒从洞穴入口冲出，身体爆发出力量，他们同样杀入克罗司之中，以惊人的精准攻击。

纹看着他们，无人倒地，士兵们以奇迹般的技巧与运气战斗，每柄克罗司剑都差了那么关键的一点准头。蓝色尸体开始在发光的众人身边堆积。

不知如何，依蓝德找到一支会燃烧天金的军队。

依蓝德感觉自己成了神。

他从未使用过天金，初次的经验让他惊叹不已。他身边的克罗司都散发着天金影子，在它们移动之前便有影像，让依蓝德看出它们将会如何行动。在战斗中，他可以看见几秒后的未来。

他可以感觉到天金增强了他的脑力，让他能理解且处理所有的新信息。他甚至不需要停下来思考,手臂便自行移动,以惊人的精准挥剑。

他转身,在一片动作幻影中攻击着实体,几乎感觉自己又身在迷雾中。没有克罗司能抵挡他。他感觉充满了能量,相当惊人。有一瞬间,他是无敌的。他吞下的天金量大到觉得自己要吐了。在过去,天金是需要珍而视之的东西。燃烧天金显得如此奢侈,因此多数人都很节省,只在必要时才用。

依蓝德不必担心这个。他想烧多少就烧多少,这让他成为对克罗司而言的一个灾难——一团精准地攻击又能闪躲敌人一切攻击的白影,总是抢在敌人几步之前。敌人接连倒在他面前,而当天金不够用的时候,他靠着一柄掉地的剑钢推自己跳回到洞穴入口,沙赛德在那里拿着另一袋天金与大量清水等着他。

依蓝德快速吞下珠子,然后又回到战斗中。

灭绝愤怒地转身试图要改变战局,但这次,纹是出手阻止的人。她阻挠了灭绝想要毁灭依蓝德跟其他人的所有攻击,削弱了它的威胁。

纹用意识与它沟通:我不知道到底是你太蠢,还是你存在的方式让你天生就无法理解一些事情。

灭绝尖叫,冲撞她,试图毁灭她,一如她试图摧毁它。可是,又是一次平手,他们的力量太旗鼓相当。灭绝被迫退后。

生命,纹说道。你说过,创造的目的只是为了摧毁它。

她悬浮在依蓝德身边,看着他战斗。克罗司的死亡应该要让她感到痛苦,但她没工夫去想这个。也许这是存留力量的影响,她只看到一个人在挣扎、战斗,即使面临看似毫无希望的情况依然在坚持。她没看到死亡。她看到信念。

她说道:灭绝,我们创造是为了看他们成长,为看到我们所爱的事物成为超越过往的存在而感到喜悦。你说你是无敌的,一切终将崩解,一切终会灭绝。可是有些东西会抵抗你,而最讽刺的一点是,你甚至无法理解。爱。生命。成长。

MISTBORN: THE HERO OF AGES

人的生命不只是混乱的过程。情感，灭绝。这就是你失败的原因。

沙赛德焦急地在洞穴门口看着。一小群人缩在他身边。加尔佛，陆沙德幸存者教会的领袖。哈洛道，泰瑞司侍从官的领袖。戴德利·法司丁大人，政府议会中存活下来的议员。雅丝婷，一名德穆在海司辛深坑中短短数周便爱上的年轻女子，还有其他几个重要或虔诚的人，全都聚集到人群前面来观看。

"她在哪里，泰瑞司大人？"加尔佛问道。

"她会来的。"沙赛德承诺，手按着石墙。所有人陷入沉默。没有天金庇佑的士兵紧张地跟着他们一起等待，知道如果依蓝德的攻击失败，他们就是下一波要出击的。

她必须来，沙赛德心想。一切都指向她的到来。

"英雄会来的。"他重复道。

依蓝德同时砍断两只克罗司的头。他翻转剑势，砍断一条手臂，再刺穿另一只克罗司的脖子。他没有看到它靠近，可是大脑在他反应过来前已经察觉并解读了那道影子。

他已经站在一座克罗司尸山上，可是步伐依然稳健。在天金的影响下，他的每一步都很精准，每一剑都很准确，思绪无比清晰。他砍倒一只特别大的克罗司，然后往后退，暂时停止攻击。

太阳从东方的天际爬起，空气开始变得更炽热。

他们战斗了数小时，可是克罗司军队依然无穷无尽。依蓝德杀死另一只克罗司，但动作开始迟缓。天金增强意识，却没有增强体质，他得靠白镴才能坚持下去。谁知道燃烧天金会让人疲累，甚至会筋疲力竭？没有人像依蓝德用过这么多的天金。

可是他必须继续。他的天金存量不足了，转身要朝洞穴去，正好看到他的一名天金士兵血溅当场。

依蓝德咒骂，扭身避过穿过他的天金影子，弯腰躲过接下来的攻击，然后砍断怪物的手臂，再砍断后面一只的头，然后又将另一只的双腿齐膝斩断。在大多数的战斗中，他没有使用花哨的镕金术跳跃攻击，只用了基本的剑招。可是，他的手臂开始脱力，他被迫要开始将克罗司推开好掌控战场。他体内的天金——此刻代表着他的生命存量开始减少。天金燃烧得如此快。

另一人尖叫。又一名士兵死去。

依蓝德开始朝洞穴退去。克罗司实在太多。他的三百多人杀死了数千只，但克罗司不在乎，它们只是一直攻击，嗜血的欲望沟壑难平，如今只剩一小团天金迷雾人保护着通往坎得拉家乡的入口。

又死了一人。他们快烧完天金了。

依蓝德大喊，挥舞着长剑，以似乎不可能奏效的动作砍倒三只克罗司。他骤烧钢，将其他克罗司推开。

神的身体在我体内燃烧，他心想。一咬牙，继续攻击，听着自己的手下接连倒下的声音。他爬上尸山，切断冲他来的敌人的手臂、双腿、头，剑刺入一个又一个胸口、脖子、肚子。他奋不顾身，衣服早就由白变红。有东西在他身后移动。他一转身，举起剑，让天金引领他，但却僵在原地，不再确定。在他身后的，不是克罗司。那是一名穿着黑袍的人，一个空洞的眼眶流着血，另一个眼眶内有敲入头颅的尖刺。依蓝德从那怪物空洞的眼眶，直看到他脑后的景象。

沼泽。他身边也有天金影子——他也在燃烧天金，让依蓝德的天金无效。

人类带领着它手下的克罗司穿过地道，杀死任何挡路的人。

有人站在门口。他们也战斗。他们也很强。他们也死了。

有东西逼着人类继续，比任何操控过它的力量更强。超过那黑头发的小女人，虽然她也很强。这东西更强。这是灭绝。人类知道。

它无法抗拒。它只能杀戮。它砍倒另一个人。

人类冲入一个大房间，里面满是小人。灭绝控制着它，要它不要杀他们，灭绝不是不想要杀他们，而是更想要别的东西。

人类往前冲。它爬过碎石头跟岩石，推开大喊的小人。其他的克罗司跟着它。在一瞬间，它所有的欲望都已忘记，只有强大的渴望，要去到⋯⋯

一间小房间。就在那里。人类推开门。它走入房间，灭绝喜悦地大喊。里面有它渴望的东西。

"看看我找到了什么。"沼泽低咆，上前一步，钢推依蓝德的剑。依蓝德的武器从他手中被夺走。"天金。一名坎得拉带着天金想要兜售。愚蠢的东西。"

依蓝德咒骂，弯腰躲开克罗司的攻击，抽出绑在腿上的黑曜石匕首。

沼泽前进。人们尖叫，咒骂，跌倒，天金用尽。依蓝德的士兵开始被砍倒。最后一名守着这个入口的人死去，尖叫声消退。他怀疑其他入口还能坚持多久。

依蓝德的天金警告他克罗司正攻过来，他勉强招架，可是他无法单靠匕首很稳地杀死它们。在克罗司吸引他的注意力的同时，沼泽以黑曜石斧头攻击，依蓝德闪过，却失了重心。

依蓝德想要站稳，但他的金属开始变少，不只天金，也包括基本金属——铁、钢、白镴。因为有天金的帮助，他没有很注意它们的存量，但他已经战斗得太久了。如果沼泽有天金，那他们是平等的，但没有基本金属，依蓝德会死。

审判者的攻击如雨落下，逼着依蓝德得骤烧白镴才能避开。他靠着天金的帮助轻松地砍倒三只克罗司，但沼泽不受天金影响这件事造成他极大的负荷。审判者爬过倒地的克罗司尸体直朝依蓝德而来，单一的尖刺反射出头顶太阳过度明亮的光芒。

依蓝德的白镴用尽。

"你赢不了我,依蓝德·泛图尔。"沼泽以如碎石般粗哑的声音说道,"我们杀死了你的妻子。我也会杀死你。"

纹。依蓝德根本不信。纹会出现,会救我们。

信念。在那瞬间拥有信念是很奇特的感觉。沼泽挥砍。

白镴跟铁突然在他体内燃起。他没有时间去想这件事的奇怪之处,只是凭本能反应,拉引着卡在地上不远处的剑。剑飞过空中,被他抓住。他极快地挥舞着剑,挡下沼泽的斧头。依蓝德的身体似乎强而有力地鼓动着。他直觉性地往前挥砍,强迫沼泽退过满是灰烬的地面。克罗司纷纷躲开,不愿靠近依蓝德,仿佛在害怕,或是敬畏。

沼泽抬手要钢推依蓝德的剑,却什么都没有发生,仿佛……有东西挡开了攻击。依蓝德大喊往前冲,以银色的武器击退沼泽。审判者以黑曜石斧头格挡,一脸震惊。

审判者的动作快到无法以镕金术来解释,但依蓝德仍然强迫他后退,跨过倒地的蓝色尸体,红色天空下飞扬着灰烬。

依蓝德体内涌起巨大的平和感。他的镕金术灿烂地燃烧,他知道自己体内的金属早该烧完,只留下天金,而它的神奇不会也不能为他带来其他金属的效力——可是这都不重要了。有一瞬间,他被更伟大的东西拥抱。他抬头望着太阳。

他短暂地看到一个巨大的身影在他上方的空中,一个纯白夺目的身影,双手按在他的肩膀上,头往后仰,白色的头发飞散,发光的迷雾在她身后如翅膀一样伸展入天空。

纹,他微笑着心想。

依蓝德低头看着沼泽,审判者大叫着向前跳跃,一手握着斧头攻击,身后似乎拖着某种巨大的黑暗。他另一手挡着脸,仿佛要将依蓝德上方的影像挡在他已死去的眼睛之外。

MISTBORN: THE HERO OF AGES

依蓝德燃烧了他最后一点天金，双手举高，等着沼泽靠近。审判者比他强，战技也比较高超，还有藏金术跟镕金术的双重力量，让他的力量等同于统御主——这不是依蓝德靠剑就能胜利的战场。

沼泽来到，依蓝德突然明白了卡西尔在广场上面对统御主时的心情。沼泽以斧头攻击，依蓝德举高剑，准备攻击。

然后，依蓝德跟天金一起燃烧硬铝。

视觉、听觉、体能、力量、荣光、速度！

蓝线如光芒般从他胸口散出，但它们都被一样东西的光芒掩盖。天金，加上硬铝。在一瞬间，依蓝德觉得自己接收到了超越意识负荷的知识。他身边一片洁白，知识渗入脑中。

"我明白了。"他低语，眼前的影像随着剩余的金属一起消散。战场重新出现在视线之中。他站在战场上，手中的剑刺穿了沼泽的脖子，卡在从沼泽背后肩胛骨中突出的尖刺之间。

沼泽的斧头埋入依蓝德的胸口。

纹给他的金属再次于依蓝德的体内燃烧，带走了痛楚，可是白镴的效用有限，无论燃烧得有多强大。沼泽抽出斧头，依蓝德浑身浴血，往后跌跌撞撞退了数步，放开手中的剑。沼泽从脖子拔出剑，伤口消失，被藏金术的力量治愈。

依蓝德倒在一堆克罗司的尸体上。如果不是白镴在作用，他早该死了。沼泽走到他面前，露出微笑，空无一物的眼眶被刺青环绕，这是沼泽自己选择的徽记。他为了推翻最后帝国而付出的代价。

沼泽捏着依蓝德的喉咙，将他拉起。"你的士兵们死光了，依蓝德·泛图尔。"怪物低声说道，"我们的克罗司在坎得拉洞穴中肆虐。你的金属用完了。你输了。"

依蓝德感觉自己的生命正在流逝，像是空杯子中的最后一滴水。他曾经在升华之井的洞穴中有着同样的处境，面临死亡，他当时极端惊恐，可是这次他心如止水。没有遗憾。只有满足。

依蓝德抬头看着审判者。纹有如发光的影子，依旧悬浮在两人上方。"输了？"依蓝德低语，"我们赢了，沼泽。"

"哦？怎么说？"沼泽不屑一顾。

人类站在洞穴房中央的坑洞旁边。灭绝的身体原本的地方。象征着胜利的地方。

它瞠目结舌地站在原处，旁边一群克罗司看起来同样迷惘。

坑洞是空的。

"天金。"依蓝德低语，尝到血的味道，"天金呢，沼泽？你以为我们从哪里得到战斗的力量？你们为天金而来？好吧，现在它没了。去跟你的主人这么说吧！你以为我跟我的人打算杀光所有克罗司吗？它们有几十万只啊！我们没有这么天真。"

依蓝德的笑容加大。"灭绝的身体没了，沼泽。其他人跟我把所有的天金都烧光了。你也许能杀了我，但你永远达不到你此行的目的，所以我们赢了。"

沼泽愤怒地尖叫，想要质问真相，可是依蓝德说的是实话。其他人的死代表他们用完了天金。他的人战斗到最后一刻，按照依蓝德的命令，将最后一点都烧得干干净净。

神的身体。神的力量。依蓝德曾拥有片刻。更重要的是，他毁了它，彻底毁了它。希望这样能让他的人民安全。

现在轮到你了，纹。他心想，仍然能感觉到她碰触他的灵魂所带来的平静。我尽力了。

他挑衅地对沼泽微笑，看着审判者举高斧头。

审判者砍断了依蓝德的头。

灭绝愤怒地咆哮挣扎，满怀怒气与毁灭的冲动。纹只是静静坐着，看着依蓝德无头的身体倒在一片蓝色尸体中。

怎么样？灭绝尖叫。我杀了他！我灭绝了你爱的一切！我从你手

MISTBORN: THE HERO OF AGES

中夺走了!

纹飘浮在依蓝德的身体上方,往下看,探出虚无的手指,碰触他的头,回忆自己使用力量为他增强镕金术的感觉。她不知道自己怎么做到的,也许是类似灭绝控制克罗司时的方法。但性质相反。是解放。是宁静。

依蓝德死了。她知道这点,也知道自己无能为力,这让她难受,却没有她预期中的痛苦。碰触着他的脸庞,她想着,我很久以前就让他走了。就在升华之井。只是镕金术让他暂时回到我身边。

她没有感觉到前次以为他要死了时的那份痛楚跟惊恐。这次,她只感觉到宁静。过去的几年是额外的礼物,依蓝德的生命得到了延续。她已经放手,依蓝德可以做自己,随着自己的意愿行动,哪怕会以身犯险,甚至付出生命。她会永远爱他,不会因为他不在了而停止。

也许还会更加爱。灭绝飘在她面前,对她咒骂,告诉她,它会如何杀死其他人。沙赛德。微风。哈姆。鬼影。

原本的成员只剩下这么点儿。她心想。卡西尔很久以前就死去。多克森跟歪脚在陆沙德之战被屠杀。叶登跟他的士兵一起阵亡。欧瑟被詹的命令杀死。沼泽堕落成审判者。还有其他加入我们的人,也都不在了。廷朵、坦迅、依蓝德……

灭绝以为她会让他们白白牺牲吗?她站起身,聚集起力量,像之前那样向灭绝推挤。但这次不同。当灭绝推拒时,她没有后退。她没有考虑自保,而是前进。

这场对峙让她神圣的身体因痛楚而颤抖,这是冷与热的交会所带来的痛,两块石头撞击且磨成齑粉的痛,他们的形体在力量的暴风中波状震动。

纹继续进逼。

她向灭绝传出意念,几乎因痛楚而尖叫。

灭绝大喊出声。可是她仍然进逼。

你创造了能杀死你的东西,灭绝。纹说道。而且你刚刚犯下了一个最大错误。你不该杀死依蓝德。

因为,他是我活着的唯一理由。

她没有后退,两者的冲击让她分崩离析。灭绝惊恐地尖叫,感觉到她的力量与他完全融合。

她的意识——如今和存留同化——与灭绝的意识碰触。双方都不肯让步。在猛一施力后,纹向世界道别,然后将灭绝一同拉入深渊。

他们的意识如同炙热太阳下的迷雾,同时消散。

纹一死,结局很快便来临。我们并没有准备好,即使是统御主的计划也无法预料。谁能为世界的末日做好准备?

82

沙赛德静静地在洞穴口看着。外头,克罗司仍然暴躁,看起来却很茫然。大多数跟沙赛德一同观看的人消失了,就连大多数的士兵也说他是傻子,纷纷躲回了洞穴。只有在天金用完后还爬了回来的德穆将军留了下来,就站在离通道入口几步远之处。他全身是血,手臂绑着绷带,腿被碾碎。他静静地咳嗽,等着雅丝婷拿更多绷带回来。

太阳在空中升起,热得难以置信,有如烤炉。痛楚的呼喊声从沙赛德身后的洞穴中响起。克罗司进去了。

"她会来的。"沙赛德低语。

他看见依蓝德的身体倒在一堆克罗司的尸体上。非常显眼,雪白跟猩红映衬着克罗司的蓝与灰黑。

"纹会来的。"沙赛德坚持地说道。

MISTBORN: THE HERO OF AGES

德穆一阵晕眩。他失血太多了，往回倒下，闭起眼睛。克罗司开始朝洞口移动，但不再像先前那么有方向感且狂乱。

"英雄会来的！"沙赛德说道。

在外面，有东西出现，仿佛迷雾中似乎掉出一个人形，落在依蓝德的尸体旁，随后另外一个东西，第二具尸体，也直直地落下。

在那里！沙赛德心想，跑出洞穴，冲过几只克罗司。他们想要挥砍他，可是沙赛德戴着他的金属意识库。他觉得他应该带着红铜意识库，以便需要记录什么重要的事迹，他也戴着他的十枚戒指——就是在陆沙德围城战中用来战斗的戒指——知道自己可能用得到。

他使用一点钢闪过克罗司攻击，快速地穿过一脸迷惑的克罗司，爬过尸体，来到一角白布身旁，那是依蓝德的长眠之地。他的身体躺在那里，没有头。

一具小小的身体躺在他身边。沙赛德跪倒在地，抓着纹的肩膀。在她身旁，在一堆克罗司的遗骸上，还有另外一具有着红头发男人的尸体，但沙赛德不认得他，也不在乎。

因为纹没有动。

不！他心想，检查她的脉搏。没有动静。她的眼睛阖起，表情看起来很安详，但非常、非常的死寂。

"不可能！"他大喊，再次晃动她。几只克罗司朝他慢慢走来。

他抬头，太阳升起，在热力下呼吸越发困难。他感觉皮肤被晒伤。等太阳升到高峰时，大地应该会焚烧起来。

"这就是结局吗？"他朝天空呐喊，"你的英雄死了！灭绝的力量也许毁了，克罗司也许不再是它的军队，可是世界仍然会死！"

灰烬杀死了植物。太阳会烧掉任何剩下的东西。不再有食物。沙赛德流下眼泪，但泪水却在脸颊上蒸发。

"这就是你要给我们的？"他低语。

然后，他感觉到一样东西。他低下头。纹的身体在微微冒烟，不是因为热，而是有东西散出……不对，该说是从纹的身体散发出跟某样东西连接的细雾。他勉强可以看到，白雾连着巨大的白光。

他探出手碰触白雾，感觉到巨大的力量。稳定的力量。另一边，另一具尸体，那个他不认得的男人，也在散发出某种气体，是深黑色的烟。沙赛德探出另一只手，碰触烟雾，感觉到不同的力量。更为暴力。改变的力量。

他震惊地跪在尸体间，忽然顿悟。

预言总是不提性别，他心想。是为了隐藏英雄的性别，还是……还是因为所说的英雄两者皆非？

他站起身，相较于环绕在他周围的相生且相克力量而言，太阳的热力微不足道。

英雄会被他的人民所拒绝，沙赛德心想。**可是他会拯救他们。不是战士，可是他会战斗。不是王，但还是会成为王。**

他再次抬起头。

这就是你一直以来的计划？

他尝到力量的滋味，却往后退却，不确定自己是否堪当如此大任。他怎么能使用这种东西？他只是个人类。在触碰并短暂地窥视了这股力量后，他知道自己根本无法掌握它，他缺乏训练。"我不知道该怎么办。我无法让世界回复原来的样子，我从来没有见过它原本的样貌。如果我取用这股力量，只会像统御主当年那般，在尝试的过程中让事情变得更糟。我只是个人类而已。"沙赛德双唇干裂，手伸向空中。

克罗司因全身着火而大喊出声，热力极端可怕，在沙赛德周围，树木开始爆炸，焚烧。他知道自己是因为正碰触着两股力量才得以存活，但他没有拥抱它们。

"我不是英雄。"他低语，仍旧望着天空。

他的手臂闪烁，金光闪闪。他佩戴在手臂上的红铜意识库反射出太阳的光芒，它们跟他在一起许久，是他的同伴。他的知识。

651

MISTBORN: THE HERO OF AGES

知识……

预言的用词非常精准,他突然想到。

预言说……预言说英雄会将世界的未来扛在手臂上。

不是他的肩膀。不是他的双手。是他的手臂上。

被遗忘的诸神啊!

沙赛德将手臂伸入两股迷雾,紧抓对他敞开的力量。他将力量吸入,感觉它们充实他的身躯,让他燃烧。他的骨头跟血肉蒸发,同时,他汲取红铜意识库,将所有的内容收入他逐渐扩张的意识中。

如今空无一物的红铜意识库跟他的戒指一起堆在克罗司的蓝色尸体旁,陪伴着纹、依蓝德,还有灭绝的无名尸体。沙赛德睁开与世界同化了的双眼,吸入组成所有造物的力量。

英雄将拥有拯救世界的力量,同时也会拥有摧毁世界的力量。

我们一直不懂。他不只拥有存留的力量,也会需要灭绝的力量。

这些力量是对立的。两股力量被他吸入之后都试图要摧毁对方,但因为两者都受他单一意念的控制,所以他可以让两者和平相处。它们可以在不摧毁对方的情况下,按照他的意志相互接触。这两股力量曾经被用来创造了一切。如果它们争斗,会造成破坏,同时使用,就能创造。

知识在他脑中涌现。千年来,守护者们收集了人类的知识储存在红铜意识库中,代代相传,每个人都承载了所有的知识,在必要时能将知识传递下去。沙赛德拥有所有的知识。

而在升华的同时,他理解了一切。他看到其中的规律、线索、秘密。人类自从存在以来便有信仰与崇拜,在这些信仰中,沙赛德找到他需要的答案。在人类的所有宗教中隐藏着知识的珍宝,没有被灭绝发现。

曾经,有一族叫做班内特的人。他们认为制造地图是个严肃的任务。沙赛德对卡西尔传达过这个宗教。从他们精致的地图跟航海图,沙赛德发现了世界原本的样貌。他利用力量将大陆及海洋、岛屿及海岸线、高山及河流恢复到原本的位置。

迷雾之子
卷三·永世英雄 [珍藏版]

曾经，有一族叫做奈拉禅的人。他们崇拜星辰，认为它们是神明特雷的千眼。沙赛德记得曾经对年轻的纹如此传扬过，当时她正被迫乖乖接受进入集团后的第一次剪发。从奈拉禅一族那里，守护者们取得了星图，尽责地记录了一切，即使学者们认为其无用——因为自从升华之后，这些记录已经不再正确。可是，参照这些星图，还有太阳系中其他星球的方位与变动方式，沙赛德可以判断世界到底应该朝哪个位置公转。他能将星球放回原来的位置，不像统御主那样用力过猛，因为他有一个可以用来衡量的资料库。

曾经，有个叫做卡西的种族，他们崇拜死亡，提供了关于人体的详细描述。卡西尔还在世时，沙赛德曾经为他们在纹的旧巢穴中找到的尸体念诵卡西的往生经文。根据卡西族关于生理的知识，沙赛德知道人的身体被改变了——不知是因为统御主的安排或只是自然演化——变成习惯于吸入灰烬跟食用褐色植物。

释放出一波力量后，沙赛德将人体变回原来的样子，每个人外表上都没有变化，但在濒死世界中生活千年所造成的那些问题却被修补了。他没有毁灭人，或是像统御主创造坎得拉时那样扭曲人体，因为沙赛德拥有指引他该如何进行的知识。

他也明白了其他的东西，数十个秘密。

一个宗教崇拜动物，因此沙赛德从中取得了应该出现在大地上的动物的相关图片、描述，还有介绍。他让动物们重回地面。从另一个宗教处，就是他在歪脚死前对歪脚宣扬的达得拉达教，沙赛德了解了颜色跟光泽。这是沙赛德传扬的最后一个宗教，透过关于颜色与自然的诗文，他能让植物、天空、大地回复原本应有的色彩。每个宗教都有线索，因为人类的信仰包含了信众们的希望、爱好、祈愿，还有生活。

最后，沙赛德取得拉司达，卡西尔的妻子梅儿所相信的宗教。他们的祭司在冥想时会写诗，透过这些诗，以及一张梅儿给了卡西尔，卡西尔给了纹，纹最后给了沙赛德的纸片，他知道了这世界曾经有过的美丽

653

MISTBORN: THE HERO OF AGES

事物。

于是，他将花赋予给曾经孕育过花朵的植物。

能量从他身上流出，开始重新创造世界，让他心想，在我的文档夹中的宗教其实并非无用。它们每一个都有用。不是全然真实。

却都蕴含真相。

沙赛德笼罩在世界上，改变他觉得应该改变的事物。他呵护着人类藏匿的地方，即使他在改变世界的板块、搬移洞穴的位置，依然让大家所在的岩洞安全无恙。最后，他轻吐一口气，终于大功告成。可是，这力量没有如他预期的那样从他身上消散。

拉刹克跟纹只碰触到升华之井一小部分的力量，他意识到这点。

我拥有更多。无穷无尽的力量。

灭绝跟存留都已消失，力量合而为一。事实上，它们本来就该是一体，怎么会崩解成两方呢？也许有一天，他会知道这个问题的答案。

有人需要照看这世界，照顾它，如今它的神已经不在。直到那刻，沙赛德才明白永世英雄的意义。不是历经漫长世纪后才出现的英雄。

而是跨越永恒时光的英雄。一名会在无数人类的生命跟时代中守护他们的英雄。不是存留或灭绝，而是两者的综合。

是神。

终 曲

迷雾之子
卷三·永世英雄 [珍藏版]

纹是特别的。

一如我先前所说，存留从她年纪很小时就挑中了她。我想他是想培养她继承他的力量。存留的意识那时已经非常稀薄，只剩下我们称为雾灵的那个部分。

他为什么选择这个女孩？是因为她是迷雾之子？还是因为她的母亲生产她的过程格外的困难，使得她早早绽裂，得到力量？

纹从一开始，镕金术就特别强大，也特别有天分。我想她在孩提时期，在没有戴着耳针的时候，一定早已吸入了一部分的迷雾。卡西尔招募她时，存留已经让她尽量不要戴着耳针，可是她在加入集团前不久又戴了回去。这次，因为卡西尔的建议，她便没有再将耳针摘除。

没有别人能吸入迷雾，这点我已经确认。为什么它们只对纹，而不对别人开放？我猜想，这是因为她在碰触到升华之井的力量之前，是无法将全部的迷雾力量都吸入的。我相信这表示，升华之井的力量一直是用来作为协调之用，在碰触之后，能将一个人的身体调整到可以接受迷雾的程度。

但是，她打败统御主确实是使用了一点存留的力量，那时离她开始听到升华之井的鼓动还有一年的时间。

这个谜团尚有太多未解释的部分。也许随着我的心智越来越习惯于如今扩张的状态，总有一天，我能把一切谜题解开。也许那时我就能明白为什么是我得到这股力量。而现在，我只想要赞扬在我之前握有这股力量的女子。

在碰触过这股力量的所有人之中，我认为她是最能与之相配的。

657

鬼影从噩梦中惊醒，坐起身。他周围的洞穴一片漆黑，只有蜡烛跟油灯。

他站起身，伸展四肢。周围都是高高低低的惊呼声。他走过众人，寻找他的朋友。洞穴里面满满都是人，容纳了所有邬都愿意过来逃难的人。因此，鬼影很难从正在翻转、咳嗽、聊天的人群之间找到路。他越走，交头接耳的声音就越大。人们站起身，跟在他身后。

贝尔黛穿着一件白洋装，跑到他身边。"鬼影？"她不敢相信地问道，"发生……发生了什么事？"

他只是微笑，搂住她，两人走到洞穴前方。微风坐在一张桌子边——当所有人都坐在石板地上时，当然就只有微风会有家具可用。鬼影朝他微笑，安抚者挑起一边眉毛。

"小子，你气色看起来不错啊。"微风说道，喝了一口酒。

"你说得没错。"鬼影说道。

"就这样？"贝尔黛对微风说道，"你看看他！他完全痊愈了！"

微风耸耸肩，放下酒杯站起："亲爱的，最近发生了这么多奇怪的事，鬼影的外表算不了什么，只不过是愈合而已嘛。要是你问我的话，我觉得这还蛮普通的呢。"

微风微笑，与鬼影相视一望。

"来不来？"鬼影问道。

微风耸耸肩："有何不可？你觉得我们会看到什么？"

"我不确定。"微风承认，走入洞穴外的小房间，开始爬上楼梯。

"鬼影，"贝尔黛谨慎地开口，"你知道那些斥候怎么说的。他们说整个城市都因为太阳的热力在燃烧……"

鬼影抬起头，注意到暗门间的缝隙透入的阳光，他微笑，推开门。

外面不再有城市。只有一片草地。绿草。鬼影眨眨眼，想要理解这奇特的景象，然后他爬上柔软的泥土，让位给微风。安抚者的头探出，又歪到一旁："这可真罕见。"他从鬼影身边爬出。

鬼影站在草地上，草高到他的大腿。绿色。植物是这个颜色好奇怪。

"还有……天空。"微风遮着眼睛说道，"蓝色的，没有一丝灰烬或烟雾。好奇怪。真的好奇怪。我敢打赌纹跟这怪异的情况绝对有关系。那女孩做事从来都不按理出牌。"

鬼影听到后方一声抽气，转头看到贝尔黛从洞穴中爬出。他协助她来到地面上，然后一起在无言的赞叹中走过长草。头顶上的太阳如此灿烂，却不会热得难受。

"城市怎么了？"贝尔黛握住鬼影的手臂低声问道。

他摇摇头，可是，他听到了声响。他转过头，认为自己在天际边看见动静。他往前走，贝尔黛在他身边，微风喊着要奥瑞安妮上来看看发生了什么事。

"那是……人吗？"贝尔黛问道，终于看见鬼影看到的东西。远方的人也看到了他们，一靠近，鬼影便微笑起来，朝其中一人挥手。

"鬼影？"哈姆大喊，"小子，是你吗？"

鬼影跟贝尔黛快步向前。哈姆跟其他人站在一起，鬼影看到他们身后还有一道暗门，就在碧绿的草原上。一些他不认得的人，还有些穿着依蓝德的军队制服的人正在从地下爬出。哈姆穿着普通的背心跟衬衫，快步上前，一把抱住鬼影。

"你在这里做什么？"哈姆放开他问道。

"我不知道。"鬼影说道，"我以为我在邬都。"

哈姆看着天空："我原来在法德瑞斯！发生什么事了？"

鬼影摇摇头："我想我们以前知道的地名已经不再有意义了，哈姆……"

哈姆点点头，转身看着其中一名士兵往远处一指。另一群人正从不远处的洞口出现。哈姆跟鬼影走上前，直到哈姆在另一群人中找到某个人，鬼影依稀认得她是哈姆远在陆沙德的太太。打手兴奋地大喊，冲上

659

MISTBORN: THE HERO OF AGES

前去迎接他的家人。

鬼影在不同洞穴中行走。似乎总共有六个，有的人很多，有的则比较少。其中之一很特殊，那不像别处是暗门，而是有一个斜下的洞穴入口。在这里，他发现德穆将军正与一小群人在说话，一名漂亮的泰瑞司女子正揽着他。

"我整个过程中一直不断昏厥又清醒。"德穆正滔滔不绝地说着，"可是我看到了他。幸存者。一定是他。悬浮在空中，散发着光芒，好几波颜色在空中移动，大地颤抖，不断旋转跟移动。他来了。就像沙赛德说的那样。"

"沙赛德？"鬼影出声，德穆此时才注意到他，"他在哪里？"

德穆摇摇头。"我不知道，鬼影大人。"然后，他愣住了，"您又是从哪里来的？"

鬼影无视于他的问题。这些开口跟洞穴形成一个图案。鬼影牵着贝尔黛走过长草，来到图案中央。风徐徐吹拂，让草茎摇曳如波浪。哈姆跟微风急急忙忙地赶到他身旁，两个人已经开始在争论某件鸡毛蒜皮的小事。哈姆一手抱着孩子，一手搂着妻子的肩膀。

鬼影看到草中的一点色彩时，当场僵住。他举起手，示意其他人，他们放轻了脚步。在草地中央，有一片……东西。很鲜艳的东西，从地上长出来，顶端像是色彩鲜艳的叶子，形状像是倒过来的铃铛，有着细长笔直的茎，上面的叶瓣朝太阳打开，仿佛伸向光芒，大张着口要饮入阳光。

"好美……"贝尔黛低语。

鬼影上前一步，在植物间行走。花，他心想，从曾经在纹身上看过的图片认出它们。卡西尔的梦想终于成真了。

在花朵的中央，他找到两个人。纹躺在那里，穿着她一贯的迷雾披风、衬衫、长裤。依蓝德则穿着灿烂的白制服以及披风。他们躺在花丛中，双手交握。

两人都已死去。

鬼影跪在他们身边，听到哈姆跟微风大喊大叫，检查是否有生命迹象，可是鬼影的注意力则放在另外一样几乎被长草隐匿的东西上。他拾起来，是一本厚书。

他翻开第一页。

很不幸的，我，是永世英雄。纤细、仔细的字迹如此写道。鬼影认得这笔迹。他翻着书，一片纸张掉落。鬼影拾起纸张，其中一面有花朵的图样，正是他方才在想的纸片。另一面则是以同样的笔迹写下的字条。

上面写着：

鬼影，我试图要让他们复生，但显然修补身体不代表能重铸灵魂。我想随着时间过去，我会更擅长这件事，可是请不要担心，我跟我们的朋友们谈过了，他们对于目前所在的地方相当满意。我想他们应该想要好好休息一阵。

这本书中简短记载了一些造成世界濒死然后重生的事迹，还有一些我写下的与近来事件相关的历史、哲学、科学方面的随笔。如果你看向右方，会有更大的一堆书籍，里面有我的金属意识库中所有藏书，一字不差。不要让过去的知识被遗忘。

我想，重建会很困难，但大家会比在统御主的威权下或灭绝想要毁灭世界的情况下，有更好的生活质量。你会很讶异有多少人逃入了储藏窟。拉刹克为这一天做了很完善的规划，他受到灭绝相当严重的影响，但他是一个好人，到头来，他的出发点的确是光明磊落的。

你做得很好。你派葛拉道队长送出的讯息，最后救了我们所有人。在未来的数年内，人民需要领导者，他们应该会选择你。很抱歉我无法亲自在你身旁给予协助，可是请你明白，我一直都在……左右。

我让你成为迷雾之子，也修复了你因为过度骤烧锡而造成的身体创伤。希望你不要介意。这其实是卡西尔要求的，你可以将它视为他对你的告别礼。

MISTBORN: THE HERO OF AGES

帮我照顾他们。

注：还有两种没人知道的金属。你也许会想要试试看能不能实验出来是哪些。我想它们会让你有兴趣。

鬼影抬起头，看着感觉有点奇怪、空无一物的蓝色天空。贝尔黛来到他身边，跪在他身旁，低头看着他手上的纸张，又不解地瞅了他一眼。

"你看起来有点忧虑。"她说。

鬼影摇摇头。"不，"他说道，将小纸片折起，收在口袋里。"我一点都不忧虑。事实上，我认为一切都没事了。终于。"

（迷雾之子终部曲：永世英雄　完）

镕金秘典（ARS ARCANUM）

想知道作者对本书每一章节的详细注释、被删除情节、额外设定，请前往 www.brandonsanderson.com。

金属能力快速对照表（Metals Quick-Reference Chart）

金属	镕金术能力	藏金术能力	血金术能力
铁 Iron	拉引附近的金属	存储重量	偷走体力
钢 Steel	推附近的金属	储存肢体速度	偷走镕金术肢体能力
锡 Tin	增强感官	储存感受	偷走感受
白镴 Pewter	增强肢体力量	储存肢体力量	偷走藏金术肢体能力
黄铜 Brass	安抚(抑制)情绪	储存温度	偷走藏金术意志能力
锌 Zinc	煽动(鼓动)情绪	储存心智速度	偷走情感感知能力
红铜 Copper	隐藏镕金术	储存记忆	偷走意志能力
青铜 Bronze	显示镕金术	储存清醒	偷走镕金术意志能力
铝 Aluminum	毁去镕金术师的所有金属存量	未知	偷走镕金术增强系能力
硬铝 Duralumin	增强下一个燃烧的金属能力	未知	未知
天金 Atium	看到他人的未来	储存年纪	偷走镕金术时间系能力
脉天金 Malatium	看到他人的过去	未知	未知
金 Gold	看到自己的过去	储存健康	未知
电金 Electrum	看到自己的未来	未知	未知

MISTBORN: THE HERO OF AGES

■镕金术名词解释

艾兰迪 Alendi
一千年前，在统御主升华前，他征服了全世界。纹在统御主的皇宫中找到了他的日记，一开始以为他成为了统御主，之后才发现是他的仆人拉刹克杀了他，取代了他的位置。艾兰迪是关的朋友与弟子。关是一名泰瑞司哲人，以为艾兰迪可能是世纪英雄。

镕金术 Allomancy
一种神奇的力量，随着血统而传承，持有人能燃烧体内的某些金属取得特殊能力。

镕金术金属 Allomancy Metal
总共有八种基本镕金术金属，两两成双，包括基本金属与合金，同时可以四四分组，一为内部金属（锡、白镴、红铜、青铜）一为外部金属（铁、钢、锡、黄铜）。长久以来一直认为除此八种之外，只有另外两种镕金金属：金跟天金。可是自从发现金跟天金亦可制成为合金后，已知金属的总数拓展为十二种。铝与硬铝则将数量扩增为十四种。

镕金脉动 Allomancy Pulse
镕金术师在燃烧金属时，身体散发出的信号，只有燃烧青铜的人能"听到"镕金脉动。

奥瑞安妮 Allrianne
灰侯·塞特王的独生女。跟微风在交往。

迷雾之子
卷三·永世英雄 [珍藏版]

铝 Aluminium
这个金属在燃烧时，会将镕金术师的所有其他金属存量都耗尽。

锚点 Anchor 镕金术师在燃烧钢或铁时，用来推或拉的一块金属。

升华 Ascension
升华一词用来形容拉刹克取得升华之井的力量，成为统御主时发生的变化；这一词也跟纹有关，因为她也取得了力量，只是选择了释放而非占有。

落灰 Falling Ash 指如雨般落下的灰烬。在最后帝国中，因为灰山活动频繁而经常有落灰。

灰候·塞特 Ashweather Cett
塞特王。他曾前往中央统御区，参与陆沙德围城战。他担心史特拉夫·泛图尔会占据陆沙德以及天金，本身根据地也正在经历叛变，因此带着一支军队逃离法德瑞斯，孤注一掷想要占领陆沙德。他在围城战的后期加入依蓝德的军队，协助纹一起抵抗史特拉夫·泛图尔，为自己赢得了依蓝德的幕僚位置。虽然众人称他为塞特"王"，但他没有任何领土，因为他的领土仍属叛军所有。（请参考尤门）

灰山 Ashmounts
升华时期时在最后帝国内出现的七座大火山的统称，主要喷出灰烬而非熔岩。

MISTBORN: THE HERO OF AGES

天金 Atium
一种原本生长于海司辛深坑的奇特金属，坑里有许多水晶洞穴，里面会形成晶石，天金就长于晶石中。

奥迪尔·雷卡 Audil Lekal
雷卡王。加斯提·雷卡的远亲，在陆沙德围城战之后掌握了加斯提的王国，但领土逐渐因为土匪跟克罗司军队的入侵而失守。

贝尔黛 Beldre
"公民"魁利恩的妹妹。

坎得拉的祝福 Blessing of Kandra
每只坎得拉都有统御主给予的四种能力之一，包括力量的祝福，存在的祝福，意识的祝福，还有稳定的祝福。

盒金 Boxing
皇家金币的俗称，名字起源于其背面的克雷迪克·霄，也就是统御主皇宫的图——他所住的"盒子"。

微风 Breezy
卡西尔集团中的安抚者，如今是依蓝德最重视的幕僚跟外交官之一。真名是拉德利安。集团众人以为他跟他们一样是混血司卡，但其实他是纯种贵族，只是年轻时被强迫要在地下组织中隐姓埋名。他和奥瑞安妮·塞特在交往。

青铜脉动 Bronze Pulse
镕金脉动的别称。

迷雾之子
卷三·永世英雄 [珍藏版]

燃烧 Burn
镕金术师使用或耗用腹中的金属,这个行为称之为"燃烧"。他们必须吞下悬浮于酒液中的金属,然后透过镕金术将它消化,才能取得力量。

炎地 Burn Lands 最后帝国边缘的沙漠。

凯蒙 Camon
纹以前的盗贼集团首领,是个残酷的人,经常毒打她。凯蒙被卡西尔驱逐,最后被审判者杀死。

香奈瑞河 Channerel River 穿过陆沙德境内的河流。

夹币 Clip 最后帝国中皇家铜币的俗称。通常被迷雾之子和射币用来跳跃与攻击。

歪脚 Clubs
卡西尔集团中的烟阵,鬼影的叔叔,真名为克莱登。曾经是依蓝德军队的将军,在陆沙德围城战中身亡。

射币 Coinshoot 燃烧钢的迷雾人。

崩解 Collapse 指统御主之死与最后帝国的灭亡。

瑟蓝集所 Conventical of Seran 审判者的据点。沙赛德跟沼泽在里面找到关的最后遗言。

MISTBORN: THE HERO OF AGES

红铜云 Coppercloud

燃烧红铜的人可形成的隐形云雾，如果镕金术师在红铜云中燃烧金属，那燃烧青铜的人将无法侦测到他们的镕金脉动。"红铜云"一词有时用来指烟阵（可以燃烧红铜的迷雾人）所布下的结界。

深闇 Deepness

在统御主与最后帝国崛起前威胁世界的神秘怪物。统御主宣称他在升华时击败了深闇，但之后发现深闇是迷雾，而且统御主并没有打败它，只是抑制了它。深闇后来再次攻击，迷雾逐渐在白天遮蔽大地，让农作物不断死亡。

多克森 Dockson

卡西尔的左右手，在陆沙德围城战中身亡。

统御区 Dominance

最后帝国的省份。陆沙德位于中央统御区，周围四个统御区称为核心统御区，囊括了最后帝国大部分的人民跟文化。崩解后，最后帝国分裂，不同的国王竞相夺权，因此每个统御区成为独立的王国。依蓝德如今统治中央统御区、大部分的北方统御区，还有一部分的东方与南方统御区。

硬铝 Duralumin

铝的镕金合金。硬铝混合了铝、红铜、镁、磁石。镕金术师燃烧硬铝时，下一个燃烧的金属（们）或合金（们）会得到爆发性的能量，代价是会瞬间燃烧光该镕金术师体内正在燃烧的所有金属。

电金 Electrum

燃烧电金可看见自己的未来，镕金术师常用于制造假的天金影像，迷惑已在燃烧天金的镕金术师。

迷雾之子
卷三·永世英雄 [珍藏版]

依蓝德·泛图尔 Elend Venture 新帝国的皇帝，纹·泛图尔的丈夫，一名迷雾之子与学者。

熄灭 Extinguish 停止燃烧镕金金属。

法德瑞斯 Fadrex
西方统御区一座中型且防守完善的城市。曾经是灰侯·塞特的家与首都，也曾是教廷的重要仓储与集散中心。塞特离开后，被一名叫做尤门的圣务官所占领。

法特伦 Fatren 又叫阿肥，是统治维泰敦的司卡男子。

法德雷 Fedre 一名生于统治主八世纪时期恶名昭彰的贵族，以爱猫与运河著名。

柔皮 Felt
曾经是史特拉夫的间谍之一，在陆沙德沦陷后，他（跟大多数史特拉夫的仆人们）都被留在陆沙德，因而转向依蓝德效忠，如今是依蓝德军队中的军官。

费尔森·潘洛德 Ferson Penrod
在崩解时期后，留在陆沙德中最显赫的贵族之一。潘洛德试图要坐上王位，也曾成功将王位从依蓝德手中夺走，但之后接受依蓝德为皇帝。如今他统治着陆沙德。

最后帝国 Final Empire
统御主建立的帝国，因为他永生不死，因此他觉得这会是世界上

MISTBORN: THE HERO OF AGES

最后的帝国，永远不会瓦解。

骤烧 Flare 从镕金术金属中取得具有爆发性的力量，代价是增加金属的燃烧速度。

坎得拉世代 Generations of Kandra
坎得拉以每次创造的"代"来做区隔。初代是最原始的坎得拉，从被创造的一刻存活至今。每个世纪之后，统御主允许另一群坎得拉被创造，然后以二代、三代命名之。

德穆将军 General Demoux 依蓝德军队中的军官，以对幸存者的虔诚信仰著名。

奈容汀 Gneorndin 灰侯·塞特的独生子。

葛拉道 Goradel
曾经是陆沙德军营中的一名士兵，当纹决定要潜入皇宫杀死统御主时，他正在守门。纹说服他投诚，因此最后他带领依蓝德进入皇宫，试图要救她。如今他是依蓝德军队中的队长。

哈达克 Haddek 初代坎得拉的领袖。

哈姆 Ham 卡西尔集团中的打手，如今是依蓝德军队中的将军，以喜好哲学问题，还有无论天气好坏都只穿一件背心闻名。真名为哈姆德。

杀雾者 Hazekiller 没有镕金术或藏金术能力，却被训练来杀死镕金术师的士兵。

永世英雄 Hero of Ages 预言中的泰瑞司救主。据说当他到来时，会取得升华之井的力量，并无私地放弃力量以拯救世界不受深闇威胁。原本众人以为艾兰迪是永世英雄，但在他完成征途前便被杀死。纹跟随他的脚步，一路来到井边，取得力量后又放弃力量，可是这个预言事后被证明是伪造的，目的是要让名为灭绝的力量脱逃。（请参考灭绝）

坎得拉家乡 Homeland of Kandra
坎得拉用来做为秘密家园的山洞。除了统御主（如今已经死去）以外，没有别的人类知晓坎得拉家乡的位置在哪里。履行完契约的坎得拉可以获准回到家乡休息。

铁眼 Ironeye 沼泽在成为审判者之前，还是集团成员时的绰号。

铁拉 Ironpull
以镕金术燃烧铁，即可拉引某种金属，这股拉力对金属会产生力量，将物品直接朝镕金术师的方向拉引；如果这块被称做锚点的金属比镕金术师还要重，那镕金术师反而会被拉向锚点。

加那尔 Janarle
曾经是史特拉夫・泛图尔的副手，被迫对依蓝德・泛图尔宣示效忠，如今代表依蓝德统御北方统御区。

加斯提・雷卡 Jastes Lekal
雷卡家族的继承人，曾经是依蓝德的朋友。他跟依蓝德与泰尔登

MISTBORN: THE HERO OF AGES

经常一起讨论政治与哲学。加斯提招募了一队克罗司，在史特拉夫跟塞特开启的陆沙德围城战期间领着克罗司来到陆沙德城下，然后却失去了对它们的控制力。依蓝德因为加斯提造成的伤亡与破坏而将他处决。

坎得拉 Kandra
一群可以吃下人尸体，然后以自己的皮肉重造这具身体的生物。是雾魅的亲戚。坎得拉没有骨头，因此会保留、使用它们模仿对象的骨头。它们是天生的间谍，会履行跟人类的契约，但必须以天金支付酬劳。坎得拉是永生不死的。

坎帕 KanPaar
二代坎得拉的领袖。

守护者 Keeper
Terris 常被用来当做藏金术师的别称，可是守护者其实是一群致力于发现、记忆人类在升华前所有知识与宗教的藏金术师组织。统御主将他们猎捕到将近绝迹，他们被迫四处躲藏。在崩解之后，他们开始教导人们，分享他们的知识，可是却在差不多是陆沙德围城战开始的同时遭到了审判者攻击，因此除了沙赛德之外，应该已全数死亡。

卡西尔 Kelsier
最后帝国里最富盛名的盗贼集团领袖。卡西尔组织司卡反抗军，推翻统御主，却在过程中身亡。他是迷雾之子，也是纹的老师。因他的死亡因而诞生了幸存者教会。

克雷尼恩 Khlennium 一个在最后帝国崛起之前存在的古老王国，是艾兰迪的家乡。

克罗司 Koloss 统御主在升华时创造出的怪物，被他用来征服世界。

克雷迪克·霄 Kredick Shaw 统御主在陆沙德的皇宫，在古老的泰瑞司语言中，意指"千塔之山"。

关 Kwaan
一名崩解时期前的泰瑞司哲人。他是一名世界引领者，也是第一个将艾兰迪误以为是永世英雄的人。之后他改变想法，招来了拉刹克阻止艾兰迪，背叛了自己的朋友。

统御主 Lord Ruler
统治最后帝国上千年的皇帝。他曾经名叫拉刹克，是艾兰迪所雇用的泰瑞司仆人。可是他杀了艾兰迪，在升华之井夺取力量后升华成统御主，最后被纹杀死。他在死前曾警告她，她犯下了很严重的错误。

扯手 Lurcher 燃烧铁的迷雾人。

陆沙德 Luthadel
最后帝国的首都，最大的城市。陆沙德以布料、钢铁厂以及华丽的贵族堡垒著名，但在陆沙德围城战中，全城几乎被肆虐的克罗司摧毁殆尽，如今由潘洛德王统治，他是依蓝德的藩王之一。

MISTBORN: THE HERO OF AGES

脉天金 Malatium
卡西尔发现的金属，经常被称为第十一金属，没有人知道他从哪里找到，或者他为什么觉得这可以杀死统御主。它是天金跟金的合金。脉天金最后让纹得到如何打败统御主的线索，因为它能让镕金术师看到一人过去的影子。

梅儿 Mare
卡西尔的妻子，沙赛德的朋友。她在死于海司辛深坑前，曾经活跃于司卡反抗军活动。

宓兰 Melaan 一名七代坎得拉，被坦迅训练与"养大"。

金属意识库 Metalmind
藏金术师当成电池来用的一块金属，里面可储藏固定的特质，日后提供取用。金属意识库会依照铸造金属的不同而有不同的名称：锡意识库、铁意识库，以此类推。

迷雾 Mist
每天晚上降临最后帝国的奇特浓雾，无所不在，比普通的雾气还要浓重，会翻腾搅动，彷佛有自己的生命。在纹取得升华之井的力量前，迷雾出现改变，开始随机杀死进入迷雾的人。

迷雾之子 Mistborn 能燃烧所有镕金金属的镕金术师。

迷雾披风 Mistclock
许多迷雾之子喜欢穿这件衣服作为他们地位的象征。以数十条粗布条所组成，上方缝制在一起，从肩膀以下自由散开。

迷雾人 Misting
只能燃烧一种金属的镕金术师，比迷雾之子常见许多（注：镕金术中，镕金术师要不拥有一个能力，要不就拥有所有能力，不会有两或三项）。统御主跟他的祭司一直以来都教导众人只有八种迷雾人，分属八种基本镕金术金属。

迷雾病 Mistsickness
进入迷雾的某些人会生的一种怪病。虽然大多数人都不受影响，但有一部分人会开始发抖且病倒。持续时间从数天到超过两礼拜都有，有时甚至会致命。可是一个人只需要进入迷雾中一次，即可对迷雾病免疫，永远不再受影响。没有人知道这种病是什么时候开始的，但据传最先发生的时间就在纹从升华之井取得力量前夕。

雾魅 Mistwraith
坎得拉的亲戚，没有高等智慧。雾魅是一团没有骨架的皮肉，夜晚时会在地面四处觅食尸体，吃下骨头用来组成自己的身体。坎得拉是从雾魅而来，坎得拉将雾魅称为"未生者（unbirthed）"。

新帝国 New Empire
依蓝德在陆沙德围城战之后，从塞特与史特拉夫手中接掌统治权，旋即将国家更名。目前的领土包括中央统御区、北方统御区，还有一部分的东方与南方统御区。

诺丹 Noorden 一名选择留在陆沙德为依蓝德效力的圣务官。

MISTBORN: THE HERO OF AGES

圣务官 Obligator
统御主的祭司。圣务官不只是宗教人物，更是公务人员，甚至是间谍网。所有没有经过圣务官见证的商业协议或承诺在道德或法律上都不具有效力。

欧瑟 OreSeur
卡西尔雇用的坎得拉。曾经扮演纹的叔叔雷弩大人。坦迅杀死欧瑟后伪装成它接近纹。

白镴臂 Peterarm
打手的别名，燃烧白镴的迷雾人。

海司辛深坑 Pits of Hathsin
曾经是最后帝国中唯一出产天金的洞穴。统御主利用囚犯来挖矿。卡西尔在死前不久摧毁了矿坑产生新天金的能力，如今是泰瑞司难民的家。

存留 Preservation
一名古老的泰瑞司神，存留是灭绝的对手，代表稳定、恒常、延续的力量。他为了将灭绝囚禁在升华之井，牺牲了大部分的意识。

拉 Pull
利用镕金术来拉引某样东西，如以锌拉引他人的情绪，或是用铁拉金属。

推 Push
利用镕金术去推某样东西，如以黄铜推他人的情绪，或是用钢推金属。

迷雾之子
卷三·永世英雄 [珍藏版]

魁利恩 Quellion
邬都的统治者,外号"公民"。魁利恩认为自己是幸存者最正统的追随者,试图要执行卡西尔当初所说要推翻跟处决贵族的指示。贝尔黛是他的妹妹。

拉刹克 Rashek 在升华前曾是泰瑞司的挑夫,被艾兰迪雇用来协助他前往升华之井。拉刹克相当厌恶艾兰迪,最后杀了他,自己取得了井的力量,成为统御主。

瑞恩 Reen 纹同母异父的哥哥,保护她,训练她成为盗贼。瑞恩的手法相当暴力且严格,但他的确保护纹不受他们发狂的母亲伤害,一直到她度过童年。他拒绝告知审判者纹的下落时,并因此被杀害。有时候纹会在脑海中听到他的训诫,而在她心里,他代表生命中比较残酷的那一面。

释放 Release 藏金术师停止用金属意识,不再使用力量的意思。

雷弩大人 Lord Renoux
一名被卡西尔杀死,之后雇用坎得拉欧瑟来模仿的贵族。纹扮演他的侄女,法蕾特·雷弩。

煽动 Riot 镕金术师燃烧锌,拉引一个人的情绪,煽动他们。

煽动者 Rioter 可以燃烧锌的迷雾人。

灭绝 Ruin 古老的泰瑞司神,灭绝是破坏、混乱、腐朽世界的力量。灭绝曾经被囚禁在升华之井,纹却意外地释放了他。灭绝的

677

MISTBORN: THE HERO OF AGES

力量仍然不完整，因此他只能以很巧妙的手法影响世界，比如在仆人们的耳旁低语还有改变文件的文字，但他无法改变写在金属上的文字。

沙特伦 Satren 东方的城镇，里面有储藏窟。

沙赛德 Sazed
一名违背族人意愿，加入卡西尔集团的泰瑞司守护者，协助了推翻最后帝国。他曾经与廷朵交往，而她的死让他陷入长期的忧郁中。如今他是依蓝德的首席大使，被依蓝德任命为皇位第三顺位继承人，如果依蓝德跟纹均死亡，王位将由沙赛德继承。

搜寻者 Seeker 燃烧青铜的迷雾人。

珊·埃拉瑞尔 Shan Elariel 依蓝德的前任未婚妻，被纹杀死的迷雾之子。

陆沙德围城战 Siege of Luthadel
为期一个月的对中央统御区的攻击，由灰侯·塞特、史特拉夫·泛图尔，还有加斯提·雷卡领军，结果是加斯提失去对克罗司军队的控制，因此克罗司发狂攻击了陆沙德。纹阻止了克罗司军队，然后让军队转而攻击史特拉夫。塞特在最后一刻，加入了纹的阵营。

司卡 Skaa 最后帝国的农民。曾经属于不同种族与国家。一千年来，统御主很努力地将人民的所有自我认同泯除，最后成功创造出单一毫无分别的奴隶。依蓝德在征服陆沙德后解放了司卡。许多人如今加入幸存者教会。

慢快 Slowswift 法德瑞斯城中某名贵族的昵称。他与一名著名说书人长得极为相似。

烟阵 Smoker 燃烧红铜的迷雾人，又称红铜云。

安抚者 Smoother 燃烧黄铜的迷雾人，会推一个人的情绪去抑制波动。

鬼影 Spook
卡西尔集团的锡眼。集团中最年轻的成员，当统御主被推翻时，鬼影只有十五岁。他是歪脚的侄子，曾经以喜欢使用无人能懂的街头俚语著名。在其他集团成员的指示下于陆沙德沦陷前逃出，但对此感到极大的罪恶感。如今他是依蓝德的斥候跟间谍，被派去邬都，负责搜集当地叛军的信息。

钢铁审判者 Steel Inquisitor 一群奇怪的生物，是服侍统御主的祭司，尖刺穿过他们的眼睛出现在后脑，但他们却仍然活着。对统御主有狂热的忠诚，主要用于找出并杀死拥有镕金术力量的司卡。他们透过血金术得到迷雾之子的力量，以及其他不同的能力。

钢铁教廷 Steel Ministry 统御主的宗教组织，包括少数的钢铁审判者，还有大批称为圣务官的祭司。钢铁教廷不止是宗教组织，更是最后帝国的政府管理架构。

MISTBORN: THE HERO OF AGES

储藏窟 Storage Cavern
统御主在特定城市留下物资的秘密洞穴，在地底下，总共有五座，每一座都有一块金属板，揭示下一个洞穴的位置，同时提供一些来自于统御主的建议。第一个储藏窟就被发现位于陆沙德下方。

史特拉夫・泛图尔 Straff Venture
依蓝德的父亲，曾经是北方统御区之王。在陆沙德围城战最激烈的时候被纹杀死。

街沟 Streetslot
邬都中低于地面的街道，原本是干涸的运河，可是邬都的人民没有将运河注入水，而是把运河当成街道行走往来。

海司辛幸存者 Survivor of Hathsin
卡西尔的别称，意指他是唯一一个成功逃离海司辛深坑的囚犯。

席诺德 Synod
曾经是泰瑞司守护者的领导组织。整个席诺德被攻击且被审判者抓走，所有人被认为已经全数死亡。

使用 Tap
从藏金术师的金属意识库汲取力量，等同于镕金术师所称的"燃烧"。

塔辛文 Tathingdwen
曾经是泰瑞司统御区的首都，塔辛文在审判者攻击守护者时被焚烧殆尽。

泰尔登 Telden 以前常跟依蓝德谈论哲学与政治的老友,以花花公子与爱好华服著名。

坦迅 Tensoon
曾经是史特拉夫·泛图尔的坎得拉,被借给詹做为刺探纹的间谍。坦迅杀了欧瑟取而代之,成为纹的同伴。它虽然天性憎恨所有人类,却逐渐开始喜欢起她,乃致于最后背叛詹,违背契约协助了纹。因为这个行为,它必须回到家乡接受族人的惩罚。它拥有存在的祝福,还有力量的祝福——此为它从欧瑟身上偷走的祝福。

泰瑞司 Terris 最后帝国最北边的统御区。在统治主的时代,那是唯一一个保有过去王国名称的地方,也许这代表了统御主对家乡的情感(不过后来发现现今的泰瑞司统御区其实不是原本的王国位置)。泰瑞司人民在一年前被审判者们攻击以后便舍弃了家园,逃到中央统御区后被依蓝德收留,如今以海司辛深坑周围的谷地为家。

打手 Thug 燃烧白镴的迷雾人。

廷朵 Tindwyl
一名泰瑞司守护者跟席诺德的成员。曾经与沙赛德交往,于陆沙德围城战中身亡。她是教授依蓝德领导之道的主要导师之一。

锡眼 Tineye 燃烧锡的迷雾人。

信巢 Trustwarren 坎得拉家乡中最神圣的地方。

MISTBORN: THE HERO OF AGES

特瑞安山 Tyrian 最靠近陆沙德的灰山。

邬都 Urteau 北方统御区的首都，曾经是泛图尔一族的根据地，如今落入叛军手中，由一名叫做"公民"魁利恩的人统治。也是储藏窟的所在地之一。

法蕾特·雷弩 Valette Renoux 纹在崩解之前用来渗透贵族社会的假名。

升华之井 Well of Ascension
传说中，此处拥有极大的力量。在泰瑞司预言中，永世英雄要前往升华之井取得打败深闇所需的力量。纹在陆沙德的克雷迪克·霄下方找到了升华之井（虽然一直都认为它应该在泰瑞司山脉）。它深藏在一个巨大的洞穴中，里面装满补给品跟食物。（请参考储藏窟）

维德路 Vedlew 泰瑞司人的一名长老。

世界引领者 Worldbringers 升华前的一群泰瑞司藏金术师学者，关是其中一员。之后的守护者组织便是以他们为基础所组成。

叶登 Yeden 卡西尔集团跟司卡反抗军的一员。他在对抗统御主的战斗中被杀死。

尤门 Yomen 亚拉单·尤门王。一名邬都的圣务官，塞特的政治对手。原本为资源廷的成员，当塞特离开去围攻陆沙德时，尤门掌控了法德瑞斯跟塞特的王国。